JANUS
十八世纪研究
主 编
韩加明
顾 问
迈克尔·麦基恩

英国小说的起源
1600-1740

[美] 迈克尔·麦基恩 著
胡振明 译

The Origins of the English Novel,
1600-1740

Michael McKeon

华东师范大学出版社

华东师范大学出版社六点分社 策划

主编的话

韩加明

南美洲的蝴蝶偶尔扇动几次翅膀,不久,远方山呼海啸。这已为世人皆知的蝴蝶效应道出了世界万物的密切联系,虽有时诸事看似相隔万里,泾渭分明,但探赜索隐,却是丝丝入扣。作为万物之灵的人类,我们的存在也依据自然的规律不仅在个人与他人,及至群体之间建立交错互动的关系,而且置身于一个由往昔、当下与未来织起的网中。生活在当下的世人往往着想于未来,效力于当前,有时不免忽略如此事实:未来之新是以往昔之旧为基,借助当下的中介促就。因此,了解这个世界的历史与过去,方能知晓时下的来龙去脉,也就能洞悉未来的风云变幻。基于此,我们推出以"雅努斯(Janus)"命名的译丛。

雅努斯(Janus)是古罗马元初与转折之神,亦称双面神。他有两张脸,一面追思往昔,另一面放眼未来。英语中的一月(January)即源自于此。双面神同时也主宰冲突的萌发与终结,主司战争与和平。在他的神殿中,门若开启就意味着战争,门若闭合则意味着和平。在跨文化语境中,我们又赋予此神新的寓意,希望此套译丛以史为鉴,探究西方文明发轫之渊,而目之所及,关怀所至正是当下中国,乃至中华文明的未来。

当下中国已取得令世人瞩目的成就,走出了一条具有自己特色的发展道路。然而,今日之伟功源自三十多年前的改革开放,源自封闭多年后我们开始了解世界这一事实。中国在历史上曾扮演过重要角色,复兴中华文明,一如当年汉唐之于世界文明,这一使命感激荡在无数国人心中,也促使众多国内学者著书立传,为当下及未来的国运力陈个人洞见。在汗牛充栋的学术贡献中,系统迻译、剖析西方现代文明起源动因的学术名著是我们掌握当前世界智识成果的捷径,有着不可忽视的作用,是鲁迅先生所言的,从别国窃得火来,本意煮自己之肉的盗火者心血之作。

西方现代文明的发轫源于18世纪的欧洲,英国则是火车头。这个孤悬亚欧大陆之外的岛国开现代文明之先。君主立宪制的逐渐成型为困扰人类历史的专制王权与国家治理权对立冲突提供了切实可行、效果颇佳的解决方案,奠定了现代政治文明基础;工业革命及重商主义不仅引领整个人类进入全新时代,而且以贸易、商业为主导的国家政策短期内让小小岛国有雄心与实力成为日不落帝国,此间订立的种种工商业行为操守成为现代经济文明指南;国民的富裕与时代的发展催生了文化需求,阅读时政期刊掌握咨询,学习得体举止;阅读小说感受审美愉悦,领悟诸多作家苦心孤诣力求塑就的时代意识,现代文化起源可以追溯至此。由此可见,18世纪英国提供了政治、经济、文化有机互动,彼此构建的样本,而此时的中国正是国人称道的康乾盛世,永延帝祚随后证明只是皇室呓语,探究两国国运的此消彼长内在原因能让我们明白现代文明发展的肌理,为当下与未来作出明智的选择。

自18世纪以降,世界文明几经跌宕,有太多值得关注之处。然而,纵览古今,放眼中外,不难看到文明的活力在于开放,在于兼容并包,由此才会有创新与发展。作为拥有五千年华夏文明的中国,一度习惯于"中央之国"这种封闭的状态,对外国文化与文明吸纳、借鉴方面存在不足,且总有循环复合的趋势。时至今日,新时代不仅要求我们融于世界,而且要求我们保持民族的个性,在此两者之间保持恰当的平衡实属不易。此番努力中最难之处是破除一个个有形与无形的思想禁囿,超越当前的诱惑与困顿,把握未来发展趋势的思想启蒙。这是我们学人应尽的本份,也是我们应肩负起的开启民智之担当。

有鉴于此,本系列译丛从大量外国研究18世纪的学术专著中遴选优秀佳作,以期在为国内学者提供学术参考的同时,也为普通读者提供高质量的、促使人思辨的读物。这些学术专著涉及面广,文本论域精细,构思缜密,不仅分析细致,论证有力,而且综合运用了文学、政治、历史、社会、文化等各学科相关知识,将具有变革意义的文化现象发展脉络和研究对象的真实发展情况清晰地呈现给读者,是国内18世纪研究的极佳范本。

古人云,开卷有益,我们在此恭请读者通过相关研读获得所需学识,同时寄语此译丛能成为一座跨越时空、跨越族群与文化的思想之桥,让每一位在此憩息、行进的游人得以远眺与俯瞰世间的万般风景,也愿此桥如一道彩虹映落于历史长河,虽波光潋滟,但永恒存在。

谨此为序。

目　录

中文版序言/₁

致谢/₁

15周年版导言/₁

导言：文学史中的辩证法/₁₉

第一部分　真实问题

第一章　文类类别的流变/49
　一　作为简单抽象的"传奇"/50
　二　前期革命：希腊启蒙/54
　三　前期革命：12世纪的文艺复兴/61
　四　历史主义与历史革命/72
　五　历史真实性主张/81
　六　天真经验主义与极端怀疑论/84
　七　传奇、反传奇与真实历史/94
第二章　感官的证据：世俗化与认识论危机/114
　一　新哲学的矛盾统一/114

二　作为叙事模型的"自然史"/118
　　三　"宗教对峙科学"及居中和解问题/125
　　四　启示的字面阐释/131
　　五　幽灵叙事/140
第三章　个人的历史/150
　　一　从圣徒生平到属灵传记/151
　　二　从流浪汉叙事到罪犯传记/159
　　三　从基督徒朝圣到科学旅行/166
　　四　经验主义文体遭质疑/173
　　五　极端怀疑论的出现/186
　　六　关于现实主义、美学与人类创造性/193

第二部分　美德问题

第四章　社会类别的流变/211
　　一　贵族意识/211
　　二　前期革命：希腊启蒙/214
　　三　前期革命：12世纪文艺复兴/223
　　四　进步意识与荣誉的重新评估/239
　　五　绅士阶层的兴起/252
　　六　从地位到阶级/257
　　七　贵族阶层的延续/264
　　八　保守意识的成形/268
　　九　理解地位不一致/271
第五章　专制主义与资本主义意识：改革的易变/277
　　一　专制化的专制君主/280
　　二　刀剑与长袍/286

三　新教徒与资本家/296
　　四　评估人类欲望/313
　　五　进步意识与保守意识/320
第六章　美德的故事/330
　　一　作为历史阐释的小说叙事/330
　　二　进步叙事的历史模型/338
　　三　保守叙事的历史模型/349
　　四　文类模型的意识形态暗示/364
　　五　意识形态的性别化/387
　　六　真实与美德的融合/401

第三部分　小说的辩证构成

第七章　传奇的多种转型1：塞万提斯与世界的祛魅/409
第八章　传奇的多种转型2：班扬与寓言的文字化/437
第九章　次子的寓言1：笛福与欲望的归化/464
第十章　次子的寓言2：斯威夫特与欲望的遏制/494
第十一章　冲突的体系化1：理查逊与服务的家庭化/519
第十二章　冲突的体系化2：菲尔丁与信仰的工具性/552

结　　论/593
索　　引/611
译后记/655

中文版序言

　　我在本序言中的目的是将本书介绍给中国读者,新近的翻译使之具有某种潜在的现实性。拥有新读者群的可能性让我感谢着手翻译的胡振明博士,同时感谢中国读者未来的回应,我对此深感期待。中国读者会给本书带来不同于英语读者的文化体验与视角。在本书及别处,我一直雄心满怀地将文本与话语置于它们得以构思,并从中发轫的语境中。在本序言中,我将阐述小说与实验主义之间的关系,我只是在最近几年才开始理解并阐释这种关系,当然这就未曾在本书中得到表述。

　　近30年前本研究出版之际,我将其命名为《英国小说的起源,1600—1740》,因为本书旨在理解在历史层面植根于某个特定时间与空间的小说文类起源。不是小说首先在英国出现,事实上更确切地说它是在法国出现。但在我看来,小说的起源似乎显然来自欧洲,作为一位英国文学学者,我想把我的研究范围限于我相对非常了解的话语体系,这样我的主张可能有更稳妥的基础。对我来说,英国话语类型似乎对此目的极为重要,它们并不只是最早小说本身,而且是政治、宗教、社会、经济、智识事宜中的发展,与小说的起源同时代,因此也就可能与它们有某种阐释关系。我并不认为这种关系是直接且明显的因果关系,因此,某种历史语境的影响可能只是被用来证明某种文本类型确已定型。以我对文学如何存在,如何在世间发挥作用的评论为基础,我反而倾向于从问题与解决方法的层面来思考。我认为文学文类拥有解决问题的能力。当然,不是字面上的,而是通过它们产生的这种表现类型,叙事文类(例如)描绘不同类型的行为或情节,其复杂纠葛是公认有问题的,但也产生那些问题的潜在解决方法。

但此时需要另一个先决条件。我用"解决方法"一说指的不是问题因此得到解决与消除,而是叙事提供了真实生活问题如何可能得到居中和解或在虚构表现层面得到解决的象征模型。我认为这种解决问题的模型可能大致比作科学方法。叙事与实验旨在理解我已称为现实生活经验事宜的性质。然而,经验如此富有偶然性,如此受其得以描述与记录的特定情境影响,以至于对其加以概括是令人畏惧的困难之事。科学实验与这种困难抗争,所用方法就是在某个特定经验组成部分之上人为强加一个极具选择性的过滤器,它借助将所有"变量"移除的方式使其本性中的常数与"恒量"隔离。在经验的普通条件中,变量的存在遮蔽了其独特身份。这个结果就是关于"如此"事宜的知识,即对其特性展开深度分析的第一步,以此理解并预期其在真实生活条件中的可能行为。

在此过程中,该问题的阐述拥有两个维度。首先是经验的维度,其间,知识中有问题的空白得到认同,并已采取解决方式。其次是实验的维度,其间,方法产生某种人为隔离的结果,及进一步实验如何可能有助于用在真实生活经验过程的问题。叙事表现类似地以如是认可为动机:同时代经验具备大致普遍与模糊的问题。叙事实验人为地使实际经验的遮蔽性变量抽象化,并将其重新呈现,突出该问题的本质,因此成为为假定的解决方式而设的可见与可获得的问题。

我认为,科学与叙事各自实验模式之间的类比大致可用于所有文学表现方面。然而,小说文类与科学方法是在同一历史时期出现的。这个类比作为某个17及18世纪现象而被历史化,我们可对此类别更密切地观察,以分辨相似与不同。我认为同时代作者已用叙事创建一个"实验室",在此探究自然真理。科学家们也学会借助量化技术依赖他们的感知数据观察,叙事实验通过大量讲述关于人类危机的细节故事的方式详述感知数据的观察,这些人类危机将已默认看似日常生活恒量的事宜令人困惑地转变为某种恒量与变量的模糊混合物,而这一方面是必要与"自然"的,另一方面是偶然与可有可无的。

量与质之间的差别是重要的。17世纪古今之争的一个永恒效应就是作为西方文化不同时期的古代性与现代性年表划分。这种划分以从各自产生的知识方面对这两个时期评估与比较为基础,该质疑很快产生此争议第二个永恒效应:关于知识具备两种类型性质的发现,以及古代性与现代性取决于何种知识类型存在争议的比较评估发现。至该世纪末,这两个类型已分别与"科学"与"人文"研究联系,前者的非凡成功被后者的组成部分效法,即便它们缺乏量化研究需要的经验主义数据基础。

科学与叙事的各自实验模式之间的类比是这种效法的产物。尽管量化措施被视为不适于叙事实验的方式与结果,它们看似与科学共享某种经验主义感知证据的基础。科学实验涉及某种全面数字化与象征化的自然现象抽象,它们转为某种严格的普通语域,及在具体真实生活经验层面的技术重构。原始小说实验将自然概括为一种得到过多比喻的表现,通过不怎么全面的比喻超脱的转型行为保留、唤起自然的存在。同样地,小说情节对变量的驾驭不是通过如科学实验那样有条不紊、综合地将自然从文化中概括而出,而是通过多重实验的跨层增加来实现,其彼此联系藏于各自向读者提出的问题中:这是自然的,还是文化的?即,想象,创造意象的功能被视为从感知印象自然性足够抽象到超越自然具体存在的幻觉,但不是就此而言如科学实验那样牺牲自然的比喻意象。这意味着叙事实验着手将可感知的现实性移到想象的本质,这自身具有那种转移的证据。它重新呈现从文化中部分脱离的自然,因此证明在此脱离过程中为人所知事宜。叙事实验记录在情节、人物、背景等叙事构成元素内得到具化,并在文本自身中仍然作为一个比喻与形式的残余,在这些实验结果中仍寄居着一个关于它们为何如此的比较记录。

这意味着叙事实验开始从可感知的现实性转移。科学的经验主义成就在实验之后得到最重要的确认,在其运用于源自实验的可感知计算与概念的现实性过程中被确定。小说文类的叙事经验主义成就(最全面地体现了我一直在描述的创造性特征)通过其文本的正式性与比喻丰富性而得到最重要的确认,这转录了可感知的现实性与想象的本质之间实验性居中和解的过程。科学实验的产品存在于实验过程之外;小说实验的产品是想象的现实性修正与修正借此得以实现的实验性过程之物的表现。科学实验的目的就是将主体从知识客体剥离,从条件的客体剥离,而在此条件中,知识从知识本身中为人所知。小说实验的目的就是将客观知识与其知晓过程的主观与详细条件描述相互联系。小说的雄心就是将它如何得以讲述的故事与它讲述的故事协调。其标志就是在内容层面的形式反身主题化。

我在撰写本书时着手回答的问题是:17世纪英国语境中兴起的问题是如此前所未有,以至于以不同方式大量利用非经验主义、超自然的有效性与真实标准的现有叙事文类,史诗、传奇、寓言不具备表现它们的能力,更不用说阐释,并象征性地予以解决,存在这些问题吗?我一直在讨论科学与叙事实验之间的类比,不仅因为它提供了一个强大的方法论模型,叙事形式的发明者明确利用了这个方法,而且因为17世纪早期经验主义认识论的非凡强力出现开启了一个关于其有效性(如果有效的话),一个关于除自然科学以外其对知识领域的适应性的可能性与范围的深远论争。最终是经验主义认识论自身的提升,科学转型的某个元素构成前所未有的,小说生而应对的形式问题。其权威的派生影响渗透了思想与话语的每个层面,因为它似乎预示了一个极新的真实标准,没有一个文学模式如叙事那样得到全面影响。长期以来,这个结果并不是一个仿佛如某科学质疑类型那样看待与表现的叙事文类,而是这样的文类:因为它最初与科学质疑一道成型,在与其自觉比较时和科学共享特定的雄心,具有独特现代性的认识论严谨。

因此,这两个主要问题类型中的第一个就是小说成型以应对真实问题:具体言之,如何在叙事中讲述真实的形式问题。我刚描述的应对真实问题的创新方式就是叙事形式的实验方法本身。但它也在叙事内容层面运用于本质问题,即证明对更传统文类的无反应,新出现的小说顺从实验调研。这些是美德问题:我们运用于自身的美德标准为何?我们如何在别人身上辨别美德?

近代早期英国从中世纪末期文化继承了某种致力于如是原则的贵族意识:社会地位取决于是否拥有荣誉,这种指向内在与外在的品性。一方面,荣誉是家世、血统的功能,是贵族血统的不可分宗谱及生理元素,可能通过其他诸如财富与政治权力的外在条件得到确认。另一方面,荣誉是拥有者的某种重要内在特征,荣誉的条件性或外在性能指所言之物,并在此方面等同于暗中与"功绩"共同延展的"美德"内在元素。简言之,出身等同于价值:荣誉是外在表现与内在本质的统一,这让英国名门或贵族阶层与广大平民主体区分。这种信仰暗中主导着贵族与平民,借助地位为社会分层正名,因为某人出身时的地位被视为与其血统,社会等级的静止一样永恒及不可超越。

对这种意识形态的挑战过于武断。根据绝对私人财产规则累积的土地与商业财富取代了封建义务、王室专制主义及重商主义贸易许可。资本主义提升与市场投资逐渐使社会流动性从一个鲜见的发生转型为一个熟悉的现象。贵族是各互补部分的完整统一,这个传统设想随着地位不一致(纯粹拥有部分血亲、血统、财富、权力或功绩)日益普遍而明显令人质疑。卑微但勤勉的平民超过贵族的财富及/或政治权力,而贵族未能适应新技术与金融工具,与自己古老荣誉一道沦为贫穷,籍籍无名。美德的贵族与基督教标准不安地共存了几个世纪。但新教改革确认所有个人直接与上帝交通,而不是借助被认为是罗马天主教腐败的居中和解,随后是英国国教等级,以此对基督教执行更严厉的标准。然而,新教徒从天主教的教条主义中解放出来,继续顺从这个原有困境:是通过善举或信心得到救赎?还是两者都不能?内心之光是《圣经》,还是主观欲望?美德是继承或行为的功能?是仁慈还是个性?美德伴随着物质成功还是失败?或其拥有独立于那些财富的变化?至17世纪末,财富更多的是作为一种规则还是特例?美德问题的复杂性超越更早文类的解决问题的能力,这种复杂性是小说通过置身于上升或下降流动性体验的贵族、绅士、"中间阶层"、商人、平民、男性、女性的实验情节聚合以正视的第二组问题。我们可能后知后觉地看到这种正视记载并促进了阶级取代地位的长期过程。

  为了探究这些真实与美德问题的性质及相关反应,我们需要某种类似对往昔进行深层考古挖掘的举措。如我这样提及西方"现代性"可能看似不仅假设它承续某种"传统",而且是一个历史变革时刻,其间,这两个时期之间的重要区分可能清楚地得以察觉。在现实中,时代划分总是一个阐释事宜,通过弱化似乎预示延续的其他元素强调某些明显间断的元素。因此,为了更有说服力,关于西方现代性、作为其明显文类体现之小说的出现的概括假设需要一个大型经验主义证据体系,这对如是元素及某部将其纳入其中的长篇著作来说都是公允的。然而,我不是为《英国小说的起源》的篇幅致歉,而是借此机会表述我的热切期待:随着译作出版,我的作品已能为广大新读者群所知,他们的评判对我来说更为可贵,因为他们拥有一个与我已尝试使之复活的世界存在某种历史与文化的超脱,这种超脱比将其与我的英语读者区分事宜更重要。在人文及科学领域,超脱是理解的关键所在。我期待来自我的中国读者的回应。

迈克尔·麦基恩

致　　谢

我想在此感谢威廉·安德鲁斯·克拉克纪念图书馆(the William Andrews Clark Memorial Library)、国家人文基金(the National Endowment for the Humanities)、美国学术团体协会(the American Council of Learned Societies)、古根海姆基金会(the Guggenheim Foundation)与波士顿大学(Boston University)在本研究长期以来不同阶段予以的慷慨资助。

20年前,休·艾默里(Hugh Amory)引领我进入近代早期叙事问题研究,多年来,我倾力致力于此方面的思考,如今最终能在本书中展开某些阐述。最近以来,我一直受益于众人,他们帮助我更严谨地思考个人论点的诸多维度。个别章节受益于拉里·布赖纳(Larry Breiner)、比尔·凯恩(Bill Cain)、鲁迪·卡多纳(Rudi Cardona)、理查德·格里夫斯(Richard Greaves)、金·格林(Gene Green)、吉姆·伊夫兰(Jim Iffland)、理查德·诺伊格鲍尔(Richard Neugebauer)、马克西·诺瓦克(Max Novak)、鲁思·佩里(Ruth Perry)与伊恩·瓦特(Ian Watt)等人各种评论与学术成果。本书进一步扩充的内容得益于道格·坎菲尔德(Doug Canfield)、杰瑞·克里斯滕森(Jerry Christensen)、蒂姆·吉尔摩(Tim Gilmore)、埃里卡·哈思(Erica Harth)等人宝贵的研读。基思·斯特夫利(Keith Stavely)在忙于自己专著研究的同时对本书手稿尽心关注。以本研究部分内容为基础的论文得到芭芭拉·哈尔曼

(Barbara Harman)、阿卜杜勒·扬默罕默德(Abdul JanMohamed)、安娜贝尔·帕特森(Annabel Patterson)、弗里茨·林格(Fritz Ringer)有益襄助。一直以来,我得到弗雷德·詹明信(Fred Jameson)、厄尔·迈纳(Earl Miner)、帕特·斯帕克斯(Pat Spacks)的鼓励,并从他们的相关审读中受益良多。我也感谢约翰·皮尔森(John Pearson)与佩妮·穆德里阿纳基斯(Penny Moudrianakis),前者完成文字处理工作,后者完成文字编辑工作,他们对手稿所做的改进超越了技术层面的意义。我对我的妻子卡罗琳·威廉斯(Carolyn Williams)惠予的最伟大的礼物、坚定的智识及无尽的情感支持心存感激。

本书幸蒙国家人文基金(the National Endowment for the Humanities)与安德鲁·W·梅隆基金会(the Andrew W. Mellon Foundation)慷慨惠助方得出版。

献给穆里尔、彼得与理查德

15周年版导言

《英国小说的起源,1600—1740》(以下简称《起源》)自首次出版至今的15年间已引起极大反响,并有大量相关评论。我时不时地发表旨在阐明本书宗旨、避免误读相关论点的回复。① 本书15周年版的重印提供了一个更全面的反思机会,让我思忖本书面世至今期间个人思考所得。这篇新导言将专注两个重要问题。首先,我将探讨本书所采用的研究方法问题;其次,我将详述自己对英国小说起源中文类差别扮演的角色问题的理解。

方　　法

如所有其他历史一样,文学史旨在其延续(continuity)与间断(discontinuity)两个维度中理解研究对象。也就是说,历史许诺,会让其研究对象既展示某个完整体的延续,又展示在此延续中,历经时间与空间确认其存在的间断,即其不易其形的改变能力。历史存在的这种重要二元性要求历史方法具有一种在研究对象的两个维度之间穿梭往

---

① 参阅"答威廉·沃纳:文学史辩证法之辩"(Response to William Warner: A Defense of Dialectical Method in Literary History),见 *diacritics*,19, no. I (Spring, 1989),第83—96页;"答拉尔夫·雷德"(Reply to Ralph Rader),见 *Narrative*,I, no. I (Jan., 1993),第84—90页。

返的技术，以此不仅在任何指定时刻，而且在长久时段内阐述它不存在于其中某个维度之中，而是在两者关系之中的这个事实。民族国家（nation state）、王权体系（the institution of kingship）、君权神授说、斯图亚特王朝、查理二世的统治、查理·斯图亚特（Charles Stuart）的人格，尽管这些历史"史料"在性质与规模方面彼此迥异，但它们都具有历史存在的二元性，至少在这方面它们需要一个共同的理解方式。如是之言必定适用于那些我们倾向于用"文学"一词来指定的历史史料。

历史学家们已设计出达到这种方法论目的的多种途径。在《起源》中，我已探讨文学史的辩证法，我原有的导言（"文学史中的辩证法"）阐述了我认为的辩证法带来的益处。可能其中最重要的就是这一事实，即辩证法让历史存在的内在二元性彰显。辩证法思想从整体与局部两方面理解事物。举个简单的例子，斯图亚特王朝是一个由延续与间断组成的整体，但它也可以无数方式加以细分。它可被视为由詹姆斯一世、查理一世、查理二世、詹姆斯二世执政期组成的历史，也可被视为由其他彼此区分，又有联系的"部分"，例如政治权威理论与实践、政治与宗教、国内与国际事务、政权与公民社会等方式构成。或者，它们如何彼此不同，因为辩证法也坚持从某个角度看是局部，从另一个角度看是完整体的这种思考的重要性。从这点来说，查理二世不是成为某个更广关系中的组成部分，而是自己成为研究对象，即一个可从其公共职责与个人能力，或在其传统性与现代性、早期流亡生活与后期君王生活之间关系中得以理解的研究对象。

如果从这些方面进行阐述，那意味着辩证法是一个理解历史存在的有效方式，不仅具备揭示延续与间断二元性的重要能力，而且具备更广泛地从众多不同"片面"角度，即字面意义上的更大、更综合"整体"构成部分思考问题的能力。的确，从整体与局部层面理解事物的辩证法在分析非历史史料过程中也富有成效。可把我家后院的鲜花理解为自然世界中的一部分，美丽事物范畴中的一部分，及花园的一部分，易腐私产中的一种，而不提及它将微生物宇宙，相互性的结构再现等囊括其中，自身凝聚为整体。的确，一个人不能长期如此思考，而不以任何一种方式缩小存在的自然与文化"组成部分"之间的差距。

用所能想到的最宽泛术语来说,辩证法因此是一种理解事物的方式,它满足如下条件:没有一个单独特殊观点,如果不是无限可能的话,那么至少假定某种不确定的局部与整体的排列。理解就其性质而言是有局限性与片面性的。辩证法明确承认,并利用了该程序机制内的这种片面性。辩证法并不是把片面性视为讹误而予以弃绝,而是用它做向导,正是通过片面性这个术语阐述究竟能从理解中省略多少。"在我看来,辩证理性总是处于形成状态中。它是一座桥梁,总是在扩建与修缮。分析理性借助这座桥跨越深渊,虽然无法看到更遥远的彼岸,但知道它就在那里。"② 辩证法利用片面性这个事实,确定被指定的质疑术语排除的范围,以及如果需要加强理解的话,哪些必须加以考虑。这种阐述有助于解释为何辩证法常与否定结合。辩证法通过界定自己为何而将自己不是什么,以及通过自己否定而可能有所增强的术语放在突出位置。辩证法是"从不是什么的方面阐述自己是什么,直面它们排除的指定事实……'它是什么'**排斥了**'它不是什么',如此一来就把它自己真实可能性排除了……必须让缺场的在场,因为构成真实的一大部分就是它所不是的那部分"。③

从某种程度上来说,辩证法的目的就是加强理解,这是一种添加的、量化的增长。为理解查理二世,有人向我们提供了很好的建议,即把他放在诸如我之前已提示的那些术语的多样性中加以思考,不仅是作为一个由不同,甚至表面看来不兼容的部分组成的整体,而且是作为一个在更大异质整体内的某个组成部分。所有的理解都是有限的,从这个前提推演过来,辩证法必然是一种相关的质疑,而不是绝对的质疑,质疑自身就受两个主要因素的局囿。

---

② Claude Lévi-Strauss,《野蛮人的思想》(*The Savage Mind*), Chicago: University of Chicago Press, 1966,第246页。
③ Herbert Marcuse,"辩证法笔记"(A Note on Dialectic),《理性与革命:黑格尔与社会理论的兴起》(*Reason and Revolution: Hegel and the Rise of Social Theory*),序言,Boston: Beacon Press, 1960,第x页。

首先，辩证理解的任意特定方案利用了局部与整体的特殊交互，现有的质疑性质预先决定了这种交互。在正式或专业的不同质疑中（例如，由鲜花引出的有关园丁、美学家、植物学家、花商的不同类型问题），这仅是最为明显之处。就此而言，辩证法如所有质疑方法一样具有"目的性"，因为它不可避免地为自己所提各类问题的答案划定了界限，设置了条件。其次，分析与综合，将整体划分为局部，将局部整合为整体的辩证法尽管具有无限潜能，但在实际运用中有所局限，运用辩证法之人的目的就是借此对研究对象的性质有恰如其分的了解。这既是主观，又是客观的过程，不仅受直觉洞见的指导，而且受对所见的经验主义现象密切关注的指引。苏格拉底（Socrates）将辩证分析描述为"一种根据自然纹理将整体细分为类别的能力，避免像一位笨拙的屠夫那样试图破坏某个自然局部的统一性"。④ 柏拉图所用的解剖比喻唤起了哲学意图，即在理解事物性质方面获得某种类似"自然"准确性质之物，即便其比喻性质禁止知识独特自然标准的字面概念，这个概念可能与普通的辩证法，特定的柏拉图哲学不一致。在理解历史实体过程中，历史学家展示了如手艺娴熟的屠夫切肉时的技巧，前者对研究内容的了解及积累的经验足以让自己对最有可能落刀之处有精准的判断。

这就否认了客观准确的绝对标准，同时又没有否定历史知识中经验主义客观性的要求。"人们必须避免把灵光乍现与辩证思考混为一谈。"⑤具有所有阐释学解读特点的循环性源自这样的事实，即阐释不能避免将自身推导为结论之物假定为前提。从整体入手预设了对局部的了解，借此获得整体性；而从局部入手预设了对整体的了解，这使它们获得局部性。通过明确将循环性并入其相关步骤的方式（通过将辩证法用作局部与整体之间某种间断的视觉转换系列，而不是一种无

---

④ Plato,《斐德罗篇》（*Phaedrus*）,265,W. C. Helmbold 与 W. G. Rabinowitz 翻译,Indianapolis: Bobbs-Merrill, 1956,第 55 页。

⑤ Jean-Paul Sartre,《寻找方法》（*Search for a Method*）, Hazel E. Barnes 译,New York: Vintage Books, 1968,第 48 页。

缝延续），辩证法在圆环之中开了一个口子，经验实证（empirical evidence）的客观性借此为本系列中每一个视角（如果不是针对该系列本身的话）配备了一个真实的验证逻辑。

《起源》不仅在延续与间断之间，而且在普遍与特定之间开始辩证研究。一方面本书收集大量实证的具体细节，大量的局部细节据信与理解英国小说起源的问题有关。另一方面，《起源》通过在具体实证基础上概括广泛的类别关系的方式为起源问题提供一个抽象的"解决方案"。我在初版导言中已简略叙述了这些类别关系中最重要的关系，它们从本书主体内得以阐述的具体语境中概略而出，以此为读者提供贯穿论证的线索。两种类似关系尤其将英国小说的发轫图示化，这将对更简洁地在此叙述这些关系有所裨益。在叙事认识论层面，传奇的传统唯心论遭到某个天真经验主义（naive empiricism）标准批判。这个标准自身受到一个更极端的，将其自身武器指向天真经验主义的怀疑论模式挑战，通过天真经验主义用以反对传奇的相同认识论标准而使之公开化。在社会伦理意识层面，出身决定个人价值的贵族信念被个人价值由内在功绩决定，并以外在成功为回报的进步信念消解。这个观点反过来又受到保守观点的挑战，即进步主义（progressivism）推崇的"新贵族"与旧贵族在武断和不义方面别无二致。⑥

从本术语的多层意义来看，这两种类似关系的逻辑都是辩证的。作为概括性整体，它们需要从各局部的具体多样性中简化，每一个局部旨在一个高度压缩的三段论关系中得到理解。此外，每一个被简化的整体的三个组成部分彼此之间都是否定关系，每一个新阶段需要否定前面两个，因为每一个评论界定了先前给定品性的界限，因为每一个步骤都超越了这个品性。况且，我的论点是，当作者与读者把两种类似的、认识论的、社会伦理的关系视为彼此的阐述及一个更大整体的不同组成部分时，小说便在此刻融入文化意识之中。这种说法的另

---

⑥ 这些类别的精确意思将在本书主体部分中得到阐释与论述。我此处的目的就是不涉及其内容，而只是提及辩证法让这些类别彼此相联时所用的形式逻辑。

一种表述就是,在某个时刻,小说叙事可以如此方式得到认可,即小说的形式(或认识论的关注)可被视为与其内容(或社会伦理的关注)呼应。在18世纪40年代,此时的小说已成长为一种文类,因为其抽象文类特征已作为将叙事话语的不同样例(不同组成部分)组织起来的散漫整体明晰可见。这些实例至此缺乏一个整体性的文类分类。

早在18世纪40年代之前,在英国小说滥觞中扮演如此重要角色的相似类别关系首次开始在文化话语中可被构想、被概括时,它们的逻辑基本上是连续的、有时序的。也就是说,极端怀疑论是天真经验主义的反应,因为天真经验主义源自针对传奇唯心论的批评。保守意识是对进步意识的回应,因为进步意识始自对贵族意识的批评。然而,作为一个有条有理、循序渐进的文类,小说由这些类别之间同步互动组成,没有哪一个拥有时序上的优先性或终极性。任何指定小说可能被某个类别品性主导,尤其是在认识论与社会伦理各自维度之中:一般而言,塞缪尔·理查逊(Samuel Richardson)的《帕梅拉》(Pamela)可能被恰如其分地描述为天真经验主义与进步主义叙事。但较为具体的解读旨在更深切地阐释整体涵盖的局部,也将在《帕梅拉》中认同那些认识论唯心论、怀疑论、贵族与保守意识的要素,它们被这种一般描述运用遮蔽。

如"传奇唯心论"或"保守意识"这样的抽象理念看似孤立隔离,但冒着看似自主、具体化,甚至有自己生命与自由行事的风险。运用某种类似方法,把《帕梅拉》泛泛地描述成天真经验主义与进步主义文本,这就冒着使之看似片面与简约的风险。尽管近年来这种倾向有所消减,抽象理念(以及"整体化"的相关理念)仍然遭到质疑,仿佛理解可在其缺场的情况下进行。辩证法的一个基本前提就是所有的分门别类都具有可操作性及条件性,而不是一劳永逸的绝对性,它们是更宏大过程中的组成部分,并可能只是从中暂时抽离出来。抽象是所有理性的必然成分。其阐释广度与深度的优点平衡了具体化,即描述准确性的对立与交互优点。辩证理性明确地将抽象与具体构想成更大整体的组成部分。这些组成部分在彼此行动中消解,得到的是负面力量。抽象(整体)的充分性可以仅参照其试图附带的经验实证,即各组成部分进行评价。

如读者可能已感觉到的那样,我已将这些警告记录在案以便在解答某些在《起源》甫一面世就冒出的、更常见的误解时有所帮助。我原有读者中的某些人把我论证过程的抽象阐述视为不受经验主义评判影响的教条、先验主张,而不是如我希望的那样从大量实证衍生而出,并借以参考的推论。我想,这个误解至少部分源自20世纪后半叶以冷战为背景的英美文化赋予辩证法的恶名。《起源》中的论证在18世纪40年代终结,因为本书目的就是提供小说的"前历史",一个文类类别自身如何成为文化意识的阐述。但某些读者借此暗示在18世纪40年代,英国小说的发展到了尽头,随后新小说注定会严格按照已为此设定的范式而重复。有些人认为我在论证认识论与社会伦理三段论顺序会在未来不断得到概述。其他人认为这些顺序意味着该术语在全面等级化意义层面上的发展;伴随着亨利·菲尔丁(Henry Fielding)的极端怀疑论及保守意识,小说已经达到其最高成就,可能仅使菲尔丁怀疑论与保守意识的表述永存。此处的误读可能源自人们对熟悉的黑格尔三段论辩证法模式的普通认识,即正(thesis)、反(antithesis)、合(synthesis)。这种解读黑格尔三段论的方法仿佛就像拥有一个明确、甚至必然结尾的亚里士多德式情节论。在我看来,如果把辩证法注定要克服的固定性元素明确无误地强加在黑格尔身上,那么这种解读法也是误读。恰好相反,根据黑格尔的哲学,正也是残余的合,合也是形成中的正。

正是出于这类误读,我的研究具有目的论,从某种意义上来说就像把终结强加在一个本意开放的历史叙述之上,因而也就遭到批评。⑦ 此处有必要看到,《起源》论点的属意所在并不是所论及的特定作家,而是文类类别,特定叙述实践多样性首次界定了文类类别的功

---

⑦ 然而,从该术语的另一个意思来说,《起源》把目的视为其核心目的。目的论含蓄且必然地对所有探究当前各实体往昔来源的研究予以界定,即事先知道"结局"(在此例中为近代时期小说文类的上升)。

效。就此而言,小说文类是一种旨在同时应对认识论与社会伦理问题的技巧,但并没有比此更多的特别承诺。出于这个原因,我认为小说的出现并不是在诸如《鲁滨逊飘流记》(*Robinson Crusoe*)或《帕梅拉》、《莎梅拉》(*Shamela*)这样的一个或两个文本中具体呈现,而是作为一个叙事可能性的抽象领域而成型。小说组成"部分"的辩证运用,即不同甚至对立承诺的文本范围塑造了这个抽象领域。然而,一般而言,从事某个共同事业的同时代之人完全理解这些允诺。那么在18世纪40年代之前,小说已不是作为"受人质疑的"或"保守的"文类,而是作为一个倡导认识论与社会伦理问题场域的文类工具进入文化意识之中,这些问题的广度囊括了天真经验主义与极端怀疑论之间,进步意识与保守意识之间辩证关系界定的可能性领域。

任何像小说文类这样的指定二元性进入视野时,提及某个实体的"前历史"会让我们回到历史存在二元性这个基本概念,但带着精准定位的额外企图。当"起源"的概念不是从绝对的层面,而是作为进入某事物前历史,关注其组成部分(其片面性方面先于该事物自身连贯性存在),或关注从其所属整体剥离出的该事物自身的方式而被构想时,这个概念是有用的。如果所有事情同时延续与间断,我在《起源》中的目的就是在假定历史存在的过程中,在从其他事物(即并非其自身)多样性到有不易其形能力的事物本身改变过程中理解小说。一旦小说是作为一个与众不同的文学形式而被人提及,那么它是作为一个整体而出现,相关组成部分已失去作为其他事物组成部分,或作为其他整体自身的以往连续性。(它最终以术语的形式出现,但这个明确承认带有对某个名称及其运用予以广泛文化认同事实留下的印记,并有追随更重要的概念认同行为的倾向。在我的阐述中,英国小说是在18世纪40年代成为一个与众不同的文类,但"小说"以这个确定名称出现还只是19世纪前叶的事情。⑧)小说的文类合并既体现在其与其他

---

⑧ 如一些评论家指出的那样,有时候《起源》错误地把该术语本身的稳定性置于18世纪中期之中。(例如参阅本书第25页。译注:若无特殊说明,均指原著页码,下同)。

事物残余的不可分割性方面,又体现在作为某个事物自身形成中的连贯性方面,此时辩证法所做的允诺就是它能让人们目睹这一历史时刻。同样地,近代早期小说一般而言**主要**是按原有形式延续还是间断?它是某个发展中的文类整体(史诗、传奇、"古代小说")的片面发展还是一个新的文类整体?当这些论争依托具有类似辩证特点与灵活的术语而展开时,人们很容易达成一致。⑨

至此,我已倾力解释了《起源》中自己运用的辩证法,并提及在理解其指定研究对象过程中,辩证法在不同类别视角之间裁断时的变通。但辩证法在当前样例中有更特别的正当性,因为我此处的研究对象是在英国,乃至西方历史中某个新文类类别出现的时刻,此间,人们对文类区分本身的态度处于一个划时代转折时期。当然,两个事件联系在一起:认识论与社会伦理理解的推进是小说的核心关注所在,此间产生的种种问题则是现代知识分类长期过程中的一个方面。这个过程的现代性显然贯穿我们的文化,既体现在我们熟悉的学术知识划分发展成不同学科的过程中,又体现在艺术毅然决然地脱离科学的过程中,还体现在教会与政权、宗教与政治分离的过程中,更体现在美学领域独立于政治、宗教以及道德评判的过程中。列举现代文化中这些熟悉的假设不是去认同它们的真实性,而是去证实它们的文化优势,即在我们对知识不同模式彼此之间关系进行分门别类的现代与传统方式对比时对我们而言最为明显的条件。大致说来,传统与现代性之间的区别在这方面就是两个知识体系之间的区别,前者是在类别之间有所区分,但不支持其分裂性的知识体系,后者是根据完全分离的、分类的知识主体而组成的知识体系。⑩

---

⑨ 我已直接研究此问题,参阅本书"前期革命"章的第26—39页,第133—150页。
⑩ "传统与现代性之间的区别"是一个抽象阐述,它在年表中的运用并没有明确标示。在其最常见的用法中(我在《起源》中已研究过),它对16、17、18世纪分水岭前后的西方历史时期进行区分。但在更明确的区域语境中,人们认为它亦适用于其他年表,例如适用于以前苏格拉底与柏拉图哲学兴起为标记的古典时期,并可以感受到"传统对峙现代性"抽象标题下大致进行区分的认知方法与众多区域语境的文化实践共存。辩证理性不只是柏拉图、黑格尔、马克思文化中理想之物,甚至 (转下页)

鉴赏小说与现代性之间密切联系的方式之一就是把小说视为一个文化工具,旨在通过调停一个向(相对)分离而出的知识体系过渡的方式调停面向现代性的转变。这个转变根据我们是否关注认识论或社会伦理的经验领域而具备不同形式。在《起源》中,我把前者归纳为"真实问题",后者为"美德问题"。

尽管不同的传统文化在真实的不同类型中有所区分,它们把真实领域构想为一个完整领域,从某种意义上说,它由主宰、浸润所有其他标准的某个精神或宇宙真实性首要标准统辖。例如,在欧洲中世纪文化中,基督教神学及随之产生的道德体系并不仅仅是最重要的理解模式。它悄悄地用其独特的特征与权威(如果有时候也可以用戏仿变调的话)渗透、改变所有弱势理解模式。中世纪学者们用相关的方式对大范围的多种话语进行区分,但也假设修辞目的与道德标准在整个范围内弥散,并且总成合并。真实问题对小说起源研究来说是重要的,因此也就与近代早期世俗化危机共同延展。但它们的含意也具有特别的文类特征。在中世纪用法中,"传奇"与"历史"这两个文类已为人所知,但因为这些话语共享一个统摄性的修辞与道德目的,于是它们不能彼此分开,哪怕带着一丝一毫的连贯性或确定性。防范混为一谈的现代认识论动因对中世纪作家们而言是陌生的。近代早期发生的(我在《起源》第一部分讲述了这个故事)就是作为现代世界真实阐述标准模式逐渐从经验主义真实性标准中剥离的过程。小说这个新文类通过声言自己历史真实性的方式不仅把逐渐占据主导地位的经验主义纳入其中,而且对其进行评测,随之而来的后果就是,较长时间之后,一个新的现实主义或美学艺术真实性标准开始与有关真实的经

(接上页注⑩)是可供思考之物。辩证理性预设各个类别完全可以分离的"现代"意义足以迫使把独立的类别"整体"也构想成更大整体的"组成部分"的目标为人所知。对各类别之间关系的"传统"态度强调了整体高于局部,知识体系的一致性高于其片面性,并把辩证重接动机所仰赖的分离排除出去。为更全面了解这些方面的阐述,参阅 Michael McKeon 编辑的《小说理论:历史方法》(*Theory of the Novel: A Historical Approach*),Baltimore:Johns Hopkins University Press, 2000,第 803—808 页,第 856—857 页。

验主义、精神层面类别区分。这些文类类别曾被认为是构成更大整体的组成部分,在现代文化中,它们中的每一个都具备自主整体特征。因此,小说的起源需要对在科学与宗教之间居中和解的认识论展开研究,这尤其适用于我们在阅读小说时带入的判断类型。

真实标准的近代早期危机与事关如何最恰当、最公正地组织社会关系的态度危机相应。我称之为美德问题,因为社会公义与合宜倾向于根据"外在的"与"内在的",一方面是社会地位,另一方面是个人功绩与功过,或美德之间预设的或已证的差距而得到合理化阐释。在将个人价值构想为一种因出身而具备的功能时,传统文化将美德寓意中的重要决定性角色归于祖先与血统,即"地位"。对按地位分层的社会等级本质公义的默认是我称之为贵族意识的主要特点,这个意识在权力、财富、地位等社会符号之间进行区分,但把这些潜在不同条件聚合在世袭地位荫泽之下。这个作为"整体"的世袭地位组成部分彼此区分,但又密不可分。

在由人口变迁、农业资本主义、社会流动性、内战、清教教义、个人主义话语等多种因素(《起源》第二部分已提及)构成的压力下,近代早期英国人经历了地位不一致(status inconsistency)的危机。他们学会质疑个人价值由出身决定这个默认的假设,并把作为独立变量的个人功绩或美德剥离出去,严格地说,这些变量与得到提升的个人地位的联系是任意的。他们重新把社会身份构想为由权力、财富、地位等部分组成的混合体,而不是某个假设的整体。长期以来,以传统地位为导向的社会关系被以现代阶级为导向的社会关系取代。这不是家族血统的定性标准与贵族及平民之间的区分,而是收入的量化标准与"中产"及"贫困"阶级之间的区分,而这些主导了我们从现代意义层面理解社会关系如何得到最权威描述的过程。但是,用阶级取代地位并不能用某个概括性主导替代另一个。因为如果阶级已成为社会差别的标准方式,阶级从其他社会标记之中剥离出来,这个具有现代性的过程确保社会身份由一个复杂的不同部分聚集而成,而不是一个连贯一致、有条有理的整体。同样地,新兴的小说不是为阶级(更不用说为中产阶级)进行直白的辩护,而是为探究当时社会变革的道德意义进行实验性质疑。出身的外在标准去除标准首要基础,在小说现代性的助力下详述了由不同因素组成,并浸没于主体性与自我的变化、内在动力之中的某个社会身份流体模型(fluid model)。

很多现代评论依赖某种意识模式。该模式把强化"主导性的"、或"支配性的"社会文化标准的基本功能归于文学,并把文学构想为一种具有"遏制性"的规范系统,只有在不寻常的案例中,这个系统才能调整为"抵抗"的"反支配"方向。尽管这些并不是其自选的术语,辩证法会更加一分为二地对待"遏制"与"抵抗",更多的是视它们为更大整体的组成部分,其内在连贯性将某个确定的意识主导的例行隔离排除,这在此类评论中常见,而不仅仅作为对抗的整体。无疑,当重要的变革已然发生时,在对历史性时刻(例如小说的起源)展开的研究中显然需要这种方法。但对辩证法而言,一切都是"过渡"时期,因此也就取决于对作为社会文化整体一部分的遏制与抵抗互动构成的极度复杂性展开得当研究的模式。然而,借助这种思考方式,尤其是文学的社会功能,即意识形态中极为敏感的一类,更多在于对它们彼此渗透展开的调研性质疑,而不在于是否规范化。⑪ 这不是挑战人们普遍接受的关于中产阶级与小说之间相互关系的设想,而是强调关于此类理解的研究只是从这个假设开始,特别是从 18 世纪开始。我们现在看来(可能现在更加不假思索地如此),看似中产阶级与小说控制主导的事宜在当时很多人们眼里似乎更像从先验社会分配的控制主导中获得的一种解放。历史后觉的片面性在源自过去的观点中找到了其必然的辩证平衡点。

---

⑪ 此处有反讽之意。近期颇多评论中对社会文化的强调被后结构主义,具体而言福柯理论的阅读政治学推波助澜。此外,这随之而来的益处已全然超越了马克思意识理论公认的简略性。辩证法从马克思及其他人那里汲取所需,为这类仍然流行的评论提供校正方案。该评论如此简略以至于过去与"庸俗马克思主义"一词联系在一起。

性　　别

在上文中，我已阐明辩证法是一个合适的研究方法，不仅因为它在不同局部与整体类别之间游刃有余，为理解历史提供了一个能洞见实质的机制，而且因为在《起源》涉及的特定时刻，英国人民正在经历一场重要的变革。这场变革事关我们可称之为近代早期知识分类的分门别类自身态度，对这场变革的理解需要借助一个对范畴思考意义有着本能关注的研究方法。性与性别的近代早期类别是什么？

《起源》把相当篇幅用于阐述英国小说发轫的性别事宜。这很难有所不同，当时与今日的学者们都论及女性在小说叙事写作与阅读中扮演的角色，尽管情节可能各不尽同，但这些叙事自身可能充斥着对两性关系的自觉与暗中关注。《起源》的中心焦点即为此。我在本书临近结论之处提及理查逊与菲尔丁之争，他们之间的互不相让也就越发突显性别事宜的重要性，但理查德·格林（Richard Greene）、托马斯·德洛尼（Thomas Deloney）、玛丽·卡尔顿（Mary Carleton）、阿芙拉·贝恩（Aphra Behn）、玛丽·戴维斯（Mary Davys）、伊丽莎·海伍德（Eliza Haywood）、德拉瑞维尔·曼利（Delarivier Manley）及威廉·康格里夫（William Congreve）所写的更早期叙事足以为此番强调奠定基础。然而，我在阐述新兴小说汇聚主题事宜的方式时明确指出性与性别事宜从属于地位与阶级事宜。如果存在地位不一致，又为何不能同样存在性别不一致（gender inconsistency）呢？

这是重要的时间从属，察觉到这一点很重要。如我某个章节标题"意识形态的性别化"暗示的那样，意识形态危机需要使社会地位与个人美德分开，因为它首先是中性的。在我的阐述中，性别首先进入意识形态争议领域之中，这构成小说起源的基础，支持进步与保守意识并使之复杂化,而不是作为一个重要的独立论点。⑫ 在我看来,英国小说的前历史终于18世纪40年代,年表的重要性也就暗藏于这个事实之中。当时人们对小说给读者群体,特别是女性读者带来的负面效果心怀忧虑,并在18世纪末到了严峻关头。在此之前,如此忧虑也足以为人感知,但它倾向于用一个单一关注类别把女性、男性中的平民及青年人纳入其中。⑬ 仿佛在18世纪前半叶,性别差异并不足以从地位差异中分离出来,并以此获得直接的关注。

如这个评论暗示的那样,我已为真实与美德的问题勾勒出一个辩证质疑方式,可能以此阐释"性别问题"。至18世纪末,女性性别在内在美德的现代概念中占据如此彰显的核心地位,以至于对它的忽略使美德问题不值一提。100年前并非如此。内在美德的发展理念在当时是个中性问题(在父权文化中它因此可能更多地与男性,而不是与女性联系起来),并从不对男性与女性实例予以区分的诸多信息源(主要为新教良知教义)中汲取所需。⑭ 我们如何可以运用辩证法理解18世纪的性、性别、地位、阶级在其意义与关系方面的变化方式?

个人身份植根于性与性别,现代西方文化完全致力于这个理念,以至于当我们把自己的文化与其他时期及地域的文化比较时,就能感受到这种坚信的力量。对我们而言,现代之前,"个人身份"范畴自身缺乏自有实质,因为人们倾向于把自己更多地构想为已经既定存在的社会整体中的组成部分,而不是集聚并构建社会整体的诸多个体。品性主要是亲属、家庭、族群、血统的事实。对我们而言,品性的组成部

---

⑫ 参阅本书第255页。此条目可能在贵族意识内在父权主义态度的进步批评中最为明显。参阅本书第156—159页。

⑬ 参阅 Michael McKeon, "散文体小说:大不列颠"(Prose Fiction: Great Britain),见《剑桥文学评论史,第4卷:18世纪》(*The Cambridge History of Literary Criticism*, Vol. 4: *The Eighteenth Century*), H. B. Nisbet 与 Claude Rawson 编辑, Cambridge: Cambridge University Press, 1997,第247—249页。

⑭ 学者们犯了这个错误:他们设想小说最早出现时,女性尤其已与内在美德的特别现代能力联系在一起。辩证理解的失败带来的后果就是对家庭意识及家庭小说的历史有错误的认识。例如,未能认识到1700年,"性别"的类别整体还没有经历局部化,而这是承载1850年之前构成内在美德女性化标准的必然条件。

分似乎不是严格的亲属功能。在传统文化中,⑮它们要么藏匿于亲属群体(例如"种族"或"政治的"、"宗教的"附属)之中,要么如外在形象或性那样深深地植根于这个决定性的社会母体之中。不用说,传统文化不仅在两性之间有所区分,而且也将社会实践组合,以此承认、容纳这种差别的生育意义。但在这些文化中,女性的生育能力是从社会,而非个人的角度进行阐释的,是作为亲属集体性的成型条件,而不是作为诸如此般的性别差异标记。在现代文化中,我们倾向于把自己首先设想为一个由性别自然事实界定的个人。生育子嗣的生理能力是植根于自然差异的女性身份最重要的生理指标,并与男性身份一道为人性提供彼此不同的底层(substratum)。"**性别**"一词含混地标明两性之间的这种自然差异,男性气质与女性气质之间文化所强加的及文化可变的差异,那些复杂的社会存在模式对应着生理性别(本术语的现代运用即在此),但不是自然而然地被其决定。

如果至少出于临时赞同之故而给定这些归纳,⑯我们可能会问,如我在上文大致所言,性别分类的现代体系发展与社会分类的现代发展是怎样的关系?思考片刻会这样说,这两个发展是彼此的镜中之影。1650—1750年的100年间,进步与保守论点冷峻地审视、评判地位差异自然性的传统、默认的信念。但这个信念被如下合并而成的确信替代,即社会地位是出身、教育、个人成就的复杂集合;这不是一个稳定的前提,而是一个流动过程;阶级的定量与随机标准,而不是地位的定性与自然标准提供了它最为敏感的语域。在同一时期,生理性别正从广泛的文化变量中脱离出来,传统上它是融于其中的。女性继续从属于男性,这正经历一个范式的转变。在近似的等级连续性层面,

---

⑮ 我在此处把传统与现代性的对峙抽象化,并把它们视为单独整体的组成部分(中世纪英国、古罗马、土著时期的澳大利亚),在其他语境中显然需要自身作为整体而得以分离。

⑯ 为更全面了解这些论点,请参阅 Michael McKeon,"父权社会的历史化:1660—1760英国性别差异的出现"(Historicizing Patriarchy: The Emergence of Gender Difference in England, 1660-1760),见 *Eighteenth-Century Studies*, 28, no. 3, Spring, 1995,第295—322页。

女性被认为弱于男性,在现代世界中,人们基本上(自然而然地)认为女性与男性不同。换言之,历经几个世纪,在构建何为人类的过程中,自然权威从出身转移到性别,从社会领域转移到性别领域。⑰

　　小说是在这个过程中出现的,它所面对的问题至少最初受这个过渡语境,这更大整体的组成部分的特点影响。在17世纪末与18世纪初的英国,地位差异的不平等已众目昭彰,地位不一致(即当时被构想为一个天衣无缝整体的社会地位各组成部分之间的不同)处于文化意识的最前端。但"性别不一致"并非如此,因为性别差异的现代体系,即不同的任何比较意义的必然基础只是处于稳定发展的早期阶段。两性仍然更多地倾向于从社会的、政治的、法律的地位,而不是从性别存在方面看待自己。留存下来的强大信念使人们准确地理解女性的从属地位,因为它把女性归为一个相对弱势群体,而不是与男性绝对不同,这为社会不义观点奠定了一个危险的基础。然而,这个平衡是脆弱的。菲尔丁对《帕梅拉》的愤怒显然是出于对社会混乱,而非性关系混乱现象的反应。他对理查逊小说中性挑逗的情色力量的高度敏感则完全是另一回事。然而在《约瑟夫·安德鲁斯》(*Joseph Andrews*),第二部戏仿《帕梅拉》之作中,菲尔丁精明地更换了主角的性别,仿佛回避了因如是认同而引发的问题:女性案例就是涉及不一致的特殊实例。当时的人们再一次了解到两性之间的不同,但这种差别仅在分离的过程中。"性别之争"及"**女性问题**"一直贯穿整个中世纪。但女权主义,即性别差异的现代体系批评及产物在诸如玛格丽特·卡文迪什(Margaret Cavendish)、玛丽·阿斯特尔(Mary Astell)等作家身上只是刚刚出现。社会地位问题设定了争论术语。的确,此番争论对如是直觉越发敏感:性别差异对美德问题倾力关注的伦理事宜有所影响。但与一个世纪后的小说相比,早期小说的意识形态努力显然较少受性别

---

⑰　然而,尽管传统社会体系对婚姻、继任、继承的复杂规则有密切关注,家世使亲属纽带的归化力量显易见。现代文化中自然体系权威高高在上。经验主义认识论的现代支配力量(我在"真实问题"各章中已涉及)扮演了一个明确角色。认识到这些是非常重要的。

差异的推动。在贝恩的《一位贵公子与妻妹的情书》(*Love-Letters between a Nobleman and His Sister*)这个对性别难题明显敏感的例外中，尤其为女性所做的进步辩护借助因性别差异导致的分离而成为可能。这个辩护显然被对谁从父辈等级权威分歧而出的贵族的、中性的怀疑论钝化。

在《起源》结论部分研讨的叙事文本中，我们可以多少清楚地看到此历史时刻的矛盾性。理查逊的《帕梅拉》情节因勾勒当前及未来轮廓时的敏锐感而尤为出色。⑱《帕梅拉》的最初三分之二部分关注作为乡绅代表的 B 先生及其平民女仆帕梅拉之间的斗争关系。在这些婚前情境里，帕梅拉对 B 先生的从属是双重的，既作为女性，又作为平民，前者暗藏于后者的程度在该情节部分专注作为帕梅拉个人困境及婚姻主要障碍的地位不一致方式中显而易见。婚姻的明确效果就是把帕梅拉的双重从属分割，把她作为平民的地位与作为女性的情境分开，尽管婚姻提升了帕梅拉的社会地位，但她仍居于从属地位，因为她还是位女性。《帕梅拉》的最后三分之一部分认可了其从属状态的持续性，既作为一种正面安慰，上升流动性(upward mobility)并没有对婚姻制度构成威胁，又作为一种喋喋不休的认同：社会公义的进步逻辑，即小说情节至此推进的基础必须在这类女性案例中悬置。

将性别从属与社会从属分离具有强大的极端潜力，这仅在帕梅拉与戴维斯夫人(Lady Davers)之间首要女权主义联盟的出现时得到暗示，而这曾短暂地扰乱了帕梅拉与戴维斯夫人弟弟的婚姻结合。性别从属与社会从属的这种分离与两个其他类似分离相联，后面的这两个分离与这些作为整体自身，而不是更大整体组成部分(社会从属包含了性别从属)的范畴中的每一个有关，看到这一点是有所裨益的。一方面，在社会从属领域中，(阶级)功绩与社会地位分离使性别从属与社会从属分离成为可能，这个发展是帕梅拉因其众人皆知的内在美德而成功地从平民跻身名门的必然条件。另一方面，在性别从属领域中，

---

⑱ 更全面的阅读请参阅本书第二章。

性别从属与社会从属分离为性与性别分离做预备。

阴云再次密布之前,贵族等级中作为男性的B先生与作为女性的戴维斯夫人之间的争执出色地阐释了即便是在进步意识的庇护下,绝对性别基础是后者遵从前者的基础。但这场争执也揭示了从属的自然条件与文化条件,即性与性别的可分离性,在此基础上,女权主义将学会质疑为何生理差异的真实但有限的事实会主宰现代文化中广泛衍生的女性从属事宜。换言之,《帕梅拉》的结局是现代性别范畴前历史中的一个插曲。近代早期的知识分类使强大的自然基础明晰可见,女性从属总是更多地悄然栖身于此,甚至为后人提供一个强大的反对女性从属的文化主义论点。然而,18世纪40年代之前,人们倾向于从社会层面,而非性别层面提出小说开始关注的美德问题,因为在此之前,英国文化仍然倾向于把性别从属纳入社会从属之中。

导言：文学史中的辩证法

本导言的目的是为随后各章提供一个宽广的理论基础。我首先描述与时下阐释"小说的兴起"有关的最重要问题；我对某些理论家为阐明这些问题所做的学术贡献进行评价；我将在最后部分提前概述尝试提出解决方案时用的术语。这场讨论的一个持续主题是下述观点：文类理论不能与各文类历史及历史中各文类理解过程割裂。此观点的另一个说法就是文类理论必须是文类的辩证法理论。尽管如此一来，辩证法是全书论证过程的重要方法，我想，读者在阅读随后各章时会感到辩证法相对而言是一种潜意识存在。希望迅速进入本研究的历史与批评核心的读者将在导言第一部分与最后部分得到关于本研究理论目标的足够指引。那些对更透彻阐述这些问题及其预计解决方案感兴趣的读者则也应该阅读第一部分与最后部分之间的内容。

一

多年来，对英国小说起源所做的最成功阐述莫过于伊恩·瓦特（Ian Watt）的研究。① 任何拓展此研究的努力，即解读《小说的兴起》

---

① Ian Watt,《小说的兴起：笛福、理查逊与菲尔丁研究》(*The Rise of the Novel: Studies in Defoe, Richardson, and Fielding*), Berkeley and Los Angeles: University of California Press, [1957], 1964；正文中所有括号内引用均来自 1964 年版本。

(*The Rise of the Novel*)中未能解决的,或通过该书出色阐述而昭彰显著的难题都将让人首先想起瓦特学术成就所奠定的基础。小说与众不同的特点在于"形式现实主义"(formal realism),"一整套在小说中如此寻常可见,而在其他文类中难以寻觅的叙事方法;这些手法可能被视为形式自身的典型……整体而言,小说文类的最小公分母就是形式现实主义"(32,34),所有这些构成该书的核心论点。瓦特巧妙且精准地指明小说的独特"叙事方法":对传统情节、比喻修辞的舍弃与故事人物及背景、命名、时效、因果关系、自然环境(13—30)的具体化。然而,瓦特在将这些形式特点隔离成这个新文类严格限定词的同时,他论证它们与其他近代早期发展状态存在密切、近似的关系,并延展到文学形式领域之外。

瓦特在多个层面详述该论点的"语境"维度。他即刻提出在形式现实主义的认识论前提与"哲学现实主义",即笛卡尔(Descartes)、洛克(Locke)开创的现实主义近代传统(11—12 与第 1 章)的认识论前提之间存在一种近似。瓦特属意论证小说的兴起与 18 世纪早期英国社会语境转型之间的联系,他并没有直接如是说,但其观点始终散见整本书中。在此时期,哲学、小说及社会经济联合起来对某类或另类"个人主义"的个人经验予以确认,在社会领域中通过一系列不可分割的现象得以昭示:资本主义的发展、经济活动的专业化、世俗化的新教教义传播、"工商业阶层"日益占据主导地位以及阅读民众的增长(61)。瓦特将这些现象与"中产阶级"(例如48,59,61)结合起来,借此鼓励我们把他的观点理解为对一个令人敬畏的主题的独特且有说服力的处理:中产阶级的兴起与小说的兴起之间存在着历史的共时。

所有读者明了瓦特此番论证的力度。自《小说的兴起》发表以来的 25 年间,它的哪些观点最站不住脚?尽管已有大量相关评论,但皆可概括在两个相关标目之下。② 很多评论家已指出尽管笛福(Defoe)、

---

② 第三类评论,即瓦特的研究默然将"小说"界定为"英国小说"亦同样重要,但受可能更少需要理论表述这样的策略影响。当前研究涉及英国小说起源中更为有限的主题,同时旨在认同这种英国现象及其他国家文化之间最明显、最重要的互动。

理查逊(Richardson)、菲尔丁(Fielding)明确颠覆了传奇(Romance)的理念与气韵,然而他们汲取了诸多传奇惯用的情景与常规。所有三位小说家涉及传奇的普遍问题与灵性(spirituality)的特殊问题有关,在笛福那里则与形式现实主义的世俗化前提同样对立。瓦特审慎地阐述笛福加尔文派来世论的矛盾之处,但最终笛福出于自己观点之故而将遮蔽、渗入鲁滨逊·克鲁索大多历险(81)的灵性化存在处理为机械、仅为"编辑策略"的功能。然而,该时期本身继续充斥着"传奇",对如此事实的评论与其说与瓦特的论点矛盾,不如说使之复杂化。复辟时期及18世纪早期大量的虚构故事面世,按瓦特及大多数其他学者的标准,这些虚构故事必然与反个人主义者及将传奇传统理想化的过程相联系。最终就有这么个推论问题:甚至可以通过那些界定我们何为"传奇"的理念之古代与中世纪形式反映"形式现实主义"的某些主要特征,评论家们已有如是宣称。③

---

③ 关于三位作家笔下的传奇:参阅 Sheridan Baker,"18世纪小说中的传奇理念"(The Idea of Romance in the Eighteenth-Century Novel),见 *Papers of the Michigan Academy of Science, Arts, and Letters*, 49 (1964),第507—522页;Margaret Dalziel,"理查逊与传奇"(Richardson and Romance),见 *Journal of Australasian Universities Language and Literature Assn.*, 33 (May, 1970),第5—24页;Henry Knight Miller,《菲尔丁的〈汤姆·琼斯〉与传奇传统》(Henry Fielding's Tom Jones and the Romance Tradition),英国文学研究,no. 6, Victoria, B.C.: University of Victoria, 1976 等等。关于笛福笔下的灵性:参阅 Maximillian E. Novak,《经济学与丹尼尔·笛福小说》(Economics and the Fiction of Daniel Defoe), Berkeley and Los Angeles: University of California Press, 1962,第32—48页;George A. Starr,《笛福与属灵自传》(Defoe and Spiritual Autobiography), Princeton: Princeton University Press, 1965,第3章;J. Paul Hunter,《勉强的朝圣:笛福的象征法与〈鲁滨逊飘流记〉中的形式探求》(The Reluctant Pilgrim: Defoe's Emblematic Method and Quest for Form in Robinson Crusoe), Baltimore: Johns Hopkins Press, 1966等等;关于此时期涌现的大量传奇作品:参阅 Maximillian E. Novak,"18世纪早期的小说与社会"(Fiction and Society in the Early Eighteenth Century),见《复辟时期与18世纪早期的英国:文化与社会论文集》(England in the Restoration and Early Eighteenth Century: Essays on Culture and Society), H. T. Swedenberg, Jr. 编辑,Berkeley and Los Angeles: University of California Press, 1972,第51—70页。约翰·瑞凯提(John Richetti)的大部分论点与所提供的证据也可被视为支持如是观点,即不仅"形式现实主义",而且"传奇"也主导了这个时期。参阅他所写的《理查逊之前的通俗小说》(Popular Fiction before Richardson: Narrative Patterns, 1700-1739), Oxford: Clarendon Press, 1969。关于传奇中的形式现实主义: (转下页)

瓦特非常明白菲尔丁特别规避形式现实主义的明细标准的方式。他已有暗示,为《小说的兴起》所设的原创、及更综合的理论框架如何通过将形式现实主义视为非主导的形式标准而给菲尔丁更多的公允评价。④ 然而,这让我们陷于进退两难之中,因为瓦特的论点在大多数情况下具有吸引力,他准确地将形式现实主义与"小说"联系在一起,并貌似合理地将小说的兴起与构成形式现实主义清楚类比的语境发展联系。如果我们需要菲尔丁,我们必须通过使之容纳"传奇"元素及其暗示的反个人主义倾向的方式消解、弱化这个阐释框架。如果我们需要这个阐释框架,我们必须准备将菲尔丁大多数作品从小说兴起过程中排除出去。换言之,瓦特不寻常的,具有说服力的论证有助于揭示的中心问题就是小说自身之中及与小说兴起共时的传奇持续存在的问题。然而,在此背后潜藏着更重要的问题,即"小说"与"传奇"之间理论区分不充分。

就此而言,我的研究主题就是瓦特在界定小说形式特点时出现的讹误。其论点的第二个主要特点事关论证的语境层面,即中产阶级的兴起,但仍然存在可疑之处。评论家们已经发问,18世纪早期中产阶级占据主导地位的证据在哪?中产阶级如何被同时代的人及在现实中与贵族、绅士这样的传统社会类别区分?特别是与新"个人主义"有明确关系的文化态度、物质活动改变了近代早期英国贵族自身的时候。在这样的语境下,中产阶级的身份只是出于自我否定的动因而被界定,而且他们愿意同化为贵族,我们的确该如何解读中产阶级新贵这种熟悉类型?另一方面,我们该如何理解中产阶级的个人主义源自13世纪而不是18世纪的英国这一未有定论的观点?就所涉及的小说理论而言,最令人棘手的人物似乎还是菲尔丁。如果他的小说形式特

(接上页注㉖)参阅 Paul Turner,"小说的古与今"(Novels, Ancient and Modern),见 *Novel* 2 (1968),第 15—24 页;Diana Spearman,《小说与社会》(*The Novel and Society*), London: Routledge and Kegan Paul, 1966,第 2 章。

④ 参阅 Watt,《小说的兴起》,第 25、27、30 页,同作者,"对《小说的兴起》的审慎思考"(Serious Reflections on *The Rise of the Novel*),见 Novel, I, no. 3 (1968),第 207、213 页。瓦特提到因受编辑所限而对手稿进行删减。

征依托传奇传统、形式与内容,菲尔丁的自传可能似乎意味着对贵族,更确切地说"没落贵族",而不是新兴中产阶级的社会视角的同情。瓦特已经多少承认小说这个新文学形式不仅颠覆了在18世纪初仍为传统的社会规范,而且还对此予以阐述。⑤ 但如果是这样的话,我们对中产阶级与小说的看法就会有严重的偏差。当然这种偏差是相互的。就我们的目的而言,真正因此而起的失误就是这么一个极具诱惑力的关于小说兴起的理论,它将都不具备定义稳定性的两种类别联系起来。⑥

然而,传奇与贵族持续存在的问题就像小说与中产阶级先在的问题一样,可能仅仅通过重新构建过程来使之更有规可循。因为它开始看似我们正在应对相同困难的两种不同阐释,所需要的就不只是一个小说兴起的理论,而且是无论"文学"或"社会"的类别如何在历史中存在的理论:从目前已用来界定可能性领域的其他形式,即转型形式层面来理解它们如何进行首次融合。文类理论为寻求如是理解提供了怎样的指导?

二

近年来,最有影响力的学术贡献当属可被称为"原型理论"的文类理论。原型理论由一些并不完全兼容的,有关神话与古代思想本质的现代思考组成。该术语自身就极密切地与把神话视为神圣范式或"原型"的模仿及重复结合起来。如米尔恰·伊利亚德(Mircea Eliade)所言,原型的再生使时间、时段及历史悬置或废止,因为"他重复了示范

---

⑤ 参阅 Watt,"对《小说的兴起》的审慎思考",第216—218页。
⑥ 关于18世纪早期的主导:参阅 Spearman,《小说与社会》,第1章"13世纪的中产阶级";参阅最新文献:Alan Macfarlane,《英国个人主义的起源:家庭、财产与社会变革》(*The Origins of English Individualism: The Family, Property, and Social Transition*), New York: Cambridge University Press, 1979;关于菲尔丁与没落贵族:参阅 Diana Laurenson 与 Alan Swingewood 所写的《文学社会学》(*The Sociology of Literature*, London: Paladin, 1972)第8章中斯温吉伍德(Swingewood)的观点。

态度……发现本人已被带入神启揭示的神话时代"。通过周期性的时间废止,原始人类使其此番经历具有太初时的超验、神圣价值,在重新演绎之举中使之复现。古人因此从贬值的时效、历史发展中"逃避"出来,"定居在永恒的当下之中",与伟大的宇宙创世、人类起源的当下性共存。⑦

克洛德·列维—斯特劳斯(Claude Lévi-Strauss)把结构人类学家的兴趣,而不是比较宗教学学者的兴趣带入神话研究之中。但如果他的研究因此在很多方面与伊利亚德的研究有所不同,那么他继续对历史可分性、神话原型,或"结构"(他更愿用的术语)保持密切关注。在列维—斯特劳斯看来,结构与历史的二分法大致近似形式与内容之分。"内容"以多种方式与"历史"、"经验主义多样性"、"人口变化"联系在一起。古代与结构主义程序通过"忽略"、"归类"或"简化"内容的方式发挥作用,以此把形式主义,即结构主义内容有所不同但仍继续存在的延续性隔离开来。结构主义神话分析程序中最著名的例子就是列维—斯特劳斯对俄狄浦斯(Oedipus)神话的解读。结构主义方法不考虑该神话诸多阐释中的可变内容,借此为创造这个神话的原始思想揭示神话不变结构的真实意义。这个意义反映了结构主义程序,因为这需要从波谲云诡的历史变革中抽离出一个稳定形式关系,通过展示经验与信仰在结构主义类似方法中具有内在矛盾性而想象性地"战胜"一个两者之间已被感知的矛盾。⑧

---

⑦ 《永恒回归的神话,或宇宙与历史》(*The Myth of the Eternal Return; or, Cosmos and History*),Willard R. Trask 译,博利根(Bollingen)系列第 46 卷,Princeton:Princeton University Press,[1949] 1974,第 35、86 页。

⑧ 关于给"内容"加括号:例如,参阅 Claude Lévi-Strauss,《野蛮人的思想》(*The Savage Mind*),Chicago:University of Chicago Press,[1962] 1966,第 13、75—76、95、115—116、126、129 页;同作者,"第 15 章附记"(Postscript to Chapter XV)(1953),见 Lévi-Strauss,《结构人类学》(*Structural Anthropology*),第 1 卷,Claire Jacobson 与 Brooke G. Schoepf 翻译,Garden City, N.Y.:Doubleday,1967,第 330 页;为更全面了解相关事宜,请参阅作者本人的论文"克洛德·列维—斯特劳斯的'马克思主义'"(The "Marxism" of Claude Lévi-Strauss),见 *Dialectical Anthropology*,6 (1981),第 123—150 页。俄狄浦斯神话:参阅同前,"神话的结构研究"(The Structural Study of Myth) (1955),见《结构人类学》第 1 章,第 202—228 页。

因此神话通过使自身脱离历史,即提供某种"逃离"能力而被界定。但神话处于一种永恒的转型状态中,那些偏离自身起源古代条件的神话不再发挥这种确定功能,因此也就不再成为神话。在这一点上,原型主义思想无法逃离历史,而与某个理论及文类历史的必然性相遇。在列维-斯特劳斯的阐述中,文类的起源是一个退化的过程:"神话本质允许其内在组织原则潜在渗透";"结构退化成连续性"。神话结构的最初退化不在于形式的"终止",而在于其对外在侵略者的毫无抵抗地屈服,其问题是"插曲式神话",一个通过插曲将短暂时期填满的系列叙事,或从外在来源中将现在不受"任何内在逻辑"束缚的插曲同化。这个过程的遥远终点就是小说的起源:

> 当机遇或某些其他必然性与曾经促使它们在现实真实秩序中产生的必然性相矛盾,并在它们身上保留或重新发现了神话轮廓时,往昔、生命、梦幻一路携裹着错位的意象与形式,这一切萦绕在作者的心头。然而小说家在这些可以说是因历史的温暖而从冰山上脱落的浮冰中随意沉浮。他把这些散落的浮冰收集起来,并在一路漂流中重新使用,同时大概意识到它们源自其他某个结构,当自己被一个不同于承载他们的浪头席卷而去时,这些浮冰就越发珍贵。小说不仅因神话枯竭而生,而且也只是不遗余力的结构追求,总是滞后于得到最密切关注的某个已被遗忘的清新秘密的发展过程,未能从内或外将其重新发现。⑨

---

⑨ Claude Lévi-Strauss,《餐桌礼仪的起源:神话学入门》(*The Origins of Table Manners: Introduction to a Science of Mythology*),3,John 与 Doreen Weightman 翻译,London: Jonathan Cape,[1968] 1978,第 129、130—131 页。参考同作者,《裸体的人:神话学入门》(*The Naked Man: Introduction to a Science of Mythology*),4,John 与 Doreen Weightman 翻译,New York: Harper and Row,[1971] 1981,第 652—653 页。

对文类诞生所作的这番挽歌式描述直率地用标准术语把文学史构想成"历史"演变与"文学"退化的协调。列维—斯特劳斯的语言在别处有更严谨的中立,他关注把文类的出现区分为两种不同的文学叙事类型,即"传奇—小说型"与"传说—历史型"。神话的"原范式",他说,"退化或进化(如果你愿意的话)到一个超越神话独特特点,但仍可被辨别的阶段。"这番如外交辞令般含糊的话并不旨在否认这些具有决定性的转型需要神话退化,甚至"死亡"的事实。它"最终自行衰竭,而不是完全消失。两条道路仍然保持敞开,一个是虚构的详述,另一个是旨在使历史合法化的再现。"这两条道路都遵循"用神话隐喻的对等词"或"临近关系"来替代"字面表述"的一般规则。⑩

换言之,神话的"衰竭"也可以被理解为出于不同目的而对其"原范式"展开的战略重新部署。这个关注的改变很重要,因为它触及某个文类转变模式。这个模式使历史关系中的文学与神话并置,而不是把文学屈从于某个标准的神话模式,即某个原型主义观点:文学形式因其对历史的抗拒或"逃避"而被界定。如果"历史"是"形式"所遭遇到的,使之退化成"文类"之物,那么文学史不只是从矛盾过程,而且是从术语中的矛盾涉及社会地位。在列维—斯特劳斯对神话如何转变成文类这个重新阐述中,至少有这么一处暗示,即不是历史降临形式,而是形式在历史中产生。"文类"是一个主要类别,借此,我们认同形式自身无可逃避的历史真实性。

列维—斯特劳斯的毕生研究只是非常肤浅地涉及文类理论与各文类历史。诺思洛普·弗莱(Northrop Frye)是关于原型主义思想成为使文学史为人所知的方式方面最有影响力的支持者。他针对"原型"与"历史"之间基本区分所作的多个阐述表达了对这层关系的二分法观点,而他的观点比至少在列维—斯特劳斯最新重述中出现的观点更严

---

⑩ Claude Lévi-Strauss,"神话如何消亡"(How Myths Die)(1971),见《结构人类学》,第2卷,Monique Layton 译,New York: Basic Books,1976,第256、266、268页。列维—斯特劳斯在使用"传奇"与"传奇式"(romanesque)之词时似乎无意清楚指明是传奇还是小说。

谨。"想象",弗莱说道,"是思想的构建力量,一种从各组成部分中构建整体的力量……想象自身产生的就是被严格习俗化的惯例。"弗莱唯恐我们会认为他并不打算具体化,就像古代思想从历史中"逃避"一样,想象的确与其他经验分离,他明确指出,自己的确认为:"想象在与其不同的世界抗争过程中不得不使自己公式化的组成部分适应这个世界的需要,以得出被亚里士多德称为可能的不可能(probable impossibility)的观点。所用的重要技巧就是我所称的移位(displacement),调整公式化结构以适应某个大致的可信语境。"⑪

　　这种二分法的意义就是:处于自主孤立状态,不受强力环境或语境整饬的人类思想决定了恒定的文学特点。这些被称为文学形式或结构原则的特点并没有改变。当我们谈及文学变革时,我们回应的是可变与外在"语境"将它们的偶然性记载为我们称为"内容"的方式。内容是"世界"的相对偶然产物,经历了无尽的变化,形式保留本质,未曾变化:

　　　　我是出于多种原因而称其为移位,但其中一个原因就是对可信之物的忠实是只可影响内容的文学特点之一……文学形式的需要与看似合理的内容总是彼此相斗……文学形式不能来自生活,它只是源自文学传统,因此最终源自神话。
　　　　在神话中,我们看到文学的结构原则被孤立了;在现实主义中,我们看到同样的(而不是类似的)结构原则与看似合理的语境契合。
　　　　在每一个(虚构)模式中,(诗人)将神话形式的相同类型强加在内容之上,但对此做了不同的改编。
　　　　关于神祇的神话融入英雄传说之中;英雄传说融入悲

---

⑪ Northrop Frye,《世俗经文:传奇结构研究》(*The Secular Scripture: A Study of the Structure of Romance*), Cambridge: Harvard University Press, 1976,第36页。

剧、喜剧情节之中;悲剧、喜剧情节或多或少地融入现实主义小说情节之中。但这些是社会语境的变化,而不是文学形式的变化,故事讲述的构建原则始终贯穿其中,尽管它们当然也随之进行调整。⑫

文学形式与看似合理的内容,文学形式与社会语境,如上述引用段落提及的那样,说弗莱的"文学"概念既包括"形式"(尽管它们可能有所不同),又包括"内容—语境",或单独由形式组成与否并不是件容易的事情。但在这两个说法中,这两个术语之间的关系明显就是决然的二分法关系。同样地,弗莱显然不只是让自己关注静态的文学结构,而且也关注文学史。然而,奇怪的是,我们甚至仅通过关注文学非常不重要之处便能使文学变革概念化。一旦我们回到"文学自身",即形式,文学史与列维-斯特劳斯分析中的俄狄浦斯神话不同阐释单一不变结构的"历史"一样皆有可能。这种自相矛盾并不能阻止弗莱将历史分为"西方文学的五个时期",每一个时期都由其中一个伟大的文学"模式"主导,他也能观察到"欧洲小说在过去1500年间已经稳步将重力核心沿名单推进。""在阅读历史的演绎时,"他说,"我们可以把我们浪漫的、精确与大致模仿的模式想象成一系列**被移位**的神话或情节—范式,它们朝近似的对立面一路推进,随后颇具讽刺地又开始回到原处"(35,34,45)。

但此处在运行的是什么呢?从语法上来讲是"欧洲小说模式",但这也暗示它们更多的是处于一个静态神话结构"系列"之中,而不是一个转型过程之中的各阶段。不同模式之间的差异产生了动态幻觉,这也是原始神话模式移位程度的不同。我们可以把它们依次排成行,并

---

⑫ Northrop Frye,"神话、小说与移位"(Myth, Fiction, and Displacement),见《身份的寓言:诗性神话研究》(*Fables of Identity: Studies in Poetic Mythology*), New York: Harbinger Books, 1963,第36页;同作者,《批评的解剖:4篇论文》(*Anatomy of Criticism: Four Essays*), New York: Atheneum, [1957] 1966,第137、63、51页。正文中所有括号内引用均来自1966年版本。

可以说某个现在已经"成为"了另一个,但我们不能看到它们经历的这个过程。这个方案中的唯一要素具备足够稳定到可以让我们谈及其经历变化的完整性,并且是如此稳定,以至于完全排除变化的文学形式或神话结构本质。另一方面,促使神话得以移位的要素是并不明确的随机内容,其真正本质由必须禁止所有此过程假设的间断来界定。简言之,弗莱的文学模式并不在历史中真实存在,反而是由严格的自主要素组成。这些要素要么彼此替代,要么永远彼此隔离,要么与其变化保持距离,要么以某种方式与之无从区分。因此弗莱的模式周期化(modal periodization)远非催生文学史理论,而是把历史冻结成一个静止的"文学结构"。任何文学史都必须把自己的研究对象从身份与差异的层面进行思考,以此对必然观念妥善评价,即此处存在足够完整到仍然如此清晰可辨,然而又在变迁中能足够多变的事物。但是,除非人们把这两个条件视为彼此构建,是同一主体不可分割,尽管清晰可变的特点,那么它们会将自身分解为对立的极端,一个与"文学"相联系,另一个与"历史"有关系,文学史自身的进程在这两者之间消失。

弗莱对形式与内容之间无条件可分性的确信使其将所有文学结构原则与其在古代神话中发现的孤立的、"定位"的"文学原型"等同。但在其他模式中,原型结构的日渐移位并没有颠覆他所说的前提,即形式与内容可以分开,因为文学评论家的力量就是与这些已移位的模式"保持距离"(如列维-斯特劳斯对附带现象事件与俄狄浦斯故事不同阐释细节保持距离那样),以此理解将所有文学与神话原型等同的"组织设计"。然而,"传奇",而不是"神话"的确是弗莱原型理论的重要术语,因为他明确把它的含义扩展,不仅把传奇"模式"而且也把受"神话"与"自然主义"(140,136—137)两个极端所限,或多或少已移位的文学整体范围纳入其中。因此,狭义来说,18世纪小说"是传奇的现实主义移位,几乎没有自己独有的结构特点。"⑬但从更广泛的意

---

⑬ Frye,《世俗经文》,第38页。

义来说,传奇表现了一种基本"倾向……朝着人性的方向使神话移位,但与'现实主义'相对的是朝着一个理想化的方向使内容习俗化"(137)。

弗莱借助比喻措辞的等级阐释了这种倾向。他在从神话公式采用的两个"途径"(神话自身曾得以全面探究)回忆列维—斯特劳斯时,这个等级也透露了如是阐述中显然缺失的规范责任:"移位的核心原则就是,某个神话中可被隐喻化等同之物只能通过某种明喻形式与传奇连接起来……在神话中,我们可以有太阳神或树神;在传奇中,我们可拥有一个与太阳或树有重要联系的人物。在更现实的模式中,这种联系的重要性降低了,更多的是作为一个偶然,甚至是巧合的意象事宜"(137)。较之于列维—斯特劳斯更明显的、具有评断意思的"退化",弗莱更喜欢"移位"这个世俗化术语。但显然在此引用段落中,其内在意义的确没有多少规范性质,因为神话及其原型在此处被理解为文学本质与意义的核心"领域"。因此,原型人物的直接认同与对其他模式而言更普通的,相对间接联系之间的不同不仅是自身的语域,即寓意的不同修辞转义之间的技术区别,而且也是与意义自身场域的不平等临近。

当然,这个术语的规范共振(normative resonance)是其在弗洛伊德理论发展中不可或缺因素,弗莱的运用也是暗中取决于此。对弗洛伊德来说,移位"只是梦的造作(dream-work)中的重要部分……移位的后果就是梦的内容不再类似梦的思考的核心,梦只是存在于无意识之中的梦之意愿的扭曲"。[14] 同样地,对弗莱而言,移位是文学史的重要部分,其功能就是通过把"看似合理的内容"的事件与细节叠加在纯粹想象或思想之上的方式扭曲文学原型本质。我必须强调的是,此类历史变革观点的核心问题并不是它具有明确的倾向。规范偏见(normative bias)只是构成重要问题的外在符号:历史进程自身已从关

---

[14] Sigmund Freud,《梦的解析》(*The Interpretations of Dreams*),James Strachey 译,New York: Avon,[1900] 1965,第343页。

于文类如何成型的分析中清除。因为如果我们的变革模型是一种扭曲,那么"新"文学形式只是由一个旧的层级组成,现被附带现象增添的多个层级遮蔽。我们此处见证的不是形式的转型,而是其僵化的保持。

问题也没有随着偏见的倒转而消失,尽管这个尝试可能具有指导意义。"移位"这个术语扭转了文学历史进程退化倾向,当我们考虑其他弗莱可能已从弗洛伊德那里借来的,具有同等看似合理的重要隐喻(例如"自由联想")时,这个必然倾向极为明显。如果文学史不是被构想为梦的造作,而是梦的解析;不是作为曲解,而是作为启蒙,那么文学演变的随后阶段就变成一个从曲解的黑暗朝向语义光明的演变。古代思想不再是"已被遗忘的清新"的规范性纯朴领域及集体无意识,而是成为一个比喻认同的混淆杂糅,其目的就是通过将真实人类关系"移位"至想象的寓意方式使意识神秘化。文学史的进程相应地成为一个"定位"(emplacement),而不是移位的过程,成为针对真实意义独有场域与人类经验细致及物化现实的想象形式的渐进特化(progressive specification)。从这个角度来说,原型主义阐释目的就是与这个特定移位保持距离,以此缩小它与被遮蔽意义场域之间的距离。这事实上等于将想象意义的比喻强加在真实意义之上。这种非神秘化有用且令人振奋。作为历史进程的某种模型,它比原型主义模型更有前景,因为它似乎更乐意鼓励一种作为"形式"与"内容"真实互相渗透的文学变革观点。它仍然太过容易,以至于反而不能把这些类别看作机械的,但主要是自主的功能,现在不是发挥曲解作用,而是通过他者的活动来揭示自身。

作为特化过程(process of specification)或定位的文学史理念可在临时运用中发挥作用,在随后各章中,我将时不时地加以运用。在使用时稍有不慎就会使它遇上有时候是与埃里希·奥尔巴赫(Erich Auerbach)的《模仿论》(*Mimesis*)(1946)对立的某类批评,或是某类对"现代主义"模式的"进化"偏见,或是在《小说的兴起》中有所针对的某种隐秘"坚持"与"先在"的反对类型。并不是从声言小说优于早期文学形式的意义层面指出瓦特的研究具有进化性质。但正当原型主义理论倾向于过于强调延续与身份时,它的替代方式因此倾向于夸大相异性与不同。的确,每一个方法在对方镜影之中发现自己的片面性。奥尔巴赫与瓦特奋而反对作为对立观点表述者的列维—斯特劳斯与弗莱。这种对峙暗示着文类的"完整"理论可能看似为何。至少在米哈伊尔·巴赫金(Mikhail Bakhtin)研究中容纳了如此理论的应许。

三

很多评论家对小说作为现代文类的独特地位颇为敏感。这个新生儿降临在一个已被明确阐述为传统文类类别的场景之中,进而吸纳、整合传统与经典文类及偏门"非文学"写作等其他形式,以此构建其自身的惯例。对某些人来说,似乎小说起源的这些条件可能使作为一个文类的小说的地位令人质疑。的确,对小说缺乏"内在"规则的感知,其对传统惯例权威的抵制,通过否定其他文学形式而自我构建,这些对小说文类内在不一致的理解会轻易地被同化为作为主要形式与结构退化或移位的小说原型主义观点。当然,这个论点可与那个带有倾向性的极端区分,尤其是它把我们的注意力不是指向小说的结构"缺失",而是指向反对结构一致性这些传统模式的近代早期欧洲历史条件。这些挽歌式、原型主义回应仍然并不容易或者可能妥当地被清除。⑮

然而,较之于任何其他评论家,巴赫金更多地把"作为一个文类的小说是光明正大地在历史中诞生与发展"这个事实视为正面的,甚至具有解放意义的事实。因此这种认同并非对小说的文类地位予以质疑,而仅仅引来对原型主义隐喻的重新评定。准确地说,传统文类史是"它们作为已经完成的文类而经历过的生命,具备一个已经僵化,不

---

⑮ 例如,参阅 Fredric Jameson,《政治无意识:作为社会象征行为的叙事》(*The Political Unconscious: Narrative as a Socially Symbolic Act*), Ithaca:Cornell University Press, 1981,第 106—107、141—144、151—152 页。

再柔软的骨架……研究其他文类类似研究没人使用的语言;另一方面,研究小说就像研究那些不仅仍有人使用,而且还在发展的语言。"⑯这些话可能鼓励我们在巴赫金那里找到原型主义偏见的某种简单倒置。某种程度上来说,巴赫金对所有"文体化的"与"习俗化的"话语模式独具个性的摒弃满足了我们的期待。相反,在小说话语中,"语言从一个封闭的、无法渗透的单语独声(monoglossia)狭窄框架中的绝对教条转变成一个理解、表述现实的实用假说"(61)。

不过,我们有充足的理由拒绝把巴赫金简单视为弗莱镜影倒转的观点。正是因为他的倾向性,他对"杂语共生"(heteroglossia)及对话话语自我意识内在化优越性的推崇是解读他对各文类历史存在极为敏感的必要钥匙。小说话语的对话性质是辩证关系的微观模型。这些辩证关系在各文类之间普遍存在,通过戏仿反射、内在化及对其他形式的否定,以自我指认的方式构建自己。

> 每一种和任何一种直接文类,每一种和任何一种直接话语(史诗、悲剧、抒情诗、哲学的话语),本身都可能,也的确必定成为描绘的对象,成为讽拟滑稽地加以揶揄的对象。这些摹仿揶揄似乎使话语摆脱了其对象,把两者拆散,借此证明:某个特定的直白文类词语(史诗或悲剧),是一种片面的,受局限的话语,不可能穷尽对其对象的描述;戏仿过程却迫使我们感知并不见容于某个确定文类或文体之特定客体的多面性(55)。

巴赫金借助这些观点把"神话"或"传奇"历史延续的原型主义核心洞见无限复杂化,在文类话语中揭示了具有内在意识重要性的往昔与现

---

⑯ Mikhail M. Bakhtin,《对话的想象:巴赫金的 4 篇论文》(*The Dialogic Imagination: Four Essays by M. M. Bakhtin*),Caryl Emerson 与 Michael Holquist 翻译,Holquist 编辑,Austin:University of Texas Press,1981,第 3 页。正文中所有括号内引用均来自此版本。

存形式的密集层面:"语言是历史上真实之物,一个异质发展过程,一个充满未来与往昔语言的过程,既有得体但垂死的贵族语言,又有新贵语言及无数语言地位觊觎者"(356—357)。

巴赫金对文类形成之辩证特点的反应同样植根于其俄国形式主义与马克思主义观点之中。在形式主义学者中,维克托·什克洛夫斯基(Viktor Shklovsky)提出的著名"陌生化"(defamiliarization)观点尤为重要,因为它如文学价值试金石那样把文学机制概念化,而文学作品借此通过这种疏离有效为人所知。对什克洛夫斯基(在很大程度上对巴赫金)来说,自我意识的"修辞手法的袒露"(baring of the device)被置于揭示其作为某种修辞手法的地位之处,并主要被尊为超越其纯粹默认与习惯功能作用。因此,使文学形式陌生化也就是使之语境化,所用的方法就是构想它们的地位取决于其与其他形式构成的场域之间的关系,这在当时看似合理,并被视为某个"文学体系"之内。甚至人们认为形式主义者利用了陌生化的时效潜能。例如如是观点,诸如未来主义这类现代主义思潮设法战胜因熟悉化而濒死或"僵化"的传统文字与作品倾向。因为"体系"及其构成部分自身植根于历史、各种文学形式的往昔先在与未来的持久之中:使之语境化必然是使之历史化。一部作品的文类属性是由其与某些作品的跨文本联系,以及与其他作品的跨文本距离界定。的确,"戏仿"概念如它之于巴赫金那样颇有成效,因为它把这两种思潮合并成一个单一的概述与弃绝、模仿与幻灭、延续与中断辩证法表述。⑰

---

⑰ 关于陌生化:例如,参阅 Viktor Shklovsky,"作为技术的艺术"(Art as Technique)(1917)与"斯特恩的《项狄传》:文体评论"(Stern's *Tristram Shandy*: Stylistic Commentary)(1921),见《俄国形式主义批评:4 篇论文》(*Russian Formalist Criticism: Four Essays*),Lee T. Lemon 与 Marion J. Reis 翻译与编辑,Lincoln:University of Nebraska Press, 1965,第 3—57 页。关于共同语境化:参阅 Tony Bennett,《形式主义与马克思主义》(*Formalism and Marxism*),New York:Methuen, 1979,第 56—57、59—60 页;一般参阅 Claudio Guillén,《作为体系的文学:文学史理论论文集》(*Literature as System: Essays toward the Theory of Literary History*),Princeton:Princeton University Press, 1971。关于僵化:参阅 Viktor Shklovsky,"词语的再生"(The Resurrection of the Word)(1914),见《俄国形式主义:论文与译文集》(*Russian Formalism:* (转下页)

巴赫金把这些形式主义洞见全面历史化,这似乎为如是原型主义观点提供了最有深度的回应,即小说文类的易变性是其反文类地位、结构极具缺陷的标记。不只是小说因其现代性而面对列维-斯特劳斯"历史的温暖"的退化观点。因为也可以这样说,小说的现代性唯独让我们在"历史的光明正大"所明示的实验样本之中看到所有文类目前得以构建的辩证过程。因此,作为一种文类的小说异常特点与其展示文类规范的能力不可分离。其异常的绝对表象是一种幻觉,可能有人对此持异议。这种幻觉因无法阅读充满杂语共生的文本而起,尤其是那些没有文字的古代文本,各传统文类开始在此期间,在我们能投之于自身的"光明"中成型。

不过,巴赫金并不追求这种看似真实的,似乎与个人理解文类历史化方法如此兼容的思想脉络。他并没有这样做,因为我们在他身上看到弗莱原型主义的镜影倒转并不是全然为错。这种相似性的关键在于巴赫金的"小说"双重地位。如弗莱的"传奇"一样,巴赫金的小说并不仅仅指明相对明确的文学形式,而且也指明这种形式的概括性氛围与气质。如巴赫金所言,这需要"不是从形式主义层面来理解文类,而是从作为被评估观点的领域和场域,作为再现世界的模式来理解"(28)。巴赫金并不让以往的文类用自己的方式展示将成为"小说"主导的前期形式要素,他深挖"僵化的"、"固定的"、"封闭的"、"直接的"各传统文类闭合与"小说"的"开放结尾"、"可变"与"不确定

(接上页注⑰)*A Collection of Articles and Texts in Translation*),Stephen Bann 与 John E. Bowlt 编辑,New York:Barnes and Noble,1973,第 41—47 页。关于什克洛夫斯基所分类别的时效潜能,参阅 Bennett,《形式主义与马克思主义》,第 22—23、55 页;Fredric Jameson,《语言的囚牢:结构主义与俄国形式主义阐析》(*The Prison-House of Language: A Critical Account of Structuralism and Russian Formalism*), Princeton:Princeton University Press, 1972,第 52—53 页。詹明信在该书第 58 页中指出什克洛夫斯基的"陌生化"与布莱希特(Brecht)的"疏离效果"之间的关系。关于戏仿:参阅 Margaret A. Rose,《戏仿/元小说》(*Parody/Meta-Fiction: An Analysis of Parody as a Critical Mirror to the Writing and Reception of Fiction*), London:Croom Helm, 1979,第 33—35 页。与如下书籍中作为戏仿幻灭的"现实主义"观点作比较,即 Harry Levin,《号角之门:关于 5 位法国现实主义者的研究》(*The Gates of Horn: A Study of Five French Realists*), New York:Oxford University Press, 1966,第 2 章。

性"(4,7,8,99,296)之间看似不真实的深渊。"小说"具备超历史能力,因此必定发挥为自己先在而命名的作用。

二分法夸大了旧文类具体化的同质性及小说的无限范围,前者与整个过程看似有所不同,后者是整个过程的本质所在,并将现实有所区分地描述为"诸多可能现实中的唯独一个"。二分法的效果就是遮蔽历史变化自身,如弗莱那样,但会带来规范的反转。对巴赫金来说,文学史不是需要结构的"退化"或形式的"移位",而是一个使文类摆脱其自身致命僵化的"小说化"复兴。

> 绝对的过去、传统及等级距离在作为一个文类的小说形成过程中没有扮演任何角色……所有其他文类在小说存在中多少有着不同的共鸣。为其他文类的小说化而展开的漫长战斗已经开始,这是一场把它们拽入与现实接触领域的战斗……但是其他文类的小说化并不意味着它们顺从某个外在的文类经典;相反,小说化意味着它们从独特发展过程的阻碍中获得解放(37,38,39)。

借用"小说化"的语言,各文学形式的历史不是被禁锢于死亡的形式,而是从中得到解放,在"现实区域"中不是移位,而是定位。

原型主义理论的反转并不是绝对的。巴赫金思想的极度辩证性将此排除。因此,各传统文类不仅被构想成一个封闭的结构,在小说化过程中可从这个区域"被拽到"另一个区域,而且对它们自身"独特发展"敏感,就像某种过程内在化一样。的确,这种敏感性可能具有两个被选隐喻,即"移位"与"小说化"及它们各自机械的、动态的暗示性之间真实不同的标记。但巴赫金的辩证法承诺在小说话语的描述与分析中的微观层面最为可靠。在文类史的宏观层面,它不怎么可靠,这在其形式主义与无所不在的诉说意愿中最为明显,仿佛"小说话语"不仅与其他话语明确区分,而且类似某种"真实的"文学语言。这种偏见给其更具体的18世纪小说评述带来启发。然而,当伊恩·瓦特对

"形式现实主义"的强调导致他聚焦笛福与理查逊,轻视菲尔丁时,巴赫金对杂语共生的独特肯定只允许这三人之中的菲尔丁有资格成为"小说体散文独具特点与深层度的典范"(275;参阅 301—302,308—309,361—362)。

第一眼看去,巴赫金与瓦特之间的差距令人吃惊,因为我们可能希望在他们的接近之中找到对"演化的"或"进步的"倾向的普通理解所予以的令人安心的确认。同样地,将此处巴赫金研究中的存疑部分归于其形式主义,而不是其马克思主义,这似乎看似奇怪。然而,我想这种阐述是正确的,为了兑现巴赫金的研究提供某种类似"全面的"文类理论的允诺,我们也将了解下马克思他自己。

四

巴赫金将"小说"按其两类功能而分解为"形式主义"文类与"表现世界的模式"。这可被视为辩证法的开局,以及化整为零的临时分析,以此揭示文类类别整体得以构成的对立方式。的确,假如弗莱对"模式"的概括并非针对临时性,而是他从未回顾的基本行为,人们甚至会说巴赫金与弗莱都是同样开局。这一般适用于现代评论话语。文学"模式"的理念作为记录文学形式持续性的权宜方式为人所知,可以说,没有必要阐述其历史真实性的"另一半"。[18]另一方面,特定"文类"的传统处理方式已发挥作用,只要将某个特定形式与其直接的促进语境相联。弗雷德里克·詹明信(Fredric Jameson)在正视文类理论中极近似问题时已阐明这些文类及其暗示的方法如何倾向于将自身分解为一个不是争议文类辩证性而是其"双

---

[18] "模式"是弗莱选来详述"历史批评"方式的术语,参阅其《批评的解剖》中的第 1 篇文章。他的"文类理论"(第 4 篇文章)比其"模式理论"更少关注文学形式的历史真实性。我在此处并没有提及戏剧、叙事等"再现"模式。

重性"的彼此排斥。⑲ "模式"与"文类"的当前评论运用是手术切除的孪生行为结果。事实上，这些分类的当前运用需要出于一种同情而把这个切除事实（除残肢偶然和持续的抽搐之外）给遗忘。不是禁止分割的方法论行为，而是使之成为方法的系统化临时成分，马克思以此带来完全避免这种手术的希望。

　　让我暂时回到这个观点的更早期阶段，即小说的兴起与中产阶级的兴起之间的假说类比。尽管我选择不是从这点展开研究，当文学类别独自成为关注焦点时，类比（无论它是否得到实验论证）暗中揭示了几乎无形的文类理论问题维度。文类理论的综合主题不仅是作为"概念"类别的文类及类别借以成型的过程，而且是这种概念化与半客观类别之间的关系，即社会阶层成员构成一个半客观类别意义层面的文学产品类，这既预先设定了其概念阐述，又因此而加速变化。在《政治经济学批判大纲》(Grundrisse)的导言中，马克思用充分认可这两种不同类别的方式探讨了政治经济学方法，我在详述辩证文类理论时视其为范式。⑳

　　如马克思描述的那样，政治经济学方法的核心问题就是其诸多开场之一。假如我们以"生产"的总类为开始：

> 一般生产是个抽象概念，但直到一个真正推出、固定共同要素，并以此省却我们重复劳动程度的理性抽象。如此一般类别及共同要素仍然通过比较而被筛选，其自身多次被分

---

⑲ Jameson,《政治无意识》,第 109 页;参阅 Fredric Jameson,"魔术叙事:作为文类的传奇"(Magical Narratives: Romance as Genre),见 NLH, 7, no. 1(Autumn, 1975),第 135—163 页。这是该观点的更早阐释,对相互排除事实持不同态度(参阅第 137—138 页)。

⑳ Karl Marx,《政治经济学批判大纲》(Grundrisse)(写于 1857—1858 年), Martin Nicolaus 翻译与编辑, Harmondsworth: Penguin, 1973;正文中所有括号内引用均来自此版本。事实上,马克思在此处非常短暂地将注意力转到特定文学类别历史存在的问题上(参阅第 109—111 页)。关于此段落的讨论及其在美学价值理念历史化过程中的运用,参阅作者本人论文"美学价值起源"(The Origins of Aesthetic Value),见 Telos, no. 57(Fall, 1983),第 63—82 页。

为若干段,分裂成不同的限定。某些限定属于所有时代,其他则属于特定时期……尽管最发达的语言都与最不发达的语言之间有着共同的规则与特点。然而,正是那些决定语言发展,并非普遍与共同的要素必须与那些对语言运用有效的限定区分出来,这样在已经从主题、人性、客体与自然的身份中产生的统一体中,它们的重要不同未被遗忘(85)。

马克思的"理性抽象"与原型主义的"形式"与"结构"类别有明显关系,也同样与弗莱称为"想象"的"思想的构建力量,从各个不同之中构建统一体的力量"有明显关系。但是"一般生产"不是一个无条件的抽象,在随后的论证中,马克思提出,并展示了"统一"与"不同"借以同时留在我们眼前的辩证法。

这是通过两个重要策略而获得的。首先,他认为生产、消费、分配与交换这些经济活动存在于彼此之间的辩证关系中。一方面,生产似乎与作为其先决条件的其他因素保持距离;但另一方面,马克思的灵活论证很快说服我们,生产如此完全受制于消费,以至于不能与其分开。因为消费需要生产的想象层面与功能层面的参与。它"创造生产的动力;它也创造作为其明确目标而活跃在生产过程中的目标"(91)。因此所有因素立即看似无从区别。马克思敏锐地观察到"对黑格尔派而言,没有比将生产与消费假设为等同之事更简单的事情"(93)。但辩证综合取得的昭彰成就并不是其自身的目的。事实上,只是当分析与综合被置于彼此结合之处时,两者才不再是片面行为。经济因素既不存在于同等关系之中,也不存在于二分法关系之中,而是存在于辩证关系中:生产必须被理解成一种具有普遍决定性的因素,以及从更片面与"单方面"的意义层面来说也受其他因素决断的影响(99)。这种单方面的生产意义拥有真正,但临时的真实,具有通过将某个人类生活层面与其延续性分离方式而获得的所有知识特点。不过,如此分析运用的有效性完全取决于它们在内部之间将自身临时性认同整合的成功与否。

一个直接恰当的例子就是马克思揭示辩证法运用的第二个策略。迄今为止,他一直驾驭政治经济学的四个因素,仿佛它们是抽象的普遍真理。但是当他早期评论已经明示时,这已经成为一个自觉的,源自历史经验领域的临时抽象过程:因为"我们任何时候说起生产……它总是意味着社会发展某个特定阶段的生产"(85)。现在,马克思校正了这种抽象的片面性,阐明辩证法的运用问题必定总是一个历史问题。

现在,让我们假设我们重新开始马克思称之为"一般生产"的"理性抽象"。这个思维抽象与并不只是更具体的生产类别,而且是抽象概念预料的具体物质活动之间的关系为何?当我们开始理解时,想象类别的外在阐述此时掩饰了物质生产不同具体条件中漫长且丰富的前历史,我们现在才能够后见之明地概括、附带这个物质生产。那么我们以"生产"为"开始",这可能意味着什么?但从此得出的结论,即我们理解的真正开始可在这个具体的前历史中找到也不完全正确。理解现在得以从中产生抽象分类,这不仅将自身的起源归于物质发展的这个时刻,而且从某种意义上说,只是精确地描述了它们现在得以阐述的物质条件。

> 作为一个规则,最普通的各抽象过程只在最有可能的具体发展中产生,其间,某个抽象过程看似与所有其他相同。随后,它不再单独以某个特定的形式而令人可信……于是,现代经济学会把阐述社会各形式中有效的极古老关系的最简单抽象放在首要讨论位置,然而,由此获得了作为一个抽象过程,仅仅作为最现代社会一个类别的实践真理(104—105)。

同时,心中必须牢记这种"简单抽象""决不仅仅从我们一度如此之述开始"(106)。

我们开始的"理性抽象"理念与我们已经被引入其中的"简单抽

象"理念之间的不同是什么？马克思在使用这两个术语时略带讥讽，因为最终理性抽象结果并不是非常"理性"，而简单抽象中的"简单性"掩饰了极大的历史复杂性。然而，在后者类别中只看到现在运用对自身抽象的复杂决定自觉认可的前者类别，这并非全然误导。马克思不再受限于学术研究中传统的四个经济因素，他为我们提供阐明"劳动"类别的样例。"一般劳动"尽管属于古代思想类别，但只在亚当·斯密（Adam Smith）那里得到完美阐释。一般劳动"对任何劳动特别类型的中立预先假定了真实劳动类别极为发达的整体性，其间，没有一个能更久地占据主导……对特别劳动的中立对应着个人可以轻易在不同劳动中转换的某个社会形式，"其间，劳动"已经不再与任何特定形式的特别个人有机联系"（104）。因此，"资产阶级劳动"的确反映并预先假定了基本的前资本主义物质条件。可以说，它只能通过物质发展使形式逆动，而这物质发展先进以足以允许理解基本与先进状态的抽象概念阐述。

然而，资本主义的抽象过程为所有历史生活中何为重要的问题提供了最好的例子：历史辩证延续性之内不同社会构成的不可分性，彼此视自己具有"单方面"片面性，将自己与延续性分开的意愿。因为

> 既然资产阶级社会自身只是社会发展的矛盾形式，源自更早期形式的关系常常只存在于一个完全被遏制的，或者甚至被曲解的形式之中。例如，共有财产。因此，资产阶级经济学类别拥有适应所有其他社会形式的真理，尽管这是真实的，但还是会带有一定怀疑。它们可以将自身置于一个已经发展的，或被遏制的，或借用讽刺的形式等等之中，但总有重要的不同。一般说来，这种所谓的社会发展的历史再现建立于这么个事实之上，即最新的形式将前者视为导向自身的步骤，尽管它能够罕见地，并仅在特别明确的条件之中批评自己……它总能单方面地构建它们（105—106）。

对本段落以之结尾的"演变的"与"进化的"片面性所作的有力批判只是马克思方法所具备的力量,以及他将自我批评以重要的、调控的知识引擎形式予以驾驭之能力最显著的证明。所以,他自己的"历史发展的再现"正是用这番语言捕捉到巴赫金讽刺原则具体化中间接复制的矛盾性。但在马克思身上,这个原则清楚地在史学宏观层面发挥作用,并且实验性地将所有过程向"社会发展"与"讽刺"对立的规范标准展示。这种历史知识"片面性"趋势所遭到的系统挫败是理解"如此"过程的外在符号,所用的方法就是在差异事实中揭示足够细微的某个阐述(由社会发展与讽刺两级构成的整个细微差别领域),以此居中和解差异与身份之间的差距。马克思的历史辩证法要求我们不是把两个不同类别视为彼此影响,而是一个在其时效复杂性中加以理解的单个类别,即简单抽象。

至此,显然如马克思将会说的那样,人们会对本研究的标题有所质疑。确切地说,谈及小说"起源"之言必须被理解成需要这种将其出现描述为简单抽象的,令人消除疑虑的"简单性"。英国小说的起源是在"小说运用"漫长历史的终点出现的,当时这种用法已经复杂到足以允许对使用的特定性及类别抽象保持概括化的"中立",类别抽象的完整性是由这个中立而预先假定的。这就是路易·阿尔都塞(Louis Althusser)在解读《政治经济学批判大纲》导言时表达的意思。他说:"马克思主义原则上确立了对任何具体'客体'复杂结构特定性(givenness)的认可,这是一个主宰客体发展及产生如此知识的理论实践发展的结构。不再有任何本真,只有永远的前特定性(pregiveness),无论知识探入往昔有多深。"[21]从头开始因此需要我们从尾开始。至18世纪中期,"小说"越来越被接受为一个经典术语,如此一来,当时的人们可以"如是说起"。该术语的稳定性是概念类别及其附加文学产品类别稳定性的标记。我在本研究中运用的论证过程会从

---

[21] Louis Althusser,《致马克思》(*For Marx*),Ben Brewster 译,New York:Vintage,1970,第198—199页。

这个起源点回溯,以此揭示其"前特定性"的直接历史。

不过,为如此阐述18世纪英国小说的起源,阐述其作为简单抽象的出现,这也需要承认传奇的出现在之前的两个世纪中亦为简单抽象。解读这个相对密切的历史关联的原因并不需要在我论证过程的导言阶段中加以预演,但并不意外的是,这两个现象就各文类历史及物质史而言是联系在一起的(分离是暂时的)。辩证的文类理论远非拒绝对"传奇"与"小说"之间关系的原型主义洞见,相反旨在以通过将这个洞见植根于文学与物质形式历史之中的方式而使之真正为人所知。"传奇"与"贵族"令人质疑的持续性(我以此为讨论开始)部分作为那些形式的必然延续而被人理解。然而,对它们辩证否定而言,现代性截然不同的形式取决于这种形式的必然延续。但传统类别的持续也是一种视觉幻觉,因为类别自身及决定我们对其持续感知的重要"传统性"是"小说"与"中产阶级"成型的相同若干世纪的概念产物。尽管拥有更明确的"前特定性","传奇"与"贵族"类别大致说来与"替代"它们的类别处于同一时期。

19

五

现代评论对文类"契约"与"体系"能力的敏感含蓄地将既是认识论又是社会的阐释能力归于它们自身。各文类为居中和解(如果不是"解决"的话)难题提供概念框架及使这些难题为人所知的方法。文类的意识地位如所有概念类别地位一样存在于其阐释、"解决"问题的能力之中。文类形式自身就是一个既具有灵活性,又具有极度调控力的常规性密集网络,它也是文类阐述法的前期与极为隐秘的强力机制。各文类满足了因没有足够替代方法而产生的需要。当它们变化时,一部分的改变出于它们填补的需要,一部分源自自身完善的方式。

在随后的论证中,我将阐述与近代早期小说兴起论点联系的问题可能通过根据对辩证文类理论的假设而重新构建论点的方式得以解决。"小说"必须如马克思称为"简单抽象",一个附带复杂历史进程的,具有欺骗性的单体类别那样得到理解。此时,它因自身无可比拟的阐述、解释一整套近代早期经验重要问题的能力而获得其现代的,"体系的"稳定与一致。它们可能被理解为类别不稳定性问题,小说最初是来解决这个问题,也不可避免地反映了这个问题。小说关注的第一类不稳定性与文类类别有关;第二类则与社会类别有关。文类类别的不稳定性反映了认识论危机,在叙事中如何讲述真实的态度方面的重要文化转变。为方便起见,我将称这些与认识论危机有关的问题为"真实问题"。社会类别的不稳定性反映了文化危机,这体现在对外在社会秩序如何与其成员内在道德状况建立关系的态度之中。为方便起见,我将称这些与社会及伦理危机有关的问题为"美德问题"。真实问题与美德问题涉及人类经验的不同领域,人们可能在非常不同的语境中提出这些问题。然而,从某个核心方面来看,它们是极为近似的。两者都提出具有寓意的问题:需要从叙事中得到怎样的权威或证据而使之在读者看来具有真实意义?怎样的社会存在或习惯意味着某个个人之于他者的美德?

1600—1740 年间的文类与社会类别不稳定性是真实与美德如何最可信地加以表述的态度层面转变的表征。为居中和解这种态度上的转变,小说得以成型,因此并不吃惊的是,它应该看似一个由诸多不一致元素构成的矛盾集合。事实上,根据真实与美德问题不同阶段产生的动态矛盾模式,我们可以最全面地理解小说起源的重要阶段。让我将这个在新兴小说角逐领域内得以实施,并在随后论述中得到更详尽阐述的矛盾简化、概括。

我们所关注时期的初始,主流的叙事认识论涉及对已被接受的权威的依赖及前期传统。我将称之为"传奇唯心论"。在 17 世纪,它受到来自多个起源的经验主义认识论的挑战与驳斥,我将称之为"天真经验主义"。但对传奇的否定已经行进在一个没有地图的旅程上,在某些时刻迷路了。反过来,它易受因自己过度热情而起的反批评(countercritique)的影响。我将称这个反批评为"极端怀疑论"。在驳斥其经验主义先驱时,我会论证,极端怀疑论不可避免地概述了同样致力于对立的传奇唯心论某些特征。对美德问题而言,术语发生改变;但对真实问题而言,反转的两个阶段模式几乎相同。我们从一个相对分层化的社会秩序开始。这个秩序由我将称之为"贵族意识"的主流世界观支撑。由于社会变革的激励,这个意识被其主要对手"进步意识"攻击与颠覆。但在某个时刻,进步意识催生了其自身的批评,它比自身更激进,却又折回到共同的对立面贵族身上。我将称这个反批评为"保守意识"。甚至这个简短概要可能有助于修订如是观点:传奇与贵族的延续是小说起源需要得到清楚解释,而非泛泛而谈的令人质疑的特点。因为传统类别并非真的像外族入侵一样"延续"到现代领域。现在,它们是作为类别而真正被抽象化、被构建,它们在新兴文类的出现过程中得以整合,并在非常清楚的、并借此构建自己领域的机制中发挥重要功能。

这种研究英国小说起源的方式的一个价值就是它全面阐述该文类在获得其体系的、经典的身份时众人皆知的复杂性;也就是说,它能理解理查逊,也能理解菲尔丁。这个新文类获得成功的最明确标记,既是一个解释、解决问题的模式,又具有从对立观点中居中和解真实与美德问题的强大适应能力。但该方法的可贵之处还在于它强调这个新文类较少被人认可的复杂性方式,即真实与美德问题近似结构的基础。当然,在某个重要方面,认识论与社会伦理问题之间的类比有助于把人们熟悉的小说兴起与中产阶级兴起之间的联系复杂化,并加以更正。如"小说"一样,"中产阶级"是那些简单抽象观点之一,其近代早期起源掩饰了一个极可观的先在。如"小说"一样,"中产阶级"(诸如"阶级"这种类别)填补了解释的需要,之前并没有一个令人满意的替代品。

然而,就本研究目的而言,类比最显著的维度不是居于文学与社会构成之间的小说之外,而是之内。在对真实问题的倾力关注中,我将论证新兴小说使中产阶级的出现及加以居中和解的关注内在化。的确,这个新文类的一个重要阐释功能就是揭示真实问题与美德问题在被视为彼此近似阐释时会变得越发易于驾驭。类比的一致性可在相关逻辑中得以显见。依据这个逻辑,在以理查逊与菲尔丁为成熟标志的小说发展中,天真经验主义的形式态度倾向于伴随进步意识的实质立场,极端怀疑论在某个近似的保守意识中得到反映。这种洞见,即真实问题与美德问题之间深刻且富有成效的类比是小说得以成型的基础。小说文类可被全面理解为旨在叙事形式与内容层面同时正视智识(intellectual)与社会危机的近代早期文化工具。当我们对这种融合抱有完全信心时,小说融入公共意识之中。于是,矛盾开始体现在理查逊与菲尔丁之间的争执之中,人们把这两位作家理解成为做同样的事而再现了一致的、自主的及可替换的方法之人。

　　本研究的第一、第二部分将关注这个矛盾角逐的领域,其间,真实与美德问题将会尝试性地介入这个广泛文本与语境维度之中。第三部分将致力于对某些普遍被视为对英国小说起源如此那般重要的叙事文本更深层次的解读。

第一部分　真实问题

第一章　文类类别的流变

17世纪散文体小说的现代研究曾饱受某个极具毒性的分类病(taxonomic disease)形式之苦。其症状可能体现在努力区分某些文类，并进行归类的方式中，重要的(如果是初步的)肇始有暗中成为自身目的的趋势。虚构故事、传奇、历史与小说的类型学被植栽、生根、萌生次类别(subcategory)，它们迅速探出彼此交织的触角以生成异常混合形式，其确切存在最终必然削弱原分类法的区分功能。① 看出此事为何发生是件足够简单的事情。小说在1740年左右"兴起"的共识提供了一个结论，它似乎把这个伟大现代文学形式宽广疆域之内的所有随后发展组织起来，但也要求如此创立行为之前的事物将看似混乱。这个印象从当时人们谈论散文体小说的方式中得到某种佐证，因为只是到了18世纪中期，"小说"成为主要标准术语。直到那时，我们才正视一个更复杂的用法，对此可能有三种概括。首先，17与18世纪早期作

---

① 例如参阅 Charlotte E. Morgan,《社会风俗小说的兴起：1600—1740 英国散文体小说研究》(*The Rise of the Novel of Manners: A Study of English Prose Fiction between 1600 and 1740*), New York: Columbia University Press, 1911; Arthur J. Tieje, "1579—1740 期间长篇散文体小说所阐述的目标" (The Expressed Aim of the Long Prose Fiction from 1579 to 1740), 见 *Journal of English and Germanic Philology*, II, no. 3 (July, 1912), 第402—432页；同作者,《1740年前散文体小说中的人物塑造理论》(*The Theory of Characterization in Prose Fiction Prior to 1740*), 明尼苏达大学语言与文学研究, no. 5, Minneapolis: Bulletin of the University of Minnesota, 1916。

家们常用"传奇"、"历史"、"小说"这三个具有明显互换性的术语,这必然违逆所有现代阅读期望,令人困惑。但其次,伴随着这种混乱,我们可以看到一个日益增长的,使"传奇/历史"二分体代表认知世界的对立方式之间近似绝对二元法的动因。然而,最终这种对立的简单自信本身与明确历史与传奇之间近似与不同的意愿对立。第一个现象可以容易地在本书中得到例证。第二和第三个现象是我最初三章主体部分的研究对象,它们对英国小说起源的两个重要发展之一,即"真实问题"的提出予以界定。

一 作为简单抽象的"传奇"

18世纪出版商提供的书目可能是研究当时人们对各文类区分态度的便利资料来源。1672年,书商约翰·斯塔基(John Starkey)印发了一份按神学、自然、法律、历史、诗歌与戏剧、杂项六大类别分类的书单,以此将自己的出版物广而告之。他把苏埃托尼乌斯(Suetonius)、拉伯雷(Rabelais)、戈维多(Quevedo)的"小说"、传记、游记归在"历史"这个标目下,该合集末尾书目自身印上了这些字:《爱情年鉴,包括多个精选王室宫廷爱情史在内,愉悦讲述》(*The Annals of Love, Containing Select Histories of the Amours of divers Princes Courts, Pleasantly Related*)。根据现代标准,这种分类模式最迫切的问题就是缺乏在"历史"与"文学"、"事实"与"虚构"之间始终予以区分的意愿。罗伯特·克拉维尔(Robert Clavell)在伦敦大火之后印制的定期书目中透露出将"传奇"、"小说"与我们可能更愿认同的"历史"之作归为一类的类似意愿。因此,威廉·萨克雷(William Thackeray)的1689年销售书单也将其小本故事书分为"小本宗教书"、"小本娱乐书"、"双本书"(double books)与"历史书",在后者类别中把骑士传奇修订及其他叙事类型的杂项归在一起。身为作家、翻译家及书商的弗朗西斯·柯尔克曼(Francis Kirkman)在其《希腊的堂贝利亚尼斯》(*Don Bellianis of Greece*)译作序言中讨论并列举了两类"历史"。第一列主要由包括《堂贝利亚尼斯》自身在内的 12、13 世纪传奇新近普及本构成。第二类别是"另一类可被称为传奇的历史",它包括仅在最近几年开始式微的某些法国"英雄传奇"及类似作品。柯尔克曼在别处称另一种中世纪末期的普及之作为"历史",并注意到"我们有一些这类性质的英文书,即小说,但它们都是译本。"②

不过,如果这种文类"混乱"只在 17 世纪末期显见,那么就不会有太多的理由对此感兴趣。然而,与这种令人困惑的乱用标记共存的是更熟悉、更令人放心的动因。例如,威廉·伦敦(William London)的书目贴心地把"历史"与"传奇、诗歌、戏剧"区分。事实上,这两种对立的倾向甚至可能在同一作家身上找到。在《绅士日志》(The Gentleman's Journal)的首期中,彼得·莫特(Peter Motteux)宣布,他的期刊将集中报道类似于"我们的《公报》(Gazettes)"所刊发的"新闻",一个结果不仅包括当前政治事件、智识时尚的描述,而且包括诗歌、短篇"小说"的类别。然而若干期后,莫特反过来专注"新闻"与小说、颂诗、歌曲、哲学及其他不同话语类型的区分。③ 换言之,关于复辟时期运用最显著之事正是它对我们来说并非全然陌生这么个事实。我们

---

② 关于约翰·斯塔基的书目,可参阅《爱情年鉴》(Annals of Love)(1672),标记 Dd7^v—Ee4^v;Robert Clavell,《总书目》(A Catalogue of all the Books printed in England since the Dreadful Fire of London, in 1666, to the End of Michaelmas Term, 1672)(1673)。关于萨克雷,参阅 Margaret Spufford,《小书与愉快的历史》(Small Books and Pleasant Histories: Popular Fiction and Its Readership in Seventeenth-Century England),Athens:University of Georgia Press,1982,第 262—267 页。萨克雷有意将区分叙事类别时的概念与格式标准结合起来,这在当时是件寻常之事。Francis Kirkman,《希腊的堂贝利亚尼斯的著名有趣历史,或骑士的荣誉》(The Famous and Delectable History of Don Bellianis of Greece; or, The Honour of Chivalry)(1673),"致读者"(To the Reader),标记 A2^{r-v};同作者,《伊拉斯特斯王子的历史与被称为罗马七位智者大师的著名哲学家们》(The History of Prince Erastus ... and those famous Philosophers Called the Seven Wise Masters of Rome)(1674),标记 A3^r(也参阅 A2^v)。克拉维尔(Clavell)也把柯尔克曼(Kirkman)的《堂贝利亚尼斯历史》译文归在"历史"类别下;参阅其《普通书目》(General Catalogue of Books ... to the End of Trinity term, 1674)(1675)。

③ William London,《英格兰最畅销书籍目录》(A Catalogue of The most vendible Books in England ...)(1657);Peter Motteux,《绅士日志》(The Gentleman's Journal),1692 年 1 月,第 1ff 页;同前,1692 年 3 月,第 3 页。

对这种不一致的敏感源自不仅与文类混乱,而且以明确的"现代"方式尝试将"事实"与"虚构"区分的邂逅。正是在 17 世纪,人们付出巨大努力对此进行区分,显然这是某种认识论及文类定义的行为。在"小说"开始被接受为近代时期散文体小说的经典术语之前,对文类构成至关重要的认识论转型已经推进到极远之处。早在这个术语得胜之前,已有一场不是以小说之名,而首先以"真实历史"之名展开的战斗。有时候"传奇"被轻易地纳入 17 世纪末期书单的"历史"标目下,因此必定不允许掩饰关于在叙事中如何讲述真实的两种不同观点之间的同时对立。

  书商所用的这个方法可能很容易得到复制,但更确凿的是那些反映不仅作为某种明确的文类类别,而且作为广泛的认识论类别的"传奇"地位的例证。这个类别的意义要么极微不足道,要么极具贬义。例如,根据约翰·纳尔森(John Nalson)的说法,"没有真实性或掺杂虚假的历史堕落成传奇"。托马斯·沙德韦尔(Thomas Shadwell)称赞一位剧作家同仁,因为后者避免法国历史戏剧中常见的时代混淆,但"甚至我们**英国**作家们也太容易在自己的剧作中使传奇的、不可能的虚构变为真实的历史"。阿芙拉·贝恩笔下的贝尔维拉(Belvira)告诉她的情人弗兰克维特(Frankwit),"女人喜欢读传奇故事,或欣赏稀奇的表演,以及那些花招把戏"。这个文类术语有令人难以抗拒的认识论延展。约瑟夫·格兰维尔(Joseph Glanvill)评论道,在沉睡中"我们做梦,看到幻影,与吐火女怪客迈拉(Chimaera)交谈,我们生活的一半是**传奇**、虚构"。在查理二世复辟前夕,马查孟特·内德汉姆(Marchamont Nedham)驳斥了这么个观点,即王室的仁慈将借助如是说法"这是传奇……想到复仇可以入睡,但像狗一样随时惊醒"来向公众展示。通过某种简单的转移,听众的轻信就是言说者的虚假。因此,德莱顿(Dryden)笔下的米利森特夫人(Mrs. Millisent)傲慢地表示反对:"这是传奇,我不相信那里面的一个字。"因此穷罗宾(Poor Robin)这个讽刺人物据说拥有"出色的传奇讲述神秘天赋,古人称之为**撒谎的艺术**。"

这种理解的确比"古人"更具现代性,如此事实最终是在塞缪尔·巴特勒(Samuel Butler)这番话中得到暗示:"一点点哲学将发挥厘定传奇作者(这更经常地被人用来指其他意义上的骗子)的作用。"④

然而,进一步引证近代早期认识论革命之前,在古人之中探究"传奇讲述的神秘"地位不仅适宜,甚至很有必要。需要借助这种探究评测、证实我的核心假设,即小说是近代早期现象。因为如我将论证的那样,如果"传奇"是马克思提及的那些"简单抽象"之一,如果它"取得了作为抽象的,且仅作为最现代社会的某种类别的实践真理",即在近代世界初期,它也"阐述了所有社会形式中有效的某种无限古老的关系"。如果近代早期认识论革命是英国小说起源的决定性阶段,这完全不是因为何种"小说"的概念类别起源即为最具体的体现。在随后各节中,我将考虑两个更早时期,其创新与我重点关注时期的创新暗中近似,因此可被视为"以某种已发展的,或受限的,或被讽刺化的形式将它们容纳,但总带有某种本质不同"。⑤ 我此处的组合兴趣将在如何在叙事中讲述真实的态度上。我默认的常问问题将是:人们如何构想"事实"与"虚构"、"历史"与"文学"("神话"、"传奇"、"诗歌")之间的关系?历史叙事自身多大程度上屈从于一个理性化的时

---

④ John Nalson,《伟大国务公正集》(An Impartial Collection of the Great Affairs of State)(1682-1683), I, 第 i 页; Thomas Shadwell, "致查尔斯·塞德利爵士"(To Sir Charles Sedley),《忠贞寡妇喜剧》(A True Widow. A Comedy)(1679)前言, 见《托马斯·沙德韦尔全集》(The Complete Works of Thomas Shadwell), Montague Summers 编辑, London: Fortune Press, 1927, III, 第 283 页; Aphra Behn,《不幸的新娘, 或盲人美女, 小说》(The Unfortunate Bride; or, The Blind Lady a Beauty. A Novel)(1698), 见《最聪慧的贝恩夫人所写的历史、小说及译作》(Histories, Novels, and Translations, Written by the most Ingenious Mrs. Behn), II(1700), 第 9 页; Joseph Glanvill,《独断的虚荣》(The Vanity of Dogmatizing)(1661), 标记 A8ʳ; Marchamont Nedham,《来自布鲁塞尔的新闻》(News from Brussels In A Letter from a Near Attendant on His Majesties Person)(1660), 第 5 页; John Dryden,《马丁·马尔爵士》(Sir Martin Mar-all)(1668), II, ii, 第 16—17 页;《穷罗宾回忆录》(Poor Robin's Memoirs; or, The Life, Travels and Adventures of S. Mendacio)(1677-1678), 1678 年 1 月 7 日第 4 期(左页); Samuel Butler,《散文评论》(Prose Observations), Hugh de Quehen 编辑, Oxford: Oxford University Press, 1979, 第 179 页。在整个研究过程中,我将强调近代早期传奇评论的主要认识论维度,而不是其道德维度,尽管后者也是重要的。

⑤ Karl Marx,《政治经济学批判大纲》(Grundrisse), Martin Nicolaus 译, Harmondsworth: Penguin, 1973, 第 105、106 页; 参阅《导言:文学史中的辨证法》,注释 20、21。

代划分？对自然、法律研究中抽象化与客观化经验主义策略之叙事认识论的影响为何？叙事"技术"（口述、文字、印刷术）各替代模式的认识论后果为何？我快速地对"前期革命"时期关于学识与论争的大量册子展开评论，这可能因文字所限而敬请谅解。

二　前期革命：希腊启蒙

在最近的几十年中，人类学对文字与口述文化比较研究的兴趣已经集中在古典学术领域，并以这样的方式激发关于希腊启蒙性质这个旧研究对象的新思考。所有口述沟通的"诗性"特质源自其模仿与保存功能。根据埃里克·哈夫洛克（Eric Havelock）的观点，在如此文化中，"正视回忆的问题就是记起一组我们将称之为'事实'或'数据'，分开便无法记住的东西。因此，某个事实必须与其前身联系起来，它必须以这种方式得到框定，以此召唤其前身；因此，当它本身是某个'新'事实时，必须与其前身相似，就像副本与原版相似那样"。不同信息内容与"禁止新创造"一致，并通过被感知为彼此不可分的、某更大型的、具有自我调整能力的知识连续组成部分而得以保存。这些被哈夫洛克称为特殊要求之事宜具有"口述文化的口语引证"这样有意的悖论，这显然需要"原创性"、"真实性"、甚至"历史真实性"概念态度，它们与那些文字文化概念截然不同。因为它们并不承认我们历史权威理念所依赖的独立验证评测，口语体系的权威延续性具有欺骗性。事实上，口述者之间使用的口语体系历经岁月变迁而使知识定型。"记忆过程中的社会元素产生了在被传播过程中得以异形的口语体系……神话与历史合为一体：文化遗产中的各元素不再有某种同时代相关性，并有被迅速遗忘或被改变的倾向。"⑥

---

⑥ Eric A. Havelock，"准则特征与内容"（The Character and Content of the Code）（1973），见《希腊读写革命及其文化后果》（*The Literate Revolution in Greece and Its Cultural Consequences*），Princeton：Princeton University Press，1982，第141页；同作者，《柏拉图序言》（*Preface to Plato*），Cambridge：Harvard University Press，1963，　（转下页）

写作使记忆"具体化"。知识的物理保存不仅生成文件与档案,而且也产生数据"客观"对比,甚至有把知识视为不同"客体"集合倾向的条件。对学者们来说,约公元前700年,希腊字母的发明与随后两或三个世纪的希腊启蒙之间的联系似乎已是某种提示关系,不只是因为古典文化繁荣以文字形式存在,而且是因为那些我们大多数情况下使之与其出色创新特质相联的理性、批判性怀疑论、抽象、逻辑、客观性、历史真实性等智识特征也是我们已学会使之与口述文化向文字文化转变经验相联的特征。但此时必须记下两个重要告诫。首先,启蒙与读写革命之间的相互关系不必得出后者为前者提供出色、唯一"阐释"的论点。其次,读写革命的体验决不如从某个状态即刻"转入"另一个状态那样简单。著名的"荷马问题"(Homeric problem)与如是印象结合在一起,即荷马史诗似乎既不是口语,也非文字之作,而是两者综合的产物。⑦ 人们已在不同环境与时期中看到这两种模式的重叠,这在字母发明与5世纪末古典文化繁荣之间的漫长"文化间歇"中足够明显。在此时期,文化读写必须被视为一种潜在可能,而非事实,字母也主要被用于"原先根据记忆的口语规则而成型的作品之中。这就是为何希腊文学直到欧里庇得斯(Euripides)辞世时,诗歌始终是主要形式"。⑧

(接上页注⑥)第121页;同作者,"口述文化规则转录"(Transcription of the Code of a Non-Literate Culture)(1973),见《读写革命》,第116页;Jack Goody 与 Ian Watt,"读写的后果"(The Consequences of Literacy),见 Comparative Studies in Society and History,5(1963),第310—311页。关于口述体系特征,亦可参阅 M.T.克朗奇(M. T. Clanchy),"回忆往昔及良好旧法"(Remembering the Past and the Good Old Law),见 History,55(1970),第168—170页。

⑦ 参阅 Havelock,《读写革命》,第13—14页及第8章;Hugh Lloyd-Jones,"论荷马史诗问题"(Remarks on the Homeric Questions),见《历史与想象》(History and Imagination: Essays in Honor of H. R. Trevor-Roper),Hugh Lloyd-Jones, Valerie Pearl 与 Blair Worden 编辑,New York: Holmes and Meier,1981,第15—29页。

⑧ Eric A. Havelock,"希腊人的前文字"(The Preliteracy of the Greeks)(1977),见《读写革命》,第187页;同作者,"希腊喜剧口述"(The Oral Composition of Greek Drama)(1980),同前,第261—262页。关于反驳文字与口述模式二分法对立的近期平衡观点,该观点也坚持这种区别的重要性,参阅 Jack Goody,《野蛮人思想的驯化》(The Domestication of the Savage Mind),Cambridge: Cambridge University Press,1977。

口语与文字模式之间,两者所导致的各种心智习惯之间的张力可在整个古典希腊文化之中得以感知。构成赫西俄德(Hesiod)所写《神谱》(Theogony)的神系让人想起荷马史诗中的神祇,然而他们也看似以与荷马迥异的方式从更大的故事讲述语境中概括而出的记录。赫西俄德对荷马史诗中显然缺乏的年表与历史真实性明确表达了批评态度。6 世纪之前,赫卡塔埃乌斯(Hecataeus)、色诺芬尼(Xenophanes)、赫拉克利特(Heraclitus)及其他人已开始根据历史真实与虚构之间的区别阐述针对荷马神话的唯理论批评。⑨ 如果希罗多德(Herodotus)是"历史之父",那么有充分理由把作为简单抽象的"历史"范畴在古典时期的出现与修昔底德(Thucydides)为验证真实性所用的严谨评测结合起来。但他所设的样例在古希腊罗马史学领域的确没有追随者,这普遍将修辞标准提到我们将称为历史准确性的需要之上。⑩ 然而,修昔底德在宁要目击者的口述证词而不是书面引证证据方面与希罗多德完全一致。⑪ 修昔底德遵从口述文化标准,学者们也似乎暗示了这一点。他们已经论证,修昔底德身上从事"科学"史学

---

⑨ 参阅 Havelock,《柏拉图序言》,第 104—105 页;Charles R. Beye,《古希腊文学与社会》(Ancient Greek Literature and Society), Garden City, N. Y.: Anchor Books, 1975,第 101、188—189 页;Goody 与 Ian,"读写的后果",第 322—324 页。
⑩ 参阅 Gerald A. Press, "历史与古典时期历史理念的发展"(History and the Development of the Idea of History in Antiquity),见 History and Theory, 16, no. 3 (1977),第 285 页;Arnaldo Momigliano, "希腊史学"(Greek Historiography),同前,17, no. 1(1978),第 9 页;Timothy P. Wiseman,《克莱奥的化妆品:希腊—罗马文学三研究》(Clio's Cosmetics: Three Studies in Greco-Roman Literature), Leicester: Leicester University Press, 1979,第 48—49 页。
⑪ 参阅 Momigliano, "希腊史学",第 5 页;同作者, "书面传统史学与口述传统史学"(Historiography on Written Tradition and Historiography on Oral Tradition)(1961 - 1962),见《史学研究》(Studies in Historiography), New York: Harper Torchbooks, 1966,第 214—216 页。关于真实性评测与目击证言,参阅 Thucydides,《伯罗奔尼撒战争史》(The Peloponnesian War), Richard Crawley 译, New York: Modern Library, 1951,I,第 20—22 页(第 13—14 页)。然而,偏好目击证言的意义是含糊的,因为它也可能表述了经验主义科学的怀疑论标准(参阅本书第 2 章)。

的动因被遍布的悲剧神话影响颠覆了。⑫ 正如所声明的那样,如果《伯罗奔尼撒战争史》(The Peloponnesian War)坚持亚里士多德的悲剧定义,那么它同样表述了相关文字观点。亚里士多德的革命性简单抽象,"诗歌"正如作为其对立的修昔底德式"历史"孪生兄弟那样,因为两者以不同方式反映惊人的连续性与客观性,而这是文字叙事如此鲜明的特点,与口述神话不同。如果亚里士多德的悲剧观点中有某种口述残余,那么不是在其神话中已被抽象化的概念,而是在"宣泄"(catharsis)理念中找到它,通过观众效应的口述、表演标准确认出彩情节的形式优点。⑬ 亚里士多德的《诗学》(Poetics)真正革命之处,即"诗歌"源自其神话底层的抽象过程与修昔底德被抽象化的"历史"在古典时期有着相同的极高认可度。⑭ 直至欧洲启蒙时期这两个理念才得到全面运用。

柏拉图哲学在抽象过程中的这两次实验中间得到阐述,这是希腊启蒙的核心成就,既出于明显的意义,又因它至此最戏剧性地表现了认知的口述与文字两种模式之间对峙。在《斐德罗篇》(Phaedrus)中,苏格拉底有所偏好地将辩证法的口述话语与书面文字的具体化抽象比较,这鼓励书面文字使用者们"不再从自己内心,而是借助外在标记将那些事情想起"。柏拉图对狄奥尼修斯(Dionysius)如是说:"现在被称为他的(即柏拉图的)作品是经过修饰,且被置换到当下时境的苏格拉底作品。"另一方面,框定《泰阿泰德篇》(Theaetetus)的简短对话之意是,假如欧几里得(Euclides)没有对所记录的往昔辩证交锋仔细做笔记,校正与苏格拉底相对的回忆偏差,我们现在可能没机会体验其

---

⑫ 参阅 F. M. Cornford,《修昔底德的神话》(Thucydides Mythistoricus), London: Edward Arnold, 1907;Kieran Egan,"修昔底德,悲剧家"(Thucydides, Tragedian),见《历史书写:文学形式与历史理解》(The Writing of History: Literary Form and Historical Understanding),Robert H. Canary 与 Henry Kozicki 编辑,Madison: University of Wisconsin Press, 1978,第63—92页。
⑬ 参阅 Michael McKeon,"美学价值的起源"(The Origins of Aesthetic Value),见 Telos, no. 83(Fall, 1983),第73—80页。
⑭ 参阅 Wiseman,《克莱奥的化妆品》,第9章。

以任何形式呈现的智慧。⑮ 因此,柏拉图的对话似乎既构成一个被具体化的移位,又是苏格拉底辩证法的保护性"定位"。但根据哈夫洛克的观点,我们甚至错误地把辩证法视为"纯粹的"口述话语。通过要求说话者重复自己的话,并重新阐述其意思的方式,苏格拉底的方法起到将理解者与已知区分的作用,并通过将意识从其"梦境语言中唤醒,刺激它展开抽象思考"的方式使之理性化。从这个观点来看,我们可能甚至把苏格拉底想象为神话的解密者,正如弗洛伊德是梦的解密者一样。辩证法成为"科学"方法,本能思考的简洁、具欺骗性的并列借此因被置于说话者自己详述的、更难懂、详尽细节之中而得到从属关系的明晰。⑯

我们称柏拉图的比喻为"神话",因为我们从中感受讲述某个预期故事的古代思想之辩证动机,以此设法抵达无法以更直接方式接近的某个结尾之肇始领域。如苏格拉底在其《斐德罗篇》御夫座神话序言中所言,描述灵魂性质"将会是一个待讲述的长篇故事,最为确信的是某位天神会来讲述,但相似的是,某人可能在更简洁的范围内讲述"。⑰ 因此,用相似达到真实,这当然也是御夫座神话的主题。这个神话详述了灵魂为摆脱人性的依附,以及借助回忆重回其最初神界位置而付出的努力。然而,神话不仅通过柏拉图的铭文,而且借助苏格拉底的叙述所获得的真正稳定性可能因其本应起到作用的工具性记

---

⑮ Plato,《斐德罗篇》(*Phaedrus*),275a,R. Hackforth 译,见《柏拉图对话集》(*The Collected Dialogues of Plato*),Edith Hamilton 与 Huntington Cairns 编辑,博利根系列第 71 卷,New York:Pantheon,1961,第 520 页;同作者,第 2 封信,314c,L. A. Post 译,同前,第 1567 页;同作者,《泰阿泰德篇》(*Theaetetus*),143a—c,F. M. Cornford 译,同前,第 847—848 页。

⑯ Havelock,《柏拉图序言》,第 209 页。参阅 Sigmund Freud,《梦的解析》(*The Interpretation of Dreams*),James Strachey 译,New York:Avon Books [1900] 1965,第 216 页:"一位聪明、有教养,言行内敛不张扬的年轻女性如是所言:**我梦见自己很晚到达市场,没从肉铺老板或卖蔬菜的妇人那里买到任何东西**。无疑这是一个天真的梦,但梦并不如这样简单,因此我要求她进一步讲述细节。于是她说出了以下的话……梦与往昔的联系(重述之后)是非常直接的。"

⑰ Plato,《斐德罗篇》,246a,同前,第 493 页。

忆功能之故而使之失去能力。哈夫洛克辩称,苏格拉底的自主灵魂的抽象,即御夫座神话个性化主题是"口述文化弃绝的对应物"。⑱ 神话自身被自觉框定的美丽与完整用类似的方法,以某种神话口述经验所陌生的方式将其固定、驾驭。

在文化演变的原型主义方案中,"神话"之后是"传奇"。⑲ 将希腊新文字文化的不稳定产物,即苏格拉底的"神话"、修昔底德的历史,索福克勒斯(Sophocles)的悲剧视为传奇叙事,以及相对自给自足,被定位的口述文化客观化之多种阐释过程中有着某种逻辑。但定位的暂时性与不稳定性需要强调一番。亚里士多德更多引用的是《俄狄浦斯王》(*Oedipus the King*),而不是任何其他戏剧。这不仅是因为在重述这个神话时,索福克勒斯已完全将其理性化为一个从开始到中间,至结尾的线性过程,而且因为情节的统一在于其允许某个颠覆性的反转与发现从明显进步结构中"自然"生成的方式之中。⑳ 然而,"反转"模式远比亚里士多德暗示的更普遍。在将我们从戏剧表演开始引至其结尾的各情节之中,有特定的"倒叙"情节类型,它们通过传递戏剧表演开始之前发生之事的信息达到这个普通目的。对当前目的而言,这些回顾倒叙的最出色之处就是它们在戏剧事件进行过程的启示顺序近似成为其作为历史事件的年表顺序之精确反转:俄狄浦斯越深入未来,他就越深陷往昔之中。这就是"传奇"的经验,最接近时间与历史神话般"废止"的后古代相等物。借助古代思想而被体验为某种"持续当下"统一之物通过希腊启蒙的新历史意识,作为"前""后"运动之间的某种历史断裂而被定位。

在古典末期及与撰写后人已学会称为"希腊传奇"之作的同期,阿

---

⑱ Havelock,《柏拉图序言》,第 200 页。
⑲ 参阅《导言:文学史中的辩证法》,注释 12、13。
⑳ 参阅 Aristole,《诗学》(*Poetics*),1452a-b,1454b-1455a,Ingram Bywater 译,见《亚里士多德导读》(*Introduction to Aristotle*),Richard McKeon 编辑,第 2 版,Chicago:University of Chicago Press,1973,第 683—684 页,第 690—692 页。

普列尤斯(Apuleius)对苏格拉底的"灵魂"给出其最著名的传奇客观化。㉑ 从事古代叙事研究的现代学者们随意使用文类术语,并倾向于将"希腊小说起源"定位于口述叙事流传传统与希腊时期文字日渐普及之间的节点中。㉒ 古典末期的大量散文体叙事在其对某个普通历史真实观点的随意与间断承诺中反映了"读写革命"的遗产,这有助于确立"历史真实性"标准的理念,但决非该标准的支配地位。"传奇"这个不合时宜的术语与那些将不同的,极具影响力的叙事集合起来的术语一样有用。这些叙事包括赫利奥多罗斯(Heliodorus)的《埃塞俄比亚传奇》(*Aethiopica*)中的海盗与海难、色诺芬(Xenophon)的《以弗所的故事》(*An Ephesian Tale*)、查理顿(Chariton)的《查瑞斯与卡里尔》(*Chaereas and Callirhoe*)、卢西恩(Lucian)的《真实历史》(*True History*)这令人生疑的游记,甚至包括对所谓"奇异却真实"之事开创一个长篇系列稳妥调研的老普林尼(Pliny the Elder)的反常《自然史》(*Natural History*)。㉓

㉑ 关于丘比特(Cupid)与塞姬(Psyche)的拉丁语传说的简短讨论,参阅第 4 章,注释 12。

㉒ 参阅 Sophie Trenkner,《古典时期的希腊小说》(*The Greek Novella in the Classical Period*), Cambridge: Cambridge University Press, 1958,第 9 章;Ben E. Perry,《古代传奇:起源的文学历史阐述》(*The Ancient Romances: A Literary-Historical Account of Their Origins*), Berkeley and Los Angeles: University of California Press, 1967,第 2 章;Tomas Hägg,《古典时期的小说》(*The Novel in Antiquity*), Berkeley and Los Angeles: University of California Press, 1983,第 3 章。关于术语的讨论,参阅 Perry,《古代传奇》,第 3 页;Hägg,《古典时期的小说》,第 2—4 页;Gareth L. Schmeling,《查理顿》(*Chariton*), New York: Twayne, 1974,第 26—27 页,第 37—42 页;Arthur Heiserman,《小说之前的小说》(*The Novel before the Novel: Essays and Discussions about the Beginnings of Prose Fiction in the West*), Chicago: University of Chicago Press, 1977,第 3—5 页,第 41、75 页。

㉓ 并没有"古代小说"(the ancient novel)这一术语,Hägg,《古典时期的小说》,第 3 页引用版教者尤里安(Julian the Apostate)的警告:"虚构……以历史的形式、爱情的主题,简言之所有此类。"关于古代传奇与史学之间的关系,参阅 Schmeling,《查理顿》,第 51—56 页的讨论。

三 前期革命：12世纪的文艺复兴

伟大一神论宗教共有的史学关注与它们共同依赖的神圣传统及文本的历史真实性有联系，这是宗教有效性得以确立的核心方式。希伯来先知们远比那些用神话即历史论解释神话的希腊人更彻底，他们斥责古代思想，并使其去神话化。上帝无所不在，他从其在自然场境持续扩展中抽离出来，反而置身历史之中。确切地说，上帝使历史间或中断，留有空白，人们感到他是用这种方式在自己开创的历史中留下印记。这些空白自相矛盾地界定了历史的客观性与连续性。是上帝周期性地介入、确认历史发展，而不是通过概括原型事件而"废止"历史的人类。从这个概念的全面与古代意义上来说，这些事件不受仪式重复的影响，相反屈从经验主义的验证。旧约叙事并列且神秘的混乱暗示一种秩序，它在历史自身空隙处等待时间的最终流逝，也等候文本阐释与历史文献所投射的偶然之光。圣经作者们自身珍视叙事的延续性、经典性及信息源的精准性。[24] "神话，或虚构的故事是其他宗教拥有的；基督徒拥有的是逻各斯，真实的故事。"[25] 从基督教时期极早阶段来看，与对手展开的信仰之辩在于对基督历史真实性的主张，在于对福音叙事真实性的文献引证。[26]

---

[24] 参阅 Mircea Eliade,《永恒回归的神话，或宇宙与历史》(*The Myth of the Eternal Return, or, Cosmos and History*), Willard R. Trask 译,博利根系列第 46 卷,Princeton: Princeton University Press, [1949] 1971,第 104—107 页;Erich Auberbach,《模仿论》(*Mimesis: The Representation of Reality in Western Literature*), Willard R. Trask 译,Garden City, N. Y.: Anchor Books, [1946] 1975,第 11—14 页;Herbert N. Schneidau,《神圣的争辩：圣经与西方传统》(*Sacred Discontent: The Bible and Western Tradition*), Baton Rouge: Louisiana State University Press, 1976,第 10、25、178、202、213 页。

[25] Northrop Frye,《世俗经文：传奇结构研究》(*The Secular Scripture: A Study of the Structure of Romance*), Cambridge: Harvard University Press, 1976,第 18 页。

[26] 参阅 Mircea Eliade,《神话与现实》(*Myth and Reality*), Willard R. Trask 译,New York: Harper Torchbooks, 1968,第 9 章;William Nelson,《事实或虚构：文艺复兴故事讲述者的困境》(*Fact or Fiction: The Dilemma of the Renaissance Storyteller*), Cambridge: Harvard University Press, 1973,第 19—23 页引用的例子。

但希伯来宗教的极端历史真实性并不完全由基督教延承。根据格肖姆·舍勒姆(Gershom Scholem)的观点,"对基督徒而言,作为对外部世界更深层次理解而出现的思想,对犹太人而言则表现为对它的清算,一种在其最具经验主义特点的范畴内,借助空无的纯粹内在性设法逃避验证救世主主张的行为"。在探究这种矛盾的外在与内在领域过程中,基督教思想将苏格拉底把神话置于"传奇"之中的定位重新调整为基督教认识论的核心问题,借助现世与物质方式的属灵真理居中和解。在随后的奥古斯丁(Augustine)自我指认的故事中,传奇流浪者们自身冒着这类定位的危险,既要求证他们故事中所教导的"旅行工具成为行进过程"观点,又要加以规避:

> 喜欢某事就是出于其自身之故而满心迷恋。然而,使用某物就是用它来获得你所爱之物……假如我们只是在家才能蒙福生活的流浪者,在四处流浪时生活凄苦,渴望结束这种生活,回到我们的故乡。我们会需要被用来助我们回到渴慕已久故土的车马舟楫。但如果旅行工具,以及行进过程本身让我们愉悦,我们因此而喜欢我们应该使用的这些东西,我们不会希望迅速终结我们的旅程,我们纠结于某种任性的甜蜜中,与我们的故土疏离,而这故土的甜蜜会让我们蒙受祝福。㉗

奥古斯丁传奇的精巧平衡一般通过围绕中世纪朝圣之旅、圣徒生平及相关文献的复杂态度而得到概述。在与奥古斯丁同时期的**游历**中,对一路所见的圣迹与圣物进行极为详细的描述可作"历史真实"理念之用,与其说和这些特定之地的真实性有关,不如说和因他们描述与敬畏唤起

㉗ Gershom Scholem,《犹太教中的救世主理念》(*The Messianic Idea in Judaism*), New York: Schocken, 1974, 第 2 页; Augustine,《论基督教教义》(*On Christian Doctrine*), D. W. Robertson, Jr. 译, Indianapolis: Bobbs-Merrill, 1958, I, iv, 第 9—10 页。

的神圣故事的真实性有关。㉘ 朝圣叙事及圣徒生平的详细周到与圣徒遗迹的具体化相似,可以通过它的某种视觉与可触摸的具体表现验证神圣真理。㉙ 但中世纪评论家们完全了解作为行进过程,而非旅行工具的朝圣之旅危险引诱的甜蜜,这是出于自身之故而被享受之物,而不是被用来实现更伟大目的之物。㉚ 中世纪末期,朝圣活动与日益发展的旅游业的愉悦与好奇轻易并隐秘地融为一体。极为流行的《曼德维尔的旅行》(*Mandeville's Travels*)与既批判又反映朝圣活动字面直译化、世俗化倾向的《坎特伯雷故事集》(*The Canterbury Tales*)、《农夫皮尔斯》(*Piers Plowman*)同时代,并从关于圣地的夸张且真实的导游书,及名义上的虔诚之旅的更长"游记"中受益匪浅。㉛

朝圣叙事与圣徒生平中的张力当然是基督教思想普遍倾向中的一部分,而基督教思想是直面矛盾动荡的巍然不动的大厦。在约翰·赫伊津哈(Johan Huizinga)的经典阐述中,"每一个思想都在某个意象中寻求表述,但在这个意象中定型,变得僵化。通过这个以可见形式

㉘ 参阅 S. G. Nichols, Jr., "圣地朝圣与英雄之歌中的生命与文学互动"(The Interaction of Life and Literature in the Peregrinationes ad Loca Sancta and the Chansons de Geste),见 *Speculum*, 44(Jan., 1969),第 51—77 页。

㉙ 关于神圣遗物崇拜核心与中世纪早期,尤其普遍信仰之间的关系,关于其与连续的、有魔力的"古代"再生关系,参阅 R. W. Southern,《中世纪的西方社会与教会》(*Western Society and the Church in the Middle Ages*),Harmondsworth: Penguin, 1970,第 30 页;Patrick J. Geary, "9 世纪神圣遗物贸易:普遍虔诚的回应?"(The Ninth-Century Relic Trade: A Response to Popular Piety?),见《宗教与人民,800—1700》(*Religion and the People, 800-1700*),James Obelkevich 编辑,Chapel Hill: University of North Carolina Press, 1979,第 8—19 页。参阅关于"中世纪现实主义"的讨论,见 Johan Huizinga,《中世纪的式微》(*The Waning of the Middle Ages*),Garden City, N. Y.: Anchor Books, [1924] 1954,第 15、16 章。

㉚ 参阅 Giles Constable, "对中世纪朝圣的抵制"(Opposition to Pilgrimage in the Middle Ages),见 *Studia Gratiana*, 19(1976),第 123—146 页。

㉛ 参阅 Jonathan Sumption,《朝圣:中世纪宗教意象》(*Pilgrimage: An Image of Medieval Religion*),London: Faber and Faber, 1975,第 257—260 页。一般可参阅 Christian K. Zacher,《好奇与朝圣:14 世纪英格兰的探险文学》(*Curiosity and Pilgrimage: The Literature of Discovery in Fourteenth-Century England*),Baltimore: Johns Hopkins University Press, 1976;Donald R. Howard,《作者与朝圣者:中世纪朝圣叙事及其后续》(*Writers and Pilgrims: Medieval Pilgrimage Narratives and Their Posterity*),Berkeley and Los Angeles: University of California Press, 1980。

体现的倾向,所有神圣概念总是暴露在固化成纯粹外在论的危险之中……一方面,如果所有普通生活细节可被提至某个神圣层面;另一方面,所有神圣之物都因与日常生活融合的事实而沦为寻常之物。"可从最著名的阐释者之一解读基督教类型学技巧的方式中感知这种张力。在《模仿论》中,埃里希·奥尔巴赫通过强调读者或听者从叙事线的时间联系与感知实质并列分散的方式将类型学与古典时期的叙事法并置。但在他的论文"比喻"中,类型学反而与基督教寓言成对比。此处类型学构思的具体历史真实性,即作为被置于时间之中的人类救赎统一化行动的基督教历史自身感知突显出来。㉜

12世纪文艺复兴的论点尤其将此时期与日渐强化的经验主义及历史化动因等同。人们首先阐述这个论点,描绘以古典学识复兴,特别是自然科学与哲学的复兴为中心的文化繁荣。㉝ 近来,它也与读写能力、文字模式运用的一般且明显的提升相联系。根据M.T.克朗奇(M. T. Clanchy)的看法,"印刷的随后出现是因为有读写能力的公众已经存在,这个群体源自12、13世纪"。如在希腊启蒙时期那样,12世纪欧洲的读写革命已被视为具有深远的认知论意义。并不只是读写成为古典文本复兴的前提和后果。它也鼓励充斥所有中世纪思想的"经验主义态度"日渐增长,例如鼓励对圣徒遗物真实性持更加质疑的方式,对圣餐象征地位进行更具唯理论性质的阐释。㉞

可能最明显的读写能力提升与效果的证据就在法律领域。克朗

㉜ Huizinga,《中世纪的式微》,第152、156页。参阅 Auerbach,《模仿论》,第42—43、64—65页;同作者,"比喻"(Figura)(1944),见《欧洲文学戏剧中的场景》(*Scenes from the Drama of European Literature*),New York: Meridian Books, 1959,第28—76页。

㉝ 参阅 Charles H. Haskins,《12世纪的文艺复兴》(*The Renaissance of the Twelfth Century*),Cambridge: Harvard University Press, 1928,特别是第10、11章。

㉞ M. T. Clanchy,《从回忆到书面记录:1066—1307的英格兰》(*From Memory to Written Record, England, 1066-1307*),Cambridge: Harvard University Press, 1979,第I页;Brian Stock,《读写的意义:11与12世纪书面语言与阐释模式》(*The Implications of Literacy: Written Language and Models of Interpretation in the Eleventh and Twelfth Centuries*),Princeton: Princeton University Press, 1982,第3章。

奇说,正是在后诺曼征服时期的英格兰,王室法令成为财产诉讼的核心,书写成为开展法律事务的标准模式。这些发展与当时司法审判理念的合理化有密切关系。根据霍华德·布洛克(Howard Bloch)的观点,神裁(ordeal)的封建体系借助神意与公正在人类事务中无所不在的假设而得到正名,如今被审讯、证据、证人、书证及上诉可能性替代,这些严格的人类自定机制表明了本着历史真实性,忠实重现往昔事件的信诺。当然,口述与习惯模式及随后几个世纪的读写与书面模式继续共存,在某些情况下(如持续偏好口述,而非证人书证)甚至还占主导。即便如此,布洛克会看把审讯替代神裁的过程视为"个人主义概念合法化的一般倾向"中的一部分,一个暗示某个有影响的(如果有时候有争议的话)12世纪文艺复兴论点重新阐述的术语。㉟ 沃尔特·厄尔曼(Walter Ullman)理解这个术语,并以此指涉公民拥有的"自主、独立、天生权利",他已把"个人"的出现置于13世纪之中,并把这个变化与"史学"的一般改变联系起来。科林·莫里斯(Colin Morris)既拓展了这个现象,又将其出现推后,把"自传"的繁荣期放在12世纪。㊱ 但12世纪史学批判性怀疑论的论点并没有得到强力推广。㊲ 一个潜在的证据来源就是当时将自身构想成某个时期的假定意愿,这个时期既与近期过去不同(这个观点因威廉征服造成的断裂而在英格兰易于接

㉟ 参阅 Clanchy,"回忆往昔及好的旧法",第173页;R. Howard Bloch,《中世纪法国文学与法律》(*Medieval French Literature and Law*), Berkeley and Los Angeles: University of California Press, 1977,第18—21、32—33、48、120、130、131、137、162页。关于两种模式的共存,亦可参阅 Clanchy,"回忆往昔及好的旧法",第175页;同作者,《从回忆到书面记录:1066—1307的英格兰》,第8、9章;Stock,《读写的意义:11与12世纪书面语言与阐释模式》,第1章及本章注释81—84。关于12世纪"个人主义"的争议,参阅本书第4章,注释16—17、21。

㊱ 参阅 Walter Ullmann,《中世纪的个人与社会》(*The Individual and Society in the Middle Ages*), Baltimore: Johns Hopkins Press, 1966,第6、45、110—111页;Colin Morris,《个人的发现,1050—1200》(*The Discovery of the Individual, 1050-1200*), New York: Harper and Row, 1972,第79—86页。"个人"在中世纪的概念不同于"个人主体"的现代理念,关于这个论点,参阅 Timothy J. Reiss,《现代主义话语》(*The Discourse of Modernism*), Ithaca: Cornell University Press, 1982,第2章;一般参阅第1章,内有从前现代"模式化"到"分析—指示性"现代话语的段落。

㊲ 例如,参阅 Haskins,《12世纪的文艺复兴》,第236页。

受),又与甚至正经历某种"复兴"的古典时期不同。然而,这些历史差异回顾中的重要动因似乎更多像确定连续性,重申某种相同性的需要,而不是时代划分的意愿。如果大致被时代划分的拯救史现在首次广泛适应当前时期及其政治现实,救世主义历史仍然主要是一个为人类而设的方案,而非由人类构建的历史。㊳

在12世纪,《圣经》经文的经典真实性仍然是属灵真理与历史真相的唯一标准,所有其他文本按定义都被理解成相对失真之作。历史的"事实"都是相关的,但从属于"真实",在诸多明显冲突样例中,纯粹抽象胜过具体属性。如在古典时期末期,"历史"被构想成语法或修辞的次分类,"历史真实性"的修辞标准能够通过不同话语模式来完成。㊴ 认为12世纪传奇沿史诗与"英雄之歌"(chanson de geste)历史一路发展,这已成惯例。但正如在英雄之歌中,"历史真实性"与"文学性"没有得到明确区分一样,中世纪传奇因此倾向于将自己视为某类历史真实,倾向于通过那些不能与"英雄之歌"作品或年表区分的方法阐明自己的"历史真实性"。事实上,"对传奇而言,'历史'(estoire)是最早可辨名称,该词

㊳ 参阅 Erwin Panofsky,《西方艺术中的文艺复兴与再生》(*Renaissance and Renascences in Western Art*), London: Paladin, 1970,第55—81、108—110页;Amos Funkenstein,"中世纪与近代早期的时代划分与自我理解"(Periodization and Self-Understanding in the Middle Ages and Early Modern Times),见 *Medievalia et Humanistica*, n. s., 5(1974),第8、10—12、14页。关于诺曼征服之后的英格兰及盎格鲁—撒克逊的过去,参阅 R. W. Southern,"英格兰在12世纪文艺复兴中的位置"(The Place of England in the Twelfth-Century Renaissance),见 *History*, 45(Oct., 1960),第208页; Antonia Gransden,"12世纪英格兰的现实主义评论"(Realistic Observation in Twelfth-Century England),见 *Speculum*, 47, no. 1(Jan., 1972),第33页。参阅 Donald R. Kelley,"克莱奥与律师:中世纪法学的历史意识形式"(Clio and the Lawyers: Forms of Historical Consciousness in Medieval Jurisprudence),见 *Medievalia et Humanistica*, n. s., 5(1974),第25—49页。

㊴ 参阅 R. W. Southern,"历史书写的欧洲传统面面观"(Aspects of the European Tradition of Historical Writing),见 *Trans. Roy. Hist. Soc.*, ser. 5, 20(1970),第180—182页; Jeanette M. A. Beer,《中世纪真实叙事惯例》(*Narrative Conventions of Truth in the Middle Ages*), Geneva: Librairie Droz, 1981,第10、29、33、48—49页;Nancy F. Partner,《严肃的娱乐:12世纪英格兰的历史书写》(*Serious Entertainments: The Writing of History in Twelfth-Century England*), Chicago: University of Chicago Press, 1977,第195页。

与中世纪史学,尤其是家族史中的传奇起源有联系"。⑩ "传奇"的确约在 12 世纪"兴起",此间的一个迹象就是该术语自身作为一个被接受的惯用法而逐渐出现。但它作为不同话语模式的阐述显然既不取决于历史题材作品的某种特别联系,也不取决于对其的某种特别否定。

如果"历史"在中世纪被认为是修辞的分支,其主要比喻就是"血统"。这也适用于传奇,如所有话语一样,它们血统的真实性在于世袭的事实。的确,法国、英国与罗马故事已具备不同程度的权威。亚瑟王的"布列塔尼故事素材"最令人生疑。另一方面,这个在特洛伊城攻陷时确立的家谱不仅为埃涅阿斯(Aeneas)的后人,而且通过普里阿摩斯(Priam),为在欧洲其他地区迁移、定居的蛮族部落提供了一个民族谱系。关于编年史与传奇中的特洛伊起源标准权威并不是荷马与维吉尔(Virgil),而是弗里吉亚的达勒斯(Dares of Phrygia)与克里特岛的狄克提斯(Dictys of Crete),人们认为后者更可靠,因为他们是这些事件的目击者。⑪ 例如,现代评论家们纷纷把 14 世纪《历史故事》(Gest Hystoriale)描述为"头韵体传奇"、"历史传奇"以及"编年史",其作者在坚持以达勒斯与狄克提斯提供的真实记述为基础过程中,笃信自己获得的更新文献来源。12 世纪古法语《布卢瓦的帕尔特诺波》

---

⑩ 参阅 Auerbach,《模仿论》,第 106—107 页;Nichols,"生活与文学",第 68 页;Peter Haidu,"导言"(Introduction),见 *Yale French Studies*,51(1974),第 5—6 页;Dieter Mehl,《13 与 14 世纪中的中古英语传奇》(*The Middle English Romances of the Thirteenth and Fourteenth Centuries*), London: Routledge and Kegan Paul, 1968,第 20—22 页;Donald R. Kelly,"中世纪传奇中的素材与阐述方式"(*Matière* and *genera dicendi* in Medieval Romance),见 *Yale French Studies*,51(1974),第 147 页。关于"传奇"这个术语的起源及其在中世纪叙事中的运用,参阅 Edith Kern,"小说/短篇小说中的传奇"(The Romance of Novel/Novella),见《批评学科》(*The Disciplines of Criticism*), Peter Demetz, Thomas Green 与 Lowry Nelson Jr. 编辑, New Haven: Yale University Press, 1968,第 512—513 页。

⑪ 参阅 Heiserman,《小说之前的小说》,第 221 页,注释 2;Southern,"历史书写的欧洲传统面面观",第 190—194 页;Denys Hay,《编年史作者与历史学家:8—18 世纪西方史学》(*Annalists and Historians: Western Historiography from the Eighth to the Eighteenth Centuries*), London: Methuen, 1977,第 59—60 页;Nelson,《事实或虚构》,第 24 页;Kelly,"中世纪传奇中的素材与阐述方式",第 147 页。关于目击证人惯例的重要性,参阅 Beer,《中世纪真实叙事惯例》,第 2、3 章。

(*Partenopeu de Blois*)的最长中世纪英语译本尽管充斥超自然奇迹,但开篇 503 行文字阐述特洛伊血统的权威及这位英雄后续家谱。㊷

在其《克里杰》(*Cligés*)的开篇,克雷蒂安·德·特罗亚(Chrétien de Troyes)强化了对特洛伊血统的验证,所用的方法就是使之具有我们可以从中看到"这段历史已经写就"字样的手稿文字与文献权威。文字复兴如何通过被写对象客观化力量的比喻来强化(在某些情况下甚至似乎替代)血统的验证比喻,克雷蒂安的传奇使之特别清楚。例如,在《艾莱克与艾尼德》(*Erec et Enide*)中,马克罗缪斯(Macrobius)所写之书的权威性勉强印证了关于艾莱克袍子("4 位仙女缝制")的出色描述。在序言中,克雷蒂安夸耀自己将宫廷行吟诗人习惯删减、篡改的故事永远固定在记忆之中的能力。㊸ 与克雷蒂安作品同时期的其他传奇利用这种使自己口述概念客观化并进行验证的转录能力,有时候它们明确依赖法律调查的合法化形式以达到如此目的。㊹ 有些评论家对 12 世纪传奇在客观化比喻与超越世俗的主观唯心论主导之

㊷ 参阅《关于特洛伊毁灭的历史故事》(*The 'Gest Hystoriale' of the Destruction of Troy*), D. Donaldson 与 G. A. Panton 编辑, London: Early English Texts Society, 1869, 1874, "序言"第 1—4 页;《布卢瓦的帕尔特诺波》(*Partonope of Blois, the Middle English Versions*), A. T. Bödtker 编辑, London: Early English Texts Society, 1912。关于故事文类, 参考《关于特洛伊毁灭的历史故事》, 第 lxiii 页; Lee C. Ramsay,《骑士传奇: 中世纪英格兰的通俗文学》(*Chivalric Romances: Popular Literature in Medieval England*), Bloomington: Indiana University Press, 1983, 第 72 页; Mehl,《13 与 14 世纪中的中古英语传奇》, 第 267 页, 注释 56。

㊸ 参阅 Chrétien de Troyes,《克里杰》(*Cligés*), Alexandre Micha 编辑(Paris: Librairie Champion, 1965), "序言", ll, 第 8—13、18—27 页;同作者,《艾莱克与艾尼德》(*Erec et Enide*), Mario Roques 编辑, Paris: Librairie Champion, 1963, II, 第 19—26、6674—6682 页。也参阅 Marie-Louis Ollier, "文本中的作者: 克雷蒂安·德·特罗亚的序言"(The Author in the Text: The Prologues of Chrétien de Troyes), 见 *Yale French Studies*, 51(1974), 第 26—41 页。

㊹ 《汉普顿的贝维斯》(*Boeve de Haumtone*)(13 世纪;被假设为 12 世纪)以这样的许诺开篇, 它将被"吟唱", 但据说最后可以大声"朗读";参阅 M. Dominical Legge,《盎格鲁—诺曼文学及其背景》(*Anglo-Norman Literature and Its Background*), Oxford: Clarendon Press, 1963, 第 156—157 页。兰斯洛特散文循环(Lancelot Prose Cycle)组成部分根据自身抄本中探寻方式将王室订制的叙事囊括在内;参阅 Bloch,《中世纪法国文学与法律》, 第 203—207 页。

间的互动印象深刻,并对其叙事观点的"现代性"展开论证,同时发现其中自觉地、决然地削弱所有"现实"与"意义"稳定概念的感知相对性及极为"个人主义"的认识论。㊺ 当然,引证文献来源时所需要的基本怀疑论可以轻易地延展成一个关于文献自身可靠性的,更具探索性的怀疑论:这两个态度在乔叟(Chaucer)暗示自己拥有某些特洛伊战争故事权威资料时显而易见。但在我们看来,这貌似一个非常现代的"不确定性",由怀疑论而生,极端到足以质疑经验主义自满的正统性。它可能反而折射一种必定在任何此类正统性确立之前的思想状态,此间,"客观的"与"历史的"真实之强大理念并不拥有与它们假定对照清晰区分的足够支配性。换言之,中世纪传奇的不确定性完全具备这个形式的特点,在那些熟悉的反经验主义联想已经清楚阐释此不确定性之前,它早就发展到一个阶段,这个发展可能已被用来表明"不确定性"现代概念自身从出现到为人所知过程的必要前提。㊻

中世纪叙事的"验证"通过多种惯例实现,这可以为之提供一种从某种意义上来说比该术语任何现代概念更松散,可被感知为某种"经验主义"的基础,例如借助起到验证作用的叙梦寓言诗的框架。神异的光环难以区分地栖息在"历史"叙事、"传奇"叙事之中,与历史真

㊺ 例如,参阅 Peter Haidu,"《美丽天真汉》中的现实主义、传统、虚构性及文类理论)(Realism, Convention, Fictionality, and the Theory of Genres in Le Bel Inconnu),见 L'Esprit créatur,12(1972),第 60 页;Robert W. Hanning,《12 世纪传奇中的个人》(The Individual in Twelfth-Century Romance), New Haven: Yale University Press, 1977,第 62、155—156、171—172、193 页。

㊻ 参阅 Chaucer,《特洛伊罗斯和克瑞西达》(Troilus and Criseyde)(14 世纪),I,第 393—399 页;V,第 1044—1050 页。关于 12 世纪传奇的"不确定性",参阅 Haidu,"导言",第 5 页。正是在这些后期联想的基础上,W.P.克尔(W. P. Ker)可以阐述如下悖论:较之于北方史诗及英雄之歌,12 世纪传奇更少拥有"纯粹传奇","这"具备神话及远不可及所有事情魔力的某种想象之名"。参阅他所写的《史诗与传奇:中世纪文学论文集》(Epic and Romance: Essays on Medieval Literature), London: Macmillan, [1896] 1922,第 325、321 页。

实、场境真实的氛围共存,也的确以后者为参照进行合并。㊼ 在 12 世纪传奇中,受基督教影响的叙事文本中的超自然奇迹,例如圣徒生平、圣母玛利亚的故事以及英雄之歌通过英国故事中的凯尔特魔法而得以强化。这种合流的结果就是传奇叙事间断情节及"动机不明的"插曲,其"真实性"有时似乎如圣经并置真实性那样在于非现实世界的默然介入。㊽ 当然,传奇叙事结构分析远比此番评论暗示复杂得多,学者们决不在重复、一分为二、交织、扩张、克雷蒂安的"联合"(conjointure)等等的意义或历史关系方面达成一致。㊾ 然而,可能这样概括,此时期所有传奇的内在结构目的就是某种"质的"完整性,某种不是根据主体经验主义性质所需权威,而是根据无形的修辞或神学原则的插曲与细节的详述或遗漏,以及必然使那些仅看似片面之物完整起来的直觉权威运作。

传奇叙事中,完整性的质的标准更全面地致力于其与"历史"所暗示的极密切联系,而不是线性延续及表现。同样地,我们可能察觉到中世纪末期这种标准与认识论关注之间的关联性,这与叙事如此发展没有什么关系,例如,行吟诗人之作的典雅之爱(fin amor)与使 12 世

㊼ 参阅 Morton W. Bloomfield,"验证现实主义与乔叟现实主义"(Authenticating Realism and the Realism of Chaucer),见《论文与探索:理念、语言与文学研究》(*Essays and Explorations: Studies in Ideas, Language, and Literature*),Cambridge:Harvard University Press,1970,第 175—198 页;John Stevens,《中世纪传奇:主题与方式》(*Medieval Romance: Themes and Approaches*),London:Hutchinson University Library,1973,第 212—214 页;Kelly,"中世纪传奇中的素材与阐述方式",第 148—149 页;Ramsay,《骑士传奇》,第 77—81 页;Auberbach,《模仿论》,第 115—116 页。

㊽ 参阅 Morton W. Bloomfield,"史诗与传奇中的插曲式动机与奇迹"(Episodic Motivation and Marvels in Epic and Romance),见《论文与探索》,第 97—128 页。关于 12 世纪初期左右圣母玛利亚所行奇迹的大量文集,参阅 R. W. Southern,《中世纪的形成》(*The Making of the Middle Ages*),New Haven:Yale University Press,1964,第 246—250 页。关于基督教与"英雄之歌"的并置,参阅 Auberbach,《模仿论》,第 5 章。

㊾ 例如,参阅 Eugene Vinaver,《传奇的兴起》(*The Rise of Romance*),Oxford:Oxford University Press,1971;William W. Ryding,《中世纪叙事中的结构》(*Structure in Medieval Narrative*),The Hague:Mouton,1971;Robert M. Jordan,《乔叟与创新之形:无机结构的美学可能》(*Chaucer and the Shape of Creation: The Aesthetic Possibilities of Inorganic Structure*),Cambridge:Harvard University Press,1967.

纪诸多传奇增色的宫廷爱情。对他者"真实"不是经验主义真实性的模式,而是由上帝或灵性本质协调的人类联系的模式。封建效忠、忠诚与侍奉的"真实",上帝博爱与人性之善的"真实"为传奇中的骑士献身提供素材,并为其提供一个认识论与本体论无从区分的信诺光环。

如"传奇之爱"一样,在传奇中,命名的突出重要性可能与借助植根于经验主义,但从本质论权威受权的方式"讲述真实"相联。名字的力量是它们血统象征的力量,不仅是家族宗谱本质,而且也是匿身于词语自身核心的词源神话。因此,如在古代或基督教认知过程中那样,血统的连续性因此引导我们获得本质真实,它们又通过连续魔法或象征体现而被名字遏制。克雷蒂安笔下的艾莱克击败对手后告之自己将要强加何种效忠:"'我想知道你的名字。'/因为我必须如此,他说,无论我是否愿意:/'我名叫于德斯(Ydiers),尼特(Nut)之子。'"㊾

如果传奇中的名字是内在或本质真实的外在表现,传奇人物发展倾向于通过存在各状态之间的间断跳跃,通过"再生"来推进,通过持续透露或改变名字来寓意。但知晓名字的力量在识文断字的条件下经历了重大变化。正如效忠的口述誓言的意义因文件证明日益通行而必然遭到弱化,因此,清楚说出名字的力量必定已经式微,在13世纪的英格兰,甚至农奴都需要为个人文件的验证配备一个印章或印记(signum)。米哈伊尔·巴赫金看到叙事形式领域中的某种类似关联:"内在决定性与详尽性的缺失造成**外在**与**形式**的完整性与详尽性的需

㊾ 参阅 Leo Spitzer,"《堂吉诃德》中的语言透视洞悉论"(Linguistic Perspectivism in the *Don Quijote*),见《语言学与文学史》(*Linguistics and Literary History*), Princeton: Princeton University Press, 1948,第47—50页;F. Borchardt,"传统与北方文艺复兴中的词源学"(Etymology in Tradition and in the Northern Renaissance),见 *Journal of the History of Ideas*, 29(July-Sept., 1968),第415—429页;Chrétien,《艾莱克与艾尼德》,II,第1040—1042页。

求急剧攀升,特别是在情节主线方面。”[51]本质真实的居中和解越是客体化、具体化,叙事认识论就越陷于由质到量的完整性标准转换中。这个重要改变主要发生在近代早期。

四　历史主义与历史革命

西方思想史中,希腊启蒙与 12 世纪文艺复兴在开始借助“传奇”术语而被具体化的理念方面的创新当然具有开创意义。然而,只是在近代早期,这个类别获得简单抽象的地位,与“真实历史”概念形成明确对立。我将论证,这些都是促进如此发展的条件,与那些在前期革命中极为重要的条件非常类似,但两者在混合效果方面又截然不同。

史学史(the history of historiography)近代早期思想的重要意义在于它对往昔的认同,往昔力量与坚持自相矛盾地宣告了难以调和的差异事实。随着文艺复兴的知识复兴,“古典时期首次被视为与当下割裂的整体,因此也被视为所期冀的理想,而不是被利用或让人畏惧的现实”。[52] 欧文·帕诺夫斯基(Erwin Panofsky)将文艺复兴与作为类型差异等于程度差异的更早期“复兴”区分,他此番做法具有普遍代表性。此处关键所在就是时代划分的视角,因此现代学者们反过来条件反射地通过将文艺复兴颂扬为史学史的重要时期来承认文艺复兴意
39 识。17 世纪之前,这种时代划分视角的自相矛盾性质在文艺复兴对古典时期尊崇已分成古今之争的方式中显而易见。

发现之旅有助于促成可能被视为文艺复兴时代意识的空间对等

---

[51] 参阅 Spitzer,“《堂吉诃德》中的语言透视洞悉论”,74n.2;Lionel J. Friedman,“神秘之心“(Occulta Cordis),见 *Romance Philology*,II(1957-1958),第 109—119 页;Fredric Jameson,“魔法叙事:作为文类的传奇”(Magical Narratives: Romance as Genre),*NLH*,7,no. 1(Autumn, 1975),第 139、161 页。Clanchy,“回忆往昔及良好旧法”,第 174—175 页;同作者,《从记忆到书面记录:1066—1307 的英格兰》,第 2、184 页;Mikhail Bakhtin,《对话想象》(*The Dialogic Imagination*),Caryl Emerson 与 Michael Holquist 翻译,Holquist 编辑,Austin: University of Texas Press, 1981,第 31 页。

[52] Panofsky,《西方艺术中的文艺复兴与再生》,第 113 页。

物。对倾力关注如何理解诺曼征服造成的差异问题的英国人来说,这个类比尤其具有吸引力。作为一位古不列颠人,约翰·奥布里(John Aubrey)这样推测:"我想,他们在野蛮程度上要低于美洲人两到三个等级。"亨利·斯佩尔曼爵士(Sir Henry Spelman)提到撒克逊法律"可能在我们现在的人看来好似乌托邦,既奇特又粗俗;然而此处没有确定的时期,其间,要么那些法律框架被废止,要么我们法律的框架得到考虑,但日与夜彼此交替,悄然潜入,因此这种变化也已在我们身上悄然滋长"。对往昔的传统态度有助于将新发现驯化为我们熟悉之物。游客与人种学者轻易地根据近似性将美洲新大陆异族接纳,如他们可能接纳古典时期的人们那样。但因为基督教信仰的缺失已被接纳为后者人群某个已知不同事实,异族外来者的他性(otherness)也可能根据古代异教模型而轻易被同化。千禧年信徒希望土著美洲人将被证实为失踪的以色列十支派。然而,欧洲人的好奇心的同化力量也蕴含着非常强烈的、对寻求了解之事难以接近的暗示。这种难以接近以海洋间隔的空间事实为象征,并可能通过旧世界对新世界蒙昧野蛮的暂怀忆旧之情来表现,或通过玛格丽特·霍金(Margaret Hodgen)所称的,精确存在于未能自觉发现任何起到居中和解作用的文化近似性过程中的"负面准则"(negative formula)。[53]

---

[53] John Aubrey,《描述威尔特郡北部的散文》(*Essay Towards the Description of the North Division of Wiltshire*)(写于 1659 年),导言,见《约翰·奥布里简短生平及其他选文》(*Brief Lives and Other Selected Writings of John Aubrey*),Anthony Powell 编辑,London: Cresset Press, 1949,第 2 页;Sir Henry Spelman,《论英格兰古代政府》(*Of the Ancient Government of England*)(1727),引自 Arther B. Ferguson,《未受束缚的克莱奥》(*Clio Unbound: Perception of the Social and Cultural Past in Renaissance England*),Durham: Duke University Press, 1980,第 308 页;Margaret T. Hodgen,《16 与 17 世纪的早期人类学》(*Early Anthropology in the Sixteenth and Seventeenth Centuries*),Philadelphia: University of Pennsylvania Press, 1964,第 194—201 页,一般第 6、8 章。关于蒙田(Montaigne)与斯威夫特(Swift)所用的"负面准则",参阅本书第 10 章,注释 24。关于将异族归为古代异教徒的文艺复兴同化,参阅 Michael T. Ryan,"16 与 17 世纪的新世界同化"(Assimilating New Worlds in the Sixteenth and Seventeenth Centuries),见 *Comparative Studies in Society and History*,23(1981),第 519—538 页。关于失踪的以色列十支派,参阅 Cecil Roth 编辑,《盎格鲁—犹太大参考书目指南》　　（转下页）

就时代划分的视角而言,文艺复兴与宗教改革之间的区别至少并不非常明显。人文主义者对君士坦丁赠礼(the Donation of Constantine)的质疑同时切断了罗马帝国与罗马天主教的连续性。早期改革的反对者们把《圣经》经文通俗化翻译谴责为“新知”时表述了一个重要真相。(54) 事实上,一旦宗教改革开始,人们感到它是某种比文艺复兴所需更明确的划时代历史割裂,尤其是在诸如英格兰这类政治与体制改革标记深刻且广泛的国家。这就是宗教改革思想中启示性史学复兴的一个原因,可能是在基督教会语境,而不是人文主义语境
40 中(参考教会神父与新教牧师之间的那个时期),“中世纪”这个术语首次得到运用。(55) 受人文主义复兴的推动,改革者们论证使徒时期的古老与教会的“原始性”,他们会将教会的纯朴净洁从中世纪罗马天主教腐败中拯救出来。新教的纯洁性既新且旧,在将自己与近期腐败区分意愿方面超越了所有以往的改革运动,以至于它不可避免地将自己与遥远的旧约律法时代分离出来。

这个时代划分的视角导致两个非常不同的发展方向,其模糊却深远的连接性可能从两者在现代用法中被指定为“历史主义”的事实中

(接上页注(53))(*Magna Bibliotheca Anglo-Judaica*), London: Jewish Historical Society of England, 1937,第 279—280 页。关于这些事宜,亦可参阅 Steven Mullaney,“奇怪的事情,粗俗的术语,好奇的习俗:文艺复兴晚期的文化排练”(Strange Things, Gross Terms, Curious Customs: The Rehearsal of Cultures in the Late Renaissance),见 *Representations*, no. 3(Summer, 1983),第 40—67 页。

(54) 参阅 William von Leyden,“古典与权威”(Antiquity and Authority),见 *Journal of the History of Ideas*, 19(1958),第 478 页;Alan G. Chester,“新学识:一个语义注释”(The New Learning: A Semantic Note),见 *Studies in the Renaissance*, 2(1955),第 139—147 页。

(55) Sir Henry Spelman,《不容冒犯的教会》(*De Non Temerandis Ecclesiis*)(1613),见《英语作品》(*English Works*),Edmund Gibson 编辑(1727),I,第 26 页;参阅 Philip Styles,“17 世纪早期政治与历史研究”(Politics and Historical Research in the Early Seventeenth Century),见《16 与 17 世纪英国历史研究》(*English Historical Scholarship in the Sixteenth and Seventeenth Centuries*),Levi Fox 编辑,London: Oxford University Press, 1956,第 64 页。关于宗教改革与启示录,参阅 Ernest L. Tuveson,《千禧年与乌托邦》(*Millennium and Utopia: A Study in the Background of the Idea of Progress*), New York: Harper Torchbooks, [1949] 1964,第 25—26 页。

得到暗示。㊽ 第一眼看来,将历史区分为各个时期鼓励了构建自然史实证法(positive law)的乐观雄心。第二,它促进了更纯净的信念,即每一个历史时期都是独特的,可能无法从外界来理解。每个观点折射了我们可能综合性地称为"科学"理解模式之物的空间方面。它们将构成某种时间进展,第二个观点的"极端怀疑论"紧随第一个观点的"天真经验主义"之后,在如是预期中存在某种非常普通的逻辑,即使这两个观点也可能在任何更特定的研究语境中共存。

文艺复兴的时代划分视角与16世纪末、17世纪初的"历史革命"之间关系为何?该问题的某个必然回应就是把后者时期置于前者时期之内,以做出其终极表现。㊾ 但在近代早期的英格兰,这个问题因与时代划分视角自身作对的某种思想方式占据主导而尤为令人困惑。如J.G.A.波科克(J. G. A. Pocock)所言,"英国史的普通法阐释"具有手抄、甚至印刷条件下的口述思想模式持续的显著证据。英国法律思想巍峨大厦的奠基石是法律与不成文惯例的等同。如波科克所言:"认为法律是惯例的普通律师开始相信,现在的普通法及伴随而来的宪法总是与它们的过去完全一致。它们是极为古老的,不仅因为它们非常久远,或者它们是远古神话中的立法者之作,而且它们在回溯到有史以前,在这种情况下,在可能找到的最早历史记录之前的精确法

㊽ 此番初次与反常用法可能与卡尔·波普尔(Karl Popper)联系最紧密。
㊾ 例如,参阅 Joseph Preston, "存 在 历 史 革 命 吗?"(Was There an Historical Revolution?),见 *Journal of the History of Ideas*, 38, no. 2(April-June, 1977),第362页。关于此主题的三个普通处理方式,此主题构成怀疑论思想史更大话题的组成部分,参阅 Herschel Baker,《真实之战:17世纪更早期基督教人文主义衰败研究》(*The Wars of Truth: Studies in the Decay of Christian Humanism in the Earlier Seventeenth Century*), Cambridge: Harvard University Press, 1952; Richard H. Popkin,《怀疑论史:从伊拉斯谟到笛卡尔》(*The History of Skepticism from Erasmus to Descartes*),修订版,New York: Humanities Press, 1964; Don Cameron Allen,《怀疑的无边之海:文艺复兴中的怀疑论与信心》(*Doubt's Boundless Sea: Skepticism and Faith in the Renaissance*), Baltimore: Johns Hopkins Press, 1964。关于16世纪末、17世纪初英格兰的"历史革命"论点,参阅 F. Smith Fussner,《历史革命:英国历史作品与思想,1580—1640》(*The Historical Revolution: English Historical Writing and Thought, 1580-1640*), New York: Columbia University Press, 1962,特别是第12章。

律意义方面也是古老的。这就是古代宪法的学说或神话。"在 16 世纪的法国,民事与经典的罗马法权威提供了法国法学人文主义者们可以借此审视非罗马化的法国封建法轮廓的比较背景。英国法律显然不遵从罗马法权威,它实际上否定了罗马模式提供的、具有解放意义的比较基础,它仍从属于古老过去及不间断的历史传统之理念。㊳

但普通法的意义与主导对英国史学造成的影响可能被夸大了。一则,如许多历史学家们观察到的那样,对作为古代惯例或不成文法(jus non scriptum)的法律之理解也有了鼓励并支持最初历史研究的普遍效果。㊴ 迟来的 17 世纪英国"封建主义再发现"源自文物学会(Society of Antiquaries)某些成员的研究,该学会是伊丽莎白学会(Elizabethan Society)的继承者,而且也延续了"古代惯例"可能不仅暗示停滞,而且暗示可适应变革这个默认的、富有活力的洞见。㊵ 无疑,普通法将法律与惯例等同的非历史潜能倾向于将过去与当下融合,而不是进行时代划分,并因 17 世纪早期日益加剧的政治危机而极大恶化,这导致爱德华·科克爵士(Sir Edward Coke)及其追随者通过自古以来的"古宪法"的存在为议会主权辩护。的确如此,但激烈的争议也促使普通法神话的滋生。这种假设甚至对诸如亨利·斯佩尔曼爵士这位重新

㊳ J. G. A. Pocock,《古代宪法与封建法律》(*The Ancient Constitution and the Feudal Law: English Historical Thought in the Seventeenth Century*), New York: Norton, [1957] 1967,第 36、46 页。波科克的作品是关于史学对英国普通法所产生之影响的重要文本。亦可参阅 Herbert Butterfield,《英国人及其历史》(*The Englishman and His History*), Cambridge: Cambridge University Press, 1944;同作者,《16 与 17 世纪史学中的大宪章》(*Magna Carta in the Historiography of the Sixteenth and Seventeenth Centuries*),斯坦顿(Stenton)讲座,1968, Reading: University of Reading, 1969; Ferguson,《未受束缚的克莱奥》,第 115—125 页与第 8 章。关于法国法律,参阅 Donald R. Kelley,《近代历史研究之基》(*Foundations of Modern Historical Scholarship: Language, Law and History in the French Renaissance*), New York: Columbia University Press, 1970,第 7 章。

㊴ 参阅 Fussner,《历史革命》,第 30—32 页;Styles,"政治与历史研究",第 63 页;Ferguson,《未受束缚的克莱奥》,第 273—274 页。

㊵ 参阅 Pocock,《古代宪法与封建法律》,第 92 页;亦可参阅第 36—37、235 页。关于这两个学会,参阅 Fussner,《历史革命》,第 5 章;Ferguson,《未受束缚的克莱奥》,第 4 章。

发现封建主义的古物研究者而言也是看似合理的。但这显然也适用于空位期极端历史化的法律改革者，也适用于罗伯特·布雷迪（Robert Brady）对受复辟之后废黜危机（the Exclusion Crisis）庇护的斯佩尔曼著作进行的保皇主义拓展。的确，首家文物学会并没有得到王室的青睐，而且还受到压制，因为它对盎格鲁—撒克逊人的“古代自由”研究鼓励了显然具有争议的观点，即诺曼征服破坏了习俗的连续性，封建土地保有（feudal tenure）与英国君主制统治是强加在英国人自由权利之上的外来物。(61) 这个观点从 17 世纪 40 年代内战爆发之后的平等派（the Levellers）那里得到复兴，可以说，这等于从“另一端”，即作为凭借与过去割裂的某个别时期发现封建主义，并且这也为 1646 年封建土地保有的废除作出贡献。

因为斯图亚特人声称自己为亚瑟王的后裔，政治纷争也有助于古物研究者去除亚瑟王传奇的神秘性。但对英国故事的质疑，对蒙茅斯的杰弗里（Geoffrey of Monmouth）宣扬的“英国历史”的质疑必然更普遍地被视为某个文艺复兴怀疑论的长期计划。(62) 它甚至如此更清楚地证明这个事实：英国“普通法思想”并没有排除将“神秘性”与构成同时期法国法律人文主义特点的“历史性”进行区分的意愿。毕竟，正是在英国，科学革命有最深的根基。“经验主义方法”不仅运用于自然研究，而且也用于历史研究，这对 17 世纪英国文化中的“传奇”理念有 42
深刻含义，我将在随后一章对此进行阐述。当前只需看到“科学”探究

(61) 参阅 Pocock，《古代宪法与封建法律》，第 2、8 章；Christoper Brooks 与 Kevin Sharpe，“历史、英国法律与文艺复兴”（History, English Law, and the Renaissance），见 *Past and Present*，72（August 1976），第 133—142 页；Christopher Hill，《被颠覆的世界》（*The World Turned Upside Down: Radical Ideas during the English Revolution*），New York: Viking, 1972，第 12 章；同作者，“诺曼束缚”（The Norman Yoke），见《清教主义与革命：17 世纪英国革命阐释研究》（*Puritanism and Revolution: Studies in Interpretations of the English Revolution of the Seventeenth Century*），London: Panther, 1965，第 68、70—77 页。

(62) 参阅 Hill，“诺曼束缚”，第 67—68 页。关于“英国历史”评论，参阅 Herschel Baker，《时间之族》（*The Race of Time: Three Lectures on Renaissance Historiography*），Toronto: University of Toronto Press, 1967，第 90—96 页；Ferguson，《未受束缚的克莱奥》，第 104—115 页。

观点如何全面充斥同时代历史研究。在本世纪后半叶的古物研究者们看来,这鼓励了对诸如特许状、钱币、刻印文字、雕像等非文学或半文学人工制品的"研究对象"进行考古学研究。将文化"好奇"与自然"好奇"巨大合集收聚、保存成为一件普通事情。但文件也是研究对象。历史研究及法律实践中的经验主义态度有助于激发对记录合集前所未有的投入,并使所见所听的报告这第一手"感知证据"与文件的"客观性"证词同等有效。㊾

这些近代早期发展与我已讨论过的那些更早期类似发展之间的巨大差距,可能在17世纪科学发展看似更新的、完善其经验主义前身的方式中得以感知。同样的话也必定适合印刷革命。近来在伊丽莎白·艾森斯坦(Elizabeth Eisenstein)的研究中,已经对印刷革命的广泛文化意义进行了细致的、独创的重新阐述。根据此论点,正是这个"客观的"历史概念从印刷技术中得到极大受益。印刷通过永久保存、复制那些可能只是口述或甚抄写文化中的瞬间产物的方式使文化自身及其过去稳定下来,尤其是作为此后受客观研究影响的经验领域的过去,即作为研究对象的集合。印刷首先使同一事件不同阐述这个观点

㊾ 参阅 Arnaldo Momigliano,"古代历史与古物研究者"(Ancient History and the Antiquarian)(1950),见 *Studies in Historiography*,第 8—15 页;Stuart Piggott,"16 与 17 世纪古物研究思想"(Antiquarian Thought in the Sixteenth and Seventeenth Centuries),见《16 与 17 世纪英国历史研究》,Fox 编辑,第 94—95、112—113 页;Barbara J. Shapiro,《17 世纪英格兰的概率与确定率》(*Probability and Certainty in Seventeenth-Century England*),Princeton:Princeton University Press,1983,第 4、5 章。参阅第 141—144 页关于第一手观察与经过时间考验的引证相对准确性的争议。关于合集,参阅 Hodgen,《16 与 17 世纪的早期人类学》,第 4 章;Mullaney,"奇怪的事情,粗俗的术语,好奇的习俗"。关于记录与文献合集增长,参阅 Fussner,《历史革命》,第 32—37、60—91 页。在科学群体成员与某类历史实践者两个集合之间有大量的交集,参阅 Piggott,"古物研究思想",第 106—107 页;Shapiro,《17 世纪英格兰的概率与确定率》,第 4 章。对当时英国古物研究的体系化与公众支持程度"在欧洲是独特的":David C. Douglas,《英国学者,1660—1730》(*English Scholars, 1660-1730*),第 2 版,London:Eyre and Spottiswoode,1951,第 270 页。但古物研究者是一个模糊的形象,一般更多地被表现为对无生命过去旧有方式的执着,而不是以现代的方式投入经验主义科学研究。关于这个典型肖像,参阅 Samuel Butler,"一位古物研究者"(An Antiquary),见《人物》(*Characters*)(写于 1667—1669),Charles W. Daves 编辑,Cleveland:Case Western University Press,1970,第 76—78 页。

普及,随后通过对文献客体进行系统的收集、对比、分类、校对、编辑与编制索引使"客观"研究与理解的标准广为人知。印刷"概括"了抄写文化,正如抄写识字已概括了口述文化那样。我们看到,对非文学古董的考古偏好在17世纪末得到发展,这并非反映某种从手稿、印刷抽象的逃离,而是对仅能就那些时间无法消除的对象进行研究时获得的某种权威的、"客观的"知识更加投入。因此,约瑟夫·艾迪生(Joseph Addison)笔下的菲兰德(Philander)评论道,"一橱柜的勋章就是历史的本体。"造币制度"是人们发明印刷技艺之前就使用的印制类型"。但钱币比书本"更迅捷地讲述自己的故事",并且比书写更可靠,因为"一枚钱币不会有被抄写者与誊写者改变文字的危险"。[64]

在有形的文本客体性中,印刷提供了此种"对比基础",这是罗马法的存在为法国法律人文主义者带来的对比基础,但更明确与不可避免,因为它实际上已卷入观察与研究本身活动中。对艾森斯坦来说,正是印刷的保存力量获得了古典时期永恒的时代划分,并将文艺复兴与更早期的知识复兴从质的方面区分。如在其他场合那样,她的论点有某种关键的双重性。不仅是印刷术极大提升了人类理性、客观理解过去的能力,而且有助于确认作为标准价值的客观分析本身。这鼓励人们把过去"如此"看待,并且想这样看待。如此一来揭露的不仅是普通编年史的线性连续,而且也是经验主义层面可证的时代划分可能性。同时也允许对经年累积、持续存在的传统,及该传统易受怀疑论批评与颠覆影响的事实有所感知。最后,印刷及其运用推进了评判标准,这适合那些各自不同,可从经验主义层面理解的"概念",诸如独特性、形式连贯性、首尾一致性等等,也适合与印刷重制自身过程相符的真实性评测:外在与量化维度中的研究对象或事件之精确复制。所

---

[64] 参阅 Elizabeth L. Eisenstein,《作为变革动因的印刷机》(*The Printing Press as an Agent of Change: Communications and Cultural Transformations in Early Modern Europe*), Cambridge: Cambridge University Press, 1979,第2章。Joseph Addison,《关于古代勋章效用的对话》(*Dialogues upon the Usefulness of Ancient Medals*), Glasgow, 1751,第20—21页。

以,在此分析中,印刷有助于决定历史研究的"科学"转向,及科学革命本身。科学革命并不是再现"经验主义态度"的产生,而是表现了两个历史上密不可分,但彼此有别的现象造成的后果:经验主义态度前所未有的验证,及借助知识生产与管理的重要转型推动这些态度的前所未有的机会。[65]

艾森斯坦著作中揭示的、在印刷术庇护下的近代早期思想第三次伟大革命就是新教宗教改革。如此联系甚至对 17 世纪的人们来说也是共识。安德鲁·马韦尔(Andrew Marvell)曾语带讽刺地说出如下贬损呼语:"印刷机(**邪恶的**机器)就在与宗教改革几乎同一时间被发明,这给我们教会训诫造成的极大混乱让所有教义都无法予以弥补。"马韦尔将新教出版物与天主教、英国国教的审查制度及权威进行对比,宗教改革新教教义现代观点既将此举确认为出色的书籍宗教,即《圣经》的宗教,又确认为更微妙与广泛阐述印刷客观性及历史真实性价值之教义、实践的宗教。与使徒传承共同等级权威对应的是,宗教改革设定了上帝之书与个人阅读体验直接历史真实性的文献客观性。事实上,如威廉·哈勒(William Haller)所言,"改革派并不参与在教堂跪拜的真实存在的圣礼,而是以神圣文本印刷页码上人们熟悉的语言与圣灵交通,这就是他们摆放在作为属灵体验决定制高点的弥撒位置上的东西。"宗教改革再一次没有开创基督教对历史与文本鉴定的倾力关注。但这种对印刷媒介的传统关注的结合从质的方面改变了基督教的迂腐之气,并使新教成为反对"永恒"教会的异端,并因此开创一个新的正统。[66] 新教思想与近代早期经验主义、历史化思想习惯之间的密切关系(我将在随后各章更详细地阐述)揭示了认识论革命得

---

[65] 关于文艺复兴,参阅 Eisenstin,《作为变革动因的印刷机》,第 200 页与第 3 章;关于科学革命,参阅同前,第 3 页。

[66] Andrew Marvell,《被移位的排练》(*The Rehearsal Transpros'd*) (1672), D. I. B. Smith 编辑,Oxford: Clarendon Press, 1971,第 4 页; William Haller,《被选之族》(*The Elect Nation: The Meaning and Relevance of Foxe's Book of Martyrs*), New York: Harper and Row, 1963,第 52 页; Eisenstein,《作为变革动因的印刷机》,第 311、330—335、415—417、421—426 页与第 4 章。关于基督教关注所在,参阅本章第 24—26 页。

以进行的多渠道类型，因此，一个国家文化的体制化方式（法国民法与经典法）可通过他者的方式（英国宗教改革）达到平衡。

五　历史真实性主张

艾森斯坦在印刷术伟大机制内涉及的文学、历史、宗教与科学革命如此之广，以至于易受某些评论的指摘。(67) 即便如此，她那具有强大说服力的论点对传奇后期历史及小说起源而言至关重要。在其最初两个世纪中，印刷催生了很多“新”知识，但也让许多旧知识重生。艾森斯坦观察到了这一点，印刷文化通过前所未有的更大量复制取代了抄写文化。封建主义的这种“发现”，甚至“创造”至少部分是如此复制过程的结果，这首先给已成为人们熟悉且与众不同的“中世纪”文化特点的事物某种印刷固定性。(68) 此时，正是主要通过大量印刷中世纪手稿不同版本、汇编本、修订本、续本及译本，“传奇”被概括成一种已客体化的资料之存在，并达到马克思将称之为“简单抽象”的地位。字母发明很久之后，如果古希腊文化中“诗性”成为主导，(69)中世纪传奇颇为自相矛盾地在近代早期达到主导与影响的顶端。之所以如此，因为只有在当时它可以“如此”被人提及。

因此，印刷促使传奇向某种自觉的经典（self-conscious canon）转型。但它也有助于将传奇作为一种“中世纪”产物，作为当代（起到框定作用的古代对立面）自我界定为反对之物而进行“时代划分”。我们的“历史”与“传奇”前身以悬浮液形式共存于其中的中世纪传奇成为“中世纪传奇”，成为更早期的产物，日益成为已从“历史”与印刷的文献客观性中剥离的纯粹“传奇”元素集聚地。中世纪传奇因此将其诞

(67) 艾森斯坦对其他历史学家的决定论敏感，然而她似乎更经常阐述自己的技术决定论类型，其间，概念改变，及所有其他“物质”改变实例成为近代早期世俗化过程的相对附带现象元素。同样地，印刷机的发明成为独特之处：对艾森斯坦来说，印刷术带来多种后果，但其自身有被视为毫无用处的倾向。

(68) 参阅 Eisenstein，《作为变革动因的印刷机》，第 168—170、510 页。

(69) 同上，注释 8。

生及瞬间过时归功于印刷技术,至少部分如此。就此而言,把近代早期"传奇"构想成某种"对立的"简单抽象可能有所作用,因为它的类别构成使其以借助传奇辩证否定而很快被假定的"小说","独断的"简单抽象之负面定义发挥作用。当然,近代早期的"历史"与"传奇"二分法被极大高估。印刷有助于真实的"客观"标准,并加以强化。尤其在叙事中,这个标准也是真实及历史真实性的"历史"标准:发生过如此之事吗? 怎样发生的? 印刷的验证潜力如此强大,以至于出版行为自身的历史真实性似乎可以替代、确定如此信息的历史真实性;人们公认,印刷只为发挥居中和解作用而存在。现在,我们可能预期,一旦传奇开始被出版,这种魔术行为会将其改变,并使之"客观化"。所反对的是这么个事实,即传奇理念自身处于转型过程中,这个转型从多个源头汲取营养,并使传奇的印刷客观化成为以术语及某位天真读者悲叹标记为表现的矛盾。"但你在阅读时要格外留心自己选择的作者,"一位温和的怀疑论评论家这样建议:"因为我已经了解的(否则那就是我足够聪明)一些作者易于相信空幻的传奇、诗性虚构,因为历史多面性(例如真实)⋯⋯这类性质的书籍已给一些非常勤奋的作者留下印象,这足以为人所知,他们不会相信别的,只相信真实的事物,仅仅出于这个原因,**因为它们是印出来的**。"这种天真阅读的名声不佳样例就是堂吉诃德的故事。⑦

在 17 世纪,为因"新"而遭受指控所做的标准辩护仍然是声称对旧进行更新或改革之言。但以永恒的、印制的记录保存古旧的前所未有(及无可避免)的经验强化了将当今与往昔区分的,不可否定的新的敏感性及接受程度。这种对新的态度转变在 17 世纪"新闻"与新闻业

---

⑦ William Winstanley,《国内外历史与评论》(*Histories and Observations Domestick and Foreign*)(1683),"读者序言",标记 A5^r-v,标记 A6^r。关于堂吉诃德,参阅本书第 7 章,注释 7。亦可参阅莎士比亚《冬天的故事》(*The Winter's Tale*)(1611)中的莫普萨(Mopsa),IV, iv,第 261—262 页。关于小说文类因"刊印书籍技术"出现读写模糊而起的论点,参阅 Walter L. Reed,《小说的范式历史》(*An Exemplary History of the Novel: The Quixotic versus the Picaresque*), Chicago: University of Chicago Press, 1981,第 25 页与第 2 章。

发展中得到体现,前者作为重要的(如果是模糊的话)概念范畴,后者作为普通的(如果是折衷的话)职业活动。从某种意义上说,"新闻"没有什么新颖之处,因为布道已发挥了传统意义上的新闻传播功能。但"用印刷机替代讲道坛"远非媒介的简单改变,当时的人们明白,除"新闻内容"问题以外,布道的口头传递与印制出版之间的差距极为悬殊。[71]

被印制的"新闻"首先在 16 世纪末不是以系列出版(新闻信札、报纸),而是以印制的歌谣形式大行其道。在整个 17 世纪,新闻歌谣通过诸如莎士比亚笔下的奥托吕科斯(Autolycus)这样的游商进行销售,这让人回忆起对精彩、惊人故事天真执念的反常自然历史传统。但历史真实性主张现在已经更详尽,特别利用了借助在中世纪末期、近代早期已成型的第一手与文献印证的验证技巧。[72] 因此,对经验主义真实模式的进一步验证使真实主张与其真实已被声明的物质性质之间的潜在张力成为现实。在莎士比亚作品及某些其他用法中,该效果诙谐但决然地颠覆了历史真实性主张。但很多歌谣自身完全没有讽刺意图的证据,故事是"新奇,但真实",这个老旧主张微妙地转变成某种更加类似"新奇,因此真实"悖论原则之言。也就是说,"新奇"或"新"

---

[71] 参阅 Eisenstein,《作为变革动因的印刷机》,第 124、131 页。关于布道坛与印刷机,参阅 Marvell,《被移位的排练》第 5 页中的多处评论;Richard Baxter,《基督教指南》(*A Christian Directory*)(1673),第 60 页;John Collinges,《织工口袋书或宗教化的编织》(*The Weavers Pocket-Book; or, Weaving Spiritualized*)(1675),"致读者的信",标记 A8^r;Daniel Defoe,《风暴》(*The Storm*)(1704),标记 A2^{r-v}。

[72] 参阅本章注释 23、35、63。对比《冬天的故事》中奥托吕科斯的宽慰之言,IV, iv,第 284—285 页:"5 个法官调查过这件事,证人多得数不清呢。"参阅 W. K.,《赫勒福德新闻或一次奇妙且可怕的地震》(*News from Hereford; or, A Wonderful and Terrible Earthquake*)(1661),其中充斥着详细细节,并以"目击见证此事真相之人的名单⋯⋯以及还有许多多得没法添加的其他人"为结束;《被打扰的幽灵》(*The Disturbed Ghost*)(1674),很多人已经"在马尔本(Malborough)镇法官面前证实了"这个真相,见《奥托吕科斯的证人》(*The Pack of Autolycus*),Hyder E. Rollins 编辑,Cambridge: Harvard University Press, [1927] 1969, no. 14:86, no. 29:175,亦可参阅 no. 22:138, no. 23:145。

的事实不再是经验主义真实讲述的不利因素,反而成为对其支持的认证。⑬ 如我们将看到的那样,被印制的歌谣只是诸多语境之一,此间这种不稳定反转出现在 17 世纪话语中。"新奇,因此真实"原则以其最为惊人的方式等同如是坚持:就是这个难以置信原则自身的表象拥有历史真实性主张的地位。

六 天真经验主义与极端怀疑论

17 世纪之前,历史真实性主张已被广泛地接受为"大众"及"精英"叙事文化中的某个重要惯例,新闻歌谣提供了此方面的大量证据。⑭ 在本世纪中叶,新闻叙述开始使自身与歌谣形式脱离,并采用某个独特散漫实体的外形。革命政治与轮流上台的各届政府(其新教左翼确保相对印刷自由)一道推进了新闻报道的空前繁荣。这种繁荣效果是双面的。一方面,这有助于将新事物确定为值得关注的事情,并将新闻与印制文献的历史真实性联系起来。另一方面,比较相同事件之高度派系化、彼此不同的诸"真实描述"的经验引起针对已变得如此

---

⑬ 这种反转至少在《真相大白》(*Truth brought to Light; or, Wonderful strange and true news from Gloucester shire*)(1662)中得到暗示:"让这在人们眼里看来真实可信,/因为这是很多人证实过的事情,/这不是虚构故事,尽管它是新的,/尽管这非常奇特,但非常真实。"(《奥托吕斯科斯的证人》,no. 16:100)。参阅《格拉斯哥大学图书馆藏英语侧转排印歌谣集》(*The Euing Collection of English Broadside Ballads in the Library of the University of Glasgow*),John Holloway 撰写导言,Glasgow: University of Glasgow Publications, 1971,no. 56:78 与 nos. 225—27:363—368。关于 17 世纪歌谣的认识论地位讨论,参阅 Lennard J. Davis,《真实的虚构:英国小说的起源》(*Factual Fictions: The Origins of the English Novel*),New York: Columbia University Press, 1983,第 47—56 页。

⑭ John J. Richetti,《理查逊之前的通俗小说》(*Popular Fiction before Richardson: Narrative Patterns, 1700-1739*),Oxford: Clarendon Press, 1969,第 168—169 页。这甚至适用于不以讲述"新闻"为目的的歌谣,例如马丁・帕克(Martin Parker)对罗宾汉歌谣的更新,参阅《罗宾汉的真实故事》(*A True Tale of Robbin [Hood]*)(1632)的题名与第 117—119 行,见《英格兰与苏格兰通俗歌谣》(*The English and Scottish Popular Ballads*),Francis J. Child 编辑,New York: Dover,[1882-1898] 1965,III,第 227—233 页。

寻常,且颇为浮夸的历史真实性主张的极大怀疑论。的确,如莎士比亚实例所揭示的那样,对新闻报道中"天真经验主义"的怀疑反应将英国革命的爆发日期极大地推前了。在 17 世纪 30 年代,理查德·布拉思韦特(Richard Brathwaite)抨击了新闻报道者无耻滥用历史真实性主张及其验证方式:"为使自己在每个发生事件中的报道更加可信(或他与他的书商只致力于此),更加好卖:他会给你提供该月当天的信息,证明自己是专家,附上些拉丁文作点缀,或用拉丁文作点缀的句子,诸如 veteri stylo, novo stylo(旧风格、新风格)。"对布拉思韦特来说,传播新闻之人的"新"不是为真实,而是为虚假编造争辩,他称他们的作品为"小说"是为了本着此种精神贬损他们。本·琼森(Ben Jonson)将某整本剧作当成镜子:"岁月可见证她自己的蠢行,以及她对每周六出版的新闻小册子的渴求,那些完全都是他人在家炮制的作品,没有一丝真实性可言。"如布拉思韦特那样,他将"新闻"的印刷复制与伪造钱币、商品生产联系在一起。⑦⑤

对某些评论家来说,新闻问题显然是真正的出版自由问题。"我在这张纸上的意图,"一位 1642 年的作家这样说:"不是别的,就是描述这种将送到印刷机前的每份小册子都刊印的滥用现象。"现在,"他们开始为了获得新的新闻飘洋过海……他们已经把非常稀少的信札类型装入自己的脑子里,这些信札只是由我们党派抗击反叛者时缔造

---

⑦⑤ Richard Brathwaite,《奇想》(*The Whimzies; or, A New Cast of Characters*)(1631), James O. Halliwell 编辑, London: Thomas Richards, 1859,第 22、20 页; Ben Jonson,《新闻主食》(*The Staple of Newes*)(1631),《作品集》(*Works*), C. H. Herford, Percy 与 Evelyn Simpson 编辑, Oxford: Clarendon Press, 1938, VI,第 325 页的第二"中间"结尾(将布拉思韦特的《英国绅士》(*The English Gentleman*)[1630],第 139 页与琼森的戏剧作比较)。比较塞缪尔·巴特勒(Samuel Butler)的观点,对新闻传播者来说,"真实或虚假都是一样的","因为新颖成为两者的优雅,真相如谎言一般迅速变味",《人物》,第 177 页。当时的人们知道"新闻"与"小说"之间的词源关系。约翰·弗洛里奥(John Florio)把意大利语的"novella"既译作"故事",又译作"话语、新闻与信息";参阅其《词的世界》(*A World of Wordes*)(1598),第 241 页,引自 Dale B. Randall,《金挂毯》(*The Golden Tapestry: A Critical Survey of Non-chivalric Spanish Fiction in English Translation 1543–1657*), Durham: Duke University Press, 1963,第 126 页。

的真实奇迹,反叛者在抗击新教徒时一手造就的大颠覆及怪诞奇事诸如此类组成"。"历史"是一个普通且规范的术语,借此界定被编造的新闻报道虚假历史真实性。另一位作家懊悔地评论道:"然而,诗人们已经得到一个恶名,我更愿意相信罗马诗人卢坎(Lucan)的补充内容,随后就是关于纽伯里(Newbury)战斗的描述。"约翰·克利夫兰(John Cleveland)用类似的这番话质疑新闻报道者:"称其为历史学家,就是册封曼德拉草(Man-drake)为骑士……他是小册子作者的学徒、传奇作者的仆从。他是历史的胚胎……总之,一个以日夜为计之人是某位历史学家的前身。"克利夫兰,这位坚定的骑士在别处把伦敦极端分子的报纸称为"圆颅党人的传说,反叛者的传奇,比这群人耳朵更大号的故事,足以扼杀唯信论信仰"。因此,反叛的新闻报道者因其为传奇作者,总在编造、发现想象情节而失去公信力,他们是"这个时代的堂吉诃德,与用自己脑袋组成的风车开战"。⑦

使革命时期新闻报道之争日益激烈的相互诘难中,我们可以清楚分辨一个将在随后几十年间越发清楚地在不同语境中出现的某个模式轮廓。这个模式标志着叙事认识论中近代早期革命的高潮,它对英国小说的起源至关重要:历史真实性主张的天真经验主义旨在证明确凿真实。对立党派的极端怀疑论去除了该主张的神秘性,使之成为纯

---

⑦ 《满是小册子的印刷机》(*A Presse full of Pamphlets*)(1642),标记 A2^v,A3^v、A4^r;《英国信使》(*Britanicus Vapulans; or, The Whipping of poore British Mercury, set out in a Letter directed to him from Mercurisu Urbanus, younger Brother to Aulicus*)(1643),第 2 页。此参考无疑取自卢坎的《法沙利亚》(*Pharsalia*),一部关于罗马内战的"历史"史诗。纽伯里的第一场战斗是在 1643 年 9 月打响的。John Cleveland,《日夜为计之人》(*A Character of a Diurnal-Maker*)(1654),第 3、5、11—12 页;同作者,《伦敦日夜为计之人》(*The Character of a London-Diurnall*)(1653),第 90 页(一位意志坚定的人只相信因信称义,参阅本书第 5 章,注释 26)。天真经验主义与加尔文新教教义的联系将是此研究论点的重要方面。关于其他对新闻报道的抨击,参阅 Ernest Bernbaum,《玛丽·卡尔顿的叙事》(*The Mary Carleton Narratives, 1663-1673: A Missing Chapter in the History of the English Novel*), Cambridge:Harvard University Press, 1914,第 79—83 页;Joseph Frank,《英国报纸起源,1620—1660》(*The Beginnings of the English Newspaper, 1620-1660*), Cambridge:Harvard University Press, 1961,第 275—277 页。

粹"传奇"。但该模式的基本阐述掩饰了其辩证流动性,因为从某个角度看似某个"极端评论"的观点自我揭示为源自另一个角度的"天真主张"。这种流动性是因为如此重要的事实,即构成文艺复兴"历史主义"对立分支不同阐释的两种态度⑦极具怀疑性,并有很多共同点。"天真经验主义"与"极端怀疑论"一样反对"传奇"编造的虚假性:事实上,正是针对虚假的天真经验主义批评的热切之情使其易受极端怀疑论反批评的影响。然而,尽管这两个态度存在近似性,将它们如此指定(仿佛它们是得到自觉阐述的类别)存在人为性,更加仔细地观察两者关系颇具特点的辩证性质会有些作用。

这种辩证法可在约翰·拉什沃思(John Rushworth)为其具有影响力的空位期文件合集所写序言中可窥一斑。我们迅速学会将这部合集与天真古物研究"客体"的收集联系起来,但我们最初是把这部合集视为针对新闻业界传奇讲述的高度质疑性谴责。在历经后期磨难的那代人中,拉什沃思这样说:

> 有些人的确写了真实的事情,而其他人不是落笔写作,只是更加忙于幻想,捏造关系,构建、攻打空中楼阁;出版那些假称在议会中说过,但事实上从未有过的言论;刊印那些从未被通过的公告;讲述从未发生过的战争及从未获得过的胜利;分发那些从未被具名作者所写的信札……我见证过的如此行径不可能为任何后人奠定真实历史之基,后人仰仗我们今日未经任何控制,直接由机器印制而出的小册子了解这段历史。此番事实迫使我饱受多年来的艰辛与指摘以出版这部伟大合集,以期当这些事情仍被清楚回忆之时将真实与虚假区分开来,将真实之事与虚构或想象之事区分。

---

⑦ 参阅本章注释56。

因此,拉什沃思对写就"真实历史"可能性的质疑结果成为一个颇受限制的异议,并仅能借助他自己天真历史真实性主张的序言来实现。他"亲眼见到、亲耳听到那些最伟大的事件……我只在这部著作中将其假定为事实的直白叙事,按时间顺序来理解……我用我落笔时的语言来记录……如果我说到任何自己没有看到或听到的事情,我会用上所有能想到的警告……我已遵从最中立、最熟悉的文体即为最好的原则。"⑱

然而,最终为我们把拉什沃思视为"天真经验主义者"这个观点正名的是他反过来被其对手批评的方式。如拉什沃思一样,约翰·纳尔森(John Nalson)狐疑地抨击其对手的偏见(在该案例中是拉什沃思自身)。但与拉什沃思不同,纳尔森用个人自我陈述抵制天真历史真实性主张,反而指向某个历史怀疑论替代方法:"我必须承认,在随后的话语中,我并没有将自己严格地束缚在单纯收集者规则之中,而是让自己沉浸于历史学家的自由中,将松散的、散落各处的文件与它们记录的情境、原因及后果联系起来。"⑲如果纳尔森对自己叙事的形式与结构有阐释的"自由",这会让人想起 12 世纪传奇中常见的"质的"完整性标准。拉什沃思对纯粹"事实"及线性"时间顺序"的格外关注使自己的叙述屈从于更具量化的标准。然而,纳尔森并没有放弃批评与怀疑史的目标,如其书名明示的那样。他已放弃天真历史真实性主张,也没有完全阐明他的替代历史法将如何达到界定自己为"传奇"对立面的伟大而普通的目的。

极端怀疑论甚至将隐秘的传奇讲述指摘对准天真经验主义文体。我已引用理查德·布拉思韦特对新闻报道中有伴随历史真实性主张倾向的周密验证细节的恼怒。在理查德·斯蒂尔爵士(Sir Richard Steele)的文雅批判中,天真新闻写作与旧传奇之间的关系就是认识论

---

⑱ John Rushworth,《历史合集》(*Historical Collection*),I(1659),"序言",标记 b2^v—b3^r, b3^v—b4^r,c1^r。

⑲ John Nalson,《伟大国务公正集》(*An Impartial Collection of the Great Affair of State*),I(1682),"导言",第 ii 页。

与文体的关系。斯蒂尔应和克利夫兰,说道:"本岛报纸如骑士书籍之于西班牙人那样对意志薄弱的英国人有害。"为看似新且真而付出的努力产生了大量间断,这令人奇怪地想起传奇遁词:"为更好地拉长段落,并一直写到他们专栏的结尾,与我同时代的小说家们在说与不说方面拥有某种最幸福的艺术,并为普通读者大脑的极度纷扰提供智慧的暗示,以及对普通行为进行阐释。"在该规则某个不同寻常的例外中,"如此清楚地阐述此事",以至于它似乎"内中没有多少新闻;如历史之于传奇那样,这份报纸与其他有所区别。这种重复、矛盾、质疑及确认的缺失是让想象的娱乐在空空头脑中得以留存之物"。[80]

因此,至 17 世纪末,新闻理念已具有双重认识论责任:客观历史真实性的可信主张,作为某个假冒"传奇"惯例的、去神秘化的主张。当然,"新闻"在当时的地位比此更复杂。手写新闻信札仍然在整个世纪内流传,这让我们在简单地将新闻与印刷客观性联系起来时颇感沮丧。然而,无论是手写还是印制,新闻报道继续被许多人以口述方式传播与接受。[81] 因此新闻报道保留其与非印刷模式,及所连带的相对

---

[80] 《闲谈者》(Tatler),第 178 期(1710 年 5 月 27—30 日)。关于"历史学家"的"传奇"详情,也参阅斯蒂尔的《观察者》(Spectator),第 136 期(1711 年 8 月 6 日)。关于布拉思韦特的恼怒,参阅《奇想》,第 20—21、23—24 页。

[81] 不过,手稿新闻信札越发与时代不符,并因该世纪末使用字体类型的印刷版"新闻信札"外表而深化。参阅 Stanley Morison,《伊卡博德·多克斯及其新闻信札》(Ichabod Dawks and his News-Letter, with an Account of the Dawks Family of Booksellers and Stationers, 1635-1731),Cambridge:Cambridge University Press,1931。关于该世纪早期手稿与口述传播,参阅 F. J. Levy,"1550—1640 期间信息如何在绅士阶层传递"(How Information Spread among the Gentry, 1550-1640),见 Journal of British Studies,21,no. 2(Spring, 1982),第 20—25 页。1665 年,轮到曼彻斯特长老会牧师亨利·纽科姆(Henry Newcome)将新闻报道用口述的形式告知一群听众。他"读了一封信,把'公爵阁下'错念,这让我恼怒,但我会让这个错误信息不会如此传递出去。"(Chetham's Library [Manchester] MS. Mun. A. 6.95 [1],191)。在读写文化中,口述传递中的讹误甚至可能保留讹误的地位,而不是悄然改变传统,因为存在与可能失效的口述对立的固定书面记录(因此纽科姆对自己生气)。从这样的例子中,我们不难看到为什么人们受到诱惑,把真实的标准与印刷术的文件等同。在《闲谈者》第 178 期中,斯蒂尔关于新闻文体的评论让我们更加有所共鸣,因为我们知道这是以咖啡馆为背景,作为一个传统,报纸在此被大声朗读。斯蒂尔认为构成典型的新闻文体负面样例是伊卡博德·多克斯(Ichabod Dawks)"信札"的伪 (转下页)

非历史主义认识论之间的联系。难以相信当时围绕新闻的真实价值,或新闻业在其成型阶段的立法史而展开的这些激烈争议会如某些评论家坚称的那样承载小说起源的全部重力。⑧² 然而,17 世纪的新闻争议为我们提供了一个重要且受限的竞技场,其间,"天真经验主义"与"极端怀疑论"之间模式化的互动可被视为从近代早期历史与科学思想的旋流云中聚合而成。随后的内容将提供其他样例。

最终,如两位近期历史学家所言,印刷可能已把口述创作传统抽象化,使之"石化"或"化石化"。但口述与印制模式的重要互动至少持续贯穿了 17 世纪,在侧转排印的歌曲与歌谣例子中最为明显。印刷不仅取代了口述形式,在短期内也激发了口述文化,并使之永存,甚至可能用印刷的客观化态度给口述内容着色。⑧³ 长期以来,印刷也比抄写文化引发了更大规模的读写革命。近代早期英国"阅读民众的增长"很久以来被认为对小说的兴起产生影响。在何种程度上当前的知识证明如此假设的正当? 我们关注的时期内的读写革命范围,其与阅读民众兴起的关系,以及某个新读者群在决定这个新文类兴起过程中扮演的角色,这些都是对此有兴趣但无确凿证据的事宜。⑧⑭ 重要的事实是印刷术自身及印刷文化的逐渐成型。我们可以轻易地总结这些发展。

至 17 世纪末,英国已成为纸张、版式及不同出版类型的重要生产

(接上页注⑧)造文本之一。"他的文体是介于言说与书写熟悉程度之间的方言,"斯蒂尔说道,"你无法区分他的信札是印刷品还是手稿。"就在某刻,在不寻常的犀利阐述中,口述、抄写与印刷模式取得了随时可变的共存。

⑧² 参阅 Bernbaum,《玛丽·卡尔顿的叙事》;Davis,《真实的虚构》。关于对戴维斯(Davis)论点更全面的驳斥,参阅 Michael McKeon,"英国小说的起源"(The Origins of the English Novel),见 *Modern Philology*,82,no. 1(Aug.,1984),第 76—86 页。

⑧³ 参阅 Victor E. Neuburg,《18 世纪英国的平民教育》(*Popular Education in Eighteenth-Century England*),London:Woburn Press,1971,第 106—111、122 页;Margaret Spufford,《小本书与愉悦历史》(*Small Books and Pleasant Histories: Popular Fiction and Its Readership in Seventeenth-Century England*),Athens:University of Georgia Press,1982,第 9—10、13、32、68 页。

⑧⑭ 参阅 Eisenstein,《作为变革动因的印刷机》,第 60—63 页,注释 61。关于本主题的一般轮廓及谬误仍有好的概述,参阅 Ian Watt,《小说的兴起》,第 2 章。

国,如果没有废除保护主义的印刷立法,也就不会取得这些进步。18世纪中期之前,印刷许可法已被版权法取代,作为大众生产行业的书籍市场商品化已围绕扮演中介角色的书商组织而成。作者应因自己所写作品而得到报酬,这个理念基于存在日渐增多,愿为此付费的读者的观点之上,并逐渐深入人心。[85] 另一方面,这些新的印刷品消费者也是印刷的产物,最明显的就是近代早期的"教育革命"。这场革命因印刷机的发明而得到巨大推动,并在提升英国读写水平方面扮演了核心角色。但在小说起源方面,一如别处那样,对于"消费创造生产的动力,它也创造作为其决定性目的,在生产中活跃的客体"此番洞见值得深入研究。[86]

然而,问题出现在更精确地指明阅读民众的性质,甚或规模的尝试之中,他们的小说消费有助于决定小说的生产。仅有某类读写在其意义方面极为模糊,它借助当时现成记录,即签名的能力直接进行评测。借此,从 1650 至 1750 这个世纪,读写率的提升是真实的,但并不

---

[85] 参阅 Ian Watt,"出版者与罪人:奥古斯都观点"(Publishers and Sinners: The Augustan View),见 *Studies in Bibliography*,12(1959),第 4—5、7—8 页;同作者,《小说的兴起》,第 53—59 页;Terry Belanger,"18 世纪英国的出版商与作家"(Publishers and Writers in Eighteenth-Century England),见《18 世纪英国的书籍及其读者》(*Books and Their Readers in Eighteenth-Century England*),Isabel Rivers 编辑,New York: St. Martin's 1982,第 5—25 页。关于印刷立法,参阅 Frederick S. Siebert,《英国的印刷自由》(*Freedom of the Press in England, 1476-1776: The Rise and Decline of Government Control*),Urbana: University of Illinois Press, 1965。关于文学所有权理念的发展及 1710 年第 1 部版权法,参阅 Harry Ransom,《第 1 部版权法》(*The First Copyright Statute: An Essay on An Act for the Encouragement of Learning, 1710*),Austin: University of Texas Press, 1956。

[86] Marx,《政治经济学批判大纲》,编辑同前,第 91 页;参阅《导言:文学史中的辩证法》,注释 20—21。关于基础教育的重要性,参阅 Neuburg,《18 世纪英国的平民教育》,第 3 章;Spufford,《小本书与愉悦历史》,第 19、26—27 页;同作者,"读写第一步"(First Steps in Literacy: The Reading and Writing Experiences of the Humblest Seventeenth-Century Spiritual Autobiographers),见 *Social History*, 4, no. 3(Oct., 1979),第 407—435 页。一般参阅 Lawrence Stone,"1540—1640 英国的教育革命"(The Educational Revolution in England, 1540-1640),见 *Past and Present*, no. 28(1964),第 41—80 页;同作者,"1640—1900 英国的读写与教育"(Literacy and Education in England, 1640-1900),见 *Past and Present*, no. 42(1969),第 69—139 页。

规范且不非常惊人。⑧⁷ 这些数据提供了阅读在民众中兴起的证据了吗？尽管签字能力显然并不等于写作能力，无论如何，此时期阅读能力都可能比写作能力更广为流传，特别是在社会更底层。但是何种阅读水平，或更关键地说，何种阅读习惯可从这些数据推导而出？⑧⁸ 如果同时代的人更主观的理解是某种指南，女性与男女仆人在18世纪初将他们的大量时间用于"小说"与"传奇"阅读。但如果有足够的证据证实存在如此休闲活动机会，那么无法确认这个机会实际上是用于此目的。自但丁（Dante）以降，对女性道德会因阅读传奇而败坏的担心极为常见，当时此番阐述可能更多地提供关于女性的持续忧虑，而不是阅读民众兴起的证明。⑧⁹

至17世纪末，除报纸出版以外，存在为社会更底层而起的叙事阅读显著增长所设的必然体系机制，这当然是真的。17世纪60年代之前，廉价小本故事书的出版已超过歌谣的出版，由以客栈为分销中心的男女书商构建的分销网络遍布整个国家。然而，在本世纪最后25

---

⑧⁷ 参阅 David Cressy,《读写与社会秩序》(*Literacy and the Social Order: Reading and Writing in Tudor and Stuart England*), Cambridge: Cambridge University Press, 1980, 第186页。例如，约在1700年，25%的英国女性可以写自己的名字；到了1760年，这个数字已上升至33%。约在1650年，10%的所有英格兰女性可以签字，100年后这个数据达到36%。伦敦女性在这方面的数据增长更有戏剧性：17世纪80年代，36%的女性可以签字；17世纪90年代达到48%；18世纪20年代达到56%。（同前，第59、145—147页）。根据斯通（Stone）("1640—1900英国的读写与教育")的观点，1670年后的18世纪，读写率整体增长显著放缓。在这个世纪，读写能力在英国绅士眼中是一个应当具备的能力。

⑧⁸ 根据 R.S.斯科菲尔德（R. S. Schofield）的观点，"以签字能力为基础的测试可能高估了能写字之人数，低估了能够进行初级阅读的人数，并给能够流利阅读之人数提供了公正的指标"；参阅"英国前工业化的读写测算"（The Measurement of Literacy in Pre-Industrial England），见《传统社会中的读写》(*Literacy in Traditional Societies*), Jack Goody 编辑, Cambridge: Cambridge University Press, 1968, 第324页。阅读主导写作能力，这是因为先教阅读，后教写作，并且阅读能力可在儿童中断教育而去从事牟利劳动之前获得。参阅 Spufford,《小本书与愉悦历史》, 第26—27页；同作者,"读写第一步", 第414页；Cressy,《读写与社会秩序》, 第55页。

⑧⁹ 关于休闲时间的增多，参阅 Watt,《小说的兴起》, 第43—47、189—190页。关于女性与阅读，参阅 Alban K. Forcione,《塞万提斯、亚里士多德与帕希尔人》(*Cervantes, Aristole, and the Persiles*), Princeton: Princeton University Press, 1970, 第15—16页。

年中,新出版及重印的书籍开始以分册的方式系列刊发,平民可以花上几个便士即可购买。⑨⁰ 一方面,17世纪末小本故事改编书的流行意味着"大众"与"精英"文化之间的分野已经产生。另一方面,18世纪散文体小说似乎并没有为小本版式进行惊人的修改,这个事实可能也被认为表明了卑微读者的上升同化,以及相对同质的"中产阶级"阅读民众的巩固。然而,在订阅名单证据方面,至少阅读笛福作品、《旁观者》(Spectator)及其他"中产阶级"出版物的极大部分读者属于贵族与绅士。⑨¹ 最终,与证明中产阶级阅读民众兴起有关的问题如与小说兴

---

⑨⁰ 关于此时期民众读写率广泛证据的乐观评价,参阅 Neuburg,《18世纪英国的平民教育》,第4章。关于将新闻影响力阐述包括在内的18世纪类似概述,参阅 Roy M. Wiles,"18世纪英国中产阶级的读写:新证据"(Middle-Class Literacy in Eighteenth-Century England: Fresh Evidence),见《18世纪研究》(Studies in the Eighteenth Century),R. F. Brissenden 编辑,Canberra: Australian National University Press, 1968,第49—65页。关于小本故事书,参阅 Spufford,《小本书与愉悦历史》,第4、5章;Neuburg,《18世纪英国的平民教育》,第5章(亦可参阅附录2,了解小本书经销商注释名录及伦敦与其他省份的出版物)。关于系列书,参阅 Roy M. Wiles,《1750年前的英国系列书出版》(Serial Publication in England before 1750),Cambridge: Cambridge University Press, 1957;同作者,"两个世纪前英国省份的阅读需求"(The Relish for Reading in Provincial England Two Centuries Ago),见《扩张的环圈》(The Widening Circle: Essays in the Circulation of Literature in Eighteenth-Century Europe),Paul J. Korshin 编辑,Philadelphia: University of Pennsylvania Press, 1976,第85—115页。关于1750年前的系列书出版简短题名录,参阅 Wiles,《1750年前的英国系列书出版》,附录 B。

⑨¹ 关于订阅名单,参阅 Pat Rogers,《鲁滨逊飘流记》(Robinson Crusoe),London: Allen and Unwin, 1979,第102—103页;W. A. Speck,"政客、同仁及订阅出版,1700—1750"(Politicians, Peers, and Publication by Subscription, 1700-1750),见《18世纪英国的书籍及其读者》,Rivers 编辑,第64—66页。订阅名单作为整体或特定读者群指南与只是签字或阅读技巧同样可靠,但根据斯帕克(Speck)的观点,"至少订阅名单记录了准确的读者群"(65)。关于小本故事书的修订,参阅 Spufford,《小本书与愉悦历史》,第14、46—47页;Bakhtin,《对话的想象》,第379页;Maximillian E. Novak,"18世纪早期的小说与社会"(Fiction and Society in the Early Eighteenth Century),见《复辟时期及18世纪早期的英国》(England in the Restoration and Early Eighteenth Century: Essays on Culture and Society),H. T. Swedenberg Jr. 编辑,Berkeley and Los Angeles: University of California Press, 1972,第61—62页。关于著名的**华威的盖伊**(Guy of Warwick)的转变,参阅本书第4章,注释28)。对比 Pat Rogers,"经典与小本故事书"(Classics and Chapbooks),见《18世纪英国的书籍及其读者》,第28页。

起有关的那些问题一样都必须经得起量化证据的检验。因为即使有大量的阅读行为精准实证数据,我们仍可能面对决定"中产阶级"身份的定义问题。[92] 在这些情况下,只把作为英国小说起源构成力量的生产与消费辩证关系认成某个基本前提,这可能是件更稳妥之事。我们可能假设,作者与读者都深受认识论革命的影响,其复杂与深远的意义正是这些章节予以证明的目的所在。

七 传奇、反传奇与真实历史

如其他文艺复兴重生一样,亚里士多德所写《诗学》的再发现是历史主义者倾力区分今世与往昔的结果。但这是极为得当的重生,因为它给现代文化带来"诗歌"与"历史"之间的重要区分,这已是现代性更古时期的一个成果。亚里士多德在这方面的影响史复杂且不均衡。许多文艺复兴作家确定"诗歌"自主性的普通概念,但更多的人并非如此,我们必须留心18世纪末以期待这个观点真正获得支配地位。如塔索(Tasso)一样,某些人通过详述不同于现实历史真实性的诗歌逼真概念回应亚里士多德的"模仿"教义。但模仿性散文体叙事如何?问题不仅是亚里士多德对这个主题保持沉默,而且在文艺复兴中,将"历史"构想成一种散文形式也是极为常见之事。当然,亚里士多德已阐述可能包括模仿性散文在内的诗学,他批评了"不是因为诗人作品的模仿性质,而是因为他们所用格律毫无区分地"对诗人予以界定的普通趋势。然而,其早期评论者们大多将诗节视为诗歌的必要条件:自相矛盾的是,亚里士多德将"历史"及"诗歌"之间区分历史化的真正权威与把任何散文形式按"诗性"接纳之举对立。这个倾向可在随后答复塔索时看到:"模仿是诗歌的属类,叙述是历史的属类。前者拥有其主体的逼真之处,后者拥有其主体的真实之处。前者是以诗文写

---

[92] 参阅本书第4章。

就,后者按其性质乃散文之作。"⑬

就某个主导散文形式如何"成为"他者而言,阐述小说起源问题的确就是提问传奇如何回应近代早期历史主义革命。在 17 世纪散文体叙事中,逼真性与历史真实性主张彼此不兼容,并构成关于这场革命的对立表述。逼真性将获胜,但只是从长远来看,而且只是作为已被重新阐述的"现实主义"学说。在不久的将来,并在整个英国小说起源重要时期,历史真实性主张一直占据主导地位。当它遭到驳斥时,这些术语更可能是极端怀疑论之言,而不是亚里士多德式逼真论之语。事实上,正是主要通过毫不妥协的极端怀疑论尖酸居中和解,现实主义学说才慢慢被人接受,随后成为现代思想的权威。⑭ 历史真实性主张及其更极端的"传奇"否定更合意,首先这出于如是明显原因:它们是经验主义及怀疑主义认识论更直接,更迅捷的反映。当然,历史真实性主张和逼真性一样都是修辞比喻。这个不同就是它并不是如此合理化。梅里克·卡索邦(Meric Casaubon)说道:"某个事情是真实的,因为它是可能的;如果不是,那就因为它是不可能的:许多谎言与虚假的确就是建立在这个概率基础之上。对我而言,这不是什么论点。"勒穆瓦纳神父(Père le Moyne)拒绝历史是语法或修辞的次类别这个中世纪观点,因为"你如何将真实、历史精神、历史学家目标与逼真性、演说形式、演说者目标调和"? 无疑,对某位历史学家而言,运用

---

⑬ Lionardo Salviati,《答复》(*Risposta all' Apologia di Torquato Tasso*)(1585),第 15 页,Bernard Weinberg 翻译并引自其《意大利文艺复兴中的文学评论史》(*A History of Literary Criticism in the Italian Renaissance*),Chicago:University of Chicago Press,1961,第 1017 页。参阅 Aristotle,《诗学》,1451[a-b],1447[b],编辑同前,第 681—682、671 页。《诗学》的印刷版本分别在 1498 年、1508 年以拉丁文、希腊文形式出现。一般参阅 Weinberg,《意大利文艺复兴中的文学评论史》,第 9 章。关于将《诗学》的重新发现置于近代早期话语内以期多少更全面的解读,参阅 Michael McKeon,"17 世纪英国的话语政治与美学兴起"(Politics of Discourses and the Rise of the Aesthetic in Seventeenth-Century England),见《话语政治》(*Politics of Discourse: The Literature and History of Seventeenth-Century England*),Kevin Sharpe 与 Steven Zwicker 编辑,Berkeley and Los Angeles:University of California Press,1987,第 35—51 页。
⑭ 参阅本书第 3 章,第 6 节。

修辞的华丽辞藻与雄辩是件容易的事情,纽卡斯尔公爵夫人(Duchess of Newcastle)如是说,但这些"最多只是令人愉悦的传奇",等于把"传奇的虚构按历史真实来讲述"。⑨⑤

然而,历史真实性主张并不排除 17 世纪散文体叙事的逼真性学说,特别是在法国。在其所写的著名传奇史中,丹尼尔·于特(Daniel Huet)认为"那并不是真正的传奇,而只是关于爱情历险的虚构……我称之为虚构,是为了将其与真实历史区分。我加上爱情历险的字样,是因为爱情应该成为传奇的重要主题"。⑨⑥ 于特提及的传奇在该世纪前半叶大行其道,当时的英国人满意地称其为"传奇",而后人则改称为"法国英雄传奇"。如果我们假设文艺复兴对传奇理念的抨击早就瞬间结束了这种写作,那么传奇经历的这种繁荣则看似奇特。它并未如此的事实更多地意味着在某种程度上,它已被传奇内化为自我批评,而不是意味着这种抨击空无实质。因此,法国英雄传奇参考逼真性学说,将其虚构性与近似亚里士多德的"概率"联系,以此独特地为自己正名。⑨⑦ 逼真性在这些传奇中有极大吸引力,有时候它与得到严谨构想的历史真实性主张之间的不兼容只是被简单忽略了。例如,一

---

⑨⑤ Meric Casaubon,《论轻信与审慎》(*Of Credulity and Incredulity, In things Natural, Civil, and Divine*)(1668),第 155 页;Père le Moyne,《论历史》(*De l'histoire*),Paris,1670,第 85 页,Erica Harth 翻译并引自其《17 世纪法国意识与文化》(*Ideology and Culture in Seventeenth-Century France*),Ithaca:Cornell University Press,1983,第 145 页;Margaret Cavendish,《威廉·卡文迪什生平》(*The Life of ... William Cavendishe, Duke, Marquess, and Earl of Newcasile*)(1667),"序言",标记 b2^v, c2^r。

⑨⑥ Pierre Daniel Huet,《传奇史》(*The History of Romances*)(1670),Stephen Lewis 译(1715),见《小说与传奇 1700—1800》(*Novel and Romance, 1700 – 1800: A Documentary Record*),Ioan Williams 编辑,New York:Barnes and Noble,1970,第 46 页。在随后的讨论中,我将尽可能地广泛引用同时期外国著作的英文译本。

⑨⑦ 一般参阅 Frederick C. Green,"17 世纪评论家及其对法国小说的态度"(The Critic of the Seventeenth Century and His Attitude towards the French Novel),见 *Modern Philology*,24(1926-1927),第 285—295 页;Mark Bannister,《特权凡人》(*Privileged Mortals: The French Heroic Novel, 1630-1660*),Oxford:Oxford University Press,1983,第 6 章。参阅 Madeleine de Scudéry,《易卜拉欣》(*Ibrahim; or, The Illustrious Bassa. An Excellent new Romance*)(1641),Henry Cogan 译(1652),"序言",标记 A3^v—A4^r;同作者,《阿塔门斯》(*Artamenes; or, The Grand Cyrus. An Excellent New Romance*)(1649),F. G. 译(1653),"致读者",标记 A4^r。

个普通的暗示就是一部作品既具逼真性,又是暗指真实人物的影射小说(Roman à clef)。然而,法国传奇有时候进而在精选的场景中真诚地宣告自身与那些被其称为"传奇"不可能之事的著名样例有所不同(我们不得不注意到这种不可能之事却在文本的其他地方频现)。一般而言,17世纪作家能尽其所能地忽视亚里士多德式概率与历史真实性主张之间的不兼容性,因为他们倾向于通过经验主义认识论场景阅读《诗学》。[98]

1660年后,法国英雄传奇被小说及其他历史真实性主张更占主导性、更具复杂性的伪历史形式取代。这些影射小说、"秘史"、回忆录、丑闻录(chroniques scandaleuses)以英文译作形式大量刊印,其主要目的并不只是关于真实之事,而且是著名人物生平中的大事件。由国家秘密与必要的春秋笔法编织的凝重氛围,又加上英文译者普遍的添油加醋而使晦涩的声明、怀疑论、公然审查或反过来拒绝获得受质疑叙事的确认得以存在。[99] 这种验证方式近似现代化反常自然史"新奇,

---

[98] 参阅 Scudéry,《易卜拉欣》,II,ii,第29页;iv,第73—74页,引自 Helga Drougge,《康格里夫的〈隐姓埋名〉的意义》(*The Significance of Congreve's Incognita*),Stockholm: Almqvist and Wiskell,1976,第67页。关于逼真性与"真实"人物影射的结合,参阅 Honoré d'Urfé,《星座》(*L'Astrée*),见 Harth,《17世纪法国意识与文化》第2章。关于逼真性与历史真实性主张共存的例子,参阅 Scudéry,《易卜拉欣》,标记 A4r;同作者,《阿塔门斯》,I,ii,第60页。

[99] 例如,参阅 Marie,《孟潘瑟尔公主》(*The Princess of Monpensier*)(1666),"译者致读者",标记 A3r-v,"法国书商致读者",标记 A4r—A5r(最初匿名出版);Gatien de Courtilz,《罗什福尔伯爵回忆录》(*The Memoirs of the count de Rochefort*)(1696),"法国出版商序言",标记 A2v;同作者,《法国间谍》(*The French Spy; or, The Memoirs of John Baptist De La Fontaine*)(1700),"序言",标记 A2r;A3r-v。关于"小说"与文类归类及极权政治之间的关系,参阅 Harth,《17世纪法国意识与文化》,第4,5章。关于法国历史真实性主张,甚至说英语的学者们所展开的研究都已经深入:参阅 Arthur J. Tieje,"理查逊小说之前的现实主义理论特别阶段"(*A Peculiar Phase of the Theory of Realism in Pre-Richardsonian Fiction*),见 *PMLA*,28,n. s.,21(1913),第213—252页这篇开创性论文;Vivienne Mylne,《18世纪法国小说》(*The Eighteenth-Century French Novel: Techniques of Illusion*),Manchester: Manchester University Press,1965;Philip Stewart,《法国回忆录小说中的模仿与幻觉,1700—1750》(*Imitation and Illusion in the French Memoir-Novel, 1700-1750: The Art of Make-Believe*),耶鲁传奇研究,第2系列,20,New Haven: Yale University Press,1969;English (转下页)

54 因此真实"的原则,逼真性与历史真实性主张之间的竞争有助于使之明晰可见。根据玛丽·多奥努瓦(Marie d'Aulnoy)的观点,确凿事实与概率之间的频繁冲突已经不止一次诱使她为针对后者之故而从自己游记中删除所有"你会在此遇到的奇异故事……因为我并不怀疑这点,但总会有人指责我夸大其辞,撰写传奇"。不用说,这种诱惑已被抵制住了。"简言之,我只写自己所见的,或从品性无可置疑的人们那儿所听的。因此我会以让你宽心的这句话来结束,即你此时读到的并不是旨在愉悦的小说或故事,而是我在自己旅行中所遇之事准确的、最真实的记录。"⑩

从"英雄传奇"到"秘密回忆录"的过渡中,人们有跨越一个无形、不确定的分界之感。我们已经看到,17 世纪传奇通过温和地被历史化,及成为"反传奇"的方式部分抵御自己遭受到的抨击。法国秘史与游记将被视为得到自觉辩护的传奇吗? 抑或天真经验主义对传奇的批评? 这个问题以抽象的形式提出,且无法解答。但同时代人们的反应可能鼓励我们在这个辩证框架中理解这些作品,而该框架从关于"新闻"真实价值的富有争议的讨论中为我们熟知。在随后的段落中,皮埃尔·培尔(Pierre Bayle)从玛丽·多奥努瓦的特别样例转到诸如后者其他作品的一般案例中,这通过我已将其与极端怀疑论态度相联系的方法完成,也就是使天真经验主义"真实历史"失效,反而称其为只是"新传奇"。

(接上页注⑨)Showalter Jr.,《法国小说的演变,1641—1782》(*The Evolution of the French Novel, 1641–1782*),Princeton:Princeton University Press, 1972,第 169—176 页。

⑩ Marie d'Aulnoy,《某位女士机巧与愉悦的西班牙旅游信札》(*The Ingenious and Diverting Letters of the Lady-Travels into Spain*)(1691),"致读者",标记 A4^{r-v}。事实上,多奥努瓦的西班牙游记被人抄袭;参阅 Percy G. Adams,《游客与旅游骗子,1660—1800》(*Travelers and Travel Liars, 1660–1800*),Berkeley and Los Angeles:University of California Press, 1962,第 97—99 页。参阅 Gatien de Courtilz,《伟大的阿尔坎达的爱情征服》(*The Amorous Conquests of the Great Alcander*)(1685),"序言",标记 A2^r;《已打开的橱柜》(*The Cabinet Open'd, or the Secret History of the Amours of Madam de Maintenon, With the French King*)(1690),"作者致读者的序言",标记 A4^v—A5^r。

可惜的是，无法说服公众接受"她更可信"的观点。人们一般认为，她的作品是虚构与真实的混合，一半传奇，一半历史。只有通过将其作品与其他书籍比较的方式把虚构与真正事实区分，除此之外，别无他法。每天都有出版诸多历史著名人物秘密情史及秘史的自由，这并非权宜之事。书商与作者尽其所能使人们相信这些秘史源自私人手稿：他们非常清楚，当这些私密情事、此类历险被人们相信是真实事情时，这会比当它们被认为只是虚构之作时更能让读者愉悦。因此，新传奇尽可能地远离传奇写作方式，但真实历史借助这种方法而被极度隐晦化了。我相信民众的力量最终会被迫给这些新传奇作者提供选择，要么写纯粹的历史，要么写纯粹的传奇；或至少用休止符将两者，将真实与虚构区分。[101]

事实上，一旦传奇开始将诸反传奇元素汇聚起来，它便进入一个转型过程，自身似乎概述具有近代早期认识论革命主要特点的双重评论：首先是运用天真经验主义的传奇评论，其次是运用极端怀疑论的两者评论。传奇现在可能似乎在自身之中包含这种复杂变化，原因就是它已成为某种简单抽象。因为12世纪传奇已将"传奇"与"历史"元素继续悬置，近代早期传奇虚假的自我批评也需要一个现在被剥离出来，作为虚假历史真实性的评论。这个现象比文艺复兴多少古旧些。《高卢的阿玛迪斯》（Amadis of Gaul），近代早期怀疑论者眼中的骑士夸张的缩影，该书自身含有极大的反传奇情绪。当14世纪对更早修订本的重新创作自身在15世纪末被修改、拓展时，作者对此类古代叙

---

[101] 《彼得·培尔先生的历史与批评字典》（The Dictionary Historical and Critical of Mr Peter Bayle）(1697)，第2版（1734—1738），IV，"尼德赫"（Nidhard），n. C，第365—366页。参阅 Mary Davys，《有成就的荡子》（The Accomplished Rake; or, Modern Fine Gentleman）(1727)，"序言"（法语，"他们装作记录真实历史，这反而给他们自己最大的捏造自由"），引自 William H. McBurney 编辑，《理查逊之前的4部小说》（Four before Richardson: Selected English Novels, 1720 - 1727），Lincoln：University of Nebraska Press，1964，第235页。

事的一般怀疑论并不只是聚集在它们不可信之上,而且明确聚集在"可以从中看到令人惊异的反常事情,应非常合理地被视为捏造的虚构历史"的"历史"假设之上。当前这部著作的新第 5 卷因此成为自觉仿作的恰当例子,通过被发现手稿传统主题的可笑阐释而"生效":它"在君士坦丁堡附近某处修道院新挖掘到的地下石墓中被人发现,并被一位匈牙利商人带到西班牙此地。题字于上的羊皮纸历经多年之久,以至于那些懂这门语言的人费了极大气力才能认出。"[102]

这类认识论自我意识是文艺复兴传奇(romanzo)核心所在,尤其对《疯狂的奥兰多》(Orlando Furioso)(1516,1521,1532)来说更是如此。该书针对传奇虚构性的自我指认的评论也同样批评了作为传统传奇自我验证方法之一的历史真相偶然借口。事实上,被发现手稿传统主题的仿作是文艺复兴传奇得以尽力适应认识论革命,保持自身真实的极为寻常技巧,这甚至可在法国英雄传奇中得以发现。[103] 现代学者们通常将被发现手稿传统主题的传奇仿作视为对历史真实性主张的批评。但它反而更好地被理解成这种主张的含蓄样例,"现代"传奇借助这种最常规的方式对自身将"历史"与"传奇"习惯性合并有所意识,并对此质疑。这个观点多少有些重要性。在抄写文化中,早期手稿的重现为因抄写人之故而导致的讹误提供某种保护,这种保护因印

---

[102] Garci Rodríguez de Montalvo,《高卢的阿玛迪斯》(Amadis of Gaul),第 1、2 卷,Edward B. Place 与 Herbert C. Behn 翻译(Lexington: University Press of Kentucky, 1974),"序言",第 19、20 页。关于反传奇情绪,参阅 John J. O'Connor,《〈高卢的阿玛迪斯〉及其对伊丽莎白时期文学的影响》(Amadis de Gaule and Its Influence on Elizabethan Literature),New Brunswick, N. J.: Rutgers University Press, 1970,第 216 页。

[103] 例如,参阅 Scudéry,《阿塔门斯》,序言。参阅 Robert M. Durling,《文艺复兴史诗中的诗人形象》(The Figure of the Poet in Renaissance Epic),Cambridge: Harvard University Press, 1965,第 112—132 页中关于阿廖斯托(Ariosto)的讨论。Patricia A. Parker,《无从逃避的传奇》(Inescapable Romance: Studies in the Poetics of a Mode),Princeton: Princeton University Press, 1979,第 25—53 页。当然,仿作并不局限于我们通常称为传奇的作品之中;例如,参阅 François Rabelais,《巨人传第 1 部》(The First Book of Gargantua and his Sonne Pantagruel)(1535),Thomas Urquhart 译(1653),I,i,其间通过使被发现的古代手稿成为巨人家谱副本的方式将这种模仿混合。

刷复制而过时。⑭ 被发现手稿传统主题对基于古典时期规范价值观、线性延续及连续之上的往昔具有吸引力，它自身拥有作为确立叙事权威途径的某种绵长且显赫的谱系。但天真经验主义及历史真实性主张反映了近代早期历史主义时代划分的视角，如我们所见，它在去除往昔吸引力神秘化方面推进了一大步。在其最明确的形式中，不同只被构想成如下两者之间的事物，前者是凭借外在权威，对已被证明的遥远真实的执信，后者是所有人得以所见，可从经验主义层面加以理解的某个真实的直接验证。因此，塞缪尔·巴特勒（Samuel Butler）将古物研究者嘲讽成这样的一个人：他"比虫蠹更贪婪地吞噬旧手稿；尽管其空洞无物，他仍视之为新颖之作，且胜过任何印刷品"。⑮

因此被发现手稿传统主题的仿作本着普通的历史真实性主张精神，而非其批评精神。当时的人们能够清楚、简洁地阐述这个核心观点："传奇，或欺骗可能与真实历史一样久远，或更久远，就此而言，没有什么可说的。"他们甚至能重构传统主题，因此仿作能够支持文献历史真实性权威，而完全不是古典时期的权威。这可从信札流行合集"译者"处理我们是否能从中获得"传奇或真实历史"这个问题的方式中得以明鉴。因为信札并不是因其历史而得到验证（它们只是作为"似乎更多的是被灰尘而非光阴侵蚀的一堆纸"而出现），而是通过详尽的同世性（contemporaneity）及批评史学评测来验证。此处只留下传统主题的外壳，其"历史权威"概念已经完全被改变。⑯

不过，如果古典时期的论点与历史真实性主张理论上代表了近代

---

⑭ 参阅 Eisenstein，《作为变革动因的印刷机》，第 291、572 页。

⑮ Butler，"一位古物研究者"，见《人物》，第 77 页。关于传统主题的历史，参阅 Tieje，"理查逊小说之前的现实主义理论特别阶段"，第 220—227 页；Nelson，《事实或虚构》，第 23 页。

⑯ Simon Tyssot de Patot，《詹姆斯·梅西的游记与历险记》(*The Travels and Adventures of James Massey*)（1710），Stephen Whatley 译（1733），第 287 页；Giovanni Paolo Marana，《土耳其间谍的信札第 1 卷》(*The First Volume of Letters Writ by a Turkish Spy*)（1684-1686）及《第 6 版》(*Written Originally in Arabick, first Translated into Italian, afterwards into French, and now into English, The Sixth Edition*)（1694），"致读者"，标记 A3^{r-v}，A4^r，A5^v，A6^v—A7^v。

早期思想的对立观点,此时叙事传统的复杂历史为此番结盟提供了一些著名样例。在否定案例中,这是最真实的,正如某个仿作可能似乎为另一个仿作奠定基础,这是阿里奥斯托(Ariosto)之后反传奇高歌猛进的发展中最令人瞩目的现象。当然,伟大的例子就是《堂吉诃德》(*Don Quixote*)(1605,1615),被发现手稿传统主题隐晦地藏于叙事自身从天真经验主义到极端怀疑论的发展之中。[107] 这股反传奇的势头很快从西班牙蔓延到法国,在查尔斯·索雷尔(Charles Sorel)的作品中,如在塞万提斯(Cervantes)所写作品中一样,我们看到反传奇如是必然趋势得以完成:借助传奇挑战其成型过程,否定内在自我批评功能,并构建自主与对立的形式。如其作品题名宣称的那样,索雷尔对真实历史的承诺需要对等地、明确地否定传奇,因为"传奇只包含虚构,而它必须被认为是真实历史"。"从历史中,"索雷尔笔下的克拉丽蒙德(Clarimond)这样说道:"你将获得自己可奉为权威的东西,但从传奇中则什么也得不到。"

然而,尽管这种反传奇的主要观点就是消解堂吉诃德对莱希斯(Lysis)及田园传奇的轻信,轻信"真实历史"的读者所珍视的信念并不完全免受祛魅(disenchantment)的影响。该书以小说作者将其验证方式延展,超过得当界限为止,告诉我们作者的本意就是"根据我从菲利瑞斯(Philiris)与克拉丽蒙德那里得到的笔记(似乎他们两人没有把笔记按顺序排列的闲暇)告诉你牧羊人莱希斯的各种遭遇"。无论如何,此类证据可能不会让读者完全信服,索雷尔假设某些人可能甚至抵制不了诱惑前往布列(Brie),以期看到著名的莱希斯本人。这类旅行可能毫无意义,因为"我是没有向他们讲述一个虚构的故事,反而讲了真实历史,还是我没有掩盖事实,没有发现我曾提及之人?的确我曾只用他们普通的名字来称呼,曾把布列误作某个其他省份,他们知

---

[107] 关于《堂吉诃德》的单独讨论,参阅本书第7章。

道这些吗"?⑩ 经验主义验证可能与传奇真实的唯心论基础一样容易介入,索雷尔的这番暗示是极端怀疑论的重要洞见,并不是说这是完全相同的事情。在反传奇中,反转的熟悉模式仍然有在传奇一般界限内自我发挥的气息。毕竟,索雷尔的目标并不是"历史真实性"顽固且自主的标牌(这是天真经验主义所赞同的),而是更温和的主张及逼真性态度,近代传奇已在其自身周边挤出类似自我保护的壳。⑩ 然而,反转模式与我们在别处所见存在某种普通近似性。一旦信念问题出于足够的坚持而被提升,"传奇"有朝着"反传奇"地位发展的倾向,"反传奇"也反过来有成为"反历史"的倾向。但第二种反转的逻辑可能至少看似提出未曾期待的传奇回归问题。

如果保罗·斯卡隆(Paul Scarron)对传奇真实与"真实历史"的阐述要比索雷尔的阐述更温和,⑩安托万·菲勒蒂埃(Antoine Furetière)的技巧就是如此细心缜密地否认自己的"真实历史"曾受益于著名的传奇比喻("创新已以如此之多的形式呈现,并如此频繁地反转、拼接以至于不可再用了"),他发现自己与将要推进的事情没有任何惯例可循,"因此可以只告诉你这个故事"。我们在此处没有找到君王的扈从或情人的异性知己,在结尾处也没有婚礼的喧闹,也没有"与传奇主线紧密结合的"长且复杂的插话,而只是"最忠实的关系,我只提供一个形式,内容没有任何改变"。当然,"内容"的性质及存在是传统"形

---

⑩ Charles Sorel,《夸张的牧羊人》(*The Extravagant Shepherd; or, The History Of the Shepherd Lysis. An Anti-Romance*) (1627-1628,1633-1634),John Davies 译(1654),"作者致读者",标记 e2ʳ;XIII,第 68 页;XIV,第 96 页。关于小说如何既反对,又"附带"或"吸纳"传奇的对比阐述,见 José Ortega y Gasset,《关于堂吉诃德的沉思》(*Meditations on Quixote*),Evelyn Rugg 与 Diego Marín 翻译,New York: Norton, 1961,第 137、139 页。

⑩ 比较索雷尔的《好书品鉴》(*De la Connoissance des Bons Livres*),Paris,1671,第 115—117 页,他指出传奇作者的不好信念,即他们为逼真性称道,因为已借此避免骑士传奇的超自然效果,同时主要仰赖命运的摆布(引自 Droggue,《康格里夫的〈隐姓埋名〉的意义》,第 53 页)。

⑩ 例如,参阅 Paul Scarron,《喜剧传奇》(*The Comical Romance*),Tom Brown 等人翻译(1700),Benjamin Boyce 撰写导言,New York: Benjamin Blom, 1968,I,viii,第 28 页;ix,第 35—36 页;II,vii,第 212 页。

式"的功能,如菲勒蒂埃本人已让我们宽心的那样。事实上,故事的确得到讲述;事实上,它是以令人放下戒备,与将作为历史与"传奇"之内容等同的"信札"为开始。⑪

英吉利海峡两岸的传奇文类怎样了?文学学者们之间广为散播的错误概念就是,当17世纪末18世纪初的英国作家们抨击"传奇"时,他们特别且唯独参考17世纪初期的法国英雄传奇。当然,法国传奇领受了自己那份批评。但对这些作者们来说,这决非传奇的"此类类型",他们对传奇传统的抨击的确与英国人文主义者对中世纪传奇的抨击同样连绵不断。⑫ 如我们所见,人们翻译了这些法国传奇,并提供给规模并不确定的英国读者。它们也启发了一小部分英国模仿者的文学创作。这些英国英雄传奇的鼻祖约翰·巴克莱(John Barclay)所写的《阿赫尼斯》(Argenis,拉丁文版,1621;英文版,1625)显然也受益于斯宾塞(Spenser)与西德尼(Sidney)的更早传统,这是因其对历史真实概念主导态度而起。巴克莱的目标更多的是政治寓言氛围,而不

---

⑪ Antoine Furetière,《斯卡隆的城市传奇》(*Scarron's City Romance*)(1671),标记 A4ʳ,第 19、40—41、46、159、160 页。事实上,这是菲勒蒂埃的《市民传奇》(*Roman Bourgeois*)的匿名译本。

⑫ 关于误解,特别参阅 Henry K. Miller,"奥古斯都散文体小说与传奇传统"(Augustan Prose Fiction and the Romance Tradition),见《18 世纪研究》(*Studies in the Eighteenth Century*),III,R. F. Brissenden 与 J. C. Eade 编辑,Canberra:Australian National University Press,1976,244n.7,第 246—247 页(引用,第 246 页);同作者,《亨利·菲尔丁的〈汤姆·琼斯〉与传奇传统》(*Henry Fielding's Tom Jones and the Romance Tradition*),英国文学研究第 6 辑,Victoria,B. C.:University of Victoria,1976,第 11 页。米勒(Miller)尤其从对关于菲尔丁的误读中进行概括,他使菲尔丁与"更早的传奇传统"达成居中和解(关于菲尔丁,参阅本书第 12 章,注释 35—37)。但亦可参阅 McBurney,《理查逊之前的 4 部小说》,第 xii 页;Kern,"小说/短篇小说中的传奇",第 530 页;Davis,《事实的虚构》,第 104 页;Dieter Schulz,"18 世纪前半叶的'小说'、'传奇'与通俗小说"("Novel","Romance",and Popular Fiction in the First Half of the Eighteenth Century),见 *Studies in Philology*,70,no. 1(1973),第 91 页;Jerry C. Beasley,《18 世纪 40 年代的小说》(*Novels of the 1740s*),Athens:University of Georgia Press,1982,第 216—217 页,注释 15。后面两位学者不是向后,而是向前扩展分类以把法国英雄传奇之后繁荣的某些次文类包括在内。关于人文主义的抨击,参阅 Robert P. Adams,"露骨淫秽与公开弑人"(Bold Bawdry and Open Manslaughter:The English New Humanist Attack on Medieval Romance),见 *Huntington Library Quarterly*,23,no. 1(1959—1960),第 33—48 页(关于认识论评论,参阅第 44—45 页)。

是逼真性，前者已是《阿卡迪亚》（Arcadia）与《仙后》（The Faerie Queene）（1590，1596）中的一部分，并且后期的影射小说将发展成更接近我可能已称为历史真实性主张之事。因此，众多巴克莱作品译者中的某位将"克拉维斯"（Clavis）包括在内，并警示读者把这部作品"视为一部除幻想传说之外别无他物的虚构传奇。"作者本人称其为一种"新型写作"，说道："他也会犯错，会使之完全与确实发生之事有真正关系，如他满心愉快地接受那样。"⑬

如此语言似乎在两者之间逡巡，前者是通过偶然方式居中和解重要真实的传统奥古斯丁式策略，后者是真实与历史真实的历史主义等同。这令人困惑，因为读者得到鼓励将"历史"与应该使用但未享用、已被分发但未被品尝的果、壳联系起来。这种不确定性约在复辟时期印刷的一些英国传奇中持续，并在此处与对存在于逼真性学说之中的"历史"负责的替代模式混在一起。罗杰·博伊尔（Roger Boyle）与乔治·麦肯齐（George Mackenzie）利用亚里士多德与亚里士多德派的西德尼来辩称传奇的"概率"可能如历史真实一样"具有启发性，如果不是更胜一筹的话"。"况且，传奇告诉我们什么可以如此，而真实历史告诉我们是什么或已经成为什么。"另一方面，博伊尔认为夸耀将两个"真实历史"纳入其传奇之中是件妥当之事，两位作者详述了各自关于认识论果、壳隐喻的阐释。⑭

---

⑬ 《约翰·巴克莱》（John Barclay His Argenis, Translated ovt of Latine into English ... With a Clavis annexed to it for the satisfaction of the Reader, and helping him to vnderstand, what persons were by the Author intended, vnder the fained Names imposed by him vpon them），Sir Robert Le Grys 译（1628），第 485，131—132 页。关于此书中的影射小说审查，法国传奇及英国"王室传奇"，参阅 Annabel M. Patterson，《审查与阐释》（Censorship and Interpretation: The Conditions of Writing and Reading in Early Modern England），Madison：University of Wisconsin Press，1984，第 180—202 页中的讨论。关于英国人模仿法国传奇的范式研究仍然参阅 Thomas P. Haviland，《英国传奇的悠长气息》（The Roman de Longue Haleine on English Soil），Philadelphia：University of Pennsylvania Press，1931。

⑭ Roger Bolye，《帕特尼萨传奇》（Parthenissa, A Romance），第 1 部分（1655），"序言"，标记 A2ᵛ，B1ᵛ；George Mackenzie，《阿里提纳》（Aretina; or, The Serious Romance），第 1 部分（Edinburgh，1660），"为传奇道歉"，第 6—7 页，见《4 部 17 世纪传（转下页）

复辟时期之后，英国书商开始从事无疑有利可图的、印刷主要为外国叙事短篇合集的事业。⑮ 这些合集反映了此类认识论折衷主义，我一直在论述，它一般具有将某个温和历史化、自我批评内在化的传奇尝试特点。它们包含的某些作品通过自传回忆录、秘史或已被验证的文献的立场提出明确的历史真实性主张。⑯ 某个合集把故事的历史出处列表包括在内，并很快转入附带这些话的逼真性："我已经扩展了历史"以及"如果它们不是真实所言，那至少就是应该的那样"这类转义话，通过这个方式，该合集使其传说真实性有效。⑰ 但绝大多数这

(接上页注⑭)奇序言》（*Prefaces to Four Seventeenth-Century Romances*），Charles Davies 编辑，奥古斯都重印学社，第 42 辑（1953）。在谈及《帕特尼萨传奇》第 6 部分之前，博尔（Bolye）声称"历史的真实"与"传奇"对立；参阅 Haviland，《英国传奇的悠长气息》，第 118 页。关于政治—寓言模式的延续，参阅 Richard Brathwaite，《潘萨利亚》（*Panthalia; or, The Royal Romance*）（1659）。

⑮ 最成功的就是理查德·本特利（Richard Bentley）的《当代小说》（*Modern Novels*），12 卷本（1692）及塞缪尔·克罗克索尔（Samuel Croxall）的《小说选集》（*A Select Collection of Novels*），6 卷本（1720—1722）。后者的 33 部"小说"中的 29 部是译本；前者的 48 部小说中的 37 部有法语原文；参阅 McBurney，《理查逊之前的 4 部小说》，第 xiii 页。关于此材料的有用讨论，参阅 Maximillian E. Novak，"小说与社会"（Fiction and Society）与"小说形式历史笔记"（Some Notes toward a History of Fictional Forms: From Aphra Behn to Daniel Defoe），见 *Novel*，6（1973），第 120—133 页。

⑯ 例如，参阅《乐于助人的情人》（*The Obliging Mistress; or, The Fashionable Gallant. A Novel*），Bentley 编辑，第 7 卷，"致敬信"，标记 A4ᵛ；《奥斯曼帝国勇士》（*Ottoman Gallantries; or, The Life of the Bassa of Buda*），B. Berenclow 译（1687），Bentley 编辑，第 6 卷，第 1—2 页；S. Bremond，《勇士回忆录》（*Gallant Memoirs; or, The Adventures of a Person of Quality*），P. Belou 译（1681），Bentley 编辑，第 9 卷，第 1—2 页；《伊萨琳达》（*Ethelinda. An English Novel, Done from the Italian of Flaminiani*）（1721），Croxall 编辑，第 5 卷，"广告"，第 93 页；参阅《美德回报》（*Vertue Rewarded; or, The Irish Princess. A new Novel*）（1693），"致坏脾气读者的序言"，标记 A4ʳ⁻ᵛ。

⑰ 《爱情年鉴》（*The Annals of Love, Containing Select Histories of the Amours of divers Princes Courts, Pleasantly Related*）（1672），"序言"，标记 A2ʳ⁻ᵛ；关于内容目录，参阅标记 A3ᵛ—A4ᵛ。关于概率的另一处吸引，参阅《3 部机敏的西班牙小说》（*Three Ingenious Spanish Novels*）（1709），"致读者"，标记 A3ʳ。书商纳撒尼尔·克朗齐（Nathaniel Crouch）出版了一些从篇幅更长的历史故事中节选出来的短篇样例故事集，并附上这样的引文"它们可能因此获得读者的更多信任"：R. B.，《判决的奇迹与仁慈》（*Wonderful Prodigies of Judgment and Mercy*）（1685），"致读者"，标记 A2ᵛ。参阅 R. B.，《英格兰、苏格兰与爱尔兰奇珍异事》（*Admirable Curiosities Rarities, & Wonders in England, Scotland and Ireland*）（1682）；同作者，《某些著名人物的非　（转下页）

些叙事要么如此闲散地协调好"历史"与"传奇"之间的冲突,以期几乎不作什么断言,⑱要么表明没有任何形式上的自我意识。

当英国作家们从事秘史或回忆录写作时,他们如法国同行们一样倾向于叙述相同的、矛盾的怀疑态度范围。的确,可能用相对简单与直接的历史真实性主张呈现这些作品。⑲ 但玛丽·德拉里夫·曼利(Mary Delarivière Manley)的作品可能更具代表性。在其某部秘史第一部分推测序言中,曼利对必定忠于历史真实性的"真实历史"与"他根据自己的幻想而写就的历史"作品(它反而对"真实概率"负责)进行明确区分。曼利附言,"此类两种小历史已替代传奇",但她此处对自己的小历史意图归为何类的关键问题保持沉默。第二部分序言开篇强调了作品的文献历史真实性:曼利应和自己的题名页,声称已将其从梵蒂冈图书馆"原始手稿"中翻译过来。然而,它几乎立即堕落成一部大量使用被发现手稿传统主题的仿作:"手稿如此古旧,以至于它被人们设想成由挪得之地(Land of Nod)的该隐(Cain)所写。"曼利对传

(接上页注⑰)凡经历与发现》(*The Extraordinary Adventures and Discoveries Of Several Famous Men*)(1683);同作者,《无可比拟的类型》(*Unparalell'd Varieties; or, The Matchless Actions and Passions of Mankind*),第 3 版(1699)。这些题名暗示这些卷帙应该被视为与古物研究者收藏的奇珍异宝一样的叙事。(参阅本章注释 63),将这些"历史"合集理解为讨论中的"传奇"合集混合对立可能也有所帮助,这不仅是将"历史"与"传奇"划时代分离的镜子意象,而且也是其自身不完整的意象。

⑱ 例如,参阅 Rousseau de la Valette,《波兰国王卡西姆》(*Casimer, King of Poland*)(1681),Bentley 编辑,第 8 卷,标记 A3^r;《辛西娅》(*Cynthia: with the Tragical Account of the Unfortunate Loves of Almerin and Desdemona*),第 5 版(1709),"致读者",标记 A4^v。

⑲ 例如,参阅 Eliza Haywood,《美丽的希伯来人》(*The Fair Hebrew; or, A True, but Secret History of Two Jewish Ladies, who lately resided in London*)(1729),"序言",见《亨利·菲尔丁评论》(*Criticism of Henry Fielding*),I. Williams 编辑,第 85 页。海伍德(Haywood)主张的明确性可能出于这事实,即她真把"秘史"概念转入英国语境中,以此避免因公布国务事宜和暗中审查而造成的复杂性。比较阿芙拉·贝恩,她不是将自己的叙事称为秘史,而是声称用假名掩饰人物真实姓名,她用这个方式提升了聆听证人的历史真实性主张。《漂亮的负心女》(*The Fair Jilt; or, The History of Prince Tarquin, and Miranda*)(1696),见《历史与小说》,I,第 4 页;同作者,《不幸的快乐夫人》(*The Unfortunate Happy Lady. A True History*)(1698),见《最聪慧的贝恩夫人所写的历史、小说及译作》(*Histories, Novels, and Translations, Written by the Most Ingenious Mrs. Behn*),II(1700),第 21 页。

统主题的消解被认为起到驳斥如是观点的作用,即她的作品,一部透明且充满丑闻的影射小说是"一部现代历史,与邻国发生的一些事件有关"。当然,它的确没有起到这类作用。如曼利所言,她笔下的女主人公如此平凡,以至于"这本身就足以让我信服这个故事是传奇版的《木桶的故事》(Tale of a Tub),我无法明说依据何在,尽管有些人是正面的,且有些真实之处。"被激怒的读者可能断定"传奇"也是"历史",尽管存在这些否定,也因为如此,他们是可以被谅解的。这不是严谨历史真实性的真实,而是我们剥除介于其中的"传奇"果壳之后即刻呈现的历史果实的真实。⑫

在法国,正是皮埃尔·培尔有条不紊地使秘史与回忆录作为新传奇而失效。在英国,理查德·斯蒂尔爵士再一次如此这般。但此类疾病被诊断为特定的法国病源。在泰特勒先生(Mr. Tatler)评论英国新闻报道者的数月之前,他准备如此论述:

> 有些滑稽的法国绅士已经以回忆录的题名叙述了自己在战争、爱情与政治方面的斩获和对读者极为有益的历史。

---

⑫ Mary Delarivière Manley,《扎拉女王秘史》(*The Secret History of Queen Zarah, and the Zarazians; being a Looking-glass for — In the Kingdom of Albigion, Faithfully Translated from the Italian Copy now lodg'd in the Vatican at Rome, and never before Printed in any Language*)(Albigion, 1705),I,"致读者",标记 A2^{r-v},A4^{r-v};II,"序言",标记 A2^r—A4^r。比较曼利的《秘密回忆录》(*Secret Memoirs and Manners of several Persons of Quality, of Both Sexes. From the New Atlantis*),第 2 版(1709),"献辞",第 ii—iii 页,目的在于用这种法语形式将其从意大利语原文中翻译过来。曼利将自己的作品称为译文,这种方式通常与她出于害怕被告诽谤有关系。参阅她的自传《拉里夫的历险》(*Adventures of Rivella*)(1714),Malcolm J. Bosse 撰写导言,New York:Garland,1972,第 113 页;导言,第 6 页(这部作品据说也是译作;参阅"译者序言",第 i—iii 页)。英吉利海峡两岸的诸多秘密历史学家据信共有如此动机,这只是加深了我对核心主题认识论的关注度。关于《秘史》中曼利采用的程序,与 George Lyttleton,《宫廷秘密》(*The Court Secret: A Melancholy Truth: Now first translated from the Original Arabic*)(1741),I,第 2、49—50 页作比较。关于 18 世纪 30、40 年代这些他称之为"教诲型传奇"的影射性"秘史"繁荣,参阅 Jerry Beasley,《18 世纪 40 年代的小说》,第 2、3 章;同作者,"传奇与理查逊、菲尔丁、斯摩莱特的'新'小说"(Romance and the "New" Novels of Richardson, Fielding, and Smollett),见 *Studies in English Literature*,16,no. 3(1976),第 437—450 页。

恐怕我会发现这些绅士们中有人比较拖沓,因为我只是在他们自己所写的书中听说过他们。为了阅读这些作者中的某一人所写的叙事,你会猜想在他未曾谋划或参与的整个战役中没有任何事情发生。然而,如果你查考历史书或当时的公报,你不会读到关于一直担任党派领袖的他的文字。但这是这些伟大人物的方式,他们在文字中撒谎,历练没有发生过的事情,也如他们所言,在撰写自己丰功伟绩中消磨光阴。在当时要么籍籍无名,要么声名狼藉的某些人通过这种方式会在未来扬名,除非紧急制止此类有害行径。如我了解的那样,这些滑稽绅士中的某些人会寄寓某处阁楼半载,然后写出他们参与的法国宫廷密谋史……我为遏制此类日益恶化之疾所开的最直接的药方就是,我在此正告所有书商及译者,"回忆录"一词就是法语中的小说,并要求他们据此销售与翻译。[121]

斯蒂尔论点中隐藏的反转也可以通过其他方式获得。在英法两国,"反传奇"从某种程度上开始将自己从其传奇封闭中解放出来,不仅消解了传奇,而且消解了历史。例如,将《木桶的故事》(1704)中自满的历史真实性主张认同为某种现代主义行为(即斯威夫特借独具个性的叙述者之口抨击自己所假冒的人)是件足够容易的事。作者通过自己离题的、反常的话语,中途再次折回到故事本身,明确注明自己离开主角之处,并在此过程中强调自己对叙事的驾驭。对此,他进一步说道:"然而,我决不会忘记自己历史学家的品性,会一步步追随真相,无论发生什么,无论真相将引领我至何处。"然而,在我们当前关注的语境中,回想起斯威夫特的《木桶的故事》不仅是反历史,而且首先是

---

[121] 《闲谈者》(*Tatler*),1709年10月22日第84期。参阅 Daniel Defoe,《杂信集》(*A Collection of Miscellany Letters out of Mist's Weekly Journal*)(1722—1727),IV,第124—125页,引自 Maximillian E. Novak,"笛福的小说理论"(Defoe's Theory of Fiction),见 *Studies in Philology*,61,no. 4(Oct., 1964),第657页。

反传奇,这是一件重要的事情。因为这三兄弟的故事本身就是一个传奇神话故事,其寓意本质就是"在类型与寓言方式中封闭起来"。[122] 如果斯威夫特轻视将意义定位于叙事表面的天真经验主义方法,他对通过辛勤、预期的阐释深挖真相的行为不会感到更加快乐。他对肤浅及深度阅读的绝望是《木桶的故事》核心问题的一个阐释,是成为傻瓜与成为恶棍之间两难选择。这也是吞噬一切的,可能出于反传奇动因而发起的怀疑论中一个例子。然而,为对叙事可能性展开更明确、更综合的利用,我们可能略述威廉·康格里夫(William Congreve)的《隐姓埋名》(Incognita)(1692)。

61 康格里夫的著名"序言"重申了人们熟悉的抱怨,即传奇带来的"奇迹般的"、"不可能的"愉悦总在读者意识到"这全都是谎言"时消退。康格里夫把传奇谎言的替代品称为"小说",而不是"真实历史",其标志就是逊于概率的严格历史真实性,"并不与我们所信之事相隔甚远的"事件再现"也带来更贴近我们的愉悦。"可能用这种强调反映了康格里夫得自法国反传奇的受益,它也鼓励我们心中对推论、反历史反转有所期待,针对的就是具有近代传奇自身特点、相对无声且自我保护的历史主义类型。当然,在法国反传奇文体中通过仿作的模仿获得了第一种反转。如索雷尔笔下夸张的牧羊人一样,康格里夫笔下的角色是源自某个理想化传奇的人物,他们尤其因一以贯之的轻信而备受讥讽,这多少也让人想起普通传奇读者的轻易受骗。奥勒良(Aurelian)与希波利托(Hippolito)这对苦情恋人一直被自己引发争议的欲望愚弄,一度说服"自己接受这个信念,即命运出于一个比他们可能想到的正常期待更好的安排而让他们彼此成为朋友,假如他们很快说服自己接受打算相信之事的话。"在奥勒良长篇描述关于自己爱人面庞

---

[122] Jonathan Swift,《木桶的故事》(A Tale of a Tub, To which is added The Battle of the Books and the Mechanical Operation of the Spirit),A. C. Guthkelch 与 D. Nichol Smith 编辑,第 2 版,Oxford: Clarendon Press, 1958,第 66、133 页。关于神话故事框架及对骑士惯例的讽刺,参阅该书第 2 部分,第 73—74 页。《木桶的故事》在 17 世纪 90 年代写成。

的珍贵幻想后,康格里夫说道:"一千件其他事情齐在他眼前呈现,只有有过如此幻觉经验的爱人才会相信。"康格里夫笔下主人公们的堂吉诃德式幻觉尽管主要出于爱意,但也偶然充满敌意,当他们将庆典上的骑士马上长枪比武("只为表演与仪式之计")误作真实事情时。⑫

此处的讽刺之处显而易见,但康格里夫也给自己的叙事增添了验证方式,他声明知会我们之事的文献真实可信。他为我们提供了"逐字"照抄的私人信件;他让自己成为一个证人,亲耳听到自己讲述的诸多事件,至少通过奥勒良本人的第一手证据。这种验证程度并不可得,他在此谨慎宣布:"'现在这是奇怪的,但所有的描述都认同……'"。如在他探讨的法国作品中那样,康格里夫对自己作为已发生事情的中立、透明的记录者的角色(这正与他笔下那些幻想的、创造性的传奇作者主人公对立)的坚持导致他如此强烈地反对自己叙事中的真实性与似是而非,以至于这让我们对此有所怀疑,而不是消除怀疑。他说:"我现在不会让读者傲慢无礼,把这视为作者的强行灌输或随心所欲,即女性应该在自己未曾谋面的男性认可中如此行事,这是不可能的事情,因此这种假设也就荒唐可笑。"我们越发感到这可能的确是"作者的强行灌输",它当然不是源自事件本身的难以置信,而是得自诸如此种的真切,且令人分心的作者介入。在故事的结尾,我们发现自己被传奇发现,及可能只归结于故事得以讲述之驾驭方式的,难以置信的解决方案包围。在这样的氛围中,康格里夫为确定本地层面何为"可能"之物所做的辛勤努力最多看似傲慢无礼。⑫

康格里夫唯恐我们错过他笔下讲述传奇的人物与我们自身之间的潜在对比,他利用百依百顺的奥勒良与其爱人之间的关键面谈让这

---

⑫ William Congreve,《隐姓埋名》(*Incognita; or, Love and Duty Reconcil'd. A Novel*),见《17 世纪短篇小说》(*Shorter Novels: Seventeenth Century*),Philip Henderson 编辑,London: J. M. Dent, 1962,第 241、270、264、277 页。

⑫ 同上,第 271、251、264、274、289、274—275、285—286、287、260、261 页。斯卡隆添加的"隐形情妇的历史"为《隐姓埋名》的情节与方式提供了最贴切的单个模型;参阅《喜剧传奇》,编辑同前,I, ix,第 32—49 页,特别是 35—36 页。当然,复辟时期的喜剧也对康格里夫的自我意识叙事产生了重要影响。

种对比为人理解:"因为我会顺便警示读者不要相信她告诉他的每个字,也不要相信她装出来的完全真实的令人感佩的悲戚。这的确是真相……狡猾地与虚构混在一起",关于某个谋划的部分阐述,她暂时借此将自己"隐藏起来","如读者不久将要理解的那样:因为我们有另一个发现要告诉他,如果他自己还没有发现的话"。因此,康格里夫,所有事件的严谨记录者真相暴露,成为谋划与反谋划、掩饰与发现的创新阐述者。反传奇的动因因其"反历史"推论而完全,而这有效地点缀在历史真实性主张与逼真性假设之间。自出版后的几十年间,《隐姓埋名》被称为真正的影射小说,等着其显要主角去世后,谜底才最终揭晓。在这个事实中存在某个令人愉快的对称。[125] 作为书商推销的机谋,如此声称再次让叙事的反历史动因反转,将所有一切屈从吞噬一切"真实事件"的经验主义胃口,令人感到讽刺的是,康格里夫的仿作模仿刺激了这个胃口。

尽管可从亚里士多德与亚里士多德派资源中获得,但作为叙事真实的正面、稳定标准的概率理念仍然只对17世纪英国作家保持适当吸引力。在康格里夫愉悦的逼真性颠覆中存在把概率视为某种"美学"真实,意识到其自身虚构性,以及消除原始经验主义幻觉毒素的基础。英国美学理念中的这种相对直接方式面临的主要障碍就是经验主义思想自身的超凡力量。

---

[125] Congreve,《隐姓埋名》,第291—292页。关于书商的策略,参阅 Charles Wilson,《威廉·康格里夫先生生平、著作与爱情回忆录》(*Memoirs of the Life, Writings, and Amours of William Congreve Esq.*)(1730),第125页,引自 Maximillian E. Novak,"康格里夫的《隐姓埋名》与小说艺术"(Congreve's 'Incognita' and the Art of the Novella),见 *Criticism*, II, no. 4(Fall, 1969),第329—330页,见 Drougge,《康格里夫的〈隐姓埋名〉的意义》,第91页。关于康格里夫的反传奇方法需要一个双重法的认同,即它也模仿了诸如阿芙拉·贝恩这样的反传奇"现实主义"作家,参阅 Novak,"康格里夫的《隐姓埋名》与小说艺术",第342页;Drougge,《康格里夫的〈隐姓埋名〉的意义》,第34—35页。我把《隐姓埋名》理解为"极端怀疑论"的阐述,这并不与肯定天命所定的观点兼容。参阅 Aubrey L. William,《解读康格里夫》(*An Approach to Congreve*), New Haven: Yale University Press, 1979,第5章。关于天命论点参阅本书第3章,第7节。

传奇文类被分解为彼此受制于内在批判的"传奇"与"历史"元素,这个复杂发展提供了一个出色的文类变化模型,但英国小说的认识论起源不能只从文类术语层面来理解,更重要的仍是作为某个普通认识论范畴的"传奇"地位,及它所表现出来的更综合与更决断的辩证法。这种辩证法的关键,即借助天真经验主义的传奇唯心论双重反转,及借助极端怀疑论的传奇唯心论与天真经验主义的双重反转之关键就是历史主义革命的动力,而这就是本章主题及"传奇"转型为简单抽象背后的动力。至少在17世纪英国,这场革命的核心就是科学运动。在随后一章中,"传奇"与"真实历史"之间的争斗将继续是我的主要关注所在,但现在它只起到阐述、组织近代早期世俗化危机的作用。

第二章　感知的证据：世俗化与认识论危机

一　新哲学的矛盾统一

世俗化理念是一个悖论,其进步与乐观的允诺是使神圣世界妥帖地适应世俗世界,或将前者忠实地向后者阐释,如往昔之于当下一样。人们借此认为重要的事宜是在某个已被改变的形式中得以保存。但世俗化也可能是一个错误阐释的过程,其间,革新等于变形,净化等于腐化;其间,人们感到理解、体验被给定的事物是一个粗略的"理解"行为,一个通过神圣真理世俗化简约方式将其囫囵吞枣的过程。这个悖论萦绕着17世纪英国思想与活动的各个方面,甚至与弗兰西斯·培根(Francis Bacon)对经验法"新哲学"极乐观的描述密不可分。

尽管培根的"真实归纳"法"直接从简单感观"开始,其对自己所称的"感知证据"的依赖被"得当的实验"校正,"此间,感知只决断所涉及的实验,而实验涉及本性要点及事情本身。"这个问题得到妥当处理,也就需要一个解决方式:"无疑,正是各种感知会骗人,但同时它们也提供了发现自身错误的方式。"新哲学借此"可能在自身动态发展中发觉、解释自然本身中被发现的确凿真实之物,而不是与现象相符之物"。我们的确在培根的阐述中听到关于基督教认识论的提示,及借助有形方式的属灵真理居中和解问题。自然真理是一个物质真理,但培根关心的是揭示唯物论者对自然的阐释如何引导我们接近属灵

第二章 感知的证据:世俗化与认识论危机 115

真理:

> 因为我正在人类理解中构建一个真实世界模型,事实上,这并非人类自身理性要求如此……(但是)在人类思想的偶像与神意之间存在巨大差距。也就是说,在某些空洞教条与在自然中发现的被造之物具有的真实符号及印记之间……前者只是任意抽象;后者是造物主在所造之物上留下的自身印记,用真实与精致的条纹加以刻印,并使之明示。因此,真实与效用在此处都是完全一样的。①

这种将自然视为"上帝的另一本书"的观点为人们熟知,而且这让培根保留关于作为一个伟大符号系统的宇宙的理念,并将科学家们构想成能在物质现实中解读上帝伟大所指(signified)的偶然能指(signifier)之人。然而,禁止"人类思想的偶像"是如此全面的事情,以至于它可能似乎更多地推行某个合宜的分离,而不是寓意的关系。培根如是抨击:"被迷信与神学混合"腐蚀的此类哲学是"稀奇夸张的,而且还有一半诗性"。"人类与神祇这种不健康的混合不仅产生了奇异哲学,而且催生了异端宗教。因此正是在如此之际,我们应该头脑清醒,只相信那些属于信心之事。"②

一旦人类与神祇被如此理解为可分割的知识领域,作为工具能指的自然现象的角色可能只成为某个谦恭的比喻。所有实证发现的狂喜存在于自然哲学之中,而后者日益得到鼓励,将其传统功能蔑视为"只是通往他物的通道与桥梁",并接受自身自主目的的有效地位,能指成为了所指。这种在事物中可被感知的精神内在性(the immanence

---

① Francis Bacon,《新工具》(*The New Organon*)(1620),《伟大的复兴》(*The Great Instauration*)(1620)与《学术世界概述》(*A Description of the Intellectual Globe*)(1620),见《弗兰西斯·培根著作集》(*The Works of Francis Bacon*),James Spedding, Robert L. Ellis 与 Douglas D. Heath 编辑,London:Longmans,1870,IV,第 26、40、51、54、58、110 页;V,第 511 页。

② Bacon,《新工具》,IV,第 65—66 页。

of spirit）缺乏说服力。精神与物质研究的关系不再是等级上位（hierarchical superordination），而是成为类比之一。可能在培根运用神意权威模型（仿佛它是一个修辞比喻）时的粗心随意中感知这种变化。例如，他观察到"真实的经验法"有条不紊地运行，"恰在它具备神意之言施加在被造物之上的秩序及方法时"。"可以说，发现再次成为新创造，是上帝所造之物的仿作。"最终，类比本身失衡。属灵事件所用的熟悉语言的最高级别功能存在于标示即刻物质成功之现实的过程中，因此，新哲学家通过勤勉努力明白如何校正"其堕落的、根深蒂固的思想习惯"，在"通过除却或更正往昔过错的方式消除绝望，提升希望"方面小规模地使科学活动的胜利作为整体而再现。当然，培根的类比失误之处在于两者之间被忽视的差异，前者是通过神意居中和解对堕落人类的属灵拯救，后者是只受益于人类勤勉与自给自足的世俗拯救："仅让人类重新拥有出于神意遗赠而得到的驾驭自然的权利，而且赋予其力量。"在将自己塑造成新信仰的近代先知这个意象的过程中，培根"同时为未来播下更纯粹的真理种子"。他允许我们观察这么个过程，神意创造的虔诚世俗化借此可能颠覆自身，成为人类盗用创造性的方式。③

培根将人类知识与属灵知识分开，这极近似于他把新旧知识分为"彼此并不对立或陌生的两种知识传播类别"，但它们在对启蒙的潜在影响力方面显然各不相同。他对古人智慧的理解在其以此具名的文章阐释过程中有所暗示。在这篇文章中，他使异教徒神话屈从相同的虚伪启蒙类型，并且他以更大程度的默示使之对上帝自然之书的属灵部分施加影响。的确，他承认很多人把"诗人的寓言"视为纯粹的儿童玩具。"可能我过度沉溺于对古代的敬畏之中，但真相就是，在某些寓言中……我发现与所指之物相符、联系得如此紧密、明显，以至于人们不禁相信此类寓意一开始就已被设计好，斟酌过，并有意加以预示。"这些异教徒叙事中的"所指之物"并不是基督教真理，而是唯物的自然真理；因此，牧神潘

---

③　Bacon，《新工具》，IV，第43、79、81、98、104、113、115页。

恩(Pan)的故事就是自然本身的故事;海神普罗透斯(Proteus)如俗事一样被世俗化,而丘比特(Cupid)所代表的爱情就是"微粒的自然运行"。如基督教神父对异教智慧明确所为那样,培根也通过在本人自然寓意之内的基督教真理的暗中理解对其加以运用。④

如这些使古代适应现代,属灵知识适应人类知识之举所暗示的那样,新哲学的概念力量在于它要求培根对知识进行新的分类。他辩称"他将对已被接受的科学怀有善意与感情"。他进一步把自己对历史、诗歌、哲学等所有人类知识主要范畴基于功能心理的标准分类之上。然而,除此之外,在培根的知识分类中并没有让传统安逸栖身之处。如自然史一样,文明史会追求客观、纯粹的研究层次,"只从历史层面叙述事实,但只捎带那么一点个人评判"。显然,对培根而言,这代表了真实性的单独指导标准,因为他采用了亚里士多德在历史与诗歌之间进行历史化区分的方法,但又颠覆了它们各自的真假值(truth value)。诗歌被理解为"只是虚假历史或寓言",诗性真实性与历史真实性之间的区别转变成"虚假历史"与"真实历史"之间多少真实性的区别。⑤

如文艺复兴历史主义一样,培根式科学项目包括两种截然不同的开展类型。对发现自然真谛的经验法力量的乐观信心指向某一方向;对感知证据及其居中和解能力的谨慎质疑指向另一方向。一旦新哲学在皇家学会(the Royal Society)资助下制度化,借助培根修辞天赋得以统一的观点将会分化为各种争议。的确,后培根时代的质疑也详述了科学的概率标准,它与这些不同类型界定的冲突有所区别,但在复

---

④ Bacon,《新工具》,IV,第 42 页;Francis Bacon,《古人的智慧》(*The Wisdom of the Ancients*)(1609),见《弗兰西斯·培根著作集》,VI,第 695、696、729 页。

⑤ Bacon,《新工具》,IV,第 113 页;同作者,《论学术的尊严与进展》(*Of the Dignity and Advancement of Learning*)(1623),见《弗兰西斯·培根著作集》,IV,第 292、301、315—316 页。关于亚里士多德的区分,参阅本书第 1 章,注释 93。培根并不是唯一一位对这种反转产生影响的人;参阅 Herschel Baker,《时间的竞赛》(*The Race of Time: Three Lectures on Renaissance Historiography*),Toronto: University of Toronto Press, 1967,第 84—89 页。

辟时期,这种冲突仍然存在,仍然重要。对其最乐观的继承者来说(至于培根本人),"自然史"代表叙事明晰的典范,代表各自然真理借以获得无碍居中和解的方式。与自然史对立的否定标准常常是让人轻信的"传奇"神秘化过程,特别在它与古人不足信的权威联系时。⑥

二 作为叙事模型的"自然史"

根据皇家学会首位历史学家的观点,其成员在记录最细微自然现象时非常谨慎,这个过程"显然被古人忽略。普林尼(Pliny)、亚里士多德、索利努斯(Solinus)、艾利安(Aelian)的历史中更多的是迷人的传说、出色的神怪故事,而不是清晰的、有益的逻辑关系。这并不是对自然的真实模仿⋯⋯至于真实历史,它如传奇那样,通过使不凡事件、令人吃惊的场景类型多样化的方式令真实历史看似乏味、无趣"。因此,反常自然史的整个传统如今因作为"传奇"而得以尽责。得益于新哲学家们的努力,"每个人都对那些自己祖先为此战栗不已的传说坚信不疑;事情的发展悄然沿自然因果的自身真实渠道而行"。对约瑟夫·格兰维尔(Joseph Glanvill)来说,皇家学会研究的最出色特点之一就是其集体协作,因为"我们迄今拥有的自然史只是真实与谬误、粗俗传说与传奇描述的堆砌,并有能力付出相关特定努力,以让我们获得更佳之作"。至于旧托勒密天动说(Ptolemaic system)的逐渐形成,"关于固体天体那些不可能的穹顶、交错、演变及虚假旋转的故事是怎样的

---

⑥ 关于近代早期科学认识论中这两个运动的相关阐述及概率的新标准,参阅 Margaret J. Osler,"确定性、怀疑论与科学乐观主义:18 世纪科学知识态度之渊薮"(Certainty, Scepticism, and Scientific Optimism: The Roots of Eighteenth-Century Attitudes toward Scientific Knowledge),见《18 世纪文学中的概率、时间与空间》(Probability, Time, and Space in Eighteenth-Century Literature),Paula R. Backscheider 编辑,New York: AMS Press, 1979,第 3—28 页;M. M. Slaughter,《17 世纪的通用语言与科学分类学》(Universal Languages and Scientific Taxonomy in the Seventeenth Century),Cambridge: Cambridge University Press, 1982;Barbara J. Shapiro,《17 世纪英国的概率与确定性》(Probability and Certainty in Seventeenth-Century England),Princeton: Princeton University Press, 1983。关于文艺复兴历史主义,参阅本书第 1 章,注释 56。

传奇？所有这些替代拯救一个失败的不良构造体系的信誉"。⑦

关于这些古代与现代、传奇与真实历史之间对立的问题就是它们是某个复杂化的批判与比较史学的产物,该史学并不能长久满足于自身的随意简单性。一方面,对那些对此并没有足够理解的人来说,某些古人只是看似传奇作者。因此,阿基米德(Archimedes)的物理学尽管足以被人理解,但"在普通人听来与《高卢的阿玛迪斯》、太阳武士之类的传奇相差无几。"同样地,今天这些针对皇家学会的无知抨击好比"那些钟爱神话时代传说之人会极力反对身为随意传奇作者的希罗多德(Herodotus)与修昔底德(Thucydides)"。诸如此类的推测比较的危险就是,它们有把"历史"与"传奇"的绝对概念相对化的倾向,使它们看似程度上的问题,并取决于其中一个比较语境。然而,如此洞见的推论就是许多近代时期的人们也会轻信传奇,被其欺骗。托马斯·莫利纳(Thomas Molyneux)注意到没有足够的证据支持古人笔下的巨人,他说道:"直到有了这些证据,我们可能会把所有那些夸张的巨人故事只视为古代诗人所写的寓言,或某些当代容易受骗的,有想象力之人所写的奇想与传奇。"在约翰·斯潘塞(John Spencer)看来,"古希腊历史学家及更现代的传奇文学作家只是探究如何让他们所写作品足以不可思议"。可能那些现代人"并不足够严肃地珍视真实,因此不怎么讲述(特别是那些稍微偏离普通日常生活的)任何事情,但它会看上去有些夸张,并多少从某个传奇中有所借鉴"。甚至可能用此番评论理解皇家学会成员吗？⑧

---

⑦ Thomas Sprat,《伦敦皇家学会历史》(*The History of the Royal-Society of London, For the Improving of Natural Knowledge*)(1667),第90—91、340页;Joseph Glanvill,《更遥远》(*Plus Ultra; or, The Progress and Advancement of Knowledge Since the Days of Aristotle*)(1668),第109页;同作者,《独断的虚荣》(*The Vanity of Dogmatizing*)(1661),第173页。

⑧ Glanvill,《独断的虚荣》,第114—115页;同作者,《更遥远》,第89页;Thomas Molyneux,《皇家学会哲学交流》(*Philosophical Transactions of the Royal Society*),20(1700—1701),第507—508页,引自《马蒂纳斯·斯克莱博斯非凡生平回忆录、著作与发现》(*Memoirs of the Extraordinary Life, Works, and Discoveries of Martinus Scriblerus*),Charles Kirby-Miller编辑,New York：Russell and Russell, （转下页）

当然,这取决于你的视角。我们能够展示为真的事情可能在我们祖先眼里早就是难以置信的:"谈到已被发现的新大陆,就好比在古代提及传奇。"皇家学会"真的就是数个世纪之前只能在愿望与传奇中构想的机构"。然而,格兰维尔与托马斯·斯普拉特(Thomas Sprat)的热忱导致两人将那些新哲学"卓越践行者"说成新现代"杰出英雄",比那些史诗与传奇中的英雄还伟大,是"生活在比其他凡人更高境遇,品性高洁的大师"。清醒的经验主义者说出这番关于奇幻传奇唯心论轻佻醉语似乎令人奇怪。它表述了既与往昔教条,又与现在开始看似毫无边际的未来可能性有关的历史相对性令人困惑的经验。格兰维尔对望远镜的预示作出评论:"我们可以从这个设备的改进过程中期待取得何种成功,获得何种信息,这样说的话可能看似有些浪漫化,有些可笑。无疑,谈及太阳上的斑点,月亮表面的极不平整,在发明这个玻璃装置之前,其他那些借助望远镜发现的确凿之事可能只被人当作奇幻之想,荒诞之论。"在皇家学会的调研中,"我们可能有希望预期自然史取得巨大拓展,没有这个望远镜",格兰维尔不安地补充说道:"我们的假说只是梦想与传奇,我们的科学将只有臆测与个人观点。"⑨

换言之,持怀疑论的近代人士与未开化的古人一样可能看似对皇家学会大部分研究半信半疑,至少在当前如此,这也情有可原。这种认可鼓励斯普拉特说出以下明确阐述:

> 当我们的读者看到如此之多的报告时,他可能会想,其中很多似乎是令人生疑的故事。如果皇家学会成员们忙着这些精彩的,却不确定的事情,他们如我已指责过的某些古人那样,犯阐述传奇,而非实实在在的自然史这种错误。但

(接上页注⑧)1966,第265页;John Spencer,《论奇迹》(*A Discourse Concerning Prodigies*), Cambridge, 2nd ed., 1665,第398页。

⑨ Glanvill,《独断的虚荣》,第182、181、239—240页;同作者,《科学的怀疑学》(*Scepsis Scientifica*)(1665),"致皇家学会",标记 C1^V、b4^r(《科学的怀疑学》是《独断的虚荣》的重写);同作者,《更遥远》,第55页;Sprat,《伦敦皇家学会历史》,第392、397页。

是……当然很多现在看似神奇的事情并不真是如此,如果我们一旦完全熟悉它们的构造与运行的话……其间,在自然史与文明史之间存在近似之处。在文明史中,传奇的方式将被驳倒,这会将人类所有品性与行为提升,掠过所有概率阴影;然而,这并不有所妨碍,但所有时代之非凡人物的伟大出色美德可能得到阐释,并被提议成为我们的榜样。自然史也是同法得到肯定。使其只由令人愉快的奇异传说组成,就是使之只成为虚荣可笑的游侠骑士故事。然而,我们可能避免这种极端,仍然留出空间思考独特的反常效果,去效仿那些不期而遇,且怪诞无比的过量,自然有时候在所造之物身上如此运作。第一种可能只被比作阿玛迪斯的寓言,基督教七勇士(the Seven Champions);其他的被比作亚历山大(Alexander)、汉尼拔(Hannibal)、西庇阿(Scipio)或凯撒(Caesar)真实历史,其间,尽管他们的诸多行为可能最初让我们吃惊,然而,这并没有超越真实的生活,可能并没有用在我们的训诫或模仿方面。⑩

斯普拉特的阐述不是在解决已开始在为皇家学会所作的道歉中出现的矛盾,而是在雄辩地展示它们的过程中明确无误。足以令人感兴趣的是,他的语言暗示,科学的概率标准最终战胜那些确定性标准可能与文学逼真性标准最终战胜历史真实性主张有关系。然而,当前概率标准在为如此主张提供便利时带有更加受限的,自相矛盾的目的。我们已在其他语境中遇到了这种自相矛盾。面对新哲学叙事可能看似难以置信的事实,斯普拉特用自然史与文明史之间的比较在前者中区分不可能之事的两种不同类型。第一种就像旧传奇类型,它是谬误的可靠标记。但第二种像古代"真实历史"类型,一种令人吃惊的表述真实存在的不可信。对反常自然史来说,这就是得到革新的理

---

⑩ Sprat,《伦敦皇家学会历史》,第214—215页。

性,根据"新奇,因此真实"这个原则,正是不可信的表象获得了历史真实性主张的地位。正是在此处,某些从近代非难中得以幸免的古人证明了他们的重要价值。因为它允许这种历史化洞见:在某个时代看似新奇之事可能被揭示为忠实于它们后继者之事。⑪

斯普拉特与格兰维尔的辩护并非无心之作。对亨利·斯图贝(Henry Stubbe)来说,皇家学会的早期诟病,即它犯下的最大错误就在于讲述关于一般意义上的古代知识,特定意义上的亚里士多德之不足的传奇,而非此类自然史的传奇。在此情况下,他说,我们会很快被"简化到只相信大拇指汤姆(Tom Thumb)的故事,以及天主教徒迫使我们接受的所有传说或虚假历史的程度"!⑫ 斯图贝经常称新哲学家为"小说家"。与他们进步的智识历史观点对应的是,他反对保守观点,后者基于他相信小说家们在既遏制又剽窃古人智慧方面是有罪的这个观点基础之上:"小说家们所做的大多数事情就是为某个古代行为找到新理由……他们通常的行事方式就是为我们之前非常了解的新发现担保那些事情……我们尽可能快地达到这种无知条件,而且也会如此习惯外在权威强加在我们身上的虚假历史,不去对此展开调研,而是相信所有事情。"⑬

把皇家学会"真实历史学家们"当作专事篡改古代史,讲述传奇的"小说家们"来批评,此举可能导致我们把斯图贝视为一位刻板法古之

---

⑪ 关于"新奇,因此真实"原则,参阅本书第 1 章,注释 73、100。关于逼真不兼容性及历史真实性主张,参阅本书第 1 章,第 94—95 页。

⑫ Henry Stubbe,《从更遥远到不再》(*The Plus Ultra reduced to a Non Plus*)(1670),第 11 页。亦可参阅他驳斥格兰维尔对此段落批评之言:《答复》(*A Reply unto the Letter written to Mr Henry Stubbe in Defense of the History of the Royal Society*), Oxford, 1671,第 50 页。比较斯图贝的《传说,非历史》(*Legends no Histories; or, A Specimen Of some Animadversions Upon the History of the Royal Society*)(1670),标记 t3ʳ,他谈到诸如斯普拉特与格兰维尔这类作家的"信用""不能等同于《高卢的阿玛迪斯》、《亚瑟王》、《蒂迈欧篇》(*Timaeus*)或《斯基奥皮斯》(*Schioppius*)的信用。"

⑬ Stubbe,《传说,非历史》,标记 *1ᵛ;《康帕纳拉的复苏》(*Campanella Revived; or, An Enquiry into the History of the Royal Society*)(1670),第 22 页;同作者,《从更遥远到不再》,第 12 页。斯图贝或多或少地将"小说家"这个术语用作"新哲学家"、"大师"与"现代"的同义词;参阅其《答复》,第 49 页;《从更遥远到不再》,第 73、93、96 页。

人,并对新哲学始终抱有敌意。但这只适于斯图贝本人,而不是我们所遇到的,其他诸如理查德·斯蒂尔、皮埃尔·培尔等持质疑态度的评论家。事实上,斯图贝更像一位有远见的内科医生,其明确的"亚里士多德学派"并没有排除对近代科学所获胜利的承认。皇家学会支持者的思想所导致的某些相同矛盾扭曲也可在那些诸如斯图贝等反对者身上看到。例如,在格兰维尔非常投入的推测中,我们已了解新哲学家们如何倾向颂扬望远镜,这个经验主义新工具几近神秘的力量。诸如斯图贝这样的评论家们尽管本人笃信经验法前提,他们受探讨科学观察的界限,不仅暗示望远镜不如"我们的眼睛那样真实可靠",而且甚至"如果它们如我们的眼睛那样可靠……但对此独有感觉的运用永远不会让我们安心接受自己所见"的这些动机的驱使。这种评论类型完全是极端怀疑论态度的表现,因为它指导我们前后移动:从基督教对纯粹物理视觉充足性的骄傲相信予以的抨击,到关于语境和感知相对性的近代理念日渐复杂化。斯图贝在别处谈到一位分享其对新天文学质疑的朋友。已经提到

> 天体现象,它们如何通过各种类型的人进行不同再现,他更倾向于质疑它们的屈光度管,而不是它们的完整性。他认为我们的眼睛是万能上帝所造的望远镜,是对其他之物进行调整与修改时所参照的模型,任何留意所见日常事件的人从不相信任何确定性可从望远镜那里获得……他进一步说,我们的感知与我们在地球上与之对话的日常客体的确预断这些推测,而不是让我们有资格进行推测。我们可能轻易观察到从相似性思考中会产生怎样的错误。⑭

---

⑭ Stubbe,《答复》,第56—57页;同作者,《从更遥远到不再》,第40、41页。关于斯蒂尔与培尔,参阅本书第1章,第80、101、121页。关于近期将斯图贝描述为激进思想家,不是对新哲学,而是对某些哲学倾向及支持者抨击的观点,参阅James R. Jacob,《亨利·斯图贝:启蒙初期的激进新教教义》(*Henry Stubbe: Radical Protestantism in the Early Enlightenment*), Cambridge: Cambridge University Press, 1983。

关于新望远镜信仰的评论可能得自经验主义科学本身的近代视角，塞缪尔·巴特勒所写的，把困在望远镜中的老鼠错认为月球上的大象这篇讽刺诗确认了这一点。在这个错误被发现之前，某位热情的大师感叹道：

> 让我们谨慎构思，
> 写下我们人人
> 发誓为真的准确叙事，
> 就是我们眼睛自身所见，
> 当我们出版这部作品时，
> 我们都能以此宣誓。

这首讽刺诗的寓意是：

> 那些贪婪追求
> 奇妙事物，而非真实事物之人
> 在他们的推测中，
> 选择让发现成为奇异新闻；
> 自然史成为
> 夸张、牵强附会的传说公报，
> 没有值得了解的真实，
> 这不是巨大、过于成长的
> 明确外表，
> 不如它们所示，而是它们随性，
> 徒劳想让自然屈服，
> 付出辛苦换来笑柄。

巴特勒讽刺诗中的极端怀疑论通过密切联系，确认了我们迄今已遇到过的某些话语模式的天真经验主义类同：科学观察、文献出版、法律验证及新闻报道。新自然史的寓意,"新奇,因此真实"与旧传奇一样真实。巴特勒在别处呼应了他的大师品性,除奇珍异宝外,"他还爱新奇的自然史,如那些阅读传奇的人一样,尽管他们知道这只是小说但仍深受影响,仿佛就像真的一样,他也是如此。他努力设法诱使自己转而相信它们首先是可能的,然后他确信它们是真实的"。⑮

三 "宗教对峙科学"及居中和解问题

尽管存在经验法内在矛盾,感知证据的基督教替代物支持者们不得不发起抵御其力量的全面反击战争。这场战斗的困难可在伽利略(Galileo)出色辩论中有所体现,这位与培根同时期的科学家反对信奉日心说,并以《圣经》为武器的敌人。所有新哲学的早期支持者与培根一道坚持真理及其与基督教启示终极一致之间的统一。真理就是一个假设,这个表面上具备通融性质的设想,如在伽利略例子中的那样,有促进物理证据隐秘替代智识与属灵证据的效果,而后者是仍可能被接受为不可侵犯的真理之首要标准。

"《圣经》永远不会有虚假之言",伽利略在写给大公爵夫人克里斯蒂娜(Grand Duchess Christina)的信中这样说:"它的真实意义在任何时候都能被理解。但我相信没有人会否认《圣经》里常有非常深奥的内容,可能会说到与仅为文字所言极其不同的那些事情。"如今,

---

⑮ Samuel Butler,"月亮中的大象"(The Elephant in the Moon),约写于1676年,1759年出版,Alexander C. Spence 编辑,见奥古斯都重印学社,no. 88(1961),II,第235—240、509—520页(第13—14、25页);同作者,《人物》(*Characters*)(1667—1669),Charles W. Daves 编辑,Cleveland: Case Western University Press, 1970,第122—123页。关于大象的"描述"将在皇家学会系列《交流》、《公报》中发表。关于类似用法,参阅 Thomas Hobbes,《巨兽》(*Behemoth; or, The Long Parliament*)(1678),Ferdinand Tönnies 编辑(1889);第2版,M. M. Goldsmith 编辑,New York: Barnes and Noble, 1969,第148页。关于近期对巴特勒支持新哲学之观点的确认,参阅 Ken Robinson,"巴特勒科学讽刺的怀疑论:乐观或悲观?"(The Skepticism of Butler's Satire on Science: Optimistic or Pessimistic?),见 *Restoration*, 7, no. 1 (Spring, 1983),第1—7页;William C. Horne,"塞缪尔·巴特勒科学讽刺中的好奇与可笑"(Curiosity and Ridicule in Samuel Butler's Satire on Science),同前,第8—18页。

"《圣经》与自然现象都从属灵话语而来"。但在阅读自然书籍时,伽利略继续说道,解读《圣经》的困难变小了,因为没有将上帝之言向所有读者进行语言转述时引起的晦涩,自然一点也不关注"人们是否理解它深奥的原因及运行方法。"出于这个理由,"我们在讨论物理问题时不应该从经文段落的权威开始,而应该从感知—经验与必要的证明开始。"在致保罗·安东尼奥·福斯卡里尼(Paolo Antonio Foscarini)的信中,伽利略写道:"对我来说,最有把握且最迅捷证明哥白尼(Copernicus)观点并不忤逆《圣经》的方法就是提供一组真实且完全不包括对立观点在内的证据。因此,因为没有两个真理会彼此矛盾,这个真理与《圣经》必须完美契合。"在诸如"例如星星是否会动";"绝对遵从《圣经》严格意义是虔诚之要务"这些问题中,人类理性与科学皆无能为力,但"我们首先会确定向我们揭示《圣经》真实意义的事实……因为两个真理从不彼此矛盾"。据此,科学成为最新且最权威(因其经验主义特点)的经文阐释及决断圣经真实性的方法。⑯

因此,宗教与科学之间的伟大战争在现实中并不是非常直接的对抗。伽利略将宗教真实问题提请重要事实评测,此举不仅得到该世纪后半叶科学家,而且也得到当时神学家的欢迎。⑰ 很多当时虔诚的信徒感受到了宗教与科学之间作为一种建设性结合的关系,因为它似乎是我已称为居中和解问题的潜在解决方法。丹尼尔·笛福为基督教信仰与教学法长期困境给出一个简明阐述:"我们不能构建任何自己不知道,也未曾见过的某事物的理念,但在我们已见过的事物形式之中可以如此。那么我们如何在自己已见或已知事物的任何形式中构建上帝或天堂的理念?"约翰·弥尔顿(John Milton)的阐述具备特有的自信,因为问题实际就是答案:"但因为我们的理解不能将其自身建

---

⑯ Galileo Galilei,致大公爵夫人与福斯卡里尼的信,1615 年,见《伽利略的发现与观点》(*Discoveries and Opinions of Galileo*),Stillman Drake 翻译并编辑,Garden City, N. Y.: Anchor Books, 1957,第 166、181、182、197 页。

⑰ 例如,参阅 Thomas Burnet,《地球的神圣理论》(*The Sacred Theory of the Earth*)(1684),"致读者的序言",标记 a2^r。

立在这个体系之中,而是在可感知的事物之上,也没有非常清楚地获得关于上帝与无形之物的知识。一丝不苟地深入研究有形低等动物,同样的方法在所有不同教学中也是必然遵守的。"在传统圣经阐释方法论中,可通过纡尊降贵或通融的教义获得这个解决方法,人们认为,借助具体比喻的神性近似与上帝本意相符。对许多基督徒来说,这种自我意识的解经假设的鲜活对等物就是神性在世间万物之中无所不在,且继续存在的辩证经验。⑱

对近代早期而言的独特之处既不是对居中和解问题的理解,也不是对该解决方法的信心,而是两者前所未有的强化。物质与精神之间心照不宣的辩证法或多或少夹带一定程度的怀疑向一个明确的、且被极力论证的二元论开放。当然,这只是描述世俗化危机悖论性质的另一种方式。乐观的新哲学家们在倡导真实的物质语域时,非常热切地期待从此及彼、从堕落的人性到神意理解过程中取得的巨大进步。但对那些比他们更怀疑的人来说,新自由仅对精神的变形构成威胁。"在将某些经文阐释运用于自然事物过程中存在怎样的反宗教?"托马斯·斯普拉特问道:"为什么不先是地位更高、心性更纯洁的人,随后是其他人被此法玷污?"但亨利·斯图贝暴躁地回答道,这种"神圣的挪揄已催生最不敬的嘲讽"。这就是通融过程中的具体行为,这的确玷污了将被擢升之物。如是交换倾向于确认此观点:关于新哲学唯物论的争议与关于圣经人物运用的争议是相同的,及更普遍危机中的一

---

⑱ Daniel Defoe,《严肃思考》(*Serious Reflections During the Life and Surprising Adventures of Robinson Crusoe: with his Vision of the Angelick World*) (1720), 第 46 页(新编页码);John Milton,《论教育》(*Of Education. To Master Samuel Hartlib*) (1644),第 2 页。关于教义,参阅 John Milton,《论基督教教义》(*Of Christian Doctrine*) (约写于 1658 年),见《约翰·弥尔顿散文作品全集》(*Complete Prose Works of John Milton*), John Carey 译, Maurice Kelley 编辑, New Haven: Yale University Press, 1973, VI, 第 133—134 页;Benjamin Keach,《比喻》(*Tropologia: A Key to Open Scripture-Metaphors*) (1682),"致读者",在 bk. I,标记 A2^r 之前;"致读者的信",在 bk. IV,标记 A2^v-A3^r 之前。参阅弥尔顿的《失乐园》(*Paradise Lost*) (1667), V, 第 563—576 页。关于居中和解问题,参阅本书第 1 章,注释 27。从最广泛的意义上说,这个问题当然并不只属于基督教。参阅 Plato,《美诺篇》(*Meno*) ,80e。

部分。"科学"与"宗教"迅速地向它们的近代分离发展,当时它们在关注寓意事宜时团结一致。显然,科学革命与新教改革专注人类经验的不同领域,它们在居中和解问题标示的共同地点汇聚。⑲

近期研究已极大地校正了关于清教徒捣毁圣像的旧有误解与偏见。这个重要现象并不是对"艺术"的敌视,而是对弥散在近代早期大多文化中的居中和解真相传统方法的质疑。⑳ 清教主义中的纯净倾向与宗教改革的改革动机一起,表达了清除由虚伪且人数过多的居中和解者构成的基督教象征体系的意愿。人们感到这些人已遮蔽圣灵在事物中的无所不在,但对虚伪居中和解者的弃绝则是一种负面态度,暗示了其正面对应物,即发现通往属灵领域更直接且自证的途径。宗教改革者们拒绝接受他们认为类似罗马天主教敬拜中具有腐蚀力的偶像之物,反而接受培根所说的"神意",即《圣经》语言。与培根研究相似并不是偶然之举。新教思想对关于作为《圣经》真实意义与"字面意义"的经文中比喻语言的依赖极类似神意语域与标记可在自然之书中找到这个新哲学观点。当然,当时的人们明白,对"《圣经》的意思,字面意思"的解读承诺借助对感知证据的许诺而得以知晓。因此,

---

⑲ Henry Stubbe,《责难》(*A Censure upon Certaine Passages Contained in the History of the Royal Society*),Oxford,1670,第56、62页。当时人们对语言改革、人造语言、词语及事物居中和解的兴趣为这个普通观点提供了另一个角度。一般而言,参阅 Slaughter,《通用语言》(*Universal Language*);Michel Foucault,《事物的秩序》(*The Order of Things: An Archaeology of the Human Sciences*),New York:Vintage,1973,特别是第5章;James Knowlson,《英国与法国的通用语言计划》(*Universal Language Schemes in England and France, 1600–1800*),Toronto:University of Toronto Press,1975;Murray Cohen,《感知之词》(*Sensible Words: Linguistic Practice in England, 1640–1785*),Baltimore:Johns Hopkins University Press,1977。

⑳ 关于对这个校正做出不同贡献的诸论点,参阅 Russell Fraser,《反对诗歌的战争》(*The War Against Poetry*),Princeton:Princeton University Press,1970,第7章;Margot Heinemann,《清教主义与戏院》(*Puritanism and Theatre: Thomas Middleton and Opposition Drama under the Early Stuarts*),Cambridge:Cambridge University Press,1980,第2章;Timothy J. Reiss,《现代主义话语》(*The Discourse of Modernism*),Ithaca:Cornell University Press,1982,第304页;James R. Siemon,《莎士比亚的迷信破除》(*Shakespearean Iconoclasm*),Berkeley and Los Angeles:University of California Press,1984,第1章。

罗伯特·弗格森(Robert Ferguson)相信"逻辑与形而上术语并不是所有其他最无力宣布神意奥秘的术语;也没有如隐喻表述那样如此通融展示、揭示它们的术语……通过可感知的事情与视觉所见为它们举例说明"。㉑

新教徒对修辞比喻的运用需要一个只声称直接性的居中和解过程。在宗教改革者的讲授中,比喻的属灵寓意完全在其为看似两种感知之物必被视为同一物的能指提供便利过程中得到暗示。根据威廉·惠特克(William Whitaker)的观点,"当我们从符号转移到所指之物时,我们没有带来新意思,只是将之前隐藏在符号之内的意思显露出来……因为尽管这种意思是属灵的,但它并不是不同之物,而是真正的字面意思"。属灵意思几乎密不透风地被封存在字面意思之中。在威廉·帕金斯(William Perkins)的阐释中,"字面"与"属灵"、"历史"与"神秘"之间的界限在一个单独行为中被铭刻、被消磨:"可以这么说,此处提及的亚伯拉罕家族历史在其确切的字面意思之余还有属灵或神秘的意思。我回答道,它们并不是两种意思,而是一个完整全面意思的两个组成部分,因为不仅纯粹的历史,而且所指的事情都是圣灵的完整意思。"㉒

㉑ Robert Ferguson,《宗教中的理性兴趣》(*The Interest of Reason in Religion; With the Import and Use of Scripture-Metaphors*)(1675),第 322、325 页,引自 Barbara K. Lewalski,《新教诗学与 17 世纪宗教抒情诗》(*Protestant Poetics and the Seventeenth-Century Religious Lyric*), Princeton: Princeton University Press, 1979,第 224 页。科学与宗教"实验"之间的类比是一个相关途径,当时的人们借此明确他们对这种基本联系的理解。例如,参阅 John Rogers,《奥赫尔》(*Ohel or Beth-shemesh*)(1653),第 354 页;Jonathan Edwards,《论宗教情感》(*A Treatise Concerning Religious Affections*)(1746),III,第 452 页。在这些作品中所运用的"实验"理念也触及另一类对当前研究至关重要的类比,它介于新教修辞与救世神学、真实问题与美德问题之间,参阅本书第 5 章,第 3 节。

㉒ William Whitaker,《神圣经文的争议》(*Disputatio Sacra Scriptura*), Cambridge, 1588, Fitzgerald 译;William Perkins,《评论》(*A Commentaire or Exposition upon the Five First Chapters of the Epistle to the Galatians*), Cambridge, 1604,第 346 页,引自 Lewalski,《新教诗学与 17 世纪宗教抒情诗》,第 120—121 页。关于作为新教教义极具比喻性质修辞基础的经文比喻讨论,参阅 William Haller,《清教主义的兴起》(*The Rise of Puritanism*), New York: Harper Torchbooks,[1938] 1957,第 4 章;　　(转下页)

《圣经》语言为文字之内的辩证的圣灵无所不在提供了一个模型,在新教思想中它也运用于整个世界。新教教义将象征论擢升为权威阐释法,在其字意与历史整体之中囊括文本意义的所有合理维度。同时,它扩大其参照物,不仅把旧约,而且把同时代个人"历史"、本地政治冲突或个人情绪起伏的直接可得素材包括在内,借此强化象征论思想的具体历史真实性。如培根笔下的自然"物质"一样,历史被视为受"造物主自身印记""影响,并被其界定"。著名的清教徒"机械传道"的"直白言说"因此不在于比喻的贫乏,而在于对这个世界朴素事物的丰富参照,正是这种近似似乎促进了属灵传道。将某个寻常比喻,即一个普通关注或日常物体"属灵化"或"提高"涉及把其诱捕的属灵运用从人们熟知的,平白效用中哄取出来,所以约翰·弗拉维尔(John Flavell)在为水手们写作时作出这样的允诺:"用你们自己的方言与用语表述属灵之事,对你们来说,这更容易读懂。"[23]

因此,新教捣毁圣像行为真的与正确构想的意象成型完全兼容。然而,新教教义是书的宗教,是文献客体的宗教。众所周知,它把印制的《圣经》提升到雕塑意象之上,这只会让改革后的宗教更好地与将了解和目睹的经验主义行为联系的"视觉认识论"兼容。[24] 通过这些方

(接上页注[22])Lewalski,《新教诗学与17世纪宗教抒情诗》,第3章;John R. Knott Jr.,《灵魂之剑》(*The Sword of the Spirit: Puritan Responses to the Bible*),Chicago: University of Chicago Press,1980。

[23] John Flavell,《灵性化的导航》(*Navigation Spiritualized; or, A New Compass for Seamen*),Newburyport, Mass.,[1664] 1796,"献辞信",第7页。关于新象征论,参阅 Lewalski,《新教诗学与17世纪宗教抒情诗》,第116—119、129—140页;Hans W. Frei,《圣经叙事的式微》(*The Eclipse of Biblical Narrative: A Study in Eighteenth- and Nineteenth-Century Hermeneutics*),New Haven: Yale University Press,1974,第31、36—37、40页(亦可参阅本书第1章,注释32)。关于直白言说,参阅 Haller,《清教主义的兴起》,第140—141页。

[24] 关于视觉认识论,参阅 Forrest G. Robinson,《已知事物的形态》(*The Shape of Things Known: Sidney's Apology in Its Philosophical Tradition*),Cambridge: Harvard University Press,1972。无论如何,清教主义同时利用了印制的意象与文字;参阅 Elizabeth L. Eisenstein,《作为变革动因的印刷机》(*The Printing Press as an Agent of Change: Communications and Cultural Transformations in Early Modern Europe*),Cambridge: Cambridge University Press,1979,第67—70页。关于新教教义与印刷,参阅本书第1章,注释66。

式,新教信仰与感知证据如此密不可分,以至于最终《圣经》自身的真理似乎需要如"真实历史"的真相那样进行验证。在17世纪,庄重的自然比喻"启示"居中和解属灵理解与信仰难以言说的天赋,这似乎在努力声明其字意的首要性,而人们日渐把视觉,即自己亲眼所见视为知识唯一可靠的基础。在得到最大程度的强调情况下,这种坚信会在如此主张中得到表述:奇迹并没有消失,它们的持续存在可能被客观地记录、核实。如伽利略的辩护预示的那样,得到上帝默示的《圣经》现在也受制于经验主义"启示"标准的怀疑论细察。

四 启示的字面阐释

如果不是在信奉罗马天主教的意大利,那么在英国,《圣经》自身的脆弱性显然是新教与印刷本圣经崇拜的产物,这有些自相矛盾。革命时期那几十年失控的争议不仅有助于反复灌输对书籍的文献历史真实性的尊重,而且也有助于灌输历史书籍毕竟只是难免犯错的人类之作这种怀疑论意识。"如果国王获胜,"平等派理查德·奥弗顿(the Leveller Richard Overton)说道:"议会将在史书中以叛逆的形象为后人所知,除了敌人之外,谁还会再写浸礼教徒的历史呢?"出于这个原因,长老会的理查德·巴克斯特(Richard Baxter)可能对"只留给我们其自言自说文字的"中世纪阿尔比教派(Albigenses)与韦尔多教派(Waldenses)的历史"半信半疑"。"只要人类有检阅与反诘他人的自由,人们可能通过对比他们有关真相为何的话语展开部分推测。但当伟人们书写历史时……没人敢反诘,正如你受到压制那样相信它。"如一位狐疑的保皇派评论所言:"往昔故事(即历史)只是留给后人的某些传奇类型,因为它们没有相关证据,只有人们可能的观点。可以看到,几乎所有国家的历史部分都要遭到质疑。"现在,《圣经》可能看似远离这种担心。例如,塞缪尔·马瑟(Samuel Mather)对《圣经》象征历史真实性的描述看似为其提供无懈可击的权威:"在所有那些《旧约》典型历史中存在历史真实性。它们并不只是纯粹寓言或比喻诗歌……但它们是世界上真正存在、演绎过的事情的真实叙事,从字义与历史层面被人理解。"但《圣经》也是借人手而写成的,它并不能摆脱巴克斯特描述的"检阅"、"对比"这个理性过程。"甚至是《圣经》中的神秘",他说道:"我必须与《教会组织法》(Eccl. Polit.)的作者理查德·胡克(Richard Hooker)一起说,无论人们可能怎样地假装,主观确定性不能超越客观证据。"㉕

因此,人们不可避免地将《圣经》指明为"历史",同时借助最高标准加以颂扬,并使之遭受最具毁灭性的攻击,即被称为不真实的历史,或甚被说成只是历史。掘土派杰拉德·温斯坦利(the Digger Gerrard Winstanley)指责大学学者他们希望永远垄断圣经阐释:"你们说有(先知与圣徒)所写的准确文本;你们的神父告诉你们这些,否则你们并不知道;它们可能是虚构的,也可能是真实的,如果你们只持与传统一样的立场……**看到这些经文因种种翻译、查证、综述之故而天天散落在你们的书架上,它们何以被称为永恒的福音**?"他称赞那些"只相信自己所见理性"之人。贵格派塞缪尔·费希尔(the Quaker Samuel Fisher)得出这样的结论,《圣经》并非上帝之言,而是"不同文献的集合,作者们协力从所能找到的不同类型的文献中编纂……将它们组合成一部经典,或所有属灵思想、教义、真理的试炼标准,并由它们自身完成"。喧嚣派劳伦斯·克拉克森(the Ranter Lawrence Clarkson)在《圣经》中发现"如此之多的矛盾",以至于"我对此毫无信心可言,只

㉕ Richard Overton,《迫害先生的提讯》(The Araignment of Mr. Persecution)(1645),见《论清教革命中的自由》(Tracts on Liberty in the Puritan Revolution),William Haller 编辑,New York: Columbia University Press, 1934,III,第 230 页。《理查德·巴克斯特自传》(The Autobiography of Richard Baxter),由 J. M. Lloyd Thomas 从遗腹书稿《巴克斯特遗物》(Reliquiae Baxterianae)(1697)中删减而成,N. H. Keeble 编辑,London: J. M. Dent, [1931] 1974,第 127、126、111 页。《公主克罗拉》(The Princess Cloria; or, The Royal Romance)(1661),引自 Annabel M. Patterson,《审查与阐释》(Censorship and Interpretation: The Conditions of Writing and Reading in Early Modern England),Madison: University of Wisconsin Press, 1984,第 196 页;Samuel Mather,《旧约比喻或类型》(The Figures or Types of the Old Testament),Dublin, 1683,第 162 页,引自 Lewalski,《新教诗学与 17 世纪宗教抒情诗》,第 124 页。

将它视为一部历史"。㉖

　　使经文产生这些不同失效的直接原因并不是自由思想,而是将圣灵摆放在文字之上,将上帝之言内在化。如威廉·戴尔(William Dell)所言,"信徒所信的就是上帝现在所写的《新约》那本书"。但这种不同并不总是容易辨别。复辟之后,不同传统的作者们根据客观真理与历史真实性标准借用对《圣经》的一贯否认来描述罪人、无神论者,而不是有信仰的圣徒。浸礼派约翰·班扬(the Baptist John Bunyan)饱受灵性困扰,自问是否"《圣经》是神圣纯洁的上帝之言,而非寓言与不实的故事"。班扬笔下的败德先生(Mr. Badman)问道:"你怎么知道这些是上帝之言?你如何知道这些话是真实的?"笛福也提到类似之人:"他们说《圣经》在多数情况下是一部好历史,他们把我们救主的故事只视为小说。"法国想象之旅中的这位年轻主角最初对《圣经》如此怀疑,以至于他被视为一位"浪子"或"无信仰者":"说真的,我第一次读时只花了很少的时间,我把它看作一部内容不协调的传奇,然而我给它冠以神圣故事之名。《创世纪》这章似乎在我看来纯粹是个虚构故事。"然而,另一位作者将政治争议中的圣经引用之看似合理与"大拇指汤姆或华威的盖伊(Guy of Warwick)传说"中的看似合理进行比较。㉗

㉖ Gerrard Winstanley,《真相从丑闻中而出》(*Truth lifting up its head above scandals*)(1649)与《政纲中的自由规律》(*The Law of freedom in a platform*)(1652),见《杰拉德·温斯坦利作品集》(*The Works of Gerrard Winstanley*), George H. Sabine 编辑 Ithaca: Cornell University Press, 1941,第 100、523 页; Samuel Fisher,《擢升的真理见证》(*The Testimony of Truth Exalted*)(1679 年,更早期册子的重印版),第 435 页,引自 Christopher Hill,《颠倒的世界》(*The World Turned Upside Down: Radical Ideas during the English Revolution*), New York: Viking, 1973, 第 214 页; Lawrence Clarkson,《独眼,全光,无暗》(*A Single Eye All Light, No Darkness*)(1650),第 16 页,引自 Hill,《颠倒的世界》,第 211 页。关于英国激进派对圣经的批评,一般参阅 Hill,《颠倒的世界》,第 11 章。

㉗ William Dell,《神灵的试炼》(*The Trial of Spirits*)(1653),引自 Hill,《颠倒的世界》,第 208 页; John Bunyan,《罪魁蒙恩记》(*Grace Abounding to the Chief of Sinners*)(1666), Roger Sharrock 编辑, Oxford: Clarendon Press, 1962,第 31 页;同作者,《败德先生的一生》(*The Life and Death of Mr. Badman*)(1680),第 255 页;　　(转下页)

因此,《圣经》的历史化过程足够变化无常,并从足够多的不同来源中汲取营养,主要以此模糊虔诚与无神论之间的区别。大多数新教徒可能已经支持乔治·斯温诺克(George Swinnock)关注英国平民时的认识论设想:"他们不识字的话如何知道上帝的意图呢?"但对某些教派来说,合理的解决方法就是通过将阅读与写作自身贬损为"由人所造的""人为策略",而不是与"属灵崇拜"混淆在一起的方式一道避免新教徒圣经崇拜的文献迷信。然而,对认识论文字标准的抨击也是罗马天主教辩惑学(apologetics)的重要策略,后者为任何宗教权威的不稳定性进行辩护,认为这存在于书中,因此由抄写者、印刷者、翻译与语法学家们所犯错误决定。1687年,一位由英国圣公会转信天主教的人发现"《创世纪》开篇有如此多的错误与讹误,以至于(他认定)犹太人的宗教纯属编造,它只有微弱证据证明自身源自全能上帝的默示"。㉘ 天主教反击中的伟大作品就是理查德·西蒙神父(Father Richard Simon)所写的《旧约批评史》(Critical History of the Old Testament),1682年该书被译成英文,其主要观点在约翰·德莱顿(John Dryden)予以驳斥的《俗人的信仰》(Religio Laici)(1682)中得到了概括。西蒙神父的论点是关于那些极端怀疑论者所取得的认识论反转

(接上页注㉗)Defoe,《鲁滨逊飘流记》,第101页;Simon Tyssot de Patot,《詹姆斯·梅西的旅行与历险》(The Travels and Adventures of James Massey)(1710),Stephen Watley译(1733),第15页;《论夏洛克博士之书》(Remarks upon Dr. Sherlock's Book)(1690),第15页,参阅《效忠》(The Case of the Allegiance Due to Sovereign Powers)(1690),圣保罗教堂教长威廉·夏洛克(William Sherlock)所写,引自Gerald M. Straka,《1688年革命时期的圣公会应对》(Anglican Reaction to the Revolution of 1688),威斯康星州立历史学会,Madison:University of Wisconsin Press,1962,第124页。

㉘ George Swinnock,《基督徒》(The Christian mans calling … the second part)(1663),第22页,引自David Cressy,《读写与社会秩序》(Literacy and the Social Order: Reading and Writing in Tudor and Stuart England),Cambridge:Cambridge University Press,1980,第3页;这位牧师所说的话引自同前,第206页,注释37;Thomas Bambridge,《对理性与权威一书的答复》(An Answer to a Book Entituled, Reason and Authority)(1687),I,参阅Joshua Bassett,《理性与权威》(Reason and Authority; or, The Motives of a late Protestants Reconciliation to the Catholic Church)(1687),引自Louis I. Bredvold,《约翰·德莱顿的智识环境》(The Intellectual Milieu of John Dryden),Ann Arbor:University of Michigan Press,[1934]1962,第96页。

的极度详述,他们认为"真实历史"真的只是新传奇而已。然而,这种表面虔诚的评论如此具有毁坏力,以至于多位读者质疑他身为一位有信仰的基督徒的资质。

德莱顿在 1682 年采用的主要战术就是继续升级反对怀疑论的经验主义与历史主义批评武器,而这些武器已被怀疑派们肆无忌惮地篡用了:

> 如果从此所写文字不再有效,
> 我们如何相信口说之言可存?

换言之,最好的"全能上帝启示的证据"的确就是历史证据。根据这些观点,不完美的经文文献传送过程至少比天主教口述传统可靠些。但《俗人的信仰》也承认,可能比驳斥持异议者目标更彻底之举将需要批判、革新精神之不可阻挡的民主化、相对化力量,其自身圣公会教义与此精神不可分拆。5 年之后,德莱顿在自觉的比喻与"神秘谕示"中宣布皈依天主教,这篇文字与其说驳斥文献验证的论点,不如说使之服从于"启示"这个不怎么具备物质实证的概念:

> 对于我的感知自身所见,
> 我无需借助启示来确信。㉙

德莱顿改变宗教信仰的这个著名戏剧性事件再现了个人对世俗化经验的复杂回应:形式上从似乎已经产生其自身毁灭力量的行为中脱离。复辟时期更普通的反应就是继续坚持信仰的纯净与圣灵的居中和解,所采用的唯一工具就是历史评论与经验法看似有用、质疑的

㉙ John Dryden,《俗人的信仰》(*Religio Laici*)(1682),II,第 270—271 页与《牝鹿与豹》(*The Hind and the Panther*)(1687),I,II,第 91—92 页,III,I. 第 2 页,见《约翰·德莱顿的诗歌与寓言》(*The Poems and Fables of John Dryden*),James Kinsley 编辑,London: Oxford University Press, 1962,第 289、357、388 页。

手段。自由派圣公会、自由主义及自然神学之间的细微差别都通过这个普遍目的得以辨别。有时候这些结果非常奇特。1690年,约翰·克雷格(John Craig)借用牛顿力学,用代数方法计算《圣经》"疑虑速度"的增长率,即一种能力的提升,"借助这种能力,思想获得驱动力,仿佛通过某个特定时空看到历史阐述的矛盾两面",以此将基督第二次降临的时间确定下来。质疑《圣经》的增长率对克雷格而言非常重要,因为他认为路加福音18章8节中基督的话暗示,"他那关于基督降临的故事概率如此之低,以至于他质疑自己是否能让别人相信这个涉及其本人的历史"。为了明确第二次降临的日期,我们于是只需知道要多长时间才能让福音的概率消失。我们计算得出的日期是公元3150年,之所以得出这个日期是因为福音的文献性质。的确,"8世纪末,基督历史概率消失了,届时历史只能依靠口述传统"。㉚

如克雷格之举的这般好奇尝试一定(如果有的话)得到来自约翰·洛克观点的鼓励,后者发展了关于真理与信仰领域、经验知识两者之间关系的统一的培根—伽利略论点。洛克将理性称为"自然启示,光与所有知识源泉的永恒之父借此向人类传递他已置于人类自然禀赋之中的那部分真理:启示就是因上帝直接传递的新发现而得以扩展的自然理性,理性通过提供它们来自上帝的各种证据担保这些新发现的真实性"。洛克借此确认了这些"不同领域"之间的兼容性。借助这种认识论术语,神意启示的权威既毋庸置疑,又微不足道,因为"尽管信仰应该建立在上帝(他不会骗人)向我们揭示的任何提议证据基础之上,但我们对它是比我们自己(自然)知识更伟大的神意启示真实

㉚ John Craig,《基督教神学中的数学原则》(*Theologiae Christianae Principia Mathematica*)(1690),节选自《历史与理论》(*History and Theory*),Beiheft 4(1963),第3、27、23页(用的是1699年版本)。克雷格使怀疑论与预言数学化的野心被置于路易·I·布雷德沃尔德(Louis I. Bredvold)提供的直接语境中,"伦理算法的发明"(The Invention of the Ethical Calculus),见《17世纪》(*The Seventeenth Century: Studies in the History of English Thought and Literature from Bacon to Pope by Richard F. Jones and Other Writing in His Honor*),Stanford:Stanford University Press,1951,第173页。

性毫无信心"。洛克把那些相信启示并不从经验实证得到印证之人称为"热心人":"如果他们说自己知道这是真的,因为它是来自上帝的启示,理性是正确的;但到时候人们会质问他们如何得知这是来自上帝的启示。"于是,启示的真实性需要经验主义知识的真实性验证,并且"信仰从未用与我们知识矛盾的任何事情说服我们"。只有那些超越我们自然禀赋能力之外的事情才是"纯粹信仰事宜"。洛克的例子并不是伽利略对星辰泛灵论(stellar animism)的质疑,而是对未来生活的预言。理性继续是"我们对万事最后判决与指导",因为没有经验主义知识的独立评测,我们无法如此辨别真实性:"在真实与虚构之间会没有什么差距,世界上没有可信与不可信的尺度。"通过这个方法,洛克不可分割的"真实"受客观真实标准的监督,其首要前提就是经验主义信条,即验证工具可以,并且必须与被验证的客体区分。㉛

洛克所认同的,因缺乏独立真实评测而起的重复之事就是我所说过的神意无所不在的辩证经验。他将其与热心人的"灵光"联系起来,这些人"说服有力,因为他们擅长此道。因为,当他们所说之言没有关于所见、所感的隐喻时,这就是它要达到的。"现在,在我们对此时期默认的神意启示"字面阐释"质疑语境之内,洛克自信地将"灵光"启发成一种仅作比喻,因此无效的阐释类型,这样一来就更加令人瞩目了。对他来说,传统视觉隐喻并不起到居中和解首要属灵真理的作用,而只是错误地提升纯粹主观信念的地位,所用的方法就是使之穿上直接感知印象的客观衣服。"我所见到的,我所知道的会是如此以事情自身的证据为依据;我所相信的,我所接受的会是如此以另一个人的证词为基础。"为公平对待启示真实性,所需要的就是对隐喻进行字面阐释,这完全不在于承认启示引领我们至无形真实,而是将启示服从真

㉛ John Locke,《人类理解论》(An Essay Concerning Human Understanding)(1690),Alexander C. Fraser 编辑,New York:Dover,[1894]1959,IV,xix,第 4 页;xviii,第 5 页;xix,第 3 页;xviii,第 5、7、5 页(II,第 431、421、430、436、421、423、421 页)。"如果只有我们劝说的力量,何以判断我们的劝说;如果理性必定不能用劝说自身外在某物来研究其真实性,启发与幻觉、真实与虚假将会有相同的方式,也就不可能区分开来。"(同前,IV,xix,第 14 页[II,第 439 页])。

实性的有形评测。通过这些标准,我们会预期在洛克笔下,《圣经》的真实性境遇会非常不佳。然而,事实上,他把"以上帝书面语言写就的启示"更概括地、令人吃惊地视为"一贯准确的规则",在其权威方面与理性自身,或上帝曾以奇迹形式惠予的"有形符号"相等。㉜

参照经验实证严格规则而写就的,针对《圣经》的更大规模评论后来被批评历史学家、极端教派、自由圣公会、自然神论运动继承。诸如洛克的朋友及弟子安东尼·科林斯(Anthony Collins)这样的作家坚称关于《圣经》权威的论争应该在"事实论证领域"中展开,并以"如果陈述逻辑连贯,那么它们指涉的是我们知道的事情真实或现实状态"这样的假设为基础。伴随着自然神论的争议,"关于决定某些叙事文本意义的解经或阐释论点已成为显然在其中产生的,涉及事实论证地位的论点……文字的意义,尤其是描述性预测的陈述如此完全源自外部世界的感知经验,以至于意义最终与验证性或以过去观察为基础的可能性等同"。㉝

驳斥《圣经》真实性的论点以诸如此类的原则为基础,其力量在那些努力为之辩护的人所写文字中最易觉察。1729年,自然神论者托马斯·伍尔斯顿(Thomas Woolston)抨击圣公会关于圣经奇迹真实性的观点。托马斯·夏洛克(Thomas Sherlock)的反驳如此之快地接受了自然神论抨击的经验主义与实证条件,以至于其统摄的虚构就是法庭的虚构,其判断标准并不是神圣的上帝之言,而是文献历史真实性。律师学院(Inns of Court)的某些相关绅士在模拟审判中着手运用自己的专业技能,其目的就是根据证据的严格规则评测耶稣复活的真实性。"普通法精神"全胜100年后,伍尔斯顿的支持者轻易地拒绝了以基督教信仰的古老历史,及我们"所拥有的"这番话,即"对策不能违背理性

㉜ John Locke,《人类理解论》(*An Essay Concerning Human Understanding*)(1690), Alexander C. Fraser 编辑, New York: Dover, [1894] 1959, IV, xix, 第9、10、15—16 页(II, 第434、435、439—440 页)。比较 IV, xviii, 第4页(II, 第419 页)中更怀疑的语言。

㉝ Frei,《圣经叙事的式微》,第67、138、77、78 页。亦可参阅 Victor Harris, "圣经阐释中的类比寓言"(Allegory to Analogy in Interpretation of Scriptures),见 *Philological Quarterly*, 45(1966),第1—23 页。

与常识"为基础的奇迹验证。他的对手一开始就打算放弃这个论点,这印证了天真经验主义的历史真实性主张与古老历史权威吸引力之间相隔何其之远:"我会放弃来自复活古老历史带来的所有优势,基督教信仰已在世界上得到普遍接受,我高兴地将其视为就在去年才发生的事实。"这两人共同认为,事情的本质更多的是见证耶稣复活之人所作证词的可靠性,即《新约》内的使徒见证。在对这些见证的详细细节进行大量讨论之后,这位圣公会支持者打出自己的王牌:"圣灵……智慧与权力的证据已经给了众使徒,让他们通过符号、奇观及奇迹确认他们的证词。"伍尔斯顿的支持者则反对,这等于使信仰跨越已被接受的"事实"与"感知证据"观点,但他的对手使洛克式回应简洁明了,他此处不是把奇迹用作复活事实超自然"证据",而是用作其目击者真实性独立措施。因为他们的证词得到这些事实的支持,其自身就从感知证据中得到确认,使徒的可信度得到证明,此案例得以结束。㉞

夏洛克的虚构至此不仅因作为该论点颇有攻击性的经验主义形式与其最终寻求居中和解的本质(即属灵真理)怪异地平起平坐而出名,而且在其放弃怀疑论的意愿中(诸如仍然领先这个游戏的德莱顿《俗人的信仰》一样)受人瞩目。此处仍未被问及的明显问题是,这个得到叙述的奇迹自身"感知证据"值得多大信任?面对"自然神论者或怀疑者、自由思考者所犯的新错误",笛福所写的个人修养守则之书中这位模范父亲乐观地宽慰自己的儿子,我们可通过用我们的"事实"驳倒他们的"理性"的方式,"用他们自己的方式回答这些问题",因为"理性可能被怀疑,被质疑,但事实就是证据之物,并且不可否认。"儿

㉞ Thomas Sherlock,《见证耶稣复活之人的试炼》(*The Tryal of the Witnesses of the Resurrection of Jesus*)(1729),第9、9—10、107—108页。关于普通法思想及历史真实性与古典时期吸引之间的区别,参阅本书第1章,注释58—60、103—106。关于17世纪用对经验实证及兴趣的依赖取代对口述誓言的依赖,参阅 Christopher Hill,《英国革命之前的社会与清教教义》(*Society and Puritanism in Pre-Revolutionary England*),London: Panther, 1969,第11章;Susan Staves,《玩家的节杖》(*Players' Scepters: Fictions of Authority in the Restoration*), Lincoln: University of Nebraska Press, 1979,第4章。

子回答道:"是的,先生,尽管他们不允许《圣经》教义,但他们不能否认《圣经》历史。他们不能否认《圣经》中所讲述的事实,也拿不出任何反驳这些描述或讲述者真实性的证据。"但是,当然这正是自然神论者能够且做过的事情。乔纳森·斯威夫特(Jonathan Swift)以圣公会牧师的身份直面自然神论者们提出的这些极令人不安的问题。然而,斯威夫特抵制天真经验主义抱有希望的逻辑,及启示与感知印象之间的融合,他反而提请自己的教众遵从可敬的保罗信条:"信仰,使徒说,就是未见之事的证据。"斯威夫特果断拒绝的唯一明显替代物就是一位名叫大卫·休谟(David Hume)之人的极端怀疑论,后者愉快地暗中证明了斯威夫特会留下不说的事情。㉟

五　幽灵叙事

此时期的经验主义评论与圣经叙事辩词说明对某个重要困境的极大关注。如汉斯·弗赖(Hans Frei)所言:"基督教的'本质'取决于坚称历史事实真实性是人类救赎不可或缺之物吗?"弗赖的阐述让我们看到了并不足以将我们当前关注的"真实问题"视为认识论中的革命象征。因为关于该革命最重要之处就是它需要一个从形而上学、神学到认识论的转型过程。因此,获得真实知识的过程会根据一个视觉感知感观的默认假设隐喻来理解,因此对某事的了解在于"在思想上"拥有它,对它的充分了解将需要我们改进自身对外部客体精确、内在表现理念的能力。因此,知者及其信息提供者的心理将变得至关重

㉟ Daniel Defoe,《新家庭导师》(*A New Family Instructor; in Familiar Discourses between a Father and his Children, On the most Essential Points of the Christian Religion*)(1727),第253、256、257、258 页;Jonathan Swift,"论三位一体"(On the Trinity)(1744,发表日期未知),见 Jonathan Swift,《爱尔兰册子及布道词》(*Irish Tracts, 1720–1723, And Sermons*),Louis Landa 编辑,Oxford: Basil Blackwell, 1948,第164、167—168 页(关于信念,参阅希伯来书第11章,第1节)。参考 David Hume,《人类理解论》(*An Enquiry Concerning Human Understanding*)(1748),L. A. Selby-Bigge 编辑,第2版,Oxford: Clarendon Press, 1966, X,第86、90、98、100 页(第109、115、127、130 页)。

要。但叙事中的经验主义前提并没有简单地与属灵教育产生冲突。历史真实性主张的修辞观点也是"以实例讲解的哲学"最极端发展,在深层面是使用比喻、寓言、样例与属灵真理居中和解的悠久传统之逻辑顶峰。现在,对此时道德真理讲授感知证据的普遍依赖当然并不总是被迫要达到历史真实性主张的深度。在 17 世纪,这可能在占据主导地位的诡辩术中得以所见。诡辩论证将道德讲授框在一个极为详细的对话与故事中,意识"案例"无论怎样具体都不能作为某条规则来声张自己的真实性。乔治·斯塔尔(George Starr)令人信服地指出,这些有伦理倾向的叙事与小说叙事的兴起有联系。然而,历史真实性主张的极强影响力在本书之前论述所提供的证明中极为明显,仅凭这种主张就已足够:《圣经》可被理解为真实的,因此也就有道德的救赎性。通过超凡真理来拯救,这就需要从经验主义层面得以确信的、日渐可分且优先的行为。㊱

也不是只有《新约》中的神迹见证者遵从 1660 年之后几十年的严格证据规则。当时各种超自然"新闻"的英国叙述者们也是如此。约翰·斯潘塞评论:"这些描述中的一部分是在这样的时间、地点、所说之言、随后之事组成的场境中发生……(如所期待的那样)使它们免受所有对视觉欺骗或证人想象的猜疑。"很多读者可能已经倾向于对那些明显具有派别目的的奇异事件描述的历史真实性半信半疑。但有很多这样的幽灵叙事,其最具体的政治目的就是通过揭示神意启示仍然在我们眼前真实显现的方式驳斥自由思想者与无神论者。这些叙事自觉地应对其严格认识论标准在梅里克·卡索邦那里得到出色概括的观众。他评论道:

在无论是自然或超自然的奇异事件描述中,有必要去了

㊱ Frei,《圣经叙事的式微》,第 138 页;参阅 George A. Starr,《笛福与诡辩术》(*Defoe and Casuistry*), Princeton: Princeton University Press, 1971。关于 17 世纪认识论的兴起,参阅 Richard Rorty,《哲学与自然之镜》(*Philosophy and the Mirror of Nature*), Princeton: Princeton University Press, 1979,第 3 章。

解描述者的品性,如果可以的话就去了解他有何种爱好;在描述中,他可能据信已经拥有,或想让别人相信自己拥有的兴趣。再次,他是否宣称已经亲眼所见,或相信别人所言;某人是否根据自己的职业,以某种可能的身份判断那些自己的确见证之事的真实性……所以,如果可能的话,人们在对其描述所思所想之前有多少了解这位历史学家品性的需要,尤其是多少察觉到这些描述不可信时。㊱

因为复辟时期的幽灵叙事明确与最主要的目标就是在一个已开始对其质疑的唯物论时代中声明属灵世界的现实,这些叙事用现在最具说服力的术语坚称真实性,并且正是从本意即是反驳的怀疑论要塞中获得验证技巧。它们不变的目的在文献历史真实性语言中得到阐明:"记录神意","使之为世人知晓","提供上帝乐意赐予的,关于其自身存在的充分证据"。理查德·巴克斯特在自己收集的幽灵叙事序言中,为可能无法理性化的程序给出最貌似可信的理性:

> 我发现我对超自然启示的信心必然超过信徒。假如没有一个坚实的基础、根基,甚至真实性的确凿证据,它并不可能完成那些信仰不得不完成的伟大事情,的确是这样理解的……幽灵及其他无形灵魂自身某种存在(即可能与这些有

㊱ Spencer,《论奇迹》,第 226 页;Meric Casaubon,《论轻信与审慎》(*Of Credulity and Incredulity, In things Natural, Civil, and Divine*)(1668),第 159、312 页。关于此类不同派别描述,例如,参阅《斯塔弗郡的奇迹》(*A Wonder in Stafford-Shire*)(1661);《奇迹之年》(*ENIAYTOS TERASTIOS. Mirabilis Annus*)(1661),《奇迹第二年》(*Mirabilis Annus Secundus*)(1662)。关于其他描述,参阅《来自西方的奇异消息》(*Strange News from the West, being a true and perfect Account of several miraculous Sights*)(1661),随后的歌谣重印于《奥托吕科斯的证人》(*The Pack of Autolycus*),Hyder E. Rollins 编辑,Cambridge:Harvard University Press,[1927] 1969:第 16 首,《真相大白》(*Truth brought to Light, or, Wonderful strange and true news from Gloucester shire*)(1662);第 29 首,《纷扰的幽灵》(*The Disturbed Ghost*)(1674);第 35 首,T. L.,《奇迹中的奇迹》(*The wonder of wonders; or, The strange Birth in Hampshire*)(1675?);第 38 首,《人类的奇异》(*Man's Amazement*)(1684)。

很大关系的方式)的可感知显现易受感知的评判。㊳

幽灵叙事与新哲学之间的联系在某些情况下非常明显。例如,约翰·邓顿(John Dunton)将自己的合集献给"虔诚的大师们"。另一位重要的收集者是约瑟夫·格兰维尔,皇家学会的辩护者。格兰维尔的特别兴趣就是巫术现象,"成为事实只能够提供权威与感知证据……现在事实之物的可信度取决于讲述者们,如果他们不能自我欺骗,而且也不设想任何可能强加在别人身上的相关方式,那么他们就应该值得信任。因为所有人类信仰是以这些情境为根基,事实之物并不能拥有除直接感知证据之外的任何证明"。如果我们从自由神论者将信仰顺从其经验主义验证方式中得到提示,格兰维尔的虔诚不会遭到质疑,因为他提醒我们只有撒旦才从"关于巫师、幽灵及的确从另一个世界带来讯息的任何事物的故事只是忧郁的梦幻、虔诚的传奇"这个信念中受益。他借此谴责那些比他还狐疑满怀的人。魔鬼的扈从由那些"相信所有历史皆为传奇的"彻底自由思想者组成。㊴ 正是如格兰

㊳ William Turner,《全史》(*A Complete History Of the Most Remarkable Providences, both of Judgment and Mercy, Which have Hapned in this Present Age*)(1697),标记 b1ᵛ;Moses Pitt,《安·杰弗瑞的故事》(*An Account of one Ann Jefferies, Now Living in the County of Cornwall*)(1696),第 6 页,见《17 世纪超自然传说》(*Seventeenth-Century Tales of the Supernatual*),Isabel M. Westcott 编辑,奥古斯都重印学社, no. 74 (1958);Daniel Defoe,《暴风雨》(*The Storm; or, A Collection of the most Remarkable Casualties and Disasters Which happen'd in the Late Dreadful Tempest, Both By Sea and Land*)(1704),标记 A5ᵛ—A6ʳ;Richard Baxter,《神祇世界的确定性》(*The Certainty of the Worlds of Spirits ... Fully evinced by the unquestionable Histories of Apparitions, Operations, Witchcrafts, Voices*)(1691),标记 A3ᵛ—A4ʳ。

㊴ John Dunton,《基督教公报》(*The Christians Gazette; or, Nice and curious speculations Chiefly respecting The Invisible World. Being a Pacquet For the Pious Virtuoso, Or Lovers of Novelty. ...*),第 2 版(1713);Joseph Glanvill,《获胜的圣人》(*Saducismus Triumphatus; or, Full and Plain Evidence Concerning Witches and Apparitions*)(1681),第 4、111、3、5 页。关于格兰维尔及皇家学会成员对爱尔兰安抚者瓦伦丁·格雷瑞克(Valentine Greatrakes)奇迹功效的证言,参阅 Michael McKeon,《复辟时期英国的政治与诗歌》(*Politics and Poetry in Restoration England: The Case of Dryden's Annus Mirabilis*), Cambridge:Harvard University Press, 1975,第 213—214 页。

维尔之类的人们修正怀疑论的能力赋予这些合集,及此时期许多其他文学作品不稳定的特点,对后人来说,这看似绝对具有讽刺性或矛盾性。至少可以这么说,他的方法引人注意。在随后叙事框架之内仍然延续着关于超自然现实的伟大且孜孜不倦的争论,并在此处借助详细验证细节的复杂模式进行阐述。这些细节包括名字、地点、日期、事件、目击证人、耳闻证人、对文体"真诚性"的关注、良好品性的确定及对特殊偏见的否认,所有这些对自然存在的重要主张,即历史真实性主张起到促进作用。

如果在细节上更精细些,丹尼尔·笛福对这种形式所做的贡献便会严格遵守这种模式。在《暴风雨》(*The Storm*)的"序言"中,"可怕的暴风雨"为他提供了一个关于信仰上帝合理性与审慎的帕斯卡赌注(Pascalian wager)的机会:因为"个人无法按普通论点回答,数学法则、比例规则都不站在他这边……没人会下他可能会输但无法赢这样的赌注。"这个观点的唯理论主宰了关于他所描述内容的历史真实性的全然谨慎。笛福所写"序言"的天平相应地用在关于可能归结于其不同来源的不同权威程度的谨慎讨论。小册子自身收集了极为详细的目击证人描述,甚至在它们保存文体不当方面都是真实的,其间穿插着收集者履行如此许诺之言:"在很多情况下,我将扮演上帝的角色,得出必要的实际推论。"笛福对维尔夫人(Mrs. Veal)幽灵的描写是将《暴风雨》的技巧极为高明地压缩在几页之内。在开篇两句话中,"序言"打造出由六个链接,由可以证明他人理性、文雅、智慧、节制、体谅、明辨、客观、诚实、美德、虔诚的目击与耳闻证人组成的链子。小册子的主体详述了这些针对其他容易遭质疑之人物的怀疑论判断,并在讲述维尔夫人幽灵显现的神秘故事时,具有如警方记录般中立详细,及如一位富有同情心但思想开放的观察者全然确信的特点。这位观察者最终承认"这件事情极大地影响了我,我对得到最好证明的事实感到由衷的满意"。㊵ 一般而言,约翰·邓顿的《基督教报》(*Christians*

㊵ Defoe,《暴风雨》,"序言",标记 A6^{r-v},A3^r,A7^r,第 193 页(关于文体真 (转下页)

Gazette)坚持客观报道与灵性运用之间更明确的分歧。此举主要为人称道之处在于将神意客观化与新闻报道过程明确联系起来,以及对某些验证方式的细致了解。

思考之后,只能有这样的期待,即"新奇,因此真实"的悖论原则应与幽灵叙事的矛盾态度兼容。我们承认上帝可做任何事情,仅由此得出的论点当然成为这些合集的核心:看似传奇的作品实际上是神意事实。笛福多少更谨慎地这样说道:

> 我承认此处有传奇大量存在的空间,因为较之于任何其他样例,此主题可能得到更稳妥的拓展,没有一个故事可以充斥如此之多的场景,但全能的上帝一直在各方面关注我们,并相信他能使之成真。
>
> 然而,我们不应该这样践踏事实,以此迫使上帝彰显比其原来本意更多的奇迹。

然而,如我们可能预料到的那样,格兰维尔身上那更严谨的经验主义不会允许天意论点渗入某个话语的形式验证机制,此话语的本质甚至具备天意性质。这个结果非常明显是基于严谨心理学依据之上的"新奇,因此真实"原则理性化过程。对这种认识论而言,这证明了与逼真效果明确对立的历史真实性主张的重要优先性:

> 这些巫师行径看似越荒谬、越难以理解,那么在我看来这就是对那些描述的真实性,及反对者会加以摧毁的事实更大程度的确认。因为这些场境极不可能,按普通信仰方式判断的话,更大的可能性就是它们是真实的:因为这些虚构的

(接上页注⑩)实性,参阅 Glanvill,《获胜的圣人》,第 306 页);Daniel Defoe,《关于维尔夫人幽灵的真实故事》(*A True Relation Of the Apparition of one Mrs. Veal*)(1706),见《鲁滨逊飘流记及其他作品》(*Robinson Crusoe and Other Writings*),James Sutherland 编辑,Boston:Houghton Mifflin,1968,第 294、303 页。

谋划者们……努力使它们尽可能看似真实……只有傻瓜或疯子会出于让别人相信的目的而这样说自己看到了头上长蹄、胸口有眼的爱尔兰人；或者如果事情会是如此荒诞不经，在如此难以置信的传奇中一本正经，也就不能想象在他之后来到这些地方的所有游客会讲述同样的故事。㊶

格兰维尔借助这样的论点使自己成为相信"我们首先确定好将向我们揭示《圣经》真实意义的事实"的伽利略真正继承人。对格兰维尔而言，尽管其论文具有超自然目的，神意最终是极令人信服但空洞的真实，永远需要客观"事实"与本质一道将其填充。

如培根的新经验主义调查方法一样，这些超自然幽灵的书面叙事因针对居中和解神意创造真相的物质现象力量的热切信仰而更进一步。从这个视角来说，它们的世俗化努力会看似一个以忠实且具有保护性的方式使神圣世界适应深陷亵神行为之中的世俗世界。它的成功将归结于其仅用它们能理解的语言论及怀疑论与无神论的事实。这门语言，即感知的证据、启示的文字阐述、历史真实性主张是重要及优先的方式，传扬信仰上帝的基督教讲道伟大目的借此可能在现代世界中实现。但在 17 世纪，所有世俗化努力的结构不稳定性因方式与目的之间的极其不一致而恶化。在培根看来，人们可能感到物质能指与属灵所指之间的等级关系演变成恭谦的类比，反过来，有时候这有将自身转变为对立寓意关系的危险，其间，人们感到感知经验的优先性并不只拥有传授的力量，而且还有本体论的力量。从这个替代视角来说，经验主义唯物论语言与其说是在居中和解神圣真理，不如说是在自己得胜的认识论中理解神圣真理，而历史真实性主张被揭示成并非反对无神论的先进武器，而是其极为强大的同盟。

㊶ Defoe,《暴风雨》，标记 A5ʳ⁻ᵛ（亦可参阅同作者,《关于维尔夫人幽灵的真实故事》，第 301 页）；Glanvill,《获胜的圣人》，第 10 页。

当我们提及近代早期英国认识论"革命"时,我们指某个类别如此不稳,以至于构成所有文化特点的概念流动性与过程的条件某种程度上需要通过某个特定术语得到认可。17世纪世俗化争议因历史主义复杂与矛盾状态而起。历史意识的动力从不同且彼此交叉的来源汇聚而成,并很快自我发力,携裹着个人与群体一路历经怀疑论思想从实证客观性到唯我论主体性的这个难以调和的过程。在此过程中,每一位参与者在个人收益递减的当口从令人目眩的疾驰中退却下来。在这个语境中,"怀疑论"可能只是一个相对术语。之前的讨论已向我们展示这种选择的多样性,出于该过程不明确潜在性的原因,其中的每一个选择既具有内在不稳定性,又具有打乱所有其他选择稳定性的能力。认识论反转扩散在此情境中出现,似乎以翔实的缩影方式模仿已内化为从精神到物质的独有,且不可思议关系的持续摆动。因此,传奇成为反传奇,随后成为反历史;皇家学会的"真实历史"被历史化为传奇的"新奇"。作为真实历史的《圣经》,其经验主义验证逆转成其作为虚假历史或纯粹历史,即作为传奇的怀疑论贬损。神圣启示的经验主义验证使之具有字面意义,各宗派圣徒、自由派圣公会、罗马天主教辨惑学专家、自由思考的无神论者出于不同目的而运用历史批评,从而使彼此难以区分。

然而,与此同时,公众争议的热度可能强化了这些自我转成对立观点的流动实验。因此,克利夫兰(Cleveland)与斯蒂尔都把从事新闻报道的"小说家们"诋毁成新堂吉诃德。同时,培尔与斯蒂尔谴责流行的法国历史学家,斯图贝与巴特勒指责皇家学会的"小说家们"是新传奇作者。如此对峙是文化借此使自身体系化的方式,使历史过程的纯粹流动性得以驾驭,甚至有所作用。它们所获得的就是一个被简化的冲突模型,已经从中提取了不确定潜在性的各种偶然。实际上,这种模型通过将它们图示化,以及限定该文化参与者获得替代态度的方法使可有的选择领域成型。在当前的案例中,冲突现在开始从公众争议中出现,并首次以连续的术语为人所知。"真实历史"的经验主义与传奇那不足信的唯心论对立,但它因此产生补偿性极端怀疑论,后者反过来不相信作为天真经验主义或"新传奇"类型的真实历史。然而,一旦运行起来,行动与反应的顺序构成一个循环:每个对立观点的存在成为其对立面持续否定定义的关键所在。

这种冲突的模型界定了复辟时期与18世纪早期重要"真实问题"论争时所用的术语,同时如我们所知,它也界定了认识论界限,就是在此之内,"小说"于此时期融合成型。这是两种不同"历史"类型之间的冲突,对获得叙事真实性既满怀希望又满腹质疑。"传奇"现在轻蔑地指明包括宗教灵性主张在内的所有唯心论虚构,而这个灵性主张通过并不充分地与理性、物质证据连接的方式反映人性自满的骄傲。"狂热"很快成为描述此时期这种骄傲的首选术语,它与不可信的传奇概念的近似可在笛福所写的,具有改良意义的家庭对话之一中清楚显见。这位父亲这样问自己的孩子们:"你们用'传奇'这词想表达什么?你们何时得出'传奇的'这个词?"他的儿子将传奇界定为"一种以印刷形式出现的故事,源自作者的创作,以历史真相的形式或外表现世,欺骗读者"。女儿接着说:"怀着我们过去言之有据的推测谈及我们难以企及的事情就是用传奇的方式谈话。"这些互补定义的醒目之处就是关于"传奇的"居中和解并没有理解属灵之物的暗示,对"作者的创作"予以谴责,这与其说是因效仿神意主宰,不如说是因主张(或缺乏)历史真实性之故,因为这并不足以具有历史意义。这是时代交替的时刻。针对传奇的宗教批评融于其世俗的历史化批评之中,这种融合几乎天衣无缝。

这位父亲赞同这两个答复,并进一步详述了该词错误但富有启发的词源。因为罗马天主教神父们缺乏真正的奇迹,他们很快学会编造、散播在梵蒂冈书中或"传说"中有记录的"想象奇迹"的故事,并给任何"谎言集"冠以"传奇传说"这样的普通名字。"因此,我从罗马天主教徒将谎言与虚构强加在世界之上的行径中得出传奇这个词,我相信……天主教就是传奇的宗教。"㊷但如我们所见,笛福将传奇与天主

㊷ Defoe,《新家庭导师》,第55—57页。

教宗教狂热的傲慢创造联系起来,至少这并不意味着"历史",这个或多或少被人质疑的类型被分配了一个极为世俗的角色。我在本章已讨论过的论点与叙事中,关于历史真实性的断言目的就是起到灌输基督教信仰目的的作用。在早期小说中,它将寻求襄助传授道德真理的事业。

至此,我对认识论变革的阐述已受传奇这个文类或认识论具有主导性的对立影响的指导。在随后关于真实问题的最后一章中,传奇理念将继续具有核心重要性。但现在是时候揭示某些17世纪叙事(其在小说起源时期具备的普遍重要性早就得到认可)更翔实的"文学"形式如何借助感知证据的吸引及将历史真实性的对立主张组织起来的冲突模型而被渗透。如我们可能预期的那样,圣徒生活、属灵自传、流浪汉叙事与罪犯传记及旅行叙事这些令人熟悉的形式本着如何在叙事中讲述真实的革命概念,将以更宽广背景为基础的实验聚焦在如何讲述某位个人生活真实故事这个特定问题之上。

第三章　个人的历史

复辟时期关于超自然幽灵历史真实性的传闻,即对巫师、魔鬼的描述、神意拯救与判决案例等常得益于它们致力于讲述某位特定个人神助历史的自身特性。在此番尝试中,传言者们可能已借用一些熟悉的叙事模式,特别是那些圣徒生平,或君王沦落的多舛传统的模式,这些明确分裂的结构为中世纪悲剧处理提供最普通的范式。如关于幽灵的传闻一样,这些传统叙事讲述的是充斥另世之感的真实人物生平故事。尽管在这些叙事中,物质隶属精神,这远比存在于近代早期世俗化危机所产生的多变叙事之中的隶属关系更稳妥。其间,我们也可能观察到历史真实性主张的出现,这是作为同时对属灵真理居中和解至关重要,且构成问题的形式特点。

随后的探讨将涉及大量的叙事领域,但也将在可能被称为个人生平的叙事与首要模式(overarching pattern)之间某种形式张力的反复与恒定平衡指导下一以贯之。用"传统"方法详述个人生活需要将其置于一个统摄模式之中,而这个模式以间断与非理性化(即"垂直")介入个人历史的"水平"运动为彰显特点。但此时期对天真经验主义与历史真实性的逐步验证根本性地动摇了这层关系,为全面与忠实细节提出新的且更量化的需求,借此挑战记录超验真实的更早标准。属灵传记与自传、流浪汉叙事与罪犯传记及游记,所有这些成型中的 17 世纪次文类以不同方式反映叙事结构的不稳定。叙事结构对历史真实性惯例需求的回应并不受任何意义上的那些惯例规则与限制的控制。同时,我们也将看到个人生活与将这些次文类联合起来的首要模式之间的张力如何在天真经验主义的"真实历史"与更令人质疑的批评之间的对立,在新兴小说开始使自己定型的框架之内的冲突中得到彻底的重新阐述。

一 从圣徒生平到属灵传记

都铎早期两位著名人物的命运是亨利八世反叛教皇权威时罗马天主教所蒙受的损失。关于沃尔西主教(Cardinal Wolsey)与托马斯·莫尔爵士(Sir Thomas More)的生平传记只是在玛丽女王执政,天主教短暂回归的16世纪50年代中写就。这两部传记描写了预定的兴衰模式,两人的命运受洞察一切的上帝掌控,他所做之工并不是轻易与命运的无情易变区分。乔治·卡文迪什(George Cavendish)在叙述沃尔西的俗世晋升过程中特别穿插道德说教,仿佛这是天语纶音,通过超自然法令既预示,又模仿上帝对自然生命的掌控。但卡文迪什也对世人所供信息源的客观性与历史真实性予以得当的尊重,尤其是他身为沃尔西任职期间各类事件直接见证人而具备的自身价值。他向我们许诺一个比"君王年表史官"依据传统提供的历史细节更特别与更个性化的详述。①

卡文迪什提出其谦卑的历史真实性主张的5年之后,约翰·福克斯(John Foxe)出版了有关新教圣徒传的伟大著作,其核心目的就是记录在玛丽女王君临天下时那些新教殉道者的生平,而也正是这位执政

---

① George Cavendish,《沃尔西主教的生与死》(The Life and Death of Cardinal Wolsey)与 William Roper,《托马斯·莫尔爵士生平》(The Life of Sir Thomas More),见《两位早期都铎人物生平》(Two Early Tudor Lives),Richard S. Sylvester 与 Davis P. Harding 编辑,New Haven: Yale University Press, 1964,第11页。亦可参阅第6、11、13、45、192(插入内容)及第3、4、11页(历史真实性主张)。

的女王对以同情之心描述沃尔西与莫尔的著作予以鼓励。② 福克斯的作品如罗马天主教作者所写之作那样充斥上帝惠助的历史之感,尽管此处一再重复的伟大情节并不是权贵的沦落,而是上帝选民经历的试炼及取得的胜利。这些殉道者中很多也是平民,他们确信自己被上帝拣选,冷静地用《圣经》中的平实语言驳倒了社会地位高过自己之人的权威。然而,在福克斯著作中,同样令人瞩目的是这么一种方式,即新教徒对《圣经》的文献客观性的仰赖内化在福克斯自己的编辑步骤之中。福克斯不仅查阅极为广泛的文献,而且他把某种苛刻及相对严谨、自觉的虔诚带入追求真理的过程中,穷尽各种偶然与细节,这与作为有质疑精神的新哲学家身份相符。在其最引人注目的阐述中,福克斯叙述的严谨真实性似乎能够指向普通生命的尘世详述,以此揭示位居核心的属灵真理栖息模式。例如,早期罪愆与放荡之后是极好的改过自新,皈依上帝之言,对邪恶迫害的冷静藐视,以及殉道的超凡胜利。③

福克斯可以取得这些居中和解效果,因为他谨慎地避免那些并不欣然接纳自然解释的事件的历史真实性主张。然而,遍阅文献的动因非常强烈。因此,他把一份旁人的目击证词降格为一篇附录,其间,某人听到命其躲开的指示,随后监狱墙壁便在身边坍塌,他得以从玛丽女王治下的监狱逃出。"尽管我不愿因与对手辩争之故而在本书插入任何可能与普通事宜相比看似难以置信或奇怪的事情",福克斯说道,这个故事得到如此之好的验证,以至于"我认为……因为其难以置信的奇异,不是把这个故事置于这些讲述使徒行传与丰碑的主文之中,而是放在本书边角某处,并不是完全让它不为人所知,而是要让读者

---

② John Foxe,《行传与丰碑》(*Acts and Monuments*)(1563,1570 增补版),S. R. Cattley 编辑,8 卷本,London: Seeley and Burnside,1839。17 世纪清教徒将福克斯的《殉道者书》(*Book of Martyrs*)视为他们信仰的经典;以 1570 版的文本为基础,分别有 1583、1596、1610、1631—1632、1641 与 1684 年版本。

③ 参阅 William Haller,《选民》(*The Elect Nation: The Meaning and Relevance of Foxe's Book of Martyrs*),New York: Harper and Row,1963,第 122、159—160、198、213—214 页。

思考它,当他读到来龙去脉时会相信它"。④

福克斯决定将这个故事收入书中,这突出了与我所称的叙事完整性的"量化"标准相关的技术问题。叙述的选择性植于基督教或传奇真实,即首要模式的真实本性之中。但因为他的可信度也如此严重地仰赖量化穷尽性(quantitative exhaustiveness)的氛围,福克斯让自己接受因未能提供足够全面报道而遭致的怀疑论批评,他难免的选择性证词颠覆了自己本意创建的历史真实性本身(所有事实)。因此,在至此人们熟悉的,关于此反转的某个特殊阐释中,"历史"冒着指责概述"传奇"之荒谬的风险。一位名叫"哈丁(Harding)老爷"之人就传言中的根西岛(Guernsey)三位妇女与一位未出生孩子殉道一事指责福克斯,这或多或少是一种抱怨。哈丁最初将这个"凄惨的历史"称为普适"寓言",随后通过论证这个故事的谬误改善自己的批评,他基于如是理由,即我们可能从福克斯已省略或掩饰的细节中推导出这些受难者本人在道德层面是有罪的。我们从"历史学家"那里并没有听到关于孩子父亲的事情(因此这暗示了相关指控),这个事实说明这个孩子是位私生子。母亲没有基于怀孕事实提出申诉,以期救下自己的孩子,这个事实只是加重了这份罪行。这可能真的就是上帝圣徒之一所遭受的苦难吗?⑤

福克斯凌厉的辩驳轻易地打发了他的对手,但也提出了一系列关于如何在叙事中讲述真实的问题。这些问题寻求修辞文采,这反而传递了令人不自在的存在印象,并在当前语境下又无法回答:

> 仿佛历史学家们忙着阐述上帝选民因宗教与基督教义之故而遭受迫害至死,他们必须,或也没有他法只能扮演传唤人的角色,将丈夫带到妻子身边,将父亲带到孩子身边;之前从未对新发现的历史规律有如此要求,任何故事作者也从

---

④ Foxe,《行传与丰碑》,VIII,第739—740页。
⑤ 同上,第233页。关于叙事完整性标准,参阅本书第1章,注释49—51、79—80。

未观察到……为了讲述每个故事中发生事件过程的每一刻，整个世界中，怎样的故事作者能够如此表现？……尽管这可能已完成，怎样的通情达理的读者会有如此要求？……如果作者记不起来该怎么办？如果作者不知道又该怎么办？如果认为对此目的而言，它无足轻重，因此有意将其遗漏，那该怎么办？……不久，它会因在每一个叙述中没有得到阐述而蒙受羞辱与指责吗？

但正是福克斯自己为全面事实证言创立墨守法规的要求，他现在徒劳地在与寻求真实、寻求上帝选民所遭明显迫害的更高层面的比较中对此予以贬损。迄今密不可分的这两类真实突然将要被拆开。然而，在经验主义层面加以理解的现实之忠实标准一经采纳，那就不能随意懈怠。如果这些新教圣徒生平最重要的真实性完全在于他们事实真相的展示，如何获得量化完整性，如何为真实的选择性正名，这些问题可能只在有风险的情况下被置于一边，这是因为总有类似哈丁老爷这类有所质疑的读者，他们观察到个人生活的道德意义及它要叙述并示范说明的这个伟大模式取决于我们这样的坚信，即我们正在接受一个不因讲述方式而受损的真实。⑥

在经验主义认识论庇佑下，居中和解问题日益令人疑惑，并步入某个特别途径，这样一来，量化完整性的困境似乎明辨可见。但的确只是在我们主要关注时期之后，此番困境开始直接得到正视。一旦历史真实性主张有条不紊地被认可为一个相对的，而非绝对的主张时，

---

⑥ Foxe，《行传与丰碑》，VIII，第 233—234 页。福克斯的确将哈丁的指责收入自己的书中，这个事实很好地记录了量化标准的双重性，以及将所有不同重组并调和的杂食能力，同时也记录了其易受不完整性指控影响的无限退步。比较勒内·笛卡尔的评论："甚至最忠实的历史，如果它们既不改变或改善事物的价值，也不让它们获得更多值得阅读的东西，它们至少总会遗漏最基本，且不怎么突出的场景；据此……那些通过它们获得的样例塑就自己举止之人受沦为我们传奇坚定支持者的夸张影响，也受构想超越自身能力的设计影响。"《方法论》(*A Discourse of a Method For the well guiding of Reason, And the Discovery of Truth in the Sciences*)(1637)，英译版(1649)，第 10—11 页。

一旦作者与读者被迫谨慎地自行应对需要多少文献，何种类型的细节这类问题，以期满足"真实历史"的要求时，彼此竞争的各"现实主义"理论从该术语的现代意义上来说正牢牢地处于上升期。出于广而告之之故，类似历史状态的品质必须与成为历史的事实密不可分，并获得其自身的某种有效性。⑦ 真实历史必须不再从属灵或道德层面"其他"真实的居中和解中得以正名，因为到那时它已完成内在化过程。此时，它也不再需要称自己为"真实历史"。直至该世俗化的极端时刻，量化完整性的困境将继续被人提及，但它引发的问题不再受解决方案的影响。

在随后世纪中，福克斯身上及"属灵传记"发展中的重要动力就是介于得到严谨印证的个人生活及首要模式之间的动力。1650—1683年间，塞缪尔·克拉克（Samuel Clarke）可能是最多产的福克斯事业继承人，他常对葬礼布道进行充分遴选，继而收集、出版了大量清教徒生平。这些布道的话语模式本身决定了出于属灵目的的运用。清教圣徒生平一旦从这个语境抽离出来，那么它更有可能根据历史真实性主张而得到正名，如理查德·巴克斯特为克拉克最后合集所作的辩护一样："对年轻人来说，阅读圣徒楷模生平的真实历史是一种令人愉悦、受益颇多的娱乐方式……比打牌、掷骰子、狂欢、看舞台剧、阅读传奇或闲扯好太多了……有些敌人讥讽他写圣徒生平时没有艺术可言，但我认为这是对他的嘉奖。他并不是编造历史，而是从逝者那些忠实的熟人口中获得这段历史……编造属于自己的故事并不应该是一位历史学家所为。"⑧尽管克拉克并没有把诸如约翰·班扬这类没怎么受

---

⑦ 关于现实主义的兴起取决于历史近似与历史的分离，参阅 Hans W. Frei，《圣经叙事的式微》(*The Eclipse of Biblical Narrative: A Study in Eighteenth — and Nineteenth-Century Hermeneutics*)，New Haven：Yale University Press，1974，第 11—14 页。

⑧ Samuel Clarke，《本世纪末诸显要生平》(*The Lives Of sundry Eminent Persons in this Later Age*)（1683），巴克斯特的"致读者"（标记 a3ᵛ, a4ʳ）。因此巴克斯特说起克拉克本人："人们都知道这位作者非常真诚，痛恨撒谎，极度热爱真理"。（标记 a3ᵛ）关于克拉克的诸多出版物，参阅 William Haller，《清教的兴起》(*The Rise of Puritanism*)，New York：Harper Torchbooks，［1938］1957，第 102—108 页。

教育的宗派人士收入其"显要"清教徒合集中,班扬自己的《败德先生的一生》(*Life and Death of Mr. Badman*)(1680)显然是克拉克惠助定型的传统中的一部分。的确,"败德先生"是一位虚构人物,但他是一个自觉的典范,班扬花费很大力气证明他是真实罪愆与罪人的混合人物:

> 所有这些事情要么是我完全知晓的,要么是有目击或耳闻证人,要么我从与之有联系的渠道那里获知,而我对此深信不疑。读者可能从本文涉及的其他事情及文中段落中了解这些,我已在旁注之处用?这样的符号将它们标示出来。

该叙事充斥其他范例式"真实故事",它们"真实且出色",与真实人名相联,或由"一位清醒可信之人"作证。"但假如这出于神意,我,以及其他人不会告诉你更多这类的故事,既不是**谎言**,也不是**传奇**的真实故事。"⑨

班扬的这番话提醒我们,历史真实性主张如何、甚至可能在清教徒中流行,他们的虔诚似乎非常不受自由主义宗教的乐观主义认识论及新哲学影响。为某人的故事声称其具有历史真实性,这不仅是力陈人类感知证据,而且也是否定人为虚构的存在。"他并不是在编造历史",巴克斯特说,"但接受已被编造的历史"。自有"自然之书"(Book of Nature)以来,历史的终极缔造者就是上帝他自己。"被造物无法自造"(creatura non potest creare)是某个奥古斯丁式箴言,清教捣毁圣像的行为为此话赋予了新生命。历史真实性主张通过否认人为创造,至少假设性地达到了传统与现代化目的。它可能修正了被造物唯物论

---

⑨ John Bunyan,《败德先生的一生》(*Life and Death of Mr. Badman*)(1680),"作者致读者",标记 A4^v,第 23—25、152、272、326 页。将马德琳·德·斯居黛里(Madeleine de Scudéry)的标示与班扬的手指作比较,如果我们在她的英雄传奇中遇到土耳其字:"读者们,我已经有意这样做了,并留下以作历史标记",《易卜拉欣》(*Ibrahim; or, The Illustrious Bassa*),Henry Cogan 译(1652),"序言",标记 A4^r。关于斯居黛里,参阅本书第 1 章,注释 97—98。

充足性,光耀了造物主的神性,也同时颂扬了批评史的唯物论标准。诸如此类的体系甚至可在一位新哲学家重现前新教圣徒生平的努力中得到体现。当罗伯特·博伊尔(Robert Boyle)着手重述德奥多拉(Theodora)殉道时,其目的就是写一部避免双重传奇陷阱的真实基督教史。然而,对其计划构成主要障碍的是原始文献的匮乏,同时也需要"极为详尽的情境知识……以使如此挂一漏万的故事有一个人们勉强能接受的完整性"。为有意"将这个故事……扩充为多少详尽的传奇",通过将"殉道者变为仙女或亚马孙女战士"的方式将"一个殉教故事改为一个传奇",这样一来同时犯了基督徒与历史学家的忌讳。这些"带有真实范例的传奇的确比那些想象的,或虚构的故事更能有效地武装读者,强化他们的意识",因此作者没有"捏造令人惊异的历险的自由"。最终,博伊尔对"强加的故事主题与历史所需的真实所能担保之事"稍微进行妥协,以此解决问题。他放弃了对"严肃、审慎的历史学家"权威的严格历史真实性主张,允许自己接受具备"事物本质"可能性的事件与对话的有限虔诚编造。⑩

  属灵自传诸形式优势之一就是其通过当下行为与追溯叙述之间更微妙的叙事平衡,在个人生活与首要模式之间保持基本传记动力的能力。这个平衡被记录为人物的有罪当下与叙述者忏悔回忆之间的某种结构交互。叙述者集合了上帝的无所不在,知道故事将如何结尾。⑪ 这种交互当然有助于某种极为传统的基督教教育类型。当情节横向展开时,人物与叙述者之间的危险差距通过纵向叙事介入而逐渐

---

⑩ 罗伯特·博伊尔的《德奥多拉的殉道》(*The Martyrdom of Theodora, And of Didymus*)(1687),序言,标记 A3ᵛ—A6ʳ,A8ᵛ,见《4 部 17 世纪传奇序言》(*Prefaces to Four Seventeenth-Century Romances*),Charles Davies 编辑,奥古斯都重印学社,no. 42(1953)。博伊尔通过如此观察扩展了德奥多拉的故事,并为其中的某处细节历史真实性进行辩护:"可能她的行为不会看似非常奇特,如果我们不是过于倾向于借助我们自己所处时代与国度的观点与习俗以评价往昔时代、遥远地区的事件的话"(标记 a4ᵛ)。因此,博伊尔这位叙述者根据对自己重要的历史化原则为自己的行为正名,这个原则对作为新哲学家的他来说也是珍贵的(参阅本书第 2 章,第 2 节;关于博伊尔,参阅本章注释 28)。

⑪ 关于在属灵自传中这种平衡的保持,参阅 George A. Starr,《笛福与属灵 （转下页）

缩小，最终两者合而为一，后者的意识已将前者纳入可能被视为赎罪的叙事等同体之物内。的确，未悔罪人物有所作用的危险性显然是借助物质对精神进行居中和解过程中所需重要问题的又一个实例，因为正是只有通过上演一出关于堕落的危险戏剧，人心才能学会接受救赎。弥尔顿在《论出版自由》(*Areopagitica*)(1644)中的著名观点用显然与这个场景有关的术语重申了居中和解问题：

> 我们知道在这个世界上善恶共生，几乎密不可分……可能这就是个劫数，亚当开始明辨善恶，也就是说借恶明善……我们的确没有把天真带到这个世上，更多的是把不纯带来。试炼让我们净化，就是用相反的事情展开……因此，对邪恶的了解与检视就是这世上……构成人性之善的必须，对谬误的审阅便是对真实的确认。⑫

在属灵自传中，历史真实性的护持是融主客观真实性为一体的事宜，内中两者如此难以辨别，以至于直白的历史真实性主张（如我们在别处已遇到的那样）更多的是其证明的伴随策略，而不是可能性或相关性，所有关于自我的引证大多数都具备最详尽的细节。当拉尔夫·托雷斯比(Ralph Thoresby)初次去伦敦时，其父给他一个典型的指示："我会要你在一本自行购买，或用两三页纸做成的小本上记下每天发生的一切，主要与你有关的不同寻常事情。"亨利·纽科姆(Henry Newcome)在自己的小本上记下了这件事，这篇文献的真实性如此之

（接上页注⑪）自传》(*Defoe and Spiritual Autobiography*), Princeton: Princeton University Press, 1965, 第50、162页。J. Paul Hunter,《勉强的朝圣》(*The Reluctant Pilgrim: Defoe's Emblematic Method and Quest for Form in Robinson Crusoe*), Baltimore: Johns Hopkins Press, 1966, 第89—90页。

⑫ 《约翰·弥尔顿作品集》(*The Works of John Milton*), 第4卷, William Haller 编辑, New York: Columbia University Press, 1931, 第310—311页。这个论点在该世纪末那些热切驳斥指控戏剧不道德的杰里米·柯里尔(Jeremy Collier)的作者们中极为流行；参阅 Aubrey L. Williams,《解读康格里夫》(*An Approach to Congreve*), New Haven: Yale University Press, 1979, 第53、71页。

高,以至于它似乎几近达到不是作为目的的方式,而是目的本身的地位:"真实就是,基督徒的笔记比你的心更忠实地记录;对你的魔鬼来说,较之于从我们的书中将你抹去一事,从我们的思想中清除这个良好决心是更容易办到的事情。"⑬当然,纽科姆所意指的虔诚足以彰显。但类似这番话的段落暗示,即便在明确历史真实性主张缺失情况下,人们可能会觉得个人重生的动态戏剧是一出背叛自我的表演。因为大多数属灵自传源自日常笔记或日记,这意味着在圣徒坐下,开始追求弥尔顿所言的"对邪恶的检视"与"对谬误的审阅"之前,他自身经验中最初没有追溯模式。就在进行每天记录,累积间断的历史事实过程中,必须发现叙述者的真实声音,必须把圣灵合并进去,此间,蒙上帝的恩典将产生其自身惩戒与制衡秩序。如果不是这样的话,属灵自传将因不受灵性化的影响而流产,成为纯粹的自传。

二 从流浪汉叙事到罪犯传记

流浪汉叙事传统为近代早期欧洲提供其最吸引人的模型,即在叙事形式的实验室条件下,如何醉心于驾驭冥顽不化的人物与灵性化的叙述者,个人生平与首要模式之间的实验性分裂。《托尔梅斯河边的小癞子》(*La vida de Lazarillo de Tormes*)(1554)源自那些人文主义与反宗教改革运动,这折射出天主教国家里的新教反唯心论,而福克斯所写的同时代圣徒生平受益于此。但在属灵自传中,更多地是借助对决意抵制外部权威训诫的某位英雄的个人化意愿的密切关注,而不是通过历史真实性主张在流浪汉叙事中传递历史化认识论。在这种体制化的抵制中,流浪汉超越了清教圣徒的冥顽不化,其过失至少在对《小

---

⑬ 《拉尔夫·托雷斯比的日记》(*The Diary of Ralph Thoresby, FRS, Author of the Topography of Leeds*)(1677—1724),Joseph Hunter 编辑(1830),I,第 xv 页;引自 Starr,《笛福与属灵自传》,第 10 页;《亨利·纽科姆牧师的日记》(*The Diary of the Rev. Henry Newcome, from … 1661 to … 1663*),Thomas Heywood 编辑,Manchester: Chetham Society, 1849,第 45 页。关于自我的全面且详细印证的新教要求,一般参阅 Haller,《清教的兴起》,第 95—100 页。

癞子》的中是对民事法、实证法的冒犯,一如对神圣法(divine law)那样。然而,正是因为阿莱曼(Alemán)所写的《古斯曼·德·阿尔法拉切》(Guzmán de Alfarache)(1599,1604),流浪汉文类成为一种自觉,并追溯性地把《小癞子》作为某个传统的奠基性授权文本加以颂扬与复原。这对我们当前思考这个延迟原因的主题有些意义。⑭

在《小癞子》中,人物的危险自主性借助主角得以阐述。这位主角与其进行说教的叙述者之间的间断微不足道,仅仅因为叙事功能多半一开始就已经内在化了。小癞子,祸害权威之人也是对其遇到的所有道德虚伪进行权威性讽刺批判之人。因他经历过的事情与相关决定性的道德模式之间的近似之故,小癞子的生平被视为一种自我创造的反身行为(a reflexive act),一种比属灵自传寻常所见更极端的"自主说教";其间,自我构建的转变动因尽管重要,但在神意创造性中有清楚的终极源。阿莱曼的《古斯曼》经典化影响可能部分因为"流浪汉"这个概念,作为更多地以属灵自传方式,在人物与叙述者之间出现的动态张力的概念。较之于小癞子的自主说教,这个概念更坚定地将17世纪世俗化危机戏剧化,其间,反对自给自足的战争看似已经输掉了。无论如何,当下行为的真实性与《古斯曼》中回顾叙述的真实性之间的交互存在问题,并在随后的西班牙流浪汉叙事作品中也是如此,这是现代评论重点关注所在,特别是两种声音之间的鲜明分裂至此创造出道德含糊状态,或看似需要对叙事虚伪进行讽刺性阐释。⑮

西班牙流浪汉叙事开始在16世纪70年代之后的英国,及对《小

---

⑭ 关于此问题的其他讨论,参阅 Alexander A. Parker,《文学与过失》(Literature and the Delinquent: The Picaresque Novel in Spain and Europe, 1599-1753), Edinburgh: Edinburgh University Press, 1967,第6页;Claudio Guillén,《作为体系的文学》(Literature as System: Essays toward the Theory of Literary History), Princeton: Princeton University Press, 1971,第137—144页;Harry Sieber,《流浪汉》(The Picaresque, London: Methuen, 1977,第10—12页。关于《小癞子》的宗教语境,参阅 Parker,《文学与过失》,第20—25页。

⑮ 例如,参阅 J. A. Jones,"古斯曼·德·阿尔法拉切的双重性与复杂性"(The Duality and Complexity of Guzmán de Alfarache: Some Thoughts on the Structure and Interpretation of Alemán's Novel),见《无赖与骗子》(Knaves and Swindlers: (转下页)

癞子》的初次英文翻译产生直接影响。如果托马斯·纳什(Thomas Nashe)的《不幸的游者》(*The Unfortunate Traveller*)(1594)显然是最出名的话,如果小癞子自主说教模式的英国典型并非尽善尽美,那么并不是如此容易地确定《古斯曼》更持久的叙事交互的直接继承者。这大部分是因为对此影响的深思熟虑在对形式现象的定位过程中可能没有什么作用。如我已暗示的那样,这个形式现象不仅植根于流浪汉叙事传统,而且也植根于整个基督教故事讲述的分叉叙事结构。流浪汉叙事,以及复辟时期之后在英国流行的某些新教叙事类型取得的就是对个人生平真实性如此强烈的反应,以至于人们可以多种方式感到首要模式的主导地位存在极大问题。人们可能清楚地感到叙事意识两个层面之间的流浪汉叙事交互明确地在詹姆斯·马布(James Mabb)的《无赖》(*The Rogue*),阿莱曼作品的英译本中得到延续。如马

(接上页注⑮)*Essays on the Picaresque Novel in Europe*),Christine J. Whitbourn 编辑,London:Oxford University Press, University of Hull, 1974,第 30—31、35 页。Christine J. Whitbourn,"西班牙流浪汉叙事传统的道德含糊"(Moral Ambiguity in the Spanish Picaresque Tradition),同前,第 1—24 页;Parker,《文学与过失》,第 32—36 页;Sieber,《流浪汉》,第 18—29 页。惠特本(Whitbourn)("道德含糊",第 13 页)与帕克(Parker)(《文学与过失》,第 70、102—103 页)也讨论了戈维多(Quevedo)的《帕布罗》(*El Buscón*)(1626)。关于辩驳《小癞子》中人物叙述者内在化的书籍,参阅 A. D. Deyermond,《小癞子:批评指南》(*Lazarillo de Tormes: A Critical Guide*),London:Grant and Cutler, 1975,第 7 章。关于属灵自传中的自主说教理念,参阅 Starr,《笛福与属灵自传》,第 27—29 页。关于《小癞子》中涉及语言及写作行为的个性化力量的"隐藏话语"描述,参阅 Harry Sieber,《小癞子中的语言与社会》(*Language and Society in La vida de Lazarillo de Tormes*),Baltimore:Johns Hopkins University Press, 1978。这个论点可能通过考虑新发明的印刷机之自我客体化力量而获得更大的历史深度(参阅本书第 1 章,第 4、5 节)。关于流浪汉与 17 世纪传统信仰及个人行为之间的分裂,参阅 Guillén,《作为体系的文学》,第 102 页。有意思的是,人们观察到从反宗教改革视角来看,借助《古斯曼》(不提及属灵自传)中进行说教的叙述者而将冥顽不化人物同化,这也看似支持唯物论充足性,因为主角能看到这种皈依的必要性并没有因牧师的介入而受益。出于这个原因,耶稣会教士埃吉迪乌斯·阿尔贝蒂努斯(Aegidius Albertinus)完成的《古斯曼》1615 年德文译本明确将叙事分为两个并不相连的系列。第一个系列沿着极为草率的流浪汉插曲式冒险展开。在第二个系列开始部分,他已经历最初的懊悔,叙事本质在于借助一位布道的宗教隐士的努力而完成他的皈依。参阅 Richard Bjornson,"法国、英国与德国的流浪汉小说"(The Picaresque Novel in France, England, and Germany),见 *Comparative Literature*, 29(Spring, 1977),第 129—131 页。

布的书名给我们的提示那样,正是在罪犯或"无赖"传记的英国形式之内,我们可能期待找到特别叙事张力的最多样本土发展,这同样反映了流浪汉叙事的大胆实验,以及属灵传记与自传的冒险举措。⑯

在复辟时期之后得到极大发展的罪犯传记中,认识论的不稳定性开始严重起来。线性、进行中的当下与回顾的垂直行为之间的张力因明确的历史真实性主张而复杂化,这反映了在格兰维尔、笛福及其他人时下"幽灵叙事"运用中明显的相同矛盾。作为基督教教育学传统模式的论点,罪犯传记炫耀性地检视邪恶,审阅谬误,以达到多少有些过于武断的宗教与神意目的:主角既悔罪,又因自己的罪愆而得到公正的惩罚;同时,读者学会赶超前者模范,以此确信自己将避过造成后者堕落的原因。因此,权威的标准说教在某些关键时刻接纳了自主说教的自足性,并对其消毒,至少理论上如此。但如此反转的条件与这种推测共存。有过失的民间英雄,无论是西班牙的流浪汉,或是伦敦泰伯恩刑场(Tyburn)上的强盗在其追求自由过程中都有足够的吸引力,这也暗示"谬误"的普通方式可能事实上就是追求个人真实的途径。假如不是出于有意使故事复杂化的目的,这个暗示可能只会亵渎神明,因此一般不会这么想。较之于流浪汉叙事,罪犯传记中的"权威"更透彻,并且是神圣法与实证法的含糊混合,这样无可争议的上帝意愿承受在其他语境中可能会被认作其对立面,及其变形的世俗化负担。如果这些叙事的读者与刑场上的看客至少暂时被上帝与行政官之间,神意法令与其人类适应物之间等同而产生的自满分心,这不会

---

⑯ 因此帕克在《文学与过失》第 102 页中认为班扬的《败德先生的一生》应被列为《古斯曼》类型的流浪汉小说。关于马布的《无赖》,参阅 Dale B. Randall,《金挂毯》(*The Golden Tapestry: A Critical Survey of Non-Chivalric Spanish Fiction in English Translation 1543-1657*), Durham: Duke University Press, 1963,第 177—179 页。关于 16 世纪流浪汉小说的影响,参阅 Margaret Schlaunch,《英国小说的前身》(*Antecedents of the English Novel, 1400-1600*), Warsaw and London: Polish Scientific Publishers, Oxford University Press, 1963,第 206—219 页。

让人吃惊。近代历史已使之极成问题。⑰

这种含糊的一种形式表现出现在罪犯传记得以依例声称其具有历史真实性的基础中。在这些语境中,"真实历史"被认为首先源自政府机构提供的客观书证,特别是审判笔录及政府职能机构的官方报告。在将他们的持续全面历史真实主张建立在已有秩序权威之上时,⑱传记作者复制了幽灵叙事的不稳定性,其间,唯物主义认识论受命证明最终属于灵性的真实,而政府权威困难地在人性与神性之间穿梭,与两者都未如意融合。当然,政府书证并不是罪犯传记中的历史真实性主张唯一基础。如我们在属灵传记中已看到的那样,个人生平的自主真实性的一个例子就是其产生自身个人引证的能力。大多数情况下,传记包括同名主角的言论与思考,但有时候自我引证以更引人注目,且未经驯化的方式公之于众,如托马斯·丹杰菲尔德(Thomas Dangerfield)回忆录中的那样,展现给公众的是拥有原始数据及历史真实性自身纯洁性的作品,一部未被灵性化的个人笔记:"这位英雄的整个生平是为一个更好的记录与阅读休闲而保守。这些纸张的用意只是等待被人拾起,为关于他历险的真实历史提供新素材。"这部回忆录自身由以下内容组成,即据信为丹杰菲尔德自写的每日"历险"的时间表,与其日常财务"收支"协调的简短记录,属灵自传中极为常见的,令人不由想起是"灵性簿记

---

⑰ 关于罪犯传记这些方面发人深思的探讨,参阅 John J. Richetti,《理查逊之前的通俗小说》(*Popular Fiction before Richardson: Narrative Patterns, 1700-1739*), Oxford: Clarendon Press, 1969,第 30—32、35 页;Lennard J. Davis,《邪恶行为与虚假文字:罪犯、罪性及早期英国小说》(Wicked Actions and Feigned Words: Criminals, Criminality, and the Early English Novel),见 *Yale French Studies*, 59(1980),第 108—112 页;Maximillian E. Novak,《笛福小说中的现实主义、神话及历史》(*Realism, Myth, and History in Defoe's Fiction*), Lincoln: University of Nebraska Press, 1983,第 6 章。

⑱ 罪犯传记作者常常要等到能把新门牧师"描述"的段落包括在内后才出版所写的叙事,就在执行死刑的第二天开始印刷。参阅 Robert Singleton,"英国罪犯传记"(English Criminal Biography, 1651-1722),见 *Harvard Library Bulletin*, 18(1970),第 65 页。

的记录。在将这种自觉灵性化再次具体化过程中,丹杰菲尔德短暂地被编辑赋予贵族英雄与恶棍的特点。该观点的矛盾性在以下事实中得到强化(在这些回忆录中从未被暗示过),即正是这位著名的丹杰菲尔德对标新立异地颠覆1679年"饭桶阴谋"(Meal Tub Plot)负责;一位新教英雄——罪犯在完成迂回启示之前以天主教徒面目示众。⑲

然而,复辟时期的罪犯传记常在已与该时期其他文类熟悉的各种术语中坚称其历史真实性(无论它们的题材是否真实存在)。在多产作家理查德·黑德(Richard Head)所写匿名著作中可以找到这些权宜实例。⑳ 等待真实传记作者挖掘的最丰富矿藏就是玛丽·卡尔顿(Mary Carleton)的职业生涯。1673年,她在泰伯恩刑场上被绞死。在被处死之前的10年间,她已使25部不同作品出版。玛丽的主要对手,她的丈夫约翰显然是不亚于玛丽本人的罪犯。夫妇俩对小册子之战作出重要贡献,这些小册子热切的历史真实性主张在叙事形式层面反映了关于谁将主要承担掩饰罪行这个实质争议。因此,在她一部作品中,玛丽明确地将自己与"约翰·曼德维尔爵士"(Sir John Mandevile)区分,质疑自己劝诫那些"对未亲见的所有事情毫无信心的"读者的能力,将相关书信逐字逐句印出来,"根据最准确的副本",将所有这些起诉、陪审团名单、审判证词、自己的概述陈词、法官对证据法规的指示等文献重新复制,以此叙述自己具有高

---

⑲ Thomas Dangerfield,《个人回忆录》(*Dangerfield's Memoires, Digested into Adventures, Receits, and Expences. By his Own Hand*)(1685),"致读者",标记A2r。关于丹杰菲尔德,参阅 David Ogg,《查理二世治下的英国》(*England in the Reign of Charles II*),第2版,Oxford:Oxford University Press, 1963, II,第592、598页。

⑳ 例如,参阅《英国无赖》(*The English Rogue Described, in the Life of Meriton Latron, A Witty Extravagant*),第2版(1666),"序言",标记A5ᵛ;《杰克森的改宗》(*Jackson's Recantation*)(1674),见《17世纪英国被揭露的假冒女士及其他罪犯小说》(*The Counterfeit Lady Unveiled and Other Criminal Fiction of Seventeenth Century England*),Spiro Peterson编辑,Garden City, N.Y.:Doubleday Anchor, 1961,"附笔",第174页。参阅 Richard Head,《修女希普顿的生平》(*The Life and Death of Mother Shipton*)(1687),A1前页。

潮性质的无罪辩护。㉑

玛丽的力量并不源自政府权威,而是源自个人真实性。只要她在讲述自己的故事,她就更像一位自我构建的女英雄,而不是一位死不悔改罪犯的官方样板。然而,在她丈夫及传记作者的笔下,玛丽·卡尔顿的故事非常容易被视为非法作品,她的历史真实性主张被简化为一位传奇作者的诡诈托词。于是约翰告诉我们,他最初谦恭地把她的个人历史视为"一个美丽的传说",但很快开始痛恨她"遭咒诅的无数虚构"。她的传记作者弗朗西斯·柯克曼(Francis Kirkman)设法消除读者的疑虑,他吐露道:"如果我向您允诺一个关于她整个生平的真实描述,那我是在骗您,因为从整个由谎言拼成的她那里能发现什么样的真实?但我可能不会从我将向您讲述的真实中偏离,我已耗费了些精力以获得内情。"柯克曼已阐明这番告诫,他感到可以尽情放纵自己以声明其具有历史真实性,引用证人之言,并如100年前约翰·福克斯已做过的那样,通过反复审视不可能获得叙事完整性的事实证明自己值得信赖。㉒

尽管其中一位参与者自夸海盗们在勇气方面完胜"我们普通的英国强盗"。在叙事认识论方面,著名海盗们的生平仅仅是罪犯传记的

㉑ 参阅《玛丽·卡尔顿女士案例》(*The Case of Madam Mary Carleton*) (1663),第11—12、70—71、81—82、75—76、80、100—103页。这些文献历史真实性策略并没有阻止玛丽向叙事真实更传统,且为唯心论的标准求助。参考标记A4^{r-v},并参阅本书第6章,注释32—34。一般参阅 Ernest Bernbaum,《玛丽·卡尔顿的叙事》(*The Mary Carleton Narratives, 1663-1673: A Missing Chapter in the History of the English Novel*), Cambridge: Harvard University Press, 1914; Charles F. Main, "德国公主:或真实与虚构中的玛丽·卡尔顿"(The German Princess: Or, Mary Carleton in Fact and Fiction),见 *Harvard Literary Bulletin*, 10 (1956),第166—185页。

㉒ 《约翰·卡尔顿的终宿》(*The Ultimum Vale of John Carleton*) (1663),第7、37页;Francis Kirkman,《被揭露的假冒女士》(*The Counterfeit Lady Unveiled*) (1673),第12页。关于柯克曼(Kirkman)的研究,参阅博恩鲍姆(Bernbaum)所写《玛丽·卡尔顿的叙事》中的详尽分析,第4—6章;以及彼得森(Peterson)编辑的《被揭露的假冒女士及其他罪犯小说》中的评论。

航海版本。㉓也就是说,它们常常需要个人生平历史化真实与道德说教、忏悔改过的抵消行为之间的特别张力。笛福的海盗叙事合集受目击证人历史真实性主张、清醒的"船员"证词的监控。船长阿韦里(Avery)的故事以谨慎地将其与"关于他伟大事迹的传奇报道"进行区别为开始。另一个合集在其最初状态中被视为"一个虚假关系",并已得到来自"那些远征海盗的目击证人"的严格审查,他们"高兴地校正、去除、更改其中多处不实与错误",使之适合"最中肯的评阅。"㉔

三 从基督徒朝圣到科学旅行

17世纪继承了自古以来将旅行叙事与荒诞不经的故事,将游客与骗子习惯性联系起来的传统。本世纪初始,一位作者回忆起"一则普通的谚语,即游客可能借助亲历者的权威讲述传奇或不实之言"。然而,100多年后,另一位作者可能注意到,"小说"在流行方面已被"更有用、更有进益的娱乐"取代,"我指的是历史及游记,可能的虚构故事讲述与之并不构成竞争"。如我们将看到的那样,这完全不是对18世纪早期旅游叙事可信度的普遍观点。然而,17世纪标志着这个转变的重要阶段。当然,到了中世纪末期,朝圣叙事及其对救赎首要模式的

㉓ A. O. Exquemelin,《美洲强盗史》(*The History of the Bucaniers of America*)(1678), A. B. 译(1684),译者的"致读者的信",标记A5ᵛ。关于两类叙事的合集,参阅《新门全日历》(*The Complete Newgate calendar; being Captain Charles Johnson's General history of the lives and adventures of the most famous highwaymen*)(1724)及《亚历山大·斯密斯上尉》(*Captain Alexander Smith's Compleat history of the lives and robberies of the most notorious highwaymen*)(1714),J. L. Rayner 与 G. T. Crook 编辑,5卷本,London: Navarre Society, 1926。

㉔ Daniel Defoe,"查尔斯·约翰逊船长"(Capt. Charles Johnson),见《海盗全史》(*A General History of the Pyrates*),"第2版"(1724),标记A4ᵛ, A5ʳ⁻ᵛ, A6ᵛ;第46页;Exquemelin,《美洲强盗史》,A. B. 的"致读者的信",标记A3ᵛ—A4ʳ。参阅Richetti,《理查逊之前的通俗小说》,第84—85,89—90,118页,其中有关于海盗叙事中叙事张力传记与自传形式的讨论。"船长巴尔托·罗伯茨(Bartho Roberts)"故事的叙述者就著两位临刑的忏悔与不忏悔的罪犯进行说教;参阅 Defoe,《海盗全史》,I,第326—329页。关于笛福笔下有魅力的虚构船长米松,参阅本书第6章,注释31。

虔诚已决定性地适应了世俗旅行者的个人生平。尽管如此,给这个旅行好奇心带来一个新的、实用的、执着就是其与新哲学的联姻。㉕

为"探索"而做的协作努力现在并不只是成为一个可被接受的职业。皇家学会正式及所宣称的目的就是"以提升自然知识为要旨",其第一位历史学家用此训令为致力于积累智力商品的广泛交流网络授权。根据托马斯·斯普拉特(Thomas Sprat)的观点,"他们已开始在全国范围内设立通讯体系,并已接受这样的命令,短期内,沿泰晤士河行进的船只无不出于实验及商品目的而往返……商人们已贡献自己的劳动;他们已帮助建立通讯体系;他们已通过自己的海外代理商回答质疑,并已在所有国家设点观察"。㉖ 皇家学会使科学"进步"与商业"发展"融合的雄心给海外旅行注入某个繁荣产业所具备的热切兴奋。其对旅行事业的体制化鼓励就自身而言,并不是促成复辟时期之后旅行叙事流行的原因。没有哪个单个因素可阐释事实旅行、甚至已发表过的游记,及已印刷的第一人称叙事整体范围的纯粹拓展原因。这些叙事中,有些已被确认为"真实",有些看似或显然属于捏造,它们都专注自己的历史真实性问题,以及如何加以验证。但皇家学会关于如何

㉕ Henry Timberlake,《两位英国朝圣者的游记》(*A strange and true Account of the Travels of two English pilgrims ... to Jerusalem*)(1603),见《两次前往耶路撒冷的旅行》(*Two Journeys to Jerusalem*)(1683),第19页;Mary Davys,《完美的恶棍》(*The Accomplished Rake; or, Modern Fine Gentleman*)(1727),"序言",见 William H. McBurney 编辑,《理查逊之前的4部精选英国小说》(*Four before Richardson: Selected English Novels, 1720-1727*),Lincoln:University of Nebraska Press,1963,第235页。关于此时期前后旅行文学的认识论地位,一般参阅 Percy G. Adams,《旅行者及旅行骗子》(*Travelers and Travel Liars, 1660-1800*),Berkeley and Los Angeles:University of California Press,1962;同作者,《旅行文学及小说的演变》(*Travel Literature and the Evolution of the Novel*),Lexington:University Press of Kentucky,1983,第2—4章。关于中世纪朝圣叙事,参阅本书第1章,注释28—31。

㉖ Thomas Sprat,《伦敦皇家学会史》(*The History of the Royal-Society of London, For the Improving of Natural Knowledge*)(1667),第86、129—130页。斯普拉特的热情与关于"新闻"商品化的怀疑论评论构成对比,参阅本书第1章,注释75。关于对学会往来函件的类型与范围的了解,参阅其第一任秘书所写的(已出版11卷,现仍在出版)《亨利·奥尔登堡的往来函件》(*The Correspondence of Henry Oldenburg*),A. R. Hall 与 M. B. Hall 编辑,Madison:University of Wisconsin Press,1965-1973;London:Mansell,1975- 。

写日常游记的指示在某种程度上成为叙事自身得以立足的基础,这为批判性与理论性话语如何与文学话语发展同步,并发生关系的问题提供了一个出色的样例。这反过来有助于解释在此期间,旅行叙事认识论为何如此丰厚地回报相关研究,随后,我将以某种不均衡的关注度加以诠释。

皇家学会早期的"文学"兴趣当然广为人知。将新哲学致力于散文文体改革是其对17世纪英国文学文化最直接、最著名的影响。复辟时期之后,这种努力集中在为皇家学会辩护之人,以及学会会员所写的著作中。然而,这仅事关某个特殊文学形式,即旅行叙事的创造,皇家学会降格到为写作新模式作特定指示的地步。这些指示的自觉特殊性将其与对奉为先驱的旅行者与探险者所做更早指示区分。但这个批评理论最特别之处,即其对心理学、劝诫、文体技巧之间关系的关注品质源自"官方"资助与旅行者及感兴趣的评论者所作回应之间的互动。该运动自身的直接成功可从落实这些指示的旅行者报告数量中得到评估,在整个复辟时期,这些报告都寄往《皇家学会哲学交流》(*Philosophical Transactions of the Royal Society*),并在此出版。也正是在《交流》的最初几期中,该运动得以启动。随后,我将简要评点这些指示本身,接着再讨论以多种不同方式寻求详述,并践行羽翼未丰的旅行叙事理论的描述与报道。㉗

㉗ 关于散文文体的改革,参阅理查德·F·琼斯(Richard F. Jones)所写的系列开创性论文,"17世纪50—70年代的科学及英国散文文体"(Science and English Prose Style in the Third Quarter of the Seventeenth Century)、"复辟时期对布道雄辩的抨击"(The Attack on Pulpit Eloquence in the Restoration: An Episode in the Development of the Neo-Classical Standard for Prose)及"17世纪中期英国的科学与语言"(Science and Language in England of the Mid-Seventeenth Century),重印于《17世纪》(*The Seventeenth Century: Studies in the History of English Thought and Literature from Bacon to Pope by Richard F. Jones and Others Writing in His Honor*),Stanford:Stanford University Press,[1951] 1969,第75—160页。关于更早的指示,参阅 Adams,《旅行文学》,第78页;费迪南(Ferdinand)致哥伦布,哈克卢伊特(Hakluyt)致弗罗比舍(Frobisher);Margaret T. Hodgen,《16—17世纪早期人类学》(*Early Anthropology in the Sixteenth and Seventeenth Centuries*),Philadelphia:University of Pennsylvania Press,1964,第187页;Francis Bacon,《随笔集》(*Essayes*)(1625),第18篇, (转下页)

该计划的一般术语将与本时期之内其他关于真实问题的质疑相似。传统的旅行叙事常"更多地关注对某地娱乐设施的赞词,而不是与周边邻居真实与谦恭关系的良好维持……但在我们设计的《自然史》中,我们更需要严肃的、全面且准时的真实,而不是传奇或溢美之词"。罗伯特·胡克(Robert Hooke),皇家学会首任实验室管理员勾勒出在实现此需要过程中需要修正的条件:

> 缺少(给船员与旅行者的)足够指示,向他们说明在旅途与住处何为有待观察的相关及可观之事,如何进行观察,并予以记录或描述……缺乏合适的人向适合从事此业之人推广、传递这类指示,教会他们仔细收集进益,把它们写入历史之中……缺少某种简单方式让所有这些得到刊印:首先是单部,随后是多种合集。

如胡克进一步观察到的那样,最初的缺陷已逐步得到如此解决:格雷欣学院(Gresham College)的数学家劳伦斯·鲁克(Lawrence Rooke)解决关于水手的问题;著名机械师与化学家罗伯特·博伊尔解决关于普通旅行者的问题。在《交流》第1期中出现了胡克事关航海与气象现象量化计算工具与技巧的指导。关于如何从本术语最客观的层面解读自然的内容被添入这些指示之中。几期后,博伊尔关于"一部优秀自然史"之撰写的指导也被添入其中,或多或少地根据4个自然元素对观察领域进行划分,列举每个名目之下将遇到的可能现象,以及可能对它们展开调研的理性与实验方法。1692年,博伊尔的"名目"及《交流》中其他相关段落由一位匿名作者重新刊印并扩充,

---

(接上页注㉗)"论旅行"。关于学会此项运动所取得的成功,参阅 George B. Parks,"作为教育的旅行"(Travel as Education)中的图表及估测,见《17世纪》,第286页。一般参阅这部重要专著:R. W. Frantz,《英国旅行者及思想的传播》(*The English Traveler and the Movement of Ideas, 1660–1732*),Lincoln:University of Nebraska Press,[1934]1967,第48—71页。

其重大创新就是在土耳其至格林兰岛一系列特殊地方旅行时把自问的问题包括在内。㉘

如果这些是基本指南,自然的详尽真实性将借此得以引出,如胡克所言,会有关于如何收集这些进益,并"将它们写入历史"的更特殊的暗示。我们被告知,对水手进行指导的目的就是"更好地让他们获得在海外进行可能与此行目的相关与合适观察的能力;应该期待所提及的水手记下准确的日记,在返航时将完好的副本提交……以待皇家学会的审阅"。在重印胡克的这些指导后,4卷本旅行叙事合集的编辑们详述了直接日记及其随后向叙事转型之间关系的重要性:"因此让(旅行者们)手上总有一本笔记本,写下每一件值得记住的事情,并在晚上将白天所记录下来的笔记以更有条理的方式转录……如果可以在其他陌生人的陪伴下检阅所有稀有之物,就不会出错,因为多人聚在一起要比单独一人更容易进行评论。"一般而言,这种记录程序似乎已为人所知,并得到旅行者的认同。威廉·丹皮尔(William Dampier)的叙事"由地点、行为的混合关系组成,并以先后发生顺序排列:出于这个目的,我每天记下自己的观察"。一位匿名评论家这样提及约翰·布雷斯韦特(John Braithwaite)的叙事:"读者将注意到这是以自然、轻松、通俗易懂的文体写就,而且正是从记录每天发生之事的个人日记中选入的文字。"㉙

㉘ 《哲学交流》(*Philosophical Transactions*), II(1676),第552页;Robert Hooke,"序言",见 Robert Knox,《锡兰岛史》(*An Historical Relation Of the Island Ceylon, in the East-Indies*)(1681),James Ryan 编辑(Glasgow: James MacLehose, 1911),第 xliv 页;《哲学交流》,I(1665—1666),第141—143、186—189页。参阅 Robert Boyle,《要目》(*General Heads for the Natural History of a Country ... for the Use of Travellers and Navigators*)(1692)。博伊尔的原始指示节选自其《关于实验性自然哲学效用的思考》(*Some Considerations of the Usefulness of Experimental Natural Philosophy*)(1663)。

㉙ 《哲学交流》,I(1665—1666),第141页;Awnsham Churchill 与 John Churchill 编辑,《合集》(*A Collection of Voyages and Travels*)(1704),I,第 lxxv 页;William Dampier,《新的世界旅行》(*A New Voyage round the World*)(1697),"序言",标记 A3^r;John Braithwaite,《摩洛哥王朝革命史》(*The History of the Revolutions in the Empire of Morocco*)(1729),"序言",第 v 页;莱昂内尔·华夫(Lionel Wafer),"我出国的时候还年少,没有写日记……然而,我没有完全信赖自己的记忆力,早在回英国之 (转下页)

将写作过程分为日记与叙事两个阶段,这可能似乎让人回想起当下行为与回顾叙述,唯物主义人物与灵性化叙述者之间的自传分离与交互。然而,此处重要的是叙事意识的两个层面只是关注改善该描述的文献历史真实性,并且明确禁止作者放弃首要叙事声音的道德评判。确切地说,因为它是第一手且直接的,人物真实性可能被视为可信的。叙述者的工作仅是让这个真实在文体层面更易理解,更有"条理性",如胡克所言,至多行使编辑职能,"将相关与不相关的,及有待抛弃的区分"。根据此番描述,这个选择甚至可由他人完成。㉚

因此,至少理论上来说,旅行描述中的叙事叠加毫不在意在彼此竞争的声音中产生某种张力和某种道德内省情绪,后者在我已暗示的某种叙事赎罪行为方面,以其他形式促使叙述者把人物包括在内。(如我们将看到的那样,甚至那些声称具备充分历史真实性的旅行叙事并不能免于这种抵消动因;至少,相同事件两种阐释的确切存在可能加剧了量化完整性的困境。)这并不是说皇家学会的指导阻碍作者的自我意识,甚至内省。仅将论证的是:权威与这种自我反省的标准并不源自伟大作者的首要真实,而是唯物主义认识论原则;这种认识论的真实并不通过弃绝的方式,而是通过纯粹人类感官力量的利用来获得。

事实上,从某种程度上来说,正是我们从首要概念方案中获得的自由(如弗朗西斯·培根不厌其烦地论证那样)解放了我们的主观功能,以期获得真实。因此,在斯普拉特看来,新哲学"记录"的朴实文体与其记录者的简单与谦卑相似。这些记录者们是新型哲学家,并不擅

(接上页注㉙)前,我已经写下了些文字",见《新旅行》(*A New Voyage and Description of the Isthmus of America*)(1699),标记 A4ʳ。

㉚ 胡克为诺克斯(Knox)的《锡兰岛史》所写的序言,第 xliv 页。关于对往昔和某些当时涉及唯心论偏好及介入之叙事的批评,参阅 Braithwaite,《摩洛哥王朝革命史》,第 vi 页;Jean Frederic Bernard,《北部游记》(*Recueil de Voyages au Nord*)(1715—1724),第 3 版(Amsterdam, 1731-1737),"论关于有效旅行的指示"(Dissertation Contenant des Instructions pour voyager utilement),I,第 cl-clxxi 页。关于此时期法国旅行叙事,参阅 Erica Harth,《17 世纪法国思想意识与文化》(*Ideology and Culture in Seventeenth-Century France*), Ithaca: Cornell University Press, 1983,第 6 章。

长"所有神学与人类事物",而是"朴实、勤勉、辛劳的观察者:尽管他们并不具备太多知识,但他们的手与眼睛未被迷惑,这样不会让自己的大脑被错误意象影响"。科学记录者因其对旧知识的缺乏而能够掌握这种新知识,他是一个快乐地与传统决裂的人。如新教"机械传道者"一样,科学记录者的朴实马上成为一种修辞与文化属性。尽管他只具有普通平凡人性的基本生理功能,他因那些保证明晰观察与真实引证的诚实、真挚、自然与正直等个人美德而与众不同。对旅行叙述者来说,内省的伟大任务首先就是揭示自身这些个人美德,并使之发挥作用,随后将它们传递给读者。因此,如果属灵自传的救赎目的是借助圣徒因神意恩典而称义来获得,那么在旅行叙事理论方面,其极端世俗化似乎在于借助赢得读者的信服而实现的旅行者——主角个人验证。然而,这不是深思熟虑的劝说行为。科学记录者与之决裂的诸多传统中有一个就是修辞传统。他的真实就是严格历史真实性的真实,与逼真真实相对,朴实文体的"朴实性"意味着透明及未加修饰的粗野、反常的自然。蒙田相信在旅行叙事中,"一个朴实无知的人……更可能讲述真实",因为受过更好教育的人"忍不住更改故事;他们从不以原有的简单方式,而是以自己所见到的方式向你描绘事情,或者他们会让它们在你看来如此……为了更好地让你相信,他们愿意用比适用于自己创造更真实的事情达到这个目的"。这种反修辞文体的重要比喻就是对其自身文献真实,及其公开居中和解的叙事历史真实性方面的自我指认的坚持。㉛

㉛ Sprat,《伦敦皇家学会史》,第 72 页;《蒙田随笔集》(*Essays of Michael seigneur de Montaigne*), I (1580), Charles Cotton 译 (1685),第 30 章,"论食人者"(Of Canniballs),第 364—365 页;参阅 Bernard,《北部游记》, I, "论文"(Dissertation),第 cxlvii 页;关于对约翰·弗莱尔(John Fryer)文体的称赞,见《哲学交流》, 20(1698),第 338—339 页;参阅 Fryer,《新东印度与波斯介绍》(*A New Account of East-India and Persia*)(1698),标记 A4ᵛ。关于 1660 年之前的旅行叙事中对朴实文体的呼吁,参阅 Adams,《旅行文学》,第 247—249 页。关于"机械布道"中的朴实文体,参阅本书第 2 章,注释 23。

四 经验主义文体遭质疑

明显虚伪的历史真实性主张传统至少自卢西安(Lucian)的《真实的历史》(True History)出版起就已存在。即便如此,复辟时期及18世纪早期印制的"想象的旅行"可能会用针对该问题已变得如此重要的那个时代的特别方式应对历史真实问题。例如,在处理原在更早时期写就的文本时,同时代编辑以当时的模式甚至对在传统上已被认为是寓言或传说的著作进行辩护。因此,如戈维多(Quevedo)的《旅行》(Travels)一样,约瑟夫·哈尔(Joseph Hall)的《新旧世界》(Mundus Alter et Idem)(1609)在18世纪末被译成"一部小说",其寓言法防御性地与"传奇"对立的《圣经》寓言法联系起来。中世纪末《曼德维尔的旅行》(Mandeville's Travels)一书的18世纪早期编辑支持自己对"作者"所作的不温不火的辩护,因为已将"奇异故事从现在被称为传奇的作品中剔除出去",并认真地展示与之前阐释相关的批评研究(从而至少默认对我们面前的客体"客观性"的验证)。复辟时期独有的想象旅行如约书亚·巴恩斯(Joshua Barnes)之作一样常表明一个甚至更清晰的意识,他们旅行中的奇思异想与上升且相异的认识论构成冲突。其中一个突出明确样例就是前往"笛卡尔世界"(the World of Cartesius)的想象之旅,这唤起了卢西安的模型,其对历史真实性的虚假反诘与其对笛卡尔唯物论哲学的抨击有复杂(但未明说)的关系。㉜

㉜ 《戈维多的旅行》(The Travels of Don Francisco De Quevedo Through Terra Australis Incognita … A Novel),原为西班牙文,英译者为 John Healey(1684),"致读者",标记 A3^r;《曼德维尔的旅行》(The Voiage and Travaile of Sir John Maundevile, Kt)(1725),"编辑序言",第 v-vi 页;Joshua Barnes,《吉拉尼亚》(Gerania: A New Discovery of a Little sort of People Anciently Discoursed of, called Pygmies)(1675),"致读者的序言",标记 A3^r:"在大多数人们心中有这样的内在原则,即他们只承认当前明显之事,直到它们显现才肯相信。"Gabriel Daniel,《笛卡尔世界之旅》(A Voyage to The World of Cartesius)(原为法文,现译作英文)(1692),"全书综述"。关于想象之旅,特别是在17、18世纪,参阅 Geoffroy Atkinson,《1700年之前法国文学中的非凡旅行》(The Extraordinary Voyage in French Literature before 1700),New York: (转下页)

但经验主义思想对这种古代形式的影响可能在被非常恰当地称为此时期想象之旅的"归化"中最为明显。至 17 世纪末,它们的超自然元素衰退的如此之快,以至于对现代学者们来说,重要的问题是确定它们的历史真实性主张是否被认真对待,即"想象之旅"是否可能真的已经发生过。㉝ 所以,近代早期认识论革命的一个悖论效果就是通过完全不信想象之旅这个理念的方式遮蔽,而不是强化"真实"叙事与"想象"旅行叙事之间的区别。这体现在以下事实中:某部当时更大规模的旅行叙事合集的两位编辑,奥恩萨姆·丘吉尔(Awnsham Churchill)与约翰·丘吉尔(John Churchill)兄弟俩有时候会被历史化惯例的娴熟运用欺骗,在后期研究中,此番运用已被证实为虚构描述。但"真实"与"想象"之旅之间界限的流动性也是作为前者为后者生成某个戏仿模型的倾向而显见。当旅行作者们固执地始终追求天真经验主义逻辑时,他们将其诸多认真惯例拓展到他们开始反映自身颠覆性意象的程度。由此,这是向想象之旅迈出的一小步,其说教目的在某种程度上是一种习惯性讽刺,此外,现在可能产生针对天真经验主义自身的戏仿。

在随后内容中,我也会参考这类个人叙事。丘吉尔兄弟俩的编辑评论揭示了得到皇家学会倡导的批评理论的流动性与易变性。当然,叙事中的量化完整性需要与培根的方法及"自然史"的理想完全一致,如迈克尔·亨特(Michael Hunter)指出的那样,这鼓励了"不加区分地

(接上页注㉜)Columbia University Press, 1920;同作者,《1700—1720 年法国文学中的非凡旅行》(*The Extraordinary Voyage in French Literature from 1700-1720*)(Paris: Honoré Champion, 1922); Philip P. Gove,《散文体小说中的想象之旅》(*The Imaginary Voyage in Prose Fiction: A History of Its Criticism and a Guide for Its Study, with an Annotated Check List of 215 Imaginary Voyages from 1700 to 1800*), New York: Columbia University Press, 1941; Marjorie H. Nicolson,《月球之旅》(*Voyages to the Moon*), New York: Macmillan, 1948;Paul Cornelius,《17 和 18 世纪早期想象之旅中的语言》(*Languages in Seventeenth- and Early Eighteenth-Century Imaginary Voyages*), Geneva: Librarie Droz, 1965。

㉝ 参阅 Nicolson,《月球之旅》,第 41、56 页;Atkinson,《1700—1720 年法国文学中的非凡旅行》,第 III 页;Gove,《散文体小说中的想象之旅》,第 97—98、104—109 页。

收集与特定假说无关的信息"。关于量化完整性的困难主题,丘吉尔兄弟俩只告诉我们他们并没有遗漏任何细节,并不是为了"获得这么一种自由,即指导读者公众对这位作者需要了解多少,也不决定哪些人物更有用,哪些又是毫无必要"。很多作者自身以与借助自身描述丰富详细的同样直接方式处理这个问题,但存在例外。威廉·丹皮尔告诉我们,他已把"特定游历"与"附随场境"的小细节包括在内,"我不会伤害我描述中的真实与真诚"。爱德华·库克(Edward Cooke)在自己日记的准确性与完整性方面毫不妥协,他的笔记"精确地记录了我们在海外的所有时间",其"对真实的严谨"可由"女伯爵号船上所有水手为证"。但叙事则是另外一回事。第 1 卷的读者反对库克将风与天气的细节遗漏做事先声明,而第 2 卷包括了暴躁的库克所做的辩护:"用可能既毫无作用,又不有趣的内容充实本卷,这会使全书整体拖沓冗长。"㉞

然而,在必要的与多余的内容之间划线并不是真的就这么简单,如库克从亚历山大·塞尔扣克(Alexander Selkirk)故事中了解的一样。在第 1 卷中,他对在胡安·费尔南德斯岛(Juan Fernandes Island)上发现这位著名的落难人一事相当缄默。他的读者们鼓噪地想得知更多细节,尽管库克乐意让读者们不得不在第 2 卷中得偿所愿,他对放纵"这种习性……在任何与常规有所不同的事故中寻求极为超凡之处"感到更大程度的不安。在同一个岛上遭遇海难的另外两人如何呢?也应该告知关于他们的更多细节吗?"真实历史"的确切引证开始看似与"传奇"的随意详述一道受规则所限。库克对这种两分法的自信影射是为自己将在第二次讲述塞尔扣克故事时所要纳入的内容正名,这就隐藏了他关于如何通过天真经验主义绝对标准对某种程度的选

㉞ Michael Hunter,《复辟时期英国科学与社会》(*Science and Society in Restoration England*), Cambridge: Cambridge University Press, 1981,第 17 页(亦可参阅第 15、18 页);Churchill 兄弟俩,《合集》,I,第 ii 页;Dampier,《新的世界旅行》(*New Voyage*),"序言",标记 A3ᵛ;Edward Cooke,《南海及世界之旅》(*A Voyage to the South Sea, and Round the World*)(1712),I,"导言",标记 C3ᵛ—C4ʳ;II,第 ii 页。

择性进行合理化阐释的困惑：

> 用众多传奇事件修饰某个叙事，以期愉悦不怎么思考的那些人并不是件困难的事情。这些人咽下某位手法巧妙的作者认为可以强加在他们轻信之上的每件事情，对真实或概率毫不关心。谨慎的读者不会为这些小事所动，他们阅读目的就是获取信息，而且轻易地在现实与虚构之间加以区分。因此，我们应该尽可能地满足这类读者的合理好奇心，而不让他们偏离到虚构创作之中。

然而，库克此处采用的步骤显明，真实的文献叙事可能会收缩、膨胀以符合读者需求，然而这仍然会是"真实的"，在其塞尔扣克故事扩充版结尾，他毫不含糊地确信，它是"完全唯物真实，就如此描述而言也是充分的"。㉟

当然，还有某些似乎完全不需要辩护的某些选择类型，只是因为所删除的细节并不配"真实性"的地位。某西班牙耶稣会信徒所写旅行叙事的译者评论道，原著包含很多与我们期待的"旅行之书……这种自然之书常见的此类事情"相悖的宗教素材。随后，他忽略或修正了"宗教叙述"，将松散的结尾织补在一起。尽管有皇家学会的指示，在这几十年间，没有什么比读者带入"旅行之书"的阅读期待更具流动性。丘吉尔兄弟俩天真地评论合集中的一篇叙事："这是前往圣地的朝圣，因此是以宗教文体写就……是渴望前往那些地方旅行之人的出色指南。"但对宗教轻信的怀疑论批判也可能强化了针对这种致力于纯粹自然遗迹与旅行天真充足性的传统、唯灵论攻击。因此，当时朝圣寓言中的此类睿智老向导将自己大部分时间用在假装一位吹毛求疵的历史学家上面，讥讽朝圣者们对托马斯·贝克特(Thomas à Becket)擦过鼻涕的手帕及所有此类奇迹与圣

㉟ Cooke,《南海及世界之旅》,I,第36—37页；II,第 xviii-xix、xxiv 页。

迹"愚蠢传说"的迷信。"我们无需费力妄用"这些欺骗性传说,他说,"因为它们彼此交恶,内心满怀自己的讥讽"。至于神圣的朝圣,他也曾前往基督葬身之处,但"我卑微的灵魂一直以来深信基督已在天堂,在天上的耶路撒冷,而我及同伴们尽可能快地抵达该处"。于是,怀疑论批判的现代工具可以支持,而非颠覆信仰殿堂,这类论点的一个暗示可能就是无法将天真基督徒朝圣与天真科学旅行者两者的唯物论轻信区分。当商人水手爱德华·考克西尔(Edward Coxere)在1690年左右撰写游记时,他发现在自己写的非常详尽历史中穿插一些影射天意,以及以自己皈依贵格教派为顶点的侵入型"宗教阐述"之言是件自然的事情。从首要模式视角来说,量化整体性的标准可能自身似乎就是一个累赘。㊱

　　历史真实性主张在旅行叙事中采用的最普通方法是什么? 如我们可能预期的那样,已经展示了"原始引证"的大量方面。"的确,没有什么能比这个描述更真实",写就克里斯托弗·哥伦布(Christopher Columbus)生平传记的丘吉尔兄弟俩说道,"如果我们愿意相信从舰队司令本人及其亲生子这类极好渠道获得的原有文件的话"。然而,他们关注的方面是有限的,因此在某种程度上比帕切斯(Purchas)逊色的哈克卢伊特(Hakluyt)因在自己著作中加入"如此多的条款、许可证、特权、信札、描述及其他事情"而遭到批评。其文献真实性并不能掩饰它们本质上的无关紧要。旅行叙事的可信度因其他旅行者的证实而提高,这是得到普遍接受的原则,但更重要的原则是目击证人胜

㊱　Nicholas del Techo,《巴拉圭与图库曼省史》(*The History of the Provinces of Paraguay, Tucuman*),译者的"序言",引自 Churchill 兄弟俩的《合集》,IV,第681页;Churchill 兄弟俩,《合集》,I, 第 lxxxiv-lxxxv 页,关于《圣地旅行》(*Relation nouvelle & exacte d'un Voyage de la Terre Sainte*)(1688);Simon Patrick,《朝圣的寓言》(*The Parable of the Pilgrim: Written to a Friend*)(1665),第434—435、436—437、442页。参阅《爱德华·考克西尔的海上历险》(*Adventures by Sea of Edward Coxere*),E. H. W. Meyerstein 编辑, Oxford: Clarendon Press, 1945, 第27、29—30、43、85—86 页。

过道听途说的证词,不管后者的来源多么有名。㉗ 因此,费尔南德斯·纳瓦雷特(Fernandez Navarette)以自己对目击证人经验的赞赏为结束。他告诉我们,他因此"决意不在任何此类作品,而只在自己亲眼所见,所读并亲自过手的相关事件中加以判断",借此将目击证人经验视为所有报道类型的基础。出于类似的原因,丘吉尔兄弟俩能让葡萄牙耶稣会信徒所写的旅行叙事"无疑是非常真实的,如一位正直的目击证人所言。他根据道听途说而写的,与独角兽、犀牛、天堂鸟、鹈鹕、凤凰有关的其他事情则不具备相同的可信度"。㉘ 但如这个对"正直"的影射阐明的那样,强调目击证人经验是对作者的心理予以极大重视。深思熟虑的读者们会想到历史真实性主张只与提此要求的人物一样有力,因此需要多说些旅行作者的"正直"、"真诚"与"谦卑"。为了稍微调整下内省视角,他们不该被视为具有对虚假捏造抱有实际兴趣或情感偏见的能力。㉙

㉗ Churchill 兄弟俩,《合集》,I,第 v、xciii 页;亦可参阅 I,第 xcv 页。关于其他旅行者,同前,I,第 iii、vii 页;A. Roberts,《T. S. 先生的历险》(*The Adventures of Mr T. S. An English Merchant*)(1670),书信献辞,标记 A3^{r-v},第 242 页;George Psalmanaazaar(原文如此),《福尔摩萨的历史与地理描述》(*An Historical and Geographical Description of Formosa*)(1704),"序言",第 i—ii 页;关于目击证人;参阅 Churchill 兄弟俩,《合集》,I,第 lxxxviii、xcix 页;William Lithgow,《19 年之旅》(*Lithgow's Nineteen Years Travels through The most Eminent Places in the Habitable World*)(1682;根据扉页标号,该书写于 1639 年之前),"致读者的序言",标记 A3^v;Knox,《锡兰岛史》,"书信致辞",第 1 页;Gabriel Dellon,《东印度之旅》(*A Voyage to the East-Indies*)(1698),译者的"致读者序言"对作者进行了解述,标记 A7^{r-v}。

㉘ Fernandez Navarette,《关于中华帝国的报告》(*An Account of the Empire of China*),经翻译并由丘吉尔(Churchill)兄弟俩出版,收入《合集》,I,"作者对读者之言",标记 A^v;I,第 xcix 页。纳瓦雷特决心的效果因广泛引用作为自己阅读内容的伊西多尔(Isidore)、杰罗姆(Jerome)、第欧根尼·拉尔修(Diogenes Laertius)《圣经》及其他传统来源内容而被削弱。根据威廉·比达尔夫(William Biddulph)的观点,"1 位目击证人胜过 10 位耳闻证人;因为耳闻证人将所听之事汇报,但目击证人清楚明白,并将所见之事汇报",见《某些英国人的旅行》(*The Travels of certaine Englishmen*)(1609),"致读者的序言",标记 A3^r。

㉙ 参阅 Churchill 兄弟俩,《合集》,I,第 iii、iv、v、vii、xcix、612 页;Navarette,《关于中华帝国的报告》,见 Churchill 兄弟俩,《合集》,"致读者的序言",标记 A^v;Knox,《锡兰岛史》,东印度公司司法委员会及克里斯多佛·雷恩(Christopher Wren)所写的表扬信,见第 xxxvii 页,胡克的"序言",第 xlvii 页。

这里有一个修辞问题,类似涉及声称历史真实性,而非逼真性的问题。正是有时揭示某人正直的尝试只反映了此番努力的徒劳:"与其说我关注的具有传闻中的真诚,不如说它的确就是如此。"良好品性的存在与真实性事实一样都是不言而喻的。两者都不能借助洛克所称的"劝说自身之外的事物"进行证明。从读者的视角来说,两者都是借助叙事文体而传递给自己的传闻。⑩ 既然寻求直接证据是种幻觉,对坚称个人诚实的关注常被重新导向这样的暗示,即良好品性可能就在传递的工具之内,在文体自身形式之内明辨。可能只需要与某个普通"真实氛围"充斥整体的观察同样具体的事物。更有可能的是,真实氛围将与斯普拉特归结于谦卑、未受指导的新哲学"记录者"的否定能力相联,以一种透明的文体展示自己:"这种叙事一点也没有艺术感或语言质感,是一位无知的水手留下来的。如他本人坦陈的那样,他只是担任类似火炮手的职务,差不多类似格林兰岛的渔夫。因此读者可以预期读到只以朴实文体写就的直白事实,它并不适合修改,惟恐这可能滋生一种比直白语言更易被改变的嫉妒。"㊶此处文体的朴实几乎看似文本的文献真实性(即真实)的前提。在其他描述中,为朴实文体所作的传统辩护可能快速地转型为对与真实不兼容的语言修饰所展开的激进批评。㊷

这种对文体明晰的投入其本身就成为历史真实性证据,就其最草率角度而言,这构成人们天真经验主义熟悉的轻信范例。例如,丘吉尔兄

---

⑩ Psalmanaazaar,《福尔摩萨的历史与地理描述》,第 ii 页。关于洛克,参阅本书第 2 章,注释 31。

㊶ Churchill 兄弟俩,《合集》,I,第 viii 页。关于这种文体能力的社会组成部分,比较同前,I,第 v 页:"这种方法是朴实的,也正是水手们所期待的。"Dampier,《新的世界旅行》,"序言",标记 A3ᵛ;"至于我的文体,不能期待一位水手彬彬有礼。"关于"真实氛围",参阅 Churchill 兄弟俩,《合集》,I,第 vii 页;Christopher Borri,《关于印度支那的报告》(*An Account of Cochin-China*),译者的"致读者",见 Churchill 兄弟俩,《合集》,II,第 787 页。

㊷ 例如,参阅 Ellis Veryard,《关于不同选择评论的报告》(*An Account of divers Choice Remarks ... Taken in a Journey through the Low-Countries, France, Italy, and Part of Spain*)(1701),"序言",标记 b2ᵛ。

弟俩并不出于叙事文体及其认识论诸多含意的考虑,而它们习惯性的怀疑论完好无损。的确,他们能够根据与文体无关的可信度经验准则而弃绝某些"传奇"描述,正如他们可以对使自己负罪文体证据没有予以足够重视,如果更具体的证据似乎为作者的可信度辩护的话。极受瞩目的是,至少他们某处曾愿意给予更确凿的证据优先权,而不是文体,后者的品质似乎确证了叙述的真实性:"这位作者以值得称颂的文体写作,但他的历史没有可信度,充满了谬误描述,如该书某些部分的所有其他作者一样编造而成。"在如此时刻,批判性研究的比较法似乎证明了其毫不妥协的严谨。另一位作者"用朴实,毫不造作的方式讲述了其与摩尔女性的某些情事,以及男性与其他动物非常奇怪地变为石头的过程"。我们如何理解丘吉尔兄弟俩的上述中立观察?㊸

　　进行讥讽性解读的诱惑是一种反应,就作者们而言,此处如别处一样,是针对怀疑论突然悬置的反应。在我们看来,这看似任意之举。如关于基督徒虔诚的"愚蠢传说"一样,纯朴的旅行描述现在看似"彼此交恶,内心满怀自己的讥讽。"批评法突然看似只是一套陌生的习俗,已替代了那些旧的熟悉习俗。尽管是相反的论点,历史真实性主张至少暂时看似忠实于文字,而非事物的真实—价值,因此如果某个叙事观察到合适的习俗,它就证实了自己的真实性。貌似有理中的这类过失必定归结于该理论的不准确性,因此是主宰它们习俗运用的规则的不稳定性,而不是这些叙事的习俗性。虚伪或欺骗的效果至少部分源自作者及读者关于需要何物来确定叙事真实这个问题的不确定性。这是一个问题,在寻求讲述某个"真实历史"过程中是否出于"真诚"的两类作者们同样感受到了这个问题,因为在这两个案例中,真实问题只有从彼此竞争习俗之中所做选择方面为人所知(尽管当时大多数人未曾如此看待)。在"真实"旅行叙事中,我一直进行说明的问题

㊸　参阅 Churchill 兄弟俩,《合集》,I,第 xcix、cxix 页;I,第 xcix 页;关于约翰·乔斯林(John Josselyn)的《两次新英格兰旅行报告》(*An Account of two Voyages to New-England*)(1674)(参阅 Josselyn,第 34 页,第二次旅行的开始);I,第 lxxxviii 页;I,第 xcix 页。

类型也源自想象叙事。事实上,在这两者之间常常没有什么差别,前者是带着某种自觉对天真经验主义进行戏仿的想象之旅,后者是满怀热切与恣性洋溢地声称历史真实性的想象之旅。

前类的两个极佳例子事关前往未知的南方大陆(Terra Australis Incognita)的旅行。两位旅行者都是法国人,其中一位因已从身为怀疑论者的丘吉尔兄弟俩那里得到称赞而似乎有足够的道理。㊹ 西蒙·贝林顿(Simon Berington)的想象之旅为后类提供了样例,因为尽管高登迪奥·迪·卢卡(Gaudentio di Lucca)的旅行故事显然属于乌托邦,其历史真实性主张就其极端性而言非常出色,并且此处没有戏仿意图的证据。贝林顿的副标题独自显明,证明的复杂元故事将会严重威胁旅行叙事自身的优先性,特别因为它运用于叙事真实问题,即真实性的终极法律评测与天主教宗教法庭对叙述者的审问。㊺ 我们从出版

㊹ Denis Vairasse d'Allais,《萨瓦里提斯的历史》(*The History of the Sevarites or Sevarambi: A Nation inhabiting part of the third Continent, Commonly called, Terrae Australes Incognitae*)(1675);同作者,《萨瓦里提斯的历史,第 2 部分》(*The History of The Sevarites ... The Second Part more wonderful and delightful than the First*)(1679); Gabriel de Foigny,《未知南方大陆的新发现》(*A New Discovery of Terra Incognita Australis, or the Southern World. By James Sadeur a Frenchman ... These Memoirs were thought so curious, that they were kept Secret in the Closet of a late Great Minister of State, and never Published till now since his Death*)(1693)。丘吉尔兄弟俩的告知(《合集》,I,第 lxxxiii 页)至少部分来自对 1692 年富瓦尼(Foigny)作品法国重印本的评论,见《学者通讯》(*Journal des Sçavans*)(1693),XX,第 526—532 页。关于这些作品中的戏仿元素,参阅 Harth,《17 世纪法国思想意识与文化》,第 295—299 页。

㊺ 《高登迪奥·迪·卢卡的回忆录》(*The Memoirs of Sigr Gaudentio di Lucca. Taken from his Confession and Examination before the Fathers of the Inquisition at Bologna in Italy. Making a Discovery of an unknown Country ... Copied from the original Manuscript kept in St. Mark's Library at Venice: With Critical Notes of the Lerned Signor Rhedi, late Library-Keeper of the said Library. To which is prefix'd, a Letter of the Secretary of the Inquisition, to the same Signor Rhedi, giving an Account of the Manner and Causes of his being seized. Faithfully Translated from the Italian, by E. T. Gent*)(1737)。事实上,回忆录最初是英文。传统上将此回忆录归在伯克利主教(Bishop Berkeley)的名下,现在一般认为这是牧师西蒙·贝林顿(Simon Berington)之作。参阅《注释与质疑》(*Notes & Queries*),2(1850),第 327—328 页;Lee M. Ellison,"'高登迪奥·迪·卢卡':一个已被遗忘的乌托邦"(Gaudentio di Lucca: A Forgotten Utopia),见 *PMLA*,50,no.2(June,1935),第 494—509 页。

商那里得知关于他接收手稿的迷宫般故事,其中的核心人物是圣马可教堂的图书管理员雷迪先生(Signor Rhedi),他在证明迪·卢卡品性的文字中得到引述。我们随后从博洛尼亚(Bologna)的宗教法庭多明尼加派长老(Dominican Master)致雷迪的信中得知审判者如何已完全相信迪·卢卡的"奇异描述"的真实性,"他以如此沉稳的口吻讲述,几乎没有留下任何质疑其真实性的空间";他把原本《回忆录》附上供雷迪收藏,并署名"圣伊沃瑞尔的F·阿里索(F. Alisio de St. Ivorio)……博洛尼亚,1721年7月20日"。㊻我们从迪·卢卡本人那里得知其旅行历史,中间穿插着审判者的质问及雷迪所写的,证明各详尽细节真实性的脚注。因此,尽管元故事的情节显然涉及事关其核心人物的审讯与辩护,同样清楚的是,他不是根据真实的属灵标准,而是根据事实性与历史真实性的严格标准得到评测。然而,首要叙事声音周期性的中断并非意味着不在场。相反,它们已采用宗教法庭强行提问的世俗化形式,这正好引出叙述者真实历史、强行评注的实际内容,并附上专业的文件保管者所添内容,这构建起作为现在受我们关注的、已被编辑成文本的历史的文献客观性。

没有比旅行叙事更可能使自己具有"新奇,因此真实"悖论性质的话语模式,其中一个主要习俗就是期待未曾期待的事情。㊼许多此时期的旅行叙事已经借助这种最大胆、最危险的历史真实性主张。韦雷斯·达莱(Vairasse d'Allais)已让他的出版商说了这番话:

秘鲁、墨西哥、中国等地的历史最初被很多人视为传奇,但时间已经证明自那以后,这些历史都是毋庸置疑的事实。

㊻《高登迪奥·迪·卢卡的回忆录》,"出版商致读者",第 iii—xiii 页(这些页码之间的间隔因马赛海关官员粗暴检阅所致,这也证明该文件的质朴的不完美以及真实性;在《回忆录》第282页已注明此处的间隔);同作者,"导言",第1—24页。参阅第335页,审判法庭秘书承认他们相信迪·卢卡所言。
㊼例如,参阅斯宾塞(Spenser)为自己"仙境"之旅而做的辩护,见诗歌《仙后》(*The Faerie Queene*)(1590),II。关于悖论,参阅本书第1章,注释73、100;第2章,注释11、41。

我们中的任何人都有闲散性情,对新奇发现要么鄙嗤,要么拒绝……如果此处说起这个国家或人民似乎超越所有可能性的事情,我们必须知道当这些人民拥有居住在人间天堂的优势时,他们拥有关于自然,以及看似奇迹的自然效果的知识。

如这个论点暗示的那样,旅行的相对化效果无需将我们引至自然本身与气候、习俗相关这样的结论。相反,如其他作者提及的那样,"自然根据其原始的重要规律在世界所有地方发挥作用……非洲或印度的怪兽在那些当地人看来没什么令人吃惊的,如我们欧洲人之于常见并饲养的野兽一样"。这是我们自己掌握知识的能力,与我们具体的自然环境与机会有关。"我们已把诗人或古人告诉过我们的关于这个世界最初居民的历史视为寓言",第三个人说道。但美洲土著人很好地回应了那些描述。"从未见过自己村庄以外事物的他们未曾想过尖塔还有除自己所见以外的其他形状……因为我们并未见过那些事情,我们只是通过别人的传闻得知。人们现在并不告知我们未曾在这些地方出现的所有事情。"但随之将未曾见过或报道过的,或如果已报道但未读到的事情当作"传奇"而摒除,这就愚蠢至极(第四人所言)。⑱

"真实"与"想象"旅行作者们所做的这些自辩努力在阿芙拉·贝恩更具异域风情的想象"真实历史"中找到令人信服的相似之处。《奥鲁诺克,或王奴真实历史》(*Oroonoko; or, The Royal Slave. A True History*)(1688)开篇的著名历史真实性主张在《漂亮的负心女》(*The Fair Jilt*)(1696)的首段得到更简洁的回应:"我在此处并非假装用一个编造的故事,或任何用传奇事件拼凑而成的任何文字使你愉悦;每一个

---

⑱ Vairasse d'Allais,《萨瓦里提斯的历史》(1675),标记 A4ʳ;同作者,《萨瓦里提斯的历史,第 2 部分》,标记 A3ʳ⁻ᵛ;Dellon,《东印度之旅》,译者的"致读者的序言",标记 A6ᵛ;Heliogenes de L'Epy,《鞑靼游记》(*A Voyage into Tartary*)(1689),"序言",标记 A7ʳ—A8ᵛ, A9ᵛ;Louis Hennepin,《新发现的美洲大国》(*A New Discovery of a Vast Country in America*)(1698),第 4 页。

场境都是名符其实的真实事件。我本人是正文大部分事件的目击证人；对于我未曾见过之事，我从参与其中的圣弗朗西斯派圣徒那里得到确认。"㊾这类叙事强入在贝恩用第三人称讲述的整个苏里南（Surinam）历史中频现，但在她既是叙述者，又是历史中的人物这双重角色中并没有张力，因为两个角色都倾力于亲自见证、进而验证核心人物这个单独目的，核心人物的个人历史与贝恩自己的历史有所不同。这个验证目的也因贝恩根据《奥鲁诺克》解读"新奇，因此真实"的原则而得以实现："在我前往另一个世界旅行时有幸结识这位王奴……如果还有任何看似传奇之处，我恳求大人您（梅特兰大人）考虑到这些国家的确在各方面与我们的国家有如此多的不同，以至于在此出现难以置信的奇迹；至少在我们看来，它们是如此新奇。"㊿

　　这种历史真实性主张方法涉及的潜在危险在贝恩的旅行叙事中得到充分实现，其天真经验主义并没有泄露戏仿意图。如果在韦雷斯·达莱的"人间天堂"中，自然效果据说至少"看似奇迹"，贝恩大胆且心安理得地将自己笔下的苏里南理想化为一个人类堕落前的伊甸园。她在别处坚持王奴的历史真实性，他被创造出来，以熟悉的形象，用夸张的传奇语言来想象他的心上人。这对情侣在旧世界分开后，因传奇发现的所有奇迹而在新世界相会（参阅 2—3，14，43—44，48—

㊾ Aphra Behn,《漂亮的负心女》(*The Fair Jilt; or, The History of Prince Tarquin, and Miranda*)，见《已故聪慧的贝恩女士所写的历史与小说集》(*The Histories and Novels Of the Late Ingenious Mrs Behn*)（1696），第 4 页。比较贝恩致亨利·佩恩（Henry Pain）的献辞："这部小历史……是真实的，即你如此珍视的真实……这是现实与事实，并在我们后来时期内上演……我从这位不幸的伟人口里得知其中一部分，其他的都是我亲眼所见"（标记 A2ᵛ，A3ʳ）。至于其他历史真实性主张，参阅第 19、24、35、161 页。参阅 Behn,《奥鲁诺克》(*Oroonoko*)，Lore Metzger 编辑，New York，Norton，1973，第 1 页；随后的引用将来自本版本，并在正文中出现。关于论证贝恩在苏里南经历是否虚构的研究总结在以下文献中有所体现，参阅 George Guffey，"阿芙拉·贝恩的《奥鲁诺克》：时机与成就"(*Aphra Behn's Oroonoko: Occasion and Accomplishment*)，见《两位英国小说家》(*Two English Novelists: Aphra Behn and Anthony Trollope*)，威廉·安德鲁斯·克拉克（William Andrews Clark）纪念图书馆，Berkeley and Los Angeles：University of California Press，1975，第 5—8 页。

㊿ 《已故聪慧的贝恩女士所写的历史与小说集》，"书信献辞"，标记 A5ᵛ—A6ᵛ。

49)。面对如此的不一致,我们可能不禁为类似贝恩这类作者构想一个特别取巧的"批评理论":只有将你的旅行叙事称为真实历史时,其历史真实也将获权不受最明显的传奇虚构化所困。将其与诸如《隐姓埋名》(Incognita)这类高度自觉的反传奇作品相比,颇有指导意义,因为贝恩与康格里夫一道有强劲的反传奇动因,及将真实问题追踪到情节自身的意愿。然而,这种追踪止步于极端怀疑论,尽管这种进入自我戏仿之举的逻辑有时感到难以调和。

贝恩因苏里南印第安人身上的自然纯朴而珍视他们,她从这个样例中推导出如此箴言:"纯朴自然……比所有人类创造更好地指导这个世界"(3)。但她也知道自然纯朴为欺骗提供机会,如她的某位男亲戚发现的那样,土著人因他携带的放大镜功效而想奉其为神灵:"在他们之中创建某个无名或过分的宗教,将任何理念或虚构强加在他们身上并不是件难事"(56)。在如此段落中,贝恩因身处对纯朴轻信的推崇与怀疑论的巧妙保护之间而左右为难。在奥鲁诺克身上,她创造了一个将这些对立特点融为一体的英雄,并明显地假借复辟时期之形。奥鲁诺克接受过禁止绝对相信他人之言的贵族要义训练,但他轻易上了使其沦为奴隶的英国船长寻常欺骗的当:"奥鲁诺克的荣誉感便是如此:他自己一生从未食言,如果某人并非庄重地宣誓,他也会立即相信这人所说的事情"(34—35)。但他也可能扮演一位自由思想家的角色,他对基督徒在"我们三位一体理念"(46)方面容易被骗的"信仰"进行"取笑"。当奥鲁诺克明确意识到"不可信任白人或他们敬拜的上帝"时,他甚至必须认定文字与文献客观性的堕落,决意"永不相信他们所说的每句话",并要求随后的所有誓言"将以书面形式,用他们自己的手来签订"(66)。但在这种满心悔恨地转向西方怀疑论时失去了一些东西,奥鲁诺克的历史随后很快在绝望复仇与自我牺牲之典范的狂暴中结束。

更早的某个情节已极为明确地阐述了奥鲁诺克品性得以居间的不稳定复合体,其间,他的"巨大好奇心"被南美"令人麻木的鳗鱼"这难以置信的现象吸引,以至于他出于"实验目的"而手抓一条,结果几乎没让自己淹死(53)。怀疑论与轻信在此处的融合是通过作为皇家学会绅士能人的奥鲁诺克那有所意指的(如果是短暂的话)一瞥来表达。作者在自己认识论不稳定中实现了这个相同的文化类型。天真经验主义与历史真实性主张同时质疑,并否定"所有人类创造",以及人类创造因此可被直接观察与经验替代这样的轻信。然而,随时崇拜偶像的印第安人似乎说明,怀疑论的缺失并不保证创造的缺失,总以各种形式加以干涉,而这些形式都由我们所属的特定文化群落决定。对贝恩来说,这就是怀疑论开始适得其反的时刻,因为它否定了自己讲述真实的能力。如康格里夫一样,她从未被感动到揭示作者将"任何理念或虚构强加"在读者身上的这种驾驭力量。[51] 因为轻信的印第安人与读者之间的相似从未突破叙事自觉的表面,贝恩也许可能确信我们简单且易接受的信仰不是借助假冒,而是借助确实发生过的真实得到回报。希望就是反传奇,否定之否定因此将作为旅行叙事的真实历史而自行完善。对怀疑论读者来说,风险就是它将仅看似一个"新传奇"。

五　极端怀疑论的出现

因此,作为新传奇的历史化旅行叙事的直白去神秘化只是使已在天真历史真实性主张自身显见的倾向明确化。对典型的,已被验证的复辟时期旅行叙事持怀疑态度的读者冷静地在其书名页注明"一位新型传奇作者所写",以此驳斥小册子中的过度历史真实性主张。50年后,约翰·麦基(John Macky)将针对法国旅行与法国回忆录两者的认识论批评联系起来:"法国人当然是最不适合描述各国的人……因为如果他们不把传奇事情掺入自己的描写,那么文章就会被视为平淡无味,不被人们接受。他们大多数的现代回忆录如其小说一样只是一种

---

[51] 比较康格里夫的挪揄邀请,我们可以发现"作者的力量或奇想";参阅本书第1章,注释124。

讲述传奇的新方式,因为《堂吉诃德》的讥讽令斯居黛里(Scudéry)旧方法难堪;所以他们的旅行与行程完全一样。"㊾

朴实文体及其随后要求的虚假谦恭极易受直接抨击与戏仿的影响。例如,无法说服亨利·斯图贝(Henry Stubbe)接受皇家学会明显的绝对信任,即作者的纯朴是其可信度的保证:"我认为,已知世界还有更多的区域,并随之一道进入亚里斯多德时代。但我们对粗心的或不准确的商人与水手写下的叙事有多少确信?"㊿弗朗索瓦·米松(François Misson)提供了朴实文体更间接的戏仿颠覆的可笑样例。在流放时期内的广泛游历之后,胡格诺派教徒(Huguenot)米松在1707年定居伦敦,随后立即出版弗朗西斯·勒盖特(Francis Leguat)的游记。这是一部描述想象之旅的作品,但它对历史真实性主张惯例的调用却是如此高妙,足以让当时的编辑相信该书重要的科学价值。然而,米松在其序言某处挑明了自己的虚构。此虚构长到足以质疑将真实与实质虚假简化为纯粹修辞的过程。"勒盖特"的朋友们已说服他写下自己的旅行,"给我列举大多数虚假旅行之作,其中一些假的实在离谱,却又十分流行……悲惨的传奇、拙劣的寓言找到了一个发泄口。为什么我的真实传奇不能有一个好结局?我期待挑剔的读者会说,此处有一种阐释这些事情的方式"。米松此时开始假冒那些新且"悲惨的传奇"的愚蠢爱好者所作的反应:

㊾ Richard Head,《啊,巴西》(*O-Brazile, or the Inchanted Island: being A perfect Relation of the late Discovery and Wonderful Dis-Inchantment of an Island On the North of Ireland*)(1675),见《17世纪超自然传说》(*Seventeenth-Century Tales of the Supernatura*l),Isabel M. Westcott 编辑,奥古斯都重印学社,no. 74(1958);John Macky,《英国之旅》(*A Journey through England*)(1724),II,第 iii 页,引自 Adams,《旅行文学》,第 106 页。对让·沙普兰(Jean Chapelain)来说,不是斯居黛里(Scudéry),而是拉·卡尔普勒内德(la Calprenède)描述了被新旅行传奇替代的旧传奇;参阅1663年信札,引自 Atkinson,《1700—1720 年法国文学中的非凡旅行》,第10页。关于作为新传奇的法国回忆录评论,参阅本书第1章,注释101、102。

㊿ Henry Stubbe,《从更遥远到不再》(*The Plus Ultra reduced to a Non Plus*)(1670),第21页。

此处有一种阐释这些事情的方式:人们阅读一个很好的故事时充满愉悦,尽管其自身可能是无甚价值的传奇或无足轻重的故事。人们现在比以往更热切地谋求语言的完美。例如,《暹罗游记》(*Voyage to Siam*)中舒瓦西修道院长(the Abbot of Choisy)的琐事在读者心中有一种无可比拟的恩典,比由更珍贵素材构成的众多其他事情更令人愉悦。**我们抛锚:我们准备启航。风起劲地吹。罗宾死了。我们做弥撒。我们呕吐。**尽管这如其他贫乏文字一样,然而,在他的书中,这些文字一半是由他们所写,这些是句子,并没有告知读者它们的价值……你错误地想象自己的历史(被想象的读者继续下去),尽管真实、独特,甚至不道德,如你所愿那样有政治性,它们可与某本极佳作品媲美。(54)

极端怀疑论的戏仿举措在关于新教虔诚的文件中并不常见。如果真有其事的话,长期以来,朝圣寓言的字面阐述得到新教改革个性化、历史化倾向的惠助。清教关于自我引证的要求适用于水手及任何

(54) François Misson,《新东印度之旅》(*A New Voyage to the East-Indies, by Francis Leguat and His Companions*)(London and Amsterdam, 1708),"作者的序言",第 iii-iv 页。"序言"尤其充斥着历史真实性主张、真诚及文体质朴。参阅 Misson,《新东印度之旅》,Pasfield Oliver 编辑, London: Publications of the Hakluyt Society, 1891),序言,第 ix 页:"然而,勒盖特描述中的主要现代科学兴趣无疑取决于他对马斯克林群岛(Mascarene Islands)当时留存的奇异鸟儿与动物予以的详述细节。随后这些鸟儿与动物的灭亡使这位哲学家似的胡格诺派教徒的个人观察对自然主义者来说极为珍贵,而且它们具有如此明显的简单与真实性特点。"(引自 Atkinson,《1700—1720 年法国文学中的非凡旅行》,第 44 页)勒盖特(真实的个人)接受了这部著作,直到阿特金森(Atkinson)(第 35—65 页)指出这是抄袭之作,并论证该序言及旅行本身都可能归于米松名下。关于米松旅行-叙事戏仿的目的,参阅 François Timoléon,《暹罗游记》(*Journal du voyage de Siam fait en 1685 et 1686, par M. l'abbé de Choisy*)(1687),Maurice Garçon 撰写导言, Paris: Ducharte, 1930。该形式是逐字记录的日记形式;关于文体自主意识及历史真实性主张样例,参阅该书第 1 章,第 7 页。比较米松的戏仿与 G. H. 布让(G. H. Bougeant)的《奇异之旅》(*Voyage merveilleux du Prince Fan- Férédin dans la Romancie*)(1735),其第一人称,同名主角声称自己在罗曼西(Romancie),他所钟爱的传奇之地的旅行具有历史真实性。(参阅 Adams,《旅行文学》,第 272—273 页)

人,关于如何灵性化"改善"海上旅行的指示可能极近似皇家学会关于如何科学性地使之得以改善的指示。(55) 但如我们所见,基督教对人类自足性(human sufficiency)的批评可能也因怀疑论而强化,而非被其腐蚀。在众基督徒水手中,威廉·奥凯利(William Okeley)已运用历史真实性主张及经验主义真实标准,且未因此而被利用,这是他取得的特殊成就。奥凯利娴熟地在"传奇"的唯心论与唯物论两种贬损之间切换,(如奥古斯丁所言)设法"运用"历史真实,而不加以"享受",设法教导他的读者们如何使之为基督教信仰服务,反之如何鄙视它。这个结果就是不可能的,但有效的复合体,即基督徒的极端怀疑论。(56)

奥凯利知道,某些作者相信他们的读者不会接受"奇物、奇迹之下的东西……蛇发女怪、人鸟女怪、人马怪物及被施魔法的群岛……他们首先在自己的头脑中形成精巧传奇的理念,然后将它们强加在世界之上以作历史真实"(标记 B1^{r})。其他人写到,我们把关于战争的野蛮血腥描写"误称为历史",它们随着"每一处详细场境的确信与精准而

---

(55) 例如,参阅 John Ryther,《船员之地》(*A Plat for Mariners*)(1672),标记 A3;Josiah Woodward,《水手的监视者》(*The Seaman's Monitor*)(1703),第 40 页,引自 J. P. Hunter,《勉强的朝圣》,第 83—84 页,第 71 页,注释 55。另一方面,阿芙拉·贝恩似乎已将自己声称要在故事中加以实践的日记引证严谨性与其特别的新教主义运用明确区分。参阅《假冒的高等妓女》(*The Feign'd Curtezans; or, A Night's Intrigue*)(1679),III,第 i 页。此处,清教神学家蒂克泰斯特先生(Tickletext)在欧洲大陆旅游,并担任西尼亚尔·布丰爵士(Sir Signal Buffoon)的导师。他被问及所带的是什么书时回答道:"一个小本子,先生,我把最值得记住及最难忘的当日发生之事抄录下来……(大声朗读其中一段):4 月 20 日,起了非常大的风暴,雷鸣电闪,大雨倾盆,这是糟糕天气的明显标记。22 日,我们的 12 只鸡中的 9 只跑出来了,飞下了船,其他 3 只奇迹般地逃逸,当天被我当作早餐给吃了。"后来,蒂克泰斯特说,"先生,为有益于国家,等我回来时会把它给印出来,我想这是值得做的一件事情。"

(56) William Okeley,《伊本-艾泽》(*Eben-Ezer; or, A Small Monument of Great Mercy. Appearing in the Miraculous Deliverance of William Okeley [et al.] From the Miserable Slavery of Algiers*)(1764)。1675 年初版,1678 年再版(参阅标记 A2^{v})。奥凯利的叙事详述了自己参加 1639 年的远征,随后被土耳其海盗俘虏,在阿尔及尔当奴隶,被迫加入海盗,1644 年逃脱,并回到此时已经卷入内战的英国。奥凯利对属灵自传惯例的坚持随着叙事的发展而提升。关于《伊本-艾泽》及其他具有某些类似特征的旅行叙事的讨论,参阅 George A. Starr,"逃离野蛮"(Escape from Barbary: A Seventeenth-Century Genre),见 *Huntington Library Quarterly*,29(1965),第 35—52 页。对奥凯利作品的引用已在正文中用括号标示。关于奥古斯丁,参阅本书第 1 章,注释 27。

被写下，仿佛……它们已经……如胜利女神那样扑打着怀疑的翅膀在两军上空盘旋，并由此借助《谢尔顿的速记法》（*Shelton's Brachygraphy*）（原文如此）而可能安全地记录下所有所说或所做之事”（ii）。(57) 当前读者无需害怕此类传奇欺骗，奥凯利很快为读者提供了所熟悉的确信，即他将叙述的旅行“为很多人所知，并已经过不易犯轻信之过的人的眼睛、耳朵的过滤与检视”（xii）。

有鉴于这种准备，现在非常令人吃惊地发现奥凯利心中有比历史更高的真实理念，在最后的分析中，“传奇”损害了缺乏天意，而非经验主义真实的叙事。他令人宽心地如是说：读者“事实上将只会读到精
115 准真实；他可能遇到的奇迹是上帝亲手之作，而不是人类的创造”。唯一起作用的区别就是“那些绝佳智慧事宜的传奇与严肃谨慎的神意创造之间”的区别（ii）。甚至某位超自然幽灵的灵巧历史学家可能已取得这个已被研究的效果。使奥凯利与众不同的是其直白告诉我们何时“幽灵历史”成为术语中的矛盾的能力：“但现在读者面临的巨大危险在于纵览某些上帝之作，但未曾在此亲睹上帝……普通观察者的思考受自己眼睛所限，其可以看见天堂的眼睛……极大地失去了其主要功能，这将引导我们的思想达至上帝这个第一起因，并为此辩论”（iii）。奥凯利现在与皇家学会关于如何“改善”自然知识的观点极为不合，他进一步为某人列出一个反—“指示”单子，此人会准确地阅读旅行叙事，而不是视之为事实（iii）。这些大体由标准的阐释指南及虔诚的信仰规劝组成。但后来，他也作出精明的暗示，朴实文体比为自然现实及横向旅行的准确描述而炮制的文体更直白：“那些运用海洋语言的人中有多少人发现大海的巨浪对他们的惊叫与祈祷充耳不闻？”奥凯利问道：“他们富丽堂皇的船只蔑视了风，谴责了浪，当我们没有他们这样的船只及相关技巧时，我们体验过他们为之陌生的那些天意安排吗？”（50）

---

(57) 即托马斯·谢尔顿（Thomas Shelton）的《速记法》（*Tachygraphy*）（1638），一种速写体系。比较理查德·斯蒂尔爵士对军事回忆录目击证人的怀疑，参阅本书第 1 章，注释 121。

奥凯利的文字力量在于他将经验主义真实的标准与首要基督教模式的标准同化的明智技巧。在此模式中,除工具性、暂时性类型之外的任何其他经验主义都把其真实表象认作人类虚荣的最新阐释。战线因此调度而被重划:宗教信仰与传奇并没有成为同盟,而是对手。基督教属灵真理与历史真实的认知为伍,并与天真经验主义的传奇幻觉这个伟大敌人对阵。奥凯利在这个调度中的平衡得到确认,但它极为脆弱,极端怀疑论的基本世俗模式远比基督教的普通的多。公允地说,对旅行叙事的新传奇进行最尖锐、最全面的批评来自第3代沙夫茨伯里伯爵(the third earl of Shaftesbury)。他的抨击如果不能全文阅读,那么也应该详尽阅读。

沙夫茨伯里说,我们现代人

> 并不关心我们的模型如何粗鄙、野蛮;我们阅读的人物如何拙劣构思或怪异;或我们追求的比率如何谬误;或在历史、传奇、小说中看到怎样的描述。因此,我们失去了眼睛与耳朵。我们的爱好或品味必定滋生野蛮,而野蛮人的习俗、原始人的习惯、印第安人战争、未知领域的奇迹占据了我们的休闲时间,并且是图书馆配备的主要书籍。
>
> 这就是我们的当下,如骑士书籍之于我们祖先生活的那个时代。我并不知道我们英勇的祖先在他们的巨人、龙及圣乔治故事中会有怎样的信仰。但的确在这种其他阅读方式中,我们的信仰及品味得以显见。我必须坦诚我在如此思考时无比震惊。
>
> 当然,它一定是除轻信之外的其他事情,并塑就诸多绅士的品味与判断。我们听到这些身为无神论的绅士们因尝试用比新近知识还要新的方式探讨哲学而遭到责难⋯⋯炸鱼人与牧师、海盗与叛徒、海船船长与值得信任的游客所写的印加人或易洛魁人的历史被当作真实的记录,与此类大师之作一并被视为经典。基督教的神迹可能没有让他们得到

充分满足,他们带着最大的不屑纵论摩尔人及异教国家的奇迹。较之于事关各事件、各政府、最智慧及最优雅之人的生平的最文雅、最优秀的叙述,他们在倾听怪异人物及风俗的种种奇谈过程中得到更大的愉悦。

正是这相同的品味让我们更喜欢土耳其人的历史,而不是希腊或罗马历史;更喜欢亚里士多德,而不是维吉尔;更喜欢传奇或小说,而不是《伊利亚特》。我们无意考虑我们作者的品性或禀赋,也并不非常好奇地去观察他在事实判断中具备怎样的才能,或他的谎言纹理有何等巧妙。因为如果没有得当地讲述事实,尽管出于最大的真诚及善意,它都可能成为最恶劣的欺骗类型。而审慎讲述的纯粹谎言可用超过任何其他的方式来教我们某些事物的真实……然而,我们对任何随性冒险家所写的《旅游回忆录》如此着迷,以至于我们会翻上一两页了解作者的品性或才华,没多久就开始让自己对他的经历极感兴趣。一旦他横跨海峡,从泰晤士河口上船,或当着他的面把行李发到格雷夫森特(Gravesend)或诺尔浮标处(Buoy in the Nore)时,我们的热切关注就被调动起来。如果为了开始更遥远的旅行,他用自己的方式前往欧洲部分地区。我们可以耐心地听到关于旅馆客栈、渡船渡口、好坏天气等这类描述,以及所有关于作者饮食、个人习惯、陆地与海上所经历的个人危险与不幸这类的细节。因此,我们充满渴望与希望地陪伴着他,直到他登上自己伟大的表演舞台,以某种巨鱼或巨兽的描述开始。他从怪异野兽一路说到更怪异的人。因为在作者的这个人种中,他是最高等级的最完美之人,因此能够讲述最不正常与怪异的事情。[58]

---

[58] Anthony Ashley Cooper,第3代沙夫茨伯里伯爵,"独白;或给作者的建议"(*Soliloquy; or, Advice to an Author*)(1710),见《人类、举止、观点及时代特点》(*Characteristicks of Men, Manners, Opinions, Times*),第2版(1714),I,第344—347页。

沙夫茨伯里的长篇抨击极大促使我们关于极端怀疑论态度的观点集中化。如在前面两章已讨论过的那些"小说化"新闻、回忆录、自然史评论家们一样,沙夫茨伯里辩称,这些叙事中的历史真实性主张的魅力可与之前时期的骑士传奇的附魅(enchantment)媲美。如那些评论家们一样,他将此认作一种新版"信仰",并不因关注人类的,而非骑士或基督教的奇迹而被视为轻信,也不因被那些已知怀疑论者,据称为无神论者的现代大师观点吸引而被视为易骗。最后,我们再次看到熟悉的反转,怀疑论者借此因那些比自己更疑虑的人而上当受骗。 117

六 关于现实主义、美学与人类创造性

本章的证据不仅是旅行叙事构思规则的"官方"发布,而且也是迅速围绕主题展开的非正式评论,并反驳了小说的实际起源并没有得到任何自觉批评理论、文体学或"诗学"的支持这个普遍观点。(59) 事实上,天真经验主义与极端怀疑论的概念基础得到明确详述,同时它们也尝试性地被用于实践。理论在与作为独立评论附加话语的文类构成的辩证关系中发展;然而,这个独立评论就其自身发展而言与关于文类成型的推论过程密不可分。旅行叙事提供了此时期批评理论与实践交互的最丰富样例,这一事实可能归因于借助对认识论与方法有极大兴趣的体系与行为的热切倡导。但诸如属灵自传、私人信件(the familiar letters)等其他同时代形式的发展也伴随着自觉的"理论"。(60)

---

(59) 例如,参阅 Ian Watt,《小说的兴起》,第 17 页;Mikhail M. Bakhtin,《对话的想象》,第 41 页。比较雷纳托 · 波焦利(Renato Poggioli)关于非正式且"不成文"诗学的理念,它存在于某个特定时期,"在书面的或清楚的诗学之内或一道"存在。"诗学与韵律"(Poetics and Metrics),见 Poggioli,《文字的精神》(*The Spirit of the Letter: Essays in European Literature*), Cambridge: Harvard University Press, 1965,第 346 页。

(60) 关于属灵自传,参阅本章注释 10、14 所引用的作品。此外,关于常用书信体,参阅 Katherine G. Hornbeak,《英国书信作家大全》(*The Complete Letter Writer in English, 1568-1800*),斯密斯学院现代语言研究,15,nos. 3—4(April-July, 1934), Northampton, Mass., 1934;同作者,《理查逊的常用书信体及家庭指导用书》(*Richardson's Familiar Letters and the Domestic Conduct Books*),斯密斯学院现代语言研 (转下页)

如果在现代人听来,随之而来的话语比旅行叙事理论少了那么些"文学性",这可能因为较之于羽翼未丰的新科学重要性,该话语更信服于其所关注的救赎及社会化深刻功能化的重要性。

旅行叙事的近代早期理论显然概述了人们熟悉的认识论双重反转模式,从而有助于阐明小说话语与自觉戏仿的间接话语之间专有等同过程中的误导原因。米哈伊尔·巴赫金的论点只阐释了两个重要态度中的一个,而这两者之间的互动构成了小说的认识论起源。在忽略天真经验主义所需的相对直接批评模式时,它也忽略了那些起源更综合的辩证特性。[61] 从某种意义上说,理解这种偏见是容易的。极端怀疑论的批评间接性有微妙且暗示的力量,这似乎与天真经验主义热切,有时勤勉努力的说教极为不同。但将极端怀疑论视为小说演变的更高阶段(即作为天真经验主义与小说话语真实"实现"的否定与校正)是错误的。因为极端怀疑论自身就是极易受影响的态度;天真经验主义自身的同时对立使传奇唯心论的主要对立变得非常模糊,传奇

(接上页注⑩)究,19, no. 2(Jan., 1938), Northampton, Mass., 1937; Mary Humiliata, "为女性书信写作而宣扬的品味标准"(Standards of Taste Advocated for Feminine Letter Writing, 1640-1797),见 *Huntington Library Quarterly*, 13(1950),第 261—277 页;Howard Anderson, Philip B. Daghlian 与 Irvin Ehrenpreis 编辑,《18 世纪的私人信件》(*The Familiar Letter in the Eighteenth Century*), Lawrence: University of Kansas Press, 1966; Ruth Perry,《女性、书信及小说》(*Women, Letters, and the Novel*), AMS 18 世纪研究, no. 4, New York: AMS Press, 1980,第 3 章。同时代的人们知道书信已拥有个人表述与文献客体的双重地位,"正是因为这个理念,它们带着某种秘密性;毕竟,读者只能观察到历史之感以某种方式贯穿整个写作过程":《白厅秘史》(*The Secret History of White-Hall*)(1697),标记 A6ʳ,引自 Robert A. Day,《以书信讲述》(*Told in Letters: Epistolary Fiction before Richardson*), Ann Arbor: University of Michigan Press, 1966,第 94—95 页。该书作者(第 6 章)阐述,17 世纪书信体小说如何学会极为微妙地利用个人及其形式内在验证的历史方法。关于传统与 17 世纪私人信件的认识论双重性讨论,参阅 Annabel M. Patterson,《审查与阐释》(*Censorship and Interpretation: The Conditions of Writing and Reading in Early Modern England*), Madison: University of Wisconsin Press, 1984,第 5 章。

[61] 关于巴赫金,参阅导言"文学史中的辩证法",注释 16—17。他更接近承认我在其小说第一及第二文体界限理念中论证过的辩证框架。参阅 Bakhtin,《对话的想象》,第 398—399、409、414 页。当然,在有限程度内,戏仿也是天真经验主义态度的积极成分。例如,参阅本书第 1 章,第 7 节关于反传奇出现的内容。

唯心论与天真经验主义共享这种对立,并且前者源自后者。不同于传奇及过于自信的历史真实性(而历史真实性又由双重否定的元批评行为界定)的真实秘密避难所必定是怎样的脆弱?

通过论证真实历史中的传奇必然性,极端怀疑论也看似追求一个更极端的结论,即如此叙事真实的遥不可及。同时代的人们一般不接受这个结论,这在诸如威廉·奥凯利这样的"基督教怀疑论者"身上特别明显。因为,此处针对真实历史的极端怀疑论批评部分得益于针对人类自足性的传统的、宗教的批评,这并没有错,批判性否定必然需要绝对真实的校正性假设,并通过比喻与寓言叙事的居间来理解这个绝对真实。但极端怀疑论更具典型的假定叙事真实是一个不同于基督教与传奇的唯心论,且被剥夺任何替代模型的世俗化类别。结果,极端怀疑论可以轻易看似天真经验主义与传奇唯心论这两种对立观点之间难以维持的否定中点,且总处于轮番变成对方的危险之中,而不是反叛大致由天真经验主义产生的传奇唯心论的终极目的论胜利。如果天真历史真实性对其否定传奇虚构的自身力量过于乐观,其批评就对这种可能性过度质疑,真实历史传奇的戏仿冒着最终只是成为对两者有所影射,且嬉闹确认的风险。

出于这些原因,极端怀疑论因自身困境而被迫尝试这个观点,即"传奇"不可避免的存在没必要推诿。所以,沙夫茨伯里将借助真实标准校正对野蛮事实性的经验主义依赖,而这个标准是更概括与普遍化的"诸事真实",以及可能通过"审慎谎言"(或具体人物)及事实加以讲授的基督教真理的文雅世俗化。亚里士多德将历史与诗歌、真实与可能、独特与普遍加以区分,这是伟大古典时期的革命性学说,像一颗定时炸弹一样藏匿于西方文化无意识中,直到文艺复兴的现代性将其"引爆"。[62] 沙夫茨伯里关于文学普遍真理的实验标准因此既新且旧,将灵性的基督教真理提前,但当基督教信仰进入数世纪之久的衰退期时,又与文学自身的新"灵性"一起回归。

---

[62] 参阅本书第1章,注释93。

18世纪末,重具活力的亚里士多德关于诗歌普遍真理的理念将有助于阐述美学自主领域的现代观点。尽管完全得益于经验主义认识论,且大多数人支持知识的某些领域彼此可以分拆的这个论点,但对自主美学的看法只有在如此情况下才具有支配力量,即更粗糙、更具体的经验主义思想痕迹(尤其是历史真实性主张)已被知识主体排斥,却在现代思想中被指明为最终唯一的超验精神避风港及艺术经验领域。文学现实主义学说在历史真实性主张废墟中崛起,为这个世界重新阐述了居中和解问题,此间,灵性已不再表现为另一个领域,人类物质性只拥有艰难且天然的进入渠道,反而已成为人类创造性能力本身。现实主义将散落的逼真与概率线索收集起来,并使之复杂化,而文艺复兴时期的作者们从《诗学》中将它们挑拣出来。文学创作不是成为历史,而是近似历史,且"忠实"于仍有所不同的独有外部现实,此外足以从中区分开来(因此具有"可能性"与"普遍性")以忠实于自己本身。文学创作由此得到确证。现实主义理念的存在是将艺术的责任感让步于先验现实,似乎并没有危及独特的现代信仰,即如此现实已经负起责任,并内化于作为去神秘化的灵性类型的艺术本身之中。

然而,在超级敏感的作家中,自主美学及现实主义理念可被视为藏于极端怀疑论,甚至天真经验主义逻辑之中。对丹尼尔·笛福的作品也可以这么说。笛福用20年内的大部分时间执着探讨虚假的历史真实性主张问题。如果一位作者知道已编造出自己热切验证其历史真实性的故事,他如何可以真诚地相信所言为真?1704年,笛福明确地拒绝了这样的理念,即这种矛盾手法可介于我们与真实之间。的确,他"应该身负双重欺骗之罪,首先是编造故事,随后对读者就源自犯罪的悔改进行说教,这个罪比我将让他忏悔的罪还大,即试图用谎言校正读者的邪恶,并犯下与真实为敌的罪愆,将那些与常识为敌的读者解救出来"。[63] 然而,笛福心中的历史真实的标准及其对修辞功

---

[63] Daniel Defoe,《风暴》(*The Storm*)(1704),标记 A3ʳ。笛福甚至不赞同"人类应该编造故事……来保留神意报复的回忆"(83)。

效的坚信如此强烈，以至于他随后继续提出虚假的历史真实性主张，并为之正名，尽管充满矛盾且伴随某种不自在的辩称。

《鲁滨逊飘流记》出版后不久，笛福部分回应了该小说的历史真实性主张使之具有“传奇”及“谎言”特点这样的指控。他通过暗中进入量化完整性困境的方式，简要推测了历史与叙事历史真实性之间的关系。让我们承认故事“就其本质而言是真实的”。然而，“讲述遗漏或增添无数内容的真实故事”是件多么简单的事情，“我的意思是，事实上，故事拥有真实的存在，但因为野蛮的讲述方式而成为传奇与虚假，仿佛它们就未曾真实发生过”。(64) 这个问题尤见于报道活动，因为“没 120
有什么比让两人对同一故事展开极为不同讲述更普通的事情，然而两人都是所说事实的目击证人”(113)。从关于叙事历史真实性的相对性如此居间来说，它可能似乎是朝向如是观点迈出的一小步，即历史真实性主张本意不是断言粗俗的真实性(一种无法企及的理想)，而是相对的叙述准确性。从这个角度来说，“真实历史”与“传奇”之间的关系将失去其作为绝对二分法的重要性，而被成为历史的事实与多少近似历史的品质之间的区别替代，而现实主义小说的现代理论就是以后者为基础。当然，这一步的确是巨大的一步，笛福并不愿意迈出。相反，他坚持认为，无论它可能怎样地不可避免，“这种用创作提供故事……是一种在读者心中留下深刻印记的说谎类型”(113)。

不能采取这个步骤，因为它将看似否定真实标准的叙事责任，而这个真实标准与其自身的创作有所区别，并高过后者。如果故事不能声称自己的历史真实性，它们便是传奇，不能得到作者或读者的认真对待。它们将得不到“提升”，并未能实现任何道德与属灵的提升。所以，笛福并不是寻求自己创造性思路，而是求助于一个更传统的、并得到关于诡辩与注释改善的熟悉论点支持的辩护，这似乎保留了成功调停的允诺。故事的创作可能是“一种欺骗”，但《鲁滨逊飘流记》“是极

---

(64) Daniel Defoe，《严肃思考》(1720)，第116、117页。进一步引用已在正文中用括号标示。关于这些指控，参阅 Charles Gildon，《笛福生平》(*The Life and Strange Surprizing Adventures of Mr. D-De F-*)(1719)，第33页。

为不同的样例,总是与其他取笑真实的故事有所区分……它被设计出来,并有效地转为正直的教育目的,恰当地运用了寓意”(115—116)。换言之,寓言的使用从它们能够调停的“道德与宗教的提升”中得以正名(标记 A6ʳ)。在论证这个观点时,笛福满意地将自己的叙事称为“一个具有影射性的寓言历史”,一个把圣经比喻与《天路历程》(115,116)纳入在内的类别。但这些“样例”真的可比作诸如《鲁滨逊飘流记》这类虚假的历史真实性主张的样例吗?(65) 这不是一方面说,寓意的存在为并不宣扬其确凿虚假的故事讲述辩护,另一方面说它为特别明确声称其创作的故事确切真实的讲述者开脱吗?这不正是“传奇”的定义吗?但寓意的运用可能造成谎言的撤销,以及对“真实历史”的确是“寓言”或“讽喻”这样的承认。然而,这从某个方面消解了对传奇的指控,只是从另一方面重新对其构建,因为我们仍有被留下的确凿虚假叙事。可能所有传奇可用这种方法得以正名,这对真实极为有益,只要它们在结束之前的某个时刻添加一个改进中的寓意(如它们
121 倾向于采用某种方法那样)。但如果是这样,真实历史与传奇之间的重要教学区别就已在我们眼前消失了,无论“真实”还是“虚假”的历史真实性主张不仅作为任意的惯例,而且也作为非常有限的目的之一而被揭示。

笛福尝试阐释一个将虚假的历史真实性主张自如地容纳在内的条理清晰的理论,他的此番尝试引领非常近似那些已经以概述形式得到描述的圈子。(66) 它们是令人沮丧的讨论,因为当笛福努力为这错误主张辩护时,对其调查至关重要的那些术语含义出现了难免的滑移。

---

(65) J. P. Hunter,《勉强的朝圣》,第 117—118 页。该文提供了当时关于提升的争论,这似乎确定了直接阐释传统,笛福本人在此框架内从事写作。关于其直接诡辩语境的对比描述,参阅 George A. Starr,《笛福与诡辩术》(*Defoe and Casuistry*), Princeton: Princeton University Press, 1971,第 197—201 页;James Thompson,“复辟时期的撒谎与掩饰”(Lying and Dissembling in the Restoration),见 *Restoration*, 6, no. 1 (Spring, 1982),第 11—19 页。没有一种论证类型似乎承受了笛福所寄予的施加重量。

(66) 特别参阅 Defoe,《严肃思考》,“序言”,标记 A2ʳ-A7ʳ;同作者,《新家庭教师》(*A New Family Instructor; in Familiar Discourses between a Father and his Children*)(1727),第 51—55 页。

含义的改变是为了避免逻辑矛盾的对峙，因为如果需要“真实历史”把真实历史的错误主张包括在内的话，这份坚信必定失败。笛福对这个僵局的反应是混杂的。在这些散漫作品中，其决议似乎涉及证实、放弃作为通往真实的途径的错误历史真实性主张。在其个人生平“历史”中，这个主张与对道德、属灵提升目的的强调持续同行。(67) 当该主张最不坚定时，笛福甚至断言这种提升在有无叙事历史真实性情况下都能进行的很好。(68) 然而，历史真实性态度远非已成为这些作品中的残余剩物，而是充斥那些只以框定编辑虚构及其详细引证细节的形式胆怯地在序言中表明该主张的作品。在后来这些作品中，量化完整性的困境在笛福看来似乎不怎么成问题，他有时甚至宣布自己在修订邪恶细节时清白无罪，更好地达到提升的目的。然而，他不是（如我们可能期待的那样）通过论证真实历史将善恶都包括在内，而是通过（有时候是粗率地）概述弥尔顿关于检视邪恶、审阅谬误的主张，为那些仍然留存的邪恶样例辩护。(69) 然而，正是在一次只在他人编辑过的原始真实文件的持续虚构中，他那明显对文献粗心大意的态度可能另有他意。简言之，仿佛笛福现在感到有必要约束个人主角自以为是的历史真实性，他已经通过宣布道德提升及其首要模式的优先性与自足性创作出这个主角。即便如此，读者可能感到其人物的历史真实性在他们生平，及其呈现给我们的方式的详尽之中已被暗中保留。

历史真实性主张的持续，即战胜错误主张的困难，及能与当前对首要模式的吁求一同实现的令人吃惊的共存，至少可能部分解释如果我们想起某个故事的历史真实性主张不仅坚称了人类感知的证据，而且也否定了人类虚构的骄傲。正是上帝写下了世界历史。因此，假借

---

(67) 参阅《鲁滨逊飘流记》(1719)、《续鲁滨逊飘流记》(*The Farther Adventures of Robinson Crusoe*)(1719)、《杰克上校》(*Colonel Jack*)(1722)、《摩尔·弗兰德斯》(*Moll Flanders*)(1722)与《罗克珊娜》(*Roxana*)(1724)等的序言，见 Ioan Wlliams 编辑，《小说与传奇》(*Novel and Romance, 1700–1800: A Documentary Record*), New York: Barnes and Noble, 1970，第 56、64—65、73—74、75—78、80—81 页。

(68) 例如，参阅《杰克上校》的序言，见 I. Williams，《小说与传奇》，第 74 页。

(69) 例如，参阅《摩尔·弗兰德斯》与《罗克珊娜》的序言，同上，第 75—76、81 页。

122 历史学家地位,将作者的创造性纳入上帝的创造性之中,以此使作者与其创造性达成妥协。借助这些术语,虚假的历史真实性主张甚至可能被感受为一种谦卑态度。事实上,让人感到有些意思的是,我们注意到新教与经验主义在对传统居中和解模式的不信任方面达到令人吃惊的结盟。在近代早期文化中,这个居中和解模式一度抛出联合壁垒,以此抵御针对人类创造性的必然验证。当然,创造性的科学对立理念在很多方面不仅是意想不到,而且是无法忍受。神意创造性与艺术"创作"之间的近似出现在中世纪末期,这无疑与最初设计科学发明专利及文学创作版权体系的努力有关。(70) 然而,如马克斯·韦伯的著名专著论证的那样,此时新教及世俗态度之间的密切与其矛盾关系同样多样。(71)

出于这些原因,这似乎是公允之语,即历史真实性主张的主导完全由两个格格不入的"体系"历史结合决定,这两个体系将被否定或被偶像化的类似要求强加在文学创作上面。这个主张首先从该术语的惯常及基督教意义层面实施某种盲目崇拜。这源自唯心论者与唯物论者、有神论者与人文主义者等标准之间的顶端冲突。这是对"**人类创造**可能是真实的吗?"这类修辞问题所作的否定反应吗?但在第二或更决断行为中,历史真实性主张实现了经验主义与资本主义盲目崇拜,反映了后期将称之为人文主义与科学、主观主义者与客观主义者等标准之间的初生张力。此处对该主张作出回应的同样修辞问题是"人类**创造**会有价值吗?"从这个角度来说,坚持其叙事历史真实的作者通过使之与本人疏离的方式加以确认,以此使之标上作为文献客体

(70) 参阅 Ernest H. Kantorowicz,"艺术家的主权"(The Sovereignty of the Artist: A Note on Legal Maxims and Renaissance Theories of Art),见《精选研究》(*Selected Studies*),Locust Valley, N. Y.: J. J. Augustin, 1965,第 352—365 页;Martin Kemp,"从模仿到幻想"(From "Mimesis" to "Fantasia": The Quattrocento Vocabulary of Creation, Inspiration, and Genius in the Visual Arts),见 *Viator*,8(1977),第 382—384、393—395 页;Elizabeth L. Eisentein,《作为变革动因的印刷机》,第 120—122、229、240 页。

(71) 关于韦伯的论点,参阅本书第 5 章,第 3 节。

的标记,其价值取决于其自主性及与作者的分离性。(72)

17 世纪对比喻表述的不信任纯粹是"清教主义"现象,这个粗略观点的一个效果就是它隐藏了对人类创造的敌视,而这居于经验主义—资本主义思想本身核心之处,在历史真实性主张中获得其最早且最简易的表现。很快,这种敌视将借助更微妙的机制得到调停与掩饰,并将人类创造性的现代膜拜与异化(alienation)的深远且自立过程协调起来。思想并不真正属于你,直到你通过出版将其让渡出去,这便是后印刷时期的理念。(73) 在专利与版权存在之前,思想的价值通过保守秘密及严格的个人与精英群体运用而保存。然而,一旦可以拥有思想,它们的价值就在于以使之公布于众的方式与其脱离关系,这不仅体现在剩余价值创造的经济意义层面,而且也体现在这个意义层面,即概念所有权真正意义取决于你拥有他人的知识,取决于他人获知你的思想,并无法从中攫取 123
物质利益的能力。

因此,资本主义发现可让渡性,从而懂得获取创造性。新教思想与人类创造性的调和最终比此更绝对,但它拥有类似的间接,而这具有世俗化过程本身的特点。该过程的一个权宜指导就是神意思想运用的改变。当然,另世介入人类事务是基督教文化中的一个普通信念。如我们所见,在故事中,它惯常以情节中断,及宣布上帝首要模式毫不妥协之意图的叙事强入等方式来标示。(74) 如某些评论家已论证过的那样,此时期作品中对天意的持续呼召可能似乎暗示一种作为普

(72) 宗教与资本主义动因之间的重要类比存在于马克思的"商品拜物教"理念之中。参阅 Karl Mark,《经济与哲学手稿》(*Economic and Philosophical Manuscripts*),见《早期作品》(*Early Writings*),T. B. Bottomore 翻译与编辑, New York: McGraw-Hill, 1964,第 125 页;同作者,《资本论》(*Capital*),Samuel Moore 与 Edward Aveling 翻译(New York: International Publishers, 1967),I,i,第 71—83 页。

(73) 参阅 Eisenstin,《作为变革动因的印刷机》,第 116、552 页。

(74) 参阅本章第 1 节,及本书第 1 章,注释 24。

遍且持久的基督教信仰的时代观点。(75) 但如我已就复辟时期幽灵叙事暗示的那样,天意论点的活力,即其再现中有争议的紧迫性与极端性意味着信仰危机,而不是信仰本身。的确,此类危机的性质就是不仅呼召直白的怀疑论,而且也是一种矛盾的努力,把作为怀疑论工具,即历史真实性主张用来为迄今可能已被"信仰"接受,并默契地被当作真实的事情正名。

然而,情况可能比此更进一步,因为天意学说的流行自身或许被视为世俗化危机的矛盾迹象。神学只有与宗教改革一起才能将这个世界上每日发生的偶然事件与活跃的、清楚的神意公义如此密切地联系在一起。(76) 天意学说明确且真诚地承认上帝不可知力量,这也表达了将神性与人类理性更易理解的计划协调的意愿。事实上,窥视上帝直接且具体所为效果的动因可能被认为不仅传递了对上帝存在的坚信,而且也传递了对如是存在的不确定性。但这样的论证最终只在天意学说浓缩于善恶有报(可以这么说)时才完全似有道理。善恶有报学说最初在复辟时期得到阐述,近来被描述为"以文学形式折射上帝公义",因此被视为神意公义得到广泛敬崇的标记。(77) 但更可能的是,善恶有报的艺术惯例对某个人们感到神意公义处于危险之中的文化来说是重要的。无论其践行者们是否以这些术语构想,善恶有报极大程度上不是作为神意表现,而是作为其替代品而运行。的确,这是理

(75) 参阅 A. Williams,《解读康格里夫》;同作者,"天意介入与菲尔丁小说的设计"(Interpositions of Providence and the Design of Fielding's Novels),见 *South Atlantic Quarterly*, 70, no. 1 (Spring, 1971),第 265—286 页;Martin Battestin,《才智的天意》(*The Providence of Wit: Aspects of Form in Augustan Literature and the Arts*), Oxford: Clarendon Press, 1974。

(76) 参阅 Keith Thomas,《宗教与魔法的式微》(*Religion and the Decline of Magic: Studies in Popular Beliefs in Sixteenth- and Seventeenth-Century England*), Harmondsworth: Penguin, 1973,第 129—131 页。

(77) A. Williams,《解读康格里夫》,第 40 页。关于此学说,参阅 Thomas Rymer,《末世悲剧》(*The Tragedies of the Last Age Consider'd and Examin'd*)(1677),见《托马斯·莱姆评论集》(*The Critical Works of Thomas Rymer*),Curt A. Zimansky 编辑, New Haven: Yale University Press, 1956,第 22 页。

解基督教文化无法接受亚里士多德诗歌概念的一个角度。如弗朗西斯·培根所写的那样:“因为真实历史提出这么一个问题,成功及行为事宜并不与美恶功绩如此相契,因此,诗歌假装在奖惩时更公正、更多 124
地根据所揭示的天意行事。”(78)

复辟时期的人们感到有必要提升天意,观察到这一点并不是就自身而言将他们与前人区分,因为各时期的大多数基督徒已经允许自己如是认同:关于天意,值得注意的就是不能以此获得公义,至少在这个世界上不能如此。“这个世界是如此的败坏”,塞缪尔·巴特勒写道,“天意通常让傻瓜、无赖幸福,好人遭难。这是让我们知道,在这世上幸福与苦难没有多大的分别”。根据巴特勒同时期某人的观点,

> 痛苦(如果这是得当的话)就是神意慈爱的论据;那些暂时错过苦难的人可能会质疑永恒的幸福……对我来说,没有比人间的不公义更有说服力的论据……一个普通的审判日,在来世得到补偿……因为如果善良应该得到回报,邪恶应该得到惩罚,如一切所愿,那么一定会有专门的时刻善恶得报。

因此,关于复辟时期不同寻常之处就是它应该已经详述了善恶有报的这种特殊方法,即对神意公义缺失的补偿,而不是继续仰赖传统的、正统的来世方法。如D.P.沃克(D. P. Walker)已说明的那样,正是在这同一时期,地狱现实及其“惩罚性的”公正开始公开与明确地被质疑。善恶有报学说与上帝伟大终极公平体系的漫不经心有关,这在塞

(78) Francis Bacon,《论学习神意与人意的娴熟与进益》(*Of the Proficience and Advancement of Learning Divine and Humane*)(1605),见《弗朗西斯·培根作品集》(*The Works of Francis Bacon*),JamesSpeddling 等编辑, Boston: Taggard and Thompson, 1863,VI,第 ii、203 页。也是在复辟时期,汉诺威王位继承法政治语境中的天意呼召以类似方式在为某行为正名方面变得前所未有地流行起来,这显然既不是天意,也非继承权利之作,而只是人类权宜之计。参阅 Gerald M. Straka,《圣公会对 1688 革命的反应》(*Anglican Reaction to the Revolution of 1688*),威斯康星州历史学会, Madison: University of Wisconsin Press, 1962,第 66 页;参阅本书第 5 章,注释 10—11。

缪尔·理查逊看来足够明确,至少他此时为克拉丽莎(Clarissa)更具圣徒性质的牺牲,而非为帕梅拉美德有报作如此辩护:

> 何为善恶有报?毕竟有些人热切地展开相关探讨,作家们已把它处理成一种普遍性,但存在另一种安排,上帝借此通过启示让我们知道他已想好针对人类的恰当安排。他在此处只是把人类放在一个试炼状态,并将善恶相混,从而使我们感到有必要期待更公正的善恶有报。[79]

因此,有足够的理由看到,在作为重要时期的这些年里,公平来世的正统灵性正被公平结局的美学灵性替代。17世纪末,杰里米·柯里尔(Jeremy Collier)对戏剧的堕落展开的,人所周知的抨击是因众多持亚里士多德"宣泄"(catharsis)学说的辩护者而起,即戏剧唤起邪恶与反社会的激情,借助艺术形式只是为了清除、遏制激情。100年后,有思想的情感小说读者怀疑这也可能是与美德有关的艺术功能。因为"在这些作品中,我们的情感被强烈地呼召出来,没有将其自身运用在美德行为之中的可能。我们从未再次感受到的、具有相同力量的那些情绪都被浪费了,毫无益处……当我们只是在愉悦自己的想象时,我们一定不能想象自己仁慈满怀"。根据另一位读者的说法,"情感热情与宗教狂热都有完全相同的,替代可能在真正实际职责中被称为幻觉

---

[79] Samuel Bulter,《散文评论》(*Prose Observations*), Hugh de Quehen 编辑, Oxford: Oxford University Press, 1979,第71—72页; Abraham Jenings,《王室奇迹》(*Miraculum basilicon; or, The Royal Miracle*)(1664),标记B4ᵛ; D. P. Walker,《地狱的式微》(*The Decline of Hell: Seventeenth-Century Discussions of Eternal Torment*), Chicago: University of Chicago Press, 1964,第4—5、69页;"跋",见《克拉丽莎》(第4版,1751),VII,第350—351页,见Samuel Richardson,《克拉丽莎》(*Clarissa: Preface, Hints of Prefaces, and Postscript*), R. F. Brissenden 编辑,奥古斯都重印学社, no. 103 (1964)。参阅1748年12月15日,塞缪尔·理查逊致布拉德萨女士(Lady Bradshaigh)的信,见《塞缪尔·理查逊书信选》(*Selected Letters of Samuel Richardson*), John Carroll 编辑, Oxford: Clarendon Press, 1964,第108页; Sarah Fielding,《论克拉丽莎》(*Remarks on Clarissa, Addressed to the Author*)(1749),她同意,"善恶有报"是真正"违背天意的公正"(49)。

类型的某种动因与感情的危险"。然而,另一人说道:"我唯恐担心的是如此易因一个关于想象的悲苦动听历史而随之流泪的同一眼睛,应该能够不动声色地看待真实困苦,因为这是不带情节、事件或修饰而讲述的传说。"⑧在这些担心中,存在布莱希特(Brecht)式洞见的种子,即现代艺术不仅寻求替代宗教灵性,而且替代负责任的行为。"美学真实"胜过天真经验主义,文学小说因此能有价值,而无需声称自己是"真实的",文学的目的已经不是讲授善良,而是自身成为"善良"。

近代早期的"精神美学化"是一种假设,凭借传统上由宗教信仰与经验从事那些任务的艺术而成型,其间,戏剧理念扮演特殊角色。个人作者与诸如康格里夫、菲尔丁这类作家笔下首要叙述者之间的自觉类似可能将其部分力量归功于两人的戏剧经验,归功于他们熟知人类剧作家笔下普通、越发多变人物的事实,而这位剧作家俨然是正处提升阶段的神明。⑧ 但如果艺术据说可在此时期的灵性中介(the mediation of spirituality)中"替代"宗教,叙事也据说替代作为出色文学模式的戏剧形式,即作为艺术中介借以完成的首要方式。这个关于小说起源的视角如何阐明其认识论根基呢?⑧

现代评论家们知道(而复辟时期的评论家们常常不知)严格的"时

---

⑧ John 与 Anna Laetita Aikin(Barbauld),《散文与诗歌杂集》(*Miscellaneous Pieces in Prose and Verse*)(1773);Henry Mackenzie,见 *The Lounger*, no. 20,1785 年 6 月 18 日;Thomas Monroe,见 *Olla Podrida*, no. 15,1787 年 6 月 23 日,皆引自 I. Williams,《小说与传奇》,第 289、330、350 页。关于"宣泄"支持者反对杰里米·柯里尔(Jeremy Collier)的内容,参阅 A. Williams,《解读康格里夫》,第 71—72 页。

⑧ 关于作为提升神性的人类剧作家的比喻运用,参阅 A. Williams,《解读康格里夫》,第 2、3 章;Battestin,《才智的天意》,第 5 章。两人相信这个比喻与反过来说的,作为剧作家的上帝惯用比喻同样易变。关于康格里夫与菲尔丁,参阅本书第 1 章,注释 123—125 及第 12 章。

⑧ 关于近来对 18 世纪小说取代戏剧的阐释尝试,参阅 Laura Brown,《英国戏剧形式》(*English Dramatic Form, 1660-1760: An Essay in Generic History*), New Haven: Yale University Press, 1981,第 5、6 章(参阅第 229 页注释 59 关于更早尝试的引用);J. Paul Hunter,"作为舞台与橱柜的世界"(The World as Stage and Closet),见《英国戏剧及其他艺术形式》(*British Theater and Other Arts, 1660-1800*),Shirley S. Kenney 编辑, Washington, D. C.: Folger Shakespeare Library, 1984,第 271—287 页。亦可参阅格奥尔格·卢卡奇(Georg Lukács)的有意思讨论,见《历史小说》(*The*　　(转下页)

间与地点的统一"在亚里士多德的戏剧统一概念中并不扮演什么角色。"新古典主义"术语描述了"规则"是其最出名组成部分的广泛学说，如今，对该术语的坚持可能阻止我们意识到，这些规则的出现如善恶有报的规则一样，与其说表现了传统标准与信仰的更新，不如说表现了危机肇始及运用新思考模式进行的单纯实验，尽管同时代的人有不同想法。坚持保留复辟时期戏剧理论及实践这两种统一，这应该被视为复辟时期叙事中天真历史真实性主张的形式近似。在某些方面，时间与地点的统一在其对可信度的彻底写实主义理念的热衷过程中更极端，并需要在虚构描述事件与主导它们真实描写的两种详尽场境之间的精确对应典范。为理解两者统一与历史真实性主张，我们必须看到认识论的经验主义革命，而不是古典权威。因此，康格里夫表明自己对具有极端怀疑论特点的传奇奔放的审慎反对，他能通过吸引人们关注他维持两者统一，而不是历史真实性的方式在《隐姓埋名》中验证了他的叙述活动。㊩

然而，正是在戏剧优于叙事的阐述中，即"不可能赋予某个故事的创作或重复那样的生命，因为该小说在此过程中已经拥有"，康格里夫也暗示了其相对衰落的一个原因。在一个前所未有的彻底且明确将真实与感知证据等同的时代，无中介帮助，直入"生命"自身的途径（戏剧表现曾为我们作出这样的允诺）过于脆弱，以至不能成立。亚里士

㊂（接上页注㊁）*Historical Novel*），Hannah 与 Stanley Mitchell 翻译，London：Merlin Press，1962，第 2 章。与布朗（Brown）不同，我采用重要的形式"替代"，它需要相关阐释，以成为借助文学叙事的戏剧再现之"替代"。书信与出版对话之间的形式近似，以及塞缪尔·理查逊对自己叙事方法的思考（参阅本书结论，注释 31—32）已经激励了相关观点，即戏剧是 18 世纪书信体小说的主要来源。也特别参阅 Day，《以书信讲述》，第 194—200 页；Mark Kinkead-Weekes，《塞缪尔·理查逊：戏剧小说家》（*Samuel Richardson: Dramatic Novelist*），Ithaca：Cornell University Press，1973，第 10 章。论证 18 世纪期间叙事"取代"戏剧，成为主导模式当然不是说戏剧现在失去了其活力或观众，参阅 Paula R. Backscheider 编辑，《18 世纪英国戏剧》（*Eighteenth-Century English Drama*），69 卷本，New York：Garland，1983。

㊩ 参阅 William Congreve，《隐姓埋名》（*Incognita*）（1692），"致读者的序言"，见《17 世纪短篇小说》（*Shorter Novels: Seventeenth Century*），Philip Henderson 编辑，London：J. M. Dent，1962，第 242—243 页。

多德本人已提醒过某些事情最好还是留给叙事：史诗"为不可能之事提供了更多的可能，为奇迹提供了主要因素，因为其间，这些手段之前并看不到。舞台上追赫克托（Hector）的那一幕会是件可笑的事情……但在诗歌中这个荒谬就被忽略了。"但在应合且详述这些古人之言时，德莱顿笔下的利西德尔斯（Lisideius）反映了对视觉证明及以经验主义为基础、被公认为属于现代的信仰这类事宜的倾力关注：

> 比用一面鼓及其之后的 5 个人来表现一支军队更可笑的是，另一方的主角就是在他面前步入场境；或看到表演决斗，某方被佩剑刺中两三下而死，而我们知道这剑如此之钝，以至于我们可让某人用这剑认认真真地砍杀他人 1 小时……一位出色作者生动描述的语句将给我们留下关于信仰的印象，在他似乎要在我们面前死去时会比所有演员劝说我们的话深刻的多……当我们看到所表现的死亡时，我们确信这是虚构的；但当我们听到所讲述的死亡时，我们的眼睛（最忠实的目击者）不在场，这可能已使我们免遭欺骗。[84]

因此，自证口述的重要能力，即物理存在的事实在重要历史时刻也成为其受失效影响的基础。相反，印制的叙事用毋庸置疑的文献客观真实性，即印刷"崇拜"替代这种脆弱的存在类型。

利西德尔斯的论点迫使内安德（Neander）对艺术反应心理进行初步阐述，后来这在塞缪尔·约翰逊（Samuel Johnson）那里得到更全面的发展。在进行如此抗辩时，约翰逊与德莱顿笔下的内安德都不相信

---

[84] 参阅 William Congreve,《隐姓埋名》(*Incognita*)(1692),"致读者的序言"，见《17 世纪短篇小说》(*Shorter Novels: Seventeenth Century*), Philip Henderson 编辑, London: J. M. Dent, 1962, 第 242 页; Aristotle,《诗学》, 1460a, Ingram Bywater 译, 见《亚里士多德导读》(*Introduction to Aristotle*), Richard McKeon 编辑, 第 2 版, Chicago: University of Chicago Press, 1973, 第 706 页; John Dryden,《论戏剧诗歌》(*Of Dramatic Poesy: An Essay*)(1668), 见 Dryden,《论戏剧诗歌及其他评论》(*Of Dramatic Poesy and Other Critical Essays*), George Watson 编辑, London: J. M. Dent, 1962, I, 第 51 页。

时间与地点的统一,并且都确认了艺术经验的主要"想象"性质,尽管用的是不同方式。㊄ 然而,这远非对经验主义标准的一般弃绝。相反,正是通过对作为感知证据的经验主义真实观点全面且明确的认同,现代文化才对艺术虚构有足够的宽容,并且超越了对其不可信的纯粹承认,用其他术语构想出它们验证的可能性。两种真实类型的区别再一次既旧且新,既属于亚里士多德派,又属于独特的现代派。精神的现代自主领域再次禁止某种信仰世俗化类型,不是相信超越我们的、难以言表的更伟大力量,而是相信虚构的真实性,如柯勒律治(Coleridge)所言,"有意暂时将怀疑搁置,这构成诗意信仰"。㊅ 如此,真实的当下具体化在现代遭遇温和的抵抗。因为如果美学领域就是承担曾经由宗教所发挥的角色,它必须得到许可施行其自己的、公认更温和的魔法形式,其仪式化事关艺术,而非生命。然而,尽管美学灵性或"诗意信仰"因此为戏剧提供了已引发其被叙事替代的问题的解决方法,小说一旦定型,便将该解决方法纳入作为现实主义的真实自身概念之中,以此维持其在该领域的主导。

㊄ 参阅 Dryden,《论戏剧诗歌》,I,第 62—64 页(参考"为《论戏剧诗歌》辩护",[1668],同前,I,第 126—128 页);《莎士比亚戏剧》(*The Plays of William Shakespeare*)(1765),"序言",见《塞缪尔·约翰逊作品集》(*The Works of Samuel Johnson*),Arthur Sherbo 编辑,New Haven: Yale University Press,1968,VII,第 74—79 页。

㊅ Samuel Taylor Coleridge,《文学传记》(*Biographia Literaria*)(1817),George Watson 编辑,London: J. M. Dent,1965,II,第 xiv 页(第 169 页)。

第二部分　美德问题

第四章 社会类别的流变

一 贵族意识

近代早期英国社会等级的传统术语,即"身份"(degree)、"地位"(estate)、"阶层"(order)、"等级"(rank)都不同程度地以地位源自个人是否拥有荣誉这个理念为基础。荣誉是借助声誉这个重要的中介既指内在,又指外在的品质。一方面,它是家世与血统的功能,诸如财富与政治权力等其他外在情境虽然不怎么具备强制性,但可能确定了家世的首要事实。另一方面,荣誉是其拥有者重要的内在资产,荣誉的条件或外在能指预示了这一点。从这点来说,荣誉等于某个"美德"的内在要素。作为外在情境及内在本质统一体的荣誉理念是根据地位进行社会等级分层的最重要辩词,它是如此重要,以至于人们大体默认此事。它所坚称的就是,社会等级不是偶然及随意的,而是对应、表述了某种近似的内在道德秩序。这个假定构成我随后将一直称为"贵族意识"的核心。①

---

① 参阅 Julian Pitt-Rivers,"荣誉与社会地位"(Honour and Social Status),见《荣誉与羞耻》(*Honour and Shame: The Values of Mediterranean Society*),J. G. Peristiany 编辑,London: Weidenfeld and Nicolson, 1965,第 37 页;Ruth Kelso,《16 世纪英国绅士教义》(*The Doctrine of the English Gentleman in the Sixteenth Century*),伊利诺伊大学语言与文学研究,14, nos. 1—2(Urbana, Feb.-May, 1929),第 18—19 页。参阅 Friedrich Nietzsche,《超越善恶》(*Beyond Good and Evil: Prelude to a Philosophy of the Future*),Walter Kaufmann 译,New York: Vintage, 1966,第 204—205 页。

根据贵族意识,作为美德的荣誉是一种世袭特点。"那些更高贵先人的后裔可能是更卓越之人,因为贵族是人类中的精英"。根据亚里士多德这番权威之言,詹姆斯一世(James I)声称,"美德常在贵族的血液中流淌。他们祖先的丰功伟绩需要得到人们的敬崇"。然而,外表本身似乎证实了荣誉的确属于内在这个理念,即该术语生物学及宗谱学意义上的世袭特点,因为特权阶层也倾向于在外形上更与众不同,比社会其他等级的人更高大、更重,发育的更好。如玛丽·德拉里夫·曼利(Mary Delarivière Manley)评论所言:"判断为何贵族总比那些下层人更具洞察力、更有活力与锐气是件容易的事情。因为……好的营养,美味肉食的汁液与血液及其他身体体液融在一起,从而使他们心性敏感,使他们更得当地运用自然予以的禀赋。"该情境也从力求限制不同社会等级可能在着装方面铺张的禁奢立法中得到强化。如托马斯·艾略特爵士(Sir Thomas Elyot)敏感评论所言,"我们是人,而不是天使。我们只能通过外在寓意来理解事物。荣誉,对其的敬重……就是美德的回报,荣誉只是人们的尊重,但它不是随时都能辨别,而是借助某些外在的标记……或衣着的华贵"。为达到此目的,更正式的方法就是通过盾形纹章的纹饰记录宗谱的纹章体系。这个中世纪习俗随着纹章院(the College of Heralds)的建立及周期性的检视而在15、16世纪重获新生。爱德华·博尔顿(Edward Bolton)将盾徽称为"绅士们首先与平民,其次彼此之间进行区分的标示"。威廉·伦敦(William London)问道:"如果没有这个,出身贵族的显赫如何与平民的虚妄区分?"②

---

② Aristotle,《政治学》(*Politics*),1283a,Benjamin Jowett 译,见《亚里士多德基本著作》(*The Basic Works of Aristotle*),Richard McKeon 编辑(New York:Random House,1941),第 1194 页;James I,《王室礼物》(*Basilikon Doron*)(1599),引自 John E. Mason,《塑就绅士》(*Gentlefolk in the Making: Studies in the History of English Courtesy Literature and Related Topics from 1531 to 1774*),New York:Octagon Books,[1935] 1971,第 33 页;Mary Delarivière Manley,《扎拉女王秘史》(*The Secret History of Queen Zarah, and the Zarazians*)(1711),II,第 126 页;Thomas Elyot,《一头名叫总督的雄鹿》(*The Boke Named the Gouvernour*)(1531),H. H. S. Croft 编辑,New York:Burt Franklin,[1883] 1967,II,第 198—199 页;Edmund Bolton,《军械要素》 (转下页)

如今,以直接宗谱出身原则为基础的任何地位等级必须面对人口学事实,而这与贵族意识固有的对血统纯正性的信仰相悖。如在英国文化传统中,父系继承体系不能繁殖出恒久延续、自给自足的男性家族,因为人口学的限制确保在静态的人口中,40%的家族将不会有男性继承人。直系男性家族的人员损耗因此是复杂的,贵族意识被迫适应,而它也的确采用多种"父系修补"(patriline repair)方式如此行事:更远的男性亲属可能作为"接替继承人"而被纳入家族,甚至家族女性成员的丈夫也可能被纳入,只需改名就能方便地完成这个过程。可能会利用相关制度与法律方面的虚构解决地位等级中的不一致,其成因并不是严格地出于人口学考虑,而是倾向于时不时地在最稳定的社会中发生,就像卓越之人一跃拥有巨大财富或政治权力一样。因此,王室资助或向平民出售贵族虚构宗谱与头衔等行为通过将地位与财富、权力再次统一的方式重新宣称荣誉的完整性。关于真实问题,我们已看到血统的变化是在书面引证缺失的情况下毫不费劲地实现了。然而,诸如此类的社会虚构也已在稳定中世纪抄写文化过程中扮演一个重要角色,其默认的有效性也取决于对过度使用的审慎抵制。将这些社会惯例比作与之同时代的智识及文学惯例令人颇受启发。例如,"真正高贵"(true nobility)这个陈词滥调适当运用的话,也可以通过容忍它们的过失而起到支持对应律法的作用,因为通过将这种跃升理解成独特能力与美德表述的方式准许地位卑微之人成为世间显要。传奇中的名字更改有极端间断及更公正的寓意。身世揭秘的传

(接上页注②)(*Elements of Armories*)(1610),第 5 页,引自 Michael Walzer,《圣徒的革命》(*The Revolution of the Saints: A Study in the Origins of Radical Politics*),Cambridge: Harvard University Press, 1965,第 249 页;William London,《英国最畅销书目》(*A Catalogue of the most vendible Books in England*)(1657),标记 I1^r。关于借助贵族血统获得美德继承性,参阅引自 Mason,《塑就绅士》,第 46 页及 Kelso,《16 世纪英国绅士教义》,第 23 页,注释 21 中引用的 16 世纪资料。关于特权阶层的形体特征,参阅 Peter Laslett,《对我们已失落的世界的进一步探索》(*The World We Have Lost Further Explored*),第 3 版(New York: Charles Scribner's, 1984),第 89 页。关于纹章院,参阅 Anthony R. Wagner,《英国宗谱》(*English Genealogy*),London: Clarendon Press, 1960,第 313—314 页。

奇惯例将外形之美及真正高贵与世袭高贵隔离,用这种成问题的方式调停因未能对应匹配而造成的威胁,这仅仅重新确认故事末尾的荣誉完整性。③

在随后几章中,我将论证贵族荣誉逐渐失信的过程,其默认的统一消解为阶层与美德、出身与价值这些成问题的关系,并伴随着社会、智知、法律、体制虚构的加速调用,其日益浮夸的运用标示了它们无力达到最初设计的意识目的。某些虚构已过时,其他的通过自己的加速变化而转为其他意识的仆人。我将用类似的方式论证,小说在近代早期英国是作为旨在应对现有文学虚构无法再令人信服地居中和解(也就是说,表现与隐藏)社会与道德问题的新文学虚构形式而出现的。但此时如此轻易地参照"传奇惯例"与"贵族意识",仿佛它们本性直接且不变,这并不足够。小说及其相关意识的起源必定被视为某个已得到延展的先在的顶峰,它们真实的创造性地位将只有在强调延续与之前差异的背景下才被人理解。小说取代的是何种叙事虚构意识特点?小说的前身阐释了怎样的社会情境?我们将如何理解这些现象与小说起源之间的前期关系?与真实问题一样,我必须再次为本综述的急就章与肤浅向专家们致歉。

二　前期革命:希腊启蒙

根据其最著名的现代支持者的观点,口述文化的稳定性反映了分

---

③ 参阅 Laslett,《对我们已失落的世界的进一步探索》,第 239—241 页;Jack Goody,《欧洲家庭与婚姻的发展》(*The Development of the Family and Marriage in Europe*),Cambridge: Cambridge University Press, 1983,第 44 页;Lawrence Stone 与 Jeanne C. F. Stone,《开放的精英阶层?》(*An Open Elite? England, 1540-1880*),Oxford: Clarendon Press, 1984,第 397 页。关于真正高贵,参阅 G. M. Vogt,"情感史拾遗"(Gleanings for the History of a Sentiment: Generositas Virtus, non Sanguis),见 *Journal of English and Germanic Philology*, 24(1925),第 102—124 页。关于传奇发现,参阅 Christopher Hill,《从宗教改革到工业革命》(*Reformation to Industrial Revolution, 1530-1780*),鹈鹕英国经济史,第 2 卷,Harmondsworth: Penguin, 1971,第 59 页。关于传奇命名及口述谱系学的转化,参阅本书第 1 章,注释 6、50。

类法,其间,自然与文化被视为彼此共存但无交融的近似且分离的系统。自然类别及社会群体被视为"两个差异体系":重要的类比不是居于其中某个体系的特定要素之间,而是每个体系内差异形式关系之间,借此意味着"社会群体与其他群体区分,但他们保留作为同一整体组成部分的团结"。自然能使文化稳定下来,作为"阐释、校正发生在社会群体内的变化的参考体系而发挥作用"。假如更直接地表述这个类比,那么就要牺牲这种稳定性,因为"甲宗族与乙宗族不再像老鹰与熊之间那样的不同,而是甲宗族像老鹰,而乙宗族像熊"。因此,与文化要素混合在一起的自然体系将失去反思永恒不变差异所需要的重要分离性。④

在列维-斯特劳斯的分析中,异族通婚的社会规则强化了社会群体的团结,这源自此类分类法,因为它借助它们的差异而使之整合。相反,异族通婚强化了以更伟大的社会团结为代价的单独群体的一致。它禁止各群体通过被视为遗传,而非与其他群体关系的特定自然意象来自我界定。它通过强化将其他群体的姐妹、女儿想象成另类这一诱惑来阻止异族通婚的交换。神话与异族通婚规则一道达到相同的目的。列维-斯特劳斯在此方面最出名的证明就是他把俄狄浦斯神话阐释为对人类出身经历与本土理论(the theory of autochthony)之间矛盾的想象克服。神话通过建立经验(或社会血缘关系)与理论(或自然宇宙学)之间某个特定类比"解决"这个问题。每个体系以同样方式成为内在矛盾,以此确认他者:首要矛盾的不稳效果得以避免,社会体系内的矛盾因参考自然体系内的矛盾而得以验证。我们不需要借助俄狄浦斯神话的独创分析来完全说服自己,以此欣赏其暗示口述认知更伟大的统一之内的叙事与社会虚构同质能力。⑤

---

④ Claude Lévi-Strauss,《野蛮的思想》(The Savage Mind),Chicago: University of Chicago Press, 1966,第115—116、233页。

⑤ 同上,第116页;亦可参阅 Claude Lévi-Strauss, "神话的结构研究"(The Structural Study of Myth),见 Lévi-Strauss,《结构人类学》(Structural Anthropology), Claire Jacobson 与 Brooke G. Schoepf 翻译, Garden City, N. Y.: Anchor Books, 1967,第202—228页。

文字的出现只是动摇口述文化的诸因素之一。其他的因素是人口变化及社会流动性。荷马时代的阿伽门农(Agamemnon)与阿基里斯(Achilles)之间的矛盾已反映贵族(aristoi)("最佳")世袭荣誉与更个性化的"卓越"(aretē)荣誉之间的张力,前者首先需要包括在战斗中获胜的武士美德,后者是已被证实的军事成就标记。公元前8世纪初出现了另一种"贵族"类型,"世袭贵族"(eupatridai)(或"出身高贵"),其荣誉更多地只与拥有的土地财富相关。随着货币制度及商业的推广,"新财富"现象强化了已被擢升的地位不同类型之间现有张力。"财富已让血统陷入混沌之中",6世纪诗人墨伽拉的泰奥格尼斯(Theognis of Megara)说道,"我们不会拿自己的'卓越'与财富交换"。然而,"对众生而言,只有一个美德,金钱。"此时期短暂的暴政通常受富裕的暴发户主导,他们的经济改革力求获得穷人的支持以反抗传统贵族。在雅典,"世袭贵族"与阿提卡(Attica)农夫之间的激烈冲突最终在内战前夕的梭伦(Solon)、庇西特拉图(Pisistratus)与克里斯提尼(Cleisthenes)主导的激进改革中,以将农夫降为奴隶或小佃农地位为顶峰。通过梭伦改革,收入——而不是出身——成为参与政治的唯一合法基础。其结果之一就是上升流动的激增,以及通过更大政治权力与荣誉的新财富验证而成功地使地位不一致稳定下来。当然,梭伦改革也有助于消弱血统与家庭之间的联系。公民个人成为一个被确认的法律单位;对血统的忠诚逐渐因对城邦(the polis)或乡镇(the deme)的效忠而复杂化。然而,雅典民主的态度及结构与奴隶制共存,根据摩西·芬利(Moses Finley)的观点,一个难以调和的宿命就是,"无论其地位或财富如何,没有哪一位男性、女性或孩童确信可从战争或某些其他不可预测、不可驾驭的危急中逃脱"。⑥

---

⑥ 关于墨伽拉的泰奥格尼斯(Theognis of Megara),见《希腊诗歌》(*Greek Lyrics*),Richmond Lattimore 译,第2版,Chicago: University of Chicago Press, 1960,第30页,也引自 Alvin W. Gouldner,《柏拉图的进入》(*Enter Plato: Classical Greece and the Origins of Social Theory*), New York: Basic Books, 1965,第17页;Moses Finley, （转下页）

作为这些重大社会变革的记录之一,索福克勒斯(Sophocles)对俄狄浦斯神话的改编在 15 世纪被发现。在阐述身世揭秘传奇惯例(弗洛伊德将称其为"家庭传奇")范式时,《俄狄浦斯王》使关于自然与文化之间矛盾的术语换位,以此确保它将无法得到解决。种类的自然体系稳定性被亲属与血统的"自然"纽带替代。"文化"体系开始反过来被其单独元素之一的流动个性表现。冲突无法得到解决,因为这两个同等体系并不近似,但彼此混合,无法分开。索福克勒斯甚至借助再现后者"体系"的方式相信一种确认人类起源与身份的模式,而它在口述认知、自主及个人价值标准中并不发挥作用。在个人出身方面,俄狄浦斯蒙受双重欺骗。他首先没理由担心想象的科林斯血统,随后试图逃避;但最终被迫不仅否定其特定合法性,而且否定验证价值的血统权威自身。对他而言,成为"命运之子"唯独条件就是不受恩于任何人,他现在展示了某人只将自己的"荣誉"归于自己的错误谦卑:

> 约卡斯塔(Jocasta),
> 振作起来!尽管我被证实为一位奴隶,
> 一位三重奴隶,尽管我母亲是三重奴隶,
> 人们不会证明你出身低贱。
> ……
> 可能她为我的低贱出身而羞愧,
> 因为她有所有女性高贵的自尊。
> 但我把自己视为命运之子,
> 仁慈的命运,我将不会

(接上页注⑥)"观点与争议"(Views and Controversies),见《古典时期的奴隶制》(*Slavery in Classical Antiquity*),M. I. Finley 编辑,Cambridge:Heffer,1960,第 69 页,引自 Gouldner,《柏拉图的进入》,第 25 页。亦可参阅 Gouldner,《柏拉图的进入》,第 14、17、18—20 页及第 1 部分;Perry Anderson,《从古典时期到封建主义》(*Passages from Antiquity to Feudalism*),London:New Left Books,1974,第 31—32 页。

声名狼藉。

在神话中,自然使文化稳定下来;在戏剧中,神谕的"性质"只是惩戒文化的偏差。俄狄浦斯将被发现是一位奴隶,这个幻想不仅说出了其反宗谱的狂妄,而且是希腊社会经验中的真实可能性,恰当地表述了俄狄浦斯逃离自己命定血统的可怕后果。然而,索福克勒斯也使我们在阿波罗神谕及苏格拉底共同指令"认识你自己"界定的大分歧方面保持平衡,这是尼采所称的前道德时期与人类道德时期之间,根据其"后果"或外在效果的行为评价与根据其"起源"或内在意图的相同行为评价之间的分歧。尽管我们应邀对俄狄浦斯作为其无辜标记的一无所知予以同情,我们被更明确地禁止谴责俄狄浦斯臣民遭受瘟疫之缘由的苏格拉底式自知之明的意愿,同时也被禁止参照他造成的灾难,而非自己内心状态来思考命运的公义。索福克勒斯的虚构进行调停的地位不一致只是偶然成为诸如俄狄浦斯这类"新人"的破坏性崛起,但总体而言是神祇之死及血缘关系体系的毁灭。⑦

在与正在失去之物协调方面,其他希腊启蒙虚构比索福克勒斯笔下的虚构更虚些,前者的那种流动性与个人野心似乎可能是一种使易变性稳定或使之恶化的力量。柏拉图提供了此类虚构的高度自觉样例,即《理想国》中的社会血统"神话"。在阐述公义的施行能得以所见的模范政体最初假设之后不久,苏格拉底想到,如果可以让某种自然劳动分工充分发展,那么理想国就能最无碍地发挥作用。每个人将得到允许做"适合自己本性的事情"。首要任务就是遴选那些在兵法方面有"天赋"的理想国"卫士"。其次就是根据自然禀赋将卫士群体进一步细分为统治者及辅助人员。每一次遴选过程将伴随有力的社会强化效果。苏格拉底此处的目的就是将等级划分的文化差别确立在他视为禀赋上的自然差异之上,但也正是出于这个原因,他现在宣

---

⑦ Sophocles,《俄狄浦斯王》(*Oedipus the King*),David Grene 译,见《希腊悲剧大全》(*The Complete Greek Tragedies: Sophocles I*),Chicago:University of Chicago Press,1954,II,第 1061—1063、1078—1082 页;Nietzsche,《超越善恶》,第 43—44 页。

布诗人过去所说的,整个社会都将相信的这种"权宜虚构"(convenient fiction)类型的需要。事实上,这是关于本土起源的神话:"我将尽力说服……整个社会,我们给予它们的所有滋养与教育似乎只是它们如在梦中一般的体验。在现实中,它们全天藏在大地之下,被塑造、被抚育……最终,当它们完整后,大地把它们从自己的子宫生出来。"神话的核心就是赫西俄德(Hesiod)关于金属的寓言。自然等级是由某种金属决定的,金、银、铁或铜,诸神在各自的臣民中让它们混合起来,但这并不必然对应家族血统。这个重要事实的痛苦后果将一道完全施加在统治者或更低等级人群身上:"如果他们自己所生的孩子是铁或铜的合金,那就必定毫不客气地给他一个与其天性相符的身份,把他扔给手艺人或农夫,与之为伍。"[8]

在某个古代冥界神话的掩饰下,苏格拉底已暗中对古代文化去神秘化。"自然"并没有使血统"文化"及血缘关系稳定下来;相反,它有计划地使服务于自然禀赋革命标准的那些关系产生动摇,而自然禀赋可能是自然血缘纽带自生的,甚至与之冲突。他的权宜虚构使神话素材自相矛盾,并支持精英社会方案,其对自然性的主张不是植根于自然的近似秩序中,也不在血缘关系的"性质"中,而在内在个人功绩理念中。这样的理念在社会上不被接受,因此需要社会虚构。柏拉图理想国的一般目的就是表述一个正义理念,设想在某个有序整体中,每个组成部分运用其自然功能或"美德"。社会整体领域指定的这个学说设想一个通过外在适应内在,地位适应能力的方式而使地位不一致稳定下来的革命方法。美德的"功能性"理念是一种顺势而为的自然禀赋,可以轻易地被转变,曾为现有的社会分层辩护,其中某些说法在中世纪政治理论中足够普通,但柏拉图

---

[8] Plato,《理想国》(*Republic*), Francis M. Cornford 译, New York: Oxford University Press, 1959, II, 370C, II, 374E, III, 414B-415C, 第 57、62、106—107 页。

的阐述有非常不同的用意。⑨

因此,一旦血统从其在口述文化的血缘体系中所扮演的有限、工具性角色抽离出来,它就成为模糊的量,被擢升为一个显赫的权威,但也在变化中的社会条件下,易受某个强大颠覆力量的影响。古希腊人将贵族荣誉与军事"美德"相联系,并在罗马人的"美德"(virtus)与特定男性成就之间保持词源联系。在古罗马时代,往昔是神圣的,大多数都是关于罗马建城这个传奇事件本身。"权威"(auctoritas)就是"提升"(augere)其基础的权利与能力,根据汉娜·阿伦特(Hannah Arendt)的观点,它得自直系血统,源自"那些已为未来所有事情奠定基础之人,因此罗马人称祖先为'显要'(maiores)"。因此,"权威"也是长辈或贵族的属性,继承了历史传统,并因此而神圣。在现实中,共和国中的贵族阶层是一个源自公元前5至前4世纪宪法妥协的混合统治精英群体,当时正通过给平民新贵实实在在参与贵族权力的方式反击日益严重的地位不一致现象。然而,所导致的家长寡头制反过来被传统及"祖传习俗"(mos maiorum)神圣化,在运用西塞罗(Cicero)的箴言"前任所为即依权所行"的权威统治罗马的公元2世纪神圣化。但公共职务对纯粹贤德之人来说并非完全遥不可及,如最著名的"新人"(novus homo)西塞罗本人的上升流动性明确为证那样。因为借助权威归属而进行的贵族权力独有确认给西塞罗留下通过命运证明纯粹美德的样例,他学会通过将贵族道德权威与其传统的贵族运用分开的方式挑战贵族意识,学会论证是否进入元老院应取决于个人的"勤奋与美德"(industria ac virtus)。西塞罗对新人美德的合法化很快在塞内加(Seneca)的《第44篇信札》(*Epistula XLIV*)中得到回应,一个论

---

⑨ 关于正义及美德的功能理念,参阅 Plato,《理想国》, I, 353B, IV, 433A, 第38、127页。关于功能理念在中世纪的运用,参阅 Ruth Mohl,《中世纪及文艺复兴文学中的三个等级》(*Three Estates in Medieval and Renaissance Literature*), New York: Columbia University Press, 1933; R. H. Tawney,《宗教与资本主义的兴起》(*Religion and the Rise of Capitalism: A Historical Study*), New York: Mentor, [1926] 1958,第1章,第1节。

证正义赞赏"真正高贵"跃为社会显要的经典样例(locus classicus)。尽管西塞罗并不是共和国时期唯一样例,然而,"新人模范"(novus homo exemplum)已产生自相矛盾的稳定效果,这类似于我已说过的真正高贵套话所施加的效果。⑩

　　新人模范与传统贵族之间的矛盾关系被铭写于复杂的态度之中,罗马文明自身对其希腊前身既必恭必敬,又力图超越。古罗马时期最伟大的诗学成就是叙述罗马建城,并自行提供了作为帝国"译文"(translatio)及从希腊到罗马的西向艺术的样例。与之前的希腊英雄奥德修斯(Odysseus)的追寻相似,埃涅阿斯(Aeneas)的游历从《伊利亚特》(Illiad)结尾处开始,从未来奠基人被占据军事优势的希腊人击败开始。但维吉尔(Virgil)在《埃涅阿斯纪》(Aeneid)中对卓越的希腊文化的臣服是那些虔诚美德行为之一,如他笔下主角小心保护家族神祇一样,结果这明确地提升了罗马权威,并向后人宣示了肃穆的罗马荣耀。

　　在"希腊传奇"中,存在着对个人物理及社会流动性的相当关注,学者们已将其与希腊社会关系的易变性联系起来。这些非常不同的叙事也分享奥维德(Ovid)对爱情变形的倾力关注,因此旅行、爱情、社会变革被巧妙地融合在一起,仿佛暗示作为典型易变经验的互换性。如马德琳·德·斯居黛里(Madeleine de Scudéry)在后期关于传奇的评论所言,"大海是最适合展示巨大变革的场景……有些人已称其为无常的剧院"。在希腊传奇中,由伪装、海难、被囚、被海盗与强盗捕获、

---

⑩ Hannah Arendt,《在往昔与未来之间》(Between Past and Future: Six Exercises in Political Thought) (New York: Meridian Books, 1961),第 122 页。关于罗马"美德",参阅 Bernard Mandeville,《论荣誉的起源及基督教在战争中的效用》(An Enquiry into the Origins of Honour and the Usefulness of Christianity in War) (1732), M. M. Goldsmith 编辑, London: Frank Cass, 1971,"序言"。关于西塞罗及"新人",参阅 H. H. Scullard, "一位新人的政治生涯"(The Political Career of a Novus Homo),见《西塞罗》(Cicero), T. A. Dorey 编辑, London: Routledge, 1965,第 1—5、17 页; Timothy P. Wiseman,《罗马元老院中的新人》(New Men in the Roman Senate, 139 B.C.—A.D. 14), Oxford: Oxford University Press, 1971,第 107、109—110 页及注释列表,第 209—283 页。

成为奴隶组成的非凡沉浮之旅因爱情而加速,复杂化。爱情的改造力量也被明确地比作这些更外在化的变形。⑪

在朗格斯(Longus)所写的传说中,达夫尼斯与赫洛亚(Daphnis and Chloe)还是婴孩时就被遗弃在乡间,喝羊奶长大,被牧羊人收养。牧羊人猜测他们出身高贵,但把他们当乡下人养大,这种兽形(theriomorphy)暗示由此也作为他们身为牧人后裔的地位不一致比喻而发挥作用。爱神伊洛斯(Eros),这个长翅膀的小孩既折磨又保护这两个孩子。他们如此之深地彼此相爱,共同经历过几次故事中的复杂情况,以至于最终这促使他们得知了亲身父母的身份,并为他们的婚姻排除了所有明显的障碍。在希腊传奇时期,阿普列乌斯(Apuleius)正在讲述丘比特(Cupid)与塞姬(Psyche)的拉丁语传说。传说中的这位公主如此美丽,以至于世人荒废了为维纳斯(Venus)准备的神圣仪式,转而崇拜起塞姬。维纳斯对这位新冒出来的凡人大为恼怒,责令丘比特把塞姬送到冥间,用适合最卑贱、最邪恶人类的爱情焚烧她。阿波罗(Apollo)也预言她将嫁给一个具有毁灭力量的、甚至令神祇都畏惧的野兽。绝望的父母将她留在山顶。但丘比特本人就是这个怪兽。他把塞姬带到自己的宫殿里,不透露自己的真实名字,并使她怀孕,这让塞姬的姐姐们极为嫉妒。她们合理地猜测这个兽形后裔是真正的神祇后代。在整个传说中,阿普列乌斯以这种方式讲述社会竞争的趣事,为自然与超自然转化添味,读者也知道,这些转化构成事关令人敬

---

⑪ Madeleine de Scudéry,《易卜拉欣》(Ibrahim: or, The Illustrious Bassa),Henry Cogan 译(1652),"序言",标记 A4ᵛ,引自 Annabel M. Patterson,《审查与阐释》(Censorship and Interpretation: The Conditions of Writing and Reading in Early Modern England),Madison: University of Wisconsin Press, 1984,第 186 页。关于明确的对比可参阅 Xenophon of Ephesus,《以弗所的传说》(An Ephesian Tale)与 Longus,《达夫尼斯与赫洛亚》(Daphnis and Chloe),见《3 部希腊传奇》(Three Greek Romances),Moses Hadas 译,人文图书馆,Indianapolis: Bobbs-Merrill, 1964,第 73、17—18 页。关于希腊传奇的社会语境,参阅 Ben E. Perry,《古代传奇》(The Ancient Romances: A Literary-Historical Account of Their Origins),Berkeley and Los Angeles: University of California Press, 1967,第 2 章;Tomas Hägg,《古代小说》(The Novel in Antiquity),Berkeley and Los Angeles: University of California Press, 1983,第 3 章。

畏的、主宰灵魂的爱情力量的故事情节。因此,维纳斯对塞姬的愤怒通过其强加的一系列明显不可能完成的任务来施行,这也被表述为一种对"门户不对等的婚姻"的担心,以及对其"家庭树"及"等级将因与一位凡人的婚姻而蒙羞"一事而感到极大的憎恨。但朱庇特(Jove)加以干涉,用仙果之味让塞姬侧身仙班,爱情不再成为催生变化的动因,而成为恒定的原则。⑫

在当前语境下,这些传奇的两个特点似乎特别值得注意。首先,在牺牲起稳定作用的自然与文化分离时(列维—斯特劳斯使文化与神话叙事相联),它们的情节也获得针对转型(神形、兽形、物理流动性、伪装、爱情、婚姻、社会流动性)的自然—文化能指的弹性及已延展之链的使用,这些环节自身可以彼此转化,所以神化可能被指定为爱情的上升,爱情可能被定位为贤德之人的上升流动性。但其次,这种转化链有自相矛盾的潜能,因为它们不仅能够克服不稳定及不一致的条件,而且会使之恶化。

三 前期革命:12世纪文艺复兴

在希腊传奇的文字技巧与古希伯来文化的去神秘化模式之间可以画出一条有指导意义的平行线。不曾终止的物理流动性经验强化了犹太人将道德权威与"无根化,而非在本地扎根"状态联系之举。希伯来人对父权及血统的坚持消除了关于本土化的口述神话的神话色彩,用一种历史化替代品取代某种稳定模式。同样地,不稳定获得某种宗谱定义:原罪是父亲所犯之罪。然而,在某个重要层面,基督教福音直接与犹太遗产对立,鼓励包括父系关系在内的所有血缘关系灵性化替代,以此反对口述及犹太文化的血缘联系。"凡遵行我天父旨意的人",耶稣说道,"就是我的弟兄、姐妹与母亲了"。"凡为我的名撇

---

⑫ Longus,《达夫尼斯与赫洛亚》(*Daphnis and Chloe*);Apuleius,《金驴》(*The Golden Ass*),Jack Lindsay 译,Bloomington:Indiana University Press,1973,第 133—134、141—142 页(阿普列乌斯写于公元 2 世纪)。

下房屋或是弟兄、姐妹、父亲、母亲、妻子、儿女、田地的,必要得到百倍,并且承受永生。"福音信息中的反家庭含意借助早期教会严格禁止婚姻的程度,及其他挫败家庭继承方法而得到极大强化。然而,另一方面,基督教故事强化了家庭传奇,及其在血缘体系中的重要(如果是模糊的话)根基。耶稣是地位最低之人的儿子,出生在几乎因其卑微而近似兽形的地方。他的门徒也来自普通人,其最终也是一个低贱的野兽或罪犯的结局。但他也是一个传奇弃儿,其真正的父亲是借助标记或印记而偶然被发现。他也最终上升,重坐上父亲旁侧的合适位置(甚至他在人间时的温和有取消其父血统中的严厉一面的希望)。⑬

140　　在对第一次基督千禧之后的传奇兴起有所贡献的诸社会因素中,最重要的是欧洲文化的封建化。因为对领主的封建效忠被视为本质上不可分割之事,分开继承的方法被视为不可接受的,因为封地的继承,及在罗马法或日耳曼习俗中并不存在的男性长子继承制很快成为非常寻常之事。在欧洲大陆,封建贵族等于一个自相矛盾的"新贵族"。这些贵族因任期内的效忠,以及出身而地位得到擢升,并被册封为贵族,他们居于家族之首,其严格且稳定的血统原则在人口学层面无法实现,而只是使隐秘的社会流动性体制化。流动性的主导方向是下行的。多年之后,王室对封建巨头的支持使他们与较低层贵族之间的鸿沟拉大,侵蚀了这些小地主独立于大地主的生存能力,小地主反过来从大地主那里以封地的形式获得土地。在这些式微的贵族实例中,血统与财富及所有权地位割裂。在新贵族次子的实例中,血缘甚

---

⑬ 关于犹太经历,参阅 Herbert N. Schneidau,《神圣的不满》(Sacred Discontent: The Bible and Western Tradition), Baton Rouge: Louisiana State University Press, 1976,第106、241 页。关于福音,参阅马太福音,12:50;19:29。关于教会禁令及血缘的灵性化,参阅 Goody,《欧洲家庭与婚姻的发展》,第 44—82、194—204 页。关于基督教"普通布道"(sermo humilis)发展语境之内的道成肉身及受难的社会模糊,参阅 Erich Auerbach,《模仿论》(Mimesis: The Representation of Reality in Western Literature), Willard Trask 译, Garden City, N. Y.: Anchor Books, 1957,第63页;同作者,《古拉丁时期与中世纪文学语言及其公众》(Literary Language and Its Public in Late Latin Antiquity and in the Middle Ages, Ralph Manheim 译,博利根系列第 74 卷, New York: Pantheon, 1965,第1、2 章。

至因按长子继承制规定取消次子继承权而被更加明目张胆地置于一旁。并不鼓励这些次子(juventes)缔结父亲担心的、通过秦晋之好(或嫁妆)挥霍财产的婚姻。他们经历了不正常的过长青春期,结伴喧嚣骑游,漫无目的,一心寻求历险或富有的女继承人,通过与之结合而重获自己失去的地位。但新贵族的人口弱点及其一时的"新"也使之向平民的上升流动性敞开大门。这些雄心勃勃的平民足以作为牧师而崛起,通过不同服务类型,诸如土地或租赁采邑(enfeoffment)、骑士效忠或雇佣作战,甚至担任朝圣及大众宗教活动组织者等等完成上升流动。如那些次子一样,这些牧师也把婚姻视为提升地位的途径。这些人的数量巨大,从而使12世纪婚姻市场呈现紧俏迹象。最终,这种广泛的地位不一致模式必须被置于封建状态及其长期张力的不稳定语境中,即介于封建关系与血缘关系、封建贵族被分割的主权与君主制集权化趋势,以及封建效忠与政府"公务"服务之间。⑭

如很多学者已阐明的那样,将12世纪宫廷小说的社会目的视为

---

⑭ 参阅 F. L. Ganshof,《封建主义》(*Feudalism*), Philip Grierson 译,英文第 3 版, New York: Harper Torchbooks, 1964,第 139—140 页;David Herlihy,"中世纪历史中的三种社会流动模式"(Three Patterns of Social Mobility in Medieval History),见 *Journal of Interdisciplinary History*,3, no. 4(Spring, 1973),第 625、626、632 页;R. Howard Bloch,《中世纪法国文学与法律》(*Medieval French Literature and Law*), Berkeley and Los Angeles: University of California Press, 1977,第 98—99 页;Georges Duby,"法国西北:12 世纪贵族社会中的次子"(Northwest France: The "Young" in Twelfth-Century Aristocratic Society),见《当代法国社会历史学家》(*Social Historians in Contemporary France: Essays from Annales*), New York: Harper Torchbooks, 1972,第 87—99 页;同作者,《中世纪婚姻》(*Medieval Marriage: Two Models from Twelfth-Century France*), Baltimore: Johns Hopkins University Press, 1978,第 14 页;Herbert Moller,"宫廷爱情情结的社会起因"(The Social Causation of the Courtly Love Complex),见 *Comparative Studies in Society and History*, I(1959),第 146—157 页;Lionel Rothkrug,"通俗宗教与圣地"(Popular Religion and Holy Shrines: Their Influence on the Origins of the German Reformation and Their Role in German Cultural Development),见《宗教与人民》(*Religion and the People, 800-1700*),James Obelkevich 编辑, Chapel Hill: University of North Carolina Press, 1979,第 26、57 页。关于这些不同社会冲突,参阅 Colin Morris,《个人的发现》(*The Discovery of the Individual, 1050-1200*), New York: Harper and Row, 1972,第 37—48 页及第 6 章。不用说,这些概述与民族、文化极大多样性协调。

这些地位不一致实例的居中和解与阐释似有道理。对新贵族最直接的颂扬完全不是发生在骑士传奇之中，而是在诸如《熙德》(The Cid)这类关于新人的史诗中。在《熙德》中，这位同名英雄出身于一个小地主家庭，通过向国王阿方索(King Alfonso)的效忠及与王室的联姻而达到权势最顶点。于是，个人价值与出身结合，荣誉被纳入，成为其中一部分："看看他的荣誉是如何累积的，他是在一个幸福时刻出生的人，因为西班牙国王们现在是他的亲戚！"传奇倾向于需要一个更间接的社会阐释形式。例如，亚瑟王传奇可被视为投射在新贵族身上的自身美化意象，在一个越发平和的文化中，这个意象是贵族古老军事德行，然而被采邑为一个并不关心拓展自己权力的被动君主的体现。另一方面，亚瑟王的宫廷用两种方式应对小地主境遇：一种是成问题的方式，强调武士阶层致力于用武力接受试炼的过时道德，与公正及效忠更理想化形式之间的差距；另一种是唯心论的方式，将物质生存的降格寻求转为与高贵出身一致的贵族探求。⑮

对骑士传奇社会意义感兴趣的学者们公认，该传奇爱情与历险主题的发展表现了与"英雄之歌"(chanson de geste)具体群体暴力明确分离的行为，但它们倾向于在这个行为意义上有所不同。罗伯特·汉宁(Robert Hanning)强调克雷蒂安·德·特鲁瓦(Chrétien de Troyes)创立的形式"个人主义"，其负面意义就是，个人经验、自我意识及满足的内在状态都是人类生活核心内容。R.霍华德·布洛赫(R. Howard Bloch)反而把宫廷爱情及传奇虚构的个性化及灵性化倾向描述为肢体冲突的"移位"(displacement)，这个惯用语更有效地提醒我们12世纪的"个人主义"是显著的社会策略。爱情关系，随后是其内在化的

---

⑮ 《熙德诗歌》(The Poem of the Cid), Lesley B. Simpson 译, Berkeley and Los Angeles: University of California Press, 1962, 第 139 页。(关于熙德的"企业家"职业，参阅 Herlihy，"中世纪历史中的三种社会流动模式"，第 639 页; Pitt-Rivers, "荣誉与社会地位"，第 23 页); Peter Haidu, "导言"，与 W. T. H. Jackson, "传奇性质"(The Nature of Romance), 见 Yale French Studies, 51(1974), 第 3、19 页; Bloch,《中世纪法国文学与法律》，第 46、140、196—197 页概括了埃里克·卡勒(Erich Kähler)的观点，见第 220—221 页。关于用审讯替代神裁，见本书第 1 章，注释 35。

"心理冲突"(psychomachia)强烈但隐喻的暴力描绘,并抹去了贵族关系的文字暴力,后者现在被同化为不同的接触方式及对封建政权的效忠。汉宁观察到我们现代的、"以个人为中心的"偏见导致我们在《罗兰之歌》(Song of Roland)中最看重以个人为基础的冲突,但可能我们对《伊万》(Yvain)的解读也被主要来自外界的个人主义误导。我们甚至将克雷蒂安所写传奇的传统题目个人化,说的是《伊万》,而不是《狮子骑士》(Le Chevalier au Lion);说的是《兰斯洛特》(Lancelot),而不是《圆桌骑士》(Le Chevalier de la Charrete);说的是《佩瑟瓦尔》(Perceval),而不是《圣杯的故事》(Le conte du graal)。我的观点可能从与中世纪教会的社会策略比较之中得到帮助,而杰克·古迪(Jack Goody)已作很多阐明。在鼓励"情感的"家族态度时,教会可能被恰当地视为对已被接受的智慧认作新教特别倾向之物的预期。但将这些态度引作天主教教会内在"个人主义"价值观的实证证据会有误导性,因为它们反映且支持的更大目的不是对个人的确认,而是通过颠覆血缘团结促进教会的利益。⑯

可能把 12 世纪传奇视为在紧迫的地位不一致时期调查地位类别实质的方法,而不是视为个人主义价值观的表述及合法性会让人有更好的感知。这是旨在将"贵族荣誉"剖析为其构成部分的技术,而不是承认需要这样的劳动,的确没有承认其组成部分事实上不可分割。对传奇、诗歌的宫廷小说中爱情的聚焦特别对这种间接有作用,因为它等于是对特别的居间链接的战略性专注,我已将其描述成自然—文化转型的能指链。关于爱情的比喻居于这个链条的正中,允许两个方向的自由通往,因此呈现不一致问题可能被暗中按不同转型类别的范围

---

⑯ 参阅 Robert W. Hanning,《12 世纪传奇中的个人》(The Individual in Twelfth-Century Romance),New Haven:Yale University Press,1977,第 3、4、5、53、148、208 页,第 287 页,注释 49;Bloch,《中世纪法国文学与法律》,第 141、143—144、158、163—164、190—192、231—236、250 页;John Stevens,《中世纪传奇》(Medieval Romance: Themes and Approaches),London:Hutchinson University Library,1973,第 166 页,注释 3。关于教会通过鼓励借助直接后代获得继承的方式持续阻止血缘纽带,参阅 Goody,《欧洲家庭与婚姻的发展》,第 152—156 页,第 5、6 章。

来理解。因此,如果与英雄之歌有直接对比的话,对爱情效忠的聚焦似乎使肢体冲突移位,就其他可能的能指所言,它确定了地位不一致问题,并将其置于求欢、婚姻及 12 世纪次子与牧师社会抱负的社会领域之内。关键并不在于骑士传奇及行吟诗歌中构想的婚姻(或通奸事宜)可被视为一面忠实映照真实发生之事的镜子,而是文学虚构提供了性联盟与社会流动性之间真实联系的理想化意象。在安德烈亚斯·卡佩莱努斯(Andreas Capellanus)对社会混合婚配的极度关注中能看到这个相同的联系。在他不安的对话中,宫廷爱情倾向于强化我们在平民、贵族、领主之间的不一致之感,甚至在宫廷爱情设法作为伟大平衡者以克服这个不一致之感的时候。⑰

所以爱情效忠使弥散的地位不一致之感,克服这种不一致的渴望,甚至(尽管对赢得回报与好感抱有惯常的无望之感)达到此目的手段具体化。但它也需要一个对上升流动抱负,及实现此抱负所需的具体艰辛效忠的极度缓和灵性化。在行吟诗歌中,爱情、比武、骑士之战作为可互换的能指发挥作用。在《伊万》中,狮子骑士为黑荆棘老爷的幼女与其长女开战。这位不义长女独占父亲的全部遗产,这使得亚瑟的骑士宫廷转为财产法法院,其骑士成为首要政府官员。尤其是"典雅之爱"(fin amor)通过内在功绩的归因为所获得的地位正名。它指定了真正高贵及以个人价值为准的贵族阶层,其拥有的"温柔之心"(cor gentil)得到证明(爱情使人高贵,使人做出伟大事情),缓解了进入以出身为准的贵族阶层的不适感,直到时间与习惯将所有这些记录抹去。从这方面来说,宫廷爱情说出了甚至地位已确认的封建贵族的焦虑,其贵族地位首先来自所任职务,而不是必然源自出身。

---

⑰ 参阅 Duby,"法国西北:12 世纪贵族社会中的次子",第 97—98 页;Moller,"宫廷爱情情结的社会起因",第 160 页;Andreas Capellanus,《宫廷爱情的艺术》(*The Art of Courtly Love*),John J. Parry 翻译与编辑,New York:Norton,1969,第 33—141 页。关于通奸、婚姻的宫廷意象及其现实之间的差异,参阅 John F. Benton,"克里奥与维纳斯"(Clio and Venus: An Historical View of Medieval Love),见《宫廷爱情的意义》(*The Meaning of Courtly Love*),F. X. Newman 编辑,Albany:State University of New York Press,1968,第 19—42 页。

然而,赢得地位一致的爱情力量与其使不一致体制化,并使之受扰、动摇、降格转型的负面力量密不可分。爱情的矛盾最初在柏拉图对话及中世纪宫廷小说中得到详述,并可以调动广泛的自然与文化比喻使这种不稳定恶化。当洛汀(Laudine)拒绝伊万之爱时,伊万陷入疯狂,坠入动物属性之中:他逃到森林里,把自己变形为一只野兽,剥掉所有衣服,食生肉为生。只有在这种自贱之后,他才遇到狮子,并拯救了它。狮子天性及文雅的谦卑融合成为他的样板,他借用狮子之名,通过对洛汀的执着效忠以示自己的重振及提升。在这个重要时刻,正是伊万借用的狮子之名为洛汀所知,并被她重新接纳,留在身边,仅在此时他才能舍弃兽形伪装。诸如此类的插曲说明传奇爱情如何有效地起到预示意义转型链(其间,社会规范在起到稳定或动摇作用的计划中扮演一个影射性的重要角色)的作用,而不是明确的、决然的"社会"意义。⑱

爱情的矛盾及其引发的宫廷小说微妙平衡提供了这个形式的钥匙,其间,反传奇动因在传奇中可以辨别。某些评论家们甚至在12世纪传奇繁荣中看到自嘲。"阿里奥斯托(Ariosto)与克雷蒂安·德·特鲁瓦之间没有这样的分界线,"W.P.凯(W. P. Ker)说道,"克雷蒂安与原始史诗"及英雄之歌"之间则有"。宫廷唯心论的极端及其灵性化功能似乎通过它寻求应对的社会经历的极端而正名,并可感知到强化,而非克服这种不一致的致命感。此时,宫廷小说适得其反。内在荣誉与外在荣誉、真正高贵与贵族高贵区分。夸大贵族意识的失败以在此时流动悬置中维持美德与荣誉是件容易的事情。然而,评论家们一般认为传奇与"反传奇"动因的分离或共存在英国文学文化中最为常见。宫廷小说并非英国本土产物,尽管它们容易被归化,但从未获得一个

---

⑱ 参阅 Chrétien de Troyes,《狮子骑士》(Le Chevalier au Lion), Mario Roques 编辑, Paris: Librairie Champion, 1965, II, 第 4703—6437、2763—4612、6629—6723 行。关于真正高贵在宫廷小说中扮演的角色,参阅 Moller,"宫廷爱情情结的社会起因",第 161 页;Johan Huizinga,《中世纪的式微》(The Waning of the Middle Ages), Garden City, N. Y.: Anchor Books, [1924] 1954,第 63—64 页。

完全牢靠的根基。这种现象的社会基础是什么?[19]

最直接与最明显的解释就是封建制度如宫廷小说一样在更大程度上被感受为某种外在含义。在英国,近似诺曼效忠体系的事宜在1066年前就有了。然而,诺曼征服的社会经济后果影响巨大,因为诺曼封建化的颠覆效果因大规模人口迁移因素而加剧。不仅是可分开继承制度主要被长子继承制的父系原则取代,甚至出身的主要标准都与任期效忠及土地所有权的新标准不一致。20年之内,盎格鲁—撒克逊伯爵及领主实际上几乎完全被外来的贵族取代,来源不同的农民们一并被归于"农奴"这个单一类别。但如果诺曼征服有助于封建制度看似源自外部的强加,它们绝非一个不足信的虚构。事实上,强加的政治绝对性可能已使之更易被接受,因为英国封建任期体系的普遍性没有留下可比拟的强大竞争体系,欧洲大陆亦如此。长子继承制规则缓慢地从军事任期延展到其他任期,很快成为普通法。所以对英国的与众不同所作的明显解释可能并不能让我们有更深的了解。[20]

近来,艾伦·麦克法兰(Alan Macfarlane)重新界定中世纪"个人主义"理念,尤其将其延展到英国文化中,借此对这个与众不同的问题进行研究。他的论点包括两方面:英国个人主义是长子继承制规则极端运用的结果,并与个人土地所有权的英国特殊法律体系结合。但他对这两个因素的相对重要性或互为必要没有足够清楚的阐述。既然不管怎样,前者继续有待证明,麦克法兰让个人所有权的法律权利(无论真实地主实际上究竟怎样使用土地)承担这个论证过程。但在试图从

---

[19] W. P. Ker,《史诗与传奇》(*Epic and Romance: Essays on Medieval Literature*),London:Macmillan,[1896] 1922,第 323 页。关于近期对 12 世纪传奇中反传奇因素的分析,参阅 Jackson,"传奇的性质",第 22—25 页。赫伊津哈(Huizinga)对"伤感与嘲弄之间的不稳平衡"(《中世纪的式微》,第 80 页)令人难忘的描述一般与 14—15 世纪的欧洲大陆文化有关。关于涉及真实问题的反传奇兴起,参阅本书第 1 章,注释 101—111、122—125。

[20] 参阅 F. W. Maitland,《英国的形成史》(*The Constitutional History of England*),Cambridge:Cambridge University Press,[1908] 1965,第 37、151、156—157 页;G. O. Sayles,《英格兰的中世纪基础》(*The Medieval Foundations of England*),New York:A. S. Barnes,1961,第 211、238、240、241 页。

权利能力事实得出值得冠以"主义"之名的大型文化信仰过程中,存在某种悖逆之事,如他在作如下断言时一样:"至少从 13 世纪起,英国已是一个个人比群体更重要的国家",大多数普通人(他关心的是较小的地主)已是"狂热的个人主义者"。关于这个论点的令人信服之处就是其如是要求:在我主要关注的文学起源中,我们要承认新形式如何完全植根于先于那些形式存在,但没成为其组成部分的思想与行为之可辨特点。㉑

显然,早期英国传奇反映了新封建贵族创设之后造成的不一致,而这是诺曼征服造成的分裂及不可分的继承实践的效果。表面上看,撰写盎格鲁—诺曼的"祖先传奇"就是通过为这些外国侵略者们构建一个他们拥有英国血统的虚构传说,详述他们在某个时间段被迫流亡海外等等归化他们,并使之合法化。但这些传奇也反映了新来者忍受的家族流动及颠覆带来的真实痛苦。在《沃尔德夫的故事》(*Estoire de Waldef*)中,身世揭秘的惯例在太多次分离的悲伤中触礁。当沃尔德夫的儿子们回家后,再次启程前往大陆时,他的妻子痛苦地宣布:"他们属于另一个国度。他们从来都不是我们真正的儿子,而是闯入这个国家的外国人……让他们见鬼去吧。"在这些祖先传奇中,最著名的就是华威的盖伊(Guy of Warwick),一位盎格鲁—撒克逊绅士之子的故事。盖伊的社会地位降格,现在担任某位老爷的管家一职。他与这位老爷的女继承人相爱,并通过超出常人的爱情效忠赢得意中人的芳心和伯爵身份,只是最后成为一位谦卑的朝圣者,将效忠的对象由尘世转为天堂,将某种上升流动类型转为另一种。在盎格鲁—诺曼《埃米斯与阿米洛》(*Amis and Amiloun*)中,"爱"(amor)与"仁慈"(caritas)的不相称在不同模式之间的预期转换中得到更含糊的表述,而这些不同模式意味着爱情结合中社会等级、财富、神谕、伪装、疾病等等危险的不一

㉑ 参阅 Alan Macfarlane,《英国个人主义的起源》(*The Origins of English Individualism: The Family, Property, and Social Transition*), New York: Cambridge University Press, 1979,第 85—88、163、197 页;关于先在的行为,参阅本章注释 48—49。麦克法兰为揭示英国长子继承制运用极端性而引用的出处源自 16 世纪。

致,并在不同阐释中,叙事轮番成为封建传奇与基督教圣徒传。㉒

根据托马斯·沃顿(Thomas Warton)的观点,很多传奇开始是关于虔诚的传说,只是后来增添了骑士元素。"虔诚、勇武的人物如此互补,或更确切地说,如此容易转换,以至于甚至一些耶稣门徒都有自己的传奇。"英国对宫廷小说的相对冷漠可能被理解为不愿放纵全能的爱情能指可变性,而这正是欧洲大陆宫廷小说的核心所在。象征转型及不稳状态的比喻链自身不敢开接受质疑,而该链中的爱情主导却可以。在这些盎格鲁—诺曼叙事中,我们感到一种将内在属灵意义归于纯粹世间变化的焦虑,感到一种采取更坦诚,可能具有普通英国传奇特点的说教态度的意愿。在英国传奇趋势中,人们感到与爱情象征力量有关,但极为不同的焦虑,以此强调社会进步问题胜过那些性欲满足问题,而按照惯例,它们又密不可分。在稍后触及不公正地被取消继承权,及因长子继承制而导致的地位不一致这些主题的反叛传奇中,这个强调足够明显。例如,《盖米林》(*Gamelyn*)的同名主角是位被狡诈的哥哥剥夺继承权的次子。哥哥违背了在他们父亲临终时所发的誓言。当然,反叛传奇并不独属于英国。但这种强调也在诸如《霍恩》(*Horn*)和《哈夫洛克》(*Havelok*)这些 12 世纪英国传奇中得以领略,其间,爱情问题被感知为剥夺继承权及地位不一致这个主控问题的子集。在这些传奇中,一位年轻的王子被疏远且被放逐到某地,尽管其间不断显示王室迹象,但没人认出他的高贵地位。这位主角长期遭篡夺王位者所害,并通过确

㉒ 参阅 M. Dominica Legge,《盎格鲁—诺曼文学及其背景》(*Anglo-Norman Literature and Its Background*), Oxford: Clarendon Press, 1963, 第 139—148、174 页。关于《盖伊》的版本,参阅 Laura H. Loomis,《英文版中世纪传奇》(*Medieval Romance in English*), New York: Burt Franklin, [1924] 1960, 第 127—128 页; Legge,《盎格鲁—诺曼文学及其背景》,第 162—165 页;《罗马人之事》(*Gesta Romanorum; or, Entertaining Moral Stories*), Charles Swan 译, Wynnard Hooper 修订, New York: Dover, 1959, 第 325—333 页; William J. Thoms 编辑,《早期英国散文传奇》(*Early English Prose Romances*), London: Routledge and Kegan Paul, 1907, 第 331—407 页。关于《埃米斯与阿米洛》,参阅 Loomis,《英文版中世纪传奇》,第 65—68 页。

认与自身内在价值相符的事迹而最终登上自己本该凭借继承与出身而获得的地位。

英国人对宫廷小说的焦虑因此就是朝相反方向延展的批评。一方面,它要求公认的宫廷爱情唯心论应该是诚实的,也就是说完全与基督教相符,因此必须在对情欲之爱的新柏拉图批判语境中得以展现,而这是典雅爱情的"甜美新文体"(stilnovist)灵性化及斯宾塞笔下"爱情寓言"的发展。另一方面,英国人的焦虑不是吁求涤罪,而是去除宫廷小说的神秘化,这出于揭示理想上层结构之物质现实的愿望,出于将不稳能指指定为社会领域的愿望。㉓

作为反传奇的这个英国传奇最伟大倡导者,乔叟及《高文》(Gawain)的诗人作者属于比诺曼征服及其直接后果更晚时期。14世纪的两次发展,即1381年农民起义及世袭贵族制度的确立与我正在进行研究的社会主题特别有关。约翰·鲍尔(John Ball)反叛的精髓就是将以下这个虔诚阶层曾经如此习惯提及往昔的这个问题运用于当下:

> 亚当耕地,夏娃织布之时,
> 何来贵族呢?

如真正高贵的惯例那样,鲍尔的问题有暂时保存或危及社会分层的潜能。当英国贵族成为世袭时,从某种程度上来说,高贵就与任期效忠割裂,并如此高度个人化,以至于只有男性继承人可以在出生时被册封为贵族(不像法国贵族的习俗)。贵族阶级的理想因此更进一步复杂化。与任期效忠不同的,在诺曼征服之前与家庭出身有关的旧理想

㉓ Thomas Warton,《英国诗歌史》(History of English Poetry)(1774),引自《罗马人之事》,同前,第419页。参阅 Lee C. Ramsey,《骑士传奇》(Chivalric Romances: Popular Literature in Medieval England), Bloomington: Indiana University Press, 1983,第83—93、97页及第2章。关于英国"说教传奇"的倾向,参阅 Dieter Mehl,《13至14世纪中古英语传奇》(The Middle English Romances of the Thirteenth and Fourteenth Centuries), London: Routledge and Kegan Paul, 1968,第17、19、121页。

得到加强,但因狭隘的父权限制而变得专制。这可能只使家庭内部地位不一致,及关于贵族等级意味着极为肤浅的"高贵"类别的这种攀比猜疑恶化。㉔

尽管出于更自觉的目的,此时期的文学虚构加剧了某种类似不稳定。《高文爵士与绿衣骑士》(Sir Gawain and the Green Knight)是仅有的若干"高文故事"中最好的一篇,其间,自然或平民公正的规范化标准根据贵族文化自身宫廷理想对其进行评测,以此挑战贵族文化的虚伪性。反传奇的整体范围在《骑士故事》(The Knight's Tale)、《托帕斯爵士的故事》(The Tale of Sir Thopas)、《弗兰克林的故事》(The Franklin's Tale)、《巴斯太太的故事》(The Wife of Bath's Tale)及《磨坊主的故事》(The Miller's Tale)构建的空间中得到界定。《坎特伯雷故事集》(The Canterbury Tales)自身可被视为对社会等级功能化分层的一般嘲讽。这些故事的作者极清楚社会类别的虚构性,以及借助上升流动的"新人"而藏匿于宫廷术语及行为的同化借用之中的社会流动性。乔叟对宫廷小说的焦虑与其说是对爱情的批判,不如说是去理想化。在叙事策略中,这可能通过如是方式进行表述:为转变之故(若干类似价值中的一个比喻)将爱情降格为一个能指链中的相对附属角色。这种指定或定位行为当然对小说起源而言是非常重要的,但14世纪传奇的定位所在并不总是直接的社会领域。例如,在《帕娄恩的威廉》(William of Palerne)中,剥夺继承权,社会平等及王子最终复位都是主要关注点,爱情的性心理易变甚至不是引发这种行为的最重要动力。在社会转型中介中,更具暗示性的是能指(兽形、动物的皮毛、贵族衣饰)的复杂循环交换具体引发了某个自然——文化变形的延展链,甚至当它们将最终关注点聚

㉔ 关于贵族爵位,参阅 Maitland,《英国形成史》,第 166—171 页。贵族爵位由伯爵与男爵组成,并有新的等级如伯爵、侯爵与子爵。关于约翰·鲍尔的问题,参阅 Vogt,"情感史拾遗",第 116 页。

焦在该链特定社会链接的时候。㉕

这种聚焦,即社会领域的指定是对中世纪末英国通俗传奇的日益关注。它不是脱离爱情主题,而是关注它们最具社会意义的特征,即婚姻的目的,特别是在爱情忠贞的证明有助于婚姻,并为之正名的时候。歌谣"雷恩老爷"(Lord of Learne)秉承《霍恩》和《哈夫洛克》的普遍传统:一位被流放的男孩远离了自己的继承权,被一位邪恶管家所害,被迫当马厩里的马夫,直至自己赢得法国公爵女儿的爱情。然而,尽管所有见过这男孩的人都看得出他出身高贵,但他只有通过结婚,而不是身世揭秘(一个淡化在背景中的事实)的方式重新获得自己失去的地位。公爵女儿自身的美德仍在于她对至少看似为平民的他的忠贞不渝:"我非你不嫁!"另一首6世纪歌谣"深棕色的少女"(The Nutt browne mayd)讲述的是这位少女追随自己逃犯情人进入森林,提醒他"关于祖先/我是男爵女儿/你已证明我是如何爱你/这位地位卑微的乡绅。"为了考验她的忠贞,她的情人抗议这种极大的不一致,并说自己也另有所爱。但当这未能劝动这位少女,再次证明了她的美德时,这位情人无意中说道,"这样你已赢得西部荒野伯爵之子的心/而

㉕ 关于高文的故事,参阅 Ramsey,《骑士传奇》,第 200—208 页。关于乔叟,参阅 Jill Mann,《乔叟与中世纪等级讽刺》(*Chaucer and Medieval Estates Satire: The Literature of Social Classes and the General Prologue to the Canterbury Tales*),Cambridge:Cambridge University Press,1973;Michael Stroud,"中世纪晚期文学中的骑士术语"(Chivalric Terminology in Late Medieval Literature),见 *Journal of the History of Ideas*,37(1976),第 323—324 页;Anne Middleton,"乔叟的'新人'与《坎特伯雷故事集》中的文学之善"(Chaucer's "New Men" and the Good of Literature in the *Canterbury Tales*),见《文学与社会》(*Literature and Society: Selected Papers from the English Institute, 1978*),Edward W. Said 编辑,Baltimore:Johns Hopkins University Press,1980,第 15—56 页;Terry Jones,《乔叟笔下的骑士》(*Chaucer's Knight: The Portrait of a Medieval Mercenary*),London:Weidenfeld and Nicolson,1980。关于帕娄恩的威廉,参阅《帕娄恩的威廉》(*William of Palerne: A New Edition*),Norman T. Simms 编辑,n. p.:Norwood Editions,1973;Loomis,《英文版中世纪传奇》,第 214—222 页;Ramsay,《骑士传奇》,第 123—127 页(14 世纪版本之前是 12 世纪的法文原版)。

不是一位被流放的犯人"。㉖

在这些歌谣中,对忠贞的强调强化了真正高贵的传统,实际上通过强力关注这位女性的坚信强调了它在男性身上的明显存在。出于这个原因,对地位不一致的焦虑也有所加剧,仿佛我们准备凭借与美德相符的确信而接受可能使等级不一致体系化的婚配。但忠贞传统上也是女性美德,与具备确保男性家族延续宗谱意义的贞洁有关(我随后会加以详述)。所以,对女性忠贞的关注可能旨在让我们宽心,贵族等级的缺失并不必意味着贵族荣誉的缺失,无论这如何不合逻辑。此类解读借助两个相关的 15 世纪叙事构成的样例而得到加强。这两个叙事通过颂扬何为上升流动平民进入贵族阶层的真正提升延展了此类倾向。内在与外在高贵的统一在此处无法借助高贵出身的最终揭秘来完成,相反,是借助对效忠予以慷慨回报的婚姻来实现。当然,从某种程度上来说,这些是任期及爱情的效忠,但在此两者中,有迹象表明在小说起源中,对私人的、后封建家庭领域的特定效忠,即效忠的"家庭化"这种方式日益重要。但男性"仆人"的社会上升再次因对女性忠贞及其暗示的文雅保证主题的坚持而被软化。

阿伦德尔小姐(Lady Arundel)得到费尼克斯老爷(Lord Phenix)的热情追求,她告诉对方自己已与波特的托马斯(Thomas of Potte)相爱,"一位地位卑微的仆人"。两位情敌很快在骑士比赛中一决高下。托马斯得到自己主人的支持。几番厮杀后,费尼克斯老爷放弃比赛,但真正的考验事关阿伦德尔小姐。人们让她相信托马斯已被杀死,以此试炼她的决心。但她通过了这个考验,费尼克斯老爷大度地同意支持托马斯的求爱,阿伦德尔老爷宣布"波特的托马斯将是我所有土地的

㉖ 《雷恩勋爵》(Lord of Learne), I, 第 316 页;《深棕色的少女》(The Nutt browne mayd), II, 第 135—137、199—200 页,见《佩西主教的对开本手稿》(Bishop Percy's Folio Manuscript. Ballads and Romances), J. W. Hales 与 F. J. Furnivall 编辑, London: N. Trübner, 1868, I, 第 193 页;III, 第 182、184 页。《雷恩勋爵》是 15 世纪传奇《罗斯瓦尔与莉莲》(Roswall and Lillian)的歌谣版本,其间,对男孩出身的了解仍然具有更重要意义;参阅类似文本,《英语研究》(Englische Studien)(Leipzig), O. Lengert 编辑, 16, no. 3 (1892), 第 321—356 页。

继承人"。他的女儿向自己的女伴指出寓意所在：

> 看你从未喜新厌旧，
> 从未因贫穷而变心，
> 因为我有自己真爱，
> 一位卑微的仆人；
> 我将改用他的名字波特的托马斯，
> 未来的阿伦德尔老爷。㉗

《波特的托马斯》中最著名的特点在《卑微的绅士》(*The Squyr of Lowe Degre*)中得到强化。故事主角在匈牙利国王身边担任司仪官，但爱上了国王的女儿，非常清楚阻止他们相爱与结婚的地位不一致：

> 假如我有钱，
> 我便可迎娶这位美丽的小姐！
> ……
> 她们出身如此高贵，
> 小姐们都愿意我能赢。
> ……
> 或者如高文爵士，或盖伊爵士，
> 成为一位勇敢的骑士。

这位侍卫既没有高贵的出身，也没有财富，他追随自己的榜样华威的盖伊，成为一名骑士，从而遵从自己所爱之人的明确指示。公主现在

㉗ 《波特的托马斯》(Thomas of Potte)，II，第22、381、384—389页，见《佩西主教的对开本手稿》，III，第135—150页。塞缪尔·理查逊还是孩子时就为自己的同学写过传奇故事。其中一位同学要求他以"波特的托马斯"为原型写篇"历史"，参阅1753年6月2日理查逊致斯丁斯特拉（Stinstra）的信，见《塞缪尔·理查逊书信选》(*Selected Letters of Samuel Richardson*)，John Carroll 编辑，Oxford：Clarendon Press，1964，第231—232页。

向他表白了爱意,但知道必须说服自己的父亲。然而,匈牙利国王似乎对这可能的婚配的地位不一致极为不安:

> 因为我已看到很多扈从
> 通过婚姻而成为主人;
> ……
> 在他阶层的每一个人,
> 成为忠诚的领主,
> 要么因为财富及其他恩典,
> 要么通过继承及出资。

国王相反关注的是自己女儿是否忠贞这个明显与众不同的问题。他派卫兵核实这位侍卫没有"背叛"自己的女儿,并且安排了一场在这位侍卫与情敌之间的决斗,最终让自己女儿误认为自己爱人已死。侍卫暗中离开,重新回到自己的骑士历险之中。而公主仍然悲不自胜,最终从自己父亲那里得知爱人还活着,并将继承他的王位:

> 比你更忠实的爱人
> 他无肉无骨,
> 但他会和你一样真实,
> 愿上帝永远不让他胜过你。

这个故事与 12 世纪传奇中的灵性化有奇怪的关系。它远非务实地被指定为地位不一致的社会领域,仍然将贵族意识的焦虑移位到对女性"诚实"的关注之上,而这个相对温和的移位使我们接近小说的起源。不过需要的是与受质疑的诚实有更直接的接触,而这正处于贵族意识自身,即某个完整"荣誉"虚构的核心。[28]

---

[28] 《卑微的绅士》(*The Squyr of Lowe Degre, A Middle English Metrical* (转下页)

四 进步意识与荣誉的重新评估

诸多方面的证据表明近代早期不仅标志着传奇,而且也是我们可能使之与传奇相联的社会体制这两个效能的重要转折点,一个它们开始系统地证明美德、地位、财富与权力的内外不合,而非和睦的转折点。的确,其中某些社会体制的生命期意味着它们不是被视为稳定的传统工具,而是自信危机的标记。纹章官的首次巡访不早于1529年,最后一次是在1686年。禁奢立法只从1337年开始,并因缺乏下院的支持而在17世纪初几番尝试后宣告失败。爱德华·沃特豪斯(Edward Waterhouse)知道由这些日期讲述的传说是默认一致与明确禁止之间的重大不同。我们的祖先区分诸社会等级,凭的就是他们的"装束、用具、饮食、住宅、衣饰及子女教育……不是靠禁奢立法或行政处罚,而是靠普通共识与普遍理解"。相关的恰当例子就是针对"诋毁权贵"(scandalum magnum)的法案,境内贵族阶层借此有权通过法律途径为遭到自己下属诋毁的荣誉讨回公道。这足以显明,该法案强化了贵族与平民之间的社会差距。但这些法案在16世纪末及17世纪增加,并在查理二世治下达到顶峰的事实也说明它们记录了贵族对社

(接上页注㉘)*Romance*),W. E. Mead 编辑(Boston: Ginn, 1904),II,第69—70、73—74、79—80、373—374、377—380、1085—1088 页。我已从最详尽的版本中加以引用。米德(Mead)注意到很多与《华威的盖伊》(参阅第 xxxvii、xlv 页)类似的故事,整个时期这些故事获得的巨大欢迎是通过频繁的修改来维持的,这本身就反映了我正在引证的社会规范过程。因此,17 世纪之前,存在面向卑微出身读者的小本故事书,其间,盖伊父亲的高贵出身被省略,盖伊只是成为凭借勤奋而实现上升流动的某位管家之子。参阅 Margaret Spufford,《小书与愉快的历史》(*Small Books and Pleasant Histories: Popular Fiction and Its Readership in Seventeenth-Century England*),Athens: University of Georgia Press, 1982,第 225、227 页。关于《华威的盖伊》的修改,参阅 Ronald S. Crane,"《华威的盖伊》从中世纪末到罗马复兴的风尚"(The Vogue of *Guy of Warwick* from the Close of the Middle Ages to the Romantic Revival),见 *PMLA*, 30(1915),第 125—194 页。关于这些相对简单的传奇,比较《仙后》(*The Faerie Queene*)(1590),其间,布里托玛特(Britomart)既是理想的化身,又受到一位贞洁骑士的保护。如美林(Merlin)预言的那样(III,iii)她一心探究所爱之人的不明出身,最终发现他拥有英国王室血统。

会等级遭到攻击而逐渐采取辩护方式的意识。㉙

与天意论点一样,也就是说,我们常被迫理解传统权威得以施展的,并作为其弱点的明显标记的力量。在 16 世纪,特别是在关于高贵意义的激烈争议语境中,为维持地位等级而进行的大量辩护说明了令人不快的不确定。只有在这个世纪,英国人开始辩论长子继承制体系的法律及社会意义。尤利西斯(Ulysses)所说的令人难忘的等级之言被现代学者永久引作"伊丽莎白时期世界格局"稳定的证明。因其貌似真实之故,此番引用取决于我们对如是事实的忽略:它是在对贵族理想与秩序展开凶猛的去神秘化攻击的语境中发生的。当智识、体系传统的微妙运作达到极限时,它们似乎立即宣告将被禁止的事情,在那些时刻,我们看到被暴露的历史变革机制。在劳伦斯·斯通(Lawrence Stone)恰当地称之为斯图亚特王朝早期"荣誉膨胀"(inflation of honors)的现象中,这个模式明晰可见。㉚

㉙ Edward Waterhouse,《绅士的监视者》(*The Gentleman's Monitor; or, A Sober Inspection into the Vertues, Vices, and Ordinary Means, Of the Rise and Decay of Men and Families*)(1665),第 261—262 页。关于纹章官的巡访及禁奢立法,参阅 Hill,《从宗教改革到工业革命》,第 49、51 页;N. H. Harte,"工业革命前英国的国家着装要求及社会变革"(State Control of Dress and Social Change in Pre-Industrial England),见《工业革命前英国的贸易、政府与经济》(*Trade, Government, and Economy in Pre-Industrial England: Essays Presented to F. J. Fisher*),D. C. Coleman 与 A. H. John 编辑,London: Weidenfeld and Nicolson, 1976,第 132—165 页。关于"诋毁权贵",参阅 John C. Lassiter,"对贵族的污蔑"(Defamation of Peers: The Rise and Decline of the Action for *Scandalum Magnatum*, 1497 - 1773),见 *American Journal of Legal History*, 22 (July, 1978),第 219—220、236 页。关于天意论点,参阅本书第 3 章,第 74—79 页。

㉚ 关于 16 世纪高贵与地位等级的论点,参阅 C. A. Patrides,"自然等级与关于高贵的文艺复兴论文"(The Scale of Nature and Renaissance Treaties on Nobility),见 *Studia Neophilologica*, 36 (1964),第 63—68 页;Mohl,《中世纪及文艺复兴文学中的三个等级》,第 332—340 页。关于长子继承制的辩论,参阅 Joan Thirsk,"关于继承制习俗的欧洲辩论"(The European Debate on Customs of Inheritance, 1500-1700),见《家庭与继承》(*Family and Inheritance: Rural Society in Western Europe, 1200-1800*),Jack Goody, Joan Thirsk 与 E. P. Thompson 编辑,Cambridge: Cambridge University Press, 1976,第 177—191 页。参阅其中第 183 页关于辩论自身的出现如何被阐释的问题。关于等级之言,参阅 Shakespeare,《特洛勒罗斯与克瑞西达》(*Troilus and Cressida*)(1609), I, iii, 第 75—137 行。关于伊丽莎白时期荣誉教义的转型,参阅 Mervyn James,《英国政治与荣誉概念》(*English Politics and the Concept of*   (转下页)

出售荣誉的"习俗如此繁琐",斯通说道,"如果对此不加以过多的限制,那就只能令人满意地运行"。前所未有的新财富激增与土地所有权的快速变更,以及对不附带任何政治条件的资金的需求令詹姆斯一世、查理一世心动,并因他们的滥用而使一个起到稳定作用的策略转为引发社会动荡的工具,此时此刻,荣誉明确膨胀了。在伊丽莎白时期,仍有可能把出售荣誉视为"借此看似美德在我们中间盛行"的标记。多年后,爱德华·沃克爵士(Sir Edward Walker)并不是唯一一位认为詹姆斯的出售荣誉行为有助于激发后期对君主制的发难之人。他在克伦威尔统治时期这样写道:"以往君王谨慎地颁发荣誉,这些记录在案的文件佐证了王室尊严。现在如此之多的头衔,并把它们颁发给那些在家世或财产方面没有公共政绩之人,这有损并滥用了王室尊严……人们可能质疑这是否为普遍不满的起因之一,特别是那些位高权重之人如是说。"斯通的隐喻强调了金钱与敬重标准之间的核心张力。这个张力总是藏匿于出售荣誉过程中,现在成为对当时的人们而言最昭彰的矛盾,通过一组比喻而被人理解。根据沃克的说法,荣誉膨胀"脱离了对贵族应有的尊敬,在谈话中引入了平等……帷幕拉起时,人们发现曾被尊为天使之人其实就是普通人"。托马斯·斯科特(Thomas Scott)认为,"因此,现在任何购买荣誉之人先前并没有什么功绩可言",他们只是拥有"羊皮纸上的荣誉"。1626年,对白金汉公爵的弹劾理由之一,按其政敌的说法就是他撺弄了"荣誉售卖与交易……他是第一个如此公开玷污、荣誉这位处女的"。控诉白金汉公爵的人意识到出售荣誉"带来将更卑劣与更纯净、精炼金属融为一体的奇怪混淆"。1638年通过的"诋毁权贵"法案就是惩罚针对查理一世新册封的某位男爵饰章的侮辱。1657年,莱斯特伯爵(the Earl of Leicester)因自己更真实可敬的荣誉遭到诋毁而得到500英镑的赔偿。然而,这不禁让为被告辩护的律师想到"贵族对赔偿费如此贪婪,与他

(接上页注㉚)*Honour, 1485-1642*),见 *Past and Present*, suppl. 3(1978),第58—92页。

们祖先的卓越相比不知堕落了有多少。他们的目的只是通过起诉的方式修补自己的荣誉,而不是让自己的钱袋丰实起来"。㉛

斯图亚特王朝早期因荣誉膨胀而引起的争议使真实问题与美德问题之间的重要类比突显出来,而同时代的人们自身对此开始展开推测。如果"贵族荣誉"类似于认识论领域的"传奇",那么"作为美德的荣誉"占据了"真实历史"的位置。1604 年,一位纹章官悲叹:"无疑,买下骑士身份的人失去了骑士身份带来的荣誉,这让我感到极度悲伤,因为我有理由表述自己对此事的看法。因为当如此多的人渴望得到真实荣誉与美德的回报,而如此之少的人努力去赢得时,看到当今世道的虚荣、骄傲、傲慢或懒惰实在令人感到可怜。"多年后,塞缪尔·巴特勒注意到在复辟时期之后特有的口气强硬的攻评中,"当一位君王将荣誉赐予那些不配之人时,他是在贬损自己的荣誉……尽管据称君王是荣誉之泉,当他毫不顾惜地让荣誉肆意横流时,荣誉就会很快枯竭。想想就像使暴民陶醉的加冕典礼喷泉,荣誉如水般在沟渠中奔流"。荣誉膨胀有助于激化对贵族意识的批判,我将称之为"进步意识",一种与天真经验主义有类比关系的批判态度。如巴特勒在自己最著名的作品中提及的那样:

> 也不会如此发生,因为纹章官

㉛ 参阅 Lawrence Stone,《贵族阶层的危机》(*The Crisis of the Aristocracy, 1558-1641*), Oxford: Clarendon Press, 1965,第 65 页与第 3 章(按照绅士、骑士、准男爵、男爵、子爵、伯爵、侯爵与公爵等级给定相当比喻;世袭头衔"准男爵"创设于 1611 年)。《绅士体系》(*The Institution of a Gentleman*)(1586), bk. III,引自 Mildred Campbell,《伊丽莎白时期及斯图亚特王朝早期的英国自耕农》(*The English Yeoman under Elizabeth and the Early Stuarts*), New Haven: Yale University Press, 1942,第 44—45 页;Edward Walker,《对不便的观察》(*Observations upon the Inconveniences that have attended the frequent Promotions to Titles of Honour and Dignity, since King James I. came to the Crown of England*)(1653),见《历史话语》(*Historical Discourses, upon Several Occasions*)(1705),第 291、300、303 页(沃克是嘉德高级纹章官);Thomas Scott,《比利时蚂蚁》(*The Belgick Pismire*)(1622),第 30 页;John Rushworth,《历史合集》(*Historical Collections*)(1721),I,第 334、336、337 页,引自 Stone,《贵族阶层的危机》,第 113—114、120 页;Lassiter,"对贵族的污蔑",第 222、223 页。

> 可以让一位绅士,在一年之内
> 成为某小国古代君王
> 后裔;我们可以
> 把我们可以做旧的
> 所有声明视为真实的。

对进步意识而言,对贵族头衔的祛魅(disenchantment)经验与随后产生的挽歌式损失之感极为不同(如詹姆斯一世时代的那位纹章官一样),这可能似乎是用新真实取代旧有过时虚构的必然前奏。弗朗西斯·培根知道自己可能已借古人的权威支持了自己关于自然哲学的新观点,"所以,我既从他们那里获得支持,又为他们带去荣耀,就像无家之人在宗谱的神助下为自己编造了某位古代赫赫有名贵族后裔的身份。但对我来说,我依靠相关证据及真实,拒绝所有虚构与假冒……因为新发现必须从自然之光中寻求,而不是从古代幽暗中取回"。㉜

这类体系危机一个极为不同的样例及反应曾经促进了进步意识发展,现在只事关 17 世纪下半叶,而非上半叶。在此期间,英国经历了人口危机,总人口减少得如此之快,以至于直到 1721 年还未超过处于顶点的 1656 年总人口。英国拥有土地的精英人士同样面对本次危机。男性人口出生率明显下降,这使得本世纪中叶成为他们继承模式的"分水岭"。直系男性后裔标准遭到严峻挑战,对父系原则的威胁只能借助得到极端强化的父系修补策略来应对。间接男性继承成比例地增长,其中有些通过远亲来实现。采用更多的方式是接替继承权(surrogate heirship)及随后改名换姓的策略。换姓与在两个名字之间

㉜ Bod. Wood MSS. F21,引自 Stone,《贵族阶层的危机》,第 77 页;Samuel Butler,《散文评论》(*Prose Observations*), Hugh de Quehen 编辑, Oxford: Oxford University Press, 1979,第 122—123 页;同作者,《胡迪布拉斯》(*Hudibras*)(1663), II, 第 iii 页;同作者,《胡迪布拉斯》(1663), Zachary Grey 编辑(1764), II, 第 63—64 页;Francis Bacon,《新工具》(*The New Organon*)(1620),见《弗朗西斯·培根作品集》(*The Works of Francis Bacon*), James Spedding, Robert L. Ellis 与 Douglas D. Heath 编辑, London: Longmans, 1870, IV,第 108—109 页。

加连字符的行为始于 17 世纪 80 年代。大约在 1690 年之前,这已成为一个普通的义务,女儿或侄女的丈夫通过配偶而获得继承席位,他们要接受女方家族的姓并用土地法术语来说,成为一位"虚构的限定继承地产权的男性后嗣"(fictive tail male)。㉝

17 世纪末的人口危机与使英国继承体系,即"严格的地产授予"(the strict settlement)合理化,并加以改革的法律措施的创设同时发生。关于此措施目的与效果的学术争论最近几年颇为激烈。对某些人来说,该授予的明显意义在于它通过使土地权益稳定,限制终生佃户的转让权力,因此确保男性继承的限定继承地产血统的方式强化了长子继承制及父系原则。但其他人认为该授予有助于针对女儿及次子的担保条款,而且这些条款是该授予的最重要目标,两代人之间的土地转让是其预期效果,因此该授予应该被视为父系原则式微的标记。此时可能说的是,这些争议证明了该体系自身的矛盾性质。通过如此密切且明确地关注不同家庭利益的调停,严格的地产授予只是强调了他们的分歧,通过贵族意识不太严谨与自觉的共识,将那些在"家庭"普通类别之内,在理解方面没有什么问题的元素分开。严格的地产授予有助于激发男性所有者与男性继承人之间,父系与亲属利益之间的永久与绝对张力,所以这既强化,又消解了父系原则。㉞

父系修补与严格的地产授予的矛盾态度必定已逐步推动关于贵族血

㉝ 参阅 E. A. Wrigley 与 R. Schofield,《英国人口史,1541—1871》(*The Population History of England 1541-1871: A Reconstruction*),Cambridge: Harvard University Press,1982,第 162、402 页;J. P. Cooper,"15—18 世纪大土地主的继承及地产授予模式"(Patterns of Inheritance and Settlement by Great Landowners from the Fifteenth to the Eighteenth Centuries),见《家庭与继承》,Goody 等编辑,第 229—230 页;Stone 兄弟俩,《开放的精英阶层?》,第 82—83、100—109、126—142、276—277 页。关于斯通兄弟俩所用"拥有土地的精英"类别的意义,参阅本章注释 45。

㉞ 关于近期此争议的学术贡献,参阅 Eileen Spring,"家庭、严格的地产授予及历史学家"(The Family, Strict Settlement, and Historians),见 *Canadian Journal of History*,18 (Dec., 1983),第 379—398 页;Lloyd Bonfield,"婚姻地产授予"(Marriage Settlements, 1660-1740: The Adoption of the Strict Settlement in Kent and Northamptonshire),见《婚姻与社会》(*Marriage and Society: Studies in the Social History of Marriage*),R. B. Outhwaite 编辑,New York: St. Martin's,1981,第 103、106、(转下页)

液的纯净及贵族血统的延续性的怀疑论。丹尼尔·笛福极为高兴地指出始自诺曼征服的贵族血液"不纯"及"你们最著名家族延续的中断":

> 因此异种的英国人,
> 始自所有类型的混合;
> ……
> 留存下来的奇迹指向我们的骄傲,
> 珍惜所有智者鄙嗤之物,
> 对英国人而言,夸赞世家
> 令知识灭失,国家蒙羞
> 纯正英国人是个矛盾,
> 说起来是个讽刺,事实上是个虚构。

正是笛福的批判历史主义将其进步意识与天真经验主义联系起来。在别处,这是他对荣誉是生理上的承袭之贵族理念的新哲学式嘲讽,"仿佛在自然的液体中有某些不同种类……或某些不同且更强劲类型的微生物"。将贵族视为"仿佛他是不同于其他人类的种类"是为了将其"偶像化"。㉟

然而,如我们可能预期的那样,进步意识对贵族荣誉的攻轩是经

(接上页注㉞)114 页;同作者,《婚姻地产授予,1601—1740》(*Marriage Settlements, 1601-1740: The Adoption of the Strict Settlement*),Cambridge:Cambridge University Press,1983,第 119、120、122 页;Barbara English 与 John Saville,《严格的地产授予》(*Strict Settlement: A Guide for Historians*),经济与社会历史领域专刊,no. 10, Hull:Hull University Press, 1983,II,第 114 页;Randolph Trumbach,《平等主义家庭的兴起》(*The Rise of the Egalitarian Family: Aristocratic Kinship and Domestic Relations in Eighteenth-Century England*),New York:Academic Press,1978,第 70—71、76、116 页。

㉟ Daniel Defoe,《英国商业计划》(*A Plan of the English Commerce*),第 2 版(1730),New York:Augustus M. Kelley, 1967,II;见 *Review*,III, no. 10 (Jan. 22, 1706);《纯正的英国人》(*The True-Born Englishman. A Satyr*)(1700),第 15、20、22 页;《英国绅士大全》(*The Compleat English Gentleman*)(1728-1729),Karl D. Bülbring 编辑,London:David Nutt, 1890,第 16—17 页。

验主义对"传奇"抨击的影射与暗示运用。根据理查德·阿莱斯特里(Richard Allestree)的观点,"一位有荣誉的人现在只被认为是一位引发争议,且使之延续的人……但这种新荣誉理念宣称……他被当作一位冷静的傻瓜,他的血液不是为第一眼看到某种侮辱而沸腾,"这已"引入如此多样的可笑拘束,以至于下一代人会陷于将《堂吉诃德》的寓言视为真实历史的危险之中"。伯纳德·曼德维尔(Bernard Mandeville)认为遇到德行好,又勇敢之人的"机遇极为罕见,但我认为在传说与传奇中写出这类人的作者一定是真理与世界孕育出的清醒感知的最大敌人……抚育有荣誉感之人最有效的方法就是用崇高的、浪漫的情感启发他们,而这与他们天性的卓越有关,与成为一位有荣誉感之人的超凡优点有关"。因为荣誉

> 只有出色的人才具备。如有些桔子有核,有的没有,但在外表上看却是一样的。在名门望族中,这就像痛风,这个一般被认为是遗传的疾病,所有大人小孩都与生俱来。有些人从未对荣誉有过感知,而通过对话与阅读(尤其是传奇)才获得,而有些人则通过个人晋升而感知。但没有什么能比一把剑更能激发荣誉感的滋长。有些人初次佩戴就已在24小时内感受到随之而来的极大荣誉感。

理查德·斯蒂尔爵士最初打算探究决斗"这种毫无理由的空想性情",他陡然意识到自己会因触及"配得上传奇中无懈可击的英雄,而非只带一把轻剑的个人绅士之事"而冒犯如此多"有荣誉感之人"。㊱

用最宽泛的术语来说,17世纪达到顶峰的荣誉重新评估是一个

㊱ Richard Allestree,《绅士的职业》(*The Gentleman's Calling*)([1660]1672),第132—134页;Mandeville,《论荣誉的起源及基督教在战争中的效用》,第48、86页;同作者,《蜜蜂的寓言》(*The Fable of the Bees*)(1714),Philip Harth 编辑,Harmondsworth: Penguin, 1970,"评论",第212—213页;Richard Steele,《闲谈者》(*Tatler*), no. 25 (June 4–7, 1709)。

与相同时期历经"历史—传奇"混合状态类似的分开与脱离过程。"荣誉"现在未能将内在与外在结合。进步意识要求其自身一方面分解为美德,另一方面分解为贵族等级,一种通过外在否定内在自动贵族寓意的区别。如巴特勒所言,堕落的贵族"就像一个因恶俗与讹误而完全丧失其意义的字,它源出此意,现在却表示完全相反的意思"。在本世纪结束之前,真正高贵的论点已明确不再发挥身为贵族高贵稳定器的作用(这个例外证明了相关规律),反而开始表现社会伦理的替代体系。"我也不会说任何反对荣誉成为世袭制的话,"威廉·斯普里格(William Sprigge)说道,"祖先的英勇、宗教与审慎能如他们的荣誉与财富一样轻易地遗传给家族后人吗?……他们可以将自己的美德与姓名一同传给后人吗?我将非常乐意拥护此类贵族。"但"美德不是与头衔一同传承给后人",笛福坚持说,"这个人只是某位绅士的影子,而无后者的实质……如果他没有构成其功绩的美德,他如何可被称为贵族?除了这位贵族的可悲骨架外还留下什么?"

> 对我们来说,我们从祖先那里继承了什么?
> 如果是好的,如何更好?或者如果是坏的,如何更坏?
> 为模仿设立了诸多样例,
> 然而,所有人都带着遗憾追随美德。
> ……
> 因为家族名誉只是个骗局,
> **这种个人美德只会使我们伟大。**

在整个17世纪,"荣誉"一词的主要语义是其本义,并从"等级头衔"转为"品性良善"。"这位绅士将按其真实的样子得到描述,"笛福说,"我指的是按一位有功绩与价值的人,一位有荣誉、美德、感知、正直、诚实与宗教信仰的人,没有这些,他就什么也不是……为什么他不能如自己在自然中的表现那样得到描述?为什么他不能被接受为真实的自己？为什么因为他不是如此而不被接受？"在本术语的传统语义中,作为易受遗传影响的品质,荣誉与传奇虚构一样不可信。正是"基于这种想象荣誉之上",不合时宜的绅士"将自己的思想提升到最为夸张的地步,并把自己视为比世界上其他人都出身高贵的人"。"从如此比喻意义来说",曼德维尔得出结论,"荣誉只是不真实的虚无妄想"。㊲

那淑女又如何？近代早期英国的共识就是在两个地位不同伴侣之间缔结的婚姻中,女性从男性那里获得自己的地位,而不是相反。贵族女性多大程度上拥有我一直所称的贵族荣誉？几乎没有。对该问题的此番理解意味着似乎可从将妻子的娘家姓自结婚起抹去的这个特殊英国习俗中得到确认。正是因为这个习俗,接替继承人的改姓是必要的,因为在父系文化中,女性这边的血缘联系不得不通过与男性这边的名义联系来反映。现在,这反过来似乎要构成这个共识的例外,因为接替继承人显然从自己妻子那里获得了等级。然而,这个例外可能被理性化为从男性蓄水池中,借助女性管道而获得等级(及荣誉)的过程。无论如何,这类基本原理一般与作为男性聘礼交易的人

㊲ Samuel Butler,《人物》(*Characters*)(1667-1669),Charles W. Daves 编辑, Cleveland: Case Western University Press, 1970,第 69 页;William Sprigge,《为反君主制的平等共和国所提的得当请求》(*A Modest Plea for an Equal Common-wealth Against Monarchy*)(1659),第 77—78 页;Defoe,《英国绅士大全》,第 21、24、28、171 页;同作者,《纯正的英国人》,第 70—71 页;Mandeville,《蜜蜂的寓言》,"评论",第 212 页。关于"真正高贵"与其对贵族意识严格效忠的脱离,参阅 Richard Brathwaite,《英国绅士》(*The English Gentleman*)(1630),标记 2^{r-v};George MacKenzie,《道德勇气》(*Moral Gallantry*)(1669),标记 A5^r。亦可参阅引自 Mason,《名门世家》(*Gentlefolk*),第 122、124、128、156 页中引用的样例;W. L. Ustick,"17 世纪英国贵族品性及举止的变化典范"(Changing Ideals of Aristocratic Character and Conduct in Seventeenth Century England),见 *Modern Philology*,30,no. 2(1932),第 152—153 页;Walzer,《圣徒的革命》,第 250 页;Jerrilyn G. Marston,"斯图亚特王朝早期英国绅士荣誉及君主主义"(Gentry Honor and Royalism in Early Stuart England),见 *Journal of British Studies*,13,no. 1(1973),第 21—43 页;对"荣誉"意义的概括是基于 17 世纪戏剧的运用基础之上。参阅 C. L. Barber,《英国戏剧中的荣誉理念》(*The Idea of Honour in the English Drama, 1591-1700*),哥德堡英语研究,6, Gothenburg: Elanders, 1957,第 330—331 页。关于"历史"与"传奇"的分离,参阅本书第 1 章,注释 69—70、102。

类学婚姻描述相符。根据这种描述,乱伦禁忌禁止本族内的婚配,以此倡导异族婚姻与联盟。交换女性的行为旨在构建男性之间的亲属关系。㊳

在英国亲属体系中,男性之间最重要的关系类型之一就是通过父系家族的直系嫡亲进行财产转让。出于这个原因,英国体系强调关于女性贞洁的训谕(或在其道德化扩展中的忠贞),这与禁止乱伦同等严厉。该训谕过于武断:父系文化需要贞洁以确保继承的直接转让;基督教文化需要的是不仅作为道德美德的贞洁,而且需要贞洁来鼓励将作为替代受益者的教会及其丰饶的"属灵"亲属关系置于所有竞争性质的亲属纽带之上。与塞缪尔·理查逊同时代的评论家说道,存在"政治的"与"宗教的"这两种贞洁。前者的影响源自这个事实,即"在所有社会中都有家庭,继承及不同等级与阶层的区别。为保持这些不同与区别,防止它们陷入混乱之中……女性的贞洁与节欲是绝对的,是不可或缺的必要"。宗教贞洁首先从耶稣基督及其门徒那里得到"推崇与推行"。但严格禁欲的体系化后果"有损公众利益,他们不鼓励婚姻,并建立起宗教专制。在宗教改革及书信复兴之前,整个欧洲都承受宗教专制的重压"。出于这些原因,新教国家已对这条严格的规定进行修改,推崇"婚姻忠贞及婚前节欲"。㊴

㊳ 关于婚姻的人类学阐述,参阅 Claude Lévi-Strauss,《亲属关系的基本结构》(*The Elementary Structures of Kinship*)(1949, 1967),特别参阅 Randall Collins,"性别分层的冲突理论"(A Conflict Theory of Sexual Stratification),见 *Social Problems*, 19, no. 1 (Summer, 1971),第3—21页;Gayle Rubin,"女性交往:性别'政治经济'笔记"(The Traffic in Women: Notes on the "Political Economy" of Sex),见《女性人类学初探》(*Toward an Anthropology of Women*),Rayna R. Reiter 编辑,New York: Monthly Review Press, 1975,第157—210页。关于共识,参阅 Mary Astell,《婚姻的若干反思》(*Some Reflections upon Marriage*),第4版(1730),New York: Source Book Press, 1970,第44页及本书第11章,注释26。关于英国特别习俗及接替继承人,参阅 Stone 兄弟俩的《开放的精英阶层?》,第126—127页。

㊴ 《〈查尔斯·葛兰底森爵士〉、〈克拉丽莎〉、〈帕梅拉〉评论》(*Critical Remarks on Sir Charles Grandison, Clarissa, and Pamela*)(1754),Alan D. McKillop 撰写导言,奥古斯都重印社,no. 21, ser. IV, no. 3(1950),第29—30, 32—33页。关于中世纪教会对削弱亲属关系纽带的兴趣,参阅本章注释13、16。

因为这种过于武断,对女性贞洁规定的"政治"或宗谱解释并不总是如此明显。对植根于基督教阐述的双重标准的抗议常常表述了男性应免于某类假设的普遍道德训谕约束这种故弄玄虚。然而,宗教改革之后,基督教基本要义的主导性得到缓解,宗谱基本原理更清楚地进入视线。的确,男性贞洁的理念在新教辩论中得到更强劲的辩护。但它也作为某个内在荒谬的话题而在整个17世纪更流行。同时,人们开始意识到性别内部的"双重标准"就是如此事实:与那些位居社会等级下层的女性相比,对淑女的女性贞洁的要求更执定;在社会下层,财产转让并不是个问题,可分继承权也完胜贵族们遵循的长子继承权不可分原则。㊵

只有在近代早期,当女性贞洁越发明确成为宗谱之基时,它也习惯性地将贞洁指定为女性的"荣誉"种类,此类指定的运用频率似乎在17世纪得到加强。但这种用法的发展对进步意识的详述而言有超越这种基本关联的更深层意义。因为当进步评论迫使"作为美德的荣誉"与男性贵族荣誉分离时,它同时鼓励其不仅在普通人,而且在女性之中重置。女性日益被视为从腐化男性贵族手中转让而得的荣誉蓄水池,而不只是其管道。在叙事中,可能这样来看待(我将展开论证),中世纪末对于真正或貌似平民相爱的淑女忠贞的倾力关注让位于腐化贵族追逐的、对平民女性忠贞的痴迷。当然,甚至在当时的人们看

㊵ 关于两性双重标准,参阅 Keith Thomas,"双重标准"(The Double Standard),见 *Journal of the History of Ideas*, 20, no. 2(April, 1959),第203—204页;Lawrence Stone,《英国的家庭、性与婚姻》(*The Family, Sex, and Marriage in England, 1500-1800*), New York: Harper and Row, 1977,第501—507、636—637页;关于性别内部双重标准,参阅 Thomas,"双重标准",第206页;Stone,《英国的家庭、性与婚姻》,第191—193、292—297页;《〈查尔斯·葛兰底森爵士〉、〈克拉丽莎〉、〈帕梅拉〉评论》,第30、33页;Spufford,《小书与愉快的历史》,第157—158、162、164—165页;第187页,注释26。关于男性贞洁的喜剧表现,参阅 Barber,《英国戏剧中的荣誉理念》,第121、309—310页及本书第12章,注释31。关于18世纪流行的女性贞洁规则宗谱解释的某些著名证据,参阅 James Boswell,《约翰逊的一生》(*Life of Johnson*), George Birkbeck Hill 与 L. F. Powell 编辑, Oxford: Clarendon Press, 1934, II, 第55—56、456—457页;III,第406页;V,第209页。约翰逊通过将宗谱基本原则不适用于人类的方式将其与基督教基本要义区分。

来,将贞洁等同于荣誉,荣誉等同于美德可能只是看似贬损女性。因此,塞缪尔·巴特勒的愤怒就是"美德在女性身上普遍只被理解为贞洁的意义,荣誉只是不成为娼妇;犹如性只能意味着负面禁欲,而不是别的道德"。但这种等同也允许另一种解读,如玛丽·阿斯特尔(Mary Astell)所暗示的,"照现如今这世道,我总爱想,丈夫并不处于理想境遇,他的荣誉取决于自己妻子的妇道"。18 世纪将女性美德与贞洁联系在一起,并一般被认为标志某个草率的父系犬儒主义低点。可能更准确的是在对父系荣誉的进步批判语境中发现这种联想。在这个批判中,女性被不可信的贵族荣誉困扰,开始具化为作为美德之荣誉的场所及避难所。㊶

最后一个因素显然与这个论点有关。17 世纪末,私生子及半私生子出身(即父母在怀孕之后,生产之前结婚)约构成英格兰所有初生儿的 20%。100 年后,这个数据跃升到惊人的 50%,一半为私生子。这个数据并不如它看似的那样如此与众不同,至少私生子及婚前怀孕比率与普通结婚率及出生率的增长等比上升。即便如此,较之于私生子出生,普通结婚率以更缓慢的比率增长。无疑,我们将这种变化视为对女性贞洁规则松动态度的显著证据是恰当的,尽管我们并不认为这折射出本规则更多的"政治",而非"宗教"成分,特别是大多数人口属于如此卑微的社会群体,以至于都不能最大限度地受宗谱训谕的影响。攻轩宗谱合法性标准过程中的这种变化证据更明确,如果我们将关注度集中在它所显明的对私生子日益容忍方面。然而,一如近代早期叙事中的贤淑女主角那样,正是在进步意识语境及对贵族意识的明确批判中,作为主角的私生子才具备了

㊶ Butler,《散文评论》,第 74 页;Astell,《婚姻的若干反思》,第 91—92 页;关于 17 世纪"贞洁"日渐被指定为"荣誉"的事宜,参阅 Barber,《英国戏剧中的荣誉理念》,图表 4—6,第 91—93 页。这类进步评论的伟大样例当然就是理查逊的《帕梅拉》(1740),参阅本书第 2 章,第 2 节。

其完全的意义。㊷

五　绅士阶层的兴起

　　我们很容易从类似证据中理解,描述近代早期社会变革时的困难为何大部分本质上属于术语及定义层面。"绅士阶层兴起的争议"便是这样一个恰当的例子,它源自为英国革命提供社会经济阐释的尝试,并开始在本世纪中期成为史学主要关注所在。涉及论证"绅士阶层"兴衰的历史学家们很快发现自己直面一个优先问题:谁属于绅士阶层? 17 世纪用法的不一致反映了抵制分析性归类的历史经验现有复杂性。我已暗示这样的事实,即中世纪末,贵族阶层通过创设公爵、侯爵、子爵及男爵等级将自己与其他贵族区分,这个"更高阶层的贵族"通过获得世袭头衔及随之而来的坐镇上院合法权利的方式与其他"较低阶层的贵族"鲜明区分。关于这个先例,"更高阶层"与"较低阶层"贵族可能被理解为"有爵位的贵族"或"贵族"与"绅士阶层"之间的不同表述。但对当时的很多人来说,"绅士阶层"是等同于"高贵"(nobility)一词的"贵族阶层"的一部分。然而,在纹章官的语言中,"贵族"意味着那些"绅士"及以上的等级。绅士与非绅士之间的区别显然是近代早期英国的基本社会分野。对当时的作者们来说,将文雅(gentility)与绅士阶层(gentry)合为一体,并把后者视为一个普通的、包容性的、或多或少与"高贵"意义近似的类别是件容易的事情。同样地,对绅士阶层争议做出学术贡献的现代历史学们越发对在混淆以法

㊷ 参阅 E. A. Wrigley, "18 世纪英国的婚姻、生育及人口增长"(Marriage, Fertility and Population Growth in Eighteenth-Century England),见 Outhwaite 编辑,《婚姻与社会》,第 146、162、183 页;Stone,《英国的家庭、性与婚姻》,第 629—630、637—638 页。关于小说将弗洛伊德家庭传奇区分成弃儿与私生子范式生涯的有趣描述,参阅 Marthe Robert,《小说的起源》(Origins of the Novel), Sacha Rabinovitch 译, Bloomington: Indiana University Press, 1980。托尼·泰纳(Tony Tanner)将"类别—混乱"限制在通奸行为中,这也限制了他关于自己所称的 19 世纪"资产阶级"小说的重要探讨。参阅《小说中的通奸》(Adultery in the Novel), Baltimore: Johns Hopkins University Press, 1979,第 12 页。

律、纹章学、社会、经济标准为基础的不同类别,及对它们进行过于草率区分过程中涉及到的危险日益敏感。㊸

然而,类别的混淆是绅士阶层争议核心所在,因为这不仅提出某个群体的身份如何按与其他群体的身份关系予以概念化这个问题,而且也提出当这些群体存在多年,且历经变迁时,如何对它们加以构想的问题。当然,对社会经济力量及随后的政治权力而言,时效因素对R.H.托内(R. H. Tawney)关于绅士阶层"兴起"的论点至关重要。评论家们抨击托内的观点为赘言,并阐明它与确定绅士阶层静态定义的困难非常不同。这个论点界定了影响所有其他群体,唯独扩展绅士阶层等级的一切上升流动。如 H.R.特雷弗—罗珀(H. R. Trevor-Roper)所言,托内的"绅士阶层既由在整个时期保持原态的绅士阶层及那些开始为绅士,后为贵族之人,及那些始为商人、自耕农等其他社会等级,后为绅士之人构成"。取代绅士阶层兴起的是特雷弗—罗珀提出的关于更低层或"纯粹"绅士阶层的对立观点,后者在英国光荣革命之前的世纪内日益缩水的财富,据信可以解释托内所说的崛起中的绅士阶层未曾取得成功的相同政治现象。但特雷弗—罗珀自己的观点可

㊸ 参阅 R. H. Tawney,"绅士阶层的兴起"(The Rise of the Gentry, 1558-1640),见 *Economic History Review*, II(1941), 3 n. I, 第 4 页;同作者,"绅士阶层的兴起:附笔"(The Rise of the Gentry: A Postscript),同前,第 2 系列, 7(1954),第 93, 97 页; Stone,《贵族阶层的危机》,第 2 章;同作者,《英国革命的起因》(*The Causes of the English Revolution, 1529-1642*), London: Routledge and Kegan Paul, 1972, 第 33—34 页; Laslett,《对我们已失落的世界的进一步探索》,第 2 章; Wagner,《英国宗谱》,第 89—96 页; J. H. Hexter,"绅士阶层的风暴"(Storm over the Gentry),见《历史再评价》(*Reappraisals in History: New Views on History and Society in Early Modern Europe*),第 2 版, Chicago: University of Chicago Press,[1961]1979, 第 128—129 页; Christopher Hill,《清教与革命》(*Puritanism and Revolution: Studies in Interpretation of the English Revolution of the Seventeenth Century*), London: Panther, 1968, 第 17—18 页; Perez Zagorin,《法庭与国家》(*The Court and the Country: The Beginning of the English Revolution of the Mid-Seventeenth Century*), New York: Atheneum, 1970, 第 19—30 页; G. E. Mingay,《绅士阶层》(*The Gentry: The Rise and Fall of a Ruling Class*), London: Longman, 1976, 第 2—4 页。关于近期绅士阶层争议的评论,参阅 R. C. Richardson,《关于英国革命的辩论》(*The Debate on the English Revolution*), New York: St. Martin's, 1977。在整个关于绅士阶层争议研究成果的探讨中,我主要关心的定义问题不应该有损因实证发现而起的争论事实与效果。

以反过来使其自相矛盾。如克里斯多弗·希尔(Christopher Hill)评论所言,更低层的绅士阶层并不自动同化为衰败的同类,因为"更低层的绅士包括那些已成功从自耕农身份崛起之人"。"纯粹"绅士阶层将被理解成衰败的绅士及崛起的自耕农吗?㊹

因此,近代早期英国的社会类别不稳定在当时及现代话语中都有所呈现。而现代话语寻求将当时的经验置于使历史阐释起到间隔及稳定作用的框架之中。然而,社会历史方法中的这些问题与对本书研究第一部分至关重要的那些文学历史问题之间存在某种暗示类别:在何种程度,运用何种标准,产生何种分类后果,明显的类别改变会被这样理解?然而,文学与社会发展的独特特征确保、提出并应对这些普通问题的方式将反映极大的局部不同。某个重要困境事后看来可能被视为绅士阶层争议核心:应该用社会流动性改变那些正经历变革的群体身份,并扩大本次变革针对的那个群体阶层吗?抑或社会流动性把之前的群体身份一道带入新的场域中吗?出于简洁的目的,这些可能被分别称为社会流动模型的"吸纳"与"保存"。绅士阶层争议开始与保存模型的假设紧密相符。尽管它最终不是以对吸纳模型,或对其关于绅士阶层未能崛起的明确结论而言的明确胜利为结束,最具说服力的某些论点一路指向这个方向。然而,紧随绅士阶层争议之后,绅士阶层崛起的假说已被更自信的贵族持续存在正统性所替代,这个观点使借助其他术语表述的关于吸纳模型的基本设想永存。从这个真实及重要的意义来说,绅士阶层争议仍然伴随我们。随后,我将简要证实这些观点,并将论证把这两种模型视为此时期社会动荡问题更综合解决方式的部分(或部分有效的)组成方式,而不是替代品的必要性。我想,只有通过这种方式,英国小说的社会起源才会为人所知。

当托内最初开始论证绅士阶层兴起时,他心中有某种极可同化为中产阶级兴起的更早假说的观点。J.H.赫克斯特(J. H. Hexter)在自己

㊹ H. R. Trevor-Roper,"绅士阶层,1540—1640"(The Gentry, 1540-1640),见 *Economic History Review*,suppl. 1(1953),第 5 页(参阅 Hexter,"绅士阶层的风暴"中的引用与讨论,第 127 页);Hill,《清教与革命》,第 18 页。

对绅士阶层争议所做的学术贡献中因"分类学幻觉"之故而责备托内,这是如新兴中产阶级对峙败落贵族阶级一样将绅士阶层与贵族阶层区分所产生的后果。赫克斯特观察到,绅士阶层与贵族阶层之间的区别属于法律层面,而非经济层面。"从经济层面来说,绅士阶层与贵族阶层都处于同一阶级,这个阶级一般从土地所有权的使用中获得其大多数收入。"如今,赫克斯特的阶级定义标准中的重要因素将看似资产的自然、甚至地理特性,在此例中,收入来自土地资产。在别处,他将中产阶级与本术语字面意的资产阶级(与城市商业、金融、工业企业)严格等同证实了这一点。根据这些标准,乡绅阶层与城市商人按定义属于不同"阶级"。因此,赫特斯特认为,当17世纪商人购买土地时,他也同样地不再是"中产阶级中的一员",因为他不再根据中产阶级价值观行事,相反"牺牲利润,沽入名望"。因此,"中产阶级"成员的上升流动性的确削弱了他们,同时又在支撑他们"被吸纳"进入的"拥有土地的贵族阶层"。劳伦斯·斯通在其对绅士阶层争议所做的最重要的学术贡献中提出类似赫克斯特的吸纳模型。斯通认为,都铎时期出售教会及王室土地之后的上升流动性必须不被视为明确的提升,而是某种吸纳的同化,归结于英国拥有土地阶级结构性适应力的同化,能够"吸纳不同社会起源的新家庭,并将它们转化为"自身价值观,即拥有土地的绅士价值观。的确,贵族阶层的暂时式微有助于使托内的观点比其真实状况看似更合理:"绅士阶层的兴起在某种程度上是一种源自这种贵族阶层弱点的视觉幻象,尽管并非完全如此。"㊵

然而,显然正是从托内的原创观点中,他把绅士阶层视为保留其

㊵ Hexter,"绅士阶层的风暴",第128—129页;同作者,"都铎时期英国中产阶级神话"(The Myth of the Middle Class in Tudor England),见《历史再评价》,第75、95、96—97页(亦可参阅第91页);Stone,《贵族阶层的危机》,第39、13页。关于17世纪荷兰吸纳模型的运用,参阅Ivo Schöffer,"荷兰的黄金时期与危机时期同步吗?"(Did Holland's Golden Age Coincide with a Period of Crisis?)见《17世纪普遍危机》(The General Crisis of the Seventeenth Century),Geoffrey Parker 与 Lesley M. Smith 编辑,London: Routledge and Kegan Paul,1978,第100—101页。斯通近来已颠覆 (转下页)

兴起时身份的连贯社会群体,此观点主要取决于社会提升标准。该标准与经济生产的地点及状态无关(如赫克斯特的观点所阐释的那样),但与其方法及成功有关。根据这些标准,新兴绅士阶层是"乡村企业家",其采用的土地改良及投资的创新方法与"乡村收租人",即大多为贵族的保守土地所有者采用的资产管理没有相似之处。但这些乡村"中产阶级绅士阶层"得以兴起的方式非常类似那些成功的城市商人所用的方式,"他们的确共同构成了一个单一的社会阶级"。这种方法并没有阻止那些城市与"乡村企业家"地位意识行为,他们通过添置乡村宅院表明自己对文化同化的渴望。这重新将此行为阐释为该身份更广界限内的明确文体选择,而非重要群体身份的确切行为,并将可能被称为"同化主义者"与"分离主义者",或甚"替代者"等关于主导的贵族地位价值观态度区分。从这点来看,群体身份主要明确之处在于生产经济学(以"阶级"标准为基础的社会体系借此得以组建),而非文化层面上的加密消费模式(它管控按"地位"进行分层的社会体系)。从这个角度来说,赫克斯特的指控,即托内因将法律与阶级标准混淆而犯下的范畴错误可以公平地施用在赫克斯特本人身上。因为,尽管目标是区分阶级的各类附属,他对土地与贸易、乡村与城市之间

(接上页注㊺)自己在此主题的观点,将研究发现推进一步,认为英国贵族阶层已不接纳外人。但上升流动性进入"贵族阶层"的标准,即购买乡村宅院与地产,永久建立"乡村家庭"这个该研究得以立足的基础是非常准确的。斯通也在此承认**文化**同化多样化的现实,更早及更松散的标准可能早就借此取得被接纳的资格(参阅 Stone 兄弟俩,《开放的精英阶层?》,第 406—412 页)。对不吸纳外人的英国贵族的修正主义描述已得到 John Cannon 的《贵族世纪》(*Aristocratic Century: The Peerage of Eighteenth-Century England*, Cambridge: Cambridge University Press, 1985)一书之观点的支持,其对上升流动性进入贵族的同等准确标准是进入贵族阶层的方式。但坎农(Cannon)的论点受类别失误导致的、为人熟知的指控的影响,以此容纳大量的上升流动性证据,"贵族等级内部创建"扩展到承认所有那些与贵族阶层有某种"联系"类型,"同族婚姻"扩展到包括"亲密联系"、有土地的绅士阶层等在内的婚姻(参阅第 20—25、86 页)。坎农此处乎以重重强调的是政治联系,这为 18 世纪贵族权力的行使带来了便利。但这些并不是深深地植根于本术语亲属关系意义的"联系"之中(参阅 Trumbach,《平等主义家庭的兴起》,第 62—63 页)。

明确不同的关注更直接地说明了他对地位区分特征的敏感性。㊻

六　从地位到阶级

　　关于社会流动性意义的这两个视角,即托内的"阶级"导向与赫克斯特的"地位"导向之间的不同主要是其中一条原则。但都不能用一方术语驳斥另一方,对共存潜能的承认也是件重要的事情。甚至马克斯·韦伯对作为理论理想类型的"地位"与"阶级"描述否定了相互排斥的语言:"与纯粹按经济标准决定的'阶级状况'相对,人类生活命运的每个典型成分受某个特定的、正面的或负面的社会荣誉评价决定,我们希望将如此每个典型成分指明为'地位状况'。这种荣誉……可被纳入某个阶级状况之中,阶级区分以最不相同的方式与地位区分联系起来。"在近代早期社会变革的历史语境中,地位与阶级标准的相互关系看似不可避免,但出于这个原因,并不难看到为何绅士阶层争议就此区分而言呈现两极化。因为正是在此时期,传统的、质的荣誉地位标准明确地被社会经济阶级的量化标准渗透。这种渗透行为既呼召,又超越有时被拉紧的社会价值观均衡,而这在更早时期为人们熟知,因为如我已论证的那样,延展针对个人身份范围默认驾驭的"荣誉"适应力现已消失,这种张力不再持续,而是断裂了。阶级标准逐渐"取代"地位标准,这不是说取消了对地位的关注,而是它被纳入,并适应对资本收入及职业身份的更具主导性与更持续性的关注。只有托马斯·霍布斯(Thomas Hobbes)对这个概述撒谎,他的思想如此执着地、具有腐蚀性地为某个即刻接管,而非逐步替代的论证过程加以量化:

㊻　R. H. Tawney,"哈林顿对自身所处时代的阐释"(Harrington's Interpretation of His Age),罗利讲座,《英国科学院会议记录》(Proceedings of the British Academy), 27 (1941),第 207 页,引自 Hexter,"绅士阶层的风暴",第 117 页。关于此时期在地位区分过程中土地及土地所有权所处的中心地位,例如,参阅 Stone,《贵族阶层的危机》,第 41 页。

自所有其他事情起,个人价值或个人作用就是其价格。也就是说,是因为他的权力运用之故而可被给予之物,因此这不是绝对的,而是取决于他人的需要与判断。我们施加在他人之上的价值表现就是一般被称为敬重及轻蔑之事……可敬的就是权力的论点与标记,是任何一种占有、行为或品质。从显赫的父辈繁衍而出是可敬的,因为他们更轻易地获得自己祖先的庇护。相反,出身卑微则是不可敬的。

这个令人震惊的霍布斯式分析如此常见地提供了一种否定记录,标记着一个近代早期思想未能达到的,但又是该行为逻辑内在的极端位置。这也有助于我们看到托内的"乡村企业家"原创论点的重要性与误读源自其极度默认,即"中产阶级的兴起"与指向社会关系的阶级导向兴起密不可分。㊼

另一种如此阐述的方式就是暗示在近代早期,"阶级"理念具备马克思所称的"简单抽象"特点,即一个概括过程,其经验所指对象拥有一个足够丰富到允许、要求普通类别自身的抽象与主导的前历史。这个概念主导标志着在物质活动平面之上的对应出现。地位类别的传统主导,以及财富与权力之间差异在出身与等级庇护下达到平衡的机制主宰了封建经济关系体系,后者通过将功效置于自身之内的方式主导、消解了资本主义行为力量。人们常争议,自 12 或 13 世纪起,"资本主义"与"中产阶级"已在英格兰存在。但这让简单抽象理念得以阐述的历史过程崩溃:即两者之间的连续性,前者是既引导,又容纳它们的某个语境之内的、被孤立的态度与活动存在,后者是对作为它们语

㊼ Max Weber,"阶级、地位、党派"(Class, Status, Party),见《马克斯·韦伯社会学论文》(*From Max Weber: Essays in Sociology*),H. H. Gerth 与 C. Wright Mills 编辑,New York:Oxford University Press, 1958,第 186—187 页;Thomas Hobbes,《利维坦》(*Leviathan*)(1651),I,x,第 42、44 页。

境重要组成部分的那些要素的充分利用,而这种利用使语境系统化。㊽

简单抽象理念使历史关系为人所见,也可能参考近期马克思理论强调的某个观点,即马克思自用"阶级"类别时的双重性阐明这个历史关系。一方面,马克思用作为抽象术语的"阶级"一词描述某类具有所有人类社会普遍特点的社会经济关系与冲突。另一方面,这个类别描述了一个非常特别的历史现实,即现代工业资本主义的现实,其特殊性通过它在阶级层面直接亲身体验的事实,即阶级意识的事实得以记录。这种双重用法应被视为关于历史矛盾,而非逻辑矛盾的阐述,表明被囊括在简单抽象发展之内的辩证统一类型。的确,与我们相关的时期并没有见证中产阶级意识的繁荣发展。但过于明确坚持作为阶级导向必要条件的这种意识事实会是一种错误。如此行事的倾向可与第二普通论点相联,这与认为中产阶级只在19世纪全面工业化的英国出现的第一普通论点既对立,又类似。并不令人吃惊的是,就近代早期而言,这个论点的某些支持者们坚持社会流动性的吸纳模型,过高估计地位导向的适应力,忽略了最明显、最具术语性的改变迹象。因为如对"小说"一词那样,对"阶级"这个术语的持续使用并不是标志着该类别的尝试开始,而是积极主导。尽管直到19世纪初,并没有看似为综合的人类阶级划分提供真实可靠的基础,人们在18世纪中叶之前开始运用"阶级"这个社会经济术语。㊾

㊽ 关于12或13世纪此论点的兴起,参阅 Macfarlane,《英国个人主义的起源》,第196页以及 Hexter,"都铎时期英国中产阶级神话",第80—81页。关于简单抽象,参阅导言"文学史中的辩证法",注释20—21。

㊾ 关于马克思双重运用的意义,参阅 E. J. Hobsbawn,"历史中的阶级意识"(Class Consciousness in History),见《历史与阶级意识面面观》(*Aspects of History and Class Consciousness*),István Mészáros 编辑,New York: Herder and Herder,1972,第5—8页;E. P. Thompson,"18世纪英国社会:没有阶级的阶级斗争?"(Eighteenth-Century English Society: Class Struggle without Class?)见 *Social History*,3(1978),第146—150页;同作者,《英国工人阶级的形成》(*The Making of the English Working Class*),New York: Vintage,1966,第16章。关于19世纪兴起的论点,参阅 Harold Perkin,《现代英国社会的起源》(*The Origins of Modern English Society, 1780-1880*),London: Routledge and Kegan Paul,1969,第6—7章(关于吸纳模型,参阅第56—62页); (转下页)

因此,参照因社会分类"传统"及"现代"原则完整及动荡相互影响而得以辨别的时期,将绅士阶层争议视为过于排他性地忠诚于上述两个原则之一的后果是有启发意义的。对社会历史学家来说,这个问题不只是如何对两个不同导向继续保持智识回应,而且是如何运用在两个不同层面同时起作用的描述语言。一方面,对社会行为的经验主义评估完全取决于根据质的地位的传统,但模糊的社会分层系统主导的群体身份定义。但另一方面,这种传统系统及其因此确认存在的群体完整性正遭受与某个阶级导向相联,且更量化的社会价值观带来的,起到极大动摇作用的攻击。但困扰这位现代历史学家的问题非常近似那些 17 世纪评论家们面对的那些问题,并可能由此得到阐明。

164 事实上,如我个人论点的历史逻辑暗示的那样,正是在这个时期,在发展中的阶级导向影响下,我们开始把基本努力视为已在现代社会历史学家们之间成为标准的此类量化社会描述。"政治算术"领域中的早期努力提供了某些出色样例。

格雷戈里·金(Gregory King)绘制的 17 世纪 90 年代著名人口

(接上页注⑩)也参阅 Diana Spearman,《小说与社会》(*The Novel and Society*),London: Routledge and Kegan Paul, 1966,第 1 章。关于从与我自己更兼容的视角讨论这些问题的尝试,参阅 Rodney Hilton, "资本主义,以何名义?"(Capitalism-What's in a Name?)见《封建主义向资本主义的转型》(*The Transition from Feudalism to Capitalism*), Hilton 编辑, London: New Left Books, 1976,第 145—158 页; R. S. Neale, "资产阶级已历史性地扮演了一个极革命的角色"(The Bourgeoisie, Historically, Has Played a Most Revolutionary Part),见《封建主义、资本主义及以外》(*Feudalism, Capitalism, and Beyond*), Eugene Kamenka 与 Neale 编辑, London: St. Marin's, 1975,第 84—102 页;同作者,《英国历史中的阶级》(*Class in English History, 1680-1850*)(Totowa, N. J.: Barnes and Noble, 1981),第 1、3 章。关于本世纪中叶之前的"阶级"社会术语,特别参阅 Defoe,《评论》(*Review*), no. 96(Oct. 13, 1705);《论从属之伟大规则》(*The Great Law of Subordination consider'd*)(1724),第 12、14、16、287 页;《婚姻的淫荡》(*Conjugal Lewdness; or, Matrimonial Whoredom*)(1727),第 257 页;《英国绅士大全》,第 18 页。关于后来的运用,参阅 Asa Briggs, "19 世纪早期英国'阶级'语言"(The Language of "Class" in early Nineteenth-Century England),见《劳动史论文》(*Essays in Labour History*), Briggs 与 John Saville 编辑, New York: St. Martin's, 1960,第 43—73 页;同作者, "英国政治中的中产阶级意识"(Middle-Class Consciousness in English Politics, 1780-1846),见 *Past and Present*, no. 9(1956),第 65—74 页。

图表显然旨在提供一个英国社会由上至下的持续金融(因此也是量化的)延展图示。但他不得不运用敬称及职业类别。金为这个不一致问题提供的解决方法足够直率。他的图表注意到了在其上端的地位头衔等级,运用更实用的导向性标目,我们一路看下去直至没有荣誉的底端。然而,他在图表中间遇到了麻烦。一方面,某些地位群体比其他群体拥有更高的收入,但按地位标准却是从属于后者(例如,"商人"与"绅士"的对比,"不动产终身保有者"与"牧师"的对比)。甚至更多情况下,将职业与地位类别混合是必然之举(例如,"律师"与"绅士")。在所有这些含糊案例中,金允许按地位标准决定所列顺序,即便平均年收入的重要标准将颠覆这个顺序。换言之,金对传统地位等级的持久尊重暂时否定了自己旨在创建收入等级的现代化目标。我们对金面临的矛盾的兴趣随着对如是知识的了解而增强:1677 年后,他已是职业纹章官;在图表中,他自相矛盾地采用革命性的统计法为一般被认为是英国社会秩序不合时宜观点的看法服务。半个世纪之后,约瑟夫·马西(Joseph Massie)把金的著名图表用作一个模型,并使之成为按不同英国社会群体糖消耗量进行对比的基础。尽管他将金的 6 个已得到提升的传统等级类别继续保留在自己图表的顶端,它们孤傲且丝毫未动地栖居于此,一种与经济歧视真实运作毫无关系的可敬态度,而马西在自己图表其他部分完全运用了不同类别。仿佛地位类别作为某种思考模式的退化残余继续留在此处,在当时英国人按阶级划分的明确描述中没有任何有用之处,但仍看似必不可少。㊿

㊿ 关于格雷戈里·金的图表如今有两个版本,参阅《自然与政治评论与结论》(*Natural and Political Observations and Conclusions upon the State and Condition of England, 1696*),即 George Chalmers,《大不列颠比较优势预测》(*Estimate of the Comparative Strength of Great Britain*)(1804)中的附录;Charles Davenant,《论在贸易平衡中让人民获益的可能方法》(*An Essay upon the Probable Methods of making a People Gainers in the Balance of Trade*)(1699),见《查尔斯·戴夫南特政治与商业作品集》(*The Political and Commercial Works of ... Charles D'Avenant*),Charles Whitworth 编辑,London: R. Horsfield, 1771,第 2 卷。关于金所绘图表的意义,参阅 David (转下页)

针对在试图描述近代早期社会结构过程中产生问题的某个不同视角类型可在当时人们处理土地与贸易之间有问题的关系的方式中得以发觉。根据传统地位标准,土地与贸易的不兼容性反映了这种可能性,即出身、土地、财富与权力全面共同延展中难以避免的小差距可轻易地通过不显眼的调整加以校正。的确,社会流动性的吸纳模型是强化传统社会借以消除不稳定及改变证据的技术的文化态度。但近代早期诸多因素的结合协力通过使商业财富的差异如此重要以至于不能将其忽略的方式(不仅是商业财富交易量及显著度的提升,而且是关于次子无继承权,随后成为贸易学徒等争议的增加)挫败了这些发挥稳定作用的机制。这些发展弱化了关于土地与贸易彼此不兼容的信念,现代历史学家们已对行为指南及社会评论中这个具有说服力的证据予以关注。但他们也试图根据拥有土地的家族与从事贸易的家族之间通过彼此进入对方领域及联姻方式实现相互渗透的比率,参照实证发现来评测这种"文学"证据。此项研究的成果似乎确认了土地与贸易的日渐兼容,而且凭借最终实质支持关于某个上升阶级导向的更全面论点的证据对其予以挑战。因为很大程度上,这是一个真实现象,拥有土地及从事贸易的家族在17及18世纪初彼此联姻的失败似乎不仅归因于传统的地位认可,而且也在于逐渐将贸易接纳为一种凭借自身权利的自主与自足社会身份,一个与事关出身、土地及乡村

(接上页注㊿) Cressy,"描绘伊丽莎白及斯图亚特时期英国的社会秩序"(Describing the Social Order of Elizabethan and Stuart England),见 Literature and History, no. 3 (March, 1976),第29—44页;G. S. Holmes,"格雷戈里·金与前工业时期英国的社会结构"(Gregory King and the Social Structure of Pre-industrial England),见 Trans. Roy. Hist. Soc.,第5系列,27(1977),第52—54、64—65页。Joseph Massie,《算术》(A Computation)(1760),参阅 Peter Matthias,"18世纪的社会结构"(The Social Structure in the Eighteenth Century: A Calculation by Joseph Massie),见《英国的转型》(The Transformation of England: Essays in the Economic and Social History of England in the Eighteenth Century), New York: Columbia University Press, 1979,第171—189页(参阅第176、186、188页中马西与金的对比)。

宅院的地位标准快乐决裂的“地位”群体。(51)

不过，关于大规模态度转变的最有力证据在于冲突这个术语在17世纪末得以改变的方式。因为复辟后，不是“土地”与“贸易”之间传统（如果是非稳定的）对立，而是“土地拥有阶层”（the landed interest）与“资金拥有阶层”（the monied interest）之间新概念化对照作为社会冲突的明确阐述而逐渐获得认可。资金拥有阶层被认为将17世纪90年代“金融革命”创设的公共信用的新量化力量具体化，该革命取得的主要成就是英格兰银行（the Bank of England）的创立及国债（the National Debt）的发行。人们认为土地拥有阶层与资金拥有阶层成员之间的区别就是特别专业化的要求，即他们完全靠租金收入生活，而不是拥有土地或乡村宅院的地位标准。他们给自己下定义，以示与所

---

(51) 关于长子继承制及次子命运的争议，参阅 Joan Thirsk，“17世纪的次子”（Younger Sons in the Seventeenth Century），见 *History*，54（1969），第358—377页；同作者，“关于继承制习俗的欧洲辩论”，第177—178、183—185、190页。关于行为指南与社会评论，参阅 Helen S. Hughes，“中产阶级读者与英国小说”（The Middle-Class Reader and the English Novel），见 *Journal of English and Germanic Philology*，25（1926），第366—359页；Walzer，《圣徒的革命》，第248—249页；Lawrence Stone，“英国的社会流动性”（Social Mobility in England，1500-1700），见 *Past and Present*，no. 33（1966），第27—28、52—53页。关于近期土地与贸易相互影响的实证研究，参阅 Alan Everitt（城市“近绅士阶层”的理念），“近代早期英国的社会流动性”（Social Mobility in Early Modern England），同前，第70—72页；同作者，《郡县的变化》（*Change in the Provinces: The Seventeenth Century*），莱斯特大学英语系本土历史专刊，第2系列，no. 1，Leicester：Leicester University Press，1972，第43—46页（亦可参阅 Stone，“英国的社会流动性”，第53页）；R. G. Lang，“詹姆斯一世时期伦敦商人的社会起源及期待”（Social Origins and Social Aspirations of Jacobean London Merchants），见 *Economic History Review*，27（1974），第40、45页（1600至1624年间伦敦140位议员样本）；Nicholas Rogers，“金钱、土地与血统”（Money，Land，and Lineage：The Big Bourgeoisie of Hanoverian London），见 *Social History*，4（1979），第444—445页，第452—453页（也是伦敦议员）；B. A. Holderness，“18世纪英国土地市场”（The English Land Market in the Eighteenth Century：The Case of Lincolnshire），见 *Economic history Review*，第2系列，27，no. 4（Nov.，1974），第557—576页；Richard Grassby，“17世纪英国社会流动性与商业”（Social Mobility and Business Enterprise in Seventeenth-Century England），见《清教徒与革命者》（*Puritans and Revolutionaries: Essays in Seventeenth-Century History Presented to Christopher Hill*），Donald Pennington 与 Keith Thomas 编辑，Oxford：Clarendon Press，1978，第356—357页；Stone 兄弟俩，《开放的精英阶层?》，第154、180、211—212、234、237、287—289、406页。

有那些通过金融投资的信用机制筹措资金而发家之人(包括城市商人及正处提升阶段的"乡村企业家")区分。㊹ 换言之,这个新术语表述了某个地位导向之内土地与贸易传统分离的程度;对当时的人们来说,根据文雅与土地拥有的地位标准,该术语也转变为与土地及贸易更早类别相反的地位与阶级导向之间的冲突。

七 贵族阶层的延续

尽管绅士阶层争议成功地提出关于极度类别不稳之时的社会描述危险的困难问题,继其之后,18世纪早期社会结构的主导分析呈现了一个令人信服的已定型图景。此时期的正统观点是政治、社会与经济稳定之一。上世纪前所未有的社会流动性比率已下降,暂时的"贵族阶层危机"已得到缓解,辉格党(Whig)寡头与拥有土地的贵族阶层及资金拥有阶层密切联合,并已开始其主导统治。㊺ 人们认为,贵族阶层居于起到稳定作用的统治核心。从真正意义上说,关于"企业家"及"中产阶级"绅士阶层兴起的论点已被贵族阶层的延续这个论点取代。

J.G.A.波科克(J. G. A. Pocok)尤其提出建议,应将整个近代早

㊹ 特别参阅 W. A. Speck,"斯图亚特末期英国的社会地位"(Social Status in Late Stuart England),见 *Past and Present*, no. 34(1966),第127—129页;同作者,"社会冲突"(Conflict in Society),见《光荣革命后的英国》(*Britain after the Glorious Revolution*),Geoffrey Holmes 编辑(London: Macmillan, 1969),第145页。亦可参阅 J. G. A. Pocock,《马基雅维利时刻》(*The Machiavellian Moment: Florentine Political Thought and the Atlantic Republican Tradition*),Princeton: Princeton University Press, 1975,第13章;Marvin Rosen,"资产阶级专政"(The Dictatorship of the Bourgeoisie: England, 1688-1721),见 *Science and Society*, 45, no. 1(Spring, 1981),第24—51页。

㊺ 关于正统观点,参阅 J. H. Plumb,《英国政治稳定的增长》(*The Growth of Political Stability in England, 1675-1725*),Harmondsworth: Peregrine Books, 1969;Daniel A. Baugh,"导言:稳定的社会基础"(Introduction: The Social Basis of Stability),见《18世纪英国的贵族政府及社会》(*Aristocratic Government and Society in Eighteenth-Century England: The Foundations of Stability*),Baugh 编辑,New York: Franklin Watts, 1975,第1—23页。

期视为"贵族秩序"的"单独顺序",借此试图阐释18世纪统治联盟的独特特点与力量。因此,如果"都铎时期的贵族阶层"在1570—1640年间正在衰落(如斯通所确定的那样),那么根据J.H.普拉姆(J. H. Plumb)的权威观点,"辉格贵族阶层"是在1660—1730年间被创设。然而,波科克同时承认普拉姆已提到辉格"寡头",而非辉格"贵族阶层"的增长。他观察到18世纪"辉格贵族秩序"缺乏任何"封建特征",是"商业及恩主政治(patronage politics)的近期产物"。如今,不可否认的是18世纪许多大土地拥有者也获得贵族头衔(无疑,很多其他人获得了绅士地位)。然而,如果我们强调的是资本家或"中产阶级"价值观改变贵族阶层的方式,而非其"贵族"特征,我们可能更接近这个非凡联盟的核心:假如从内部开始,个人主义及阶级标准如何侵蚀社会结构,其外壳仍大致看似可同化的地位模型。如克里斯多弗·希尔所言,"直至17世纪末,贵族阶层投资参与英国最大资本产业,即英格兰银行或从中受益,从社会学层面来说,他们已与詹姆斯一世宫廷扈从完全不是同一个阶级"。中世纪末传奇采用的反传奇转向类比有启发意义:正是通过"反贵族"元素的整体运用,贵族阶层在近代早期英国延续下来,这个类别的延续更多地意味着地位态度的顽强力量,而不是非连续的,可界定的社会主体上升。当然,这个类比是不完善的。然而,公平地说,社会领域中"阶级"语言的出现确认了在文学领域通过"小说"的典范化标示的某些事宜。㊾

㊾ J. G. A. Pocock,"导言",见《三次英国革命》(*Three British Revolutions: 1641, 1688, 1776*),Pocock 编辑,Princeton:Princeton University Press,1980,第6、12、14、17 页;Christopher Hill,"资产阶级革命?"(A Bourgeois Revolution?),同前,第121页。关于传奇的近代早期历史,参阅本书第1章,第7节。继绅士阶层争议之后,近代早期英国(或欧洲)"新"社会群体的假设兴起被重新构想为之前兴起的"转型"或"重构",得出如此暗示是非常普通之事。例如,参阅 Hexter,"文艺复兴时期贵族阶层的教育",第70页;Walzer,《圣徒的革命》,第236页,注释12;Trumbach,《平等主义家庭的兴起》,第11页;Elizabeth L. Eisenstein,《作为变革动因的印刷机》(*The Printing Press as an Agent of Change: Communications and Cultural Transformations in Early Modern Europe*),Cambridge:Cambridge University Press,1979,第396页。

如赫克斯特一样,波科克支持将中产阶级与商业资产阶级谨慎等同。这鼓励他对绅士阶层兴起的论点持怀疑态度,因此它将看似论证资产阶级的兴起,即便他知道托内正在论证资本行为,而非商业行为的兴起。将资本市场简化为商业市场也有助于为波科克对地位类别"贵族阶层"社会意义层面上延续的强调正名,因为强调无法用虚幻的商业上升解释近代早期社会大规模变革,这似乎借此证实了他的信念,即以阶级为基础的类别只是被不恰当地用于那个时期。[55] 但事实上,商人及贵族土地拥有者们都受18世纪早期之前的阶级导向价值观的渗透影响。如果更早一代倾向于将资本主义的"兴起"与中世纪商业行为或18世纪末及19世纪的工业革命联系起来,今天的历史学家们更愿意接受如此共识,即英国资本主义早期发展的最重要阶段是在16及17世纪乡村发生。"在马基雅维利(Machiavelli)时期的意大利,"C.B.麦克弗森(C. B. Macpherson)说道,"资金拥有者已成为资本主义的执行者;在哈林顿(Harrington)时期的英国,绅士阶层甚至比商人与金融家扮演更重要的角色。"资本主义"提升"的技术最初被贵族及绅士土地拥有者利用。1699年之前,71%的英国土地已被圈起来,这主要归功于这些"占有式个人主义者"(possessive individualist)的个人共识,而非议会法案。如果严格的地产授予举措有助于支持贵族父系家族,这也同时确保了长期资本投资的家庭资产。当土地拥有阶层支持者们非常明白此点时,18世纪初英国更大的土地拥有者们与资金拥有阶层培育的投资体系密不可分地结合在一起。乡村与城市企业成为统一的资本主

---

[55] 参阅 Pocock,"导言",《三次英国革命》,Pocock 编辑,第5、7—9页;亦可参阅 Pocock,《马基雅维利时刻》,第432、448、460—461页;关于赫克斯特(Hexter),参阅本章注释45。马克思自身用法不一致是造成"资产阶级"与"中产阶级"或"资本家"三词混淆等同的部分原因。关于阐释性讨论,参阅 Neale,"资产阶级"(The Bourgeoisie),见《封建主义、资本主义及以外》,Kamenka 与 Neale 编辑,第85—89页。

义发展不可分割的部分。㊵

出于这些原因,必须指出,就"贵族秩序的单独顺序"而言,对近代早期社会变革的理解过于依赖某种吸纳模型。如 12 世纪传奇一样,它借用对表面延续起遏制作用的确信钝化了对解剖"贵族阶层"所感知的需要,但现在参考了更易变的社会语境。英国贵族阶层的创设,中世纪末期贵族的"去封建化",英国宗教改革之后产生的大量土地再分配,这些发展有混合的互动力量,可能看似为关于某个社会上升新术语的需要进行论证。然而,也值得反思的是,"贵族阶层"自身是没有悠久历史的英语单词。"贵族意识"为在文化广泛多样性中发挥作用的动因命名,通过将那些精英归化为地位与美德的静态统一,现行的"最优秀之人的统治"来隐藏统治精英阶层中的永恒变化。事实上,贵族意识的说服力已被减损的一个迹象就是其日渐明确性,及在替代意识挑战之下的紧迫性。也就是说,贵族基本原理的活力类似与其意识功效构成相反关系的事宜。㊶

㊵ C. B. Macpherson,《占有式个人主义的政治理论》(*The Political Theory of Possessive Individualism: Hobbes to Locke*),Oxford:Oxford University Press,1962,第 193 页。关于圈地运动,参阅最新资料,J. R. Wordie,"英国圈地运动年表"(The Chronology of English Enclosure,1500-1914),见 *Economic History Review*,第 2 系列,36,no. 4 (Nov.,1983),第 502 页。关于农业资本家的提升,参阅 Stone,《贵族阶层的危机》,第 6、7 章;Hexter,"都铎时期英国中产阶级神话",第 86—90 页;Stone 兄弟俩,《开放的精英阶层?》,第 282—286、419—420 页;Perkin,《现代英国社会的起源》,第 63—67、73—80 页;Joyce O. Appleby,《17 世纪英国经济思想与意识》(*Economic Thought and Ideology in Seventeenth-Century England*),Princeton:Princeton University Press,1978,第 275 页。关于乡村与城市资本主义事业的联合,参阅 Tawney,"绅士阶层的兴起",第 17—18 页;Richard Grassby,"17 世纪末期英国商业资本主义"(English Merchant Capitalism in the Late Seventeenth Century: The Composition of Business Fortunes),见 *Past and Present*,no. 46(1970),第 106 页。一般而言,参阅 John Merrington,"资本主义转型中的城市与乡村"(Town and Country in the Transition to Capitalism),见《封建主义向资本主义的转型》,Hilton 编辑,第 170—195 页。

㊶ 关于这些 15—16 世纪发展讨论的暗示概括,参阅 Perry Anderson,《专制政权的血统》(*Lineages of the Absolutist State*),London:New Left Books,1974),第 124—127 页;Stone 兄弟俩,《开放的精英阶层?》,第 256—258 页,见对"拥有土地的精英"(the landed elite)这个"新"术语的阐释。关于 12 世纪传奇,参阅本章注释 17。关于"贵族阶层"(aristocracy)一词,参阅《牛津英语词典》(*OED*)。

因此，从某种意义上来说，"贵族阶层"本身就是一个新术语，"对立的"简单抽象。人们需要这个术语宣布某个新社会组织的出现，一个与两个世纪后借助阶级"独断"语言得以完成之言构成互补的宣告。贵族阶层理念此时被决定性地概念化为进步意识表述的对立面，其自相矛盾的功能就是调停某个类别的延续，其暂时性通过现在只需让它如此概念化的事实来标示。然而，这不是暗示我们常与贵族社会关系相联系的，如顺从及家长制关爱的地位价值观在近代早期失去了它们的效用。相反，它们经历了更复杂的"戏剧化"类型，并可能在任何社会习俗被提升至自我意识实践层面时发生。㊽

八 保守意识的成形

如果贵族阶层理念因其明确的概念化而受惠于进步意识的攻轩，那么贵族阶层的表面延续也更多地将其似有道理归结于我将称为"保守意识"的信念主体。但保守与贵族意识之间的关系远没有这么简单。例如，保守派乔纳森·斯威夫特（Jonathan Swift）能将贵族荣誉去神秘化，这与笛福之举同样令人振奋。写到牛津伯爵所说的"上等能力"时，斯威夫特停笔，注意到"他自己的出身显赫，是贝雷斯（the Veres）与莫蒂默（the Mortimers）家族普通继承人的后裔，所以他看似更多地珍视那些自己及他人侥幸获得的优势，而不是假称自己名至实归"。斯威夫特就关于宗谱与等级任意性质的普通主题没说什么慷慨之语，而是坦率地宣布"贵族老爷们因奢华闲懒而堕落，王室总被新人胁迫而进行统治。我想头衔会与地位一同衰败"。如笛福一样，他的基本前提似乎就是美德或功绩的任何比率都是与生俱来或"自然的"，这当然与宗谱没什么联系，并且无论如何，教养是美德当道的关键所在。的确，如果在如此事宜中有诸如"自然"继承这样的事情，其效果

㊽ 关于18世纪"社会戏剧"，参阅 E. P. Thompson, "父权社会, 平民文化"（Patrician Society, Plebeian Culture），见 *Journal of Social History*, 7(1974)，第382—405页。关于对立及独断的简单抽象，参阅本书第1章，注释70。

可能在贵族血脉频繁绝灭中更明显。斯威夫特说,因为上帝这位伟大的医生已开"自然规律的治疗法;如此多的伟大家族因为懒惰、奢侈及纵情声色而削弱了每代人的养育,逐渐生出越来越女性化,完全不适合生育的子嗣,最终彻底消失"。[59]

然而,其与进步意识差距的一个标记就是保守意识使其对平民,即贵族敌人的态度复杂化的程度。斯威夫特非常不愿意自己如此行事,然而他滥用"如此受外界影响,察觉对出身、家庭及古代贵族蔑视的有害才能。"这个论点具有微妙的实用性。"假设血液差异只事关观点,每个人知道权威很大程度上建立在观点基础之上。但的确,这种差异并非完全是想象的。"斯威夫特的观点就是,高贵出身提供了其他人无可企及的教育、旅行及交友机会,这些将让年轻的贵族具备优势,而他的自然"禀赋"和平民相差无几。他得出结论,"古老及高贵的出身……无论它是否具有真实或想象的价值,在从古至今所有文明开化国度中,它都得到敬重"。所以为贵族出身而提出的案例被当作本质主义提议而被断然拒绝,现在出于工具化理由而被重新接纳。并不是贵族血液意味着内在功绩,而是它把门打开,带来与如此血液高贵性可分开的外在特权;如果合理加以利用,这些特权将有助于功绩的培育。查尔斯·戴夫南特(Charles Davenant)的态度与之非常近似。他非常坦诚地认为在贵族头衔与"美德及能力"之间并不存在内在联系。然而,如果我们关注的是我们如何可能得到最好的统治,一个重要的谨慎问题仍然是:

---

[59] Jonathan Swift,《对女王上届内阁行为的质疑》(*An Enquiry into the Behaviour of the Queen's Last Ministry*)(1715),见《乔纳森·斯威夫特散文作品集》(*The Prose Works of Jonathan Swift*),第8卷,Herbert Davis 与 Irvin Ehrenpreis 编辑,Oxford: Blackwell,1953,第135页;斯威夫特致查尔斯·福特(Charles Ford)的信,1719年12月8日,见《乔纳森·斯威夫特通信集》(*The Correspondence of Jonathan Swift*),Harold Williams 编辑,Oxford: Clarendon Press,1963,II,第331页;Jonathan Swift,"贵族阶层中的愚蠢教育方式"(The Foolish Methods of Education among the Nobility),见 *Intelligencer*,no. 9(1728),见《乔纳森·斯威夫特散文作品集》,第12卷,Herbert Davis 编辑,Oxford: Blackwell,1964,第53页。

谁是最可放心依赖的人？是那些财富与生俱来的人，还是自己创造财富的人？对头衔感到满足的人或那些野心可能促使自己尝试任何事情以期让自己有所进益吗？……拥有巨大资产的人不会同意让法律倾倒，因为这是他最稳定的安全基石。当用武力统治国家时，土地最好持在手中，但是在某个危险的头衔之下……但他们进入政府，意图构建一个家庭，并发家致富；他们将得到一切，而可能不会失去任何东西……这样的人的确是引入专制权力的恰当工具。⑥

为贵族血统进行的辩护是出于斯威夫特所称的"想象价值"，而不是其内在价值的考虑，这番辩护暗中类似极端怀疑论借以重回传奇想象真实性的基本原理。如果社会领域中的进步意识从广义上来说类似认识论领域中的天真经验主义，保守意识就与极端怀疑论有类似关系。这反过来会意味着保守意识从其进步意识的反应否定中获得其重要特征。在公共话语领域中，这个意义深远的否定可能在新兴"资金拥有阶层"与"土地拥有阶层"的对立中为人所知，我已提及此点。在安妮女王(Queen Anne)短暂统治时期之内，托利党(Tory)的上升似乎向保守意识允诺一个强大的管理途径。但特别是1715年詹姆斯二世党人起义(the Jacobite Rising)之后，土地拥有阶层越发与地位更低或"边远地区"绅士阶层主体等同起来，其保守的反资本主义使他们陷入一个与被称为"托利激进主义"的城市贫民联系中。这个联系颇有矛盾之处，但大多数情况下又无能为力。⑥ 甚至在他们短暂执政时期，

---

⑥ Jonathan Swift, *Examiner*, no. 40 (May 10, 1711), 见《乔纳森·斯威夫特散文作品集》，第3卷, Herbert Davis, Oxford: Blackwell, 1940, 第150—151页；亦可参阅同作者，"贵族阶层中的愚蠢教育方式"，同前, 第48页；Davenant,《论在贸易平衡中让人民获益的可能方法》, II, 第367—368页。

⑥ 参阅 Christopher Hill,《革命的世纪》(*The Century of Revolution, 1603-1714*), New York: Norton, 1966, 第280—285页；同作者,《从宗教改革到工业革命》, 第196、213—214、267页；Isaac Kramnick,《博林布罗克及其朋友圈》(*Bolingbroke and His Circle: The Politics of Nostalgia in the Age of Walpole*), Cambridge: （转下页）

托利党人为贵族价值观所做的辩护明显受到如此事实的损害,即他们自身不可避免地参与到对贵族意识日益祛魅的过程中。

然而,尽管保守意识未能在18世纪初获得有效的政治基础,其文化影响力仍然深远且广泛。正是在这个层面上,进步与保守意识之间的对立最为重要。进步与保守意识的辩证对立成为将纯粹流动性组入概要模型的方法(其功能不是解决冲突,而是使之得以理解),并如天真经验主义与极端怀疑论之间的关系一样,随着时间的推移从类别动荡的最初无序中逐渐成型。进步与保守意识在它们与贵族意识的普通对立中相联,并获得作为对地位不一致当前危机,即其成因及可能治疗法相反阐释的对立一致。它们理性化的冲突起到横跨地位与阶级导向之间深渊的作用,直到根据阶级标准,地位组建已进展到足够为现今时代提供一个新的、相对稳定的群体身份标准。在完成这个文化革命过程中,小说的起源扮演了核心角色。

九　理解地位不一致

爱德华·沃克爵士在回顾斯图亚特早期荣誉膨胀的破坏性后果时评论道,"每个人对自己如此偏心,以至于得出自己被忽略的结论。他会认为其他人在功绩、家世方面与自己等同或低于自己,但比自己获得更多资产或荣誉。所以,某人的进益就是他人的失意。"几乎是一个世纪以后,博林布罗克伯爵(the Earl of Bolingbroke)也将同样的原则运用于金钱差异:"存在着想象的与真实的贫穷。之前认为自己富裕的人可能开始认为自己变穷了,当他把自己的财富及能够支付的开销与那些一直敬重自己的人,可能公允地说在各方面都远远逊色于自己的人相比……因此相反的事物可能联合起来取得效果,贫穷与财富的结合促进了腐败的方式与进展。"那些适应了

(接上页注㉑) Harvard University Press, 1968,第171—172页。亦可参阅 Thompson,"18世纪英国社会:没有阶级的阶级斗争?",第144页。

次子困境的人知道与其他人的比较并不只是这种不满的唯一来源；不满也可能因个人财富经年多变而起。因此，威廉·斯普里格批评"该政策的短视，把晋升剔除……然而，从不淡化使人们有期许的资格，使人们的雄心有得以唤起的方式……知识使人们骄傲，且各自为政，特别是当他们关注的个人财富、职业与自己伟大出身及所受优质教育不一致时。"一位倡导次子事业的同胞仅仅说道，"丰足之时从未感到更加快乐，随后便坠入贫匮境地。"大卫·休谟（David Hume）对这些洞见进行概述："这个世界上的每件事情都是通过对比加以评断。对某位绅士个人而言的巨大财富在君王那里便是一贫如洗。一位农夫在某位绅士认为无法满足日常所需的财富面前感到自己幸福无比。当某人要么习惯了更炫耀的生活方式，要么认为自己有权利根据自己的出身与品性而获得如是生活时，低于此下的每件事情都是不合意的，甚至是令人羞愧的。"[62]

这些各处可见的评论验证了当时人们对现代社会心理及参照群体理论（the reference-group theory）所称的"相对短绌"（relative deprivation）状态的敏感性。如沃尔特·G·朗西曼（Walter G. Runciman）所言，这个理论的本质就是"人们的态度、志向及委屈大部分取决于将其构想于内的参考框架"这个自明之理。正是通过这种标准及价值观的内在化，个人与群体的认同才得以发生，但个人可能使自己求助于群体态度的范围不可能精确对应群体，除了以简单化的假说之外。用表面及更客观的术语来说，个人是这个群体的"成员"。借助这种理解，"社会稳定性"必须总是引发类别"不稳定"的动态状态。或更准确地说，这是我们用在某些场境的术语，其间，多

---

[62] Walker,《对不便的观察》，见《历史话语》，第 305 页；Henry St. John,《论党派》（*A Dissertation Upon Parties*）（1733—1734），见《博林布罗克勋爵作品集》（*The Works of Lord Bolingbroke*），Philadelphia: Carey and Hart, 1841, II, 第 165 页；Sprigge,《为反君主制的平等共和国所提的得当请求》，第 61 页；Champianus Northtonus,《次子的倡导者》（*The Younger Brother's Advocate*）（1655），第 4 页；David Hume,《人性论》（*A Treatise of Human Nature*）（1739–1740），第 2 版，L. A. Selby-Bigge 与 P. H. Nidditch 编辑，Oxford: Clarendon Press, 1978, II, i, 第 323 页。

重及竞争的群体参照的永恒张力以这种方式得到维持,以此阻止,而非改变。但改变是以这种方式,而不是作为更大、更平衡整体组成部分的方式自我展示。"相对短绌"试图阐释某人的思想状态,对他而言,在参照群体等同创设的当前经验与期待之间存在差异。如罗伯特·K·默顿(Robert K. Merton)与爱丽丝·S·罗西(Alice S. Rossi)评论所言,此处重要的单词是"相对"。这不是简单的客观缺失,而是期待与(被主观理解的)客观条件之间的关系,这产生了短绌之感。所以,"相对回报"对参照群体理论来说同样重要。[63]

特别是当人们鼓励用它不仅关注涉及他者的多重参照的基本比较因素,而且关注长久比较所需的复杂性时,参照群体理论在社会变革研究中需要一个类似文学文类辩证理论运用之物。在决定当时什么可以作为一个固定的秩序而得以延续时,两者都欣赏主观评估的力量。当这种决定性主观力量意识已动摇文学与社会秩序时,两者都可能偶尔演变。参照群体理论在解释人类行为时将驾驭客观条件的决定性优先权归因于心理动机,尽管它因此而遭到批判,这种动机可能反过来被证明拥有决定性的物质前提。也就是说,该理论坚持因果关系的辩证性质,坚持关注主体性调停类别客观性的特别方式之有效

---

[63] Walter G. Runciman,《相对短绌与社会正义》(*Relative Deprivation and Social Justice: A Study of Attitudes to Social Inequality in Twentieth-Century England*), Berkeley and Los Angeles: University of California Press, 1966, 第 9 页(也参阅第 10—11 页); Robert K. Merton,《社会理论与社会结构》(*Social Theory and Social Structure*), 修订版, Glencoe, Ill.: Free Press, 1957, 第 235、240—241 页, 在第 8 章与爱丽丝·罗斯(Alice Rossi)合作。也参阅 John Urry,《参照群体及革命理论》(*Reference Groups and the Theory of Revolution*), London: Routledge and Kegan Paul, 1973, 第 13、17 页。关于文学更有用的讨论,参阅 Stone,《英国革命的起因》,第 1 章。比较彼得·拉斯勒特(Peter Laslett)的奇怪推测"自耕农、农夫、贫民、手艺人,甚至绅士在前工业世界里都不可能用这样的方式改变自己的参照群体,以对被称之为相对短绌的事宜有所感知。"(《对我们已失落的世界的进一步探索》,第 215 页。)

性,而不是物质及结构起因的无效性。㉔

  在我已引用的关于相对短绌的当时阐述中,存在极大不同的态度,既有休谟愉快指出的不可调和,也有斯普里格痛苦的抱怨。然而,对所有人来说,如此发现的体验是件普通的事情:洞见是祛魅之子,是在牺牲对个人身份,期待与成就,权力、财富与社会等级等一致性默认信念过程中诞生的。地位不一致的经验在心理层面与社会层面都具有颠覆性,参照群体理论因此似乎对革命理论特别重要。参照群体理论取代了关于这个群体兴起、那个群体衰败的假说,暗示社会类别的流动性及不确定性是革命行为的重要前提。在地位不一致的社会条件下,革命得以发生,革命者是把这些条件已几乎全部内化为心理状态的人。但参照群体理论对主观因素的敏感性也论证了"革命行为"向文化活动不同范围的延展,其间运用了在任何其他领域之内,作为"非法活动"(可能需要"象征暴力")范式的政治革命,包括文学活动在内。根据这个模型,改借克劳斯威茨(Clausewitz)的著名格言,文学是采用其他方式的政

㉔ 关于批评与回应的样例,参阅 Theda Skocpol,《政权与社会革命》(*States and Social Revolutions: A Comparative Analysis of France, Russia, and China*),Cambridge: Cambridge University Press,1979,第 9、296—297 页,注释 19。Isaac Kramnick,"革命反思"(Reflections on Revolution: Definition and Explanation in Recent Scholarship),见 *History and Theory*,II(1972),第 41—44 页。斯科克普尔(Skocpol)也批评现代马克思主义者,因为他们过于强调革命行为中的阶级意识的重要性,这就带来类似的失败后果。她也引用艾瑞克·霍布斯鲍姆(Eric Hobsbawn),大意是说"在理解过于强调革命中的唯意志论或主观元素的理论时要多加小心"(1975 年 8 月旧金山第 14 届历史学国际大会提交的题为"革命"的论文,第 10 页;引自第 18 页)。但在唯意志论元素与主观元素之间存在重要的区别,前者假设意识将要,甚至可能暗示革命目标与成就之间的适宜,后者则没有这样做,在决定革命行为时,反而将主观并入客观力量,做出如此重要的添加。关于马克思自己对参照群体原则的阐述,参阅《薪资劳动与资本》(*Wage Labour and Capital*)(1849),见 Karl Marx 与 Friedrich Engels,《作品选》(*Selected Works*),Moscow: Foreign Language Publishing House,1962,I,第 94 页。关于文类的辩证理论,参阅导言"文学史中的辩证法"。

治学。⑥

英国小说发轫时期具备的社会意义在于其居中和解（既表现又包容）地位与阶级导向之间革命冲突，及随后地位不一致危机的能力。小说通过使之组建成彼此竞争的阐述冲突的方式给危机的流动性塑形。进步意识将危机状态归因于贵族统治内在的社会不公，其间，对出身高贵之人任意予以奖赏使地位与美德的分裂作为一种传统而体系化。进步意识将通过毁灭宗谱不平等来战胜这场危机，并因此将功绩解放出来，通过获得其相应回报的方式重构地位一致。保守意识也关注贵族不义，但更关注因进步意识及由名不副实之人构成的"新贵族阶层"之兴起而使自己在现代意义层面被取代。这是现代世界真正面临的危机，但如果保守意识对自己否定进步观点过程极为自信，它便不怎么确信地位一致的主导，即进步与贵族两者不义的替代可能从哪个方面得到假定。

进步与保守意识之间的辩证对立包括那些小说成型后开始阐述的"美德问题"。在17世纪，这种对立在政治、宗教与社会经济论争的相互贯穿模式中得以确立，其语言及倾力关注充斥了早期小说自身主要部分。随后一章将致力于这些论争的阐述。我们借用现代研究的后见之明可辨明，在发展中的阶级导向庇护下，在得到完全阐述的资

---

⑥ 关于革命行为延展成文化活动，参阅 Kramnick,"革命反思",第31—32页；Stone,《英国革命的起因》，第14页；Paul Schrecker,"革命，历史哲学中的问题"(Revolution as a Problem in the Philosophy of History),见《规则 8, 革命》(Nomos VIII, Revolution), Carl J. Friedrich 编辑, New York: Atherton, 1966, 第34—53页；Perez Zagorin, "近代早期欧洲革命比较史序言"(Prolegomena to the Comparative History of Revolution in Early Modern Europe), 见 Comparative Studies in Society and History, 18 (1976), 第166—167、173—174页。克拉姆尼克(Kramnick)与扎戈林(Zagorin)都举例论证"革命"延展至"知识生产"领域，并产生相关影响。"知识生产"是由托马斯·S·昆(Thomas S. Kuhn)在《科学革命的结构》(The Structure of Scientific Revolutions, 第2版, Chicago: University of Chicago Press, 1970)中提出。施雷克(Schrecker)用文学或艺术文体讨论了"革命"。拉斯勒特(Laslett)(《对我们已失落的世界的进一步探索》，第8章)只是草率地反对将17世纪英国视为"革命"的国度。

本主义意识中,信仰内在若干股线将很快汇聚。对 17 世纪英国人来说,列举这些多样信仰共有的元素必然更困难。但"改革"理念可能如其他理念一样是个好的候选。运用该术语最广泛的词义,我将论证近代早期改革运动对资本主义意识进行调停,这是在资本主义意识以本研究日益为读者熟知方式达到成熟状态之前。也就是说,它们动摇社会类别的倾向久而久之出现,并经常从更明显的倾向中公正对待对立面,强化社会分层的传统界限。

　　这种矛盾动因总在中产阶级及其意识的历史之中,在将两种对立倾向结合的过程中得以辨别:在贵族阶层内,模仿,并被吸纳;批判、取代贵族阶层及地位导向自身。的确,可能是中产阶级意识的同化论及替代论特征界定了其本身性质。然而,中产阶级意识在有限社会阶级内并没有被具体化,而是缓慢地充斥了主导地位群体的不同部分,并通过自身处于关键突变过程中的信仰脉络获得其最初表述。改革行为的矛盾动因(我已将其描述成"反转"的机制)也唤起世俗化的双重性,而这吸引了我对真实问题的关注。与在所有至少看似前所未有的领域中的易变程度对应,近代早期的英国人运用的确前所未有的务实,且具开创性的聪慧开始对自己的世界进行改革,使之回归原有秩序。对那些质疑此番努力的人来说,必然要问的问题足够明确:"谁曾见过如此之多心怀不满的人? 如此多的人厌倦自己的身份,如此少的人满意自己的职业,如此多的人渴望、贪恋变革与新颖? 谁曾听过如此之多的改革者,确切地说资产及共同利益的颠覆者?"然而,正是在改革与颠覆之间充满希望的空间中,资本主义意识孕育而生。⑥

---

⑥　Aegremont Ratcliffe 译,《政治话语》(*Politique Discourses*)(1578),标记 A3^b,引自 Kelso,《16 世纪英国绅士教义》,第 32 页。

第五章　专制主义与资本主义意识：改革的易变

界定"封建主义"向"资本主义"转型时众所周知的困难反映了这些表现社会、经济、政治权力不同分配模式之术语的多变。争议的一端由克里斯多弗·希尔(Christopher Hill)巧妙且富有启发的论断为例证：政府、农业关系、海外贸易及对外政策、国内贸易、工业、金融及政府借贷中的"中世纪目的"可被置于17世纪立法法案的重要延续之中。这些法案中最具象征性的共鸣是1646年封建土地保有权(feudal tenure)及王室监护法庭(the Court of Wards)的废止：此后，所有权绝对化，不再是封建效忠及服务的条件，大土地主们能够管理、利用、合并，以"提升"自己的资产而无需对国王负有契约之责。争议的另一端是艾伦·麦克法兰(Alan Macfarlane)近期提出的观点，即因为个人所有权至少从13世纪起就已在英格兰绝对化了，英国"封建主义"是一个幻觉；通过使17世纪英国学者历史化的方式"发现"封建主义，这等于一个把普通律师正确视为未曾中断的延续之物进行错误时代划分的过程。①

---

① 参阅 Christopher Hill,《从宗教改革到工业革命》(*Reformation to Industrial Revolution, 1530—1780*),鹈鹕英国经济史,第2卷, Harmondsworth: Penguin, 1971,第135、146—148、155、169、180、184页；参阅 Alan Macfarlane,《英国个人主义的起源》(*The Origins of English Individualism: The Family, Property, and Social Transition*), New York: Cambridge University Press, 1979,第184、203页。关于封建主义的发现,参阅本书第1章,注释57—61。

在由这些对立论点围囿的领域中,历史学家们已倾向于就"封建主义"向"资本主义"的长期转型现实及特殊词汇需求达成一致,借助这个特殊词汇阐释似乎从无误的封建形式立即取得自身的推动力,并达到非常不同的体制目的的中世纪末期事宜。例如,"财政封建主义"(fiscal feudalism)是一个被创选出来描述都铎及斯图亚特王朝早期政策的术语。该政策寻求将监护、供应、造船费、荣誉的创立这些封建事件从服务关系转型为增加本国君主收入的技术。这种史学策略类型的另一个样例就是"私生子封建主义"(bastard feudalism)的理念,它松散地描述了15世纪常见的基于自由协商合同,而非土地保有权或个人关系基础之上的政治—军事扈从契约体系。历史学们可能对"私生子"是否就是表示这种历史杂糅的恰当术语没有达成共识,这暗示它可能从更早封建习俗"退化"而来,而非"改进"产物,但对某些此类辑合名称的需要一般得到认可。可以说,这种需要并没有只从"封建主义向资本主义转型"的更早目的中得到满足。因此,马克斯·韦伯把近代早期政权的重商主义经济政策称为"非理性资本主义",以将它们的政权导向与"理性资本主义"完全不同的、以市场为导向的企业家拓展精神区分。②

---

② 关于财政封建主义,参阅 Joel Hurstfield,"都铎早期英国封建主义的复兴"(The Revival of Feudalism in Early Tudor England),见 *History*, n. s., 37(1952),第 131—145 页;同作者,"财政封建主义的利润"(The Profits of Fiscal Feudalism, 1541-1602),见 *Economic History Review*,第 2 系列,8(1955—1956),第 53 页;Christopher Hill,《革命的世纪》(*The Century of Revolution, 1603-1714*), New York: Norton, 1966,第 49—50、55 页;亦可参阅 Peter Roebuck,"复辟之后的土地所有权"(Post-Restoration Landownership: The Impact of the Abolition of Wardship),见 *Journal of British Studies*, 18 (Fall, 1978),第 67—85 页。关于私生子封建主义,参阅 W. H. Dunham,"哈斯丁勋爵的契约扈从"(Lord Hasting's Indentured Retainers, 1461-1483: The Lawfulness of Livery and Retaining under the Yorkists and Tudors),见 *Transactions of the Connecticut Academy of Arts and Sciences*, 39(1957),第 7 页;Helen Cam,"英国封建主义的衰落"(The Decline and Fall of English Feudalism),见 *History*, 25(1940),第 223—226、232 页;K. B. MacFarlane,"私生子封建主义"(Bastard Feudalism),见 *Bull. Inst. Hist. Rsch.*, 20(1943-1945),第 161—180 页;同作者,"国会与私生子封建主义"(Parliament and Bastard Feudalism),见 *Trans. Roy. Hist. Soc.*,第 4 系列,26(1944),第 53—79 页;J. H. Hexter,"绅士阶层的风暴"(Storm over the Gentry), (转下页)

绝大多数情况下,"专制主义"这个类别已被视为横亘在"晚期资本主义"与"早期资本主义"间隔之上的桥梁,影射某些相关历史行动。在当时用法中,"专制君主"是其权力不受外界力量,即教皇或皇帝束缚的君主。在现代用法中,"专制主义"更可能最初暗示将君主从国内衮衮诸公的约束中解放出来。本术语的每一层意思都强化了其指明的此时期普遍观点,现代民族国家的奠基始于此时。但专制政权的成型并不只是以牺牲贵族影响力为代价来扩展君主权力的事宜。在这种政权的框架内,君主与贵族之间的封建关系转型为王室与贵族,国家最高首脑及其忠实臣仆之间的官僚及行政关系。因此,尽管有些历史学家会否认英国处于专制主义阶段,因为它缺乏一位专制君主,与欧洲大陆等级制度相关的英国国会早期力量也被引用,成为具有专制政权集中化权力特点的贵族与绅士阶层全面参与的样例。③

权力共享中存在经济及政治层面的创新。贵族为绝对个人财产所做的进步巩固有助于平衡其军事权威及封建制度独有领地管辖权的衰败。丹尼尔·笛福承认王权与土地资产两种"专制主义"之间的联系,他这样解释:自废除封建土地保有权以来,英国绅士阶层"通过限定继承权而绝对地"拥有、继承"自己的土地……所有骑士的效忠与隶属都被废除了,他们绝对拥有自己的领地与自由保有地产,如君主

(接上页注②)见《历史再评价》(Reappraisals in History: New Views on History and Society in Early Modern Europe),第 2 版,Chicago:University of Chicago Press,[1961] 1979,第 144—148 页;V. J. Scattergood,《15 世纪的政治与诗歌》(Politics and Poetry in the Fifteenth Century),New York:Barnes and Noble,1972,第 308 页。关于非理性资本主义,参阅 Max Weber,《经济通史》(General Economic History),Frank H. Knight 译,London:Allen and Unwin,1927,第 350 页;亦可参阅同作者,《新教伦理与资本主义精神》(The Protestant Ethic and the Spirit of Capitalism),Talcott Parsons 译,New York:Charles Scribner's [1904-1905] 1958,第 152 页;A. D. Lublinskaya,《法国专制主义》(French Absolutism: The Crucial Phase, 1620-1629),Brian Pearce 译,Cambridge:Cambridge University Press,1968,第 7—8 页。

③ 参阅相关讨论,见 Brian Manning,"贵族、人民与宪法"(The Nobles, the People, and the Constitution),见《欧洲的危机》(Crisis in Europe, 1560-1660),Trevor Aston 编辑,New York:Anchor Books,1967,第 261—271 页;Perry Anderson,《专制政权的血统》(Lineages of the Absolutist State),London:New Left Books,1974,第 18、429 页。

之于自己的王冠一样"。赋予专制主义活力,并在王室意愿与贵族特权之间的张力中得到表述的动态张力是溶解封建社会关系强加限制的动因,同时保留封建等级制度的固有约束力。这个动因无法实现。如 J.H.赫克斯特(J. H. Hexter)评论所言,"专制主义理论将等级制度理念从事情本质语境中拽出,并使之成为君主意愿的事宜"。这种专制主义改革的授权法催生了随后法案,并赋予了它们发展的动力,从而既使之延展,又将其颠覆。此举显现于都铎末期王室主权的专制主义学说的盛行及其在随后一个世纪得以传播、运用的过程之中。因为从此宽广的观点来看,如此学说的出现并不被视为专制君主权威全面获胜的标记,而是一个过程开始的标记,其间,自信运用王权成为更普遍的模型,不同的人类努力借此旨在把社会改造成理想替代物。因此,此举也为进步意识的发展提供了最初视角。④

一 专制化的专制君主

专制主义理论的野心就是赋予君主一种来在外界的权威,一种自生自长的幻觉氛围。诸如君权神授及政治义务的父权理论等专制主义学说使君主权力得自某个高贵起源,借此提升他的意愿,并用这种方法强调当前权威现实,而不强调该起源事实暗示的,附庸另一权力时的互惠现实。尽管它们最终植根于早期基督教与旧约文化的土壤,这些学说的特定阐述得益于都铎末期及斯图亚特早期统治的重要情境。也大致在此时期,国家机密的概念从其对教会机密得以确立的传统衍生从属中解放出来,并开始滋养"被神化的"政权这个专制主义概念。本概念复杂来源说明其赋予政治超凡权力时的微妙。如恩斯特·H·坎托罗维奇(Ernst H. Kantorowicz)已阐述的那样,"基督教教

---

④ Daniel Defoe,《英国绅士大全》(*The Compleat English Gentleman*)(1728-1729),Karl D. Bülbring 编辑, London: David Nutt, 1890,第 62—63 页;J. H. Hexter, "都铎时期英国中产阶级神话"(The Myth of the Middle Class in Tudor England),见《历史再评价》,第 114 页。亦可参阅 Anderson,《专制政权的血统》,第 429—430 页。

义将城邦的政治概念转移到另一个世界,并同时将其扩展为'天国之城'(regnum coelorum),借此不仅忠实地留存了古代世界的政治理念,而且当世俗世界开始恢复其原有特定价值观时,一如既往地为时代准备新理念"。⑤

专制主义学说的效用及危险在斯图亚特王朝统治时期关于国王两个身体之虚构的论述中清晰可见。这个虚构将国王的"自然"身体(如所有臣民的身体一样脆弱,也会腐朽与死亡)与王权永恒的"政治"身体如此区分,标示国王与所有其他人的截然不同,以此为都铎专制主义大业服务。从某种意义上来说,虚构提供了贵族"荣誉"双重性的共同阐释,因为延续继承的"政治"原则是理解并确认"自然"人内在美德的宗谱地位的外在语域。两个身体之间的理论区别通过有效地将政治权威整合进我们所见的自然人来论证它们真实的不可分割性。1642年之前,君主与臣民之间的敌意已达到无法回转的地步。然而,国会远非否定关于国王两个身体的虚构,而是用它为如此主张正名:如彼得·黑林(Peter Heyln)所言,它可能"在不伤及国王本人的情况下毁掉查理·斯图亚特"。通过这种反转,国会实际上认为王权的核心"美德"居于延续继承的超自然能力之内。所赋予查理自然身体上的地位可能被撤销,因为它现在被视为与国王自身功绩并不一致。1642年5月26日,上下两院坚称:"叛国并不是个人反对国王,而是与这个王国有关系的国王本人,他辜负了托付于他整个王国的这份信任,此谓叛国。"一天之后,他们宣布他们在国会采取的行动"具备王

---

⑤ Ernst H. Kantorowicz,《国王的两个身体》(*The King's Two Bodies: A Study in Medieval Political Theology*),Princeton:Princeton University Press,1957,第235页。参阅G. R. Elton,"导言",见John N. Figgis,《君权神授》(*The Divine Right of Kings*),New York:Harper Torchbooks,[1896] 1965;Gordon J. Schochet,《政治思想中的父权主义》(*Patriarchalism in Political Thought: The Authoritarian Family and Political Speculation and Attitudes Especially in Seventeenth-Century England*),New York:Basic Books,1975,第54—55、86页;Ernst H. Kantorowicz,"政权之谜"(Mysteries of State:An Absolutist Concept and Its Late Medieval Origins),见《研究选》(*Selected Studies*),Locust Valley, N. Y.:J. J. Augustin,1965,第381—398页(参阅同作者,《国王的两个身体》,第93页;第4章,第3节;第5章,第1、2节。

室权威,尽管国王陛下……他本人反对或扰乱这个王室权威。"通过将国王获得绝对权力过程理性化,专制主义学说也就有了同样极为重要的绝对权力理性化获取途径。国会对绝对"王室权威"的运用只是延展了从国王假借绝对"政治"权威过程中汲取的教训。所以,最终王室意愿的专制论断为国王的臣民提供了一个粗略但有效的模型,为本时期最非凡的"改革",即处决国王正名。如安东尼·阿谢姆(Anthony Ascham)评论所言,"那些为使自己摆脱专制权力而奋斗的人当时不得不把最专制的方式施加在自己身上"。⑥

当然,必须将这种令人瞩目且明显创新的反转置于语境之中。几十年以来,王室特权的支持者们一直通过"古代宪法"及国会恒久存在的普通法论点详述自己对"政治身体"的看法。1642年取得的突破无疑受益于这些发展,而我们对17世纪历史革命更早的研究则阐明,作为恒久延续的历史继承的普通法典范并不是标示推崇古代的顶点,而是近似其消亡的事宜。专制的、自辩的权威概念取得的真正突破在历史继承标准自身被置于一边时才会发生:如克里斯多弗·希尔评论所言,17世纪40年代这些激烈争议暂时改变了对"在追求权利过程中恢复以往存在的权利,因为它们应该存在"的关注。⑦

1642年,查理一世本人不合时宜地为自己的敌人提供了一个不怎

---

⑥ Peter Heylyn,《长老会历史》(*Aerius redivivus; or, The History of the Presbyterians*),Oxford:1670,第447页;引自Corinne C. Weston 与Janelle R. Greenbrg,《臣民与君主》(*Subjects and Sovereigns: The Grand Controversy over Legal Sovereignty in Stuart England*),Cambridge:Cambridge University Press,1981,第47页;《两院的告诫》(*Remonstrance of both Houses*),引自J. P. Kenyon 编辑,《斯图亚特宪法》(*The Stuart Constitution, 1603-1688: Documents and Commentary*),Cambridge:Cambridge University Press,1966,第243页;《勋爵与平民的宣告》(*Declaration of the Lords and Commons*),引自Kantorowicz,《国王的两个身体》,第21页;Anthony Ascham,《论政府的混乱与革命》(*Of the Confusions and Revolutions of Governments*)(1649),第4页。

⑦ Christopher Hill,"诺曼的枷锁"(The Norman Yoke),见《清教与革命》(*Puritanism and Revolution: Studies in Interpretation of the English Revolution of the Seventeenth Century*),London:Panther,1968,第81页。关于普通法论点及其在历史革命中的位置,参阅本书第1章,注释58—61。关于它在尝试阐述主权的非君主理论时扮演的角色,参阅Hill,《革命的世纪》,第53—55、60—68页。

么激进的主权模型,但此举作为由国王、贵族与平民三方立法的协调法案将颠覆他自己的专制野心。然而,也是在那次致辞中,他也以极雄辩的口才承认专制主义自身的问题,即不可阻挡的逻辑,借此"所有伟大变革……几乎无误地产生更伟大的变革"。专制权力的授权自身很快呈现退化的势头。为防范权力尽失这个噩梦般的预见,国王为受王室继承拥护的宗谱传统设定通常被专制主义论点弱化的永恒敬崇。查理一世警告,如果下院放弃它所寻求的权力,

> 无疑,如此新的权力会让那些并非生而有此权力之人陶醉不已,不仅滋生因为他们彼此平等而产生的分裂,而且当他们成为与我们同等的人时,他们会有鄙视之心……直至……最后平民……发现国家机密,即所有这些都由他们来做,但不是为他们。他们厌倦了这种雇佣工作,为自己创设所称的平等与独立自由,吞噬已吞噬过其他人的资产,毁掉所有权利与财产及所有家庭与功勋差别。通过这种方式,卓越优异的政府形式在幽暗、平等的无序混乱中结束,我们诸多贵族祖先的悠久血脉就要在杰克·凯德(Jack Cade)、瓦特·泰勒(Wat Tyler)之流的手中终结。⑧

国王的部分忧虑非常毫无根据,例如对经济平等化及财产权毁灭的担心。国会对封建土地保有权的废止只是小心地限于更大的土地主,在"帕特尼之辩"(the Putney Debates)后,那些对终止社会改革工作有共同物质兴趣之人同仇敌忾地反对那些"厌倦了这种雇佣工作",并打算"为自己创设"之人。但如果希尔所称的"革命之内的反抗"未能成形,它至少被革命时期的激进思想家们完全概念化。如果私人财产的绝对所有权与继承性在此时期得到强化,而对剥夺贵族继承权

---

⑧ Charles I,"对19条建议的答复"(Answer to the Nineteen Propositions),1642年6月18日,见Kenyon,《斯图亚特宪法》,第22—23页。关于协调权力的原则,参阅Weston与Greenberg,《臣民与君主》,第34—49页,第3、4章。

(如我们已看到的那样)的信念则没有。查理一世之死及如何让民众效忠共和国的问题如此根本性地挑战了政治权威与宗谱继承之间根深蒂固的联系,以至于激发了事关血统、政治权利与时效权力之间日益脆弱关系的激烈辩论,即1649—1650年的契约争议(the Engagement Controversy)。1649年君主制的废除伴随着下院的废除,如此清除之举印证了查理一世对毁掉"家庭差别"的恐惧,这与17世纪40—50年代文字叙述或口述的反贵族情绪几乎同样明确。1660年斯图亚特王朝复辟时,查理二世将自己的统治时期以其父统治结束为开始,乐观地将未中断继承的合法化原则重新用于王权上。但在他死后,对"光荣革命"进行合理化阐述的术语已准确无误地说明了关于世袭权威虚构的可消耗性。⑨

为废黜詹姆斯·斯图亚特(James Stuart),迎汉诺威家族成员(the Hanoverians)即位进行合法化阐述的当务之急就是迫使当时绝大多数英国主流民众无视宗谱继承权,即英国王权理论中的明确条款,尽管这些法案颁布后,王室继承顺序完全被打乱。然而,这个转变借助特殊花招,在君权神授及国王的两个身体专制主义精神之内得以实现。因为英国国教神职人员能够(至少出于自己的满意)用"上帝的神圣权利"替代"专制的君权神授",如今这可能被认为是主宰所有君主继承王位的方式。用圣保罗教堂教长威廉·夏洛克(William Sherlock)多少有争议的话来说:"这仍是天意,我渴望知道为什么这种限嗣继承的天意比任何其他天意行为更具神圣性与约束力?难道这使王位成为转让的资产吗?"对爱德华·斯蒂林弗利特(Edward Stillingfleet)来说,将要做一个真实,但不重要的区别:"根据法律,国王因直系血统而成

---

⑨ 参阅 Christopher Hill,《颠倒的世界》(*The World Turned Upside Down: Radical Ideas during the English Revolution*),New York: Viking, 1972,第11—13页;同作者,《革命的世纪》,第130—133页。关于契约争议,参阅 John M. Wallace,《命运,他的选择》(*Destiny His Choice: The Loyalism of Andrew Marvell*),Cambridge: Cambridge University Press, 1968,第43—68页。关于反贵族情绪,参阅 Hill,《颠倒的世界》,Brian Manning,《英国人民与英国革命》(*The English People and the English Revolution, 1640-1649*),New York: Holmes and Meier, 1976,第254—261页。

为下一个继承人,其权利属于王国各等级之人,并得到他们的认可。事实的国王是获得国民的同意,而非凭借直接继承权利即位。"斯蒂林弗利特相信重要的问题是"在天意非凡之举及国民的一致赞同而使主权权利得到确立的国度,效忠是否得当"。1701 年《王位继承法》(the Act of Settlement)宣布罗马天主教徒"不能继承……王位及担任本国政府职务",并将有利于汉诺威家族的 57 位备选继承人排除在外,借以正式通告废止直接继承权。⑩

现在,继承权的明确替代可能似乎在于个人功绩,某些对此次辩论做出贡献之人事实上的确设法从进步意识方面解决汉诺威家族继承问题。一位牧师写道,选择奥兰治的威廉(William of Orange)顺从大多数人的意愿,并完全取决于"他将王国从罗马天主教与奴隶制中拯救出来的个人功绩……因此,尽管对王室血脉而言,他完全是陌生人,事情也仍然会以相同的方式发生"。当然,大多数评论者感到有必要为威廉的继位提供更妥帖的基本理论。但在这两个观点之间的差距不管怎样都不会太大,如果就王权理论公共规模而言,与在上升流动众人中同化主义与替代主义态度之间不同进行比较的话。至少,如今正是民众赞同及转让的资产(settled possession)的实用成就授予了荣誉,决定了地位,并允许我们推导出神圣权利。与宗谱继承同步的先验验证已被当前成功继承某个权威地位的事实取代。这种反转未能唤起在真实问题辩论中采用的类似措辞。例如,用历史真实性主张

---

⑩ William Sherlock,《王权效忠之例》(*The Case of the Alliegance due to Sovereign Powers*)(1691);Edward Stillingfleet,《论新政教分离的非理性》(*A Discourse Concerning the Unreasonableness of a New Separation*)(1689),第 32 页;同作者,"对艾什顿先生所发文章的应答"(An Answer to the Paper delivered by Mr. Ashton),见《威廉三世治下政治册子合集》(*A Collection of State Tracts for the Reign of William III*)(1705—1711),II,第 106 页;上述文字皆引自 Gerald M. Straka,《英国国教对 1688 年革命的反应》(*Anglican Reaction to the Revolution of 1688*),威斯康辛州历史学会,Madison:University of Wisconsin Press,1962,第 71、55、33 页。关于《王位继承法》,参阅 E. Neville Williams 编辑,《18 世纪宪法》(*The Eighteenth-Century Constitution, 1688–1815: Documents and Commentary*),Cambridge:Cambridge University Press,1960,第 56 页;参阅相关讨论,见 Straka,《英国国教对 1688 年革命的反应》,第 105 页。

的经验主义证明替代被发现手稿传统主题,或用天意教义将上帝与人类两者创造力调和。在当前语境中,最令人瞩目的是在整个世纪中,当时的人们已经学会运用王权的专制语言为王室血统的间断及人为割裂正名的方法。君主驾驭等级制度的绝对权力已与其自身权威分离,甚至能被用来重组君主的等级制。政权存在的理由不在君主身上,而在蓬勃的实体,即政权本身,因此也就在其忠诚的臣仆身上。⑪

二 刀剑与长袍

文艺复兴时期的人文主义着手改革已被接受的贵族教育模型,以此促进效忠君主与政权的伟大目的。在某种程度上,这个方案只是将中世纪末期骑士效忠典范延展到基督教团体,及在王朝层面被构想成世袭君主政权。但至少在英国,这取决于政治民族主义及公众服务固有特点的发展。当贵族的封建功能衰败时,贵族对政权效忠典范的增加既承认了王室专制主义的统治权,又通过强调贵族持续政治重要性为此申辩。关于绅士教育的文艺复兴作品假设贵族效忠更多的是公民责任,而非得益于地位的特权。如果有必要的话,这种公民责任可由出身并不高贵,但取得卓越成就的新贵来肩负。但在这些作品中,如果坚持"真正高贵"的理念是在寻求训诫那些骄傲地仰赖出身而忽略自身价值的贵族的话,它也旨在他们中间传播关于文雅与荣誉的新

---

⑪ 《论继承权》(*A Discourse on Hereditary Right, Written in the year 1712, By a Celebrated Clergyman*),第 8 页,引自 Margaret Steele,"反詹姆斯二世小册子的撰写"(Anti-Jacobite Pamphleteering, 1701–1720),见 *Scottish Historical Review*,60,no. 2(Oct., 1981),第 146 页。关于同化与替代,参阅本书第 4 章,注释 46、66。关于被发现手稿传统主题及历史真实性主张,参阅本书第 1 章,注释 102—106。关于天意教义,参阅本书第 3 章,注释 75—80。在某些方面,较之于土地资本私人规模,关于土地授予制与剥夺继承法律方面的革命在王权公共规模方面更激进:通过严格的土地授予制举措,次子不能取代作为资产唯一继承人的长子,即便后者是罗马天主教徒。参阅 Barbara English 与 John Saville,《严格的土地授予制》(*Strict Settlement: A Guide for Historians*),Hull:University of Hull Press,1983,第 24 页。

公民概念,这将构成宗谱贵族阶层的提升,而非替代。⑫

然而,公众服务也是文艺复兴专制政权富有争议的典范,因为在仍受多重制度及封建主义思潮束缚限制的文化背景下,人们感到它挑战了封建效忠的典范。的确,英国贵族阶层与主要军事功能的脱离比欧洲别的地方更早发生。劳伦斯·斯通所称的"王室对暴力的垄断"构成现代集权政权的特点,并在都铎时期被确立下来:大批武装扈从卫队被裁减,贵族对领地帝国的管辖权被摧毁;在国家法庭担任职务并行使职责更多地成为贵族活动。甚至在此时期,从某种意义上说,获得贵族荣誉的过程已"国有化"了,并在王室荣誉"源泉"的庇护下被驯化及系统化。但这些改革的幅度加速了对其自身的反应。亚瑟·弗格森(Arthur Ferguson)甚至暗示,对当时的人们来说,文艺复兴时期"骑士文学回潮构成的'重生'比当时也在发生的古典文化'重生'更令人印象深刻"。未来属于人文主义者,而不是属于封建主义者,复兴从如此事实中得到证实:17世纪关于文雅的论文显示出明确的"从文",而非"从武"倾向,前者对绅士来说是最合适的职业。然而,因为社会变革的压力,现在给"从文对峙从武"这个老问题带来新

---

⑫ 参阅 Ruth Kelso,《16世纪英国绅士教义》(*The Doctrine of the English Gentleman in the Sixteenth Century*),伊利诺伊大学语言与文学研究,14, nos. 1—2(Feb.-May. 1929),第29—30、40—41页;Arthur B. Ferguson,《英国骑士制度的小阳春》(*The Indian Summer of English Chivalry*), Durham: Duke University Press, 1960,第76—78、119、127、135、195、204—205 页; Anderson,《专制政权的血统》,第37—39页;J. H. Hexter,"文艺复兴时期贵族阶层的教育"(The Education of the Aristocracy in the Renaissance),见《历史再评价》,第66—67、69—70页;Joel Hurstfield,"英国文艺复兴时期的传统与变革"(Tradition and Change in the English Renaissance),见《伊丽莎白时期英国的自由、腐败与政府》(*Freedom, Corruption, and Government in Elizabethan England*), Cambridge: Harvard University Press, 1973,第216—217 页;J. G. A. Pocock,《马基雅维利时刻》(*The Machiavellian Moment: Florentine Political Thought and the Atlantic Republican Tradition*), Princeton: Princeton University Press, 1975,第338—340 页; Michael Walzer,《圣徒的革命》(*The Revolution of the Saints: A Study in the Origins of Radical Politics*), Cambridge: Harvard University Press, 1965,第237 页;关于这些主题中的某种延展处理,参阅 Arthur B. Ferguson,《善于表达的公民与英国文艺复兴》(*The Articulate Citizen and the English Renaissance*), Durham: Duke University Press, 1965。

的紧迫感,特别在传奇中,强势的、夹杂着意识形态的"从武"倡导也得到了发展。替代游侠骑士或甲胄骑士的普通并带有贬义的术语就是避开效忠君主与贵妇之骑士精神的"地毯骑士"。"老"、"新"贵族分别对应"佩剑贵族"(noblesse d'épée)与"穿袍贵族"(noblesse de robe)当前术语的事实暗示17世纪法国贵族阶层危机受这些特定意识形态力量影响的程度。[13]

"佩剑"与"穿袍"贵族之间的意识形态冲突在近代早期欧洲专制政权中蔓延,并在每个国家有特定的差别。它将此时欧洲贵族阶层正在经历的动荡转型结合进某种文化层面得以理解的分裂中。卡斯蒂利奥内(Castiglione)与马基雅维利(Machiavelli)的著作为我们提供了关于此过程的最透彻阐述,因为尽管它们完全与诸如"从文对峙从武"的重要文化划分协调,但它们最深层次的关切仍是利用专制政权权力自身的动态不确定性。

---

[13] 参阅 Lawrence Stone,《贵族阶层的危机》(*The Crisis of the Aristocracy, 1558-1641*), Oxford: Clarendon Press, 1965,第 5、8 章;参阅 Anderson,《专制政权的血统》,第 32—33、125、127 页;Mervyn James,《英国政治与荣誉概念》(*English Politics and the Concept of Honour, 1485-1642*),见 *Past and Present*, suppl. 3 (1978),第 18—19、22—23 页。Arthur B. Ferguson,《英国骑士制度的小阳春》,第 10 章;参阅 John Huizinga,《中世纪的式微》(*The Waning of the Middle Ages*), Garden City, N. Y.: Anchor Books, [1924] 1954,第 39、72 页:"骑士制度的精髓就是对理想英雄的模仿,正如对古代先哲的模仿是人文主义精髓一样……因此,对绚丽的古代生活的向往是文艺复兴的特点,并在骑士理想中有根基。"关于骑士文学的"回潮",参阅本书第 1 章,注释 68—69。关于"从文"胜过"从武",参阅 Kelso,《16 世纪英国绅士教义》,第 43—49 页;关于"地毯骑士",参阅 Robert Greene,《幻想之牌》(*Carde of Fancie*) (1584),书名页,见《伊丽莎白时期短篇小说》(*Shorter Novels: Elizabethan*), Philip Henderson 编辑, London: J. M. Dent, 1972,第 157 页;Thomas Nashe,《不幸的游客》(*The Unfortunate Traveller*) (1594),同前,第 336 页。关于《希腊的唐弗洛斯》(*Don Flores of Greece*)的小本版,引自 Margaret Spufford,《小本书与愉悦历史》(*Small Books and Pleasant Histories: Popular Fiction and Its Readership in Seventeenth-Century England*), Athens: University of Georgia Press, 1982,第 234 页。亦可参阅本书第 7 章,注释 11。关于两类贵族、地位不一致及资产阶级扮演的成问题的角色,参阅 P. J. Coveney 编辑,《危机中的法国》(*France in Crisis, 1620-1675*), Totawa, N. J.: Rowman and Littlefield, 1977,第 16—20 页与第 4 章。亦可参阅 J. H. M. Salmon, "贵族阶层的风暴"(Storm over the Noblesse),见 *Journal of Modern History*, 53, no. 2 (June, 1981),第 242—257 页。

尽管《廷臣》(The Book of the Courtier)(1528)充满活力的目标是使新穿袍贵族扮演的角色稳定下来,其核心经验就是某种被控制的矛盾。等级从属的稳定、系统关系,即能指从属所指、方式从属目的得以构建,以期允许外在的、已被擢升的权威实验性地顺从某种即刻让人眩晕且感到自由的颠覆冲动。出身是个人价值,或仅是优渥财富的标识?关于完美廷臣是否应该出身高贵的讨论是个恰当的例子。⑭ 另一个讨论是关于廷臣语言及文学造诣的描述。其间,当下是独特的;没有任何规则能与时间、腐化及用法规则那样有力(序言,3—6;I,52—64)。这些历史化意识完全渗入对拉丁文,对通过模仿保存古代及方言经典作品的敬崇之中。如是考虑不可避免地指向《廷臣》的核心问题:完美廷臣是"……纯粹且在于自身",或"在他得到指引的目的方面""善良,且值得称赞吗?"(IV,288)卡斯蒂利奥内违背自己的意愿,对因廷臣的完美而得益的更伟大目的进行界定。的确,他必须通过自己对宫廷侍女的爱为之效忠。但12世纪的爱情艺术传统至此已成为如此复杂、模糊、具有欺骗性的符号学,女士的恩惠如此雅致,难以获得,且具有虐待特点,以至于爱情效忠开始看似一种任性且自相矛盾的谋划(III,267—282)。⑮

据此,该观点得到梳理,奥塔维亚诺·弗雷戈索(Ottaviano Fregoso)阐述最具影响力的论点:"推动或帮助某位君主亲近正确的事情,恫吓他远离错误之事是廷臣职责的真正成果"(IV,290)。然而,君主的无知、堕落、自欺欺人、傲慢与上千个其他恶习使其渴求智识与道德指导,并势必得出如此异议:"君主借助廷臣的指导而变得如此出色,这意味着廷臣必须比君主更优异……为把廷臣置于宫廷侍女之上,并使前者超越后者所能达到的界限,奥塔维亚诺先生已把廷臣置于君主之上了"(IV,327—328)。方式已成为目的:廷臣的完美使自己

---

⑭ Baldesar Castiglione,《廷臣》(The Book of the Courtier),Charles S. Singleton 译,Garden City, N. Y.: Anchor Books, 1959,I,第28—32页。正文中所有括号内引用均源自此版本。

⑮ 关于12世纪宫廷爱情的社会功效,参阅本书第4章,注释16—18。

位列被公认为其效忠对象的两个人物之上。正是在此刻,本博(Bembo)对宫廷爱情所做的长篇新柏拉图式概述介入进来,为该书带来真正的终结。无论基本原理对本结论而言如何表面化,其效果就是重构一个无法被拆解的专制等级制度与效忠体系,因为它是建立在上帝自身权威之上。如果不能仰仗16世纪意大利乌尔比诺(Urbino)真实世界的出身来反映个人价值,那么"外在的美丽是内在善良的真实标记"(IV,342)。廷臣的终极完美被理解为自我超越的完美。然而与比本博不合时宜的宗教迷狂更胜一步的精力对应并不是件困难的事情。本博的迷狂源自他自身作为廷臣的自主形象,同时表述了现在内化于自身形体之中的效忠原则自创力量。

《君主论》(*The Prince*)(1532)的书名从某种意义上说具有欺骗性,因为对马基雅维利而言,世袭制君主样例并不是他属意所在。准确地说,是因为"祖先的惯例"使其社会地位及随之维持相对而言是安全的。⑯ 同样地,基督教公国的规则在该书范围之外,因为它得到"更伟大事业的支持"(XI,41—44)。君权神授及继承规定是专制权力的外源,而马基雅维利剥离等级制度授权,以追求其最深层次的逻辑及作为一个世俗的、以当下为中心的自我授权活动的权力声明与运用,他会用这种方法使专制主义名至实归。因此,《君主论》的支持者们的确对诸如阿加索克利斯(Agathocles)、弗朗西斯科·斯福尔萨(Francesco Sforza)、切萨雷·博尔贾(Cesare Borgia)等"新君主"有不同看法。该书的意向读者包括1642年的英国国会议员,奥利弗·克伦威尔(Oliver Cromwell)及奥兰治的威廉的支持者,即所有那些已放弃自身权力合理化的继承论点之人,如果不是完全出于天意的话。新君主们常常是"那些以个人公民身份发家之人",因此马基雅维利在为新君主出谋划策时,他的确是在辅佐真正的"新人",他们对上升流动的渴望是不寻常的,甚至是放肆的野心勃勃(VII,23—24)。

---

⑯ Niccolò Machiavelli,《君主论》(*The Prince*),见《君主与话语》(*The Prince and the Discourses*),Luigi Ricci 与 E. R. P. Vincent 译,New York:Modern Library,1950,II,第5—6页;正文中所有括号内引用均源自此版本。

此类兴起需要的品性远非捆在宗谱地位这个锚上,根据定义是获得成功的自我生成且可以传递的能力。"美德"(virtù)已经部分地成为一个世俗化术语,一种指明人类意愿与精力的非道德心理类别。但如暴君阿加索克利斯这个负面、两极化案例清楚阐明的那样,马基雅维利认为这个术语非常有用,因为它如"天意"一样也背负了道德指控,在大多数情况下,其默认的效果就是将成功证明为"美德"的回报。从这种规范意义上说,"美德"也如"城邦"一样是重新世俗化的术语,它在旧罗马用语"美德"(virtus)中重现,并暗示独立的、难被腐蚀的、佩戴武器的公民美德。但如果某位类似阿加索克利斯之人迫使我们将"美德"(virtù)分解为"德"与"能力"(VIII,31—32),在正常用语中,前者的品性被暗中纳入作为道德平衡的某类退化但仍重要的器官的后者之中。如弗朗西斯·培根一样,马基雅维利会把"现实"与"未来"区分,并"将唯独属于信心的事情交给信心"。但两人也想利用另一领域的语言,至少为了以我们思考属灵与道德价值的方式暗示某种激进的反转。因此,马基雅维利也预期了自由主义式与曼德维尔式发现,即"私人恶习"可能导致"公众受益",而且"某些看似是美德的事情,如果遵循的话就会导致个人的毁灭,而其他某些看似恶习的事情则会带来某人更大的安全感与福祉"(XV,56—57)。⑰

马基雅维利的"命运"(fortuna)尽管一般而言比自由主义式"天意"更全面世俗化,它也以类似的方式成为古罗马女神的后续者,有时候该术语与"上帝"、"天堂"两词互换使用(XXV,91—94)。⑱ 但因为马基雅维利对君主提出的永恒建议就是,他必须(在某种程度上说这是可行的)学会让自己适应"命运"的易变,这些他者的暗讽使这种适应作为专制主义动力的典范样例,作为纯粹借助人类(甚至普通)力量

---

⑰ 关于培根,参阅本书第 2 章,注释 2。关于马基雅维利及自由主义派,参阅本章注释 42—43、49。
⑱ 参阅《论蒂托·李维最初 10 部作品》(*Discourses on the First Ten Books of Titus Livius*)(1531),Christian E. Detmold 译,见 Machiavelli,《君主与话语》,同前,II,xxix,380—383 页。

而完成的专制权威内在化为人所知。因此,如安德鲁·马维尔(Andrew Marvell)将会辨识,奥利弗·克伦威尔将以身示范那样,有特殊功绩之人借用"传统"的术语,使命运与道德、上帝特选之人与神性的人类内在化之间看似重要差异之事学术化:"当然这是命运的过程,当她希望产生某些伟大结果时,会选择具有如此精神与能力(美德),并能认可摆放在自己面前机会之人作为自己的使用工具"(《谈话集》[Discourses],II,xxix,382)。对文艺复兴的佛罗伦萨人来说,如此人物的伟大模范就是马基雅维利劝诫的、将意大利从野蛮人手中解放出来的"新兴起之人"(XXVI,94—98)。

马基雅维利笔下的专制君主与卡斯蒂利奥内笔下无所不能的廷臣中的部分元素影响了"刀剑"与"长袍"这两个术语的松散文化对立,同时这种对立在英国历史中经历了持续精炼的过程。一般而言,马基雅维利式模型在刀剑心态中强化了日益衰老的武装独立美德,而在长袍心态中强化了自我投机晋升的现代德行,而卡斯蒂利奥的精神则带着可能是军事—骑士或官僚的矛盾,使刀剑与长袍心态熟悉自给自足的仆人。但也必须说,这种对立的英国阐释自身在17世纪处于流动状态,并于世纪末获得暂时的稳定,这已经与任何"旧"、"新"贵族阶层的简单对立相距甚远。

英国革命前夕,"乡村"与"宫廷"利益层面的分裂说明了那些把自己构想为乡村天然统治者之人的抵制,他们抵制的是专制政权官僚体系及权力集中的增长(即任职、官位出售与继承及勃兴的间接课税技术),那些代表宫廷利益之人主要涉入并参与其中。英国革命及其余波强化了这种对立的象征意义,并使之复杂化。一方面,任职的社会性质在王位空位期更加多元。"长袍"效忠不仅为贵族阶层界定了某个更加进步的社会类型,而且也把越来越多地位卑微之人囊括在内。然而,政府职位向有才之人日益开放的可能性甚至多年来在军事效忠的传统"刀剑"领域得到更明确的记录。的确,在保皇派军队等级中,骑士形象一直使个人荣誉和对封建君主效忠的不合时宜模型得以永存,并从对国家君主近似宗教般的崇拜中得出大致轮廓。在战争与长子继承制的作用下,许多既不拥有土地,又不在军中谋职的次子骑士与他们作为乡村天然统治者的权威割裂,已成为社会错位的受害者,已沦落到只是把长辈嘲讽为"穿罩衫的女性绅士阶层"的地步。但扰乱保皇派军队封建设想的社会流动性将成为共和国新模范军的组织原则。⑲

1643 年,奥利弗·克伦威尔宣布:

> 我更愿意要知道为何而战,热爱自己所知之物的衣着朴素土气的队长,而不要被你们称为绅士,但什么也不是的人……有荣誉且出身高贵之人已从事这些行业,这是好事,但为什么他们不出来?谁会阻止他们站出来?但看到工作必须向前推进,朴素的人比什么也不是的人更有价值,但最好让潜心等待自身所需之人在从事这份工作中忠诚尽职。

1645 年的《忘我条例》(the Self-Denying Ordinance)禁止贵族执掌传统上属于他们的军事指挥,这有助于在新模范军中创建独立于个人效忠的旧有封建关系的指挥链。因此,与王室不同,共和国暴力垄断的一个特点就是一个非贵族化的等级体制,平民根据自己应得的奖赏而在此得以擢升。克里斯多弗·希尔使新模范军士兵与无赖、流浪汉、乞丐、新教门徒为伍,他们共同构成 17 世纪中叶日益扩大的"无主之人"

---

⑲ 英国图书馆 Harleian MS. 6918,fol. 34,引自 Alan Everitt,《郡县的变化》(Change in the Provinces: The Seventeenth Century),莱斯特大学英语系本土历史专刊,第 2 系列,no. 1, Leicester: Leicester University Press, 1972,第 49 页;亦可参阅 Walzer,《圣徒的革命》,第 253 页。关于"宫廷对峙乡村",参阅以下相关讨论,H. R. Trevor-Roper,"绅士阶层"(The Gentry, 1540–1640),见 Economic History Review, suppl. 1(1953),第 26—30 页;同作者,"17 世纪的普遍危机"(The General Crisis of the Seventeenth Century),见《欧洲危机》,Aston 编辑,第 63—102 页;特雷弗-罗珀拒绝把"专制主义"视为历史类别,相反用的是"文艺复兴政权";Perez Zagorin,《宫廷与乡村》(The Court and the Country: The Beginning of the English Revolution of the Mid-Seventeenth Century), New York: Atheneum, 1970。关于王位空位期时的政府就职,参阅 G. E. Aylmer,《政权的臣仆》(The State's Servants: The Civil Service of the English Republic, 1649–1660), London: Routledge and Kegan Paul, 1973。

类别。但施行于各普通成员的公平分配与权力延展不是共和国内军事专制的唯一表述。帕特尼之辩的随后时期见证了国会(其自身在1649年也去贵族化)权力的逐渐当道,这通过军队里的将军,及其新总司令担任专制"护国主"来体现,而这个护国主成为有功的无名大众上升崛起的象征性国民代表类型。如马维尔所知道的,克伦威尔的"美德"部分在于其居中和解主权宗谱及实用模型的能力:"他看似一位恒久传承的天生君王,但同时又是一位不屑称王之人。"[20]

1661年,克莱顿伯爵(the Earl of Clarendon)回想起共和国晚期那个年代,"无论年龄、性别与等级,无论职业、行业,所有人都会成为改革者,当英国平民代表英国下院议员时……作为贵族代表的英国下院议员与平民的混淆是被诅咒的药剂首要成分,它让那些对共和国报有幻想的人们陶醉于此"。复辟之后,如克莱顿所言,国民军指挥权从"那些没有地位或品性的人"那里收走,重归"贵族阶层政府与遍及整个王国的主要绅士阶层手中"。如希尔评论所言,"王位空位期留下的一个永久遗产就是有产之人对常备军队的憎恨"。这种憎恨把军事官僚制度当作现代专制政权界定的古代自由与封建契约普遍腐败的组成部分来强调,以此滋养了1660年后的国家利益阶层。似乎空位期所得的教训就是专制权力一旦集中在某位统治者手中,它就不可避免

---

[20] 奥利弗·克伦威尔致萨福克郡(Suffolk)委员会的信,1643年8月29日与9月28日,见《奥利弗·克伦威尔作品及演讲集》(*The Writings and Speeches of Oliver Cromwell*),Wilbur C. Abbott 编辑,Cambridge:Harvard University Press,1937,I,第256、262页;Andrew Marvell,"护国主陛下治下政府一周年庆"(The First Anniversary of the Government under His Highness the Lord Protector,1655),II,第387—388页,见《安德鲁·马维尔诗歌全集》(*Andrew Marvell: The Complete Poems*),Elizabeth S. Donno 编辑,Harmondsworth:Penguin,1978,第136页。关于新模范军,参阅 Mark Kishlansky,"真实阐述的军队样例"(The Case of the Army Truly Stated: The Creation of the New Model Army),见 *Past and Present*,no. 81(Nov.,1978),第58页;同作者,《新模范军的兴起》(*The Rise of the New Model Army*),Cambridge:Cambridge University Press,1979。关于无主之人及新模范军,参阅 Hill,《颠倒的世界》,第3、4章。关于《忘我条例》,参阅 S. R. Gardiner 编辑,《清教革命的宪法文件》(*The Constitutional Documents of the Puritan Revolution, 1625-1660*),Oxford:Clarendon Press,1899,第287—288页。

地落到那些最不配,且无资产之人的手中。但这个教训自相矛盾,因为它既阐述针对辉格寡头及其新贵臣仆政权的强劲对立,又同样描述对詹姆斯二世专制政权,及其未因权力移交而被腐化的专制主权梦想的坚定效忠。在本世纪结束之前,国家利益阶层已非常近似"土地拥有阶层"及我称之为保守意识的社会态度主体,前者极为激烈地反对资本主义投资及"提升"的改革举措。同样地,已经中断,但明晰可见的传统可从 1642 年前兴盛的宫廷利益阶层追溯到"资金拥有阶层"及 1688 年后大行其道的进步意识。㉑

然而,参照严格的政治服务与改革事宜,过去对 18 世纪早期意识冲突具体化进行阐释的任何尝试遗漏了太多内容。一方面,存在着科学运动的影响。正在此时,公民人文主义者(the civic humanists)正将国务提升在贵族血统,及作为"文雅"的唯一真实标准的骑士典范之上,新哲学家们正将外交贬低为一种过时,且没有历险精神的国务模式,只能借此增添贵族阶层的荣誉。约瑟夫·格兰维尔(Joseph Glanvill)说道:"因为了解驾驭自然的方式,并使之服务于我们的目的与设想是更伟大的荣耀;随后掌握所有制定政策时的密谋,政府与王国内的阴谋,再进而率领得胜军队凯旋进入被征服的帝国。"托马斯·斯普拉特(Thomas Sprat)注意到,如今英国海军方面的军事才能取决于普通水手的英勇,英国贵族阶层能自由地开展自己感兴趣的自然研究。当然,培根式知识改革方案预见了某个大范围的集体步骤及某种深远的公众投资回报,但这些话透露了出于服务科学之愉悦及目的的特殊个人主义热情。亨利·斯图贝(Henry Stubbe)直率地指责由"使

㉑ Earl of Clarendon,《英国的国会史》(*The Parliamentary History of England*), London: Hansard, 1806—1820, IV, 第 206 页;同作者,《反叛史》(*The History of the Rebellion*), W. D. Macray 编辑, Oxford: Clarendon Press, 1888, VI, 第 176 页; Hill,《革命的世纪》,第 189 页。关于反对常备军的过程,参阅 Lois G. Schwoerer,《"不要常备军!":17 世纪英国的反军队意识》(*"No Standing Armies!" The Antiarmy Ideology in Seventeenth-Century England*), Baltimore: Johns Hopkins University Press, 1974。关于土地拥有阶层与资金拥有阶层,参阅本书第 4 章,注释 52。关于本世纪早期国家利益阶层与晚期土地拥有阶层之间的联系,参阅 Trevor-Roper,"绅士阶层",第 52—53 页。

我们贵族阶层与绅士阶层"在研习服务君主与教会时堕落的皇家学会开展的僵化教育。不过,当时的人们认可经验主义科学与资金拥有阶层两者量化前提之间的联系,他们准备从此结合中得出意识形态层面的结论。然而,资本主义革命自身甚至比科学服务与改革更重要。因为在近代早期个人经验与国家经济交往引发的问题中,我们可前所未有地清楚看到一股指向验证我认为是专制主义改革核心的自身活动的离心力。马克斯·韦伯最早论证这些问题与新教改革密不可分,其论点也最具说服力。㉒

三　新教徒与资本家

都铎专制主义取得的最有意义的改革就是英国宗教改革。从《至尊法案》(*the Act of Supremacy*)到有时候被称为清教革命的宗教改革,后者也为作为权威动态及动荡内在化的专制主义改革提供了鸟瞰式观点。"因此亨利八世推翻教皇权威预示了未来的内战与查理一世的被处决。王室至尊地位让位于国会主权,让位于人民主权的需要。"然而,在信仰领域,宗教改革完全不是反叛,而是将人类的堕落再次谦卑地置于严厉、公正的上帝未受挑战的意愿之下。这些彼此竞争,不兼

㉒ Joseph Glanvill,《独断的虚荣》(*Scepsis Scientifica*)(1665);"致皇家学会"(An Address to the Royal Society),标记 b2ᵛ, b3ᵛ—b4ʳ;Thomas Sprat,《伦敦皇家学会史》(*The History of the Royal-Society of London*)(1667),第 404—405 页;Henry Stubbe,《传说,无历史》(*Legends no Histories*)(1670),标记 * 2ʳ⁻ᵛ。比较公民人文主义者威廉·伦敦(William London)的论点,《英国最畅销书籍目录》(*A Catalogue of The most vendible Books in England*)(1657),"书信献辞",标记 A3ᵛ—A4ᵛ。关于这些事宜,我与波科克(Pocock)的《马基雅维利时刻》有所不同。他阐述了自己称之为"乡村"与"乡村意识"(第 486—487 页)之间的分裂,这反映出他更强调马基雅维利传统对公民人文主义的影响,而忽略了经济话语对意识冲突的贡献。他相信 17 世纪新教思想在为资本主义行为辩护时扮演的是一个可被忽略的角色(参阅第 423、440、445—446、464 页)。然而,与波科克有所不同,我通过这两种意识获得美德理论。事实上,这是为提供现代世界中的美德、地位、行为之间关系的对立描述,它们主要就是这样被设计的。最终,我借助 17 世纪资本主义意识的形成为进步与保守意识的成型提供重要动因,这又与波科克不同,他把资本主义意识视为 18 世纪乡村意识的反应。

容的"改革"多种阐释产生的张力提供了新教改革,特别是英国宗教改革的相关信息。㉓

亨利八世毫不掩饰地将教会置于政权管辖之下,此举更与路德改革精神,而非加尔文改革精神相契。在路德的方案中,教会与牧师的居中和解将被专制政权的居中和解取代,他认为现有社会从属体系对驾驭人类的放纵而言至关重要。作为社会重构方案的福音书阅读过程尤其对他没有吸引力。从基督对谦卑之人的爱,从他对富人与穷人都予以同等救赎中得出社会改革的呼召,这是错误地把精神许诺视为物质许诺。但在加尔文思想中,在政治—法律威压的旧有秩序与被解放的基督教意识的新秩序之间存在更成问题的关系。因为如人类堕落一样,起支配作用的社会等级是一种篡夺上帝秩序的尝试。加尔文可能会说,"每当人们被擢升到一个新地位,他便跌到;相反的是,那些被他人讥讽之人每次都荣耀及身,这并不是没由来地发生"。旧秩序暂时必须继续被赋予一种临时权威,但同时,教会将把新秩序的标准体系化,阐明独立于社会与政治传统的领域,为该传统提供有针对性的神圣性。㉔

如加尔文一样,伊丽莎白时期的清教徒把教会描述的、以鼓励世俗职业活动的新秩序理解为一种特殊的基督教自由领域,其间,可能为上帝天国的到来做预备。这特别适合经济行为,加尔文倾向于从比喻与字面层面强调作为新秩序必须改变之事的经济行为。因此,在政治理论领域内,加尔文教派与早期清教教义将经济行为从国家控制中

㉓ Christopher Hill,"亨利八世宗教改革的社会与经济后果"(Social and Economic Consequences of the Henrician Reformation),见《清教与革命》,第 47 页。关于作为政权的"专制主义"行为的英国宗教改革,参阅 Hill,《从宗教改革到工业革命》,第 2 部分,第 1 章。

㉔ G. Baum 等编辑,《宗教改革文集》(Corpus Reformatorum),Brunswick,W. Germany,1863-1897,第 46、136 页,引自 David Little,《宗教、秩序与法律》(Religion, Order, and Law: A Study in Pre-Revolutionary England),New York:Harper,1969,第 61 页;亦可参阅第 3 章。参阅 R. H. Tawney,《宗教与资本主义的兴起》(Religion and the Rise of Capitalism: A Historical Study),New York:Mentor Books,[1926] 1958,第 83—84、90、91 页。

解放出来。然而,路德与加尔文同时重新把中世纪教会对个人主义经济事业的严格限制确认为道德法律,大量近期学术研究已认定 1640 年前的主流清教作品普遍且明确地表述了对社会流动性、高利贷、垄断及不择手段谋求利润等事宜的反对。然而,某些加尔文教义对这些事宜至关重要,特别是加尔文对待职业(vocation)或"命业"(calling)的方法极大地影响了英国教会的态度。事实上,正是加尔文主义前提的直接政治意义,即新旧秩序,教会与政权的随性区分遭到现有教会弃绝,却在宗教改革过程中被清教徒逐渐接受。因此,当以清教原则为基础的政治秩序不再成为 1660 年后的可能性(取决于个人同感)或威胁时,清教与英国国教信仰之间的近似,特别是加尔文教义广泛的政治意义开始日渐明朗。㉕

马克斯·韦伯备受称赞,事关"新教伦理"与"资本主义精神"之间因果关系的论点取决于新教救世神学及对世俗劳作的态度。在新教改革者的狭隘思想中,罗马天主教对因劳作而称义的信念让罪人确信自己可能总是通过善举表现弥补特定罪愆,借此证明个人的正义感并获得上帝的恩典,尽管他还有罪在身。这种信念鼓励了一种自满的伪善。与这种善举功效信念相对的是,改革者们设定预定论及因信称义教义。恩典是基督自身公义的免费礼物,是出于神意而归于特定圣徒身上。那些被上帝出于救赎目的而选中之人至少不是把自己的被选归因于自己的努力,而是上帝的恩典。至少根据人类功绩标准,这

㉕ 关于伊丽莎白时期清教与国教在政治理论方面的冲突,一般参阅 Little,《宗教、秩序与法律》,第 4、5 章。关于近期研究,参阅 Tawney,《宗教与资本主义的兴起》,第 2 章;Charles H. George 与 Katherine George,《英国宗教改革的新教思想》(*The Protestant Mind of the English Reformation, 1570 - 1640*),Princeton:Princeton University Press,1961,第 128—129、134—135、163—172 页;Michael Walzer,"作为革命意识的清教主义"(Puritanisms as a Revolutionary Ideology),见 *History and Theory*,3(1963-1964),第 66—68 页;Timothy H. Breen,"不存在的争议"(The Non-existent Controversy:Puritan and Anglican Attitudes on Work and Wealth, 1600 - 1640),见 *Church History*,35(1966),第 273—28 页;Paul Seaver,"重论清教工作伦理"(The Puritan Work Ethic Revisited),见 *Journal of British Studies*,19, no. 2(Spring, 1980),第 35—53 页。

些选择的无端而来在它是预定的事实中得到印证。㉖

在这些态度中,我们认出新教徒就借助外在符号与权力(它又是自相矛盾的人类"改革"功效)进行居中和解一事普遍予以鄙视时的一种表述,我们在考虑真实问题时遇到过。耶稣已清楚地否定这种表面的、物质的,以期赢得甚或标示内在恩典状态成就的能力。在"地位不一致"这种福音教义强烈再次肯定中,新教思想将这种否定延至所有各类"劳作"。但与真实问题一样,这种否定的社会意义是难以预测的。一方面,将罪愆视为一种如此难免的延承特点,以至于没有德行的行为可以将其删去,如克里斯多弗·希尔评论所言,"这非常适合基于世袭地位之上的社会"。如加尔文教派的塞缪尔·希伦(Samuel Hieron)所言,"天国就是继承的回报。"这"已完成所有功绩中最难部分……假如天堂是仆人聚集之地,或是买家的战利品,它便是出于此种目的之事;但作为上帝之子的回报……没有任何得当的掩饰"。但另一方面,如果作为美德行为的功绩什么也不是,那么作为归于人的义(imputed righteousness)之美德就十分重要。不仅功绩,而且宗谱贵族阶层(这个世界的所有荣誉)都因将普遍堕落与无偿恩典等同的教义而被置于无足轻重的地步。"如果只有真正的贵族阶层为上帝所造,"威廉·阿莱(William Haller)说道,"只有品性与内在价值才真正有用。"㉗

因为上帝拣选的教义如新兴的阶级导向一样与限定的地位旧有类别相反,新教加尔文派有助于17世纪真正高贵的论点从传统主义

㉖ 参阅 Weber,《新教伦理与资本主义精神》,第112—116页;Tawney,《宗教与资本主义的兴起》,第96页;William Haller,《清教的兴起》(*The Rise of Puritanism*), New York: Harper Torchbooks, 1957,第86—88页。关于与韦伯论点争议有关的有用文献集,参阅 M. J. Kitch 编辑,《资本主义与宗教改革》(*Capitalism and the Reformation*),历史中的问题与视角,London: Longman, 1967;Robert W. Green 编辑,《清教主义、资本主义与社会科学》(*Protestantism, Capitalism, and Social Science: The Weber Thesis Controversy*),第2版,欧洲文明问题,Lexington, Mass.: D. C. Heath, 1973。

㉗ Hill,《颠倒的世界》,第126页;Samuel Hieron,《布道》(*Sermons*)(1624),第373页;Haller,《清教的兴起》,第89页。关于居中和解问题,参阅本书第2章,第3节。

老生常谈向颠覆性的教义转变。既然真正高贵归于圣徒,埃德蒙·卡拉米(Edmund Calamy)声称,"国王可能使某人被称为'贵族',但他不能使某人成为'真正高贵之人'"。托马斯·爱德华兹(Thomas Edwards)反对政治职务的继承,其理由就是"不是出身,而是新的教养使人们真正高贵"。当这种重生语言暗示,人们可能把上帝的拣选构想成继承的替代血统,即"蒙恩的贵族阶层",而不只是一种否定。事实上,根据贵族传奇中身世揭秘的惯例,在清教徒作家中框定这种转换经历是件普通的事情。因此,托马斯·胡克(Thomas Hooker)暗示,"我们就像一个从某个家庭抱走的孩子那样活着,变成了另一个人;虽然如此,我们从撒旦的家庭中被抱走,然后放进上帝的家中,并进入基督的神秘肢体之内"。克伦威尔以相关的方式借用了纹章理念,提出关于高贵的阐释,这同样挑战了贵族理念:"如果没有这种品性,上帝的印记能与任何世袭利益阶层保持平衡吗?这个阶层在普通法或其他方面可能或已经提供争论事宜与学识试炼了。"[28]

---

[28] Edmund Calamy,《贵族的真实、真正感恩模式》(*The Noblemans Pattern of true and real Thankfulness*)(1643),引自 Manning,《英国人民》,第 259 页;Thomas Edwards,"神圣的选择"(The Holy Choice),见《三次布道》(*Three Sermons*)(1625),第 63—64 页,引自 Walzer,《圣徒的革命》,第 235 页;Thomas Hooker,《基督徒的两个重要训诫》(*The Christians Two Chiefe Lessons*)(1640),第 288 页,引自 David Leverenz,《清教情感的语言》(*The Language of Puritan Feeling: An Exploration in Literature, Psychology, and Social History*), New Brunswick, N.J.: Rutgers University Press, 1980,第 119 页(关于家庭传奇语言,一般参阅第 4 章)。Oliver Cromwell,《奥利弗·克伦威尔书信及演讲集》(*The Letters and Speeches of Oliver Cromwell*), Thomas Carlyle 编辑(London, 1893),III,第 52 页,引自 Walzer,《圣徒的革命》,第 266 页。尽管禁止普通民众佩戴纹章,他们传统上会做某些"标记"与"记号"来代表本行业所用工具,这在某些意义上近似纹章。参阅相关讨论, Andrew Favyn,《荣誉戏剧与骑士身份》(*The Theater of Honour and Knight-hood*)(1623、1620 年法语版英文译本),第 16 页;David Cressy,《文字与社会秩序》(*Literacy and the Social Order: Reading and Writing in Tudor and Stuart England*), Cambridge: Cambridge University Press, 1980,第 55 页(在第 60 页重新提到相关样例)。Edmund Bolton,《城市倡导者》(*The Cities Advocate*)(1629),第 5—8 页,其间探讨并描绘了传统上代表伦敦城及其行会荣誉的纹章。关于克伦威尔用清教替代物取代贵族纹章,比较托马斯·斯普拉特(Thomas Sprat)的"新哲学"建议,即戴徽章者更严肃地把注意力投注在自然动物身上,因为"它们是主要的纹章构图……如果他们尊重家庭的古老历史和贵族阶层的悠久种族,那么什么能比自然所拥有的不同血统更值得他们关注呢?"(见《伦敦皇家学会史》,第 411 页)

然而,预定论及因信称义的教义自身可能从未引发韦伯的论点,因为它们把圣徒降格到完全的被动,尽管从理论上说颠覆了贵族得以享受自己同样不劳而获的特权等级秩序,但它与任何社会行动主义(activism)或世俗勤勉理念对立。这些动因通过加尔文将命业重新阐释为一种训诫层面(即道德训诫、自我训诫、劳动训诫)的"辛劳、苛刻的事业"方式而进入"新教伦理",其目的就是荣耀上帝,净化世界。如R.H.托内(R. H. Tawney)所言,"对清教徒提的要求并不是个人值得嘉奖的行为,而是神圣的生活,即每个元素都围着侍奉上帝这个核心理念而组建的系统。"命业中的训诫使一位个体罪人成为公众圣徒。"个人如尘土泥块般以自我为中心",约翰·沃德(John Ward)说道,"但公众人物则变成有公众精神的另一种人"。㉙

如果加尔文主义的拣选理论为作为出身拣选之替代的新贵族辩护,加尔文主义教规驾驭了某种效忠及改革模式,这与穿袍新贵族阶层政治行动主义有某些近似之处。17世纪初,绅士们的行为指南已反映在"真正高贵"论点庇护下使文雅与美德达成妥协的改革目的。如丹尼斯·格林维尔(Denis Greenville)所言,"基督教美德与真正文雅远非彼此不兼容,以至于恰当且严格地说,那些完全没有文雅之人便不是位完美的绅士"。如迈克尔·沃尔泽(Michael Walzer)在革命时期已论证过的那样,新贵族绅士们的"荣誉"至少近似清教圣徒的"良知","在圣徒品位(sainthood)与文雅融合中,可以看到自尊与信心的增强,这使虔诚行政官的勤勉'改革'行为成为可能,并也在此得到阐述"。㉚

㉙ Tawney,《宗教与资本主义的兴起》,第200—201页;John Ward,《诸神之中的上帝判断》(God Judging Among the Gods)(1645),第16页,引自Walzer,《圣徒的革命》,第235页。

㉚ Denis Greenville,《神意与道德的建议指示》(Counsel and Directions Divine and Moral)(1685),第112—113页,引自W. L. Ustick,"17世纪英国贵族品性及举止的变化典范"(Changing Ideals of Aristocratic Character and Conduct in Seventeenth-Century England),见 Modern Philology, 30, no. 2(1932),第160页;Walzer,《圣徒的革命》,第253—254、252页。关于圣徒品位与文雅的融合,参阅 Bernard Mandeville,(转下页)

新教的圣徒品位本应该不仅从内在状态,而且从行为模式方面得到构想,这归因于路德及加尔文教派的训诫。因为尽管路德呼召所有信徒及《圣经》读者成为自己的牧师,这否定了诸如神职等级、教皇传统这类上帝意愿的腐败中介,与其说排除居中和解问题,不如说将责任从外在及客观权威转移到个人良知及圣徒群体之上。预定论及信心教义使"我是被拣选之人中的一位吗?"这类问题成为一个只能通过韦伯所说的"证据教义"加以解决的困境。圣徒可能借此法从自己及同行,而不屑于从上司那里获得得救的确定性。加尔文主义教规提供了这种方法。"善举并不是得救的方式,但它们作为已得救的证明而不可缺少。""它们是消除被罚下地狱的恐惧,而不是购买得救的技术方式。"㉛

证据教义有助于我们看到加尔文主义教规与穿袍贵族效忠之间的重要类比如何也是一个不平等的类比。一方面,要求圣徒参与侍奉是在至尊上帝,而非专制君主的意愿中得到最终的确认。侍奉上帝,而非效忠君主的理念调动了改革精神,其时效局限并不必然与时效权力限制一致。查理一世的命运为如此事实提供了最令人瞠目结舌的样例。多年后,玛丽·阿斯特尔(Mary Astell)对此进行最令人瞩目的运用。她评论道:"女性得出自己是天生侍奉上帝之人,并以此为毕生目的,如是结论之中当然没有傲慢之意。因为上帝是为自己创造万物,一个有理性的思想如此高贵,以至于它不是出于任何其他生物之故,或侍奉它们之故而被造。任何时候女性尽义务侍奉男士只是一个举手之劳,如男士养猪行为与职责一样。"然而,加尔文主义教规所需

(接上页注㉚)《论战争中荣誉起源及基督教的效用》(*An Enquiry into the Origins of Honour and the Usefulness of Christianity in War*)(1732),M. M. Goldsmith 编辑,London: Frank Cass, 1971,第 232 页。17 世纪最重要的行为指南,见 Richard Brathwaite,《英国绅士》(*The English Gentleman*)(1630),参阅 Ustick,"17 世纪英国贵族品性及举止的变化典范",第 155 页;Kelso,《16 世纪英国绅士教义》,第 107 页。

㉛ Weber,《新教伦理与资本主义精神》,第 110—111、115、129 页;Tawney,《宗教与资本主义的兴起》,第 96 页。

要的行为不只是包括相对而言属于公众导向的国务职责,远远不止,因此其足够运用的标准最终并不在于外在与客观化的权威,而是个人与群体评价的微妙主观融合。加尔文主义教规将下行内向的专制主义改革易变性转入日常个人经历的领域。㉜

至少在17世纪40年代相对独裁的长老会体系失败之后,加尔文教派的新教教义鼓励个人良知与群体判断的动态互相依赖,而这正是专制教会权威的被动依赖的真实替代者。但在此过程产生的动力中,它也使自己表面授权的相对内在化与主观化力量令人生疑。在伟大的英国国教神学家理查德·胡克看来,并没有"如福音书般的行为"可以起到告知我们谁在被拣选之列的作用,"上帝没有因此迫使我们探究人的良知,人类对上帝的欺诈与谎骗也伤害不到他人,而只是伤害自己"。但对那些意愿与信心强烈的人来说,得救的确定性可能成为相关的充分(如果是循环的话)证明。如在真实问题的类似案例一样,相对"客观"与个性化的经验主义证据标准取代了对外在权威的默认信心,这只是将武断的"专制主义"危险转到主体性领域中。"人们让自己从牧师那里解放出来",希尔说道,"但不是从在自身良知内在化的牧师那里"。阿莱已明确阐明真实问题与美德问题之间这方面的类比:

> 在后期,人们被告知要耐心观察外部宇宙自然规律的最基本运行;而清教时期的人们被告知要热切地内省自己灵魂深处的预定论规律运行。理论上来说,他们能做的只是观察……但他们带着最热切的好奇心审查自己最隐秘的思想,寻找上帝恩典重生再现的迹象,他们如此急切寻找的就是自己自然所见。

㉜ Mary Astell,《关于婚姻的若干思考》(*Some Reflections upon Marriage*),第4版(1730), New York: Source Book Press, 1970,第99页。

但亚里士多德派或罗马天主教不相信外在权威，这只使我们如何，或基于何种理由相信自己愿意接受的事情这个问题更加自觉与令人疑惑。㉝

出于这些原因，"何为绅士？"及"何为圣人？"这样的问题可能被视为关于 17 世纪英国地位焦虑的表述。在本世纪中，"荣誉"不再表示客观的，且有道德意义的"等级头衔"，反而开始意味着"品性善良"与声望。这个过程与加尔文教派的恩典内在化有某种关系。在缺乏默认社会限制、牧师赦罪这些曾经具有权威性的指导下，高贵与得救成为有争议的类别，其稳定过程需要的不只是个人内在坚信，而且是群体认证，一个起到验证作用的社会共识，个人的名望及该类别自身的一致性借此成型。如沃尔泽指出的那样："绅士的行为需要一个新的精准度，同时他本人越来越难被界定。也可以用同样的话论及圣徒。"因此，构成加尔文教派教义特点的心理学流动性与构成此时期普遍特点的社会学流动性密不可分。作为对地位不一致的回应，清教主义提出两个对立的理想行为类型。那些满怀信心，确认被上帝拣选之人实际上已把基督归于人的义内在化，并自由地用这样的方式施行自己的美德，即他们精神层面的上升流动性将通过改革的热忱与世俗的成功而得以强化的方式。那些不能摆脱焦虑与质疑重负的人继续留在精神等级底部冥顽不化的人群中，在自控与自我驾驭这个顽固问题上消耗精力。㉞

㉝ Richard Hooker,《作品集》(*Works*)，John Keble 编辑，London, 1888, II，第 342—343 页，引自 Little,《宗教、秩序与法律》，第 152 页；Hill,《颠倒的世界》，第 124 页；Haller,《清教的兴起》，第 90—91 页。关于加尔文教派个人主义化与内在化，特别参阅希尔的《颠倒的世界》中第 76—77、121—124、128、300—301 页中的透彻分析。关于韦伯解读加尔文思想时对个人主义、集体主义的阐释，参阅 Little,《宗教、秩序与法律》，第 76 页，注释 173；第 110—111 页，注释 112；第 235 页。

㉞ Walzer,《圣徒的革命》，第 252 页。关于作为社会流动性反应的清教，参阅同作者，"作为革命意识的清教主义"，第 86、88 页。关于清教教义与社会、物理流动性之间的辩证关系，参阅 Lawrence Stone, "英国的社会流动性"(Social Mobility in England, 1500-1700)，见 *Past and Present*, no. 33(1966)，第 43—44、49—50 页；Hill,《颠倒的世界》，第 3 章。关于对立的理想类型，沃尔泽倾向于强调负面反应，忽略正面替代物。关于荣誉的重新评估，一般参阅本书第 4 章，第 4 节。

加尔文教派心理易受关于成功的自我实现预言的影响,这可能有助于解释为何路德教派指责加尔文教派通过劳作重返得救教义的教规系统。对确信自己被拣选的圣徒来说,神意教规的具体化成就开始标示属灵称义(spiritual justification)的优先及不配的"所指"。在所有居中和解问题的实例中,所指与能指之间的关系呈现某种易变性。加尔文自己喜欢用经济隐喻表述圣徒品位的属灵教规。复辟后大行其道的"灵性化"(spiritualization)教育中,最卑微命业的"象征"力量通过从隐喻层面对被质疑的行业灵性化而得到强调。理查德·B·施拉特(Richard B. Schlatter)就这些著作评论道:"俗世命业必须灵性化。""所有这些关于命业主题训诫的目的就是将宗教引入俗世……但有时候难以记起被比较的事物中哪一个更重要。受此比喻之惠的是恩典还是肥料?布道者所用的语言本意是使商业灵性化,但总有让灵性商业化的倾向。"约翰·科林斯(John Collinges)可能过于机敏地注意到,对其谦卑的读者而言,"他相信意愿,并必须劳作,但每个劳作的人并不相信……切切相信,仿佛劳作对自己的得救没有任何影响;切切劳作,仿佛只是通过劳动才能得以进入天堂;我总是认为对所有基督徒来说,这是个好的规定"。然而,将功绩的外在能指转变为自证、自足所指的倾向从如是普通建议中得到强化:甚至那些否定所有得救可能的顽梗之人都该至少表现得像个"可见的圣徒",保留外在表象。㉟

在真实问题领域中,向反转发展的动因(即把外在接受为内在,将文字接受为灵性)可能因其正式功效而被视为迫切保留某种评价标准(其实质功效已被强行拒绝)所产生的自相矛盾的结果。人们后来会

㉟ Richard B. Schlatter,《宗教领袖的社会理想》(*The Social Ideals of Religious Leaders, 1660-1688*),Oxford:Oxford University Press,1940,第188、197页;参阅 Tawney,《宗教与资本主义的兴起》,第202—204页。关于科林斯(Collinges),参阅 J. C.,《口袋书编织者》(*The Weavers Pocket-Book; or, Weaving Spiritualized*)(1675),第133页。关于路德教派的指控,参阅 Weber,《新教伦理与资本主义精神》,第115页。关于灵性化的教义,参阅本书第2章,注释23。关于"可见的圣徒",参阅 Christopher Hill,《革命前的英国社会与清教》(*Society and Puritanism in Pre-Revolutionary England*),London:Panther,1969,第248—250页。

想起,天真历史真实性主张为产生其自身认识论否定负责,这抨击了传奇,及经验主义法"新传奇"的可信度。对加尔文主义充足性的批判也以类似的方式,从只以隐秘形式将罗马天主教神学作品永存的观念中汲取力量。因此,在斯威夫特的《木桶的故事》(A Tale of a Tub)(1704)中,作为加尔文教徒寓言人物的杰克(Jack)遭遇的巨大不幸与其罗马天主教徒兄弟彼得(Peter)的经历极为近似,"阻碍了他所有区分计划,使他们之间极其近似,并常常欺骗了两者的众门徒与信众。"杰克只是"灵性僵化运行"的最伟大现代践行者,身体冒出的气息及流出的体液被虔诚地认为象征了灵性,而非事物;寓示了上帝恩典的礼物,而非人体分泌物。斯威夫特讽刺的核心目的就是将语言与行为两种层次混淆,这由归因于神意拣选的"客观"现实,即事实上的自我颂扬主观行为之原而起。复辟时期及18世纪初宗教"狂热"的反应表现了由加尔文革命自身产生的反革命,它否定了被视为极端之物,甚至与这场革命共享了某些新教前提,事关区分善恶、被咒诅与被拯救的天主教方法的教条专制主义的前提。这种狂热的"不可信"被其诋毁者们同时理解成认识论与道德层面的脆弱性。[36]

韦伯对新教伦理的救世神学的关注集中在加尔文主义教规最"重要"层面,即劳动训诫层面,其间,"劳作"最接近该术语现代意义的"工作"语义。通过鼓励作为属灵得救标记的物质成功,韦伯坚称劳动训诫的实际习惯,即勤勉、节俭、禁欲、理性、甚至贪婪也都在鼓励资本主义事业习惯成型过程中发挥影响。然而,如果这等于世俗化过程,那么韦伯倾向于将其视为正面事宜,通过在现代世界内重新界定其范

---

[36] Jonathan Swift,《木桶的故事》(A Tale of a Tub, To which is added The Battle of the Books and the Mechanical Operation of the Spirit), A. C. Guthkelch 与 D. Nichol Smith 编辑,第2版,Oxford: Clarendon Press, 1958, 第XI节, 第200页;亦可参阅"论精神机械行为"(A Discourse Concerning the Mechanical Operation of the Spirit),同前,第259—289页。关于天主教与新教宗派都是极端分子的论点已是老生常谈,特别是在考虑复辟后他们共同的政治利益时,参阅 Michael McKeon,《复辟时期英国政治与诗歌》(Politics and Poetry in Restoration England: The Case of Dryden's Annus Mirabilis), Cambridge: Harvard University Press, 1975, 第132—133页。

围以保存、复兴宗教动机。最近的评论者们也已强调甚至在韦伯书名中就已明确的世俗化反转,强调新教宗教改革借以开启长期变形,即对其旨在恢复的灵性进行"资本化"的方式。长期以来,新教徒对决定谁将得救的权威内在化的强调并不是没有重要的颠覆性。在关于政治主权的争论中,人类自主性逐渐取代君权神授,这可在不挑战政治理论自身的条件下取得,但在宗教思想中,这种取代等同于诸术语中的某种矛盾。㊲

新教徒与17世纪英国资本主义改革之间微妙的和谐在若干锋面推行。在过去的几个世纪中,宗教领袖寻求宣布一种将确定商业行为道德界限的公平交易标准。对于"个人在从事命业时不能以财富为目标吗?"这个问题,理查德·斯蒂尔回答道,"目的可以是次要的,或终极的;可以是下一个目的,或最后的目的。你可以设法获得某项资产,但不纯粹出于你个人之故,而主要是因上帝之故。"但如此计划的内在困难因新教思想中的两种倾向而加剧。第一个倾向的后果就是将物质雄心视为劳动训诫,在世界神圣化过程中具有无限价值的劳动训诫,这可见于牧师约瑟夫·李(Joseph Lee)为这种封闭而做的满怀激情辩护之中:"不能去做任何有为人类牟利倾向,但又荣耀上帝的事情,这是一个非常奇怪的原则及闻所未闻的自相矛盾。各行各业的人在从事本职业工作时不是出于获得个人利益的目的吗?没有人因此而荣耀上帝吗?"第二个倾向可在加尔文教派把对受质疑个人的相关利益良知授权为个人行为道德评测的特别倾向中得以体现。此人的直觉诡辩可能总比任何外在规定所设局限声称更具直接真实性。例如,理查德·巴克斯特(Richard Baxter)关于诡辩的伟大研究倾向于阐述行为原则,其依据就是对比自利更伟大的目的而展开的人们熟知的专制主义效忠要求,但它是以只有主观自我获得判断授权的方式行事,如果那些原则得到支持的话:"对任何寻求国内外财富或开展贸易

㊲ 关于韦伯将宗教改革视为正面的世俗化,参阅 Little,《宗教、秩序与法律》,I,第235页。

的人来说,主要出于对财富的热爱,将自身及家庭提升到富足、丰裕或高贵的地步并不是违法的事情。尽管当它是一种侍奉上帝、获得荣耀、实现公众利益的方式时,所有这些可能为人向往,也主要是作为这种方式而为人向往。"㊲

很多道德学家们同意普通经验法则,对在个人交易中寻求利润行为予以限制,对在从事某项职业所积累的财富金额予以限制,这些限制由必需品带来的满足感,以及维持生活生存标准设定。将此项法则适应个人良知权威的方式并没有因此给自我专制主义授权,它只是唤起了仁慈的互补规则。"他尽可能地把自己的商品卖个高价",约翰·班扬(John Bunyan)说道,"为自己牟利,只是为自己而已;**但仁慈并不是为自己牟利,也不只是为了自己**"。根据约翰·库克(John Cook)的观点,"仁慈规则就是,个人的奢靡应让位于另一人的舒适;他的舒适应让位于另一人的贫困;他的贫困应让位于另一人的赤贫。所以,普通的穷人要去帮助处于极端穷困状态中的乞讨穷人,这就是自然规律要求的"。然而,复辟后,在这些事宜中防范无限利己的最普通方法不再是仁慈原则(毕竟它仍取决于个人良知),反而成为市场的"客观"规则。根据斯蒂尔的观点,"一般而言,市场价格是最可信的规则,因为它被假定比人们的欲望更加中立"。因此,个人贪婪的危险开始为限制机制,即市场正名,其自身性质由对人类欲望的无限放纵界定。如某位匿名作者表述的那样:"贪婪已取代仁慈,并以我们不能完全欣赏的方式发挥作用……什么样的仁慈会让人前往东印度群岛求医问药?向最卑贱的工作屈膝弯腰?而不是拒绝最低贱、最辛劳的职差?贪婪会毫无怨言地如此行事。"本世纪结束之前,作为对财富积累界限

㊲ Richard Steele,《商人的职业》(*The Trades-man's Calling*)(1684),第 204 页;Joseph Lee,《辩护》(*A Vindication of the Considerations Concerning Common-Fields and Inclosures*)(1656),第 41 页,引自 Hill,《从宗教改革到工业革命》,第 152 页;Richard Baxter,《基督徒指南》(*A Christian Directory; or, A Summ of Practical Theologie and Cases of Conscience*),第 2 版(1678),IV,第 212 页。关于诡辩文学中的公平交易问题的普遍性,参阅 George A. Starr,《笛福与诡辩》(*Defoe and Casuistry*),Princeton:Princeton University Press,1971,例如第 16 页。

的必需品所扮演的角色也已秋扇见弃。㊴

当然,长久以来,新教改革与资本主义意识之间的关系最为明显。从这个角度来说,它看似相对简单地从加尔文教派的信仰转向资本主义坚信,前者即是劳动训诫预示优先及名不副实的拣选,后者支持进步意识,即世俗成功与上升流动性是道德品性的符号。由此,它似乎是朝物质成就的专制自主迈出的另一小步。但清教运动也从两种不同方向产生对新教伦理及其与进步意识共谋的强力批判。

安德鲁·马维尔相对的传统主义批判是基于如此确认基础之上,即新教伦理与资本主义精神在肆无忌惮的界限内在化中有共同之处。他提到英国最强劲的商业对手尼德兰联合省(the United Provinces of the Netherlands)时如是抱怨：

> 因此在阿姆斯特丹,土耳其人——基督徒——异教徒——犹太人,
> 原有的教派及新涌现的分裂纷现,
> 良知的银行,不是在此获得如此奇怪的
> 观点,而是得到信用与兑换。

马维尔看到商业活动与新教伦理都需要对名望信用及谨慎选择容忍度的系统依赖,在重商主义及因信称义的侵蚀下,这一切都必须被赋

㊴ John Bunyan,《败德先生的一生》(1680),第 221 页;John Cook,《要务》(*Unum Necessarium*)(1648),第 13 页,引自 Joyce O. Appleby,《17 世纪英国的经济思想与意识》(*Economic Thought and Ideology in Seventeenth-Century England*), Princeton: Princeton University Press, 1978,第 56 页;R. Steele,《商人的职业》,第 107 页;《君主权与伟大性质的理由》(*The Grounds of Sovereignty and Greatness*)(1675),第 19—20 页,引自 J. A. W. Gunn,《17 世纪政治与公众利益》(*Politics and the Public Interest in the Seventeenth Century*), London: Routledge and Kegan Paul, 1969,第 213 页。关于普通经验法则,参阅 George 与 George,《英国宗教改革的新教思想》,第 172 页;Walzer,"作为革命意识的清教主义",第 66—67 页;Breen,"不存在的争议",第 284 页;Seaver,"重论清教工作伦理",第 49 页。关于复辟时期仁慈与必要规则的式微,参阅 Schlatter,《宗教领袖的社会理想》,第 189 页,第 204 页,注释 2;第 209—211 页。

予某种绝对的优先权。与"荣誉"理念一样,这不是"信用"本身,而是一种复杂的借助传统上予以、拒授信用的方式的转型,如今这种转型使信用作为一个默认的未被质疑的知识体系而被相对化,且处于危险之中。但清教徒就新教伦理展开的战争也因如是而起:对远超伦理自身所感舒适极限予以内在化与主观化的颠覆。这种思考模式的终极效果是消解世俗成功自身的象征力量,在其构建过程中,通过个人心理与群体认证发现其易逝的事实。诸如共产主义者杰拉德·温斯坦利(Gerrard Winstanley)这样的激进宗派者们如此执着地探求新教改革的逻辑,以此不仅挑战新教伦理权威,而且挑战所有外在化与客观化的伦理标准(即罪愆、天堂、审判与上帝自身)的权威。这些宗派者们一路喧闹地历经世俗化过程,这将让自己的文化经历好几个世纪,并完全绕过资本主义意识阶段。所以如果新教加尔文派为进步意识的成长提供重要动因,它也借助马维尔与温斯坦利的不同模式滋养某个将有助于保守意识出现的重要放松术(a vital counterstrain)。㊵

　　复辟之后,马维尔将贸易自由与良知自由联系在一起,这很快成为常识。尽管对许多英国人来说,清教信仰与商业成功之间的密切关系已如此明显,1662年清教教义向不信奉国教的转型,对左翼新教徒来说,这就需要从法律上否定良知的自由。如此转型鼓励不信奉国教强调作为宗教宽容对英国国家利益至关重要之论点核心的上述密切关系。因此,在韦伯的分析中,归政和解(Restoration Settlement)时期的专制政治有助于强化作为加尔文教派教义内在产生之物而出现的现象。同时,1660年英国国教会的重新建立缓解了国教徒面临的清教

㊵　Andrew Marvell,《荷兰特征》(The Character of Holland)(1653?),II,第71—74页,见《诗歌全集》(Complete Poems),第113页。复辟后,马维尔也将这种类比及评论延展到智识争议领域,恶言相向的绝对自由对自由事业体系制度化构成威胁,后者的首要原则就是没人能免于自己邻居的竞争进取。"恶人应该留在自己获得的,且不被他人打扰的名声之中,这是件更好的事情。无论他们之前怎样不公平地得到这些名望,此后人类的交换与信用应该一道被颠覆,最好的人也将受苦且置身其间。"《颠倒的彩排》(The Rehearsal Transpros'd)(1672—1673),D. I. B. Smith 编辑,Oxford: Clarendon Press,1971,第161页。关于激进宗派者,参阅Hill,《颠倒的世界》,第6、8章;尤其关于温斯坦利(Winstanley),参阅同前,第7章与附录1。

共和国分化威胁,并鼓励他们更开放地接受那些宗教改革训诫中的社会含意,这总是国教教义的核心所在,或至此已借助清教行动主义的激进溶剂充斥了整个英国文化。在都铎专制主义治下,一个周密的恤贫法令(poor laws)体系已作为某个公共政策立足点而制度化,尽管颇有特点的新教设想就是:救济之责将不由政府,而由富裕个人神意良知承担。光荣革命之后蓬勃发展的行为重整会(the Societies for the Reformation of Manners)同样植根于清教与国教虔诚之中。然而,重建的英国国教会中受欢迎且有学问的支持者们都强调他们对劳作与世俗事业皆为宗教职责一说的坚持。㊶

　　1660年后,英国国教会提出"自然宗教"或"自由主义派"的观点,如施拉特已指出的那样,这个观点也用自己的方式为"自利与美德的联姻"正名,"因此国教徒与不信奉国教者从不同的基点出发,在旅途的终点会合。"当持异议的牧师将自己会众的卑微命业"灵性化"时,自由国教神学家们用使复辟时期英国市场社会"基督教化"的方式将道德法律与社会现实妥协。因此,自由主义英国国教襄助了职业向所有才俊开放的反贵族意识合法化过程,清教思想也认为此举极为重要,如玛格丽特·C·雅各布(Margaret C. Jacob)所言,这教导人们:"有德之人的成功如此具有可能性,以至于他们的发达甚至比自然内在秩序

㊶ 关于贸易自由与良知自由联系的常识,参阅 Schlatter,《宗教领袖的社会理想》,第3部分;Gunn,《政治与公众利益》,第4章。关于清教行动主义的激进解决方法,参阅 Christopher Hill,"清教与资本主义的兴起"(Protestantism and the Rise of Capitalism),见《都铎与斯图亚特时期英国经济与社会史论文》(Essays in the Economic and Social History of Tudor and Stuart England in Honour of R. H. Tawney),F. J. Fisher 编辑,Cambridge: Cambridge University Press, 1961,第37页;同作者,《社会与清教》(Society and Puritanism),第490—494页。关于恤贫法令与行为重整,参阅 W. K. Jordan,《英国慈善》(Philanthropy in England, 1480-1660: A Study of the Changing Pattern of English Social Aspirations),London: Allen and Unwin, 1959,第143—144、150—154页;Dudley W. R. Bahlman,《1688年道德革命》(The Moral Revolution of 1688),New Haven: Yale University Press, 1957;T. C. Curtis 与 W. A. Speck,"行为重整会"(The Societies for the Reformation of Manners: A Case Study in the Theory and Practice of Moral Reform),见 Literature and History, no. 3(1976),第45—64页。关于国教工作伦理,参阅 C. John Sommerville,"反清教工作伦理"(The Anti-Puritan Work Ethic),见 Journal of British Studies, 20, no.2(Spring, 1981),第70—81页。

更能体现上帝天意的标记。"或如汉弗莱·麦克沃思爵士(Sir Humphrey Mackworth)阐述的那样,"**甚至在这种生活中,善良之人普遍要比为恶之人过得更好**"。在这些自由主义者中,牧师们用"转让的资产"事后的神意神圣化替代王室宗谱继承的君权神授,并将此过程理性化。我们在此看到相同的原则,从政权主权问题一路下探成为个人美德问题。如前所述,对我们而言,可能看似"马基雅维利式"机会主义中偶然之举之物一般被引进来,我们毫不怀疑,这本着一种热切地将旧典范适应新环境的期许精神。同时,我们必须小心地关注当时人们的指摘(某种与清教式"狂热"相似的国教任性批判):随意唤起天意只是将其滥用在世俗成功之上,"使之成为任何成功欺骗或谋杀,及对立党派任何一方的净化者,并护佑品性最不堪之人"。㊷

新哲学,特别是牛顿哲学在自由国教徒理解天意体系过程中扮演一个内在组成角色。如培根预言的那样,积累的感知证据现在揭示了一个复杂且自制的自然秩序,这似乎与上帝的属灵秩序共同延展。从这点来说,似乎当社会秩序享用绝对自由与自足时,它也最大程度上接近天意安排。长久以来,正是天意的角色证明为该等式中最不重要的一方,因为如雅各布评论所言,"自由主义者最具历史性的重要贡献在于他们将市场社会运行与自然发展以如此方式综合,并使市场社会看似自然而成的能力"。最终,加尔文将两种秩序区分似乎不是为教会的上升,而是如培根、伽利略、洛克引发的区分那样为世俗主义的专制统治做准备。1667年,理查德·阿莱斯特里(Richard Allestree)说道,利益"是被全世界膜拜的伟大偶像……我们亵渎圣灵般地使我们

㊷ Schlatter,《宗教领袖的社会理想》,第200、203页;Margaret C. Jacob,《牛顿学派与英国革命》(*The Newtonians and the English Revolution, 1689-1720*), Ithaca: Cornell University Press, 1976,第56页(参阅第1章);Humphrey Mackworth,《关于天意的对话讨论》(*A Discourse by way of Dialogue Concerning Providence*),第2版(1705),第23页,引自 Richard Harvey,"英国的贫困与上帝的意图"(English Poverty and God's Providence, 1675-1725)见 *Historian*, 4(May, 1979),第505页,注释23。《宗教史》(*The History of Religion*)(1694), xiv,引自 Straka,《英国国教对1688年革命的反应》,第123页。

的利润有权获得造物主的所有特权,使之以绝对不受限制的方式主宰我们,允许它设定我们所有的善恶举措,不仅统御我们的**理性**,而且驾驭我们的**激情**……神性很久以来已经成为政策的女仆,政权的权宜塑就了宗教"。㊸

新教宗教改革的虔诚与热忱应在意识发展中有所裨益,其间,人类的自给自足使上帝从严格意义上说成为多余。这只是曾在运行过程中的普遍真理最令人瞩目的自相矛盾样例,专制主义改革以专制的方式进行。韦伯论点争议的活力源自这种重要的不一致,源自韦伯论点迫使我们承认寄居在历史变革核心的矛盾行为的清晰度。即便所有17世纪思想的微妙线索得以揭开,我们最终仍会感到有必要质问:这些在本世纪之交直面我们的乐观灵性从业者是谁?他们是资本家吗?因为上帝知道他们不是新教圣徒;抑或他们是圣徒吗?因为他们自己对此深信不疑;他们已接受部分构成自己属灵教规后果的反新教唯物论,他们将被理解成虚伪的新教徒吗?或是一位否定过去自己的叛逆新教徒,不是新教徒而是资本家?在某种程度上,韦伯论点与托内对绅士阶层兴起的论点一样需要得到证明,因为这让我们陷于只能借助定义努力,而不是经验主义证明努力加以解决的类别问题之中。㊹

四 评估人类欲望

因此,资本主义意识之根深埋在宗教改革的伟大专制行动之中,其萌发的动因已使国家政策转向将属灵目的从物质与世俗价值观现代羁绊中抽出的任务。在显然更世俗的经济改革领域中,我们可以察觉辩证反转的类似模式。与专制主义时期最紧密联系的经济政策是国家保护主义或重商主义。从现代角度来看,重商主义的规则似乎与资本主义自由事业对立,是商业与"工业封建主义"的旧有表述。但如

㊸ Jacob,《牛顿学派与英国革命》,第 51 页;Richard Allestree,《基督教虔诚腐败的原因》(*The Causes of the Decay of Christian Piety*)(1667),第 351—352 页。
㊹ 关于托内的论点,参阅本书第 4 章,第 5 节。

果专制主义被理解成封建主义与资本主义的动态居中和解,国家经济控制作为一个漫长过程中的某个阶段而为人所知。其间,更改易变性的天道及改造环境的力量已被允诺给日益自主与个性化的人类代理行为。从这个角度来说,重商主义借韦伯之言为"非理性资本主义",是体系化,而非个人控制的放任政策原始阶段,而不是其对立面。在16世纪与17世纪初,垄断与强势集权化政府对保护新工业与新兴商业资本之举来说是重要的。国家保护提供的自由此刻开始感到像某种约束,这与其说表现了两种不同体系之间极端分水岭,不如说表现了改革原则的某种进一步内在化。一位复辟后期撰写小册子的作者用史诗与传奇召唤式语言描述这种转变。贸易限制在早期是寻常之事。"当航海被判定为一种近似巫术的神秘时,冒着如是风险将人与资产带入新世界,为这新发现的国度如此命名之人是等同于亚历山大与凯撒的英雄。"但"随着贸易与商业在新世界日渐频仍,政府的智慧使贸易特权为所有属民共用"。在文学及经济体验中,改革的近代早期过程要求流动性、循环性及交换失去巫术的他性(otherness),它们将被重新构想成一种自然的人类行为。在经济政策领域中,保护主义是这长期反转的最初阶段。㊺

18世纪早期,土地拥有阶层对资金拥有阶层的抨击并不为资本主义意识的成型提供最初的动因。它是针对长期处于形成中的论证模式的最终反应。最根本上来说,资本主义意识需要将价值归于资本主义行为。资本主义行为最低程度上如比自身更伟大的目的一样有价值,并是美德的表现;可能就其本身而言有价值;最终甚

㊺ 关于工业封建主义,参阅 Hill,《从宗教改革到工业革命》,第 107 页;关于非理性资本主义,参阅本章注释 2。关于复辟后期小册子的作者,《论亚麻布与羊毛的制造厂》(*The Linnen and Woolen Manufactory Discoursed*)(1691),第 3 页,引自 Appleby,《经济思想与意识》,第 111 页。关于都铎时期的保护主义,参阅 Lawrence Stone,"16 世纪英国的政权控制"(State Control in Sixteenth Centuary England),见 *Economic History Review*, 17(1947),第 103—120 页。关于重商主义的居间地位,参阅 Anderson,《专制政权的血统》,第 36 页;Manning,"贵族、人民与宪法",第 267 页;Hill,《从宗教改革到工业革命》,第 53—54、96 页。

是价值创造者。同时,宗教基本原理正被用来为某些方面的资本主义实践正名,撰写经济政策的作者们正学习在日益摆脱宗教争议的散漫语境中推进某个类似观点。当然,这种区分是人为的,在这两种话语中需要的是超越人类范围的专制权力假设,正是这种非凡且自相矛盾的能力将使人类个人局限有好的结果。在加尔文教派教义中,这是基督归于人的义的神权,它奇迹般地为所拣选者辩护,尽管他们天生堕落。寻求如此权力的需要仍然在如是著名的、近似天意的修辞比喻中显而易见,亚当·斯密(Adam Smith)用它解释资本家"只谋求自己的利益,在此方面及诸多其他案例中,他在某个无形之手指引下推进原本不是其本意的某个目的。"斯密相对世俗化的悖论在17世纪也为人所知,如刘易斯·罗伯茨(Lewes Roberts)所言,特别在它为"谨慎的商人"辩护发挥作用时:"商人的劳动就是让自己获利,但其所有行为同时惠及国王、国家与同胞。"事实上,17世纪英国人做了很多的工作,即需要用经济关系中某个同样专制的自然秩序(市场体系)取代绝对神性秩序理念的工作。而市场体系与社会偶然可以彼此区分,并根据其自身运行的自主规律而为人所知。⑯

这种经济秩序的归化过程(naturalizing)是击败国家保护主义专制政策的必须,只有允许该体系按其自身规律运行,一切才能如意。但个人资本主义行为也开始根据其自身权利而得到验证。为了让此事发生,专制权威必须以人的方式内在化,不只是资本主义体系,而且是资本主义动机应该被归化。当然,基督教思想在资本主义动机的自然性方面非常清晰,但只是因为人性本身是堕落的,因此被贪婪、贪心、

---

⑯ Adam Smith,《国富论》(*An Inquiry into the Nature and Causes of the Wealth of Nations*)(1776),Edwin Cannan 编辑,New York:Modern Library,1937,IV,ii,第423页;Lewes Roberts,《交易的财富》(*The Treasure of Traffike*)(1641),第1—2页,引自 Gunn,《17世纪政治与公众利益》,第212页。关于17世纪此论点为人所熟悉的事宜,参阅 Gunn,《17世纪政治与公众利益》,第210—213页。关于用市场体系取代神性秩序,参阅 Appleby,《经济思想与意识》,第41、242—245、255页。关于资本主义意识是18世纪政治论争产物的观点,参阅本章注释22。

妄羡这类的贪欲之罪吸引。事实上,早期反资本主义者将"市场"自身视为人类对整个世界的无尽欲望的想象投影。因此,托马斯·斯科特(Thomas Scott)抨击所有新旧贵族,以及"我们土地的改良者"、勒索高额租金的人、垄断者、接受教会财产移交者。这些人"研究如何照此行事,创出如此方案,以可能为害公众的方式满足个人过度的欲望"。他们"活在这世上**就如活在市场上一样,想象着除了买与卖之外就无事可做。他们被上帝所造及存在的唯一目的就是用所有可能的方式攫取财富**"。约翰·德纳姆(John Denham)从库珀斯山(Coopers Hill)上俯瞰伦敦城,它被笼罩在

> 更厚密的商业
> 云端与烟幕之中,那儿的人们像蚂蚁般
> 勤奋劳苦以防范想象中的贫乏;
> 然而,所有人都虚空,随着自己财富的增长,
> 他们的欲望更加炙热,但使他们的贫乏更甚。
> 如食物之于不健康的身体一样,尽管它让
> 欲望愉悦,但只是滋养了疾病……

因此,此处涉及的也是自然规律理念的革命。从某种意义上说,近代早期思想取得的成就是人性的"中立化"。J. A. W. 冈恩(J. A. W. Gunn)说道:"自然规律开始从强加在人类身上的某种外部道德规则中成为人类实际行为的纯粹描述。"但如果没有欲望,那人类行为为何呢? R. H. 托内评论道,17世纪之前,"'自然'已开始意味着人类欲望,而不是神意条例,自然权利作为为何该让自利自由发挥的理由而被当时个人主义唤起"。但如我更早讨论暗示的那样,神意因与自然因、宗教与世俗事业之间的选择不可能对那些陷于世俗化过程中的人们有意义。因此,在本世纪末,国教神学家托马斯·泰勒(Thomas Taylor)可能辩称"欲望普遍植根于任何存在类型的本性之中,我们可将如此

普遍的效果只归因于那些存在的造物主"。㊼

如乔伊斯·阿普尔比(Joyce Appleby)阐述所言,在整个17世纪,撰写经济事宜的作家们论证收益与利润的物质自我提升的动机是普世的,根深蒂固的,因此也是人性的合法原则。人性有其自身规律,这本身就是验证物质自利过程中的一个因素,其自身的可预见性对该时代的经验主义改革者而言看似有利于当下的标记。随后的反转自相矛盾地使人类激情自身(与经济体系更伟大规律一道)在易变性稳定过程中扮演一个正面角色。根据阿普尔比的观点,"欲望不可否定的主体性已通过借用人类市场行为恒定的方式被转为客观的、可测量的力量"。欲望的恢复在某种程度上取决于17世纪作家在诸多激情中进行区分的意愿,及构想运用贪婪的相对无害性抵消被视为重要的,最具破坏力欲望之物的意愿。同时,"利益"的类别用这种方式得到改进,以居中和解人类动机的两种传统类别。如艾伯特·赫希曼(Albert Hirschman)所言:"利益被视为有效地具备两者的更佳性质,一则是作为被理性提升、容纳的自爱的激情,二则是作为被此激情指引、赐力的理性。人类行为由此而生的混合形式被视为既免于激情的毁灭性,又免于理性的无效性。"㊽

伯纳德·曼德维尔(Bernard Mandeville)宣布,政治家们所做的永恒努力就是说服人们"对每个人来说,较之于放纵个人欲望,征服欲望更有益;较之于个人关注自己的私利,关注公众利益更合宜"。考虑到

㊼ Thomas Scott,《比利时蚂蚁》(*The Belgick Pismire*)(1622),第32、34页;John Denham,《库珀斯山》(Coopers Hill)(1642),II,第28—34页,引自《扩展的象形文字》(*Expans'd Hieroglyphicks: A Critical Edition of John Denham's Coopers Hill*),Brendan O'Hehir 编辑,Berkeley and Los Angeles: University of California Press,1969,第111—112页;Gunn,《17世纪政治与公众利益》,第138页;Tawney,《宗教与资本主义的兴起》,第153页;Thomas Taylor,《1697年12月2日的布道》(*A Sermon Preach'd ... on the Second Day of December, 1697*)(1697),引自 Straka,《英国国教对1688年革命的反应》,第111页。

㊽ Appleby,《经济思想与意识》,第184页(亦可参阅第7、94—95、97、183—185、193、247—248页);Albert Hirschman,《激情与利益》(*The Passions and the Interests: Political Arguments for Capitalism before Its Triumph*),Princeton: Princeton University Press,1977,第43—44页与第1部分。

1700年之前为自私辩护推进到的程度,我们可能看到马基雅维利思想的直接影响与其说是在于其论点的新颖性,不如说是在于其将这种易变反转事实提到公众意识水平,并随意重复的雄心。私人恶德导致公众利益这一箴言含糊地指向两个方向。我们称为美德的真的是虚荣,无私是自我选择,曼德维尔的此番论证是道德与社会改革的乐观举措,旨在去除美德的神秘感,并使之人性化,以此从贵族与圣徒那里对美德进行纠正,使它成为从事现代生活日常追求的真实人类的属性。没有什么能比"出身就是价值"这个先验虚构如此有效地进行阐述,这个虚构说明私人"价值"是人类行为之公众结果不可分割的功能。我们在此可感受到曼德维尔与为威廉的"转让的资产"观点辩护的自由主义者之间的密切关系。以自我为导向的行为并不是那些其血统为此正名的少数人特权。现代荣誉的源泉具有绝对价值,因为我们珍视的一切取决于此。它创造了价值观,这是美德的标准。将这种论点置于其进步形式之中的举措甚至激起其根本保守否定。如果现代智慧是将美德纳入恶德,那么美德已离开这个现代世界。对贵族权威传统与默认接受的唯一替代就是完全清除权威。㊾

进步与保守意识之间冲突的具体化阐述主要归功于这个逐步认可带来的动荡:人类欲望从某种真实意义来说是价值创造,也就是通过发现交换价值来实现。现实中,对想象匮乏的放纵看似不仅产生更多的贫乏,而且也产生达到满足的方式。人性一旦从传统道德束缚强加的限制中解脱出来,它似乎自然而然地倾向于在诸内在不同的商品之间创建等值,并因此通过市场流通与交换提升它们的价值。威廉·

㊾ Bernard Mandeville,"论道德美德的起源"(An Enquiry into the Origin of Moral Virtue)(1714),见《蜜蜂的寓言》(The Fable of the Bees),Phillip Harth 编辑(Harmondsworth: Penguin, 1970),第81页。关于笛福对马基雅维利式悖论的阐述及令人着迷的讨论,参阅 Review, III, no. 10(Jan. 22, 1706);同作者,《英国商人大全》(The Complete English Tradesman, in Familiar Letters),第2版(1727),II,第2部分,第4、5章。比较 Review, III, no. 11(Jan. 24, 1706),笛福认为商人"为作为贸易美德,而非行为恶德的奢侈做辩护……宗教改革的伟大愿景就是必须向我们揭示无论我们何时开始改变自己的行为,我们都会毁掉自己的产品。"

佩蒂(William Petty)认为,政治经济中最重要的考量就是"如何在土地与劳力之间创立等位与等式,以此用其中一个单独表示任何事物的价值。"此等式的关键似乎就是金钱,安东尼·阿斯卡姆称其为"只为加速商品交换而创"。他认为在商品的无限循环中,这促进了一种人类群体的奇特新形式:"并不是我们现在因此有与之交往的群体,商业(Commercium)只是商品的公众分享(Communio mercium)。"现代有钱群体的著名样例就是"资金拥有阶层"这个新类别,它在"土地"与"贸易"共同参与市场行为的基础上使传统对立的两者之间构成等位。㊿

当此行为的扩展造成之前其存在不为人知的匮乏与财富时,资金拥有阶层的支持者们学会赞同人类欲望中的市场"想象"根基,而不只是予以接受。需求的弹性开始看似无限且绝对:价值只是个体生产者与消费者的想象力。"事物本身没什么价值",尼古拉斯·巴尔翁(Nicholas Barbon)声言,"是观点与方式使之得以运用,并有所价值"。"思想的匮乏是无限的,人们自然渴望获得。随着个人思想的提升,他的感知就会更雅致,更能得到愉悦;他的欲望得到扩展,他的贫乏与其期冀同步增长,对所有稀有之物的渴求能让自己的感知满足,并得以修身,得以促进生活的安逸、愉悦与铺张。"与利润动机验证同步的是必然认可,即所有利润生成在于主观动机的心理评估。因此,诸如"信任"(trust)与"信用"(credit)这类金融术语的想象意义传递的是契约的世俗化机制,其影射的是自身唯物论劝诫,而不是更高的精神力量。如克里斯多弗·希尔评论所言:"支持效忠誓言与司法誓言的超自然约束力(即至尊者上帝)在资本主义社会伴随如是发现:因信用、名声与威望的社会重要性的兴起,言而有信之人得到回报。"如新教徒对群体信用的倾力关注一样,复辟时期商业小册子撰写者之间对名声的主要关注(如阿普尔比所言)就是"荣誉的功利概念"。因为其中有人坚持,"商人以信用为生,靠信任购买更多商品","当他们凭信用购买时,

---

㊿ William Petty,《爱尔兰的政治解剖》(*Political Anatomy of Ireland*)(1691),第63—64页,引自Appleby,《经济思想与意识》,第84页;Ascham,《论政府的混乱与革命》,第27、30页。关于资金拥有阶层,参阅本书第4章,注释52。

他们必须在信任的基础上出售"。另一人说,"信用就是交谈的动力,交往的滋养者及事物的伟大管理者"。[51]

五 进步意识与保守意识

尽管进步意识的支持者们对市场回报勤勉美德的多变能力予以极大的认可,并以此与资金拥有阶层有联系,他们可能对其主观基础的脆弱性感到不安。丹尼尔·笛福尖锐地批评了占据贵族绅士思想的"想象荣誉",他至少对驾驭现代交换价值世界的"想象力"心存疑虑。他把贸易拟人化为"被异族之物操纵的人类幻想风暴与雾气"的受害者,兴奋异常,有时候热情奔放。他把信用描述成金钱的妹妹,一位活泼易变且"专制"的小姐,其一身时髦行头并不能掩饰自己血统的可能性。因为"她的名字在我们的语言里叫信用,在某些国家里则叫荣誉。"两个比喻都是女性化的,女性保留与交换(或命运)易变性的联系,她们是在更悠久父系假定下拥有这个联系。笛福似乎倾向于探讨市场撩人的创造是否比那些现代世界已不再相信的贵族虚构具备更延绵的实质,也就是说,探讨成就的有钱模式是否比用某个不同名字而为人所知的旧有贵族模式更具有效性。然而,在其他语境中,笛福警告贵族阶层,如果他们不靠零售信用生活,那么他们有可能过上入不敷出的生活,这将最终导致对他们的"信用"的否定及"荣誉的灭失"。这个意象给"荣誉"与"信用"一个更中性的同义,而笛福在别处

---

[51] Nicholas Barbon,《论更轻地铸造新钱》(*A Discourse concerning Coining the New Money Lighter*)(1696),第 43 页;同作者,《论贸易》(*A Discourse of Trade*)(1690),第 15 页,引自 Appleby,《经济思想与意识》,第 229、169 页;Hill,《革命前的英国社会与清教》,第 405 页;Appleby,《经济思想与意识》,第 188 页;《英国要事解读》(*Grand Concern of England Explained*)(1673),第 51 页及《简要评论》(*The Brief Observations of J. C. ... Briefly Examined*)(1668),第 63 页,引自 Appleby,《经济思想与意识》,第 189、92 页。关于 17 世纪末信托体系,参阅 R. S. Neale,"资产阶级已历史性地扮演了一个极革命的角色"(The Bourgeoisie, Historically, Has Played a Most Revolutionary Part),见《封建主义、资本主义及以外》(*Feudalism, Capitalism, and Beyond*),Eugene Kamenka 与 Neale 编辑,New York:St. Martin's,1975,第 99—101 页。

能够将信用如此正面运用，以至于使之成为伟大存在之链（the Great Chain of Being）的重要润滑剂。我们在决定笛福关于资本主义信用与贵族荣誉之间关系立场时的困难反映了某种就他本人而言关于交换价值世界更令人不安的一些特征的真实不确定性，一般而言，他是这个世界的热情支持者。与他对真实问题态度相关的类比也值得关注，因为笛福天真经验主义的基本稳定性易受关于虚假历史真实性主张的质疑的影响，其间，道德目的的稳定性被教学方式的“想象”地位削弱。(52)

笛福对交换价值主体性的不满使我们得以窥见在保守反转边缘犹豫的进步意识。某位极度保守的支持者试探性地用更旧的国务模式验证财富成就新模式的进步实验，查尔斯·戴夫南特（Charles Davenant）为这个紧邻现象做示范。戴夫南特将金融信用比作“人们在管理国家事务时凭借智慧获得的赞誉与名声”。无论它可能看似何等“奇异”，好名声是我们给那些名至实归之人的回报。所以，尽管政治家可能暂时失去自己的名声，“将来可以重新获得，只要有闪光的价值与真正的功绩。同样地，信用尽管可能一时被遮蔽，在某些困难中挣扎，但它也可能得到某种程度的恢复，只要底部有一个稳定良好的根基”。当这个体系照常运行时，那么金融群体的信用便是相配的实质功绩之物的脆弱标记。然而，保守派们常常把有钱人原则与专制资本主义行为的基本原理，即自我选择的公共利益、主体欲望的自然性及交换的价值创造能力让步于笛福拾起，但又迅速放下的批判类型。(53)

乔纳森·斯威夫特愿意承认贵族血统与荣誉的“想象价值”，然而

(52) Defoe，*Review*，III，no. 126（Oct. 22，1706），no. 5（Jan. 10，1706）（参阅同作者，《英国商人大全》，I，第 24 封信，特别是第 344 页），no. 7（Jan. 15，1706），no. 9（Jan. 18，1706），（参考 no. 2［Jan. 3，1706］）；VII，no. 130（Jan. 23，1711）。关于贵族意识的“想象荣誉”，参阅本书第 4 章，注释 37。关于女性与交换，参阅本书第 4 章，注释 38。关于笛福与虚假的历史真实性主张，参阅本书第 3 章，注释 63—69。

(53) Charles Davenant，“论公共收益”（Discourses on the Public Revenues）（1698），见《查尔斯·戴夫南特的政治与商业作品》（*The Political and Commercial Works of … Charles D'Avenant*），Charles Whitworth 编辑，London：R. Horsfield，1771，I，第 151 页。

他把自己最犀利的想象嘲讽指向那些有钱人，他们在宣传从暴政那里获得的自由及对贵族意识的幻灭时只是概述了这些最坏的过分之处。对宗谱及纹章术语的传奇神秘化已够糟了，但"凭借股票经纪人的一贯狡诈"，斯威夫特写道，"恶行与欺骗的如此复杂行为已被引进来，如此邪恶的神秘、如此不为人所知的术语行话涉入其间，在这世界其他任何时期或国家从未听说过"。斯威夫特将南海公司（the South Sea Company）膨胀的股票价值描绘成由一群银行"巫师们"操纵的"魔术"，1720年泡沫破裂后，他写道：

> 想象下整个魔法的破灭，
> 巫师们被撂在户外，
> 其力量与常人无异，
> 他们所有魔法器皿公开示众。

斯威夫特强烈支持1711年通过的，旨在将国会议员资格限于土地所有者的《财产资格法案》（the Property Qualifications Act），因为这将确保"我们的财产并不再由那些除自身之外什么也没有，或至少只有短暂或想象财产之人的随意处置"。在解释近年来土地拥有阶层的命运时，博林布罗克伯爵（the Earl of Bolingbroke）阐述了自己的信念，即"一个新利益阶层已从他们的财富中被创造出来，20年前不为人知的财产类型现在增长到几乎与我们全岛陆地等价的地步"。市场与公众信用的波谲云诡似乎证实了这些坚信，然而，斯威夫特借用怪异的倒转说道："国家的财富过去是用土地价值来衡量，现在用股票的起落来计算。"⑭

对保守意识来说，资金拥有阶层与进步意识密不可分，将残酷的

---

⑭ Swift, *Examiner*, no. 13(Nov. 2, 1710)与 no. 34(Mar. 29, 1711)，见《乔纳森·斯威夫特散文作品集》(*The Prose Works of Jonathan Swift*)，第3卷，Herbert Davis 编辑，Oxford: Blackwell, 1940, 第6—7、119页；同作者，"银行家的挤兑"(The Run upon the Bankers)（1720），II，第33—36页，见《乔纳森·斯威夫特诗歌集》(*The*　（转下页）

社会不义体系化的普遍意愿得到特别明目张胆的表述,现在不被任何世袭权威的有用虚构软化。例如,着装时的旧有差别至少为人们社会等级差异提供了一种表面的、实质的记录。对理查德·阿莱斯特里来说,"现在似乎除了他们的**金钱**或**信用**极限范围以外没别的**方式**。信用常被如此拉展,以至于不仅自己断裂,而且还造成令人不快的后果,将那些所涉之事毁掉。"可能贵族意识不可避免地支持某些家庭在他者之上,所用的就是参照天生功绩的严格标准,且必定被视为武断的方式。但斯威夫特确信已参与西班牙王位继承战争,出生名为约翰·丘吉尔(John Churchill)的马尔伯勒公爵(the Duke of Marlborough)有意"提升某个特定家族的财富与荣耀,使高利贷者与股票经纪人发财"。如果贵族意识可能被降格为这种量化提议,即最佳之人就是拥有最悠久血统之人,进步意识这个替代者则认为拥有最多财富之人就是最佳之人。新秩序的非道德现实被勤勉、克制、个人成就等正义修辞遮蔽,并且是如此绝对与变形的量化,以至于配得上"腐败"这个词。斯威夫特激烈抵制英国人将伍德先生(Mr. Wood)的半便士强加在爱尔兰平民之上的行径,这使进步现象所有最遭人恨的特点在此汇聚:政府与有钱人结盟,并在运用专制殖民权力时大肆腐败;名不副实之新贵的擢升,货币"规划人"伍德,"一位卑鄙的平民"及贬值的造币祸害。关于有钱人腐败的文字描述如此令人反感,以至于借用斯威夫特代言人的话来说,只能借助完全拒绝参与交换价值创造的方式才得以

(接上页注㊄)*Poems of Jonathan Swift*), Harold Williams 编辑, 第 2 版, Oxford: Clarendon Press, 1958, I, 第 238 页;也参阅"泡沫"(The Bubble)(1720), 同前, I, 第 248—259 页;同作者,《同盟的行为》(*The Conduct of the Allies*)(1711), 第 87、70 页。Bolingbroke, 1709 年 7 月 9 日亨利·圣约翰(Henry St. John)致奥瑞里勋爵(Lord Orrery)的信, 见 Bod. MS. Eng. Misc. e. 180, fols. 4-5, 引自 W. A. Speck, "斯图亚特后期英国的社会地位"(Social Status in Late Stuart England), 见 *Past and Present*, no. 34 (1966), 第 129 页。斯威夫特认为法律应该只由那些拥有土地资产之人决定, 参阅其"不同主题的随想"(Thoughts on Various Subjects), 见《乔纳森·斯威夫特散文作品集》, 第 4 卷, Herbert Davis 与 Louis Landa 编辑, Oxford: Blackwell, 1957, 第 245 页;同作者,《卑微的致辞》(*An Humble Address*)(1735), 见《乔纳森·斯威夫特散文作品集》, 第 10 卷, Herbert Davis 编辑, Oxford: Blackwell, 1959, 第 134 页。关于斯威夫特论贵族意识, 参阅本书第 4 章, 注释 60。

克服:"对我自身而言……我打算与屠夫、面包师及酿酒师等邻居交换,以物换物。"⑤

对进步意识的抨击核心是对这种伟大不一致的看法:没有功绩的金钱与权力。此外,对斯威夫特来说,范例就是罗伯特·沃波尔爵士(Sir Robert Walpole):

> 压制真正贤德,擢升卑鄙之人
> 出卖自己的国家以买下自己的安宁
> 零售虚假新闻的股票经纪人
> 在法庭上用炖煨之法喋喋不休

尽管美德的缺失因此界定了这种不一致的性质,贵族地位的缺失仍具有堕落的传统意义。我们可以在斯威夫特对伍德卑鄙行径的蔑视中看到这种强调,这与其用普通代言人的通感模仿不一致,所用的方法完全具有自己矛盾的"托利激进主义"特点。我们可在博林布罗克对那些"生来就是效忠与遵命,甚至为统御政府自身而培养的"专制穿袍贵族的蔑视,及在他对未来英国的描述中听到如是话语:未来的英国"被一小撮权力新贵压榨;常被最卑贱的,且总是最恶毒的同胞臣民迫害;被那些将自己的擢升与财富不归因于功绩或出身,而是归因于孱弱君主的青睐,及因他们的掳掠而致穷的国家敛财之人的压迫"。正是在此基础上,博林布罗克对拥有巨大资产的绅士们慷慨激昂地陈情,以期抵制"股票经纪人或乞丐般的权力爪牙的侵扰,他们被派潜入你们之中,没有任何可以取代你从你的佃户、邻居、侍从那里获得敬重的,可以值得称颂的功绩或美德"。同样地,戴夫南特笔下的辉格密探指示自己的助手去"诋毁、诽谤那些要么因其高贵出身,要么因其巨大

---

⑤ Allestree,《基督教虔诚腐败的原因》,第 238 页;Swift, *Examiner*, no. 13 (Nov. 2, 1710),见《乔纳森·斯威夫特散文作品集,第 3 卷》,第 5 页;M. B. Drapier,《致爱尔兰民众的信》(*A Letter to the ... Common-People of Ireland*)(Dublin, 1724),见《乔纳森·斯威夫特散文作品集》,第 10 卷,第 4、7、12 页。

财富,要么因其在政府事务的应对能力而使自己得到推荐,成为未来国务行政官的贤良之人"。㊼

因此,如果保守派作家因这些讽刺性地呼应贵族堕落价值观的缺陷而谴责进步价值观,他们的语言也揭示了关于自身发展连贯性的潜在不确定性。在反对资金拥有阶层过程中,有土地的支持者们难免受贵族价值观的真实(如果不夸张的话)依赖的吸引,而他们自身对此并不愿公开接受。无论如何,他们在鞭挞那些用更原始的形式使财富永存的有钱人。对斯威夫特及那些与其持相同观点之人来说,有土地的资产与其支撑的个人关系之间的稳定性似乎提供了最好的模型,以此对照交换价值的虚幻及人类欲望的无限放纵。然而,此观点的相关问题就是很难把作为独特价值创造的土地理念与贵族意识的其他宗谱元素区分,在长期习惯作用下,该理念被焊在贵族意识之上。然而,1770 年之前,将非资本主义土地运用的原始飞地,即"土地拥有阶层"与市场的杂食经济学隔离的尝试具备某种堂吉诃德式徒劳。事实上,因敌人合并而起的困境完全充斥托利激进分子的经历之中,这对偏执狂易变性的危险品性而言是重要的,这为他们最好的作品带来一种独特的辉煌。将 18 世纪初的保守意识不是视为对资本主义意识的否定,而是视为一种意愿的表述,即阻止势不可挡的资本主义改革洪流的意愿,至少在某个阶段为具备某种政治与社会信念的财产拥有者保留新旧两个世界的最好之物,这可能才是最准确的表述。斯威夫特阐述了可能被视为冻结改革过程的如是欲望的构成相等物,当时他带着辛辣与愤怒抱怨贵族与绅士阶层已支持了光荣革命,其在"王位继承

㊼ Swift,"罗伯特·沃波尔爵士的品性"(The Character of Sir Robert Walpole)(1631),II,第 7—10 页,见《乔纳森·斯威夫特诗歌集》,II,第 540 页。Bolingbroke,《对国家当前状态的若干思考》(Some Reflections on the Present State of the Nation)(1749)与《论党派》(A Dissertation Upon Parties)(1733—1734),见《博林布罗克勋爵作品集》(The Works of Lord Bolingbroke), Philadelphia: Carey and Hart, 1841,II,第 455、152 页;见 Craftsman, no. 184 (Jan. 10, 1730)。Davenant,《汤姆二次离开祖国》(Tom Double Return'd out of the Country … a Second Dialogue between Mr. Whiglove & Mr. Double),第 2 版(1702),第 63 页。关于托利激进主义,参阅本书第 4 章,注释 61。

方面的违逆……无意将如此行径纳为惯例"。然而,1688年后,君主美德的严格继承成为破产的贵族虚构,除詹姆斯二世党人之外的所有人必须强力予以弃绝。因此斯威夫特本人如此宽慰亚历山大·蒲伯(Alexander Pope):"我总是宣布自己反对天主教徒继承王位,无论他因血缘之近而可能得到何种头衔。"但如果直系血统因此能与被鄙视的交换价值一样为美德提供某种同等坚实的根基,人们可能去哪儿寻求真实的替代呢?(57)

如我在前一章暗示的那样,问题勉强得到解决,所用方式就是间接为贵族荣誉、王权的神性及不是精确作为信仰条款,而是基于其社会工具性及效用理由的相关信念辩护。根据理性与经验标准,如此坚信的自觉"想象价值"是开启其"真实"价值之锁的钥匙,不是信念的真实,而是将其拥有的效用。本世纪末,这个论点将因塞缪尔·约翰逊敏锐的原始社会学意识"在伟大社会体系中扮演角色"而复杂化:

209 但是,先生,顺从是社会的必要之需,关于谁居其上的争议是非常危险的。也就是说,人类及所有开化国家都在一个朴实不变的原则上解决了此争议。某人生来就有世袭爵位,或被任命为某项官职,授予他某个爵位。顺从极大程度引向人类幸福……因此,先生,固定不变的等级区分规则不会产

(57) Swift, *Examiner*, no. 13(Nov. 2, 1710),见《乔纳森·斯威夫特散文作品集》,第3卷,第5页;1721年1月10日斯威夫特致蒲伯的信,见《乔纳森·斯威夫特通信集》(*The Correspondence of Jonathan Swift*), Harold Williams 编辑, Oxford: Clarendon Press, 1963, II,第372页。关于政治同化的危险与诱惑,参阅 Bertrand A. Goldgar,《沃波尔与智慧》(*Walpole and the Wits: The Relation of Politics to Literature, 1722-1742*), Lincoln: University of Nebraska Press, 1976。蒲伯的矛盾在其介于业余与专业诗人角色之间,介于精英小团体与文学市场之间的动摇中表现最为明显。特别参阅其《作品集》(*Works*)(1717)"序言";《佩里·巴特豪斯》(*Peri Bathous; or, Of the Art of Sinking in Poetry*)(1728);"致阿布斯诺博士的信"(Epistle to Dr. Arbuthnot)(1735);及《愚人记》(*The Dunciad*)(1728—1743)。关于斯威夫特矛盾地尝试将自己与"乡村宅院"相联系事宜,参阅 Carole Fabricant,《斯威夫特的风景》(*Swift's Landscape*), Baltimore: Johns Hopkins University Press, 1983,第70—71、166—169页。

生嫉妒,尽管允许存在偶然之举。假如没有这个规则,那将会有关于谁居先的永恒纷争。

一条直线从奥古斯都保守派延展到埃德蒙·伯克(Edmund Burke)的悲叹。伯克对诞生于骑士时期,但在法国革命熊熊大火中焚尽的"愉悦幻觉"惋惜不已。㊳

约翰逊的基本原理已然暴露了与其知识客体之间的实用分离。对博林布罗克而言,这个知识客体实在过于严厉,他的真实雄心多少就是使工具性信仰充满为默认知识而保留的这种权威。这在从某个理想化的古代中怀旧式重构某个专制王权权威模型尝试中最为明显。这个理想化的古代已被前一代博林布罗克的托利先人去神秘化。博林布罗克的爱国国王是"所有改革者中最强大之人,因为他本人就是某种活着的奇迹",他的外表必须令人敬服。他将让我们回到贵族的高贵远非要么顺从信仰,要么屈从怀疑论,而仅是"真正高贵"的外在标记的时代。博林布罗克将这种内在权威与名不副实的"新人"(Novi Homines)崛起之前的古罗马家长制"权威"(auctoritas)相联。但这种理想似乎也可在英国历史某些时间段得以安置。一位支持沃波尔的记者在回应如是回顾时大叫:"这是何等英勇的故事!比高康大(Gargantua)的故事更吸引人,更具传奇色彩。"但博林布罗克对自己被视为得到恰当理解的传奇作者而感到满意,他可能相信一个巧妙重构的信仰要比完全没有信仰强。在这种思想框架内,他评论道:"他的国度之出产,他的君主之真正利益都应该是每一位伟大人物首要考虑之事,如可能看似传奇一样,在伊丽莎白女王治下的那些美好旧时光中,这并非完全不时尚的话题。"在颂扬自己被人敬重的恩主时,斯威夫特也用"传奇"的含糊语

㊳ James Boswell,《约翰逊的一生》(*Life of Johnson*),George Birkbeck Hill 与 L. F. Powell 编辑,Oxford: Clarendon Press, 1934, I,第 442、447—448 页;Edmund Burke,《关于法国革命的思考》(*Reflections on the Revolution in France*)(1790),Thomas H. D. Mahoney 与 Oskar Piest 编辑,Indianapolis: Bobbs-Merrill, 1955,第 87 页。

言描述这位真实"伟人"的地位一致性:

> 那些有力的描述词,博学的、良善的、伟大的,
> 我们之前从未将其叠加,但在传奇中相遇,
> 我们最终在您身上找到了一切的综合。

然而,现代性的咒诅就是将个性与指定的地位分开,并已判定前者无休止地从后者那里寻求不再能得以实现之物。因此,詹姆斯·哈林顿(James Harrington),对博林布罗克圈子产生重要影响之人将他称之为"父辈的权威"(auctoritas patrum)内在的卓越归因于其理想共和国的统治者们。然而,贵族阶层的罗马模型对哈林顿有用,因为它确保了"自然贵族阶层"的未来统治,他谨慎地记下:"不是出于世袭权利,也不是仅在于他们资产的丰厚……而在于因他们卓越才能而被选。"个人的习惯及其根据自己自然欲望指示选择领袖、处置个人资产的绝对权力逐步篡夺了专制君主的统治。⑤⑨

我现在已到自己关于近代早期英国概念与行为层面的社会情境描述结尾之处,其间,散布很广的美德问题凝聚成进步与保守意识之

㊾ Bolingbroke,《爱国国王的理念》(*The Idea of a Patriot King*)(1739),见《博林布罗克勋爵作品集》,II,第397页;参阅 *Craftsman*, no. 456(Mar. 29, 1735),博林布罗克暗中将"新人"兴起时期与当时的英国比较;*Craftsman*, no. 9(Jan. 2, 1727)。关于沃波尔的支持者,见 *Daily Gazeteer*, no. 24(July 26, 1735),引自 Isaac Kramnick, "奥古斯都时期的政治与英国史学"(Augustan Politics and English Historiography: The Debate on the English Past, 1730—1735),见 *History and Theory*, 6, no. 1(1967),第41页。Swift,"尊贵的威廉·坦普爵士颂"(Ode to the Hon[ble] Sir William Temple)(1692),II,第59—61页,见《乔纳森·斯威夫特诗歌集》,I,第28页。Harrington,《大洋洲共和国》(*The Commonwealth of Oceana*)(1656),见《詹姆斯·哈林顿政治作品集》(*The Political Works of James Harrington*),J. G. A. Pocock 编辑,Cambridge: Cambridge University Press, 1977,第173页。关于托利党人对古代宪法神话的重新借用,参阅 Kramnick, "奥古斯都时期的政治与英国史学"。关于罗马权威与"新人"比喻,参阅本书第4章,注释10。沃波尔被他的对手们理解成"伟人"的典范,因此根据定义就不是"善良"之人,参阅本书第12章,注释6。

间的冲突。在随后一章中,我将探究这种冲突的叙事表现。为什么这些意识形态模式易受特定叙事阐述的影响?为最有效地提出自己的美德问题,人们会讲述何种类型的故事?这些故事与在提出真实问题时最有用的叙事结构有何种关系?

第六章　美德的故事

一　作为历史阐释的小说叙事

　　针对贵族意识的进步批判阐明作为想象价值的指定荣誉,并将美德阐释为一种不受地位限制,但通过成就得以证明的品质。进步批判的活力引发了保守反批判,后者同样具备反限制的反贵族倾向,但也拒绝从只作为想象价值现代阐释,只通过其讹误的直率简陋进行区别的成就而来的论点。对真实价值与美德的基础而言,这种反批判追溯了贵族文化的默认权威,追溯了多少与对其辩护的质疑性、谴责性预估脱离的权威氛围。这些彼此冲突的态度表述实际话语之抽象的程度与因矛盾而使诸如笛福、斯威夫特等人的执意争辩复杂化的方式明显不同。然而,正是诸知识结构从茂密的思想灌木丛中得以概括的能力使它们进入对抗性的、彼此界定的相互关系的进行过程中。

　　尤其是,为什么叙事应适合这些对立意识的表述?美德问题有内在叙事焦点,因为它们与宗谱继承及个人进步有关,与人类能力如何在时间中得以证明有关。在小说起源之前,这些问题都通过传奇的贵族意识,以及提供个人及公众历史之类具有说服力描述的叙事模型而得以居中和解。传奇模型在17世纪并没有立即停用,事实上斯图亚特王朝认为它在描述王室继承方面非常有效。当查理王子与白金汉公爵乔装前往西班牙向公主求婚时,詹姆斯一世称他们为自己"心腹之人,亲爱的英勇骑士,值得载入新传奇之中"。后来查理委托鲁宾斯(Rubens)在被困少女及其屠龙勇士圣乔治(St. George)画像中找到亨利埃塔·玛丽亚(Henrietta Maria)及自己的容貌。传奇叙事的意识形态功能甚至在斯图亚特家族进入17世纪中叶危机时更加明显。查理·斯图亚特(Charles Stuart)在其父被砍头的两年后又在伍斯特战役(the Battle of Worcester)中被奥利弗·克伦威尔彻底击败。随后几周,这位年轻王子乔装在乡间躲避,最终设法逃到相对安全的欧洲大陆。传奇模型的模仿看似不仅指导该插曲的若干历史叙事行为,而且也指导历史演员自身行为。为了逃命,查理最初扮作"村夫",随后是"仆人"及"樵夫"以掩藏自己的王室高贵出身。他用粗糙的灰袜子及核桃皮蒸馏液遮住泄露真实身份的白皙肌肤,所有传奇读者深知这是上层人士临时扮演下人时钟爱的化妆。在这起最著名的事件中,查理匿身于枝繁叶茂,密不透风的橡树中,重演树木遁形的传奇派生以躲避国会士兵。但尽管有这些权宜之计,他的真实身份不止一次被王室臣民质疑及识破,"陛下的威仪如此自然得体",根据一位评论家的说法,"甚至在他什么话也不说,什么事也不做的情况下,他的容颜……足以出卖自己"。贵族高贵的不可删除性也是令人敬重的传奇惯例。①

---

① 1623年2月詹姆斯一世致查理王子及白金汉公爵的信,见英国图书馆 Harleian MS. 6987, fol. 13, 引自 Annabel M. Patterson,《审查与阐释》(*Censorship and Interpretation: The Conditions of Writing and Reading in Early Modern England*), Madison: University of Wisconsin Press, 1984, 第167页;关于鲁宾斯的肖像画,参阅第168页。关于查理二世的逃难:"陛下从伍斯特的逃脱描述"(An Account of His Majesty's Escape from Worcester, Dictated to Mr. Pepys, by the King Himselfe)(1680);《准确叙事与关系》(*An Exact Narrative and Relation*)(1660); Huddleston, "陛下从伍斯特的逃脱简述"(A Brief Account of his Majesties Escape from Worcester)与 George Gounter, "陛下逃脱的奇迹故事中最后一幕"(The last act in the miraculous storie of his Majestie's escape),所有这些都重印于《查理二世从伍斯特的逃脱》(*Charles II's Escape from Worcester: A Collection of Narratives Assembled by Samuel Pepys*), William Matthews 编辑, Berkeley and Los Angeles: University of California Press, 1966, 第40、50、88、94、96、107、160页。关于用核桃皮掩饰高贵出身,参阅 Aphra Behn,《游历中的美人》(*The Wandring Beauty. A Novel*)(1698),见《最聪慧的本恩女士所写的历史、小说及译作》(*Histories, Novels, and Translations, Written by the most Ingenious Mrs. Behn*),第2卷(1700),第10页;Eliza Haywood,《菲利多尔与普拉琴蒂》　　　　　(转下页)

当然,历史叙事在某种程度上反映了实际境遇:伪装是必要的,被发现的危险是非常真实的。但传奇惯例也把圆滑的阐释强加在情境之上:查理是真正的君主;乔装的困难只是确认其内在的高贵,贵族高贵的外在装饰这些惯用能指不幸已被消除。故事的传奇形式甚至暗指超出自身范围的事件。如那些推定的弃儿或游侠骑士事例中的那样,当出身的高贵与其世俗的羁绊脱节时,我们知道其内在价值将在某个时刻得到确认,并最终回到其应有的权威席位。因此,查理落难民间预示自己的姓名最终大白于天下,身世揭秘将使其重登英国王位。贵族意识的核心就是如此坚信,即稳定的社会秩序是更伟大的道德秩序的可靠指导;在以地位等级为基础的父系文化中,社会秩序具备某种宗谱功能。最简洁地说,出身是价值的符号。查理在伍斯特的传奇通过将价值与出身符号分割,并证明其准确无误的方式鼓动了这种意识形态公式。

不过,如果查理逃匿的传奇在 1660 年王政复辟时得到特别的证实,其对社会经验更普通的看法则没有。我认为,这可在对这些有关传统传奇支持的出色历史叙事坚持中得以感知。如在 12 世纪宫廷小说那样,当作为社会现实规范解读的贵族意识地位仍然含蓄且普遍时,它会发挥最大效用。然而,此处对现实的影射表述相对而言是明显与直接的。它具有源自自己不仅被斯图亚特君主制死敌,而且被阐释当时各事件的替代模型攻击之感的力量。当然,这些事件自身似乎鼓励一种不同的情节类型及诸多不同的文化主角。如果查理的确重获其贵族遗产,处死国王一事已对王室继承予以沉重一击。克伦威尔与奥兰治的威廉(William of Orange)随后取得的胜利雄辩地论证了勤勉英勇胜过纯粹血统。弑君行为及这些胜利与如是发现有某种明显

(接上页注①)(*Philidore and Placentia; or, L'Amour trop Delicat*)(1727),见《理查逊之前的 4 位小说家》(*Four before Richardson: Selected English Novels, 1720-1727*),William H. McBurney 编辑,Lincoln: University of Nebraska Press, 1963,第 159 页。关于随后涉及真实问题,而非道德问题的叙事合宜性近似论点,参阅本书第 3 章,注释 81—86。

且重要的相关性,即地位不一致的现代情境不受贵族意识及传奇的传统居中和解的影响,但同样明显的是,这些事件自身并没有提供进步与保守叙事的替代模型。

然而,理解、阐释新近历史意义的尝试的确以某种更深远的方式为当时的人们提供小说叙事的重要模型。而这新近历史终究成为证实贵族基本原理脆弱性的战场。此外,如我之前提及的那样,作为诸传统形式某种"定位"(emplacement)或详述的小说指的就是用社会与历史,而非形而上术语阐释人类俗事易变动因的体现。关于家族循环、先辈传奇、君主镜像等世事沉浮的传统描述使自己的主题象征化,并因此将易变性的静态事实视为某种不可逾越的阐释,以此限制对其性质与原因质疑的范围。在近代早期,易变性的事实,甚至其对有罪境遇的基督教详述失去了其大多半阐释权力。不稳定性及流动性的经历不再被如此自动诠释为易变性的事实,并越发被认同,且反而被应对为地位不一致的某种社会历史情境,它易受更确定的分析与阐释影响。这种阐释性分析常常需要一组"宏观历史"层面复杂场景的详述,及存在于将其简化或浓缩在更简单的"微观历史"叙事结构之中的提喻运用。我们有时甚至可以观察到当时的人们费力阐释大型公共宏观历史,他们非常自觉地将其提炼成个人及家庭生活更小型、更易理解的私人微观历史,在我们看来可被确认为"小说"。②

在近期发生的划时代事件中,当时的人们学会重新回到似乎已用某种果断方式改变社会关系性质的某些批评模式。他们借助这种方式把历史经验组织成地位、财富与权力如何、为何,甚至何时彼此分离的对抗描述。美德问题的内在"答案"可用这种方法在提出这些问题的故事自身形式中得以涉及,关于个人的叙事可通过暗示他们提供的某个样例被抽象化的基本原理方式保留其阐释功能与反响,它们的情节也以这种方式得以推进。17世纪作家们为阐释某个特定近期历史现象,即因都铎专制主义而起的"易变性"做了各种尝试,但此时借助

---

② 关于定位与详述,参阅导言"文学史中的辩证法",注释14—15。

相关关注阐明我所用的叙事详述与专注意欲为何是有所裨益的。

如很多评论家们一样,亨利·斯佩尔曼爵士(Sir Henry Spelman)认为修道院的解散及教会土地的出售是都铎王朝为社会变革所列食谱中的重要原料。斯佩尔曼说,通过批准对此政策授权的国会法案,当时在场的世俗统治者们将上帝的"荣耀"交予"那些懒惰、粗俗之人"。不仅因为他们,而且因为"整个贵族体系自此在自己先辈荣光、重要性及尊重度方面极大受挫"。他总结道,"为了惩罚他们,上帝把贵族阶层的古老荣誉取走,将之交付给最卑贱的人,交给零售店主、酒店主、裁缝、商人、市民、酿酒师与放牧人。"斯佩尔曼的叙事间或中断,夹杂着某种纵向插话(a vertical intrusion),即把古老贵族的堕落阐释为针对他们在教会堕落时所犯罪行的相似讽刺报偿,而非其他人类行为直接后果。但如果叙事阐释因此并没有得到充分阐述,关于其针对某一群体崛起,另一群体衰败详述的基本素材就在当前。爱德华·沃克爵士(Sir Edward Walker)对本故事的解读保留未经明确呼召的神意惩罚氛围。此处正是贵族阶层家族自身因修道院的解散而富裕,但不是出于永恒的目的:"教会的伟大与辉煌因此被摧毁……取代他们的是某些出身卑微但功绩显赫,并被擢升获得荣誉头衔之人。"对托马斯·富勒(Thomas Fuller)来说,解散修道院标志着一个伟大的分水岭,此后将近期得到擢升的平民错认为古老贵族是件非常寻常之事。亨利八世统治结束时,大多数绅士阶层"他们似是而非地声称是古老家族后人,结果人们发现他们只是自身地位极为卑微的家族后裔,他们并没有站在修道院废墟瓦砾堆高的有利地形之上"。乔纳森·斯威夫特与丹尼尔·笛福把更广泛的都铎时期政策纳入其中,并同意将古代贵族的衰败与平民的崛起归结于这些政策。但他们在影响自己所述故事的方式方面产生争执,毕竟这对那些故事阐释力量而言是重要的。当斯威夫特把自己叙述的社会变化与"跃入民众深渊"的顺势一跳相联时,笛福关注的是由"出手阔绰的绅士阶层"与凭借自身勤勉而出人头地的"节俭的制造业者"组成的社会现象。③

所有这些例子可能看似怎样地不同,但都是从前个世纪的混乱中切割出来的基本叙事,这从而使该世纪的意义更为人所知。然而,所有这一切从这个或那个角度来说都与贵族、绅士阶层的衰落、平民的兴起有关。如今阐释目的越得到进一步拓展,这些基本宏观叙事就越被指定为家庭与个人微观历史的形式与细节。这实际上是约翰·福克斯(John Foxe)的《行传与丰碑》(Acts and Monuments)的普通阐述步骤,用仍然浸润整个宗教改革历史的示范氛围的朴实细节讲述个人的微观故事。腐败贵族及勤勉平民之间的战斗再三与罗马等级制度及上帝圣徒之间的战斗融为一体,因为在宗教领域如在社会领域那样,人们容易将这场争斗构想成与外在的、不可信的宗谱及等级权威对立的内在真实功绩,即教会传统与牧师居中和解之争。例如,"罗杰·霍兰(Roger Holland)的故事"第一部分就是一个关于某位懒散、放荡学徒的故事,他跳舞、击剑、胡闹、挥霍,把自己师傅的钱在掷骰子游戏中全部输光。但在这紧要关头,罗杰转而阅读《圣经》,投身勤勉的从商事业中。随后,所有事情都改变了。他回到家,把自己的父母皈依为基督徒,并从自己的父亲那里获得第二次投注,随后他很快成为商人裁缝,发家致富。如今,罗杰被天主教审判官传唤。他现在通过自己

---

③ Henry Spelman,《亵渎圣物的历史与命运》(The History and Fate of Sacrilege)(1698 年;约写于 1630 年), London: Joseph Masters, 1846, 第 167—168 页; Edward Walker,《评论》(Observations)(1653),见《历史评论》(Historical Discourses, upon Several Occasions)(1705),第 299 页; Thomas Fuller,《英国杰出人物史》(The History of the Worthies of England)(1662),第 44 页; Jonathan Swift,《论雅典罗马贵族及平民之间的竞争与纷争》(A Discourse of the Contests and Dissensions between the Nobles and the Commons in Athens and Rome)(1701),见《乔纳森·斯威夫特散文作品集》(The Prose Works of Jonathan Swift),第 1 卷, Herbert Davis 编辑, Oxford: Blackwell, 1957, 第 230—231 页; Daniel Defoe,《英国商业计划》(A Plan of the English Commerce),第 2 版(1730), New York: Augustus M. Kelley, 1967, 第 49—50 页;亦可参阅 Review, III, nos. 7, 10, 11 (Jan.15, 22, 24, 1706)。关于当时借助罪愆或易变性阐释绅士阶层的堕落,参阅 Richard Allestree,《绅士的职业》(The Gentleman's Calling)([1660] 1672),标记 A5[r], A6[r]; Edward Waterhouse,《绅士们的监控》(The Gentlemans Monitor)(1665),第 28—30、440—455 页。

激昂的反抗及安详的殉道精神证实属灵恩典已在自己的劳动训诫与世俗成功中得以彰显。罗杰的胜利具有双重性,不仅是新教信仰战胜罗马天主教迫害,而且是论功行赏的社会正义战胜受限制的社会地位的腐败伦理。进步意识与加尔文教派意识的融合使福克斯将宏观历史的新教启示录专注某位勤劳学徒故事的偶然特性,这样其绝对阐释力量在微观叙事层面强化了社会阐释的要旨。④

福克斯所写《殉道者之书》(Book of Martyrs) 一书中的人类直观性提醒我们,对当时的人们来说,在新教象征论使当时及个人历史领域内的基督教历史伟大模式具体化的倾向中已有叙事专注(narrative concentration)的复杂化模型。当安德鲁·马维尔(Andrew Marvel)在阿普尔顿女修道院(Nun Appleton)讲述其恩主宅邸的历史时,费尔法克斯先辈求爱的微观情节充斥着新教宏观政治的共鸣。在其高潮处,克伦威尔式英雄威廉·费尔法克斯(William Fairfax)赢得"正当妙龄的处女"之心,而那些有心计的修女们曾徒劳地觊觎败坏这位少女的美德。这是新教功绩战胜罗马天主教诡计长久附魅的案例,而这奇迹般地与修道院的解散及宅院的易主巧合,直到现在这个西多会小修道院(a Cistercian priory)由稳妥之人执掌:

> 随后(正当魔法消退,
> 城堡消失或开裂)
> 荒弃回廊与其他建筑
> 刹那间消除魔力附体。
>
> 就在被拆之际,此座
> 落在费尔法克斯名下,如

---

④ John Foxe,《行传与丰碑》(Acts and Monuments)(1563年;1570年增补),S. R. Cattley 编辑,London: Seeley and Burnside, 1839,VIII,第473—474页。

转归领主的土地一样。⑤

　　这些样例清楚地说明,至少从新教角度来说,宗教改革历史,即对不可信的天主教长老的反叛使自己非常容易地有益于进步阐释。但它也足够巧妙地使那些伟大事件浓缩在某个保守叙事成为可能。在斯威夫特的阐述中,宗教改革的历史专注复辟时期伦敦漂泊的三兄弟家庭历险。或用斯威夫特的话来说,他们"写作、抱怨、押韵吟诗、歌唱、说话、沉默;他们饮酒、打斗、招妓、沉睡、咒诅及抽鼻子。"在这个微观叙事封闭空间内,斯威夫特用非常巧妙的方法将罗马天主教传统及等级的宗谱不平等同化为那些贵族意识的不平等。他把天主教会比作欺骗性地把长子继承制规则强加在其他两位兄弟身上的大哥,尽管他们三人都是单独出身的子嗣。宗教改革自身由被彼得(Peter)从古老宅院逐出,人们推测为"幼子"的马丁(Martin)与杰克(Jack)代表。解散修道院被压缩成马丁简化自己衣着的勤勉尝试,他很快学会用更审慎的节制校正这个来自父亲遗嘱的继承物的华丽腐败。至此,斯威夫特的微观叙事似乎足够欣然遵从我一直所称的进步专注(a progressive concentration)。当然,最浮夸、最勤勉的改革者不是国教徒马丁,而是加尔文教徒杰克。杰克完美地符合机会主义新贵的保守模型,在他高调对传统教会腐败予以抨击的同时,他暗中折回来加以享用。斯威夫特对作为进步新贵的加尔文教派圣徒的批判使我们得以窥视保守意识的伦理核心,即对虚伪地藏匿在道德改革正直之后的利己主义欲望放纵的全然蔑视。国教的节制结果与保守意识极为相似,是对彻底不可信的过去的温和反抗,然而知道带着某种明智的放纵保

---

⑤ Andrew Marvell,"关于阿普尔顿修道院"(Upon Appleton House)(约写于1652年),II,第90、269—274页,见《安德鲁·马维尔:诗歌全集》(*Andrew Marvell: The Complete Poems*),Elizabeth S. Donno 编辑,Harmondsworth:Penguin,1972,第78、83—84页。关于新教象征论,参阅本书第2章,注释23。

留在没有根本伤及结构情况下的不得移开之物。⑥

二 进步叙事的历史模型

迄今为止,我已用都铎改革的单独伟大事例证明与近期历史世事沉浮达成妥协(即阐释)的努力如何使当时的人们构建微型叙事,而这总体而言是以传奇模型或易变传统主题为基础的叙事阐释的明确替代物。现在是离开都铎语境的时刻,以此更综合地证明进步与保守叙事之间的差异如何反映社会历史得以解读与阐释的方式中的差异。

次子的比喻是进步与保守想象的核心。对很多人来说,长子继承制规则似乎暗示贵族意识的宗谱差异甚至在家庭内部层面发挥作用。在阿芙拉·贝恩的同名剧作中,弟弟在第一幕宣布:"我是次子,是被逐出我家庭之人,在这个古老英国习俗咒诅下出生。"这个习俗越遭受抨击,只把长子视为完全本性之子的自然继承理念就越发看似难以自辩。如威廉·斯普里格(William Sprigge)评论所言:"次子易于把自己想成源自贵族血统的子嗣,如自己长子哥哥同等好绅士的后代,因此难免好奇,为何命运与法律会使他们之间有如此之大的差异,他们都在同一个子宫里孕育,都是同样的血肉。为何法律或习俗会不让他们获得一份资产,自然把知道如何驾驭此事的明断给过谁?"因此,长子继承制使地位不一致体系化。对贵族意识而言,在更早时期,这种易变性的潜在破坏事例已通过身世揭秘的传奇惯例得到部分居中和解,

---

⑥ Jonathan Swift,《木桶的故事》(*A Tale of a Tub, To which is added The Battle of the Books and the Mechanical Operation of the Spirit*),A. C. Guthkelch 与 D. Nichol Smith 编辑,第 2 版,Oxford:Clarendon Press,1958,第 II、IV、VI 节,第 73、105、122、136、138—139 页。斯威夫特显然一度草率地将两个进行改革的兄弟分别以"哥哥"与"弟弟"之名区分(第 IV 节,第 117 页)。对天主教父亲(或虚伪的兄长)的宏观家庭反叛在微观家庭层面被暗示为如此事实,即英国宗教改革也是对离婚、再婚及生育合法继承人的父权禁令的反叛。参阅 Jack Goody,《欧洲家庭与婚姻的发展》(*The Development of the Family and Marriage in Europe*),Cambridge:Cambridge University Press,1983,第 168、172 页。

而这同时确认了被剥夺财产的次子的高贵及贵族文化的最终正义。但在17世纪之前,社会惯例的不可信已严重有损其文学对应物的功效。这从斯普里格暴躁地将长子继承制与英雄出身神话等同过程中得到清楚表现,其对纵向插话的明确依赖构成其自身的反驳。他问道,"揭示或掩盖这些次子的出身……他们像诸多小摩西那样躺在蒲草箱里,驶向贫困与悲惨大海,自己可能从未期待得以幸免,除非出于类似法老女儿们这样奇迹般的天意与机遇将他们拯救,并带入宫廷备受宠爱,以此揭示他们的命运",这不会是件更仁慈的事情吗?⑦

当然,被剥夺继承权的儿子们可能成为这样的活见证,即他们自身比那位已继承头衔的长子更真实地体现了父亲的遗愿。莎士比亚笔下的奥兰多(Orlando)警告我们有这样的结果:当他不断地向自己的哥哥坚称"我父亲的精神……在我内心扎根"。"你已把我训练成一位农夫,掩饰、隐瞒了我所有绅士般的品质。我父亲的精神在我内心越发强劲,我难以继续驾驭。"17世纪之前,这种胜利类型不是看似贵族真相的证明,即贵族血液总是最终自我显现,而是更可能被解读为某个体系之内的个人功绩的开脱,论及此体系最佳之语就是其内在的不义促使个人勤勉。托马斯·威尔逊(Thomas Wilson)自身就是次子,他感激地坦承长子继承制"使我们勤勉地让自己专注于文字或武器,由此在很多时候我们成为自己主人哥哥的师傅,或至少在荣誉与名望方面超过他,而他就像一个傻瓜一样住在家中,只能辨别自己那口钟敲起来的声音"。斯普里格至少同意直到最近,次子可以"凭借自己勤勉或功绩的翅膀,已经将自己擢升到荣誉的高位,获得更公正的命运对待,而其长子哥哥的那些是按出身而获得的权利,因此,成为头生子很

⑦ Aphra Behn,《次子》(*The Younger Brother; or, The Amorous Jilt*)(1696),I,i,见《阿芙拉·贝恩作品集》(*The Work of Aphra Behn*),Montague Summers 编辑,New York:Benjamin Blom,[1915] 1967,IV,第 327 页;William Sprigge,《为反君主制的平等共和国所提的得当请求》(*A Modest Plea for an Equal Common-wealth Against Monarchy*)(1659),第 62—63、68—69 页。

难说是某种特权"。⑧

　　换言之,贵族阶层成功次子的故事倾向于适应向尽管出身高贵,但有才之人开放的职业进步情节—模型。(随后我将论及那些失败次子的故事。)的确,这种进步情节的有效正名主要是对已腐化堕落的古老家族进行革新的同化渴望。埃德蒙·博尔顿(Edmund Bolton)向绅士们提出建议,成为一位学徒是"一份可向后人证明自己的存在,为自己的姓名赢得赞扬的非常诚实的职业,而放荡、腐化的长子们已把自己与生俱来的权利典卖了"。爱德华·沃特豪斯(Edward Waterhouse)将次子们的诚实"命业"称颂为"堕落的伟大重新恢复其原始活力的过程"。笛福问道:"这些次子们如何频繁地从自己长子兄弟那里购买资产,振兴家族,而一家之主的长子证明只是放荡、奢靡,将自己继承的财产挥霍殆尽?"次子的商业成功如此清楚地与职业及地位群体的永恒循环并交换某种更普遍的模式契合,在这样的世界里,更进一步,圆满完成关于地位不一致如何可能被克服的这个相对简单模型是件诱人的事情。因此,根据约翰·科比特(John Corbet)的观点,"古代绅士阶层"的次子成为富裕的"公民";这些"新人"保留举止的文雅,并成功到足以最终创建新的"异教徒家族"。如笛福简略地表述这种循环情节那样,"因此商人通过绅士成为商人的方式成为绅士。"从这种令人目眩的视角来看,"重振"与"最初抚育"之间的差异可能似乎变得微不足道:博尔顿对卑微父辈的建议与其对绅士的建言一样,那就是"把你的孩子们送去当学徒,这样上帝会祝福他们的公正、诚实与贤德的勤勉,他们可能创建一个新的家族,并能让自己及其家人重新获得宝贵的,金光闪

---

⑧ Shakespeare,《皆大欢喜》(*As You Like It*)(1599),I, i,第 18、55—58、39—41 页; Thomas Wilson,《公元 1600 年的英格兰状况》(*The State of England Anno Dom. 1600*),F. J. Fisher 编辑,坎顿学社杂集,XVI, London: Offices of the Society, 1936,第 24 页;Sprigge,《为反君主制的平等共和国所提的得当请求》,第 59 页。

闪的绅士头衔"。⑨

不过,这种使直线情节循环的诱惑也存在一些问题。讲述地位不一致故事的一个伟大优势就是该叙事将解决方案置于时间之中,以此把它们强加在社会分类问题之上。这些故事将不兼容的各社会身份之间的静态冲突转换成处于变革持续状态的潜在为人所知的事件关系。某叙事中的各事件可以相互转变,然而,该叙事拥有的是易变的,(而非历史过程的)暂时性,并因此失去使诸阐释明白易懂的能力。进步叙事按某种直线顺序安排诸事件,以此自动赋予个性兴或衰情境所暗示的清晰道德特性。这些特征反过来暗示某种阐释性的基本原理,其力量明确无误。一方面是贵族阶层沉溺于腐化堕落的奢靡、放荡长子;另一方面是勤勉贤德的次子或商人,在自己诚实的,及半加尔文教派的命业中辛勤劳作。新教伦理的气息可渗入进步叙事氛围之中,甚至在它被明确禁止的情况下也如此。例如,在回忆亨利·阿什赫斯特(Henry Ashurst)时,理查德·巴克斯特(Richard Baxter)向自己的听众保证"这不是如伟大出身,或财富及任何其他世俗荣誉这类低俗之事,我要回忆的是我们过世的朋友……但当他生活历史中的一个感触恰当地成为了解其典范式品性的先导……我将首先对他的出身进行小小的预设"。如兰开夏郡(Lancashire)人罗杰·霍兰那样,但又不如身为某位绅士最幼子的他那样,阿什赫斯特成为伦敦师傅的签约学徒。与诸多放荡的学徒不同,亨利用父亲给的年金购买"好书,不是游乐或传奇及闲谈故事那种"。尽管师傅本人破产了,亨利借钱,自己开始执业。他如此精明地经营,以至于他很快成为一位非常成功的商人,并至死如此。巴克斯特清楚地说明,不是"世俗所得",而是"仁慈成为他

---

⑨ Edmund Bolton,《城市辩护者》(*The Cities Advocate, in this case or question of Honor and Armes; whether Apprentiship extinguisheth Gentry?*)(1629),第 51 页,标记 a4ᵛ,第 52 页;Waterhouse,《绅士们的监控》,第 70 页;Daniel Defoe,《英国商人大全》(*The Complete English Tradesman, in Familiar Letters*),第 2 版(1727),I,第 310 页;同作者,《英国商业计划》,第 12 页(参阅 *Review*,III, no. 10 [Jan. 22, 1706]);John Corbet,《论英国宗教》(*A Discourse of the Religion of England*)(1667?),第 47 页。

的生命和事业"。实际上,他将自己所获财产归功于自己经商时的诚实,无疑一部分原因就是他因此在商界赢得声誉,而且还在于"上帝奇妙地保守那些他信任的人,不使他们遭遇破产"。⑩

然而,尽管新教伦理有力量,在划分意识形态之线时并没有绝对的精准度。社会情境的极大流动性决定了值得奖赏的成功与失败之间,美德与腐化之间的差异会贯穿地位之线。当笛福开始向醉生梦死的绅士阶层训诫时,他想象两位同等收入的绅士,一位过着负责、节俭的生活,而另一位"过着被羞辱的不幸福生活"。他得出结论,"这是家族兴衰……之间差异的简化版"。应该注意到,第一位绅士是"有荣誉之人",因为他有成为"有钱人"的智慧。笛福在别处同情地构想出"一位出身高贵,家境优渥的绅士"。笛福进而让他经历无数资金方面的困难,最终只是插上这么一段话:"此时终结这个过于冗长、过于悲伤的故事,提供某些细节,讲述可怕的极端情况能到哪一步,这些事情已摧折英国某些非凡家族。"在诸如此类的叙事中,平民与商人在席卷奢靡且破产的地位更高之人资产过程中最多扮演第二及相对中性的角色。他们在进步情节中扮演更积极的主角角色,而这些情节明确地与博尔顿所称的"创建一个新家族"有关。笛福再次成为我们在这基本运行内发生的不同变化的最便捷向导。⑪

一方面,地位不一致可能被真实的上升流动性同化克服。"我们看到英国商人们随着自身的发达而每天造访纹章办公室,寻找自己祖先的纹章,以期将它们绘制在自己的马车上,印刻在自己的家具上,或镌刻在自己新宅正门的三角顶饰上。我们要多久一次可看到他们将

---

⑩ Richard Baxter,《忠贞的灵魂》(*Faithful Souls shall be with Christ ... Exemplified in the truly-Christian Life and Death of that excellent amiable Saint, Henry Ashhurst Esq; Citizen of London*)(1681),第 38 页。关于暂时秩序的阐释力量,参阅肯尼思·伯克(Kenneth Burke)关于"本质的暂时化"的讨论,见《动机的语法》(*A Grammar of Motives*), Berkeley and Los Angeles: University of California Press, 1969,第 430—440 页。

⑪ Defoe, *Review*, III, no. 9(Jan. 18, 1706)与 no. 7(Jan. 15, 1706)。参阅同作者,《英国绅士大全》(*The Compleat English Gentleman*)(1728-1729),Karl D. Bülbring 编辑,London: David Nutt, 1890,第 246—250 页。

自己的家族记录追溯到最初贵族阶层,或王国最古老的绅士阶层?"此处,达至新地位的进步提升结果需要对往昔地位进行回顾性革新:身世揭秘的传奇惯例现秘藏于反传奇举措之内。然而,如笛福继续明示的那样,这个强调基于验证"真正"贵族,而非宗谱贵族之上,因为高贵出身的揭秘只是可被消耗的同化辅助:"在此研究中,我们认为他们常有资格创建新家族,如果他们并不源自古老家族的话;据说对某些伦敦商人而言,如果他不能找到自己源自于此的绅士祖先,他会开创一个新家族,会与他们之前任何一位那样是高贵绅士。"因此,如果"最初集聚资产之人成为恶棍",缺乏我们与其名门出身相联系的教养,他的儿子会真正成为"不只是以钱为基础的"绅士。所以,通过他们自身及其得到认可的群体社会化,这样的家庭"延续一或两代就可被有效接纳,成为如任何地位在他们之前的那些古老家族一样的真正绅士";"在绅士们之中被有效接纳,仿佛延续20代人的血液在他们血管中流淌"。半世纪之前,理查德·布拉思韦特(Richard Brathwaite)从贵族意识的愤懑视角落笔,将一束非常不同的光照射在非常近似的场境中。某些

> 鬼鬼祟祟自称贵族的暴发户……更多是出于偶然,而非家世悠久而获得自己的荣誉头衔……已经在大街上、田地里、花径中……被发现,随后因为自己的效劳而在这些娱乐时代得到极大擢升……他们会自夸,在后人看来,自己的宅院虽然只建到第二层,但比那些建在下沉地基上的古老高大建筑看似更加壮观。他们的宅院会永存,而那些衰败贵族的巨大旧建筑会下沉。⑫

---

⑫ Defoe,《英国商人大全》,I,第311页;同作者,《英国绅士大全》,第257、258、262、275页;Richard Brathwaite,《潘萨利亚》(*Panthalia; or, The Royal Romance*) (1659),第272—273页。很多人认为卑微的出身可在一代人的短时间内得到净化,至少在英国如此。参阅 Lawrence Stone 与 Jeanne C. F. Stone,《开放的精英阶层?》(*An Open Elite? England, 1540-1880*), Oxford: Clarendon Press, 1984,第239、290页。

在构建进步叙事的此刻,我们发现自己处于同化与替代故事之间的转型中。借助何种文雅标准,这类历史出身不连续的"新人"得以成为"高贵绅士"?笛福认为,传统绅士阶层会因这类"现代绅士阶层",这类"真正有资格继承此头衔的新阶层"而遭到如此大的蒙羞,以至于他们要么被改组,要么"被嘘声赶下人生舞台,因自己的纯粹无知而被剥夺权利,不再跻身绅士阶层。我有充足的理由认为这个幸福时刻不久就要到来"。当然,在这种乐观预测中,使新绅士阶层有资格"继承头衔"的并不完全是宗谱(这意味着什么也不是),而是旧绅士阶层因自己顽固的无知而缺乏的节制、节俭、诚实、谨慎,以及"所有道德美德的践行"。当这些所缺之物"在某位绅士身上堕落或腐败时,他会退出这个阶层,不再成为绅士"。因此,新绅士阶层不仅取代了旧绅士阶层,而且取代了文雅的古代概念。新概念由美德构成,现在最清楚地(尽管并不是排他性地)在有效资产管理中得到证明。当伯纳德·曼德维尔注意到伟人的贵族祖先实际上更可能是"臭名昭著的傻瓜、愚蠢的顽固者、著名的懦夫或淫荡的嫖客",高贵出身的传奇揭秘被颠倒过来。从这种极端去神秘化的进步角度来说,克服地位不一致的首选方法并不是同化,而是取代,用新兴的阶级标准取代所有过时的地位导向的虚构。如笛福所言,"我们很多从事贸易的绅士们此时拒绝被封为贵族,鄙斥被封为骑士,对自己因侧身国家最富有的平民而为人所知感到满足"。因此,进步意识的最严格逻辑会决定某个情节,会弃绝关于血统自身的、值得尊重的情节。一种构想美德长久存在的新方式必定与新人一起出现。⑬

---

⑬ Defoe,《英国绅士大全》,第 18、145、177 页;同作者,《英国商人大全》,I,第 308 页;Bernard Mandeville,《蜜蜂的寓言》(*The Fable of the Bees*)(1714),Philip Harth 编辑,Harmondsworth: Penguin, 1970,"评论",第 232 页。参阅塞缪尔·巴特勒(Samuel Butler)所写的人物"一位堕落的贵族,或为自己的出身而骄傲之人"(A Degenerate Noble; or, One that is proud of this Birth),见《人物》(*Characters*)(1667—1669),Charles W. Daves 编辑,Cleveland: Case Western University Press, 1970,第 67—69 页。曼德维尔的观察是朱迪斯·N·施卡拉(Judith N. Shklar)所称的"颠覆性宗谱"的样例,即一种至少以其进步形式,也必定成为宗谱自身颠覆之物的批判类型。参阅 Shklar,"颠覆性宗谱"(Subversive Genealogies),见《神话、符号与文 (转下页)

简言之,这是进步叙事及其阐释功能的模式。进步情节将易变性指定为社会分层与流动性的具体领域,以此从作为贵族文化内在特点的地位不一致及社会不公方面阐释易变性。进步情节表现名不副实的贵族与绅士阶层下降流动性,以及勤勉、名至实归的平民上升流动性,以此同时克服这种不一致。当然,进步叙事最重要的样例比这将揭示的更复杂。概括任何复杂智识结构的"大致轮廓"是可能的,但意识形态不会满足它为此得到阐述的目的,假如它简单且无问题的话。意识形态的目的就是居中和解明显难驾驭的人类问题,不是使它们简单,而是使之被人理解,并提供一种现实阐释,其是否有理将取决于它看似对自己所阐释的现实公平处理的程度。因此,这是意识形态阐释功能的内在张力:介于两个意愿之间,前者是涉及其主题中有问题事宜的意愿,后者是通过这种涉及行为归化、消除这类有问题事宜证据的意愿。我将用早期样例总结自己关于进步叙事的讨论,其间,因为进步基本原理的归化能力仍然是基础的,这种张力可以非同寻常的清楚呈现。

托马斯·德洛尼(Thomas Deloney)那关于社会地位上升流动之学徒的故事得到极大欢迎的一个原因就是坦率的巧妙,他试图掩饰自己的成长轨迹(甚至那就是他自己所创),由此承认这种基本方式的复杂性。在《纽伯里的杰克》(*Jack of Newbery*)(1597)的第 1 章中,德洛尼笔下的主角通过迎娶自己主人的遗孀而从学徒成为纺织主人。婚姻奠定了对杰克整个事业产生影响的模式。在这个模式中,他是一位被动的主角。看上去,他断然没有把自己的勤勉转向利己目的,以至于他总是似乎美德有报,但没有对此加以利用;他被高层青睐,而不是因自己的努力获得擢升。该叙事的其他内容可能被公正地视为一种由

(接上页注⑬)化》(*Myth, Symbol, and Culture*),Clifford Geertz 编辑,New York: Norton, 1971,第 129—154 页。关于上升流动自耕农的相似替代精神,参阅 Mildred Campbell,《伊丽莎白时期与斯图亚特早期英国自耕农》(*The English Yeoman under Elizabeth and the Early Stuarts*), New Haven: Yale University Press, 1942,第 50—53 页。

不同线索交织而成的结构,德洛尼借助这些线索声称此为卑微之人获得擢升的证据,同时又将证据消除。这种声称甚至可能存在于公开承认中,对某些人来说,这种流动性看上去更像地位不一致的问题,而不是其解决方案。例如,在杰克自己的案例中,以前与他一起为仆人的朋友不仅因杰克地位跃升之快,而且因其将自己的工作习惯理性化的程度感到困惑。要从三个不同层面应对这个问题。首先,杰克的朋友们愿意关注其勤勉值得嘉奖的特点,而非反社会的特点。其次,杰克以极为顺从的心态看待自己地位的提升。他只是认为自己获得"天意垂青及你们夫人的好感"。最后,因开放式婚姻插曲社会特性而起的问题很快被削弱,所用的方法就是使婚姻成为永恒性别之战的讽刺寓言诗背景,即将社会冲突移位成性别冲突的传统与无害形式。⑭

一旦杰克自身已获提升,他便与其他人一同重复这种模式。主人的遗孀很快去世,在描述杰克迎娶女仆的第二次婚姻时,这本身就是一个慷慨赏赐之举。我们从杰克的新岳父母好奇的眼中看到一出盛大的仪式,他们把杰克视为家长式最高领主。我们也发现了他自己完全同化的证据。然而,杰克的崛起并不因此而被化为无形,因为他明确把自己公开用度转成一门向南(Nan)讲授的课程,她也必须学会如何过上与自己新地位相符的生活,这样邻居们将很快学会接受这一切

---

⑭ Thomas Deloney,《约翰·温彻卡姆的愉悦史》(*The Pleasant History of John Winchcomb, in his Younger Yeares called Jack of Newbery*)(1597),见《伊丽莎白时期的短篇小说》(*Shorter Novels: Elizabethan*),George Saintsbury 与 Philip Henderson 编辑,London: J. M. Dent,1972,第 6、11、20 页。正文中所有括号内引用均源自此版本。关于以《纽伯里的杰克》为例,论证伊丽莎白时期形式的讨论,参阅 Walter R. Davis,《伊丽莎白时期小说中的理念与行为》(*Idea and Act in Elizabethan Fiction*),Princeton: Princeton University Press,1969,第 261—268 页;Laura S. O'Connell,"伊丽莎白时期资产阶级英雄传说"(The Elizabethan Bourgeois Hero Tale: Aspects of an Adolescent Social Consciousness),见《宗教改革之后》(*After the Reformation: Essays in Honor of J. H. Hexter*),Barbara C. Malament 编辑,Philadelphia: University of Pennsylvania Press,1980,第 267—290 页。戴维斯视其为"中产阶级"价值观教条主义的、有问题的理想化(参阅第 250、252、260—261、283 页)。关于得到更多思考的观点,参阅 O'Connell,"伊丽莎白时期资产阶级英雄传说";同作者,"伊丽莎白时期布道与通俗文学中反倡导者的态度"(Anti-Entrepreneurial Attitudes in Elizabethan Sermons and Popular Literature),见 *Journal of British Studies*,15(Spring, 1976),第 1—20 页。

(25—26,64—67)。杰克给兰多尔·珀特(Randoll Pert)也上过一次类似的课。这位落难的布商在杰克帮助下重新站起。杰克提供的慷慨礼物使珀特身上的破衣烂衫变为"一身华贵的套装"。他很快变得非常富有，成为了郡长，偿还了欠杰克的债务(68—71)。因此，衣服成就了个人：如南一样，兰多尔因杰克集家长关爱与资本主义魔力为一体的融合而能够成为自己潜在的那个人，新服饰结果并没有成为某种掩饰，而如南的法式兜帽一样成为被授权的身份。

一旦德洛尼开始利用自己故事的历史背景，将杰克个人微观叙事置于都铎专制主义相似宏观历史语境中时，这种融合类型背后的逻辑更加清楚。在这种语境中，杰克承担起自己重要的社会角色，是一位拥有巨大财富的平民，一位工商业雇主，也是一位亨利八世宫廷服装业利益阶层的首要拥护者，以及一位专制政权的臣仆。他的主要对手是国王的大法官，红衣主教沃尔西(Cardinal Wolsey)。后者支持针对服装贸易的禁令，以及对服装商课税。德洛尼运用两个重要策略证明服装业利益，同时缓解因追求商业私利及平民浮华富足带来的敌意。杰克一方面披挂上所有中世纪末贵族私生子—封建装饰"效忠吾王吾国"，在由150位扈从组成的私人军队中领头全副武装上阵(27—29)。这种不合时宜的模仿与甚至更自觉的社会戏剧表演共同延展，其间，杰克扮演蚂蚁国王(the Prince of Ants)的角色，保护"贫困的劳动者"，抗击"懒散的蝴蝶们"，即那些勤勉蚂蚁的"死敌"及"寄居在他人劳动"之上的寄生虫(32—34)。这群"蝴蝶"的领头者就是红衣主教沃尔西，德洛尼使其成为穿袍新贵类型。在都铎时期的英国，这是真正放肆且具毁坏性的社会群体，与贤德、辛劳的平民，以及杰克滑稽地将自己与其等同的贤德佩剑贵族两个群体的正直构成否定的界定。反对上升流动性的潜在敌意因此从服装商转向廷臣，同时向那些经济利益阶层效忠，而杰克更进一步的流动性将取决于此。⑮

然而，作为"佩剑贵族"(noblesse d'épée)之一的杰克，其地位的社

---

⑮ 关于私生子封建主义与社会戏剧，参阅本书第5章，注释2；第4章，注释58。

会舞台仍旧如此。因为假如他通过社会等级的提升而完全同化,那么他就会失去居于德洛尼叙事核心的进步目标,即就其自身而言的某个卑微社会群体的合法化。所以,杰克"谦恭地拒绝"亨利赐予的骑士身份,并复述自谦的声明:"我并不是什么绅士,也不是绅士之子,而只是位可怜的服装商。我拥有的土地就是自己的织布机,除了从小绵羊背上定期收租外就再也没其他的收益了"(28,43—44)。杰克参照与土地相关的地位标准宣告自己的无足轻重,他以此暗中寻求一门正面阶级标准的替代语言,但只能用否定的方式进行阐述。当然,这个问题也是通过否定地位同化而成,杰克也拒绝以克服因自己巨大财富而起的地位不一致为目的的仅存社会机制。所以,他只用自己钟爱的修饰词"可怜的服装商"将财富抹去。一个更有效的解决方案利用了沃尔西作为腐败的罗马天主教徒,而不是穿袍新贵的地位,德洛尼的第二个重要策略是为了证实服装业利益。它从得到更全面阐述的新教意识价值体系中借鉴了为使服装商合法化而采用的实验模型。这个模型在其呼吁中秘密预期了资本主义意识及替代进步主义(a supersessionist progressivism)。

　　这个解决方案在因贸易禁令而起的服装业危机语境中产生。杰克在向国王的诉请中坦率承认"富裕"与"贫穷"服装商,即雇主与劳工之间的真实差距,他借此阐释这场危机的机制。但如果服装商们是以财富来划分,他们又在为公众利益提供品质服务方面联合起来。真正起决定性的因素源自那些只为贿赂而动的腐败廷臣的私利(50—51)。这种对公众利益的诉请远非资本主义的私利理性化,但现在宗教改革政治的道德共鸣有助于深化这个论点。故事发生的时间是16世纪20年代早期。当时亨利八世仍是教皇麾下的罗马天主教信仰保护者,德洛尼已通过红衣主教的谄媚影射这个情境,甚至暗示杰克"受路德精神的影响"。当然,那些在1597年阅读此叙事的读者们经历过因专制主义过程而随后导致的反转,并且知道路德因此也是杰克,他们都是英勇抵制不公义权威的自由捍卫者。借助这段俏皮话:"如果我的红衣主教大人神父过去宰杀牛犊时慢条斯理,那么他现在分发穷人的衣服时也是一样,我怀疑他从未有过什么手艺"(53),杰克自己就将沃尔西某些腐化类型,即向罗马天主教谄媚、专肆弄权、觊觎贵族地位等行径出色圆满地融合在一起。杰克身上反映出的新教美德赋予其社会经济身份一种蔑视地位同化腐败之人的替代正直。自由个人在其双重掩饰中直面专制政权权威,即作为新教自由的支持者,及作为"商人应该自由地与他人交易"(52)这个经济信仰的代言人。如16世纪20年代的异端是16世纪90年代的正统一样,所以这种正统借助战胜教会与政权统治专制主义的经济私利专制主义,在自身之内为100年之后的读者们呈现得胜的预兆。

三 保守叙事的历史模型

我观察到被剥夺继承权的贵族阶层幼子的成功故事容易被同化为此类模型,以此开始我的进步情节讨论。但那些失败了的次子又是如何呢?对他们而言,长子继承制规则造成的地位不一致很可能成为一种永恒的情境,而不是可借助自信的美德运用进行治愈的暂时社会不公。耶尔弗顿中士(Sergeant Yelverton),这位相对成功的次子(他在1597年被选为下院发言人)仍对自己的未来感到悲观:"我的资产与维持这份高贵所需并不相当……保持我们所有人现在的状况极大消耗了我的财富,我每天辛劳以支付所有人每天的开销。"另一位次子的地位焦虑采用身份危机更私密的形式,因为他"已开始相信,通过成为一名学徒,我就失去与生俱来的权利,这份由我父亲、母亲给予我的血统权利,这就是我自己宁愿死而不愿意承受的成为绅士的权利(原文如此)"。考虑到他们困境的性质,处于困苦时期的次子们可能至少如那些相信自己的勤勉已获得成功,即便宗谱让自己失望之人一样对贵族意识的恣意任性敏感。在约翰·范布勒爵士(Sir John Vanbrugh)的剧作中,汤姆·范逊(Tom Fashion),诺沃提·范逊爵士(Sir Novelty Fashion)的弟弟,即弗平顿勋爵(Lord Foppington)抱怨道,"该死的!为什么那个花花公子抢在我之前来到这世上?""但如果功绩将是世俗幸福的标准",斯蒂芬·彭顿(Stephen Penton)问道,"生为长子,并成为延续几千年的继承人有什么值得之处? 有时候发现此人很难回答两到三个世界上最简单的问题,且不足以聪明到使自己免遭沦为乞丐之困"。⑯

威廉·斯普里格更尖刻地说道:

> 在整个王国境内,是什么原因让如此之多著名姓氏及家族躺在街上,破衣烂衫、蛆虫附体、浑身恶臭? 为了维系姓氏与家族这个愚蠢及无聊幻想,整个继承制为长子而设,血脉与亲属的所有其他人只有贫困与悲惨,仿佛让如此之多的人成为乞丐不是件丢人的事情,难道少一位英勇的放鹰打猎之人,在这个家族中听不到猎犬的嚎叫就是件丢人的事情吗? 关于长子继承制,整个资产被一人席卷而走,让可能更适合身着长袍、头戴小丑帽之人管理这份资产,这是怎样的疯狂之举?

在斯普里格的雄辩分析中,17世纪中叶反君主制革命的伟大目的就是根除贵族阶层仰赖于此的古老且不公体系。1659年,辛辣的讽刺就是社会改革的乐观精神将专制敌人集聚,并使之现代化,也就是说,此法只是巩固了敌人的力量。斯普里格问道:"推翻一个宫廷与国王,并在每个伟大绅士家族中将它们设立,这符合我们的利益吗? 推翻古老贵族阶层,其伟大因某位嫉妒的君主而达到平衡,随后册封具有现代特征的更多贵族但无任何制衡,这是否对我们有利? 他们是因为挥动着

---

⑯ 关于耶尔弗顿(Yelverton),参阅 A. F. Pollard 与 Marjorie Blatcher,"黑伍德·陶申德的日记"(Hayward Townshend's Journals),见 Bulletin of the Institute of Historical Research,12(1934—1935),第 7 页,引自 Joan Thirsk,"17 世纪的次子"(Younger Sons in the Seventeenth Century),见 History,54(1969),第 363 页;序言之信,见 Bolton,《城市辩护者》,标记 B1ᵛ;John Vanbrugh,《复发》(The Relapse)(1696),I,ii,第 86—87 页;Stephen Penton,《给监护人的新指示》(New Instructions to the Guardian)(1696),第 135—136 页。

令人嫉恨的头衔而不再令人可怕？如果他们是我们的地主，他们就不会是我们的主人吗？"出于这个观点，毁灭贵族文化中值得尊敬的体制所造成的效果并不有碍其权力的运用，而是使其自由，不加掩饰。旧贵族似乎已转型为新贵族，且被后者取代：斯普里格对贵族规则的批判从奢靡无能的意象转为暴政剥削的意象，现代贵族阶层开始具备"辉格贵族阶层"，及后世有钱人的某些特点。因此，他愤怒地看到公民们现在"把贵族阶层的孩子们用作自己的仆人……假如财富取代了出身、教育与美德"。他问道："美德会居于任何名声之中吗？同时有钱人会得到这样的敬崇吗？"⑰

在斯普里格乖僻思想中，我们有非同寻常的清晰实例，即保守意识如何从进步意识的否定而生，并与之分享共同的反贵族立场。对类似笛福的人来说，新贵族阶层（无论它是否将自己同化为旧贵族的形式与虚构）通过学会掌管钱财，并因此创建新家族的方式为自己证明。但对斯普里格来说，对净财富的日益唯一强调只是贵族腐败的现代阐释，现代世界更优先的地位不一致形式。然而，如果反现代性的保守基本态度似乎不可避免地暗示对更早时期社会公正的怀念，这样的乌托邦几乎不能置于任何贵族统治的黄金时期。斯普里格及其他幼子们反而追溯可分继承权的"原始"体系，其残余可能仍在诸如肯特郡（Kent）的"男子均分土地"（gavelkind）习俗实践中得见。这样的实践能更好地居中和解保守意识形态的复杂与矛盾价值观，因为它们既呼求反贵族的平等主义，又呼吁对习俗限制的渴望，这个限制一度被认为予以贵族文化自身某种默认权威。然而，在一个更受限的年表中，斯普里格把包括英国革命在内的之前年代认作对困扰当下的社会关系转型负最具决定性责任的时期。他认为修道院的解散已剥夺次子们的一个重要职业出路。然而，既然教育他们的方法没有改变，依然如故，那么结果就是相对短绌、潜在革命者的成型。克拉伦登（Claren-

---

⑰ Sprigge，《为反君主制的平等共和国所提的得当请求》，第 66—67 页，标记 A3^v-A4^r；第 65 页，标记 A4^v。

don)分享了斯普里格的保守主义,但他反而将革命归结于兴起的新贵绅士阶层。在萨默塞特(Somerset)爆发的敌对中,"有一群地位卑微之人,他们通过从事农耕、织布做衣及其他让人发达的技艺已获得巨大财富。他们逐步让自己获得绅士的资产,并愤怒地发现自己并没有获得与那些转让财产之人同等的尊敬与名望……这些人一开始就是国会的密友。"约翰·奥格兰德爵士(Sir John Oglander)认为战争的死亡人数本身加速了社会的变革,而不是其他的方式,因为 1641—1646年,"大多数古老绅士阶层要么消亡,要么无所作为……因此没有人可再以绅士身份出现。死亡、掠夺、售卖、隐退使他们去了另一个世界或沦为乞丐之流","卑贱之人"取代了他们的位置。斯威夫特持相同意见,总的来说,"新人"已主导复辟以来政府事务的原因就是"英格兰最高贵的血统已在大反叛中流失殆尽,很多伟大家族已灭绝,或只是得到极少数人支持。当国王复位时,那些勋爵中只有极少数人幸存",斯威夫特论证,这就是我们教育贵族阶层的"腐败方法"得以创立的时期。⑱

---

⑱ 同上,第 64—65、61—62 页(参阅本书第 4 章,注释 62)。Edward Hyde,《反叛史》(*The History of the Rebellion*),W. D. Macray 编辑,Oxford: Clarendon Press,1888,II,第 296 页;John Oglander,《一位保皇党的笔记》(*A Royalist's Notebook*),Francis Bamford 编辑,London: Constable,1936,第 109 页;Jonathan Swift,"贵族阶层中的愚蠢教育方式"(The Foolish Methods of Education among the Nobility),见 *Intelligencer*,no. 9(1728),见《乔纳森·斯威夫特散文作品集》,第 12 卷,Herbert Davis 编辑,Oxford: Blackwell,1964,第 47 页。平等派(the Levellers)与掘地派(the Diggers)都关注次子的困境。威廉·沃尔温(William Walwyn)与约翰·利尔伯恩(John Lilburne)都是卑微绅士阶层家庭的次子。1649 年,平等派寻求对长子继承制进行修改,而掘地派主张完全废除私人财产。关于 17 世纪 40—50 年代这些议题的政治辩论,参阅 Thirsk,"次子",第 369—371 页;关于激进宗派者与保守意识之间的联系,参阅本书第 5 章,注释 40。关于年轻人易变的政治观点,及其地位不一致源于他们所接受的过度教育,参阅 Thirsk,"次子",第 366—367 页;Mark Curtis,"斯图亚特早期英国被异化的知识分子"(The Alienated Intellectuals of Early Stuart England),见《欧洲的危机》(*Crisis in Europe, 1560-1660*),Trevor Aston 编辑,Garden City,N. Y.: Anchor Books,1967,第 309—331 页。参考第 4 章,注释 14 中关于 12 世纪青少年的内容。实际上,在 17 世纪,除次子以外的更多继承人在大学里接受了高等教育,1650 年后这个差距得到扩展。参阅 Stone 兄弟俩,《开放的精英阶层?》,第 231 页。

如这些评论暗示的那样,批判性社会变革的进步阐释可能特别聚焦都铎专制主义的历史宏观叙事,而保守反应更倾向于专注更近的 17 世纪历史。尽管英国革命似乎是塑就现代社会地形学的重要分水岭,对后来的保守意识形态论者来说,本世纪最重要的事件是光荣革命及随后的金融创新。当然,从某种意义上说,腐败是贵族统治的先天特点,并因本世纪最初几十年的唯利是图而极大恶化。但 1688 年是事态陡然转变的节点。根据斯威夫特的描述:

> 这么一群暴发户,只是略微或压根就没有参与革命,但用自己的呱噪及伪装的热忱抬高自己。等到大事已成,他们因成为贷款、资金的承办人与规划人而享有功名,并得到来自官廷的信任。这些人发现有资产的绅士们并不愿意接受所提出的措施,于是采用新的筹资方案,以期创建未来可与土地拥有阶层竞争的资金拥有阶层,他们希望后者能位居前列。

在进步情节中,借用非常不同的评价强调,新贵的兴起与比他们地位更高者的衰落同时发生。1702 年,后者抱怨有钱人通过国库与交易所发财,而"我们始终劳碌以支付他们巨额、沉重的利息……这些绅士中有些人不久前就难保款步而行的马儿,本色粗亚麻布大衣。现在,一位年金 5000 英镑的绅士并不能维持自己相应的派头"。博林布罗克(Bolingbroke)认为,这些如雨后春笋般冒出来的财富造成的后果就是"有土地之人现在变穷了,精神萎顿。他们要么放弃所有成为公众人物的念头,成为彻头彻尾的农夫,改善他们剩下的资产。否则,他们会通过加入王室或党派首领名下的军队以寻求补救自己散落的财产。同时,如今那些成为他们主人之人是过去满心喜悦甘当他们仆役之人"。⑲

　　数年后,斯威夫特回忆道:"我曾经憎恨通过创设资金拥有阶层以对抗土地拥有阶层的政治阴谋(现在已有 30 年之久)。因为我认为,在我们的政府执政期间,并没有比'土地拥有者是裁定何事对王国有利的最好裁判者'如是箴言更正确之语。"用起腐蚀作用的金钱挑战纯洁的土地这个保守想象很容易与贺拉斯(Horace)的田园体诗歌相宜,而这促进了新近历史的宏观叙事向私人生活的微观情节的类似转换。我们注意到斯威夫特在进行如是转换过程中,抨击金融信用时指涉 1710 年辉格内阁的垮台:"对我自己而言,当我看到这虚假信用在内阁更替中沉没时,我足够独特地将其视为一个好兆头。这似乎就像奢靡的年轻继承人有了一位新管家,并决意在事情变得无可挽救之前审视下自己的资产,这使得放高利贷者遏制住向他提供资金的行为,而这本是他们常干的事情。"在这个叙事专注例子中,关于政治氛围变化的宏观叙事被转换成关于资产改善的微观叙事。一个放任的君主制被比喻成一位奢靡的年轻贵族。他出人意料地改过自新,聘请一位审慎的管家管理自己的土地,摆脱城市有钱人施加的腐蚀影响。斯威夫特对英国君主制寄予的希望并没有得到很长时间的维持。乡村绅士从现代腐化中得到磨练并增长了自己的智慧,这个比喻是当时的文学及政治思想中一个熟悉的类型。作为一种规范模型,它阐述了一种谨慎的保守主义类型,即珍视拥有土地的贵族阶层传统美德,不知怎地完全丧失其愚蠢且轻信的虚荣。斯威夫特向博林布罗克寄去这种保守的乡村归隐故事普通变体,他自己满意地称其为"传奇"。专注的真实过程已在此处作为特色情境而被融入主角,因为他是一位公众人物,

---

⑲ Jonathan Swift,《同盟的行为》(The Conduct of the Allies)(1711),第 12—13 页;Bod. Carte MS. 117,fol. 177,1709 年 7 月 9 日亨利·圣约翰(Henry St. John)致奥瑞里勋爵(Lord Orrery)的信,见 Bod. MS. Eng. Misc. e. 180,fols. 4-5,引自 W. A. Speck,"斯图亚特后期英国的社会地位"(Social Status in Late Stuart England),见 Past and Present,no. 34(1966),第 129 页。比较 Swift,Examiner,no. 13(Nov. 2, 1710),见《乔纳森·斯威夫特散文作品集》,第 3 卷,Herbert Davis 编辑,Oxford:Blackwell,1940,第 5—6 页,"一群暴发户"被称为"人类底流"。

国家公务人员,其个人的隐居山野本身就是自己美德的符号:"假如我框定了某位伟大内阁大臣的生活传奇,那么他就会像亚里士提帕斯(Aristippus)所做的那样如是开始,随后被放逐,利用自己的悠闲时光撰写自己执政时期的回忆录。后来他被重新召回,应邀重掌政权,并尽可能地得体行事。最后,退隐山野,成为好客、优雅、睿智与美德的模范。"⑳

这些微观叙事值得注意的原因不仅在于它们与新近历史宏观叙事的关系,而且在于它们与更占主导性的1688年保守意识,及其作为退化腐败过程的余波对立的好转。实际上,从直线运动向循环运动的转变更多具备的是保守谋划特点,而不是进步谋划特点。在英国革命的叙事处理中,这种倾向可以部分归因于这些事件本身的明显循环性。因此,詹姆斯·希斯(James Heath)把革命描述成一个旋转的球体,那些最初已被携裹进入相反方面的绅士们最终重回其最高点。但大团圆的循环回归并不需要真实事件来为自己正名,因为这在上升流动性普遍现象的保守转变中清晰可见。例如,在约翰·厄尔(John Earle)笔下的"新贵骑士"人物中,骑士的父亲购买土地,儿子购买头衔,但"总之,他是自己尘土的泥块……他的家族大都迅速四散而逃,他孩子的孩子尽管逃脱了上绞刑架的命运,却重新回到自己最初的地方"。斯威夫特评论道:"上帝已从邪恶中取善,只是根据普通原因与自然规则行事,允许出于自己难以被人揣测的目的而让这些人类事宜永远循环。"他描述了粗俗志向的类似循环,得出结论:"粪堆已经滋养出生命力短暂的一株巨型蘑菇,现在它要蔓延到别处,给别人的土地

---

⑳ 1721年1月21日乔纳森·斯威夫特致亚历山大·蒲伯的信,见《乔纳森·斯威夫特通信集》(*The Correspondence of Jonathan Swift*), Harold Williams 编辑, Oxford: Clarendon Press, 1963, II, 第372—373页; Swift,《同盟的行为》, 第82—83页; 1719年12月19日乔纳森·斯威夫特致博林布罗克的信,见《乔纳森·斯威夫特通信集》, II, 第332页。斯威夫特将爱尔兰经济危机专注于被迫将自己资产开销减半的土地主微观情节,相关比较见《关于爱尔兰女士与妇女都将一直参与爱尔兰制造生产的建议》(*A Proposal that All the Ladies and Women of Ireland should appear constantly in Irish Manufactures*)(1729),见《乔纳森·斯威夫特散文作品集》, 第12卷, 第123—124页。

增肥。"斯威夫特宗教改革历史的循环性将这种情节结构转为其教义相等物:加尔文教派的现代性概述了其致力于改革的罗马天主教罪愆,即一个模式,其自身模仿对进步意识(作为贵族不公的讽刺回归)的重要保守批判。[21]

尽管这些循环被限定在社会流动性与人类力量的领域中,它们成功地提醒我们易变性的"传统"叙事。如斯威夫特所用无处可查,但佯装真诚的语言暗示那样,保守情节的循环转化可能似乎(如在进步情节中的那样)在阐释特性中牺牲了其在对称中的所得。为什么这种明显取舍应该主要与保守,而非进步阐释更兼容,这里有充足的理由。进步叙事的前提是贵族规则的地位不一致,尽管它是在宗谱任意标准中被创建的,其重要举措可能引导我们对社会公义的决心与构建。但保守叙事的重要举措存在于具有所有公认决心特点的祛魅倒退系列之中。在更传统的叙事中,如此举措将为最终寻求易变性及神意不可解的特性做准备。在保守情节中,更可能产生对更早秩序回归的欲望,其脆弱性现在通过某种方式对怀疑简化更具抵抗性。出于这个原因,保守情节中直线运动向循环运动的转变可以起到重组叙事阐释力量,而非将其排除在外的作用。斯威夫特笔下的奢靡年轻继承人摆脱了城市放高利贷者施加的坏影响,承诺在以后的日子里成为最了解贺拉斯式乡村归隐智慧的改过自新的乡村绅士,因为在遭遇其替代品带来的灾难经历后,他重新回归于此。因此,从乡村到伦敦,再重回乡村这个著名的18世纪循环表现了一种充满希望的,针对何种被视为道德与社会堕落国家危机的保守意识的解决方式。但这种归隐绝非表

---

[21] James Heath,《近期内战简略年表》(*A Brief Chronicle Of the Late Intestine Warr*),第2次印刷(1663),卷首插图,重印于 Michael McKeon,《复辟时期英国的政治与诗歌》(*Politics and Poetry in Restoration England: The Case of Dryden's Annus Mirabilis*),Cambridge:Harvard University Press, 1975,第265页;亦可参阅 Thomas Hobbes,《巨兽》(*Behemoth; or, The Long Parliament*)(1681),Ferdinand Tönnies 编辑(London:Simpkin, Marshall, 1889),第 204 页;John Earle,《微观宇宙学》(*Microcosmographie*),第6版(1633),no. 28,标记 F5ʳ—F6ᵛ;Swift,"贵族阶层中的愚蠢教育方式",见《乔纳森·斯威夫特散文作品集》,第12卷,第83—84页。

述了对旧有形式纯洁与自足的天真信仰,因为其成功取决于历经磨难而获得的关于人性缺陷的知识进益,而这只能源自流动性、循环性及交换经历。的确,在保守叙事发展的某个节点,这种循环归隐模式将经历某种微妙的变化(从主要时空行为转向主要形式与美学行为),保守意识的乌托邦规划将可能在认识论领域,而绝非社会活动领域内获得最令人满意的解决。㉒

因此,田园式循环是保守意识形态为表现、阐释社会动态而采用的一种叙事模式,并没有让自己屈从于某个纯粹退化故事。另一个重要叙事策略就是聚焦那些崛起之人所用的欺诈与堕落(有时候最终还是失败),而不是贤德之人令人扼腕的堕落。此处个人叙事也可由历史宏观情节的专注而起。例如,这就是查尔斯·戴夫南特(Charles Davenant)在自己简要自传所做的事情。在与自己的朋友辉格拉夫先生(Mr. Whiglove)的对话中,自传主人公达博先生(Mr. Double)的形象得以成形。辉格拉夫评论道,对自己的朋友而言,"这是一场快乐的革命",因为"近年来事情在你那儿得到很好的改善"。

> 达博:的确如此,这得益于我的勤勉。我现在身价为5万英镑,14年前我甚至穷得没鞋穿。
> 辉格拉夫:这真是奇特且迅速的跃升。
> 达博:哎!这没什么,我可以为您说出我50位朋友的姓名来,他们出身贫寒,但自革命以来就获得巨大的财富。

达博进而给自己的朋友讲述"我一生的简要叙事",结果这是一位坏学徒的故事,其恶习不是懒散,而是过于勤快。达博最初是一位伦敦鞋匠签约学徒,他一路欺骗,连续去了不少地方,直到自吹自己秘密资助1688年威廉复辟而发财。在不同的阶段中,他被人揭发为骗子和假冒者,但他厚着脸皮在有钱人中谋到一个显要位置。这位坏学徒

㉒ 此转向中的重要人物为亨利·菲尔丁,参阅本书第12章。

的故事以实践运用为结尾:"您有了关于我一生的历史,但它可能起到一面穿衣镜的作用,大多数现代辉格党人可能在此看到自己的面容……他们是因美德或功绩而兴起的吗?他们和我自己差不了多少。"戴夫南特的寓意坚持他那关于为人阴险、做事勤勉的鞋匠的个人故事向当时公共社会政治历史的转换性,并因此利用这个故事被压缩的力量降低为上升流动性的现代现象正名的进步意识。职业大门向有才能之人敞开,世俗成功是美德的回报,戴夫南特将如是意识形态口号压缩在进步"勤勉"这个术语理念之中,并因此将该理念转变为机会主义与虚伪的自我扩张的某个同义词中。㉓

在某些方面,戴夫南特将历史转为故事的举措让我们想起玛丽·德拉里夫·曼利(Mary Delarivière Manley)将"穿衣镜"比作近代辉格党人的比喻,这在18世纪最初几十年中获得如此大的欢迎。人们会回忆起斯威夫特相信1710年爆发的西班牙王位继承战争是"为了提升某个特定家族的财富与荣耀"。但到那时,曼利的秘史已使关于马尔伯勒之流(the Marlboroughs)与其他一众人等的可耻叙事反思的相关洞见膨胀。这些最初研究的主要目标是扎拉·丘吉尔(Zarah Churchill),"命运纯粹出于服务其自身利益的目的而把她拣选出来,完全没有顾及荣誉或美德的严格规定"。在詹姆斯二世被推翻的前夕,"阿尔比琼"(Albigion)国王,当时的阿尔巴尼亚公主(Princess Albania),后来的安妮女王(Queen Anne)确信伊波利特(Hippolito),即马尔伯勒"应该有足够的荣誉感而不至于出卖自己的君主"。扎拉带着让人想起达博先生的那种愤世嫉俗机会主义口气回答道,"那么,殿下……如果您仰赖荣誉,我希望您就永远别指望能继承阿尔比琼的王位"。扎拉关注的是"牢牢确立自己家族及自身产业利益",尽管自己"出身卑微",通过婚姻成功嫁给"出身高贵"的伊波利特而开始起步,很快人们"满心崇拜地看着他们的迅速崛起"。一旦公主成为女王,扎

㉓ Charles Davenant,《一位现代辉格党人的真实面目》(*The True Picture of a Modern Whig, Set forth in a Dialogue between Mr. Whiglove & Mr. Double*),"第6版"(1701),第14—32页。

拉便获得全面胜利,因为"阿尔巴尼亚从她自己的头上取下王冠,并戴在扎拉的头上。她的地位所获得的极大擢升,她在宫廷里的权势使她获得扎拉女王的头衔"。"宠臣"已取代"政治家"的地位,这个腐败症状在整个国家中得到体现。其间,"士兵们在自己营帐中成为放高利贷者,水手在自己的船舱中也是如此。商人们不再出海谋利,而是更安全地与政府进行交易"。人们"悲伤地看到陷于邪恶、腐化生活与交往之人,他们没有任何值得称赞的举止。他们瞬间得到擢升,从奴隶成为行省总督,从穷人成为富人及有权势之人,从卑微、无名之人成为贵族、国家领袖。他们因自己的功绩,也就是说自己的胜利而获得荣誉,因为他们是扎拉的人,扎拉得到来自他们的效忠"。㉔

在更冗长、更散漫的《新亚特兰蒂斯》(New Atalantis)这部作品中,与其说是扎拉,不如说是马尔伯勒遭到抨击。这部作品通过正义女神阿斯特阿(Astraea,她曾尝试重回凡间并在此探险)、美德与智慧女神之间的对话来讲述。智慧女神把其他人及我们读者向身为福图内特斯伯爵(Count Fortunatus)的马尔伯勒介绍,他已从"一位纯粹的绅士……一路升到这个高位"。美德女神已听过他的部分故事,评论道:"这多可惜,有着如此优雅外表的人一点也没把美德派上用场!"但正如他的名字暗示的那样,他已不需要美德,因为"财富已成为他的神祇,并对他完全恩宠有加"。当然,这是马基雅维利式财富,被已腐化的有德之人成功利用。实际上,正是对"财富"的无限热情已使马尔伯勒得到提升:"简言之,他完全不过分,但他对财富的热爱……金钱是次第推进最伟大事业的唯一方式……我们必定把他无止尽、不懈怠的财富欲望要么归因于被掩饰的野心,要么

㉔ Mary Delarivière Manley,《扎拉女王秘史》(The Secret History of Queen Zarah, and the Sarazians)(1711),I,第 9、36—37、40、53、65、100—101、101—102、104 页;II,第 94—95 页。赐予王位并生效,但不履行权利与权威的传统义务,对曼利而言,这个观点表达了名不副实新贵的本质,亦可参阅 II,第 43—44 页。关于对斯威夫特而言的看法,参阅本书第 5 章,注释 55。

归因于天真的贪婪。"㉕

尽管保守叙事只在汉诺威嗣位(the Hanoverian Settlement)之后及对辉格派有钱人的反应中得到充分繁荣发展,已经存在某些重要先例,这些叙事不仅在此时期之前,而且将更早时期的社会危机聚集。可能这些叙事中最具想象力的作品就是托马斯·德洛尼所写的已变味的上升流动性故事。

《雷丁的托马斯》(Thomas of Reading)㉖的故事背景设在 12 世纪英国,并出于某种貌似有理的原因叠加上 16 世纪专制主义的文化冲突:贵族制度与君主制之间的争斗,权力集中在国王手中,在"新人"不受旧有贵族施舍影响,越发致力于保护贸易主义立法及绝对所有权这个转变中扮演的不确定角色。作为该叙事核心的新人拥有次子身上极为模糊的"新奇":德洛尼将与书同名的"6 位贤德自耕农"从事的服装贸易和"自己父亲不会留予土地的骑士、绅士次子"联系起来,6 人中的两位明确据说拥有古老血统(85,118)。托马斯·科尔(Thomas Cole)与自己的服装商同行将 12 世纪执政内阁的效忠与 16 世纪穿袍贵族的侍奉结合起来,并在亨利一世统治下担任官职,为国王的战争提供士兵。㉗ 作为交换,国王征求他们关于自己能如何更好地推动服装贸易利益的意见,出于此目的,他在英格兰全境内将服装方法标准化,并对偷布料的窃贼施以极刑(99—101,116,133)。但国王与富裕平民之间的结盟远胜于此。德洛尼费劲地提醒我们,这个传统予以亨利一世创设国会高等法院的荣誉,至少在 16 世纪之前,"平民阶层"体系才可能开始出现(83,117)。他告诉服装商,与政府的合作生意就是

㉕ Mary Delarivière Manley,《某些高尚人士的秘密回忆录及举止》(Secret Memoirs and Manners Of several Persons of Quality, of Both Sexes. From the New Atalantis, An Island in the Mediterranean),第 2 版(1709),I,第 21、27 页。曼利以类似模型描述波特兰伯爵(the Earl of Portland),参阅 I,第 44—52 页。

㉖ Thomas Deloney,《雷丁的托马斯》(Thomas of Reading; or, The six worthie Yeomen of the West),见《伊丽莎白时期的短篇小说》(Shorter Novels: Elizabethan),Saintsbury 与 Henderson 编辑;正文中所有括号内引用均源自此版本。

㉗ 关于 12 世纪的执政内阁,参阅本书第 4 章,注释 14。

"维系平民阶层"及"整个王国的利益"(99)。然而,他们最深层次的纽带在于"国王也是次子"这个事实。亨利即位时,他的哥哥罗伯特(Robert),诺曼底公爵(Duke of Normandy)正在指挥十字军东征。他很快确信"尽管他按出身是英格兰的继承者,然而我是靠拥有资产而起家的国王"。为防止罗伯特回国,亨利"运用所有可能的方法赢得自己贵族阶层的好感,并通过自己的礼待而获得平民阶层的好感……这就能更好地增强自己与哥哥抗衡的力量"。对于这个自私目的,平民可能比贵族更有作用,因为很多贵族支持罗伯特的权利,"我必须把他所有的宠臣视为自己的仇敌,我没收了忘恩负义的什鲁斯伯里伯爵(Earl of Shrewsbury)的土地,放逐他本人,我要用同样的方式对付他们"(85,86)。

《雷丁的托马斯》出色之处就是其在这些服装商的历险与玛格丽特(Margaret)及罗伯特公爵悲剧爱情情节之间交替过程中保持一致性。从某个角度来说,这种不同似乎具有示范性。玛格丽特的故事本着辞藻极为华丽的严肃性而得到叙述,并且是一个被易变世事玩弄的贵族女性悲剧传奇。她被迫放弃自己的"出身及血统",在某位服装商家中担任女仆,假装出身卑微,但她白皙的肌肤泄露了自己真实身份(94—98)。"多情的公爵"被玛格丽特的美貌"吸引",恳求她做"一位鼎鼎有名的女士,而不是一位地位卑微的女仆"。但在她身世揭秘可以校正两人之间地位不一致之前,罗伯特被自己的弟弟逮捕,并因失明而被剥夺权力。如果不是因为命运坎坷,这对情侣会对爱情忠贞不渝。他们彼此分手,玛格丽特弃绝所有尘世地位,进入修道院,并"将自己许配"给"救主耶稣",而不是罗伯特公爵(118,127—129,153—155)。

然而,我们把该爱情情节的传奇玄学主要归于这对情侣,而不是德洛尼。特别在玛格丽特的思想中,生命是对命运无常的永恒顺从。其易变性得以标示的最重要方式就是爱情,它允诺克服地位不一致,但最终只是将其强化。尽管玛格丽特的个人解读如此,德洛尼自身已将这个爱情情节置于12世纪政治叙事之内,指明其与政治策略及社会变革具体领域的因果关系。两个情节的缠绕,它们各自在对方中的意义远比它们交替叙述的事实更深入。不仅是罗伯特的"命运"被自己的弟弟操纵。玛格丽特开启的易变经历,她的社会平等化取决于如是事实,即她的父亲是什鲁斯伯里伯爵,罗伯特的支持者之一,因此被亨利没收财产并遭放逐,任自己的家人"如凄惨的人们那样在乡间游荡沉浮"(87)。在这个阐释性历史语境内解读玛格丽特与罗伯特的故事(如交替叙述迫使我们应对已得到提升的自觉意识那样)就是见证将可辨认的传奇素材借助陌生化适应保守叙事文类混合的过程。这种适应非常合算。既然成功的次子们共享的地位为国王与服装商的结盟提供了基础,那么爱情情节远非寄居在某个不同经验领域中,而只是唤起与新人反对贵族长子继承制,并进行残酷报复的故事相宜的那些情绪。都铎时期英国社会动荡在德洛尼笔下专注12世纪家庭地位不一致的微观情节。尽管有玛格丽特所说之言,我们已被告知,并足以明白这不是"拥立暴君、推翻国王"的"命运"易变性,而是一个具有历史特定性的社会力量契约,这些社会力量悬置它们自身的极大差异以应对共同敌人(94)。

当然,爱情情节的相对自主也转移了这些源自合宜对象的合宜情绪,这种尝试性可能被归结于当时保守叙事的早熟,特别是它对君主制与商业利益阶层之间结盟洞见的早熟。但在德洛尼两个情节彼此反映的所有此刻节点中,"美德"是否与次子们的专制主义勤勉与雄心相联系的问题遭到真正质疑。亨利评论道,"腐化的世界在所有邪恶层面越发大胆",并借此对犯下侵害财产罪之人未经审判就处以绞刑,当他为此而辩护时,这并不难让人回忆起他偷窃王冠时的无所顾忌,不难听到这位愿意购买政治支持以实现自己野心的至尊机会主义者所说之言。然而,重要的是此番评论对应某位北方服装商所言,关于对偷窃施以更轻惩罚的辛辣评论:"他们睁大双眼的时候有什么可以悲伤之情?只要他们可以开始像假蜥蜴那样静止不动,然后在全国上下抱怨、乞讨、呱噪"(101)。因为如此评论既让人回忆起遭迫害的名门望族凄惨流浪,又预示了王位合法继承人的失明,因此新人对旧有贵族阶层的残忍不公将后者投入社会受害者与近似被迫害穷人结成的同盟中。如果"腐败"的理念在界定这种叙事的价值系统中扮演一个活跃角色,它添上谋利的热情,以此行事。《雷丁的托马斯》焦虑地设定个人贪婪的界限,而不是如《纽伯里的杰克》中的那样使之合理化。叙述者出色的客观语气与自己所说的诸多人物语气有所不同,并只有两次转为彻底的否定:第一次是对纯粹出于"贪婪"而谋杀托马斯·科尔的"邪恶"女主人的否定;第二次是对托马斯·多弗(Thomas Dove)的前仆人,一位"假惺惺的犹大"的否定。这位仆人一心想得到所拖欠的薪资,这促使他把自己破产的主人递解到债主管家的手中(133,138,151)。如评论家们已注意到的那样,萦绕着科尔被谋杀的著名噩梦氛围的确令人想起《麦克白》(Macbeth),这也取决于我们的直觉,不只是可怕的,而且也是有罪的不祥预感场景。㉘ 德洛尼对灾难的不祥预感与科尔自身的疑虑对应:"的确,我的财富对一对夫妇来说多得难以掌控。如果没有慈善捐助,那我们的宗教是什么?向别人充分展示,然后留在家里等着腐朽?"(135)

借用这种微妙但侵入的方式,科尔对无节制攫取所做的悔罪有助于将自己认同为那种激情的受害者。这种激情甚至超越了他自己忏悔的控制,怂恿那些贪婪的谋杀者起了杀他之心。科尔设法及时将200英镑作为遗嘱留给多弗,以此为自己贪婪之心赎罪。但在复活行为实现之前,多弗也必定备受指控困扰。这次是服装商的仆人们,而不是自己的良知成为控告者。尽管这些仆人心怀邪恶,但我们必须承认他们是有道理的。因为多弗轻易地将自己财务破产归结于命运与朋友的寡情薄义,而仆人们立即拒绝承认,并坚称在多弗阔绰时,他醉心腐化的谋利动机,并乐意以此为生,而这正是破产的特定原因。主人带着家长式的正义感斥责自己的仆人们:"我把你们从卑微的孩童抚养成人,耗费了自己的极大资本教你们经商,因此你们才可以活得

㉘ 参阅 Merritt E. Lawlis,《为中产阶级辩护》(*Apology for the Middle Class: The Dramatic Novels of Thomas Deloney*), Bloomington: Indiana University Press, 1960,第61页;Davis,《伊丽莎白时期小说中的理念与行为》,第278—279页。

像个人样。作为我所有的恩惠、开销与善意的回报难道就是你们现在突然遗弃我吗?"但这些学徒如戴夫南特笔下的达博先生一样已完全具备勤勉劳作的思想:"因为您在我们贫困时予以接纳,这因此就意味着我们必须是您的奴隶吗?我们是年轻人,对我们来说,我们不再考虑您的谋利,因此它可能与我们的晋升一致……如果您教会我们经商,并把我们从男孩抚养成人,您已因此得到我们付出的劳动……但如果您变穷了,您可以感谢自己,因为这是对您自己挥霍的公正惩罚"(149—150)。服装商给贫穷乞丐与窃贼所上的残忍一课现在转用在他们中的某人身上。如果玛格丽特与罗伯特公爵的故事上演的是新贵对地位高过自己之人所施予的不公正报复,某些保守正义在这些最终场景中得以伸张,所用的就是新人作茧自缚,及难以遏制的自投罗网的激情这个讽刺场景。

当然,多弗因科尔的死后保释而暂缓入狱,这得以说服其他服装商凑钱以使多弗可以"重新开创一个世界,通过这种方式(以及上帝的祝福),他较之于之前的自己获得更大的信誉"(152)。引文括号中的资格与充斥所有《雷丁的托马斯》最终情节的虔诚之感一致,这与其说是将叙事基督教化,不如说是针对某些美德标准至尊性而提出的基本保守坚持,而这种至尊性不仅在自助范围之外,而且与之相对。玛格丽特故事的叙述与科尔及多弗从占有式个人主义转换的故事彼此交替。她自己"开启一个新世界"的决定成为衡量服装商远未确定的获得美德尝试的模型与标尺。这个叙事以所有服装商的各种慈善,资助包括玛格丽特栖身之处在内的修道院,救济贫民的行为而结束(155)。在《纽伯里的杰克》氛围中,我们将确信这些行为多少证明了他们的美德;此处并不完全清楚的是地位不一致已因新人及次子取得的成功而得到校正,并非因此而恶化。

四 文类模型的意识形态暗示

我的核心目的至此就是揭示在小说叙事成型过程中,最重要的叙事模型完全不是另一种"文学"文类,而是历史经验自身。当然,这种区分是人为的:文学模型既塑就了体验历史方式的结构,反过来又从这种经历中获得它们"自己的"形式。例如,西班牙流浪汉叙事为17世纪英国作家们遗留下某种有影响的文学形式,它似乎尤其对在整个近代早期欧洲以不同方式得以感知的地位不一致危机有特别的反应。㉙

《托尔梅斯河边的小癞子》(La vida de Lazarillo de Tormes)的同名反英雄(antihero)最初是处于动荡、极具流动性的生活状态中的孤儿,这适合贵族出身的揭秘,也适合自主创造。在自传的开篇,小癞子将自己与那些借助"力量与勤勉"展示美德之人,而不是那些继承贵族资产之人等同。他只轻视那些家道中落,但又痴迷自己的"荣誉"而无视所有实际考虑的次级贵族(hidalgo)。然而,在《小癞子》中,对贵族意识的批判远比新人的正面意识形态强劲得多。事实上,这部流浪汉叙事奠基之作与进步意识有密切的关系,如果有什么的话,那这就是某种讽刺倒转。小癞子愤世嫉俗地证明无赖可以飞黄腾达,并借此戏仿真实贵族的职业生涯。根据R.W.杜鲁门(R. W. Truman)的观点,真正高贵的论点"与其因美德行为而在社会中晋升获得的嘉奖称赞有关……小癞子关注的是仅为崛起而具备美德的事实"。尽管传统秩序的确支持一个任意的社会不公,小癞子的崛起无助于校正地位不一致,这是因为某人在困境中的社会化是其品德将会堕落的最确凿的担保,他所获得的回报也同样具有任意性。换言之,《小癞子》及受其直接影响的无赖叙事的主导意识是保守意识,而非进步意识。然而,它与保守意识有所不同,因为我们已开始主要理解了它,因为它缺乏某个替代选择的乌托邦构想,无论它是何等遥远或矛盾。可能有争议的是在16世纪西班牙,田园小说提供了如此构想,即田园与流浪汉叙事都是保守意识的文学整体性对立与互补部分,分别是现代腐败的"替代"与"对立"否定,而在其他文化中,保守意识将这种现代腐败作为整

㉙ 关于此时期西班牙社会语境的简要论述,参阅本书第7章,注释21—23。

体来运用。然而,如《古斯曼·德·阿尔法拉切》(*Guzmán de Alfarache*)中的那样,当流浪汉开始表现出与其周遭环境显然不同的道德标准时,西班牙流浪汉叙事开始影响主要为进步叙事的创作,而非完全保守叙事的创作。㉚

在持保守意识之人中发现进步价值观的戏仿倒转并不是件难事,这显然受益于流浪汉叙事与罪犯传记模型。达博先生好几次自称"无赖",而戴夫南特在别处暗中描述某类机会主义者,专制君主仰赖他推进自己的目的,把他视为"一位有冒险精神、机敏过人、口齿伶俐,在世上默默无闻且地位卑微之人……一位出身悲惨、之前从未被人说起之人当看到自己居于高位时,他鲜有顾及法律、弹劾与斧头的念头"。笛福对靠拦路抢劫的"小无赖"与犯罪特长为政治诈骗及商品交换的"大无赖"之间的相似颇感兴趣。当然,他也发现把强盗及其海外同门,海

㉚ 《托尔梅斯河边的小癞子》(*The Pleasant History of Lazarillo de Tormes*), David Rowland 译,第 3 版(1639),标记 A8ᵛ,B6ʳ⁻ᵛ,F3ᵛ-I4ᵛ;R. W. Truman,"小癞子与新人传统"(Lazaro de Tormes and the *Novus Homo* Tradition),见 *MLR*,64(1969),第 66 页;亦可阅同作者,"《小癞子》、彼特拉克的《厄运疗法》与伊拉兹马斯的《愚行颂》"(*Lazarillo de Tomers*, Petrarch's *De remediis adversae fortunae*, and Erasmus's *Praise of Folly*),见 *Bulletin of Hispanic Studies*, 52(Jan., 1975),第 38—39、53 页。参阅 Glaudio Guillén,《作为体系的文学》(*Literature as System: Essays toward the Theory of Literary History*), Princeton: Princeton University Press, 1971,第 79—80,88 页;Harry Sieber,《流浪汉》(*The Picaresque*), London: Methuen, 1977,第 14—15 页;Alexander A. Parker,《文学与过失》(*Literature and the Delinquent: The Picaresque Novel in Spain and Europe, 1599-1753*), Edinburgh: Edinburgh University Press, 1967,第 27 页;A. D. Deyermond,《托尔梅斯河边的小癞子:评论指南》(*Lazarillo de Tormes: A Critical Guide*), London: Grant and Cutler, 1975,第 29,72 页;Richard Bjornson,"法国、英国、德国的流浪汉小说"(The Picaresque Novel in France, England, and Germany),见 *Comparative Literature*, 29(Spring, 1977),第 142 页。关于流浪汉与田园小说,参阅 Parker,《文学与过失》,第 16—19 页。Guillén,《作为体系的文学》,第 97 页。关于"替代"(alternative)与"对立"(oppositional)术语,参阅 Raymond Williams,"马克思主义文化理论的基础与上层结构"(Base and Superstructure in Marxist Cultural Theory),见 *New Left Review*, no. 82(Nov.-Dec., 1973),第 10—11 页。关于《古斯曼》所开启的转向,参阅相关讨论,见 Richard Bjornson,"《古斯曼·德·阿尔法拉切》:为'转变'而辩护"(*Guzmán de Alfarache*: Apologia for a "Converso"),见 *Romanische Forschungen*, 85(1973),第 314—329 页。这种形式的意识形态易变与其认识论易变非常类似。参阅本书第 3 章,注释 14—19。

盗颂扬为进步模式中的上升流动英雄是件容易的事情。笛福笔下的米松船长（Misson）是"贵族家庭的次子"，其接受的教育"与自己的出身相符"。他成为"一位新式海盗"，而不是新式绅士，并将自己的船只改造成一个平等主义乌托邦。另一位作者甚至能用罪犯的负面意象颠覆贵族期待，以此将这一意象转为进步结局。杰维斯·霍利斯（Gervase Holles）的家族纪念物始自谋求虚假宗谱同化主义动因与想象之旅创构之间的轻蔑对比：

> 我在绝大多数英国绅士身上发现诸如飞到月亮之上，相信自己（如他们所想的那样）拥有古老且虚假家族血统这类虚妄想象，在我看来，没有什么比此更可笑或更近似庸俗精神结盟之事。我们中有多少人会自信地告诉你他们的姓氏甚至在撒克逊时代就已知名？尽管通情达理的古物研究者知道他们没有记录以资证明……这一般源自价值贫瘠，从而说服他们用文字填充自己的美德缺失。

霍利斯本人就是一位"通情达理的古物研究者"，他坚信历史文献的客观性，也显然相信美德在古老宗谱缺失中自我展示的能力。他自己的血统并不连续。他为自己是商人的后裔而骄傲。他讲述了弗朗西斯·霍利斯（Francis Holles）的故事，好像是为这种替代进步主义提供一种否定辩护。这位年幼的孤儿是该家族首要分支的唯一留存代表。在17世纪20年代杰维斯初次见到他时，他已沦落到在伦敦街头乞讨面包充饥的地步。实际上，正是首任克莱尔伯爵（Earl of Clare），杰维斯的贵族亲戚发现年幼的弗朗西斯"某天在大街上与穷孩子们嬉闹"。因为他正在赶往国会的路上，他命令仆人将这孩子带到自己的府邸等他回来。弗朗西斯穿着"打着皮质补丁的紧身上衣和裤子"，其他的仆人们"并不认识他"，交代他在厨房里翻动烤肉叉。正是"在这种情形与衣着"状态中，杰维斯如今见到了他。尽管他也不"认识"这个孩子，但仿佛他的出身穿透了具有欺骗性的外表，因为"看到一位忙着做事

的英俊男孩(的确他有一张非常漂亮的面庞及纯洁的表情),我问了他的名字"。㉛

关于这种难以消除的贵族气质的传奇惯例伴随着具有说服力的易变性传统主题:"我们很难在任何家族中找到关于命运易变更充分的样例",因为弗朗西斯现在甚至是克莱尔伯爵的"领袖",其曾祖父有过巨额收入及多达70人的仆从。假如这是作者的自觉语言暗示的那种传奇,那么它就会在此以这孩子被擢升到与其高贵地位相符的位置为结尾。实际上,伯爵的确使他衣着"气派",教他法语,给他配备自己的跟班。这种重新社会化进展良好,但并没有得到足够推进,弗朗西斯很快暴露出相对短绌所产生的后果:"可以注意到,其情境的改变如何迅速地改变他的气质。他在很短时间内成为一位非常骄傲与专横的男孩。在了解自己可能的身世后,他开始蔑视其他绅士及曾为同伴的仆人,这是他未来考验与成就的悲伤预兆"(35)。

实现这个叙事预兆并没有等待很长时间。伯爵对这孩子的成长并不满意,并向作者寻求关于如何才能更得当地为这孩子提供所需的意见。杰维斯建议采纳内在美德的修养,而不是贵族外在的修饰,因为他在自己的新教勤勉方面有一个现成的模型:"我最喜欢商人,这既

㉛ Davenant,《一位现代辉格党人的真实面目》,第 15、31 页;《论在贸易平衡中让人民获益的可能方法》(*An Essay upon the Probable Methods of making a People Gainers in the Balance of Trade*) (1699),见《查尔斯・戴夫南特政治与商业作品集》(*The Political and Commercial Works of ... Charles D'Avenant*), Charles Whitworth 编辑, London: R. Horsfield, 1771, II, 第 369 页。Defoe, 1721 年 9 月 16 日《周报或周六报》(*Weekly Journal or Saturday's Post*),引自 Maximillian E. Novak,《笛福小说中的现实主义、神话与历史》(*Realism, Myth, and History in Defoe's Fiction*), Lincoln: University of Nebraska Press, 1983, 第 129 页;《论米松船长》(*Of Captain Misson*) (1728), Maximillian E. Novak 编辑, 奥古斯都重印学社, no. 87 (1961), 第 2、12、31 页;关于相似观点,参阅同前,第 i 页;Maximillian E. Novak,《经济学与丹尼尔・笛福的小说》(*Economics and the Fiction of Daniel Defoe*),加利福尼亚大学英语研究, no. 24, Berkeley and Los Angeles: University of California Press, 1962, 第 5 章。Holles,《霍利斯家族的纪念物》(*Memorials of the Holles Family, 1493-1656*), A. C. Wood 编辑,坎顿学社,第 3 系列,55, London: Offices of the Society, 1937, 第 3、4、18—19、34—35 页(关于历史真实性主张,参阅第 3、9 页);正文中的进一步引用均出自本书。

是一个慷慨的职业,而且也是(如果这让上帝满意,并祝福其所做努力的话)他最有可能从中重获资产的途径,就像他祖先之前那样。"但该计划失败了,部分原因是伯爵自己的节俭,部分在于弗朗西斯自身并不适合这个安排。克莱尔并不愿意让这孩子在商人生涯中冒险,而是将他送去一位珠宝商那里做学徒。孩子与这位珠宝商共同生活了若干年,"直到最后受邻居学徒影响而腐化堕落,他俩瞅准自己主人夫妇离开伦敦,外出度长假的机会,将箱子里的珠宝洗劫一空,随后逃走。17年以来,我从未见到,也从未听过他,多半是死了吧"。所以贵族身世揭秘的传奇是以罪犯的流浪汉式逃匿结束,血统是一回事情,而美德似乎是非常不同的另一回事(35—36)。

弗朗西斯·霍利斯的故事说明微观历史叙事那具有意识形态意义的形式如何可能被文类之间的模仿与戏仿改进。在这个过程中,传奇模型并不限于模仿倒转的负面功能。的确,小说叙事中的传奇运用颇有特点地被其作为传奇的工具性自觉感知框定,并标明其与他者之间的空间。但这个空间可能预示一种正面雄心,它多少将传奇模型指定在现代生活的不祥背景中,甚至可能激励进步叙事的主角。如此特别的强大样例由名声狼藉的玛丽·卡尔顿(Mary Carleton)提供,其自身就是自己多位传记作者笔下最出色人物。在已出版,并为自己辩护的最具包容性的小册子中,卡尔顿一开始就展开自己的故事。玛丽是一位德国律师及外交官的女儿,她父亲因身为名叫范·韦尔维(Van Wolway)的"悠久古老名门后裔"而闻名。玛丽热切地否定"恶劣、鲁莽的虚假,我源自这个王国中最肮脏、最卑鄙的血统,比《坎特伯雷故事集》中的骗子女儿(the Daughter of a Fidler)好不了多少"。㉜ 她承认"我在暗示以蒙骗傻瓜为业的律师父亲时就说明我的出身并不是如此高贵"。而她的父亲也与别人分享关于她是德国公主的普遍误解。但

㉜ 《玛丽·卡尔顿女士的案子》(*The Case of Madam Mary Carleton, Lately stiled The German Princess, Truly Stated: With an Historical Relation of her Birth, Education, and Fortunes; in an Appeal to His Illustrious Highness Prince Rupert*)(1663),第10、30—31页;更多相关引用以正文括号内页码为示。

她用已如此有说服力的所做事实为自己假冒贵族出身的行为辩护,进而说道:"出于善良与正义目的的伟大雄心及情感总是得到敬重,并被视为值得称颂与赞扬,是美德思想的符号与品性"(36,37—38,错误页码为 46)。因此,玛丽对父系血统的炫耀式尊重显然是社会同化主义者的敬重,其最重要的自信在于她自己功绩的权威。

不过,事态并不如其可能的那样对她的雄心有利。玛丽 3 岁之前就成为孤儿,后又成为受教会监护的孩子。教会希望她成为修女,并吞并她的资产。父系血统的男性权力在某位"淑女"手里成为微不足道之事。玛丽逃避进入修道院的命运,"盲目地希望我是……一位男子"。最终,她决意出发前往英国(10,12—13,16,30,32)。她长期阅读传奇,如今思考着"我并不是将自己托付给如此冒险或朝圣的唯一或首位女性……我还是给那些被认为是女英雄的传奇添色为好",以此设法使自己的流动性归化。但甚至在"现代及非常之近时代"中确定这种角色的似有道理的尝试似乎论证了这种对立面,因为她单独范例就是匿名的"公主",是"世界上唯一漫游四方的女士"。她的榜样不仅独特,而且拥有具备授权性质的社会地位,我们知道这是玛丽缺欠的。当人们用这个称号描述她时,我们才意识到玛丽真正寻求的是游侠骑士的自由,甚至在传奇中都只有男性享有的这种流动性(23,32,34)。

即便已确立的叙事形式不能提供那些将完全满足玛丽追求流动性雄心的先例,没有这些她也还有足够的创新。她一到伦敦就住在一位名叫金的先生(Mr. King)所开的小旅店里。金先生被她明显家境阔绰与出身高贵的表象吸引,以至于他想到历史悠久的情节,"通过迅速、秘密的成婚……确保我的资产"。为了贯彻"公认的正义原则",即"**蒙骗骗人者不算欺骗**",玛丽决定"将计就计"。她被引荐给一位名叫卡尔顿的先生及其子约翰(实际上是位放债人,金夫人的兄弟)。随后发生的就是彼此信任的游戏(45—46,错误页码为 38)。约翰一心想迎娶一位"外国公主"而成为人们"私底下讨论的话题",以飨廷臣的嫉妒之心。他痴迷于这种可能性,雇了辆马车,自封为"勋爵",并极鲁莽且极度挥霍性地苦求成婚。如玛丽告诉我们的那样,她相信"他是位有些地产,值得尊敬的有钱人",自己仍继续手段高明地模仿有钱贵族(51—52,58,63,67)。在如此行事过程中,她实际上同时扮演男性财富猎手的流浪汉式角色。这些男性通过获得有钱女继承人的资产而实现上升流动,对约翰来说此为自然之举。

不过,叙事模型再次证明存在缺陷,因为正是在此类情节性质中,将只会存在一位男性暴发户。有舍有得。两人结婚后不久,生活开销极高。卡尔顿先生屡次三番地试图劝说玛丽将其资产转给自己的儿子,显然,她的财富将不会运抵,而人们预期从德国运来需要耗费时日。然而,的确等来的是一封称她为"绝对的骗子"(70—71)的信。玛丽模仿男性权力的界限现在清楚无误,因为卡尔顿一家诉诸于法律程序。玛丽后来声称较之于英国女性,德国女性拥有更大的法律权利,但她也说道:"假如不是出于我所属性别的端重,我不会被激怒而违背契约,我会满足于此"(126—128)。玛丽被控重婚罪,被送入新门监狱等待惩罚。尽管她的故事已呈下滑趋势,审判证明了"我的荣誉与名望"无罪,她为诉讼过程提供了书证细节,随后无罪释放。在故事的结尾,玛丽尽管意识到丈夫用不光彩的方式对待她,也明白他并不在乎自己的荣誉,但她随时真诚地接受他。但这些迹象并不见好,她把早为自己谋划好的,更令人生疑的流浪汉式传奇流动性阐释归因于他,因为她猜测他意图践行"这个古斯曼式故事的第2部分,到海外充当骑士",以期用婚姻网住另一位女性(73,104,106,122,131,138)。

尽管(或可能因为)这充满了历史真实性主张,我们有足够的理由质疑玛丽·卡尔顿的叙事自我陈述的真实性。在记录这桩卡尔顿事件的大量出版物中的某些文献中,叙述中的真实性主张与地位、美德主张之间划定了一个非同寻常的持续联系。约翰·卡尔顿对这些事件所做的几次阐述尽管在事实层面与人们可能预期的玛丽阐述没什么差异,但仍然给这个故事带来完全不同的阐释。在她现代传记作者所做的评价中,无论约翰的欺骗为何,玛丽编造了关于自己出身的整个故事,因为她的确是出生于坎特伯雷的平民,也的确是结了好几次婚的重婚犯。但关于事实性的问题与当前的质疑无关。玛丽·卡尔顿的自传是进步情节设计的非凡样例,而这个设计尤其位居她真实生活与其构建的生活之间的边界。这说明她正在勤勉地使自己成为一位淑女(如果不是公主的话),运用她所知道的文类形式与惯例,但也意识到这些惯例并不足以应对她心中所想的地位不一致的激进补偿。它们的不足最终不是存在于贵族荣誉及传奇游侠行为的古语之中(甚至这些可能都是想象性地被指定给当前现实),而是存在于它们向男性,而不是向她担保流动性与权力这一事实之中。这将是最难完成的详述,把她的重婚罪及猎财行为视为达到其目的而采取的替代,但不充分的方式,如她的文学榜样一样,这可能是有道理的。㉝

最初,玛丽"盲目地希望她是位男性",最终她以驳斥诸多诽谤为结束,其中一个就是:"人们看到我身着男装,腰部佩剑,头顶羽毛,如此打扮捉弄他人"(132)。对玛丽来说,在没有贵族地位情况下如何获得美德的世俗回报这个进步困境叠加了在占据主导性的父系与家长制文化中,类似的,但更难逾越的女性授权问题。她的自传式自辩拥有其丈夫所不能及的说服力量。然而,她被迫提醒英国的"女士与淑女们",她们得此称呼是因为"我们的先辈"创立骑士制度规则,以此"保护纯真的女士",她劝慰性地添上这么一句:"我并不提及这些反思英国骑士的故事,因为这与我的事业无关。"玛丽的无条件自辩及新骑士力量与自由极端内在化动因一直受到对因此行为而起的自我感知构成威胁的制衡。因此,她"获得满足"的热情渴望受阻,因为"如果不是出于我所属性别的端重,我不会被激怒而违背契约"。所以,社会、性别、文类边界的实验性违背成为自身旨在延展进步故事的自觉主题,同时没有逾越女性野心边界。在她从重婚罪指控中无罪脱身的 8

㉝ 关于近代传记作家,参阅 Ernest Bernbaum,《玛丽·卡尔顿的叙事》(The Mary Carleton Narratives, 1663-1673: A Missing Chapter in the History of the English Novel), Cambridge: Harvard University Press, 1914;Charles F. Main,"德国公主:或真实与虚构中的玛丽·卡尔顿"(The German Princess: Or, Mary Carleton in Fact and Fiction) 见 Harvard Literary Bulletin, 10(1956),第 166—185 页。关于玛丽·卡尔顿文献中的历史真实性主张,参阅本书第 3 章,注释 21—22。

年后,玛丽因被控行窃而被流放到牙买加。但 1673 年,她又回到英国,并再次被控行窃,这次她被绞死。现在她的一生采用的是罪犯传记这令人安心的形式。1673 年出版的小册子根据保守意识的半警示、半讽刺需求而借用、概述她的职场生涯。如戴夫南特笔下的达博先生一样,她成为诈骗与假冒的真正化身。㉞

众多玛丽·卡尔顿的传记作者中有一位更谨慎之人,他就是弗朗西斯·柯克曼(Francis Kirkman)。就在玛丽被处死的那一年,他已出版了自己所写的非凡自传。柯克曼的作品被几篇序言与附笔框定,这产生了在两种不同历史叙事阐释模式之间摇摆的矛盾,这更接近写作时刻的状态。一方面,柯克曼告诉我们,我们是坐在命运之轮上。甚至迪克·惠廷顿(Dick Whittington)都是凭借运气,而非勤勉美德发达。如书名宣告的那样,这个封闭的自传是一个永恒不幸的悲伤故事,其寓意就是被动顺服世事易变的波谲云诡。另一方面存在着默认,即柯克曼的麻烦可能早就是因坏品性,非坏运气而起。此处的模型不是传奇易变性,而是属灵自传的忏悔机制及《古斯曼》流浪汉叙事特点,因为柯克曼相信近期自己商业交易方面的改善"是我在这篇论文中做忏悔的结果"。如果对运气不佳的抱怨力陈社会易变性的毫无意义,那么忏悔声音似乎极乐观地阐述"商业成功是属灵信诺的直接记录"这一进步信仰。那么这完全取决于我们:只有当我们通过购买此书,并从中受益的方式表示我们对柯克曼忏悔的赞同时,他将获得

㉞ Bernbaum,《玛丽·卡尔顿的叙事》,第 3、4 章;Main,"德国公主:或真实与虚构中的玛丽·卡尔顿",第 175—178 页列举了这些出版物。关于玛丽向女士与淑女的致辞,参阅《玛丽·卡尔顿女士的案子》,献辞;同作者,《德国公主的历史叙事》(*An Historicall Narrative of the German Princess*)(1663),献辞,第 4 页。在草率借用的最后表态中,梅(Main)(第 173 页)在无证据的情况下辩称玛丽的作品的确就是一位男性雇佣文人、幽灵作家所写,可能这是附和伯恩鲍姆(Bernbaum)(第 12、20—25 页),后者认为至少有一位"报社从业者"参与,这是基于玛丽自身可能并不具备这必要的博学及叙事创新的假设。在丹尼尔·笛福的《罗克珊娜》(*The Fortunate Mistress; or, ... Roxana*)(1724)中,其叙述者一度将自己比作"德国公主"。此作是对玛丽·卡尔顿本人讲述自己故事时所关注的犯罪主题进行的深奥且令人不安的调查。

关于自己灵性提升的循环证明。这种奇特内向的意义圆圈让人回想起新教在尝试只把自主行为理性化为一种虔诚顺服某个更高权力的特殊阐释时的不良信仰。柯克曼为在自己的努力与他们的结果之间，在他所劳与所得之间的极端不一致之感而沮丧，他现在似乎要么是最愤世嫉俗的新教诡辩家，要么就愚蠢地把所有事情弄糟，并把方法与目的，字义与喻义混淆，以至于属灵恩典已被降格为内在坚信，对群体认证的坚信，对售卖的认证。现在流浪汉模型似乎危险地从《古斯曼》转变到《小癞子》：从作为接纳深陷回忆及忏悔中的叙述者笔下有罪人物行为的赎罪，到作为自学自创行为的赎罪。㉟

在该作品主体之内，传奇模型的抽象被动性与其他模式更明确及不稳活动之间的这种框定性摇摆向从某个模型转向另一个模型的叙事变化开放。就在自己还是学徒时，弗朗西斯告诉我们，他对骑士传奇十分着迷，"对它们的真实性如此深信不疑，以至于我把它们视为年表，较之于斯托（Stow）、霍林希德（Holingshed）、斯皮德（Speed）这些历史学家所写的书籍，我更相信这些传奇"（14）。尽管有这种堂吉诃德式轻信，传奇对他及玛丽·卡尔顿行为的直接影响相差无几。因为他的幻想仍然是骑士的扈从、外科医生这类角色模型未被消化的白日梦，他对此过于被动，以至于未曾尝试使之内在化。其间，最有希望的就是他也被发现出身贵族家庭，因为这允许他扮演一个只是在等待的角色（10—12）。至少如弗朗西斯所言，自己早期生活有家庭传奇的强力元素。他的父亲尽管不是出身高贵，但有所成就。他显然是位严厉、吝啬之人，把弗朗西斯送到放债人那里做学徒，尽管他的儿子更愿

㉟ 参阅 Francis Kirkman,《不幸的公民》(*The Unlucky Citizen Experimentally Described in the Various Misfortunes Of an Unlucky Londoner*)（1673），卷首插图；"序言"，标记 A3ʳ-A6ʳ；第二"序言"，标记 A7ʳ-A8ʳ；"致读者而非勘误表"，标记 A8ᵛ（柯克曼在此处及他处利用了身体、道德及印刷"错误"之间的关系），第 295—296 页。关于引用，参阅标记 A6ʳ。进一步引用在正文中以括号内页码为示。关于柯克曼的生平，参阅 Strickland Gibson,《弗朗西斯·柯克曼的参考书目》(*A Bibliography of Francis Kirkman*)，牛津参考书目学社，n.s., I, fasc. ii（1947），Oxford：Oxford University Press，1949，第 51—68 页。关于流浪汉自传与属灵自传中的悔改与赎罪，参阅本书第 3 章，注释 11—15。

意从事卖书的生意。另一方面,弗朗西斯的外祖父母极为富有。弗朗西斯喜欢自己的母亲,并因自己学徒初期母亲突然辞世而倍感孤单。母亲的地位很快被一位邪恶的继母取代。弗朗西斯的父亲变得越发有钱,而且成为一位绅士,"然而,我困苦不堪,比以往更像个奴隶"(8—10,12,28,32,41—42,49—50)。被囚禁在一个错误家庭之感因弗朗西斯在自己放债师傅的替代家庭中遭受的可耻待遇而进一步加强。我们偷听到他自言自语所说的那些真切且悲伤的故事:比自己雇主出身更好的学徒娶女仆为妻,这只为逃避自己被降格为奴的生活(37—41)。

弗朗西斯并没有娶一位女仆,反而游历到乡村。这次半心半意的逃跑从他与旅伴交换故事为开始,最后只是以他如绵羊般顺服地重回伦敦,面对自己父亲斥责为结束:"儿啊,以上帝之名,你所要去的地方不就是你漫游所到之地吗?"(140)如今,弗朗西斯经历了彻底的精神改造。他赦免了父亲对自己困境(实际上是自己的命运)应承担的责任,反而指责这些困境是因"我的违逆及其他罪行"而起,他公开且忏悔地向我们坦陈,"正是我对自己父亲的违逆,我认为这构成已降临在我身上的那些诸多不幸的原因"(152—153)。家族传奇的咒语已被破解。对他而言,老柯克曼现在规劝自己儿子的师傅放弃其对弗朗西斯提出的索赔,并为儿子找到另一位师傅。他们希望这位新师傅对自己的学徒会更人性些(146—147,150—151,157)。因为新师傅如原来吝啬的师傅一样懒散,店里没有什么生意,弗朗西斯义不容辞,且第一次得到授权把自己的勤勉用作业余的自我雇佣(174—175)。他放纵自己早期对骑士传奇的热爱,如今着手将《高卢的阿玛迪斯》(*Amadis of Gaul*)译成英文这一自觉的"历险",并带着暗示的洞见向我们传递某种预期:"年轻的大肚子孕妇从不渴望读到……关于自己身材的话题,如我所做的那样,看到自己的书译完,随后看到自己的名字被印刷,这就是我的雄心能达到的最远边界"(175,178—179)。在更进一步脱离对传奇被动与无效模仿过程中,弗朗西斯开始将传奇用于自己的实用目的,加以利用,予以践行。不幸的是,作为资本投资的首版印刷并没有成功,因为"那类老套、无稽之谈的游侠骑士传奇已不流行"。弗朗西斯新有的质疑是其新有的实用主义的一部分。在第二次翻译中,他选择一本更现代的法国传奇《克莱兰与洛奇亚的爱情与历险》(*The Loves and Adventures of Clerio and Lozia*)。对于拥有同样"奇特、无稽之谈历险"情节的这本书,他认为会更好卖(180—181)。在此项计划中,弗朗西斯开始真正学会自创,因为"译者的名字用大号字体印在书名页上,并加上受人尊敬的'先生'(Gent.)一词暗示译者是位绅士,在自己的想象中他完全就是如此。他也的确相信将这个词如此印到书名上就好似使自己有权利进入绅士阶层,仿佛已从纹章官办公室那里拿到文字特许状。越公开,人们也就越认为这是真实的"(181—182)。

柯克曼笔下的第二次出版是克服自己个人移位(personal displacement)、地位不一致习惯感知的方式,并有多层意义。印刷术巧妙地把贵族身世揭秘这种老套、被动的白日梦与年轻主角的职业纪律彼此适应。年轻主角开始"想象"自己的未来,无论其过去的现实为何。作为荣誉之源泉的君主册封了骑士;勤勉的学徒将这种君主专制主义内在化,并册封了自己。这已借助弗朗西斯对此命业的执着坚持得到实现,他的自我提升比那些纹章官办公室颁发的纹章"更真实",这部分因为它公示的也是自我摒弃、"公开"的悔过,我们在之前的文段中已经读到。弗朗西斯已见证了自己在读者群面前的自身堕落,他现在通过清教身世揭秘阐释让自己改名,并获得重生,对他的"父亲"(借助为弗朗西斯找到一位"新师傅"而促成这种改变)及他本人而言便是如此。因此,自我否定促进了自成作者的过程。柯克曼笔下老套的、读者钟爱的传奇不再是无法模仿的模型,相反成为财务状况自我改善的实用方式。这些传奇成为他笔下重要的文学模型,它们占据的地位似乎被更易理解的流浪汉叙事这个文类取代(8,111,167—168)。类似《堂吉诃德》的流浪汉叙事奠基文本与《不幸的公民》(*The Unlucky Citizen*)一同共享对写作、印刷

自创权力的深度兴趣。㊱

然而,这第二次翻译并没有让弗朗西斯发财,他的决心动摇了,在遭受一系列财务挫折之后,他最终作出再次旅行的决定,现在这是象征性共鸣。但在他启程之前,他的父亲不仅鼓励这项计划,而且提出资助儿子从事这项他本人一直渴望的,成为译者兼书商的职业。弗朗西斯试图向我们描述事情得到转机时自己的喜悦,他写下一段简要但直露的叙事公式匆忙之作,以期证实自己的真实性及得到的许可。"总之,我直到此刻才位居命运之轮的顶端",他感慨言之。但他也摆弄传奇中的孤独隐士角色,感到"仿佛我已被册封为骑士"。甚至,"我不再受任何辖令",在恰当地与桑丘·潘沙(Sancho Panza)作对比,并最终在自主与受惠之间取得平衡后,他评论道,"我对自己的店铺与书籍拥有唯一统治与管辖权,我认为这与任何被施魔法的岛屿上的政府同等有效"(215,218,错误页码128,219—210)。

不过,最有效、最持久的公式就是具有自创性的作者、叙述者与出版商态度所需之物。旅行与售书两种行为都很容易地得到父亲的赞同,因为尽管表象有所不同,但它们彼此向对方进行适应性调整。故事讲述的更早情节被当时看似其必然中的偶然之事主导,是物理移动的文字行为。于是,年轻的弗朗西斯的确像位游侠骑士,一旦陷入"错误"的多义结节就难以将故事讲述(包括正在进行中的叙事本身)与游荡违逆(他父亲温和地称为"你的漫游")区分,即那些文字旅行所需。但当弗朗西斯已学会利用传奇时,他的旅行已具备象征意义,成为创造、控制某个叙事的作者权力。年老的弗朗西斯坐在自己的伦敦书店中,编出一个又一个情节,迫使我们这些读者认为"我的确成为了一位漫游者",随后得意洋洋地证明明显的离题的确是中心主题不可缺少

㊱《小癞子》聚焦写作过程,而非印刷过程。参阅本书第3章,注释15。关于《堂吉诃德》及印刷,参阅本书第7章,第3—5、16—18页。柯克曼的书名影射了英国最著名的流浪汉小说,托马斯·纳什(Thomas Nashe)的《不幸的游客》(*The Unfortunate Traveller*)(1594)。关于清教重生及家族传奇,参阅本书第5章,注释28。

的组成部分(291)。他告诉我们,叙事控制是一种伦理行为,因为它确保无论我们怎样耽于漫游都不会出错。弗朗西斯一度论及戏剧情节的极度重要性,"它是如何得到驾驭的?因此总是恶行得到校正,美德得到弘扬。诗人如何创造并毁灭自己的愉悦的?如何把所有一切控制在正义界限内,惩罚冒犯者,奖励贤德者?"表面上他现在漫游到另一个主题,但默默地迫使我们为明显错误表象之下更深层次的一致性鼓掌,并通过自己形式行为确定这实质主张:"我在自己写作中不让自己受任何命令辖制,但我会写自认为得当之事,因此我管理自己的故事,但仍然延续故事线索"(261)。

那么,真实作者的创造力如故事中的作者弗朗西斯一样"把所有一切控制在正义界限内"吗?当然,这是一个很大的问题,因为"旅行"现在已成为创造、控制某个叙事及某份职业的作者权力。物理流动性已被转成上升流动性的潜能。弗朗西斯坐在自己伦敦书店里,谋求"管理"自己的职业,所采用的方法就是将个人漫游转化为叙事,确保所写作品足够愉悦我们到掏钱购买本书及未来那些书的地步,以此帮助他发财。所以,尽管有这么一番诗性创造与毁灭的浮夸幻想,弗朗西斯并不是非常自主,因为他仍然必须管控自己的读者。假如他在自己权力方面真如上帝那样,他会发动自己的社会公义引擎以回报自己无可置疑的美德。但在他的军械库里只有善恶有报这件武器,他不得不在自己叙事框架的静态当下中驻足、停留,被动地等待读者公众判定自己的成功梦想是否将会实现。

柯克曼笔下的困境以很多方式唤起近代早期世俗化危机。权威及专制权力的顽固内在化,属灵被造物转为美学造物主,主观欲望及贪婪激情的释放,所有这些大胆方案都有自己未曾预见的后果。如神意的人类创造及君王荣誉的创设都被理解为产生某种互惠的、义务的效忠,所以印刷出版并不是一个免费的礼物,而是商品交换体系的参与者;其间,生产回报及家长恩主制的解脱与得到某些规律性消耗的义务密不可分。我们可以听到那些小本经营商人虚张声势的自信与某种焦虑的渴望混合之音,这对柯克曼最终把自己描述成"自力更生之人,书店的唯一主人"之举有所裨益(292)。把柯克曼的自传视为进步叙事的著名样例并不为过。当然,在其出色地运用印刷术、新教动因,通过良知、群体的认证确证圣徒时,这是柯克曼钟爱的塞万提斯与塞缪尔·理查逊之间叙事反身性(narrative reflexiveness)中最具启发性的实验之一。但此处也存在其意识形态的不稳定性。因为柯克曼向我们揭示,当关于勤勉美德及其获得回报的正义的进步颂扬聚焦在作为其主要表述的自创行为时,会发生什么事情。个人主体醉心验证自己美德的现象对判断的客观性构成如此威胁,以至于美德(进步意识完全取决于美德的客观统一)的独立现实遭到质疑。进步意识的确认逡巡在保守意识对想象价值批判的边缘上空。

受流浪汉叙事与罪犯传记影响的所有叙事都可能利用物理与社会流动性之间的类比,尽管可能并不如柯克曼的自传那样坚持。但存在另一种叙事形式,想象之旅,这是自然与社会变革之间,作为使之得以成立的前提的更普通关系。因为只有在与特定事实极端疏远的条件下,如那些从漫长的海外旅行中创作而出的叙事作品一样,构想一个综合的、自足的替代物,即发现、甚或创立一个乌托邦社会也的确有可能。追随最著名先驱托马斯·莫尔(Thomas More)笔下《乌托邦》(Utopia)(1516)开创的传统,17世纪末、18世纪初的想象之旅常常将公认的进步意识对当时社会分层的批判,与保守意识对借助勤勉美德的践行实现乌托邦的可行性予以质疑的微妙结合起来。当然,这种意识形态张力在多少得到公认的"想象"之旅中只是更加有目共睹。在科学经验主义庇护下,甚至旅行叙事的文体都有明确的意识形态意义。托马斯·斯普拉特(Thomas Sprat)要求"朴实、勤勉、辛劳的观察者们"具备"真诚"、客观观察的个人美德,这些美德可能在那些用自己"未被腐化的双眼"记录现实的"工匠、乡人、商人"身上得以发现。旅行作者们同样质疑天真经验主义者的认识论主张,他们也可能质疑这些进步意识含义。然而,史前人类学"记录者"的透明人格面具是不计想象与否的旅行叙述者所能获得的唯一态度。此时期的旅行叙事也通过游客——主角与乌托邦文化之间更活跃的接触居中和解地位不一

致问题,因此故事与旅行过程本身(例如,社会同化跨文化版本的入乡随俗现象)在美德问题叙事调研过程中是重要的。㊲

想象之旅的田园及人类堕落前的寓意强调对异族纯真的描述极大程度上就是为了揭露欧洲文化的相互腐败。保守与进步意识批判都能利用这种机制,尽管辨别这种由此而生叙事的意识形态特点并不总是件容易的事。在法国想象之旅中,被发现的乌托邦伊甸园式纯真不仅通过他们拥有的通用语言(这多少避免了巴别塔式的语言不通),而且也通过社会、性别平等,没有资本积累、商品交换的现象得到证实。意识形态差异可能在它们的英国对应者身上更明显,例如,被勤勉美德普遍规则抹掉的地位等级的进步幻想,及伴随无处寻觅的奢侈与对金钱的贪婪,从自然本身得到授权的保守贵族阶层乌托邦。但这种概括是脆弱的,阿芙拉·贝恩的《奥鲁诺克》(Oroonoko)(1688)中意识形态不稳定足以阐明这一点。㊳

我已阐明贝恩笔下田园牧歌的矛盾性如何造成《奥鲁诺克》中的认识论不稳定。此处真实与美德问题必须交织在一起,如贝恩的语言暗示的那样,我们感到宽慰的是这种"历史"的"真实""应该单纯来到这个世界上,并因自身得当的功绩而为人称道"。因此其方法上的"软

㊲ Thomas Sprat,《伦敦皇家学会史》(*The History of the Royal-Society of London*)(1667),第72、113页;参阅本书第3章,注释31。

㊳ 参阅 Denis Vairasse d'Allais,《萨瓦瑞兹的历史》(*The History of the Sevarites ... The Second Part*)(1679),第19、20—21、37、38页;Gabriel de Foigny,《未知的南方大陆新发现》(*A New Discovery of Terra Incognita Australis*)(1693),第21—22、71—72、74、76—78页;Simon Berington,《回忆录》(*The Memoirs of Sigr Gaudentio di Lucca*)(1737),第207—219、229页;Josha Barnes,《杰拉尼亚》(*Gerania: A New Discovery of a Little sort of People Anciently Discoursed of, called Pygmies*)(1675),第9、51—52、80、85—86页。瓦纳斯(Vairasse)与富瓦尼(Foigny)的社会乌托邦主义在路易十四治下的专制主义政治腐败中有非常明确的政治目标。参阅 Erica Harth,《17世纪法国的意识形态与文化》(*Ideology and Culture in Seventeenth-Century France*), Ithaca: Cornell University Press, 1983,第278—309页。关于通用语言,参阅 Paul Cornelius,《17与18世纪早期想象之旅的语言》(*Languages in Seventeenth — and Early Eighteenth-Century Imaginary Voyages*), Geneva: Librarie Droz, 1965;James Knowlson,《英国与法国的通用语言计划》(*Universal Language Schemes in England and France, 1600-1800*), Toronto: University of Toronto Press, 1975。

性"原始主义允许我们把苏里南印第安人的自然纯真视为欧洲腐化的倒影,而她的"硬性"原始主义鼓励我们把"纯真"与"腐化"分别解读为"轻信"与"文明"。㊴ 贝恩的副标题把奥鲁诺克的易变性阐述为"王奴"的地位不一致。作为保守的主角,他拥有的贵族血统绝然是异族的,与当时欧洲"荣誉"已腐化的标准(他不仅是异教徒,而且是黑人)保持足够的疏离,它看似这个世界陷入现代堕落之前的古老残余,是当贵族出身足以标明内在美德那个时代的残留(10—11,34—35,39,61)。现代堕落在此处是通过殖民主义的侵略力量来表现,与古代武士文化的真正贵族阶层对立,是难以抵御的交换价值腐化。"**他们可曾在一次光荣的战斗中赢过我们?**"奥鲁诺克向自己的人民发问。"**我们是因为战争中的运气而沦为他们的奴隶吗?这不会让一颗高贵的心灵发怒;这不会激励一位士兵的灵魂;不,但我们像猿猴一样被买卖……我们应该向这群如此堕落之人恭顺吗?这些人身上没有留下任何人类美德,他们能与最邪恶的动物区分吗?**"奥鲁诺克足以明白"当他与有荣誉感之人交往时自己必须做的事情",他一点也不为这些白人基督徒的虚伪所动,并发誓"永远不相信他们所说的任何一个字"(61,66)。

因此,从某个角度来说,贝恩的叙事把地位不一致及地位名副其实的移位置于殖民新贵及帝国主义剥削的宏观田园语境之内,以此有助于阐释它们的现代现象。但叙述者的态度几乎不是反殖民主义的:她是拥有西印度大片土地的中将那骄傲的女儿,她为英国未能开发亚马逊的金矿懊悔不已(48,59)。作为此类流动女冒险家,贝恩给自己的故事增添了强烈的、针对现代文明的进步信心。奥鲁诺克的形体之美更多源自罗马贵族,而不是非洲贵族,并非仅仅如此(8)。她认为,他的荣誉与美德

㊴ Aphra Behn,《奥鲁诺克》(*Oroonoko; or, The Royal Slave. A True History*)(1688),Lore Metzger 编辑,New York:Norton,1973,第 1 页;正文中所有括号内引用均源自此版本。关于《奥鲁诺克》的认识论嬗变,参阅本书第 3 章,注释 50—51。关于硬性与软性原始主义之间的差别,参阅 Arthur O. Lovejoy 与 George Boas,《古代原始主义及相关理念》(*Primitivism and Related Ideas in Antiquity*),Baltimore:Johns Hopkins Press,1935,第 9—11 页。

必定是通过接触欧洲商人而获得的特点,她似乎决意将她的英雄与自己明确欣赏的科学及自由思想怀疑论,而不是印第安人令人困惑的轻信联系起来(6—7)。在政治活动领域中,这种智识自由轻易地转为人们熟知的,17世纪反抗不公权威的反叛类型,其间,反叛首领要么率领信众奔向自由,要么拥抱死亡(61—62)。因此,奥鲁诺克也能表现新人的境遇。从旧世界被动地来到新世界的新人也说明,较之于自己大多数现代同胞,他更成功地体现了进步意识的最佳原则。

　　在进步乌托邦主义之内,在如是两者之间存在潜在冲突,前者是借助消除所有社会分层以克服地位不一致的正义动因,后者是一种认可,即在某些现有社会等级系统内,勤勉、功绩的进步典范出于它们自身意义而取决于流动性及相对成就的可能性。这些并发症倾向于在旅行叙事中得到最明显的展示,其主角不只是静态领域的发现者,而且积极地参与了乌托邦的构建。在乔治·派恩(George Pine)的短暂旅行中,问题几乎在还未成型之前就已被机敏地解决了。当乔治初次来到位于未知的南方大陆(Terra Australis Incognita)附近的命定荒岛时,他只是一位受雇于某位成功商人的记账员。他为人谨慎、客观,显然是一位渴望在尘世出人头地的能干年轻人。但只有4位女性与他一同从海难中幸存下来,乔治即刻被提升为"遇难条件下所有当前栖居所在"的临时家庭首领。最初他勤勉地动用自己的智慧从船只残骸那里打捞有用的补给,并在不利的环境下开始创建一个新文明。但4个月后,他意识到辛苦劳作可能并非如此必要,因为岛上就是物产丰富的"安乐之所"(locus amoenus),"所以,假如灵巧的人们能将文明赋予此地,这个地方就会成为天堂"。在两个多月以食用坚果、水果、鱼及撞到他们怀中的飞禽为生后,显然这的确也没有"灵巧的人们"存在的必要。⑩

---

⑩ Henry Neville,《派恩岛》(*The Isle of Pines; or, A late Discovery of a fourth Island near Terra Australis, Incognita by Henry Cornelius Van Sloetten*)(1668),见《17世纪短篇小说》(*Shorter Novels: Seventeenth Century*),Philip Henderson 编辑, London: J. M. Dent, 1962,第229—231页;正文中所有括号内引用均源自此版本。内维尔(Neville)因其为哈林顿共和党人而最为知名。《派恩岛》提供了非常详尽的历史真实性主张及文献客观性,参阅其书名页,同前,第225页。

面对这种人类堕落前的绝对安逸前景,乔治现在向我们坦言"所有事情的闲散与满足在我身上滋生了享用女性的欲望"(232)。但最初看似休闲的活动很快证明成为勤劳的另一种替代形式。在被剥夺通过生产劳作展示自己功绩的机会情况下,这位勤勉的记账员机智地转向生育劳作。这篇简短叙事的其他部分满是他对自己子嗣认真计算的描述。子嗣以如此几何式跨越增添,以至于当他年老并着手"给他们编号"时,他算到当时的"后代"达1789人之众(234—235)。乔治的确以可想象的最直接方式把"文明"赋予自己的岛屿。旧世界的社会差别因他直接跃升家庭主人而遭到动摇,并在他快乐且无分别地让自己主人的女儿、仆人们及黑奴怀孕时很快崩溃。这些女性成为他的固定资本,对他的繁殖力至关重要,他现在投入更传统的劳动模式所用的各类精力对这种奇特的,不费力的磨练有所作用:"因为我没有别的事情可做,我就为自己搭建几个凉亭,然后与我的女人们在天热之际在此休憩,打发光阴"(233)。乔治让自己时间充实的方式并不是积攒金钱,并记账,而是生育子嗣,编号为记。他的勤勉美德不只是社会提升的起因,而且是历史与社会自身的起因。因为在古老差别的废墟之上,他创建了一个新宗谱。自创为伟大家长的乔治在适当时候让自己每个儿子从商做学徒,在自己生命的终结时刻,他任命长子在自己去世之后成为"所有其他人的国王与总督"(234,235)。乔治·派恩如此解散了社会等级,随后又以自己的形象重新创建,他既能拥有蛋糕,又能同时把它吃下,既能跃升精巧得当的社会结构之顶,又不遭受懒散或过度野心带来的负罪感。

爱德华·考克西尔(Edward Coxere)的旅行尽管是"真实的",但从别的方面而言则成为"想象的"。这些旅行提供了一个类似但非常不同的进步乌托邦主义样例。这位拥有勤勉美德的年轻人为人所知的职业,即人们熟知的物理流动性转向社会流动性的可用性突然因属灵皈依而中断。随后,社会与流动性的理念如此彻底地被灵性化,以至于叙事的意识形态品质遭到极端质疑。爱德华的自传以14岁的他为开篇。当时他被送往一个法国家庭居住一年,"我第一次横穿大海",

这是他人生新阶段的一件大事,这导致他把自己的形象玩味地视为一个被调换的孩子。[41] 他一回国后,"家人出于关爱而让我在西兰(Zeeland)经商",但"我没有定下心来经商,我的命运属于大海"。在短暂地成为某位商人的学徒后,爱德华悲惨地犯上晕船的毛病,很快"高兴地被我母亲重新接回去……我在家待的时间不长,但令人乏味的老套语调再次在我耳边响起:'现在该做哪行?'这让我非常不快,因为我将如我最初那样开始寻找。因此我就像那位既不在海上,也不在岸上的人那样"(4—5)。于是,从一开始,"地位不一致"就被体验为一种综合变化的场境,如果旅行因此作为职业、社会身份的中介替身而成为他的宿命,它也起到构想、标示更属灵的易变类型作用。

爱德华上船,开始一系列随性旅行,并在自己身上发现一种个人语言能力起关键作用的流浪汉式适应:他掌握"语言学家"特殊、谦卑的力量,其鲜为人知的角色悬置在他向别人翻译、阐释的各主要存在之间(8,12,20—21,22,34—35,41,43,44,47,48,58)。这种效果因指向物理掩饰的动因而被强化。结束一次早期旅行后,爱德华回到家,他看上去如此像荷兰人,以至于自己的母亲都认不出来。他的这种可塑性已如此满足我们对不确定出身的最初暗示(18—20)。然而,一旦他结婚,他就意识到寻求旅行的需要,因为这不仅提供历险,而且提供个人晋升与上升流动性的机会(34,42,49,75)。我们也得以意识到他收入与水手等级的稳步提升(72,80,83,85)。这份决心并不能保护他免遭希腊传奇主角及17世纪商人水手都熟悉的易变性类型伤害。他在法国被抢,在西班牙被俘,在土耳其人那里为奴几个月(28—29,43,54—57,73—75)。然而,诸多试炼之后,爱德华最终能够让自己的生活稳定下来,并取得世俗的进步。"现在是我发达的时候了,获得我之前拥有的一切,生活非常舒适,并获得我可能因此得到进一步提升之人的极大好感。假如不是上帝高兴地加以阻止,谁又能夺去我对这个

---

[41] 《爱德华·考克西尔的海上历险》(*Adventures by Sea of Edward Coxere*)(约写于1690年),E. H. W. Meyerstein 编辑,Oxford: Clarendon Press, 1945,第3页;正文中所有括号内引用均源自此版本。

世界的友爱之情呢?"(85—86)

爱德华皈依贵格派教会是他品性与行为的微妙、综合的重生。在从与世俗世界的友情转向与上帝的友爱过程中,他失去了自己对朋友的信誉,上级的许可的原有适应性关注开始反而按照普世之爱的积极原则生活,这自相矛盾地妨碍了对某人环境的轻易适应性:"我找到了一个面向外在行为、习俗与举止的日常十字架"(88)。他习惯性的适应技巧现在明确被禁止。他的语言中介能力令人可疑,因为他将不再参加对他而言看似粗心、虚伪的船上祈祷会,他不愿意宣誓,这也就将商业交易的重要阶段排除在外(88,108)。因此,爱德华远非利用自己适应性伪装的能力,他现在坚持贵格教派拒绝脱帽原则,此番有意之举不仅冒犯了权势之人,而且也侮辱了诸如"说恭维话的西班牙人"这类潜在客户(88,93)。当海外贸易与海盗行为相差无几时,公开拒绝与某人的同胞开战可能只确保自己遭解雇(87,88,89,90)。然而,爱德华现在开始对公平交易有所顾忌,其结果就是他缺乏勇气将自己的薪资讨价还价到皈依之前所达到的层次(91,98)。

当爱德华与其他7个朋友在所有人都将参与的航行前夕拒绝发效忠誓言,并在雅茅斯(Yarmouth)开始长达7个月的囚禁时,只有在此刻,对上升流动过程中他遭受这些挫折的补偿完全向我们揭示。这证明是"一次突然试炼":他们只得到了水,爱德华注意到这种辛辣的讽刺,甚至"当我在土耳其人,基督徒所称的异教徒手下做奴隶时……然而,他们给我管饱的面包,就着水吃"(100,101)。他不再是过去那位顺从的年轻人,爱德华现在发现国内的野蛮曾在异国旅行中得见。狱吏、狱卒被这些意志坚定的贵格教派激怒,他们越发将困难难遇强加在这些囚犯身上;但"上帝让我们能够承受得住他们最大限度的暴怒疯狂"(100)。在更早场合,爱德华已从自己经历过的"汹涌大海"方面描述了大风暴(26,38,39)。如我们现在读到的那样,我们慢慢意识到爱德华如弗朗西斯·柯克曼一样,但他以某种真实、明确的宗教方式,通过使流动性灵性化而开始与流动性及自己难以驾驭的旅行、变化之不定达成妥协:"我们的敌人看到了这一点,认为在这长时间的风暴中,我们早就因缺乏补给而胆怯了。当他们出现时,他们在狂暴的风浪中精疲力竭,他们的魔鬼船长最初调配他们时承诺这是一次能掠夺无辜者的有利可图之旅,但这场风暴证明是如此令人疲惫,以至于他们回来的时候比出发时的状态还要糟糕"(103)。

如果生命本身就是一次常遇逼迫无辜之人的狂风暴雨的旅行,那么对圣徒的要求并不是不安定的流动性(无论是物理的还是社会的),而是在风暴眼中的内心安宁,是游客的平静,其对上帝指引的信心不可能遭到挑战。现在"天气晴好",8个囚徒获许寻找补给,并有雅茅斯友人群体前来探访。如囚禁在荒岛上的海难者一样,他们高兴地开始"确定我们自己的权利,认为如果我们共同进食,那么我们中某些人的微薄口粮就要耗费掉"。明显的解决方法就是乌托邦式共有食物供应,并平等分配食物准备工作,因此每个人,无论他是"商人、主人还是大副、水手"都长期从事辛苦劳作,所有社会差异消失了。因此"为某次长期旅行,每个人要做的下一件事情就是考虑自己要为这批货筹集多少资金"。爱德华与其他人(包括他仔细观察的"主人与商人")极勤奋与聪明地学习如何转动精纺毛纱。在自己的叙事中,爱德华第一次满意地将自己生活称为"贸易"。布料出售给镇上的商店,但"我发现这类贸易获利甚微,我倾向于做鞋谋利。"事情进展得如此顺利,以至于爱德华"极为高兴地"成为"修鞋师傅,按照我的计算,我从工作中赚得40先令"(103—105)。

因此,曾经"从未定下心来从事某项特定职业"的爱德华在33岁时掌握从事物质生产职业的精神安定,这也就终结了他思想的不定流动。这位特别的清教徒会把自己的宁静体会成志同道合的、因某个发现之旅或定居岛屿而结识的"朋友们"组成的乌托邦社区,这是恰当的。他们与人类社会俗世沉浮的隔离尽管是一种监禁,但也是他们得以进入上帝信众群体的前提。爱德华弃绝新教伦理后,他在灵性上接受了卡尔文教派的呼召。爱德华的信仰更多的是与杰拉德·温斯坦利(Gerrard Winstanley)及空位期激进宗派者的共产主义信仰兼容,而不是进步意识的个人主义。没有因资本主义运用而得到改善的,关于个人蒙恩的坚信推翻了所有标明人类美德与成就旧有、社会认可的方式。最终,爱德华叙事只在这方面有进步性。不可否认的是,这并不是故事的结束。贵格派们最终被释放,自传最后 3 页纸上非常简略地列举了爱德华进一步遭受到的迫害与囚禁(其中一次长达 51 周)。爱德华默默无闻地度过 20 年,其间,人们猜测他以沿海贸易为生。他的宗教顾虑并不是如此巨大的阻碍。在书的结尾,他写下自己妻子去世一事(109)。因此,水手继续是字面上的水手,故事并没有在定论中结束,但其核心是在雅茅斯的那 7 个月。在那里,爱德华发现自己的监狱是一个世界,这个世界是一个避风港,可以在此躲避那些强大到足以将自身安宁的持定强加在此港之上的多变激情风暴。[42]

五　意识形态的性别化

在本研究早些章节中,我暗示传奇用针对转型的自然—文化能指延展链取代神话叙事中起稳定作用的自然、文化隔离。[43] 然而,在中世纪末英国传奇中,对转型的特定社会能指,对社会转型领域的易变性详述的倾力关注日甚。我认为,这并不需要放弃爱情的变化能指,因为爱情情节总是涉及婚姻这个具有社会意义的事件,即便只是在其明显缺失中(如关于典雅之爱的不忠爱情)。这些中世纪末期叙事的主要兴趣似乎最初存在于贵族的社会傲慢与男性平民的上升流动性之间冲突中。男性平民的跃升象征性地因他们迎娶的淑女贤德忠贞而得到中和,如果逻辑不出错的话。长久以来,成型中的进步意识标示,并利用平民堪为美德的勤勉与女性堪为美德的忠贞之间的深度结盟,关注的兴趣转移到贵族引诱者与忠贞女性之间的冲突。这些女性也常常是平民,但既然这是一个普遍的命运,即名门之女要遭受针对她们的社会不公,而在名门之子中,则是次子遭到不公。这也是充分责

---

[42] 关于激进宗派者,参阅本书第 5 章,注释 40。亦可参阅基督徒水手威廉·奥克雷(William Okeley),本书第 3 章,注释 56。

[43] 关于本段概括的论点,参阅本书第 4 章,第 11—13、23—28、38—41 页。

任,即她们也只是女性。一旦美德以女性贞洁面目示人,它在进步叙事中成为强劲的规范性与象征性荣誉。腐化的男性贵族阶层已疏离这种荣誉,但现在却仍在寻求。与新教思想一样,进步意识学会利用最终与自身分道扬镳的各利益阶层有限结盟,将反对已在其他经验领域得到滋养的父权权力的情感意向适应自身运用。但保守叙事也很快学会利用其关于女性普通美德与贵族男性腐化之间争斗的自身阐释重新塑造意识形态的性别,因此它是颠覆,而非支持进步论点。

　　进步意识的性别化大体样例可在构成罗伯特·格林(Robert Greene)笔下《佩内洛普的网》(*Penelopes Web*)(1587)中的第二个故事中找到。卡拉穆斯(Calamus)是"一位出身名门的……贵族,与王室有亲"。他淫欲附体:"他的贫苦佃户不是承受他贪财欲望的重压,而是饱受他淫荡欲望之苦。"他见到名为克拉蒂娜(Cratyna)这位"乡村家庭主妇"后内心腾起"淫欲的火花",但她抵制这位贵族腐蚀自己的尝试,并决意"宁愿经历任何苦难,也不玷污自己的贞洁来谋利"。卡拉穆斯发现自己的腐蚀无效后,毫不犹豫地以别的方式动用自己的权力,克拉蒂娜与她的农夫丈夫都是可以受他随心所欲摆布的佃户。但驱逐、引诱、谋杀未遂都未能获得想要的结果。最终,克拉蒂娜的忠贞如此坚不可摧,以至于卡拉穆斯因她这个榜样而改变。这位贵族为"残暴对待这位如此贤德贞淑的女仆"而羞愧,因此他反过来赐予她"如此充足的土地与资产,这可能足以让她维持贵妇人的生活水准"。格林对这个故事中易变性问题的处理并不是他的典型程序。例如,在《格林的幻想之牌》(*Greene's Cadre of Fancie*)(1584)中,男性——而不是女性——的流动性是核心焦点。"改变"自身并不是真实的,但源自已得到擢升的身世揭秘。贵族女性的忠贞确保了爱情的延续,直到这位男性的地位揭秘。但这并没有解决问题,因为社会流动性只是易变性得以实现与被克服的若干功能之一。然而,在《佩内洛普的网》的故事中,易变性的问题已被排他性地指定为地位不一致的问题。纯洁的爱等同于乡村主妇的真正高贵,其对美德的忠贞通过与相应的财富、地位达成妥协的方式得到回报。孽爱,淫欲的不忠是贵族的属性,"那位声名狼藉的卡拉穆斯"试图腐化克拉蒂娜的美德,这表述了贵族荣誉的腐化及其标示美德的无能。只有当卡拉穆斯因克拉蒂娜的榜样而改过自新时,贵族的内外状态之间,其地位与美德之间的不一致才得以克服。㊹

值得注意的是,在这种进步情节中,纯洁的爱并不是最活跃的勤勉美德,因为其"功效"是通过自己的表率改造声名狼藉的贵族,以此获得自己的回报。然而,克拉蒂娜是位精力极为充沛的女主角,尽管存在自己地位有待被他人提升的必要性,实际上,进步女主角的特殊动态品性甚至在自新与回报这两种看似必要之物缺失的情节中都可以被辨别出来。这可见于埃德蒙·斯宾塞的朋友加布里埃尔·哈维(Gabriel Harvey)所写,讲述一位已婚贵族试图引诱作者妹妹的手稿中。父亲哈维是位成功的绳索制造商,富裕到足以资助自己的儿子们上大学。只有他的女儿梅西(Mercy)留在家中,但她不只是识文断字,在她身上体现了慎重的田园谦卑与活跃的文雅融合,这对她与一群后来成为女主角的女性共有的活泼能力来说是重要的。如那些接受过多教育的次子们一样,她们的资历对自身谦卑工作而言是过高的。这位仍然匿名的年轻贵族首先通过中间人接近梅西。某天,这位中间人等梅西挤完牛奶后截住她,告知自己的主人"更喜欢的是她,而不是家中的夫人"。她驳斥道,"她只是位挤奶女工,一位平凡的乡村姑娘"。她进一步抵制所有腐蚀她的企图,这惹得中间人评论道:"你比大多数年金 500 英镑的贵妇人还要坚定。"当这种追求转用一种书信模式时,梅西对此事的驾控越发自如。她提醒这位贵族,他所寻求的事情"对

㊹ Robert Greene,《佩内洛普的网》(Penelopes Web),见《罗伯特·格林生平及散文、诗歌作品全集》(Life and Complete Works in Prose and Verse of Robert Greene. M. A),Alexander B. Grosart 编辑,New York: Russell and Russell,[1881—1886] 1964,V,第 203、204、215、216、219 页;参阅《格林的幻想之牌》(Greene's Cadre of Fancie)(1584),见《伊丽莎白时期的短篇小说》(Shorter Novels: Elizabethan),Saintsbury 与 Henderson 编辑,第 157—260 页。新教徒的进步利用与女性美德之间的类比从笛福对格林的情节变通中得以暗示,其间,准确地说,拥有庄园的老爷因他某位出身卑微的男性佃农虔诚话语而感化皈依,并用土地与职务回报这位佃农。参阅 Daniel Defoe,《宗教的取悦》(Religious Courtship: being Historical Discourses)(1722),第 60 页,注释 80。

您老爷身份来说极不光彩。我听我父亲说过,贞洁是少女花园里最美丽的花朵,这份纯洁是一位可怜的乡村姑娘拥有的最有价值的嫁妆"。她所用的比喻让我们将她的田园美德与这位贵族的腐化欲望进行对比,用她自身对贞洁的坚守衡量他可耻的滥用荣誉的程度。当他送去一枚金戒指,并附上"肉麻之词,甜言蜜语的提议"时,这位无礼的乡村姑娘一直坚持的态度使她拥有嘲弄对方恭谦有加,但暗藏露骨引诱的自由:"天啊,您就这样追求一个摆在外面,如此鄙俗的乡村器物,而自家有如此珍贵、高雅的器皿。"然而,当这种关系越过书信进入实质接触时,梅西的相关掌控不可能如此万无一失。当他们两人在邻居家碰面,贵族老爷衣衫不整地出现,连亲她几次,并进一步拉她上床时,我们为她捏把汗。但梅西已为这不可测之事有所准备:邻居敲门,佯装梅西的母亲在找她。年轻的老爷怒不可遏,也失望不已,不禁破口大骂。整个事件在这位老爷的一封信被错误地转到加布里埃尔兄弟手上而很快嘎然而止。因此,求爱最终以揭示贵族荣誉的堕落及纯洁美德有进取心的高贵确定地位不一致的事实为结束,但没有通过贵族的道德提升或梅西的物质进益予以相关校正。㊺

尽管有诸如此类的早期样例,直到 18 世纪,爱情情节的社会规定中的叙事实验开始与复辟时期戏剧的复杂发展竞争。㊻ 因此,并不令人奇怪的是在此时期,正是剧作家阿芙拉·贝恩最坚定地,也最有创造性地提出爱情叙事中的易变性问题,而这些爱情叙事被具体指定给地位不一

㊺ Gabriel Harvey,"一位贵族向一位乡村少女求爱"(A Noble Mans Sute to a Cuntrie Maide),见《加布里埃尔·哈维的信札集》(Letter-Book of Gabriel Harvey, 1573–1580),Edward J. L. Scott 编辑,坎顿学社,n. S.,33, London: Nichols and Sons, 1884,第 144、145、147、149—150 页。

㊻ 复辟时期喜剧的某些社会规定当然是由詹姆斯一世时期的"城市喜剧"预示的。参阅 L. C. Knights,《琼森时期的戏剧与社会》(Drama and Society in the Age of Jonson),London: Chatto and Windus, 1951;Brian Gibbons,《詹姆斯一世时期的城市喜剧》(Jacobean City Comedy: A Study of Satiric Plays by Jonson, Marston, and Middleton),Cambridge: Harvard University Press, 1968;Susan Wells,"詹姆斯一世城市喜剧与城市的意识形态"(Jacobean City Comedy and the Ideology of the City),见 ELH, 48, no. 1 (Spring, 1981),第 37—60 页。

致问题。贝恩的进步女主角并不常是平民。在某个故事中,女主角的父亲是那种不可信的堕落贵族,"一位有显赫出身,但没有财富的人",其令人可笑的虚荣因迫使女儿嫁给他最好朋友的独裁且不成功的努力而变得更复杂。他那堕落的伯爵朋友复制了其自身的地位不一致。在进步意识中,被迫嫁给某位贵族的威胁与遭到贵族强奸的威胁是密切相关的,是腐化的暴力表述;家庭独裁不仅是父母所为,而且也是兄长所行之事。贝恩的另一个故事以威廉·怀尔丁爵士(Sir William Wilding)继承自己父亲巨额资产开始,继承了所有一切,"除父亲的美德以外。的确,他不得不给自己唯一的妹妹分去 6000 英镑"。但这位名叫费拉德尔菲亚(Philadelphia)的女儿如次子那样显然是这位父亲美德的真正继承人,但没有获得物质继承权。相反,威廉爵士扮演了贵族浪子的角色,并通过把妹妹安顿在由"一位可恶的老鸨"把持的"烟花会馆"的方式试图腐化她的美德。她在这里遇到格拉斯拉弗(Gracelove),两人相爱。这位男性是她哥哥的对立面,是一位可敬的人物,也是出身平民家庭的商人。贝恩笔下的情节增添了传奇历险色彩:在经商过程中,格拉斯拉弗被囚禁在北非巴巴里(Barbary);威廉爵士深陷腐朽之中,并被家庭事务缠身;而费拉德尔菲亚结婚后不久就守寡,成为富有且独立的女性。格拉斯拉弗逃出来后,费拉德尔菲亚发现自己处于需要证明自己未被腐化的忠贞的地步。她原谅了威廉爵士,重新接纳了他,并把这位长期失踪的格拉斯拉弗接纳为自己的丈夫。贝恩因此用两位人物表现贵族腐化的进步替代。勤勉美德在可敬的商人身上得到体现,但它也在纯洁的、成功的妹妹身上采用了女性形式。她既为自己赢得了爱情与社会正义,也拯救了她那出身高贵,且有血缘关系的迫害者。[47]

---

[47] Aphra Behn,《幸运的错误》(*The Lucky Mistake. A New Novel*)(1696),见《已故聪慧的贝恩女士所写的历史与小说集》(1696),第 354 页;同作者,《不幸的幸福女士》(*The Unfortunate Happy Lady. A True History*)(1698),见《最聪慧的贝恩夫人写就的历史、小说及译作》(*Histories, Novels, and Translations, Written by the most Ingenious Mrs. Behn*),第 2 卷(1700),第 21、38 页。贝恩的叙事常探讨正义及反抗父母在婚姻选择方面控制时的限度。参阅《四处游历的美人》(*The Wandering Beauty. A Novel*)(1698)与《不幸福的错误》(*The Unhappy Mistake; or, The Impious Vow Punish'd*)(1698),同前。

单从这两个样例来说,贝恩的雄心显然是探讨进步叙事的全面潜能,而不是复制它的单独范例。她的另一个故事甚至到了把贵族迫害者设定为女性的地步。米兰达(Miranda)是"一份巨大产业"的继承人。作为长女,她用各种可能的方式欺骗自己的妹妹,不让她获得其他继承权。在她与男性的情爱方面,她也是"极端不忠",这个恶习在社会层面被认定为对真正高贵的蔑视,是对作为性欲起因的贵族地位的病理学固恋(a pathological fixation)。一天,她在教堂见到一位身着牧师服的英俊男性,她感觉对方"出身世家",并为他讲述的故事(他实际上是位王子,是受到家族暴政迫害的次子)激动不已。她试图用越来越直接的殷勤引诱他。她是位地道的腐化贵族,最终试图用暴力将他拿下。如此企图失败后,她颠倒是非,指控这位牧师试图强奸她。㊽

然而,此时,米兰达的注意力突然全部转向新来的塔奎因王子(Prince Tarquin),他的财富及仪表尊容从如此之高的家世(他声称自己是古罗马末代君王的子嗣)中得到确认,以至于米兰达被欲望征服。贝恩笔下的性别倒转的意识形态功能借用这种相配变得清晰起来。在进步叙事中,贵族的性欲本质上代表了对他自己已疏离荣誉的渴望,当欲望的对象是男性,并是值得炫耀、有头衔的贵族时,这种对血统的贪欲就准确无误了。因此米兰达"现在是与王子如此狂热地相爱,而不是与塔奎因;如此喜爱他的头衔和荣耀,而不是他本人"。腐化贵族的改过自新需要承认荣誉并不存在于直系等级,而在于纯洁美德。米兰达的自新始自出身世家的统治阶层得意地宣布如是发现:塔奎因"创设了一个假头衔,只是为了取代他们。而他的确只是荷兰商人之子"。这种对卑微身世传奇揭秘的戏仿讽刺地确立了地位一致性,并通过将塔奎因清除出宗谱贵族阶层确定此人的真正高贵。米兰达被迫直面对没有头衔的他仍深爱不已的情境,她改过自新,重新成为纯洁女性,净化了自己的心灵。塔奎因退隐到自己富裕商人父亲的

㊽ Aphra Behn,《漂亮的负心女》(*The Fair Jilt; or, The History of Prince Tarquin, and Miranda*)(1696),见《已故聪慧的贝恩女士所写的历史与小说集》,第6、8、9页。

"乡村宅院中,与自己的公主在一起。他开始了身为个人绅士的生活"。㊾

我最后所用的贝恩展开进步爱情情节实验的样例是重要的,因为它将驳斥预期的保守意识反批判的自觉辩护并入其对贵族意识的批判之内。这就是贝恩的策略,从这个故事的第一句话就明确无误:"当然,**金钱**是最邪恶的东西!"进步叙述者现在两个锋面作战,他不仅开始抨击荣誉的想象价值,而且排斥与金钱的同等想象价值结盟的颠覆性指控。贝恩的策略是大胆的,因为她坦率地将自己的所有人物置于一个现代的、拜金的、多少愤世嫉俗的文化之中,但只是把进步人物作为她的替罪羊而保留。这个人物是社会同化主义者,他如此庸俗、如此卑躬屈膝地致力于头衔与金钱的联合腐化,以至于他让其他人几乎看似高贵尊严。这个替罪羊就是未来国王先生(Mr. Wou'd be King)。他拥有巨大财富,并极为自负。当他"还是小孩的时候,他的某位保姆,或他自己的祖母,或某位吉普赛人常告诉他如同其姓氏暗示的那样,他将明确无误地出于天意或机遇成为一位国王"。尽管他随时准备支付无穷的金钱,他接近实现自己雄心之举也不过是在与他人共享圣诞节蛋糕时抽签成为第12夜国王。但这位未来国王的财产的确促进了另一种上升流动行为。瓦伦丁·古德兰(Valentine Goodland),这位年金15000英镑的继承人将迎娶美丽的菲利贝拉(Philibella),但他的父亲禁止自己这么做,这是因为她拥有的资产份额只有500英镑左右这个事实。换言之,不一致的问题完全是在财富,甚至当时相对钱少的领域内。菲利贝拉的叔叔,一位自己还是贫穷的次子通过婚姻实现了上升流动,设计欺骗这位未来国王先生将2000英镑给予自己的侄女,从而问题得到解决。但惟恐我们过于轻信地将财富视为命运名副其实的替代品,贝恩让这位未来国王在整个宫廷及城市遭到无情

㊾ Aphra Behn,《漂亮的负心女》(*The Fair Jilt; or, The History of Prince Tarquin, and Miranda*)(1696),见《已故聪慧的贝恩女士所写的历史与小说集》,第162、171、178页。

的讥讽。关于他在第12夜地位得到擢升的话传了出去,在施用在他身上的“花花公子国王”、“好幻想的君主”、“梦想中的国王”这类称号中,传递的是贵族与拜金文化难以区分的幻觉。(50)

贝恩的继任者之一,玛丽·戴维斯(Mary Davys)在她自己的某个进步故事中鲜明地指出某位腐化贵族的邪恶淫荡,所用的方法就是让他一度反思:“如一位勤勉的工匠要每天操劳以维持自己家庭的用度那样,因此我也将为自己的快乐而如此”。但保守思想注意到进步主角们耽于自己钟爱的“快乐”。如玛丽·阿斯特尔(Mary Astell)论及婚姻中的男性动机那样:“在他出于爱金钱或爱美貌而迎娶之间没有什么很大的区别。这位男性并不根据其中某个案例的理性行事,而是受反常的欲望控制。”如果在《回忆录》(*Memoirs*)中,贝恩的替罪羊策略得到启发,这也有风险,因为它涉及自身抵制的进步价值腐化形式,即将个人功绩简化为资金财富,所产生的叙事在意识形态反转的边缘得到平衡。伊丽莎白·海伍德(Eliza Haywood)的爱情叙事之一提供了这种简化如何可能更有意地予以实现的一个微妙样例。(51)

菲利多尔(Philidore)体现了衰败绅士阶层的地位不一致。尽管他“源自一个非常古老的名门望族”,但没有继承财富。假如他没有“受不快乐的激情所累……较之于自己因微薄财富而产生的恐惧,这份激情给他带来无限的更大痛苦”的话,他可能已轻松地积累了自己的财富。这显然是指他对普拉琴蒂(Placentia)的无望之爱。之所以无望是因为她“在财富层面远远超过”自己。但菲利多尔的“不快乐的激
260 情”结果比该表述的暗示更具体地指明,因为海伍德笔下的主角表面上是痴迷于无法实现之情欲的传统传奇唯心论者,他暗中被指控为痴

(50) Aphra Behn,《回忆录》(*Memoirs of the Court of the King of Bantam*)(n.d.),见《已故聪慧的贝恩女士所写的历史与小说集》,第5版(1705),第401、442(跳过页码402—441)、452、453、462页。

(51) Mary Davys,《出色的恶棍》(*The Accomplished Rake; or, Modern Fine Gentleman*)(1712),见《理查逊之前的4位小说家》,第300页;Mary Astell,《关于婚姻的思考》(*Some Reflections upon Marriage*),第4版(1730),New York:Source Book Press,1970,第25页。

迷于金钱之想象力量的进步唯心论者。对普拉琴蒂而言,她很快与他相恋。但菲利多尔申明,自己的"缺陷"(他发人深省地解释为"财富"的匮乏)阻碍了这次婚配。他逃到波斯,并在那里经历了如迷宫般的传奇易变(海难、海盗、强盗、强奸未遂、宫闱秘谋、被卖为奴),这只是吸引人们注意他自己为爱情挫折而承担的世俗之罪。当运气降临时,菲利多尔最终继承了一大笔资产,而普拉琴蒂的财产则大幅度缩水。现在轮到他吃惊地听到她因财富差距而痛苦地拒绝自己狂喜的婚姻誓言。"财富能买到如你这般的完美吗?"他质问道,"唯独凭我的爱,我能有望配上成为你丈夫的荣耀"。但菲利多尔说这番话也就驳斥了自己赋予金钱比功绩、地位或爱情更大力量的习惯性蠢举。"假如它们处于平等状态",普拉琴蒂说道,"那么所有的事情就会好起来"。这是她暗中斥责自己爱人所行之事,仿佛不平等,地位不一致问题如此重要,以至于所有一切必须臣服于它。但她也在警诫对方提防这个虚妄的幻觉,即这个问题可能被简化为财富量化的不公,并可通过一个简单,纯粹金钱方面的平衡化解决。如其功绩一样,菲利多尔的爱情已被纳入自己财富的物质标准之中。这种重要的简化正是普拉琴蒂反对的,因为在激情理想化的微妙掩饰下,它等于市场的道德,如果有必要的金钱,所有事情都可平等化。普拉琴蒂被说服接受自己有钱哥哥的馈赠,"一笔与菲利多尔同等的财富","这对彼此相爱、相配的情侣"最终就婚姻仪式达成一致。海伍德以此结束自己的叙事。她的情节更多的是作为对新进步意识唯心论,而不是传奇唯心论的文雅批判。当此观点提到钱时,所说的就是个人功绩,并用钱的新具体化取代地位的旧偶像。[52]

在海伍德的思想中,爱情与金钱这两种具有毁坏力的激情密切联

---

[52] Eliza Haywood,《菲利多尔与普拉琴蒂》(*Philidore and Placentia; or, L'Amour trop Delicat*)(1727),见《理查逊之前的 4 位小说家》,第 157、158、178、182、226、230—231 页。笛福展示了海伍德所批评的妄想一面,并将婚姻中的"不平等"或"不合适"区分为 5 个类别:年龄、品性或血统、资产、秉性与宗教原则,参阅 Daniel Defoe,《婚姻的淫荡》(*Conjugal Lewdness; or, Matrimonial Whoredom*)(1727),第 227 页。

系。为欣赏这一点,我们只需阅读她另一篇叙事的开篇即可。该篇权宜地将寓言式秘史与想象之旅这两种惯例结合。一位贵族青年在游历多地之后来到一个因其文化成就而出名的岛屿。他只发现丘比特如阿普列乌斯(Apuleius)的维纳斯一样正在抱怨自己神圣的仪式被荒废:

> 我的神庙不见了!——我的祭坛毁灭了!——那群出错的可怜人用亵渎神灵的方式膜拜一位恶魔,而不是我!——的确如此,这个恶魔已篡夺了我的名字……他们仍然敬重、呼求丘比特,——他们仍然喜欢丘比特——但不是伴随着纯真、美德、忠贞的丘比特,而是受狂野欲望、急躁、困惑引导的丘比特,其可怕的随从中尽是羞愧、耻辱、懊悔与之后的忏悔与绝望!然而,这就是他们侍奉的神灵——这就是他们求唤的上帝,借助金钱(Pecunia)从他们扭曲的灵魂中得到所有荣誉、美德、真实或感激的情感——对未经许可的愿望盲目满足就是他们想要的——他们努力的不是配得,而是获得……一个普遍的迷恋似乎已占据那座壮观都市的居民内心。

至于这座都市的身份,我们一点也不质疑,因为它崇拜的各种邪恶是那些处于世纪之交的保守意识形态者归于视伦敦城为首都的英国资金拥有阶层之物。情欲(爱情的肉体堕落),及对金钱的贪欲已成为腐化的可互换能指。肉欲激情与谋利动机激情是现代堕落的联合症状,这存在于人类欲望的无限放纵之中。当进步作家们满意地将金钱私利颂扬为一个相对温和的激情,在抵消更恶毒的激情过程中发挥作用。海伍德的回应就是揭示这种差别的虚妄,她关于交换价值与性欲放荡相似病理的洞见令人瞩目。丘比特将情欲与金钱崇拜者行为在随后的话语中进行描述:

因此,他们的确在追求,在这个紧张与慌乱的永恒状态中过日子;对因我而真正受启发的人来说,追求充斥着恐惧、困惑与关心;关爱,对他们来说只是愉悦;享受,是完美恋人幸福的开始,终结了这些想象恋人们的幸福。这种秉性如此几近普遍,以至于无人会是反例,被讥讽为传奇奇异的影响者,很少得到除来自他们忠贞对象的轻蔑之外的回报。

此处的爱情就是纯粹的不忠,如构成无尽循环的商品交换那样,完工与消费这个必定永不抵达的终点的永恒想象就成为目的本身。不忠的爱情是交换价值易变性的比喻,也是现代社会不公及地位不一致的伟大动力。对海伍德及斯威夫特、博林布罗克来说,其看似唯一的替代借助"传奇独特性"的自觉奇异唯心论而得到最佳表达。㊣

海伍德笔下的菲利多尔本质上是位和蔼可亲之人,其身上出现的现代恶习随着时间的流逝而得到校正。更通常的是,保守爱情叙事的主角们是这些进步男女主角可预知的转型。淫荡的贵族被穿袍贵族新贵取代,其情欲就是对金钱的贪欲;纯洁的天真之人被好色的、奸诈的小阴谋家取代。玛丽·德拉里夫·曼利提供了这两种类型的样例。扎拉夫人更执拗及反常之处就是她对爱情的女性化虔诚至少没有排除其他欲望类型。"不是激情,而是非凡爱情的激情可以修补一位女性的心脏",曼利一开始就如此宣布。"仅就雄心而言,它是一个极弱小,不足以成为她们忠贞的抵押品"。但扎拉的心脏"充满爱情与雄心;因为尽管她决心拿到后者,她也是不遗余力地为自己获得前者的

㊣ Eliza Haywood,《关于某个岛屿的回忆录》(*Memoirs Of a Certain Island Adjacent to the Kingdom of Utopia*)(1725),第4—5、202页。关于阿普列乌斯,参阅本书第4章,注释12。关于抵消激情的理念,参阅本书第5章,注释48。比较商品交换的著名描述,见 Karl Marx,《资本论》(*Capital*),Samuel Moore 与 Edward Aveling 翻译,New York: International Publishers, 1967, I, II, iv(第146—155页)。约翰·瑞凯提(John Richetti)已注意到海伍德与玛丽·曼利作品中淫欲与贪婪之间联系的重要性。参阅其《理查逊之前的通俗小说》(*Popular Fiction before Richardson: Narrative Patterns, 1700-1739*), Oxford: Clarendon Press, 1969,第133、152、156页与第4章。

人"。在曼利的阐释中,自力更生的暴发户马尔伯勒因此极为熟稔所有金钱腐蚀作用,他只受唯一的欲望,即对财富的贪欲支配。甚至从跟班仆人跃升为公爵的波特兰伯爵也完全受"马基雅维利的明智箴言"指导,并根据马基雅维利式训诫"腐蚀"、强奸自己年轻的受监护人。他在做所有这些事情时得到"**雄心、获益的欲望、假装与狡诈**"的提示。事实上,在保守爱情情节中,对易变性与混乱而言,最强大的力量不是孽爱,而是贪婪,这样说可能公平些。爱情的不忠被金钱的背叛取代,激情如此令人困扰且具有破坏力,以至于保守意识的新贵族们甚至不能改过自新。曼利笔下的堂·安东尼奥(Don Antonio)是一位没有受过任何有用职业培训的次子,他因"自爱"与"自利"而富有生气,"然而,他的愉悦总是顺从自己的利益,他在金钱中得到快乐;尽管他的秉性是多情的,爱情也不能让他慷慨大方"。在一个被插入的故事简略范围内,他成功地将几乎每一个能想到的愤怒指向贤淑的埃莉诺拉(Elenora)。尽管"这种贪财的倾向只在他身上明显",埃莉诺拉最初被他的殷勤迷住。她幸运地躲过某位伯爵差点得手的强奸,而这是安东尼奥的蓄意安排,以期支付他的巨额债务。他殷勤地劝慰她说:"我认为你会做任何事情,并高兴地让我拥有如你那样的极佳清白。"㊾故事到此戛然而止。

　　我会得出这样的结论,这种讨论是爱情叙事的保守实验,并具有重要特点;其间,戏仿模式比之前的样例更持久,也更彻底。此处的关

㊾ Manley,《扎拉女王秘史》,I,第 9、41 页;同作者,《某些高尚人士的秘密回忆录及举止》,I,第 45、49、52、61 页;II,第 62、63、65、108 页。关于马尔伯勒对财富的激情,参阅本章注释25。约翰·瑞凯提普通阐释方法的危险在其把诸如波特兰(Portland)这类保守派恶棍只视为"男性恶棍、典型的贵族引诱者"(《理查逊之前的通俗小说》,第 146 页)的处理中显见。将诸多人物结构性地简化为某些"神秘类型"(此处是被迫害的少女及贵族引诱者),可能产生如此极端的"意识形态的简化",以至于它掩饰了不同类型的贵族引诱者及诸意识形态类型之间的重要区别,而这是作者们本人要坚持的(参阅同前,第 124—125 页)。关于将英国对爱尔兰的殖民强奸这个宏观政治压缩在曼利式引诱、利用、抛弃的微观叙事之中,参阅 Jonathan Swift,《被伤害的女士》(*The Story of the Injured Lady. Being a true Picture of Scotch Perfidy, Irish Poverty, and English Partiality*)(1746),见《乔纳森·斯威夫特散文作品集》,第 9 卷,Louis Landa 编辑,Oxford: Blackwell,1948,第 3—12 页。

注更多的是开展事关轻信普遍条件的综合批判（最初受贵族，后来也受进步爱情小说影响），而不是揭露贪婪的现代金钱爱好者。该特点的完全自觉性使认识论与社会两者评判之间的差异极为脆弱，其对诸信仰陷阱的敏感性至少没有排除将某些谨慎的信仰形式从极端怀疑论的杀戮中拯救出来的尝试。这种保守爱情叙事特点的核心样例就是威廉·康格里夫（William Congreve）的《隐姓埋名》（Incognita）（1692）。㉕ 康格里夫笔下愚蠢的（如果也可以称为可爱的话）年轻贵族们相信他们曾听过的关于浪漫爱情唯心论的所有事情。但他们也在反对传统，因为康格里夫所写的复杂情节取决于奥勒良（Aurelian）将是一枚旨在修补两大家族"古老争执"的家长制指定婚姻中的棋子。这位年轻的佛罗伦萨人用大部分情节提出如此令人信服的观点：被强迫的婚姻残忍地违背了他的天性自由并要求孝顺的"违逆行为"（257，269，272，273—274，301）。他在个人持续时间最长的情绪爆发中如此感叹："残忍的父亲，这就足够了！我将做出牺牲以弥补您在我出身之前就犯下的过失吗？……但我的灵魂是自由的，您没有权利掌控我的精神存在，它的存在并不受制于您的权力。我必须失去我的爱情，存在的本质所在吗？……不，我将拥有自己的爱火烈焰，也将为自己的权利辩护"（282）。爱情自由与古老传统束缚之间此番争斗的进步回响得到强化，这正是康格里夫一度将意大利家族世仇比作英国长子继承制的时候，因为根据残酷的意大利法律，复仇必须"如英国资产一样由直系继承，由这个家庭所有男性继承人继承"（261）。

然而，奥勒良并不是唯一被家族要求明显压迫的年轻贵族主角。还在襁褓时，朱丽安娜（Juliana，隐姓埋名的女人）一生就笼罩在未来强迫婚姻的阴影下，她对至少将要"永远忍受成为我父亲、兄弟及其他亲属的诱饵"（290）的可能性予以反抗。奥勒良将朱丽安娜从被强奸的威胁中解救出来，"救了我的性命与名誉"（291），康格里夫将朱丽

㉕ William Congreve,《隐姓埋名》(Incognita; or, Love and Duty Reconcil'd)（1692），见《17世纪短篇小说》。正文中所有括号内引用均源自此版本。

安娜对此事的描述与她对恩人的感谢并置,以此加深我们对即将发生的贵族暴力行为的忧惧。甚至希波利托(Hippolito)与利奥诺拉(Leonora)都采用了进步反叛的态度,对两人爱情的安全顾虑促使他们秘密结婚,这引爆了利奥诺拉父亲因女儿"没前途的选择"而起的"最激烈的愤怒情绪"(299)。因此,易变性的问题被安全地指定为爱情忠贞与贵族安排的腐败之间的战争。个人美德与家族地位,即爱情与责任的不一致看似具有综合性。当然,在康格里夫的戏仿语境中,这些热切个人功绩的明显样例获得了非常不同的意识形态风格。这不仅因为主角们都如此愚蠢,而且也因为他们作为进步主角的声望最终被颠覆传奇英雄主义主张的相同作者权力削弱。康格里夫的认识论戏剧把对传奇真实的批判与对历史真实性主张的反批判结合,也不可避免地侵扰了其描述所有计谋情节的实质。易变性问题的确与最终真实身世揭秘一同"奇迹般地"被搁置,但不是以可满足传奇需求的方式。因为康格里夫用如此夸张的笨拙指明从叙述作者到实际作者的干预,以摧毁任何我们可能拥有的残余感知:这个特定问题只存在纸上;只有主角及我们自己含糊其辞、蓄意操纵的无知已创构关于某问题的幻觉。同样地,在抵制贵族暴政时,主角的"个人功绩"在这种无知光辉中消失殆尽,一同消失的还有存在有待忠贞情人们克服的地位不一致问题这个幻觉。

简言之,易变性的传奇问题及其进步详述遭人耻笑。但康格里夫笔下的耻笑足以尽兴到让我们留下如此印象,即严肃的美德问题与真实问题一样已暗中被人提起,并得到回答。从某种意义上说,我们已得到类似为"强迫婚姻"所作的辩解。作为维持家族团结的方式,指定婚姻取代了荣誉法典,而后者的执行方式就是为世代血债复仇,实施此举的血腥后果贯穿康格里夫大部分叙事,并呈现在我们面前。《隐姓埋名》并没有给我们带来"爱情与责任的妥协",因为至少它们此处从未有分歧。但它的确"解决了"一个真实问题:它的确"促成两大名门望族的幸福和解"(273),所用的方式不仅是对永恒复仇的最终改善,而且也与个人偏好一致。但现代替代物,即对康格里夫如此热衷取笑的家庭暴政的进步愤怒的最终体系化推论又如何？可能其爱情情节的保守意识存在于对维持家庭团结（父亲的个人权威）的越发老旧方法的倡导，所反对的不仅有古老血债世仇，而且有严格的地产授予策略这个现代解决方式。这个解决方式将家庭构想为彼此竞争的利益群体或各财产分块的网络，并通过法律体系的同等客观机制进行裁定与策划。⑤

六　真实与美德的融合

为研究英国小说的起源，人们也必须研究其作为某个不同类别的意识起源，这便是本研究当下遵行的假设。这个历史过程的关键是真实与美德问题的逐渐成型。我已在前面几章中基于如是充分理由分别探讨了这两个问题：不仅出于结构与论证一致性的考虑，而且也因为它们已得到探讨，并被当时的人们作为不同问题而提出。然而，在诸多实例中，特别在本章中，真实与美德问题已同时由多位作者提出，他们有最迥异的目的及最正式的承诺。此时此刻，我们可能感到，作者们希望在这两个问题之间"找出"某种相似关系，只要通过它们默认的并置。这种相似甚至偶然得到明确力陈。借助这种方式，真实与美德问题与其说开始看似不同问题，不如说是两者彼此阐释或转化，阐述、提出某个可能被称为具有认识论、社会、伦理寓意的重要问题的不同方式。这个问题的重要一致与如是事实清楚有别：关于美德问题的进步、保守观点有与真实问题相关的自身明显推论观点，即便 17 世纪作家们只是偶然确定具有真实明确性的关联。此意义就是，在近代早期叙事语境中，认识论选择具有意识形态意义，社会流动性意义的某种指定阐释可能暗示某种认识论过程与承诺。的确，当我们观察到作者们越发自信地指出这些零星关联时，我们开始意识到这种明确关联行为与其说产生了何物，不如说应对了这种意识，即在这种散漫的语

---

⑤ 关于严格的地产授予，参阅本书第 4 章，注释 34。

境中,真实问题及它们若干实施具有内在的意识形态性质。然而,我们也可能从叙事“形式”与“内容”方面构想这些真实与美德的关联,因此讲述故事方式及所讲内容为何被含蓄地理解成拥有彼此之间作为更大辩证整体的可分组成部分的完整关系。我的论述在这方面与此论点一致。尽管伟大的小说理论家们对此论点有各不尽同的阐述,但共同认可的是,小说叙事的鲜明特点就是其在内容层面的形式问题内在化或主题化。(57)

然而,近代早期叙事中的真实与美德问题融合并不是轻易或迅速发生的。它源自更多的思考与实验,在前几章中我们已经见到了其中的一些。长久以来,这些思考与实验在每组问题上面都有相关尝试。融合开始时,作者们最初小心翼翼,随后有条不紊地运用这种洞见,即阐释某组问题所遇困难可通过对另一组问题的沉思得到启发。这种洞见是小说文类得以建立的前提。通过同步综合居中和解应对智识与社会危机便是小说文类的职责。小说进入意识时,这种融合开始如此娴熟地得以成型,即天真经验主义与极端怀疑论之间,进步与保守意识之间的冲突可以体现在诸多作者参与的公共争议中。人们认为这些作者运用彼此对立的写作方法,但所写之作却被确认为相同叙事类型。这发生在 18 世纪 40 年代早期理查逊与菲尔丁及其各自支持
266 者之间的争议中。英国小说的起源,这个漫长的历史过程既存在于认识论与社会关注的实验融合之中,也存在于诸叙事策略实验对立之中。至此,应该足够明确的是,在关于小说起源的现有阐述中,探求“第一位小说家”的身份没有什么意义。在随后几章中,我不仅探讨理查逊与菲尔丁的早期作品,而且也讨论他们对峙之前的 4 部叙事。这 4 部叙事以不同的方式例证了真实与美德体系化、权威化的融合。我

(57) 参阅 Georg Lukács,《小说的理论》(*The Theory of the Novel*),Anna Bostock 译, Cambridge: MIT Press, 1973,第 60—62、71—73 页;José Ortega y Gasset,《关于堂吉诃德的沉思》(*Meditations on Quixote*),Evelyn Rugg 与 Diego Marín 译, New York: Norton, 1961,第 143—144 页;Mikhail Bakhtin,《对话的想象》(*The Dialogic Imagination*), Caryl Emerson 与 Michael Holquist 翻译,Holquist 编辑, Austin: University of Texas Press, 1981,第 45—49 页。

将把自己对《堂吉诃德》(*Don Quixote*)(1605,1615)与《天路历程》(*The Pilgrim's Progress*)(1678,1684)的解读并置,不是因为两者之间存在任何重要互文联系(intertextual link),而是因为它们是传奇辩证转型(概述与否定)的互补实例。另一方面,《鲁滨逊飘流记》(1719)与《格利佛游记》(1726)的结合提供了将成为20年后公共的、体系化的某种辩证冲突的默认,但已全部实现的预感。我已选择这些作品拓展讨论,因为它们极为有效与深刻地为我研究的核心论点提供例证。然而,尽管我已将这些解读与之前展开的那些评论区分,但我的雄心并不是为它们涉及的叙事提供"综合"阐述,或将它们视为此研究的自足辩护。相反,我只是旨在强调这些伟大作品的特点,从传统上来说,它们本身在小说的起源过程中被赋予了一个核心角色,这确认了本论点的效用及之前采纳的证据。

真实与美德问题与具有文化寓意的诸问题共享一个单独关注。对它们做的不同叙事反应遵从重要的辩证反转模式。这个模式首先存在于世俗化与改革的动态与当下过程中。然而,在这些永恒之举中,我们可以分辨"双重反转"(double reversal)的两种循环模式。天真经验主义否定了传奇唯心认识论,反过来又被更极端的怀疑论,及更慎重的真实方法否定。进步意识颠覆了贵族意识,反过来又被保守意识颠覆。正是在这些双重反转中,在它们的融合中,小说作为对立组成部分的辩证统一而被构建,此番成就因作为术语与概念类别,并在18世纪得以运用的"小说"的逐步稳定化而得到默认。但我也关注过比此举拥有更广维度的历史反转模式。从这些得到更高提升的视角来看,被这些双重反转界定的冲突甚至可能看似消解成一致性。如我们屡次看到的那样,英国小说的起源需要将某个"新"文类类别假定为传奇、贵族阶层的"传统"主导的辩证否定,其特性作为对立但成型中的力量仍然浸润了自身得以构建与替代的类别纹理。17世纪叙事如此自觉地以现有类别为模型塑造自己的能力说明某种足以将其想象为类别,加以戏仿,进而予以取代的分离。我们可能后见之明地看到小说的早期发展是我们如此认识方式的伟大样例,即文类的诞生源自对当下的瞬间否定,其势如此强烈,以至于它获得某个新传统的正面地位。但对这种更广辩证反转的"最初实例"而言,小说拥有明确的易变性,一种消散为其对立面的倾向,这概括了处于现代世界发轫重要时刻的历史过程自身辩证性质。

描写涉及小说起源的辩证反转若干维度只是赋予文学"革命"这个普通理念的某种特定性。当我们大略将智识或社会冲突描述为两种对抗力量之间的对立时,我们正确采用一个由17世纪的人们构建,旨在将现有不确定可能性领域简化为易控部分的结构。诸如传奇与小说、贵族阶层与中产阶级、刀剑与长袍、辉格与托利、土地拥有阶层与资金拥有阶层这些类别的核心功能之一就是通过简化这些术语,并使之体系化的方式让冲突及其居中和解为人所知。的确,18世纪末之前,"小说"与"中产阶级"拥有某种体系化的整体完整性,这似乎甚至掩饰了借助我们认识论与社会冲突得以阐述的适度偏袒,更不用说那些冲突使之为人所知的现有多样性的宽广范围。参照群体理论(the reference-group theory)在革命研究的运用已有助于我们理解这些历史过程中的神秘潮流,因为它揭示了相对观点的多样性,这有助于诸如政治反叛的明显极为独特的目的。然而,这种论点倾向于将我们对"革命"自身的观点扩大化,使之成为可能在政治、社会与智识的同步或替代行为多样性中找到表述的某种单一或潜在的文化条件。㊽ 近代早期英国人知道参照群体理论的辩证真相。他们也将充分权力与价值归于文学,并"通过其他方式"将其视为政治或社会变革。没有什么比"文学的功能,尤其是讽刺的功能就是校正、改造人类"这种普通坚信更明显的表述了。斯威夫特受困于法律体系无力惩罚的陋习数量,他推测:"为了揭露诸如此类的缺陷,讽刺首先被引入这个世界。"菲尔丁笔下的赫尔克里士·维内伽(Hercules Vinegar)自信,对任何认为"我们的法律不足以遏制或校正在这块土壤上得到滋养、萌芽的暴

㊽ 关于这些事宜,参阅本书第4章,第9节。

行中的半数"之人来说，他自己的文学"裁判法庭"的功效将会非常明显。(59)

这些关于文学革命与作为改革模式的文学功能的评论暗示了一种新思路，所涉及的是英国小说起源文学史中一个令人值得敬重的问题。文学学者们长期受困于德洛尼、格林与笛福之间，或至少伊丽莎白时期后期与复辟时期中期诸如贝恩与柯克曼这类作者之间的散文体小说的明显间断现象。如果英国小说开始在16世纪末兴起，为什么这种文学革命突然在1600年后势头变弱，并推迟了大半个世纪？(60)之前几章已充分阐明，17世纪上半叶是一个综合性"革命"时期，不仅见证了成功的政治反叛及前所未有的社会流动性，而且见证了培根式革命的开启，清教激进主义的高潮及小册子与期刊出版的大繁荣。将这些令人瞩目的发展视为散文体小说中新兴文学革命的相对"具体化"替代物；而这些替代物"通过其他方式"展开革命"工作"，并伴随着有效性与直接性，暂时转移了已开始用于特定文学革命相对居间行为的能量，这貌似可信吗？

这个提议引人注目，因为它把某个巨大且具备很好平衡性的自动平衡体系暗示为历史过程模型。其间，针对人类活动任何指定领域的

---

(59) Swift, *Examiner*, no. 38 (April 26, 1711)，见《乔纳森·斯威夫特散文作品集》，第3卷，第141页；Henry Fielding，《勇士》(*The Champion*)，2卷本(1741)，1739年12月22日，I，第112页；参阅 Richard Steele, *Tatler*, no. 84 (Oct. 22, 1709)。

(60) 关于近期样例，参阅 Charles C. Mish，"17世纪英国短篇小说"(English Short Fiction in the Seventeenth Century)，见 *Studies in Short Fiction*, 6 (1969)，第233页；Charles C. Mish 编辑，《复辟时期散文体小说》(*Restoration Prose Fiction, 1660-1700: An Anthology of Representative Pieces*)，Lincoln: University of Nebraska Press, 1970，导言，第vii页；Frederick R. Karl，《18世纪英国小说发展：读者指南》(*A Reader's Guide to the Development of the English Novel in the Eighteenth Century*)，London: Thames and Hudson, 1975，第45—48页。亦可参阅米西(Mish)的年表一览，《英国散文体小说》(*English Prose Fiction, 1600-1700*)，Charlottesville: Bibliographical Society of the University of Virginia, 1952。某些学者已论证复辟时期罪犯传记提供了德洛尼与笛福之间"失去之链"。参阅 Bernbaum，《玛丽·卡尔顿的叙事》，第2—4、90页；Spiro Peterson 编辑，《17世纪英国被揭露的假冒女士及其他罪犯小说》(*The Counterfeit Lady Unveiled and Other Criminal Fiction of Seventeenth-Century England*)，Garden City, N. J.: Anchor Books, 1961，导言。

"能量"分布与所有其他领域成比例,并产生细致且自动的调整。我并不倾向于在此探讨这种模型的各种微妙性不是从其间任何明显缺陷,而是从如是事实衍生而来:我们手边就有关于英国小说起源间断问题的更简单解决方法。因为如果前面几章没有涉及别的方面,它们已彻底动摇"散文体小说"这个认识论及文类类别。但一旦这种类别的完整性被视为极不确定,其长久间断不是成为问题,而是成为累赘。前面内容中最有价值的发现已取决于重新获得关于虚构与事实、文学与历史关系近代早期不确定性假设的意愿。在抵制关于这些关系的更现代、更二元化态度时,我反而聚焦真实与美德跨文类问题(现代二元论构成对此问题的权威的、决定性的回应)。反过来,这些问题已导致不仅与现有"文学"文类有关,而且与当时叙事形式整个范围有关的实验性叙事对比。这些当时的叙事形式充实了借助我们关于"历史"与"故事"纯洁现代对立而封闭的空间。如复辟时期那样,1600—1660年这个期间充斥了这种形式,历史后见之明的盲目只是说服我们在小说起源不可避免的奇特变化基础中寻求一种相对熟悉,且已家庭化的意象,我们知道小说将会如此。后见之明有其目的:我们不能确认我们一直在往昔中寻求之物,而没有首先意识到我们的探求已在当下何处开始。但我们会透露历史变化的辩证本质,我们会忽略理查逊与菲尔丁的小说将成怎样,如果我们只是满足从17世纪智识与社会体验的丰富不确定性方面品味它们之间差异的话。

第三部分　小说的辩证构成

第七章 传奇的多种转型1：
塞万提斯与世界的祛魅

一

《堂吉诃德》(1605,1615)始自自我批判。塞万提斯笔下的这部杰作深植传奇传统之中，为近代早期欧洲提供最引人瞩目的，在刺穿传奇弹性外壳，自身构成一个独特且不同的形式瞬间凝结的反传奇样例。然而，这种转型没有立即得到实现。本章中，我将论证《堂吉诃德》文本附带如是发展：从传奇的自我批判到"真实历史"的天真经验主义，至极端怀疑论的最终定位；以及相关行为中，从早期进步意识到后期保守意识。如此发展可以最容易地被构想为某个由两个阶段组成的转型，因为《堂吉诃德》的第1、2部分成书之间有10年的间隔。但这也比此图示化暗示的内容更复杂。无论如何，《堂吉诃德》的伟大在于其抹去自身发展轨迹，同时占据这些位置的能力。

如之前的《高卢的阿玛迪斯》(*Amadis of Gaul*)与《疯狂的罗兰》(*Orlando Furioso*)那样，《堂吉诃德》批评其借助轻率呼召历史悠久证实自己的倾向，以此在某种程度上批评传奇的不可信。塞万提斯通过戏仿被发现手稿传奇传统主题，最彻底且最滑稽地如此行事。这一幕广为人知。早些时候，在笔下的主角与比斯开人(the Biscayan)作战时,塞万提斯突然中断叙述,为因自己手稿来源的间断而造成"这段历史的突然终结"悲叹。此外,令人难以置信的是"拉曼恰(La Mancha)的饱学之士如此粗心……以至于没有在他们的档案中保存……某些回忆录",他怀疑"吞噬万物的时间已将它们隐藏起来或予以毁灭"。然而,"我有理由认为,我们这位骑士的历史可能并无非常古老的日期出处;假如它从未得到延续,那么他的邻居们和朋友们可能并没有忘记他一生中最著名的经历"。然而,这的确是塞万提斯某天在托莱多(Toledo)集市偶然发现的,填补结尾处空白的"一个古旧文件包裹"。他为自己的发现而欣喜,迅速聘请一位乐于助人的摩里斯科人(Morisco)将这些文件从阿拉伯文翻译过来,并为随后的手稿冠上"拉曼恰的《堂吉诃德的历史》,阿拉伯历史学家锡德·哈迈特·贝内加利(Cid Hamet Benengeli)著"等字。①

显然,这个发现并非嘲讽关于所述事件确已发生这类历史真实性主张,而是嘲讽更宗谱化的、中世纪传奇常仰赖于此的历史权威类型。一方面,著述事实不是被掩饰,而是被宣告。另一方面,塞万提斯的朋友将其与"构思不佳的传奇"联系的"迂腐装饰"仍然存在,例如,对堂吉诃德名字真实性的迂腐推测("序言",xxiv;I,i,2,6)。紧随"真实,历史之母"这番激情表述之后,我们回到上述中断的战斗,发现它是以最纯正的骑士传奇方式写就的(I,ix,55—56)。尤其是,塞万提斯温和地将自己获得被发现手稿的经历比作堂吉诃德本人的历险(I,ix,52—53)。在第1部分结束时,他宣布自己"已经遇到一位年老医生",他有"一个在某古老修道院废墟中……发现的铅盒",内有"一些写着哥特文字的羊皮纸卷",但纸卷更多提到的是堂吉诃德,要求我们读者"相信其真实性,如审慎之人相信那些现在如此受大众欢迎的游侠骑士故

---

① Miguel de Cervantes Saavedra,《堂吉诃德》(*The Life and Achievements of the Renown'd Don Quixote de la Mancha*), Peter Motteux 译(1712), John Ozell 校订, New York: Modern Library, 1930,I,viii-ix,第51—53页。正文及随后注释中所有引用均源自此译作,并注明本版本的部分、章节及页码(作者将章节分为第1部分的各卷,此处已忽略,章节已按数字依次排开)。关于被发现手稿传奇传统主题,参阅本书第1章,注释102—107。

事书籍那样"(I,lii,439)。对古老手稿的崇拜与堂吉诃德对古老传奇的敬崇别无二致。

所以,我们用被发现手稿传统主题的某种戏仿典范结束第 1 部分。然而,第 1 部分的认识论显然并不局限于这种最原始、最具自我指认性质的,对仰赖古代权威的传奇的批判。如塞万提斯的朋友提醒他注意传统验证方法那样,"你的主题是对游侠骑士故事的讽刺,它绝对新颖,以至于亚里士多德、圣巴索(St. Basil)、西塞罗等人从未梦过或听过(即游侠骑士故事)。那些极佳的华丽夸张与真实历史的客观准确无关"("序言",xxiii)。《堂吉诃德》并不只是一个偶然自我批判的骑士传奇,它是自治的反传奇。如果古代虚构可以迅速且一直被戳穿,环绕这位的确没有"非常古老的日期出处"可笑骑士的详细历史氛围将在随后每章得到增强。的确,正当古代性主张(the claim to antiquity)自身遭到嘲讽时,塞万提斯似乎对虚构的文献痕迹及它们貌似予以公正批判的承诺更感到好笑,甚至为此倾倒。久而久之,甚至锡德·哈迈特与这位摩尔人翻译似乎悄然透露了他们早期传奇捏造更多地像质疑的历史学家们那样发挥作用,在内在证据基础上运用极强的敏锐感揭露已潜入文本之中的"次经"段落(Apocryphal passages)(例如 II,v,472,xxiv,597—598)。

实际上,文本研究的比较技巧为塞万提斯承担了严肃且实用的负量,就在第 2 部分开印前不久,阿隆索·费尔南德斯·德·阿维亚乃达(Alonso Fernández de Avellaneda)出版了他自己伪造的《堂吉诃德》续作。② 塞万提斯在其第 2 篇"序言"中能够克制住对阿维亚乃达的"报复恶言",因为他知道真实与虚假历史之间的明确差别将由其笔下

---

② 关于阿维亚乃达所写续作节选,参阅 Miguel de Cervantes Saavedra,《堂吉诃德》(*Don Quixote*),Joseph R. Jones 与 Kenneth Douglas 编辑,John Ormsby 翻译、校订、编辑,New York:Norton, 1981(随后引为诺顿版《堂吉诃德》),第 885—892 页。参阅相关讨论,Stephen Gilman,"堂吉诃德的次经"(The *Apocryphal Quixote*),见《跨越几个世纪的塞万提斯》(*Cervantes across the Centuries*),Angel Flores 与 J. J. Bernadete 编辑,New York:Dryden Press, 1947,第 247—253 页,并在诺顿版《堂吉诃德》中重印,第 994—1001 页。

的某些人物持续下去(II, 440)。因此,堂吉诃德在巴塞罗那(Barcelona)受到欢迎,因为他"不是近来在虚假历史中展示给我们的伪造、不可信人物,而是由历史学家中的翘楚锡德·哈迈特所写的真实、合法、准确的他"(II, lxi, 859)!更早时候,桑丘·潘沙(Sancho Panza)与自己的主人已在一家旅店里和客人们一同花时间指摘阿维亚乃达续作中的讹误。但他们提出关于续作造假的最令人信服证据就是他们自己经历的真实性,他们离开那些与自己交谈的人们,"非常满足……这两人是真正的堂吉诃德与桑丘,不是由那位阿拉贡作者捏造,强入公众世界的假冒者"。其中一位客人甚至更进一步希望"应该禁止除锡德·哈迈特之外的所有其他作者记载伟大的堂吉诃德事迹"(II, lix, 842—846)。

随后不久,塞万提斯甚至让自己的两位主角遇到一位来自伪续作中的人物。此人如此确信,这两人,而不是其他人是真正的主仆,以至于自己愿意在市长面前为他们的真实性作证。尽管塞万提斯加了这么一句:"他们的言行举止未曾有如此充分的区分"(II, lxxii, 923)。因此,阿维亚乃达企图利用第1部分的成功,这给了塞万提斯通过模仿批判历史的比较方法确认自己笔下人物直面历史真实的机会。当然,这种模仿是一种戏闹。即便如此,这种提供信息的历史主义精神的确很真切。但只有塞万提斯现有具备文献性质的第1部分与他笔下人物在他们不太可信的回忆录中所作的相关阐述之间的对比在其叙事之内被内在化时,该比较方法的经验主义与客观主义含义才得以完全实现。仿佛被发现手稿传统主题的虚假验证明确被新发现的印刷书籍取代。这个发现的意义尽管令人瞩目,但毫不清楚。也就是在这个时刻,经验主义开始滑向极端怀疑论。

问题并不只是文献与回忆录两个源头声称自己的真实性,也不是它们构成关于真实历史的对抗阐释。最初,两者之间的契合似乎非常密切,这个事实只是引发如是问题:任何人如何可能已知所有这些?堂吉诃德断言"撰写我们历史的作者一定是某位知晓一切的、有魔法的圣贤"(II, ii, 459)。更早的时候,堂吉诃德已告诉桑

第七章　传奇的多种转型 1：塞万提斯与世界的祛魅　413

丘·潘沙，这位模范的游侠骑士必须周游世界多年，"寻求历险"，但同样为了"自己的声誉可以自行散布到邻地及遥远国度"之故（I，xxi，145）。关于名声就是口口相传费劲耗时产物的传统观点被如是发现推翻：第 1 部分在印刷时，堂吉诃德现在坐在那儿"陷入奇怪的沉思中"。"他难以相信现存这样的历史，然而，他已把那些敌人的血统斩断，几乎没让自己的刀锋沾上血腥之气。因此他们可能并没有结束并印制自己丰功伟绩的历史。然而，他最后认定，有位博学的圣贤已借助魔法把它们付诸于印刷机下"（II，iii，459—460）。最终，印刷与魔法的联系将留存，因为这是一个美好但具有人性化的技术，堂吉诃德也开始明白使之神秘化。③ 然而，不只是印刷机明显的无所不能使之看似有魔法。

这位骑士对桑普森·卡拉斯科（Sampson Carrasco）说道："对那些已经通过自己的写作而获得伟大名望的人来说，这是他们付诸于印刷之前的情况，而在之后就完全失去了这个名望……原因很明显，卡拉斯科说道，书籍印刷之后，他们的过错更容易被人发现。读这本书的人越多，它就越发被严格审阅"（II，iii，465）。这是极为寻常之事。出版不仅借助加速传播过程，而且借助使作品客观化的方式将口口相传的名声世俗化。因为已印刷的书籍受到严格的审查，并以故事讲述，甚至手稿所不能的方式进行精确复制。出版倾向于遏制严重仰赖表述语境与情境的判断标准，并鼓励与某个看似分离的，根据经验得以理解之事物相宜的标准。规则的重复失去了其表象辩护（presentational justification）。"细节"与"离题"成问题的地位因直接获得如是意识而得以强化：人们推定，"细节"与"离题"可能使我们分心，量化完整性的困境相应变得严峻。④

当然，借助第 2 部分刚从印刷机取下就展开相关客观性审阅的紧迫感，归因于第 1 部分的文献"客观性"既包括这种各别客体性的自我

---

③　参阅《堂吉诃德》，II，lxii，堂吉诃德参观巴塞罗那的印刷馆。
④　关于量化完整性的困境，参阅本书第 1 章，注释 49—51；本书第 3 章，注释 6—7。

指认感知,也包括忠实再现的表现感知。借助出版事宜,故事更全面地成为文献与书证,第1部分的"客观"现实借助它可在第2部分就其"客观性"而得到审查的事实予以确立。但如此审查的结果并不总是让人舒心。一旦文献与回忆之间的不一致开始出现,堂吉诃德就抱怨其作者已使"他自己的历史充斥外国小说与历险,完全不是出于原有目的;同时,我自己有足够多的内容可以让他的笔忙个不停"。如果这是"某位对我的荣誉不怀好意的术士所写,他无疑已经出于偏见说了很多,错误描述了我的生活,用一百个虚假取代一个真实,讲述无聊的故事让自己自得其乐,远离原有目的,这对真实历史的延续而言是不合适的"(II,iii,465,viii,492)。因此,堂吉诃德的名声最终因自己的即刻出版而受损。此处对虚假的指控似乎从本术语的两个意义方面诋毁了该书的"客观性",即它既缺乏形式连贯,又缺乏表现精确。然而,第1部分的这种文本批评最令人不安的事宜就是客观性的这两个维度有秘密分开的趋势。越探究表现精确问题,它就越退到作为文献的该书不可缩减的客观性之后。桑丘·潘沙对此问题有过最辛辣的表述。

桑普森问道,桑丘的驴子消失后又令人费解地再次出现,这是为何?桑丘在莫雷纳山(Sierra Morena)发现的100两黄金怎样了?很多读者对这些问题感到困惑(II,iii,466)。桑丘最初非常粗暴地拒绝讲述陌生人似乎相信的重要细节。后来他愿意用新的、详尽的,以及自己相信的非常动人的细节概述自己驴子消失一事。但堂吉诃德从骑士传奇中引用了一个先例,桑普森冷冷地评论道,被质疑的现实无论如何仍没有得到明释。"关于这一点,桑丘回答道,我并不非常清楚该怎样说才好。如果此人(即作者)犯了错,谁能对此有所帮助?但可能这是印刷工的错误。"关于黄金事宜,桑丘作了简略且勉强的解释,同时好奇:"我有没有找到,用没有用掉,其他人又能怎样干预呢?"(II,iv,468)桑丘的这两个回答以不同的方式表述了如此忧惧,即他的经历现实已经开始欺骗自己了。他认为构成整体所必需的生活故事细节被忽略,他的私事已成为令人不安的公共事件,对这些事宜肩负的责任似乎取决于术士,而不是他自己。对桑丘与我们来说,该书看似已采用其旨在再现现实的独立性。⑤ 一旦文献已公布,换言之,这成为终极权威是否在于客观性的表现或自我指认维度这个棘手问题。塞万提斯对被纳入印刷文献"客观性"之内的辩证反转的运用是一个迹象,即《堂吉诃德》的经验主义导向正被更严厉的怀疑论合并。怀疑论的历史真实性主张达到极限,并成为对表现行为,而非表现真实性的坚持,对文献而非书证的坚持。

因此,第2部分开篇对《堂吉诃德》第1部分的批判审阅实现了塞万提斯对经验主义认识论的真正承诺,正当批判审阅替代如此承诺时。当然,这种反转借助已出版的书籍传统主题取代被发现手稿传统主题方式在此从容实现,也以更微妙、更具提示性的形式萦绕整个叙事。从个人如何决定某个故事是完整的这个相关的,但更普遍的问题方面思考《堂吉诃德》的认识论易变性,这颇有启发。《堂吉诃德》甚至比受读者尊重的《白人蒂朗特》(Tirante the White,其间有如是文字:"你的骑士大吃大喝,在自己的床上睡觉并自然死去,不,让他们列出最后的愿望与遗嘱。所有其他此类书籍不会说任何一个关于其他事物世界的字词"[I,vi,35—36])更严肃地对待叙事完整性这个普遍问题。该书大多特殊感情源自塞万提斯在此方面的不懈冥思。赋予叙事其特定形式复杂性的是如此事实,即它利用了包括口述表现的套路模式化、传奇遁词的混合并列、经验主义客观性的量化要求在内的叙事完整性标准的极大不同范围,并使之相互交织。此结果就是文化分层化的重写本,在矛盾共存时刻由口述、抄写与印刷文化聚合而成的

---

⑤ 参阅相关讨论,Walter L. Reed,《小说的样板史》(*An Exemplary History of the Novel: The Quixotic versus the Picaresque*), Chicago: University of Chicago Press, 1981,第84—85页。关于另一部确认印刷革命之于《堂吉诃德》认识论重要性的评论作品,参阅 Robert B. Alter,《偏见的魔力》(*Partial Magic: The Novel as a Self-conscious Genre*), Berkeley and Los Angeles: University of California Press, 1975,第1章。

叠层剖面图。⑥

  有几个熟悉的样例就足够。如之前讨论暗示的那样，为实现经验主义精确性，必须增添多少"细节"？多少可能被忽略？对这些问题的现代量化关注倾向于在关于现有"无非常古老日期出处的历史"程序的自觉反思中成形（例如 I, xvi, 98—99; II, iii, 462, xviii, 554, xi, 701—702）。另一方面，对模式化及表现的口述关注在桑丘·潘沙众人皆知的智慧的特有无尽重复中最为明显，这让堂吉诃德极为恼怒。这也在桑丘讲述渔夫与山羊的故事时特别明显。早些时候，堂吉诃德警告自己的侍从，如果他坚持自己"毫无必要的重复，至少不该在这两天说你自己的故事"；桑丘只是将自己的叙事文体辩称为"我们家乡的习惯"。但当桑丘最终得到山羊，并要求自己的听众认真倾听相关描述时，堂吉诃德只是拒绝参与这个仪式。故事嘎然而止，不是因为缺乏某种细节之量，而是缺乏细节的某种模式化而无效（I, xx, 132—134）。最终，听众的插话在桑丘讲述的民间故事中扮演一个必不可少的角色，而在卡德尼奥（Cardenio）的传奇中，这些插话"干扰"并终结了传奇。传奇完整性是建立在严格的作者驾驭主要故事与题外扩张基础之上，卡德尼奥完全了解这一点（I, xxvii, 217—218）。尽管堂吉诃德实际上因卡德尼奥恳求安静之举而确实想起桑丘的故事，他无法自制，也未能完成传奇惯例（I, xxiv, 174, 179—180）。

---

⑥ 关于作为特定语言现象的此类效果之经典阐述，参阅 Leo Spitzer,"《堂吉诃德》的语言透视主义"（Linguistic Perspectivism in the *Don Quijote*），见《语言学与文学史》（*Linguistics and Literary History*），Princeton: Princeton University Press, 1948, 第41—86页。斯皮策（Spitzer）有忽略人文主义书籍文化的特别经验主义态度与对古代手稿及历史的普遍尊重之间差异的倾向，因此文化多样之感在他的描述中多少被削弱（参阅第51—52页，注释16—18）。《堂吉诃德》中的认识论戏仿是"双刃""反转"，最初为传奇幻想戏仿，但随后具备批判性。关于这个令人深思的阐释，参阅 Reed,《小说的样板史》，第30页；Alban K. Forcione,《塞万提斯、亚里士多德与珀塞尔斯》（*Cervantes, Aristotle, and the Persiles*），Princeton: Princeton University Press, 1970, 第140—141页；参阅 Ronald Paulson,《18世纪英国讽刺与小说》（*Satire and the Novel in Eighteenth-Century England*），New Haven: Yale University Press, 1967, 第36页。

叙事完整性标准的存在就是将必然与偶然区分。从远处看,所有这些标准可能看似产生对"细节"地位的相同基本倾力关注。但被某组惯例视为多余之物则被他者视为不可或缺之物。塞万提斯在文化分层化方面的运用将这些有差异的标准历史化,所用的方法就是将其中每一个与那些强大到足以动摇,但并非推翻其自身惯例的替代物对峙。惯例形式的等级制被转化为辩证连续,其墙壁坚固,但可渗透,因此甚至相同的叙事元素可以轮番成为不可或缺及多余之物。因此,在卡德尼奥的题外传奇中,多萝西娅(Dorothea)开始是一位次要角色,随后成为自己题外生活故事的传奇叙述者,最后进入主要情节,"自己扮演一位痛苦的女士",以此迁就堂吉诃德回到他的乡村,此次"扮演"几乎难以与她自己作为传奇女主角的"真实"存在区分(I, xxix, 237)。当然,至少在第1部分中,这些认识论反转的主要笑柄是堂吉诃德对传奇的轻信。在多萝西娅结束"扮演"之后,助理神父评论道,"这位不幸的绅士随时相信这些虚假报道,只是因为它们有游侠骑士书里的浮华故事格调,这不是件很令人惊异的事情吗?"(I, xxx, 254)实际上,这是位居堂吉诃德疯癫中心的神智健全脱水核心。因为在这个真实被相互抵触惯例的互换性浸没的世界里,信仰是我们对令人信服的文体连贯性的致敬。

并不是堂吉诃德本人据说可按这种极端怀疑论信念生存,其信仰的微妙偶然只是其他诸如助理神父之人可感知的。在堂吉诃德的信念中,并没有临时性的元素。他只是疯了,至少大部分情况下如此。但准确地说,正是他的疯癫将其与我们读者体会的叙事眩晕类型隔离。他对传奇标准的绝对信任是抵制所有竞争者的证明。他唯一真正的敌人就是现实自身。"我们的游侠骑士看到、想到或想象到的一切都属于传奇类型",我们的作者说道,"在他看来,这一切以颠倒自己想象的书籍方式出现",他继续借此寻求确证方式(I, ii, 9)。中世纪末期传奇及其续作的再现在其最初几十年如此受欧洲印刷界关注,并第一次创立了传奇客观化文集,以至于这给塞万提斯带来某种传统、某种连贯世俗正典的感觉。堂吉诃德笔下的传奇把告诉自己如何解读这个世界,如何在此间行事的知识体系法典化。这些传奇是他叙事完整性的标准,因为在它们的指导下,他至少在理论上能够知道先验生活情节。⑦

实际上,需要某些阐释力量将他的解读适应于现实生活最小要求(I, iii, 15, x, 60—61)。这不是说正典文本的权威曾被质疑。但如任何复杂准则一样,文本允许,甚至要求其运用于日常生活的某种灵活性。如果堂吉诃德的世界被神秘化,它也就具有可塑性。如他一度评论所言,"游侠骑士故事有办法调和所有事宜类型"(I, xix, 121)。不幸的是,骑士传奇与经历过的现实之间的契合常常如此难堪,以至于要求堂吉诃德采用某种非常极端的"调和"方法。这种方法就是附魅(enchantment)理论,一种复杂的评注技巧,其伟大成就在于论证事物"就是"它们看似因某位魔法师之故而呈现传奇状态之物(只是凭借从它们真实状态转型而来),以此缩小传奇的先验声明与日常生活的现象表征之间的差距。塞万提斯的所有读者熟悉这个技巧,风车是真正的巨人,绵羊是真正的军队。在他将附魅指控指向第1部分的作者时,我们已看到将该理论特别用于叙述自身的操纵力量。

堂吉诃德的附魅理论可能被视为在认识论不连贯的现代世界中得以推进的非常基本模型。其调和方法允许其使用者在没有完全相信的状态下相信,仿佛事情与它们看似之物不同那样行事,且仍然继续如此行事。就这点而论,该理论也是关于如何在叙事中讲述真实的基本模型。为了使自己更复杂化,该理论将不得不去神秘化或世俗化,其支持者将不得不变得更少些严格意义上的幻想。塞万提斯以两种可以区分的方式朝此方向阐释重要的态度,这两种方式在叙事的第2部分得到最充分的发展(如我们可能预期的那样)。

堂吉诃德的附魅理论首先被塞万提斯关于美学距离理念的某些方式实验性地世俗化。当然,亚里士多德的《诗学》的影响在《堂吉诃德》的诸多部分非常明显,但美学理念倾向于从塞万提斯那里最令人

---

⑦ 关于"传奇"的印刷定型,参阅本书第1章,第68—70页。

信服地出现,不是以散漫的形式,而是作为因这位骑士疯癫而起的某些实际问题的临时解决方法。当这个场景如彼得师傅(Master Peter)的木偶表演一样本性具有表现性与艺术性时,这就特别真实。堂吉诃德对用木偶剧表现的情节的整体投入此处作为他对"真实生活就是传奇"这个信念的整体投入模型而发挥作用。骑士被自己所见激怒,他突然手持出鞘的佩剑进入表演场景中,把剑之所及的每个令人不快的木偶砍坏,四处乱扔。当他意识恢复正常时,他说出一番常用的"调和"之言:

> 好的,堂吉诃德说,现在我完全确信这个真相,之前我就有理由相信,即那些可咒的,每天迫害我的魔术师们只是迷惑我,最初是用它们看似真实的表象引诱我进入危险的奇遇中,随后立即随心所欲地改变事情的表象。作为一位真正的、真实的绅士,我在你们所有能听到我说话的人面前发誓,申明此处表演的似乎真的就如它看似的那样真实发生过(II, xxvi,616—617)。

可能木偶表演的确作为真实的"危险奇遇"而开始。但"仿佛"这个美学化语言界定了作为心理转型,而非超自然转型的极重要事件。其间,魔法的变形已达到某个惯例的隐喻地位。然而,同时接纳两个领域现实的思想状态仍被理解成疯癫,而不是"美学反应"。⑧

塞万提斯借以尝试附魅理论世俗化的第二个方式就是借助迁就堂吉诃德的社会过程。众多人物的精力,从桑丘对杜尔西内亚·台尔·托波索(Dulcinea del Toboso)的"祛魅"(disenchantment)到公爵夫

---

⑧ 在《塞万提斯、亚里士多德与珀塞尔斯》中,福尔乔恩(Forcione)认为,塞万提斯对历史真实性主张的戏仿表现了关于新亚里士多德派对新近重新发现《诗学》阐释的特别评论,这将经验主义偏见强加在亚里士多德关于模仿与概率的教义之上。但这似乎也就足以属于福尔乔恩自己,如新亚里士多德派那样,他们将逼真的要求与历史真实性主张混在一起(例如,参阅第35、41、47、96—97、112、127页)。关于这种区分的重要性,参阅本书第1章,第93—95页。

妇某些计谋主要投入在强化这位骑士的幻觉方面,这是该书第 2 部分频繁发生的现象。如美学体验一样,对堂吉诃德的迁就使不同得到调和,同时摒弃附魅的形而上学。当公爵夫妇用隆重的骑士仪式欢迎堂吉诃德莅临他们的城堡时,塞万提斯说道,"这的确是他第一天认识到,并确凿相信自己是一位真正的游侠骑士,他的骑士身份并非幻想。他发现自己正领受曾读过的古时骑士团兄弟会(the Brothers of the Order)礼遇"(II,xxxi,642)。对堂吉诃德的迁就有效地取代了附魅理论,因为这根据传奇标准而使表象现实"祛魅"。在这些场景中,尤其被强调的是迁就者与堂吉诃德两者经历相同的双重性。很多持怀疑观点的看客一路评价,他决定装疯可能比他面对此事束手无策更疯狂(II,xiii,521,xv,535,lxx,909)。尽管塞万提斯看到这个剧本(我会再次提及)的讽刺意义,他会陡然停止关于现实的社会构建与疯癫的社会相对性更普遍理论的详述。

《堂吉诃德》先见之明意义之一就是现代世界的祛魅产生的不是附魅的清除,而是其转型与世俗化。但这在真实问题方面将置读者于何处? 塞万提斯书中厚密的文化积层并没有泄露关于如何在叙事中讲述真实的单一学说,而是坚持关于如何从其不同层面走出个人之路的训诫之感。堂吉诃德本人可作我们的向导,尽管他缺乏必要的怀疑论,准确地说因为他拥有必要的轻信。疯癫,对传奇现实的天真信任是极端怀疑论辩证生成的最初与不可缺少步骤,而这是针对传奇的工具性与拯救性信仰。《堂吉诃德》讲授的认识论课程只是阅读过程中最具特点体验的概括,是"故事主体"与"细节"之间界限借此得以消解,并在我们面前重现的眩晕滑移。这是极端怀疑论者的拯救性信仰,始终变档的思想自身貌似可信的一致性。在这方面,《堂吉诃德》的认识论反转及在第 2 部分自觉审视之下的第 1 部分实体化一同构成复杂的机制,并引出如是论断:一旦该机制自身证实毫无必要,并不真正相信的信仰类型将化身美学领域。

二

真实问题向美德问题的转变可能借助思考在第1部分早期发生的偶遇而得到提速。在通往穆尔西亚(Murcia)的路上,堂吉诃德遇到6个商人。他骄傲地坚持这些人必须承认杜尔西内亚是世界上最美的女人。"我们很乐意见见她,"他们合情合理地回答道,如果她果真如他所说的那样漂亮,他们会高兴地顺从他的要求。但堂吉诃德并不认为这是可接受的。"此事的重要性在于要求你们在没有见到她的情况下相信、承认、确信、发誓、维持这个观点。"随后,"我们的良知不会允许我们去确认自己从未听过或见过的人或事",商人们说道,"为了避免违背良知,请让我们见见那位女士的某张画像,哪怕和麦粒那么大的也行"。但堂吉诃德继续固执己见,挑衅好斗。商人们开始不耐烦了,最终此事以这位骑士被饱揍一顿结束(I, iv, 24—26)。这次偶遇是认识论层面对立态度(教条主义对峙怀疑论,先验信仰对峙感知证据)之间几乎具有概括性的象征事件,这也暗示了延展到认识论领域之外的一组对立,即信仰承认对峙良知证据,贵族封建主义对峙商人资本主义。

一般而言,桑丘是堂吉诃德的认识论对照,照例用唯物论方式与自己主人的传奇唯心论对立。这对他们的人物及彼此互动而言是如此基本要素,以至于无需证实。两人也体现了一种社会对立,当然,这也是堂吉诃德封建幻觉的重要前提。如堂吉诃德早些时候提醒桑丘一样:"主仆、骑士与侍从之间应该保持一定距离"(I, xx, 139)。但真正的社会差距在封建虚构表面之下。毕竟,我们了解堂吉诃德的第一件事情就是他是一位有微薄农田资产的乡村绅士,家境一般,嗜好打猎。我们了解桑丘的第一件事情就是他是堂吉诃德的邻居,一个乡村劳工(I, i, 1—2, vii, 41)。现在,只要桑丘怀着堂吉诃德将赐予自己在战斗中赢来的"岛屿"总督一职的希望,他也就接受对此予以支持的关于他们社会差距的封建阐释。但虚构在始终粗暴对待并不与之相符的世界过程中有令人失去兴趣的倾向,桑丘时不时地通过坦率提及非常不同的回报体系表达自己的不耐烦。在这些时刻,他可能反对自己主人空谈赐给想着普通"薪酬"工资,尽心尽力的侍从骑士般"恩惠"。薪酬应该从堂吉诃德现有资产支出,如果要到那步的话就从源自那个期待中的岛屿收入中得到补偿。对于这个极为实际的建议,堂吉诃德预见性地回答道:"我不认为……他们曾靠雇佣过活,而更可能是出于对自己主人慷慨的信任。"传奇记载已足够清楚地排除这种令人生疑的薪酬劳动的现代权宜之举,或至少将其遗漏,堂吉诃德借此拒绝改变桑丘的"效忠"条件,以及"突破所有骑士规则与习俗"(I,xx,140; II,vii,486—487)。

恩惠与薪酬、习俗与合同的社会化象征标准之间的这些冲突暗示,堂吉诃德与桑丘·潘沙之间的关系大致和解了从封建主义到资本主义的历史转型。对堂吉诃德而言,他乐意称为"骑士制度法律"的事宜是绝对的,并居所有王室与国家司法权之前(I,x,57—58,xxix,244,xxx,245)。至少在第1部分中,这也有炫耀性地违逆道德法律的倾向,伦理行为证实了塞万提斯对某个世界观的一般批判。根据这个观点,世界被危险地"附魅",因不合时宜的贵族意识期待而变形,这鼓励了政治安排中的散漫、分散,且彼此竞争的诸多权威,并重视了社会关系中的个人依赖与习惯分层。因此,并不令人吃惊的是,当堂吉诃德向桑丘阐述游侠骑士这个理想职业时,他更愿要一个最有可能将自己背景的真实事实与贵族意识需要调和的情节。堂吉诃德说道,这位理想骑士的伟大成就因自己迎娶一位美丽公主而功德圆满:

> 没多久,国王对这桩婚配非常满意,因为这位骑士现在看似某位强大国王之子……但假如我们已发现国王与公主,而且我已用自己无可比拟的成就充实这个世界,然而我不能说出如何证实自己是王室血统,尽管是某位皇帝的次子;因为,人们并不期待这位国王会同意我将娶他的女儿,直到我已用真实的证据予以说明,尽管我的效忠从未配得此举。因

为缺乏细节,我处于失去自己英勇完全配得之物的危险中。的确,我是一位来自著名古老家族的绅士,拥有120克朗年金的资产,这是真的。不,可能撰写我个人历史的博学历史学家会如此抬高与美化我的宗谱,以至于他会发现我是国王第5代或至少第6代后裔(I,xxi,148—149)。⑨

在此段中,关于真实与美德事宜的传统主义态度在撰写传奇的"历史学家"这个意象中得到统一,并通过揭示贵族身世确认了骑士的功绩。我们对堂吉诃德雄心之可笑予以的辛辣欣赏支持了如是感觉:塞万提斯正在调动针对自己主角的经验主义与进步批判。1605年,在《堂吉诃德》第1部分的书名页上,塞万提斯称自己的主角"拉曼恰的聪明绅士堂吉诃德"。"hidalgo"("绅士")一词表明世袭绅士阶层,也暗指西班牙贵族阶层的最低等级。堂吉诃德属于贫困绅士的社会类型,其世袭地位与自己的财富及社会机遇极不合拍。当然,这样的类型易受同情对待的影响。但塞万提斯通过让自己的绅士用上并不般配的头衔"don"(堂,先生的意思)给人物刻画带来进步与讽刺的优势。早在第1部分,我们看到堂吉诃德严肃地顺从对将为如此头衔正名的骑士身份仪式的滑稽戏仿(I,iii),这类闹剧明显被西班牙法律禁止,但这说明我们主角的某种"疯癫"重要维度就是这位贵族的虚荣,他相信自己可用对欺骗性头衔的装腔作势来支持自己腐朽的荣誉。10年后,在第2部分的书名页上,"hidalgo"一词被"caballero"(骑马者)一词替代,后者是等同于"绅士",但字面意为"骑士"的一个术语,因此也就抹去1605年书名页上的欺骗暗示与社会诽谤。这种更改的意识形态意义可能是什么呢?⑩

---

⑨ 此处莫特(Motteux)对堂吉诃德收入的详列并没有在西班牙文版本中得到印证,参阅诺顿版《堂吉诃德》,第149页,注释4。

⑩ 关于这两张书名页的比较,参阅诺顿版《堂吉诃德》,第2页。这种比较也对真实问题有提示作用。1605年的书名页上说塞万提斯"编排"这部作品,暗示"编辑"、"安排"以及撰写。1615年的书名页只是说"米格尔·德·塞万提斯·萨维 (转下页)

如我就真实问题暗示过的那样,甚至在第 1 部分中,堂吉诃德的"疯癫"并不只是无望的幻觉痴想。这一点也值得为美德问题特意指出。不是因为他实际上生活在一个神秘化的中世纪西班牙,而是如果游侠骑士故事的黄金时代通过自己的努力而"恢复",这会是不可估量的进益,这个信念在早些时候常常被表现出来(I, vii, 41, xi, 64, xx, 129)。在第 2 部分,这种阐述堂吉诃德疯癫的方式得到足够的青睐,以此暗示较之于对历史的保守阐释,这并不怎么算疯癫。这种转型并非完整,但前者对骑士传奇英雄文字存在的坚持现在倾向于微妙地演变成一个更有道理、更公正的断言,即游侠骑士故事体系曾有过历史真实性(II, i, 452, xviii, 557)。这种断言对堂吉诃德而言是重要的,因为对"我们这个堕落时代"的真实替代的无知排除了如是重要观点,即我们借助已堕落的程度来衡量自己有多坏,我们如何可能为社会变革开启某个行动(II, i, 450)。对堂吉诃德来说,骑士身份有着真实的当下意义。例如,在第 2 部分开始,他对国王调派当时的游侠骑士以抗击土耳其人对基督教世界的时下威胁的智慧夸夸其谈(II, i, 446—447, 452)。

一旦我们有把堂吉诃德的疯癫视为社会改革方案的念头,确认这种对不合时宜的军事效忠的鼓吹与佩剑贵族意识之间的联系是有可能的。当然,在第 1 章中,他关注的是在佩剑贵族与穿袍贵族之间作出意识形态层面有意义的区别,也对以下两类骑士阶层进行区分:其一是作为某个现有体系的骑士阶层,由有胆识,有冒险精神的骑士组

(接上页注⑩)德拉著,第 1 部分作者",至少暗示关于文献虚构可用性的已改态度。关于作为贫困绅士的堂吉诃德,参阅 A. Morel-Fatio,"社会与历史背景"(Social and Historical Background),见《跨越几个世纪的塞万提斯》,第 112 页;Erich Auerbach,《模仿论》(*Mimesis: The Representation of Reality in Western Literature*),Willard Trask 译,Garden City, N. Y.: Anchor Books, 1957,第 120 页。莫雷尔-法蒂奥(Morel-Fatio)(第 113 页)甚至说对"西班牙贵族"的批判是"本书的主要意图"。亦可参阅相关讨论,见 Martin de Riquer,"塞万提斯与骑士传奇"(Cervantes and the Romances of Chivalry),见《塞万提斯合集》(*Suma Cervantina*),J. B. Avalle-Arce 与 E. C. Riley 编辑,London: Tamesis Books, 1973,第 273—292 页,J. R. Jones 译,见诺顿版《堂吉诃德》,第 909—910 页。

成,他们致力于美德事业,通过复杂的效忠与义务纽带为那些地位之上及之下的人承担责任;其二是作为最糟糕,无能且官僚化的现代廷臣体系的骑士阶层,其间,王室政策的执行已取代了美德辩护,华丽的大马士革锦缎取代了简朴的甲胄,懈怠战胜了警惕,"懒惰战胜了勤勉;恶德战胜了美德;傲慢战胜了英勇;用武理论战胜了沙场厮杀"(II,i,451)。在《堂吉诃德》的整体发展中,同名主角的品性从某类著名的社会类型,即贫困绅士的早期外在讽刺画逐步深度发展为某张由内心绘制的更通感的画像。这种改变借助更保守的导向对应塞万提斯进步意识的逐渐复杂化。⑪

在第1部分,堂吉诃德在两种血统的基本类型之间作出重要区分:"有些源自伟大君王家族之人逐渐如此衰败与凋零,以至于后代的资产与头衔降到什么也不是的地步,并在类似金字塔尖的地方终结;其他人从卑微与低贱起步,继续保持上升,直到最终他们擢升到人类之伟大的最高处。差别如此之大,原本是个人物的人现在什么都不是,而那些原本什么都不是的人现在是个人物"(I,xxi,149)。⑫ 如我们所见,堂吉诃德希望自己与某位漂亮公主的想象婚姻会因自己是前述落魄后人的揭秘而有所帮助。我当前关心的是把他的疯癫理解为保守的史学著作,从这个角度来说,堂吉诃德不得不运用附魅理论也就不令人奇怪了。因为,从这个方面来说,现代世界因幻想表象,即地位不一致而饱和了。一方面,那些拥有时下社会显赫地位的人有效地

---

⑪ 比较《堂吉诃德》,I,xx,第131页。堂吉诃德弃绝怠惰的"地毯骑士"的角色(关于此术语,参阅本书第5章,注释13)。他有时愿意予以近代廷臣自身非常谦卑的合法性。参阅同前,II,vi,第479页;xvii,第552页。关于"佩剑贵族"的意识,参阅本书第5章,第2节。Riquer,"塞万提斯与骑士传奇",第899、910页。他指出就在塞万提斯出版自己书籍之前的几十年,"真实的"游侠骑士仍在欧洲大路上游荡。堂吉诃德的盔甲从自己可以追溯到相同时期的曾祖父那里继承而来。

⑫ 在第2部分中,堂吉诃德将基本类型拓展到4类,以把那两个高低群体纳入。它们没有经历变化,始终坚持(《堂吉诃德》,II,vi,第481—482页)。如我们可能预期的那样,在对这两个血统的阐释方面,桑丘比自己的主人更量化:"我的老奶奶(愿她的灵魂安息)习惯说,这世界上只有两个家庭,有钱的和没钱的"(同前,xx,第574页)。

掩饰了自己的道德堕落;堂吉诃德非常明白新旧贵族对这个群体做出了贡献,即"出身高贵的骑士,似乎喜欢在尘土中匍匐,迷失于低贱人类群体之中"(II,vi,481)。另一方面,存在类似堂吉诃德本人这样的人,他们那身为贫困绅士的地位在该书第2部分得到更为同情的对待,这部分因为他的智慧与美德在此处有更多的证明。因此,当堂吉诃德在村庄里打探有关自己历险的闲言碎语时,桑丘不得不告之关于自己主人社会地位的令人悲伤的事实。另一位绅士憎恨堂吉诃德,因为后者假装为"堂",但没有物质实质做支撑。同时,那些"骑马者"也同样很恼怒,因为他们是与一位甚至不能出钱装扮这个角色之人竞争。堂吉诃德只是作了一个温和的申明:"美德越光辉闪耀,它也就越易受嫉妒迫害"(II,ii,457—458),这个事关自己的同情心观点并没有受到来自锡德·哈迈特幽默的悲怆挑战,他后来用单引号标示这位贫困绅士遭受围攻的荣誉(II,xliv,732—733)。

我已指出,塞万提斯对迁就的理解被用作某种附魅理论世俗化,通过将现实与幻想的"调和"使世界祛魅。地位不一致的社会现象自身就是现代世界附魅的世俗化表现。堂吉诃德的骑士改造计划始自这种附魅的祛魅,将美德、财富、地位调和。他对两种血统类型(那些原本是个人物现在什么都不是的人,那些原本什么都不是现在是个人物的人)之间差异所作的简明阐述适当地唤起了这个神奇转型,激进社会改变似乎能够"成为"自身的变形。将上升与下降流动性视为"社会附魅"有助于识别堂吉诃德急切让杜尔西内亚"祛魅"时的某些非形而上起源,所用的方法就是强化个人坚信的社会辛辣批判:邪恶的魔法师们已"将美丽的杜尔西内亚·台尔·托波索的外形与本人变为某个农村姑娘的卑贱、肮脏的类似人物"。在《堂吉诃德》中发生的很多变形有某种类似的社会学反响。当我们初次偶遇(所插入传奇中的)多萝西娅时,她乔装打扮成一位农家男孩,我们可能把她视为一位名门闺秀,认为她如人们熟悉的传奇情节那样造访田园贫民窟(I,xxviii,222),但她的地位很快被更具体地指出来,因为传奇女主角多萝西娅有令人吃惊的现代社会身份。她说,她的父亲是位佃农,他服侍的安达卢西亚(Andalucia)地区的某位老爷"地位卑微,但如此有钱,以至于假如财富使自己的出身与资产相当,他就想不出还缺什么"。的确,她的父母"从父亲到儿子都是农夫,然而……他们家族的悠久历史与他们巨大产业、所居住的港口一道使他们极大高过自己的行业,逐步地,几乎全面地为自己赢来了绅士之名"(I, xxviii, 225)。简言之,多萝西娅正在经历社会转型过程,成为那些原本什么都不是现在是个人物的人中的一位,随着她的故事展开,我们从中认出成问题的,关于上升流动性的爱情情节,这也是我们熟悉的。

多萝西娅倍受自己老爷的淫荡贵族儿子堂费迪南(Don Ferdinand)的纠缠,她如罗伯特·格林(Robert Greene)笔下的克拉蒂娜(Cratyna)⑬那样提醒这位少爷,"我生为您家奴仆,但不是您的奴隶"。她坚守自己的名节,乞求他"让您高贵父亲免受看您娶一位如此低于您出身之人而遭受的羞辱与不悦";她思考自己不会是第一位"因婚姻而擢升到自己未曾期待的高位";最终顺从费迪南后,当他很快将自己的欲望转向卡德尼诺(Cardenio)的露辛达(Lucinda)时,多萝西娅只是发现他是位不忠之人,一个没有信誉的背叛者(I, xxviii, 228—230)。这个故事以旅馆的精彩重逢而快乐结束。这位贵族浪子在此地因多萝西娅的忠贞而洗心革面,并得到后者此番话的鼓励:"美德是最真实的高贵,如果您用卑劣的手法玷污我的话,您会给自己的家庭带来比因娶我而造成的不堪更大的污点"(I, xxxvi, 314)。所以,多萝西娅明显公正的社会提升故事是对占据统治地位的贵族附魅的附魅,因此是世界的祛魅,这一切概括了普遍影响第1部分的针对贵族意识的进步批判。第1部分的多萝西娅及第2部分的堂吉诃德暗示对过去的两种不同解读,以及对未来社会公正的两种对立革命方案:上升流动性的进步乌托邦主义与向各类人才敞开的职业,以及和谐"封建"社会关系复兴的保守乌托邦主义。

《堂吉诃德》第2部分的进步情节遇到了什么? 该书的第2部分

---

⑬ 参阅本书第6章,注释44。

允许我们不仅对堂吉诃德的疯癫,而且对桑丘·潘沙的愚蠢持更同情的观点。桑丘和妻子为自己期待的总督职务会给家庭,特别是他们女儿带来的影响而争辩时,摩尔人译者因桑丘此时异乎寻常地展示自己智慧之故而视此章为伪作。尽管这个希望源自堂吉诃德早就给这位侍从许下的传奇幻想,如多萝西娅的历险一样,它现在对话中被指定为现代社会生活的具体场境,并以此形式将第1部分多萝西娅的爱情情节开启的,成问题的上升流动性考虑延展开来。⑭

桑丘的雄心就是让自己女儿玛丽·桑丘(Mary Sancha)风光出嫁,"至少可以被别人称为夫人"。另一方面,特丽萨(Teresa)的担心就是自己女儿将困在地位不一致的陷阱中,并且不知道如何扮演自己的角色。"让她与自己相配的人结合",她建议。"如果你让她把打补丁的鞋子换成高跟鞋……可怜的姑娘会不知道如何行事,但每一步都会有上千个失误,暴露她乡村人家的教养。"但桑丘反驳道,天性就是教养的功能:"这只是两或三年的学习过程,随后你将看到她会有怎样奇特的改变。她会获得那些淑女气质与执掌国政能力,就好像这些天生与她相配"(II,v,474)。如堂吉诃德从公爵夫妇的迁就中了解到的那样,借助日常经验无限熟习,表象成为现实的唯一替代词。"当我们恰巧见到一位衣着光鲜,服饰华贵,后面跟着一大群仆从之人时",桑丘继续说道,"我们发现自己被打动了,会主动用某种方式向他致敬,尽管在当时口头上会说,我们的回忆让我们想起之前曾在某个寒酸场境见过此人。现在,这种要么出于自身贫困,要么出于卑微出身的羞辱已经消失了,不再有了,留下的只是我们眼前所见之物"(II,v,477)。

关于表象有效现实的这种醉人幻觉的最吸引人之处就是它如此流畅且开放性地阐述了进步乌托邦主义,以至于如特里萨暗示的那样,它消解了进步意识得以构建的基础,即个人身份与功绩的实证坚

---

⑭ 在《堂吉诃德》的全书中,桑丘时不时地申明自己"老基督徒"的纯洁,出身条件的确使《堂吉诃德》所有美德问题中关于自己社会地位的思考极度复杂化。在随后讨论中,关于桑丘地位不一致复杂化的处理因篇幅所限而被排除,但关于普通主题,参阅本章注释23。

固。桑丘为自己儿子谋划了近似消解的方法:"你要确定如此给他着装,不是让他看上去像本来的自己,而是像将要成为的那个人"(II,v,478)。进步意识开始似乎同样致力于外部世界与贵族意识,其内在美德学说旨在将后者取代。保守批判的核心原则(在其现代"否定"核心的古旧、想象价值的秘密支持)甚至在桑丘的幻想中得以显见:如何"在眨眼一瞬间,在某人可能扔块薄煎饼时,我啪地给您贴上先生标签,在她背后贴上女士标签"(II,v,476)。因为如果这个措辞唤起新兴资本主义"魔法"的瞬间由贫致富的转型,这同样让人想起主宰该书第1部分的骑士及其仆从的职业幻想的传奇变形语言(例如,I,vii,41,42,xvi,97)。

然而,当幻想的总督职务最后真的实现时,令人吃惊的是,桑丘暴躁地拒绝其更早话语中内在的轻松同化论。当被称为"堂桑丘·潘沙老爷"时,他坚称:"这个'堂'称号不属于我,也不是我之前的家族某人拥有过的……现在我真的猜测您的'堂'封号如这岛上的石头一样多……如果我的政府恰好只存在4天就结束,事情会变得棘手,但我会把岛上成群的'堂'给清除掉,就这必定如对付众多麻蝇那样麻烦"(II,xlv,738)。然而,摒弃这种外在改变伴随着某种让每个见他之人眼睛一亮的内在改变。身为总督的桑丘,其重要职责就是对因臣民而起的争议与冤情进行裁断。他用如此意想不到的智慧司职,以至于他看似一个已被改变之人(II,xlv,741,743,xlix,766,li,783)。在他执政第一周结束时,我们看到他"在休憩,并不是因美酒佳肴而满足,而是厌烦了听诉、宣判、订法、颁令、昭示",因为他已成为一位受人敬重的吕库古(Lycurgus),其法令延续到"今日",成为"伟大总督桑丘·潘沙的宪法"(II,liii,798,li,791)。以公爵迁就行动之一为开始之事已成为一个严肃的事情,因为桑丘已经获得,并成为权威。他已拒绝贵族头衔这个粗俗难信的装束,如此事实不禁让我们与其朋友们都好奇,这种非凡改变是如何发生的。只是"所托付的职责与地位启发了某些有理解力之人,而使其他人愚蠢及迷惑吗"(II,xlix,765)?总督是外在职责及其期待的创造吗?这一切已产生总是"在那儿"的内在美德证明吗?

这个问题只因桑丘在一个星期非凡经历之后弃绝总督之职而尖锐。公爵总是擅长各类诡计，他排演了对模拟海岛的一次模拟侵略，这如此逼真成功，以至于让桑丘认为上升流动性实验已失败:"让开下，先生们，他说，让我回到自己原来的自由中。让我继续走自己生活的老路，并从此处活埋我的死亡中重新站起。我并非生而为总督……较之于如何制定法律、捍卫领地与王国，我知道自己更适合在葡萄园里犁地、挖地、修枝和种植。圣彼得在罗马如鱼得水，这也就是说，让人人从事自己天生适应的工作"(II,liii,801—802)。此番对桑丘执政的最终判定将其近期状态界定为一种附魅的不一致状态，其间，地位与美德、出身与价值已构成矛盾，判断自身是作为祛魅，否定之否定发挥作用，而这重构了贵族分层体系下享有的传统和谐。但我们不能如此确信。

与贵族意识不同，保守意识的复杂逻辑多少寻求通过暗中承认它们的必要性而驾驭这种想象的危险主体化力量。如果塞万提斯会让我们一致同意桑丘的摒弃"非常有理"(II,liii,803)，他也会让我们沉思那些保守意识在其最严苛自我指认中不得不提出的无法回答的问题。如果附魅带来表象与现实之间的不和谐，那谁是"真实的"桑丘？即谁是那位在其内心维持内在与外在状态一致之人？他是能力有限的天生傻瓜吗？其地位的人为提升暂时使自己可以伪装成一位智者吗？或他已经如此适应自己与他人共有的卑微期待，以至于只是当那些期待改变时，他具备的聪明行事能力才得以发挥吗？（我们会想到摩尔人译者的观点，即第2部分第5章揭示的微妙为该章标上"虚假"记号。）其总督职务的开始标志着其附魅的开始，或其祛魅（所有一切过于短暂）的开始吗？⑮

---

⑮ 桑丘聪明地统治小岛的情节涉及区分天性与教养时的困难，这让人想起"奇特鲁莽之人的故事"(I,xxxiii-xxxv,第269—310页)，塞万提斯在《堂吉诃德》所穿插的最著名故事情节。安塞尔莫(Anselmo)只要妻子卡米拉(Camilla)的美德没有经过考验，他就不会满意地完全相信。他诱惑妻子背叛自己，事情如此微妙且他如此坚持，最终自己成为不知情的戴绿帽者，被故事中涉及到的每个人欺骗。在这个故事的背后是关于真实与美德问题更普遍的阐释:经验替代信任，这揭露了卡米拉的"真实"本性吗？只是使她与人来往，进而不忠，由此明白这就是对她的期待吗？

堂吉诃德的老对手,桑普森·卡拉斯科面对类似的困境。当死亡初临的发烧席卷这位年老骑士时,他宣布自己脑中将最终清除所有骑士幻觉。他长期致力于这个梦想,甚至在村里的怀疑论者那儿也产生了如此热情的关注,以至于一听到这种清醒的摒弃(堂吉诃德的对手之于桑丘的更早对手),他们"得出结论,某种新的狂热占据了他"。这是最终的反转。但堂吉诃德感到自己濒临死亡,现在固执地拒绝如他们长久以来如此待自己一样来迁就他们。没人比桑普森感到更痛苦与怀疑,如桑丘一样,他的生活方式已不知不觉地融于自己曾如此奋力清除的幻觉。在他绝望的呼求中有如此的悲怆:"堂吉诃德先生,所有这些为了什么目的?我们刚已得知杜尔西内亚女士的魔法被揭穿,现在我们就要成为牧羊人,去歌唱,如君主般生活,而您却遁居成为隐士"(II, lxxiv, 931)。

近来《堂吉诃德》的评论家们已关注校正该书的"传奇"解读,此法倾向于将塞万提斯主角理想化,并用情感毛毯捂住自己对这种可笑之举的健康讽刺。这种修正主义似乎在我看来是宝贵的,只要轮到它时,它并没有掩饰塞万提斯关注的情感、智识深度,以及自己极有问题的幻觉本性。显然,我对该书的解读与埃里克·奥尔巴赫(Erich Auerbach)的观点不能调和。他认为"堂吉诃德的历险从未揭示当时社会的任何基本问题",并且"整本书是一部喜剧,其间,以事实为依据的现实将疯癫推到可笑的地步"。一旦致力于"附魅"的深度分析,《堂吉诃德》很快发现自身也能通过指定其为人类理解的方式致力于附魅的世俗化之中。第1部分临近结尾时,堂吉诃德被村里的怀疑论者们关在牛车里,他只是短暂地感到慌乱,并因这种侮辱而泄气:"可能我们时代的巫师们在过去会从中采用不同的方式。确切地说,聪慧的魔术师们已在自己行事中为我发明了某种安排,并成为武器的首位复原者与修补者,长期以来,这些已被人遗忘,因骑士制度的废弃而生锈"(I, xlvii, 400)。当然,堂吉诃德是错误的,在他之前已有克雷蒂安·德·特罗亚(Chrétien de Troyes)所写《骑士沙雷特》(*Le Chevalier de la Charette*)中朗斯洛(Lancelot)之言。但当塞万提斯因此应对关于从自己旨在颠覆的现有自贬传奇传统中受益的问题时,他也有将附魅与"过去不同的方法",及历史过程、社会变革的严格尘世力量联系的真实关注。的确,正是这些力量,即具有典范性的印刷术发明产生了作为现代世界不曾有过之表现的"传奇"与"封建主义"。我已探讨塞万提斯对印刷术意义更明确的认识论敏感性。对美德问题而言的印刷意义是同样深奥的,尽管较之于真实问题,它在《堂吉诃德》中并没有得到更充分的阐述。⑯

当公爵夫人问及桑丘,他的主人是否就是第 1 部分提及的那位人物时,桑丘尖锐的回答说明了一种混乱,即他的品德或真实存在是否已被借助印刷而进行的客观化过程改变:"完全相同,这不让您满意地崇拜吗?桑丘说道。他的侍从现在,或将在本书存在。名叫桑丘·潘沙之人就是我自己,如果我躺在摇篮时没被调换的话。我是说,在印刷中被调换"(Ⅱ,xxx,639)。印刷将调换孩子的家庭传奇情节世俗化,因为它也掩饰了在某种程度上必定是假定孩子的出身情况,这是其作者与使之成为某个独立、自主客体之过程的协力产物。印刷有改变自己所被赐予之事的力量。如上升流动性一样,这是"魔法"的类型,坚持着将价值从狭窄的、受限的出身渠道解放的进步允诺。但塞万提斯保守意识的说服力要求我们将此解放行为同等视为想象的交换价值创造。

特丽萨忧惧女儿获得新社会地位后可能不再清楚自己是谁,桑丘的印刷客观化可能更看似自我异化,个人与被剥离的投影的分离。这些投影与他本人非常不同,现在似乎开始在 12000 户人家中过着各自独立且有益的生活。⑰ 桑丘知道,第 1 部分的勤勉作者已经意图将他们当前的历险辛劳转为得到许诺的第 2 部分。他怀疑地问道:"他打

---

⑯ Auberbach,《模仿论》,第 303、305 页。关于对《堂吉诃德》"传奇"解读的批判,参阅同前,第 301—302、305、311 页。参阅最新专著,Anthony Close,《堂吉诃德的传奇解读》(*The Romantic Approach to 'Don Quixote': A Critical History of the Romantic Tradition in 'Quixote' Criticism*),Cambridge: Cambridge University Press, 1978。

⑰ 参阅《堂吉诃德》,II,iii,第 461 页(此为桑普森对当时印刷副本估计数字)。

算这样做就是为了因此得到一笔钱?"(II,iv,469)桑普森宽慰他的确如此。就在该书的结尾,他热切地与堂吉诃德一同徒劳谋划复兴田园退隐的黄金时代,并用隐晦的话暗示桑丘如何可能已在从事商品的拜物教。桑普森认为,伟大的任务就是为他们的牧羊女们选定合适的名字。如果所有其他的名字都不合适,"我们会用在书中找到的来命名……这些将很快在市场上公开出售。当我们买下时,它们就是我们的了"(II,lxxiii,928)。⑱ 在第 2 部分中,我们已经结识了那位爱书的学生,他的职业就是用其他人已被物化的创造供应此类书市,及其顾客已遭失败的创造。其中一本书就是《论仆人制服与设备》(*The Treatise of Liveries and Devices*),借此"任何廷臣都可能装备自己……用可能适合自己幻想或情境之物,而无需使劲调试自己的创造以查找其与自己品性相契之处"(II,xxii,584)。因此,贵族荣誉不再唯独顺从于王室创造,而是加入蓬勃发展的群体中,后者的商品化因印刷机这个奇妙发明而变得便利。

还存在一个问题。我已论证《堂吉诃德》的两部分尽管有 10 年之隔,但仍起到图式演绎作用(从天真经验主义到极端怀疑论,从进步意识到保守意识),在英国语境中,这横亘了更广时期,涉及更多书籍,并在英国小说起源终端体现为各对立文本的互文辩证。对这种反常作何种解释?在向有说服力,但冗长的塞万提斯超验天才论证屈服之前,可能回想下流浪汉叙事中的类似减缩现象是有启发的。当然,共有的国家文化将把这些实例结合起来。它们都鼓励这种假说,即因为西班牙以在意义层面与英国不同的方式经历了近代早期欧洲认识论与社会革命,所以黄金时期的散文体叙事的发展在那些习惯英国语境

---

⑱ 堂吉诃德临终头脑清醒时,要求必须抹去自己传奇名字的重要光环。在最后一章,他只是再次成为阿朗索·奎克萨诺(Alonso Quixano)(同前,lxxiv,第 931、932、933 页)。

之人看来是明确偏向一方的。随后只是试图为这种假设开始提供论证。⑲

近代早期西班牙文化并不具备类似英国文化拥有的那种力量,以此经历经验主义与历史主义革命,这并不是说危机没有发生。某些相关影响可能只是简略被提及。首先,塞万提斯敏锐地与印刷革命的意义协调。关于印刷客体化的理念与技术的最极端利用是在某个新教背景中发生,1558年西班牙宗教裁判所与禁书目录(Spanish Inquisition and Index)体系化过程中展示的对书籍力量的负面称赞仍然表述了对印刷认识论意义的高度敏感。其次,文艺复兴人文主义的古物研究可能与印刷革命不可分割,是西班牙文化的活跃现象,并且在欧洲全境如此。塞万提斯可能很难对这种丰富的模糊历史主义的吸引力无动于衷。在《堂吉诃德》真实,但同时谨慎的历史真实性主张中,我们看到对历史真实性质的复杂关注,并因特伦托教条主义(Tridentine dogmatism)、伪造与激化当时历史学危机的发现而变得尖锐起来。换言之,客观历史与透明阐述的许诺在近代早期西班牙文化中是真实的。但主要因反宗教改革力量的原因,实证革命仍然是某种潜在性,而不是一种可行的动态力量。如在英国那样,这种力量能够维持某种生命期长的智识、体系行动。⑳

这个案例对美德问题而言更复杂,因为近代早期西班牙感到了社会经济现代性的全面震撼,但与英国相比,它的危机极为不同。对改

---

⑲ 关于流浪汉叙事,参阅本书第3章,注释14—15;本书第6章,注释29—30。《托尔梅斯河边的小癞子》(*La vida de Lazarillo de Tormes*)似乎不是附带全部互文行为,而是更多地专注故事的结尾,但这是对无明显对立反力量的回应。

⑳ 关于对罗马天主教文化中的印刷的反应,参阅相关讨论,Reed,《小说的样板史》,第32—39页;亦可参阅 Elizabeth L. Eisenstein,《作为变革动因的印刷机》(*The Printing Press as an Agent of Change: Communications and Cultural Transformations in Early Modern Europe*)(Cambridge: Cambridge University Press, 1979),第326、343—348页。关于人文历史主义,参阅 Spitzer,"《堂吉诃德》的语言透视主义",第78页,注释18(但参阅本章注释6)。关于历史学危机,参阅 Bruce W. Wardropper,"堂吉诃德:故事或历史?"("Don Quixote": Story or History?),见 *Modern Philology*, 63, no. 1 (1965),第1—11页。

善贫困,控制穷人事宜的兴趣显然体现在流浪汉叙事中,并受到来自经济繁荣及其孵育的、日渐得到期待的革命的刺激。经济繁荣主要因巨大的殖民财富涌入伊比利亚半岛而起,这也给资本主义发展带来某些人们熟悉的副作用,例如,抱怨"自然"财富已"以纸张、合同、债券、交易票据、金银铸币形式而变得难以捉摸"。用戈维多(Quevedo)对西班牙谚语的诠释来说,"金钱爵士现在是有权的骑士"。㉑但通货膨胀的代价将以固定比率为计的薪资劳动的利润最小化,并伴随着劳动训诫与投入的意识形态论点缺失,两者组合在一起限制了资本主义事业与活动的发展。1550年后,新生"中产阶级"的渴望如此具备强烈的同化主义性质,以至于它轻易地从外界(如从英国)被纳入贵族文化之中,要么对该文化的内在转型有所裨益,要么实现了某种相关替代主义分离。西班牙的保守意识早在16世纪就已盛行,因为并没有得到完全拓展的进步意识以资效法或反对。㉒

　　近代早期西班牙的同化因如是事宜而得到极大促进,即贵族阶层新类别的君主制创建,其规章与优先权复杂标准的详述,普遍为钱的

㉑ Martin Gonzâles de Cellorigo(约1600年),引自Pierre Vilar,"堂吉诃德的时代"(The Age of Don Quixote),见 *New Left Review*,no. 68(July-Aug.,1971),第67页;Francisco Gómez de Quevedo y Villegas,引自Julio Caro Baroja,"荣誉与耻辱"(Honour and Shame: A Historical Account of Several Conflicts),见《荣誉与耻辱》(*Honour and Shame: The Values of Mediterranean Society*),J. G. Peristiany 编辑(London: Weidenfeld and Nicolson, 1965),第106页。关于经济繁荣及其后果,参阅Derek W. Lomax,"关于重读《小癞子》"(On Re-reading the *Lazarillo de Tormes*),见《伊比利亚研究》(*Studia Iberica: Festschrift für Hans Flasche*),Bern: Francke,1973,第375—376页。1540年的《恤贫法》,如1647年之前的系列《英国王位继承法》一样谋求限制穷人物理流动性。参阅Javier Herrero,"文艺复兴时期的贫困与小癞子的家庭"(Renaissance Poverty and Lazarillo's Family: The Birth of the Picaresque Genre),见*PMLA*,94,no. 5(Oct.,1979),第879页。

㉒ 参阅Vilar,"堂吉诃德的时代",第65、68、69页;Fernand Braudel,《菲利普二世时期的地中海及其世界》(*The Mediterranean and the Mediterranean World in the Age of Philip II*),Siân Reynolds 译,New York: Harper and Row,[1949] 1973,第726—727、729、732、734页。J. H. Elliott,"西班牙的衰落"(The Decline of Spain),见《欧洲的危机》(*Crisis in Europe, 1560-1600*),Trevor Aston 编辑,Garden City, N. Y.: Anchor Books,1967,第196页,探讨贵族文化的同化是否可以完全解释勤勉劳动中的衰落。

缘故出售绅士身份荣誉及贵族特许状。一方面,贵族出身与赤贫情境极不一致的贫困绅士社会类型可以追溯到此时期。然而,这些与高贵理念有关的地位不一致的熟悉样例因额外的标准、血缘的"纯洁"而复杂化。同时这两个标准也不相同,高贵由父系而出,而纯洁由源自父系与母系的多系继承而来。"旧基督徒"拥有血脉"纯洁性",但与贵族阶层体系一样,上升流动的"新基督徒"与犹太皈依者可能购买或伪造这种纯洁。因此,我们直面"纯洁"的公然矛盾之处,即从制度上来说,"纯洁"屈从金钱腐化,源自古代的地位持有与新近相关购买这两种极端性之间任何可信成就标准的缺失。因此,并不令人奇怪的是,诸如同时具备社会性批判与完全愤世嫉俗的流浪汉叙事的某种保守形式突然在 16 世纪西班牙爆发。正当这个语境加深我们对塞万提斯成就的非凡领域欣赏时,它也增加了作者笔下这部更具包容性杰作的可理解性。㉓

㉓ 参阅 Baroja,"荣誉与耻辱",第 98—99、100—103、105—106 页;Braudel,《菲利普二世时期的地中海及其世界》,第 715、731—732 页。Elliot,"西班牙的衰落",第 181 页,比较西班牙的贫困绅士与(据推测"更糟糕"的)英国绅士阶层。

第八章 传奇的多种转型 2：
班扬与寓言的文字化

一

阅读《天路历程》(*The Pilgrim's Progress*)(1678,1684)的过程就像化身堂吉诃德直面一个被邪恶智者施过魔法的现实，但也知晓借此可校正所有一切的某个理论。我们的邪恶智者是与罪恶人性为伍的撒旦；我们的骑士法则是《圣经》；我们的附魅理论是基督教教义，它用页边角引用、推论概述、基督徒与其对话者的说教运用穿插在经验之间，以此恰当地使经验祛魅。如生活之于堂吉诃德一样，对书中主角基督徒及其读者们来说，生活就是一个永恒、自觉阐释的事宜。所需要的不是去除经验"神秘化"，相反是去除其自身物质自给自足的责任，如扶助(Help)费劲解释灰心潭(the Slough of Despond)的属灵意义那样；或如喜乐群山(the Delectable Mountains)的牧羊人们解释绝望巨人(Giant Despair)已经挖掉一些天路客的眼睛，"让他们一直游荡到今天。这正应验了智慧者的话：'迷离通达道路的，必住在阴魂的会中'"(箴言 21：16)。① 这些事件的

---

① John Bunyan,《天路历程》(*The Pilgrim's Progress from this World to That which is to Come*),James B. Wharey 编辑,第 2 版,Roger Sharrock 修订, Oxford：Clarendon Press, 1960,I,第 121 页。正本括号内引用均为沙罗克(Sharrock)版。

属灵运用在班扬这部叙事作品中并不总如在这些情节中那样明确得到实现,但常能如此。这样的情节一般具有文字情节特点,其间,事情与事件将被视为它们自身现实的阴影,在目的论层面发生,为的是实现灵性的优先及首要模式。

不过,如果解读基督徒的生活就像过堂吉诃德的生活一样,写基督徒情节的作者(不同于塞万提斯)与邪恶智者同谋,因为正是他有意施加魔法,让属灵生命融入一个自然风景之中。事实上,在第1部结尾,他明确警诫我们提防他刚创设的危险:

> 还应小心,不可过分玩赏
> 我这梦中的表象。
> 也别让我的比拟或设喻
> 使你发笑或怨怒;
> 把这些留给稚童或愚人,至于你,
> 一定要明白我这故事的真义。
>
> ("尾声",I,164)

如我们所知,新教牧师喜欢阐述普通修辞比喻,以达到将它们从存在中"灵性化",并得到"改善"的明确目的。新教寓言可能似有道理地被视为如此比喻的延展链。但当时,如某个近期论点暗中坚持的那样,对班扬的字面情节(特别是对基督徒从字面上来说"正在前往某处"这个核心前提)唯一恰当的反应就是完全否定它。然而,这可能只对了一半,因为邪恶智者与班扬的活动都必须被视为借助虚假和解真实这个更大计划中的一部分。读者直面极为明显的附魅,更可能把事情掌控在自己手中,并以祛魅为结束。从这个角度来说,虚假之于真实,如完全必要的方式之于目的那样,班扬在第2部开篇中极为自信地论证了这个观点:

> 有些事物似乎潜藏于晦涩的文字,

第八章　传奇的多种转型2：班扬与寓言的文字化　439

却更能吸引虔诚的心志，
去琢磨那些语调朦胧的话中
对我们说着什么样的内容。
我也知道一个隐秘的比喻
更能将想象力占据，
更会牢固地镌刻在心灵和头脑里；
不用借喻的事物无法与之相比。

（"作者赠别《天路历程》之二，II，171）②

当然，班扬的警惕在于其对和解问题的敏感，因为那些隐秘比喻同时也是抵制罪恶与相关诱惑的方式。就在读者感到极强烈的具体物质体验之感时，灵性化的目标得到最大程度的实现。然而，正是在文本极大程度地与其任务匹配的此刻，读者最易受影响，被引诱相信唯物论的自足性及属灵意义层面的摒弃。此外，必须说《天路历程》的读者们已对这种引诱的安逸极为坦诚。托马斯·伯特（Thomas Burt）在回忆身处维多利亚时期中叶的童年时，他这样说起班扬的叙事："它在我儿时记忆中不是作为梦幻或寓言，而是作为具体的文字历史而呈现。我相信里面的每一个字。"可能这位读者反应的天真因自身年少之故而一笔勾销，但我们不安地得到关于与班扬作品同一时期的复辟时期幽灵叙事，以及它们对属灵领域的历史真实性主张的提醒。尽管塞缪尔·柯律勒治不是将历史真实性，而是将近似性归结于班扬，他明确认同："当我们带着相同的幻想阅读任何作为小说的已知虚构传说时，我们继续将作者笔下的人物视为被邻居以绰号冠之的真实个人。"换言之，班扬极为引人入胜的情节获得的成功与其完全失败的永

---

② 关于新教比喻，参阅本书第2章，注释23；本书第5章，注释35。关于近期论点，参阅 Stanley E. Fish, "《天路历程》中的历程"（Progress in *The Pilgrim's Progress*），见《自耗的人工制品：17世纪文学体验》（*Self-consuming Artifacts: The Experience of Seventeenth-Century Literature*），Berkeley and Los Angeles：University of California Press，1972，第4章。

恒可能性密不可分,因为其具体性极有可能将寓言阐释整体过程排除在外,并成为所指与能指。在如此情况下,读者赞同容忍一个弃绝居中和解与"祛魅"任务的故事,一个必须就其自身,且源自自身有所意义,无需借助超俗意义介入的故事。③

不过,这可能只是说读者因此同意容忍某部"小说"。尽管存在各种超俗意义的介入、各类空白,以及叙事的明显"不完整性",班扬的文字情节以其强大的想象力吸引了我们的注意。其看似引向某种排斥性自足的背叛拉力可能不只是被视为某种失败,而且是被视为一个如此成功实现的寓言形式,以至于它朝一个完全不同的形式发力,该形式虽然不同,但在精神与主旨层面是密切相关的。从寓言的角度来说,文字叙事就定义而言是有缺陷的。但从小说的角度来说,文字叙事将邪恶与易变旧有问题指定为某个更宏伟的人类功效领域,以此着手改造传统。此处前提就是可能在此番举措中获得成功,随后恰当地将成功与失败的世俗化区分,成功的世俗化能够在已被更改的形式中保留重要"内容",以免失败的世俗化将其内容变形、腐蚀到面目全非的地步。我很快会问当我们确实尝试阅读《天路历程》,仿佛它就是一部小说时会发生什么。但我现在将自己的聚焦从班扬寓言的形式转向其内容,从真实问题转向美德问题,以此为这个实验做准备。

如我已暗示的那样,新教对居中和解问题的阐释不仅侵害了叙事形式,而且也侵害了救世神学与社会行为。根据班扬的浸信会教派坚信观点,人性与神性对立的基督调和是自相矛盾的居中和解之举,类似于寓言作者试图从肉身已知世界跃入属灵无形世界之举。因为既

---

③ 《托马斯·伯特自传》(*Thomas Burt, M. P., D. C. L., Pitman and Privy Councillor: An Autobiography*)(1924),第115页,引自 Richard D. Altick,《英国普通读者》(*The English Common Reader: A Social History of the Mass Reading Public, 1800–1900*),Chicago: University of Chicago Press, 1963,第255—256页;T. M. Raysor 编辑,《柯勒律治的杂文批评》(*Coleridge's Miscellaneous Criticism*),London: Constable, 1936,第31页。关于班扬情节中直线运动与静止之间张力,参阅 U. Milo Kaufmann,《天路历程与清教冥想传统》(*The Pilgrim's Progress and Traditions in Puritan Meditation*),New Haven: Yale University Press, 1966,第107、112、116页。关于幽灵叙事,参阅本书第2章,第5节。

然只有将基督的神义归于罪人身上,他才能在上帝面前正名,就所涉及的蒙恩而言,他的世俗工作必定最多是个消遣。在他的属灵自传中,班扬对此饱受质疑:"我是否被拣选……我清楚地看到除非拥有无限恩典与恩赐的伟大上帝已经主动选择了我,成为他怜悯的器皿,否则尽管我一直满心渴望,苦盼到自己心碎,却什么益处也不会有。"在《天路历程》中,他巧妙地在基督徒与无知(Ignorance)、能言(Talkative)两位堕落天路客相逢的重要时刻阐释了拣选教义与因信称义的意义。④

当基督徒以"真正使人称义的信心"(true Justifying Faith)的准确意义教导无知时,后者因明显无视我们在此世界行为的道德意义而令人愤慨:"既然我们一相信基督个人的义,就可以使我们在一切的事上称义,那我们怎么生活还有什么要紧?"(I,148)这个问题足以发人深省,假如我们随后未曾见到能言的话,它可能会更进一步。因为不同于无知,能言显示出对"我们所做之工的不足,基督公义的需要等等"一种随意,甚至不耐烦的熟悉:"哎!就因为没有人谈论这种事,人们才难以认识到信心的必要,认识到要获得永生必须有恩典在灵魂深处做工。大家都还蒙昧无知地生活在律法之下……这我全都明白得很。'若不是从天上赐的,人就不能得什么。'一切都是出于恩典,而不是出于行为。我可以给你列出上百条经文来证实这一点"(I,76—77)。能言那番令人生气的自满迫使基督徒坚称,对宗教而言,仅有虔诚之言与信心宣告并不足够,如他告诉忠信(Faithful)那样,"虔诚的本质在于行道……末日来临时,人们将按自己结的果实来受审。到时候问的不是'你相信了吗?'而是'你行道了吗?还是仅仅谈谈道理罢了?'人们是按照这个受审判的"(I,79—80)。

---

④ John Bunyan,《罪魁蒙恩记》(*Grace Abounding to the Chief of Sinners*)(1666),Roger Sharrock 编辑,Oxford: Clarendon Press,1962,第 20—21 页。关于班扬的神学,我一直仰赖此书: Richard L. Greaves,《约翰·班扬》(*John Bunyan*),考特尼(Courtenay)宗教改革神学研究,no. 2, Grand Rapids, Mich.: Wm. B. Eerdmans, 1969。关于新教救世神学与社会教义,参阅本书第 5 章,第 3 节。

班扬对做工事宜的良好平衡让人想起他在隐喻方面的复杂性。如果我们终结这种交换感觉,对做工在伟大救赎之举中扮演的角色及其外在展示颇为不安,那么我们在这方面的确与基督徒没有太多的不同。"但这并不是说不出于信心的也能被接受",他现在不安地加了这么一句(I,80),仿佛是预计并避免自己后来对无知的反驳:"你这信心所承认的不是基督做你个人的称义者,而是做你行为的称义者,是按着你的行为称你这个人为义。这一点是错误的"(I,148)。如《天路历程》的文字情节与其属灵运用力量匹敌,因此班扬对因信称义的强调与自己对被神圣化与圣洁生活重要性的重视匹配。因为如他在别处辩称的那样,恩典"一出现在灵魂面前,它就会在内心与生命中结下这个被祝福的果子"。恩典的果子是其对应的职责或侍奉:"你渴望丰富的恩典,你行事合宜,你将会有资格获得适合你侍奉之事,上帝让你为他做工。"所以,如果侍奉在蒙恩方面并不起效,这是我们对上帝赐予的礼物亏欠之事。⑤

然而,这是一个重要的外在标志,我们借此标示自己确已成为被称为义的人的事实。忠信问道:"神的救恩是怎样体现在人心里的呢?"在能言空谈一番后,忠信本人进一步阐述道,"恩典会把它在人心里的工作显现给蒙恩者本人看,也会显现给他周围的人"(I,81,82)。对恩典的个人坚信是难以言表的冗长与费力,也是可能伴随这位圣徒余生的信心与质疑永恒轮回。班扬想起自身最为凄苦的挣扎时期,"因此,这些问题可能仍然伴随着我,即你如何可以宣告自己被拣选了?如果没被拣选,那该怎样?如何行事?"对确定性及其主观标志的寻求迫使基督徒极为密切地关注其经验的个人性,并极大涉及班扬叙

---

⑤ John Bunyan,《蒙恩得救》(*Saved by Grace*)与《获赐正义的渴望》(*The Desire of the Righteous Granted*),见《基督之杰出仆人约翰·班扬先生作品集》(*The Works of That Eminent Servant of Christ, Mr. John Bunyan*),Charles Doe 编辑(1692),第 573、253 页,引自 Greaves,《约翰·班扬》,第 146、147 页,亦可参阅第 114 页。

事的清晰结构与鲜明对比。⑥ 在《天路历程》中,这位个人圣徒自身恩典对他者的意义借助基督徒皈依后即刻进入华美宫(Palace of Beautiful)得到最明显的表现。这个宫殿代表了班扬在贝德福德所属的独立派教会类型,基督徒所需的信心宣示类似班扬自身在此所经历过的步骤。"已经要求那些构成这个特殊社会之人展示被拣选,且参与恩典契约制定的可见标记,就所涉及的其他信众而言,每一位成员不得不初次且始终展示可见证据,即他已踏上基督徒天路救世神学之旅。"不同于罗马天主教,班扬所属的教派并不认为自身在借助外在标记甄别被拣选者方面无懈可击。对将上帝的意愿和解为人类理解过程而言,它所仰赖的不是等级权威以及规定的仪式,而是个人良知与社群公认之间的微妙与主观的交换。对这种交换至关重要的是对圣徒言语、作品及侍奉的评价,如班扬所言,"道德职责奉为福音的信心与善举之词"不是作为恩典的代价,而是作为其存在的标记。⑦

因此,基督徒完全忠诚于上帝的训诫,并总是自省寻求恩典的标记。但他不怎么忠诚于警惕提防将属灵意义归结于纯粹世俗与不敬表现的辩词。事实上,那些是否有寓意的"做工"之间的区别可能被视为新教圣徒终生天路之旅的主导活动。如我们所见,新教信仰中没有教义构成这个问题的核心,或如劳作训诫,感召教义那样被滥用。在《天路历程》中,班扬如此坚决地抵制将神圣化过程简化为世俗成功,

---

⑥ 参阅 Bunyan,《罪魁蒙恩记》,第 21 页。关于此点,参阅 Wolfgang Iser,《被暗示的读者》(*The Implied Reader: Patterns of Communication in Prose Fiction from Bunyan to Beckett*), Baltimore: Johns Hopkins University Press, 1974, 第 23—24、27—28 页; Brian Nellist,"《天路历程》与寓言"(*The Pilgrim's Progress* and Allegory),见《天路历程:批评与历史视角》(*The Pilgrim's Progress: Critical and Historical Views*), Vincent Newey 编辑, Totowa, N. J.: Barnes and Noble, 1980, 第 132—153 页。

⑦ Greaves,《约翰·班扬》,第 123 页;John Bunyan,《我的信仰自白》(*A Confession of My Faith*),见《约翰·班扬作品集》(*The Works of John Bunyan*), John Wilson 编辑(1736—1737), II, 第 61 页,引自 Greaves,《约翰·班扬》,第 132 页。关于班扬的贝德福德(Bedford)教堂,参阅 Greaves,《约翰·班扬》,第 123—127 页;Gordon Campbell, "《天路历程》的神学"(The Theology of *The Pilgrim's Progress*),见《天路历程》, Newey 编辑,第 252 页。

299 将侍奉简化为自助,将"清教主义"简化为"资本主义",以至于劳作训诫与感召这些理念可能看似处于危险之中。⑧

例如,基督徒从名利场(Vanity Fair)的迫害者那里逃脱后不久便与盼望(Hopeful)同行,并与后者重新缔结"兄弟契约",而这一度因忠信的殉难而毁于一旦("这样,一个人为真理的见证献出生命,另一个却从他的灰烬中挺身而起,做了基督徒天路上的旅伴")(I,98)。这两位天路客很快赶上了第三位,来自巧言镇的投机先生(Mr. By-ends of Fair-speech),他是这样描述自己的亲属的:"我的顺风勋爵(Lord Turnabout)、随潮勋爵(Lord Time-server)和巧言勋爵(Lord Fair-speech),这个镇就是以他的祖先命名的……而且,实话跟你说了吧,我已经是很有身份的绅士了;只是我的曾祖父是个善于见风转舵的船把式,我的大部分产业也是靠这一行赚来的。"剩下的资产似乎通过婚姻而成为他自己的,因为他的太太"是位十分贤德的妇人,她母亲也是位贤妇,是做作夫人(Lady Fainings)的女儿,因此我太太出身名门望族"(I,99)。身为社会同化暴发户的投机先生表明了一种将美德与头衔混淆的,颇具特点的倾向。但投机先生也是位宗教信仰的言说者,在被我们对其嗤之以鼻的两位主角远远抛在后头后,他遇上了3位过去的校友,他们也是踏上天路之旅的绅士。他们共同在贪利镇(Love-gain)的一位名叫聚敛先生(Mr. Gripe-man)的校长门下受教,"此镇是北方贪婪郡(the County of Coveting)的一个集镇"(I,101),所有4人都将在宗教与自利调和方面有所实践,投机先生提出随后的诡辩问题以资娱乐。

假设某位牧师"眼前摆着个很好的机遇,可以让他获得今生的好福气。可是,他必须对以前不曾插手过的宗教事务显得极为热衷,至少表面上是这样,否则那些福分根本得不到。请问他可不可以利用上述手段达到目的,而仍不失为一位正直诚实之人?"(I,103)爱钱先生

---

⑧ 参阅 Michael Walzer,"作为革命意识的清教主义"(Puritanism as a Revolutionary Ideology),见 History and Theory,3(1963—1964),第 73 页。

(Mr. Mony-love)热切地着手阐释这个可怕的案例,我们并不吃惊地得知在他看来,"他没有什么理由不那么做,只要他已蒙感召"。事实上,"由于他才能更高、干劲更足",因此应该真正且正面地"把这位牧师看作一位积极追求神圣感召,善于争取机会去行善的人"(I,103,104)。投机先生所说的倒转已经是够糟的了,因为这甚至不是用坏的手段实现好的目的的马基雅维利式辩护样例,而是一个自利目的为虚伪手段正名的声明。然而,爱财先生多少加以运用而使之更糟。因为在明显校正这个倒转过程中(因此唯物手段重新从属于"勤勉"、"改善"与"感召"这些精神目的),他只是强调劳动训诫术语如何可能通过诡辩操纵而具备如此彻底的唯物论性质。这个交换是"清教徒"虚伪的胜利,尽管爱财先生从他的同伴那里得到"高度赞赏",基督徒不费吹灰之力就把这些聚敛先生门下过去的高徒奚落到哑口无言的地步。同样地,将这种相互欣赏社会的腐化谄媚与基督徒及盼望之间的"兄弟契约"区分不是件难事,对后者而言,社群公认也足以自律到可信地步。

但准确地说,因为投机先生及其朋友们的样例如此之糟,以至于我们在那些社会伦理样例方面并没有明智多少,而这些都是真正有问题的,且我们(与基督徒)可能的确需要相关指导。这一般适用于《天路历程》。例如,在第2部分,我们面对由怜恤(Mercie)及其追求者活跃先生(Mr. Brisk)构成的极大反差,前者是女基督徒(Christiana)天路之旅的伴侣,后者是"一位非常忙碌的年轻人","有些教养,看似虔诚,其实是个地地道道的世俗之辈"。活跃先生之所以被怜恤吸引,因为她"从不闲着",他想象着她会是位"很好的家庭主妇"。活跃先生问起怜恤:"那你一天能赚多少钱?"当他得知她把自己所赚一切都给穷人时,便立刻对她丧失了兴趣(II,226—227)。问题就是在虚伪的言说者活跃先生与其感召就是如此无私到尽管颇具范例,但极不切实际的怜恤之间存在着人类行为的宽广领域,那些复辟时期英国的真正圣徒在此栖居,在真诚地踏上寻找天国的天路之旅的同时也本分地赚钱生活。我们从诸如理查德·巴克斯特(Richard Baxter)的朋友亨利·阿什赫斯特(Henry Ashurst),世俗与属灵成功似乎可以兼容等真正困难的实例中获得怎样的教益?可能寻求并享受作为被拣选标记的世俗优势,但又是一个诚实的言说者吗?如何可以?并达到何种程度?班扬自身并不是一位乞丐或禁欲者,而是拥有一处小宅院的户主,他的家族订下遗嘱,且有一处流传好几代人的某处村舍。我们在何处可以找到既谦卑守法地追寻个人感召,同时又务实通达的范例?我们如何可以真实地在这个世界生活,同时带着某种程度的信心走向来世?⑨

当然,从班扬的寓言中进行如此寻找可能似乎没有领会我开篇之言,即这是篇寓言的意指所在。爱财先生与怜恤代表的不是行为模式,而是思想状态。《天路历程》旨在教导我们如何有信心,而不是如何过我们的生活。然而,要点就是,在班扬的救世神学中,这两者不能分离,因为如果没有训诫与神圣化带来的心理与社会确认,那么信仰是不可能的,也的确是空洞无物的。同样地,也不可能提及班扬所写寓言的比喻"意义",而这寓言与发挥作用,并具体化的情节分离。另一方面,如果我们严肃考虑互补错误,如果我们试图将基督徒旅行的文字情节隔离,这样把《天路历程》视为一部小说来阅读,就可能找到似乎逃避我们注意的基督徒社会行为模型,可以说,这是我们在此举所选情节与灵性化过程中零星寻求而得。

二

如今的评论家们多年以来已承认班扬笔下的情节得益于他自己年轻时曾读过,但在皈依基督教后弃绝的流行传奇。英国新教教义的核心救世神学隐喻,即旅行与战争也是骑士传奇的核心内容。在《天路历程》的某些情节中,我们可以看到这种偶然性的影响,特别是受理查德·约翰逊(Richardson Johnson)所写的《基督教七勇士著名历史》

---

⑨ 关于亨利·阿什赫斯特(Henry Ashurst),参阅本书第6章,注释10。关于班扬的家庭,参阅 Christopher Hill,"约翰·班扬与英国革命"(John Bunyan and the English Revolution),见 *Marxist Perspectives*,2,no. 3(Fall,1979),第16页。

(*Famous History of the Seven Champions of Christendom*)(1596)的影响。约翰逊的作品自身有属灵的维度,"该书的传奇之举甚至在班扬使之寓言化之前就常具宗教性质",并将修正"我们的习惯性设想,即班扬必定正在努力将可鄙的非宗教媒介顺从于自己的神圣目的"。⑩ 即便如此,颇有些意思的是,班扬在为自己的属灵论点寻求具体形式时,他转求骑士传奇的文字(如果是超自然的)情节,与他同时代的很多人正尝试对此进行详述。班扬进一步转求社会作用与流动领域。尽管传奇现有文类的调适是班扬"文字化"方法的重要方面,它应该被视为某个更普通策略的一部分,它存在于近代早期历史的宏观情节向某位平民的物理与社会流动性经验的微观情节转化与压缩过程中。不用说,明确拒绝对班扬的文字叙事"祛魅",将其阐释为某种意义的比喻层面,这需要对文本有意"误读"。我们不能期待这会在其统一中揭露亚里士多德式行为连贯一致性。如果第1部分文字情节的随后描述暗示比某位伯特或某位柯律勒治可能提供的实际阅读过程更连贯的事件发展线,这只是因为我在有意避免话语与抽象的诸多间断,以期尽可能快地评价其"物质"风味。

我们最初遇见基督徒时,他"穿着破烂的衣服",在"荒野里孤独行走",为"我该怎么办啊"(I,8,10)这个问题苦恼不已。如他后来的旅伴忠信与盼望一样,他看似一位"出身卑微,资产甚少"的"劳作之人"(I,136,72)。但他已经中断劳作,在"一个巨大重担压在他背上"这样的情况下,他向自己的家人与邻里讲述自己的痛苦,思忖该如何办(I,8)。他们把他的不安视为疯癫。绝望之中,他顺从自己所遇之人的建

---

⑩ Nick Shrimpton,"班扬的军事隐喻"(Bunyan's Military Metaphor),见《天路历程》,Newey编辑,第214页;一般参阅第212—215页。约翰逊的传奇已经在1670年重印。但在获得宗教维度过程中,这并不如施林普顿(Shrimpton)暗示的那样有特别之处。参阅托马斯·沃顿(Thomas Warton)的观点,本书第4章,注释23。关于班扬受益于传奇的事宜,参阅以下被引用及被讨论的文献出处,见Nick Davis,"《天路历程》中的不幸问题"(The Problem of Misfortune in *The Pilgrim's Progress*),与Shrimpton,"班扬的军事隐喻",见《天路历程》,Newey编辑,第202页,注释12、16与第210—212页。关于徒步旅行与战争,参阅同前,第209—210页。

议，逃离了这座城市。后来，我们与恶魔亚玻伦(Apollyon)都对基督徒的劳作及其负担之间关系有更洞彻的了解，因为我们此时得知他已从为压榨成性的工头艰辛劳作中逃离出来(I,57)。但此时，我们只知道他的悲苦与孤独。

然而，在与亲朋及所有熟悉事物如此断然绝裂时，这还有允许与机会之感，仿佛孤立之痛是在更高层面重新构建统一的必要前提。断裂与孤独的这种含糊特性是传奇与神话传说经验的核心特点，班扬在其属灵自传中用让人想起家庭传奇的意象描述了绝望带来的破坏："我常常……把自己比作被某位吉普赛妇女强行塞在围裙下，被带离朋友与家乡的一个孩子；我有时候踢这恶人，也会尖叫与痛哭，而我被诱惑的翅膀困住，风儿会带我飞往异乡。"传奇绑架的矛盾在此处得到完全阐释，因为它危险地使他与其所知道的真实自我疏离，但因此促进某种更深远的自知之明，此后他回到自己亲人身边，并因此得以转型。⑪ 在自传的其他时候，班扬用不同术语描述危机经验，而这又唤起了这种相同的流动性及其双重性之感。因此，他看到一些圣徒"在我看来仿佛已经发现了一个新世界，仿佛他们独居于此的人，并不会与邻里一样被审判，民数记23:9"。但他后来感叹道："啊！我现在比任何其他人都要快乐！因为他们牢牢地站在原地，而我已经离开，消失

---

⑪ 在《天路历程》中，基督徒在第1部结尾时回到上帝身边，也与在第2部追随其脚步来到天国之城的女基督徒及孩子们团聚。基督徒忧心的是自己的家庭"让我独自以这种方式游荡"(I,51)，但如班扬痛苦地从自己被隔离的囚禁经验中得出结论，脱离家庭只是让他们得到神意眷顾，如他自己所经历过的一样。参阅 Bunyan,《罪魁蒙恩记》，第99页；相关讨论，见 N. H. Keeble,"女基督徒的钥匙"(Christiana's Key: The Unity of *The Pilgrim's Progress*)，见《天路历程》，Newey 编辑，第11—13页。在第2部，女基督徒的向导大勇先生(Mr. Great-heart)被对手以"绑架行径"之名控诉，因为他"将妇人与孩童聚集起来，把他们带到某个陌生的国度，削弱了我主王国实力"(II,244)。关于吉普赛人段落，参阅 Bunyan,《罪魁蒙恩记》，第32页。Davis,"《天路历程》中的不幸问题"，第203页，注释25，引自 Max Lüthi,《很久以前：神话故事的性质》(*Once Upon a Time: On the Nature of Fairy Tales*)，Bloomington: University of Indiana Press, 1976,第68页："这是多少在每个神话中闪现的人类的意象：表面上他是被隔离的，但也正因如此，他能自由地建立重要联系。"参阅 Davis,"《天路历程》中的不幸问题"，第192—193页。

第八章 传奇的多种转型 2：班扬与寓言的文字化

了。"甚至基督徒的负担有这种含糊性，因为一旦他开始上路，这种强制效忠象征很快也开始暗示无主之人被解放的流荡。⑫

然而，如果基督徒现在没有主人，那么他便并不渴望延长这种社会经济无着落的情境。早些时候，他把自己的物理流动性同时构想为启程与抵达。他寻求"一种继承"，希望"栖居"在一个物产极为丰富的"王国"内，并在此得到"此地主人"，即"这个国家的总督大人"提供的丰富供应(I,II,13,14)。这个预期的目的地已暗示某种封建位高则任重，但其统治者也足以像 1678 年班扬的统治者那样经营着公路维护的国家体系，因为在"国王陛下的测量员的指导下"，"劳工们"正忙着(如果不是徒劳的话)试图填实基督徒与易屈(Pliable)不幸跌入的那个巨大泥潭(I,15)。然而，我们也很快意识到基督徒期盼的与这位伟大的"律法制定者"的关系等于某个高过替代与竞争管辖权的法律体系选择：例如，高过世故先生(Mr. Worldly-Wiseman)、恃法先生(Mr. Legality)两人都遵从的修行村(Village of Morality)管辖权；高过"习俗"，恃仪(Formalist)与伪善(Hypocrisie)借此为基督徒畏惧的公路入口正名，它几乎就是"僭越，违背城主大人之意"(I,16,17—24,39—40)。显然，这位大人尽管有权柄，但还没有完全构建自己对所有次级权威的主权。⑬

有鉴于从本解读获得关于基督徒负担的双重意义，当它在十字架面前从他肩膀上滑落时，我们可能认为他处在强制效忠与无主依恃的

---

⑫ Bunyan,《罪魁蒙恩记》,第 15、29 页。关于作为无主之人的基督徒，参阅 Christopher Hill,《颠倒的世界》(*The World Turned Upside Down: Radical Ideas during the English Revolution*), New York: Viking, 1972,第 329 页。关于无主之人，参阅本书第 5 章,注释 20。

⑬ 关于政治主权理念的立法集权性，参阅本书第 5 章,注释 8。王室所承担的护养公路职责似乎只是在 16 世纪才得以正式化，当时，菲利普与玛丽创设本地教区机制以任命检查员，并借助治安法官建立与王室权威的联系。17 世纪王室文告与法令证明了这种责任的已有集权化；参阅 W. S. Holdsworth,《英国法律历史》,第 3 版(London: Methuen, 1923),IV,第 139、156、157 页；VI,第 310 页,注释 3。Richard Baxter,《基督教指南》(*A Christian Directory*)(1673),IV,第 xxi 页中把上帝称为"最高拥有者"；Richard Steele,《农夫的职业》(*The Husbandmans Calling*)(1672)　　(转下页)

终端。的确,他此时也脱去透露其卑微地位的破衣服,反而穿上起到某种制服效果的"绣花外袍",因为基督徒明白"当我来到天国之门时,上帝因此会一直认得出我,因为我身上披着他赐的外袍"(I,38,49,41)。换言之,他也开始效忠,他的新主人是这座山的主人(the Lord of the Hill),现在更特定地等同于拥有古代"血统"的"伟大武士",他是一位"如此爱护贫苦天路客之人",以至于本着 1540 年以前的修道院,以及随后拥有土地的贵族阶层好客精神,他为这些人尽情提供非凡慈善之举(I,52,53)。他也是兴建华美宫之人,基督徒现在已抵达此地,这"为天路客提供休憩与安身之处"(I,46)。但显然基督徒现在已分享这位主人的丰厚礼遇,并"决意效忠这位主人以求得庇护",基督徒所做的已超出只受施舍行为了(I,53)。即便他并不是严格地效忠这座山的主人,就本术语自身未曾运用而言,这种关系的普遍精神的确存在,我们在将这种发展中的契约等同于主人与佃户之间人们熟知的封建"契约"过程中似乎已得正名。效忠是骑士服务(knight service)的主要内容,骑士服务就是主要的封建保有权。因此,第二天早上,基督徒被领去参观自己主人的"军械库",里面配有足够的装备"足以供多如天上繁星的侍奉主的仆人配备使用"。后来,当他决心继续自己的旅程时,他的宫殿主人们领他回到军械库,"把他从头到脚牢牢靠靠地武装了起来,以防路上可能遭遇的袭击"(I,54,55)。⑭

基督徒是如何通过为这座山的主人履行骑士服务而改变自己地位的?在华美宫里,他得知自己的主人已"使许多天路客成为王子,尽管他们生来只是乞丐,原本出于粪堆"(I,53)。基督徒的晋升并不是如此具有戏剧性,但也足够令人侧目,从某种意义上说,他的确已在过

(接上页注⑬)第 X 章,第 9 节将支付地租比做向高天上的"大地主"支付应有费用。两者均引自 Richard B. Schlatter,《宗教领袖的社会理念》(*The Social Ideas of Religious Leaders, 1660 - 1688*),Oxford:Oxford University Press,1940,第 191、195 页。

⑭ 效忠行为在领主方面意味着保护、捍卫与保证,而在佃户方面则意味着尊崇与顺服;参阅布莱克顿(Bracton),引自 Theodore F. T. Plucknett,《普通法简史》(*A Concise History of the Common Law*),第 5 版,Boston:Little Brown,1956,第 533 页。

去的贫穷状态中重生。如堂吉诃德一样,他已获得一个新名字,他这样告诉宫殿的守望者:"我现在名叫基督徒,但我从前叫悖恩(Graceless),是雅弗(Japhet)的后裔"(I,46)。事实上,他甚至有了一个替代宗谱,他已进入华美宫的"家族"之中(I,46,47)。在第 2 部分中,他获得的不是旧约,而是新约家系,因为我们现在知道他的"祖先最初栖居在安提阿(Antioch)"。盖阿斯(Gaius)此时提醒女基督徒她的儿子们得到完美婚姻是如何重要的事情,"他们父亲的姓名与其祖先家族可能永远不会被这个世界遗忘"。怜恤立刻被许配给大儿子马太(Matthew)(II,260—261)。因此,"新的"家族得以创立,并参照熟悉的进步模型的长子继承法得以延续。当然,这个家族的兴起首先因源自基督徒内在功绩而得以正名,如在 17 世纪别处话语中的那样,"恩典"与"真正高贵"容易彼此作为隐喻而得以运作,正当"新生"语言及替代的"恩典贵族阶层"已同时产生一个世俗与神圣的反响。简言之,基督徒跻身骑士之列已校正其先前的地位不一致情境。他的朋友,忠信家族也已得到重新界定。因为他的高傲"亲戚们"被他当前所行之事极大冒犯,视之为"完全没有荣耀可言",因此与他"脱离关系"。但值得赞扬的是,他已经"离弃了他们,因此对我而言,他们现在什么也不是,仿佛就从未在我的家系中出现过"。忠信并不拒绝"荣耀"自身,但他极端地对其重新构想:"我情愿经过这山谷去获得最智慧者珍视的荣耀",而不是顺从其原有家族对其所作的腐化阐释(I,71—72)。⑮

作为骑士服务的回报,基督徒可能不只预期获得保护,而且期待物质支持,华美宫的丰盛宴席只是提供了一个样例。对于那些这座山的主人"召来侍奉他之人……被他安置在那任凭岁月流逝、天地衰败也永不朽坏的居所中"(I,53)。就在离开这座山之前,基督徒得以眺望此地,以抵其"骑士服务应得的酬劳"。他从宫殿顶部往南眺望,看到了喜乐群山,在"以马内利之地……和这山一样,都是所有天路客共

---

⑮ 关于进步模型,参阅本书第 6 章,注释 9—13 中关于新家庭兴起的论述。关于神圣与世俗语言之间的相互性,参阅本书第 5 章,注释 28—30。不出所料,能言知道所有关于"新生的必要性"(I,76)。

有的"(I,54—55)遥远国度中的田园安乐之所。于是,从某种意义上说,这座山的乌托邦社区起到预期的土地保有权与经济安全最终回报的地理预示作用。田园与共有暗示显然出自圣经,也让人想起近来共和派在土地共产主义方面进行的实验,也让人想起复辟时期旅行叙事中从欧洲腐化到异域纯洁的转变。当基督徒被问及是否想过自己的老家时,他回答道:"是的,但一想起来就觉得羞愧难当、非常厌恶。确实,我若想念所离开的家乡,还可以有回去的机会,但我却羡慕一个更美的家乡"(I,49)。基督徒积极地将自己与这个新世界同化,并处于成为本地人的过程中。⑯

基督徒从华美宫到天城的旅行历经太多之地,以至于无法详细列举,为方便起见,我将只关注对旅行至关重要的 3 个情节,它们本身也得到最充分的详细阐述,分别是与亚玻伦的战斗、名利场的迫害及疑惑城堡(Doubting Castle)的囚禁。这 3 场历险被公认涉及"传奇",也共享了不同试探类型的特性。如忠信一度吟唱的那样:

> 天路客顺服天上的感召,
> 所遇的试探皆投合肉体之好;
> 这试探源于方方面面,
> 来来去去复又出现
>
> (I,74)

在班扬叙事的字面层面,这些试探都有质疑基督徒保护者合法审判权(随之对基督徒效忠予以奖赏的能力)的意义,以此反对其竞争者的主张。

亚玻伦,的确是"妖魔……形容狰狞……浑身上下像鱼一样盖满了鳞甲……翅膀像龙,双脚像熊,肚子喷着火焰和浓烟,嘴巴像狮子"。

---

⑯ 1650 年,共产掘地运动就在班扬的贝德福德附近活跃,参阅 Hill,"约翰·班扬与英国革命",第 14 页。关于骑士封地,参阅 Plucknett,《普通法简史》,第 532 页。

然而,他带着傲慢的贵族神情,"一脸轻蔑"地瞅着基督徒。他们的相遇实际上大部分是关于骑士向傲慢贵族优先效忠的技术细节方面的复杂言语试探(I,56)。这些最初看似非常令人畏惧。作为灭亡城(the City of Destruction)所在之"国"的"君主",亚玻伦称基督徒为"我底下的一个臣民",基督徒承认"我的确生在你的领地,但为你效劳这差事太苦了,你付的工价也没法让人糊口"(I,56—57)。也就是说,亚玻伦待基督徒如一位采邑领主可能待自己的农奴一样。作为"领地"的"臣民",基督徒应用各种劳作方式向亚玻伦"效劳",以缴租用农场费用,这具有不自由的封建农奴保有权特点。但基督徒借用的"效劳"与"工价"等词将此次相遇明确在 13 世纪之前的时间段中,当时农奴在领主领地上的保有权劳动效力整体功能开始被两个不同且可以替代的功能取代,一个是副本土地保有者的功能,另一个是有偿劳工的功能;前者保有领主土地以惯例租金为偿,后者被雇佣,在领主领地上劳作以换得薪金酬劳。基督徒现在声称当时机成熟时,自己有权放弃对亚玻伦应尽的义务,这个论点阐明了导致他在叙事开篇离家寻求天国的各种情境(I,57)。这也直接说明他过去的地位是一位有偿劳工,这个契约关系可能在成年后(attainment of majority)便看似无效。⑰

　　那么,基督徒为亚玻伦"效劳"义务又是为何呢？随着争论的持续,事情逐渐明了,基督徒只能通过至少替代封建主义古典政治关系自身的方式驳斥这个论点。"但我已经把自己献给另一位王了",他辩称。如果亚玻伦(如他所称的那样)是自己领土的"君王",那么基督徒的新主人是"万王之王"(I,57)。基督徒现在开始争论,他放弃了自

---

⑰　参阅 Holdsworth,《英国法律史》,III,第 518—519 页,第 519 页,注释 1。根据霍尔兹沃思(Holdsworth)的观点,甚至在 17 世纪早期,关于此类个人契约的法律并没有得到很好的发展。关于隶农制及其转型,参阅同前,III,第 198—209 页;G. O. Sayles,《英格兰的中世纪基础》(*The Medieval Foundations of England*), New York：A. S. Barnes, 1961,第 434 页。关于此时期土地所有"货币化"的最新阐述,参阅 Alan Macfarlane,《英国个人主义的起源》(*The Origins of English Individualism: The Family, Property, and Social Transition*), New York：Cambridge University Press, 1979。

己更早期挑战亚玻伦对本人拥有权柄的论点,用明确无误主张这座山的主人对基督徒与亚玻伦都拥有权柄的语言取而代之:"我已经相信了他,已经答应忠诚他了,怎能再走回头路?岂不是要被当作叛徒绞死?……如今我是站在王的旌旗下,我相信他会宽恕我,也会赦免我屈从你的时候做的那些事"(I,57)。

借助这些话语,这座山的主人巧妙地从众王之一转型为万王之王。叛逆之罪与赦免之能此处参照君主制可能才有意义,基督徒暗示的发誓效忠也强调了自己是向君王缔结的契约。在后封建与专制时期,这位君王正行使普通法权力,以此反对自己绝大多数臣民任意将农奴制强加在自由佃户身上。在基督徒身上可以感受到这种联盟的部分力量,他现在用如是宣称将封建技术细节抛掷一边:"说实在的,我喜欢侍奉他,拿他的工价,喜爱他的仆人、他的权柄、他的同在、他的国度,这一切都比你的要强。你休想再劝我了,我是他的仆人,我要跟从的是他"(I,57)。亚玻伦冷静地言语争论了一阵子,但当争论交锋已经如此明确时,他顿时"勃然大怒,吼道:'我与你这个王势不两立。我恨他这个人,我恨他的律法,我恨他的百姓。我出来就是为了挡住你的去路'"。基督徒回答道:"小心你的一举一动。我是在王的大道上"(I,59)。他已经不是屈从贵族压迫,由此得以界定的佃户,而是通过代表王室权威得以界定的骑士,真正的战斗正在进行。⑱

我们现在让基督徒击退亚玻伦,但重要的是顺便记住他们的言语交锋已如何砥砺我们对基督徒这个人物的骑士服务及其可能回报之感。这座山的主人已作为早期专制君王而出现,并正在削弱贵族的自治,确立王室对暴力的专有。换言之,无论亚玻伦的"中世纪"怪异丑陋为何,历史所在地都是相对近期的,这就越发容易看到提及与新旧主人有关"工价"的基督徒与这座山的主人存在契约关系。特别是经过华美宫后,把基督徒视为与君王签订契约,不是以土地保有,而是以

---

⑱ 参阅 Holdsworth,《英国法律史》,III,第 56、503 页。对除君主以外之人所犯的弑主罪,甚至在当时就是最初达到触犯法律的叛国之罪(1352),"只是某种古老幸存",同前,第 287—289 页。

第八章 传奇的多种转型 2：班扬与寓言的文字化

金钱或某些其他支付方式为回报的仆人，这更有说服力。契约聘请后来在都铎时期得以运用（此时期的君王们拥有王国最多的仆人），随后需要穿制服，展示基督徒拥有的旌旗类型。的确，当他最初收到自己的制服时，他也得到"带有戳记的书卷"，并被告知"到天门时再把它交上去"(I,38)。这个书卷后来被称为"证书"，在基督徒整个旅行中有着极为重要的意义。从文字层面来看，它可能被视为自己借此与这座山的主人建立契约关系的文件。另一方面，土地保有权更早期的暗示不能完全被摈除。⑲

在名利镇，基督徒与忠信都遭到比亚玻伦的战斗试探更理性化、更野蛮的司法体系迫害。名利场不仅是传统的各类国内贸易集市，而且也是国际贸易中心，此处尤其促销罗马的"商品"，宗教与贵族腐化的便利与惯例混合(I,89)。⑳ 这个集市因为这两位天路客对所有商品的全然蔑视而乱作一团，他们最初被审问，随后被囚禁、拷打，最终因他们的节制之罪而被带到憎善大人(Lord Hategood)面前接受审判。当忠信抗诉对他们的控告，即认为这两位因犯"藐视别西卜王(Beelzebub)的法律"时，该法律的愤怒之火尤其指向他(I,93)。在随后的审判中，商品、司法、文雅都密不可分地交织在一起。我们回忆道，忠信已谴责自己亲戚们的虚假荣耀。现在所有指控他的证人都是绅士。

最初一位证人汇报道，忠信"目无君王百姓，蔑视法律、传统，不遗余力地以其离经叛道的观念蛊惑民心"(I,93)。另一人作的证词更具杀伤力：

---

⑲ 关于都铎时期的保有，参阅 W. H. Dunham，"哈斯丁勋爵的签约扈从"(Lord Hasting's Indentured Retainers, 1461–1483: The Lawfulness of Livery and Retaining under the Yorkists and Tudors)，见《康涅狄格艺术与科学学院交流》(Transactions of the Connecticut Academy of Arts and Sciences)，39(1957)，第 5 章。1628 年，下院撤销了关于赠送仆人的相关法案(参阅同前，第 112 页)。亦可参阅本书第 5 章，注释 2。

⑳ 例如，参阅本书第 6 章，注释 4，福克斯(Foxe)的《殉道者书》(Book of Martyrs)；及注释 15。关于忠信的殉道描述，班扬可能从福克斯那里受益。参阅《天路历程》，I，97n(第 328 页)。

他辱骂过我们尊贵的别西卜王,用轻蔑的口吻谈起过王的这些可敬朋友,他们的名字分别是旧人勋爵、世乐勋爵、奢侈勋爵、求荣勋爵、好色老勋爵、贪欲爵士以及我们所有的达官贵人。他还说要是有一天大家都和他结成同道——如果可能的话——这些贵族就没有一个能在本镇待下去。此外,法官大人,他还胆敢辱骂您这位受命做他审判官的人呢,他骂您是位不虔不敬的恶人,还用了许多诸如此类的诽谤性术语,对我们镇上的大多数尊贵人士进行恶语中伤(Ⅰ,94—95)。

对忠信的审判已经开始听起来更像是"诋毁权贵"之举,在班扬所处的时代这是不合时宜的贵族阶层排他性法律保护。后来忠信将"根据他们的法律"(Ⅰ,97)而被残忍惩罚。当然,忠信针锋相对,在自己的辩护词中说道:"这镇上的王和他的所有乌合之众,这位先生念叨的那些仆役随从,他们全都只配下地狱,不配活在本镇、本国"(Ⅰ,95)。这让我们想起基督徒为这座山的主人效忠后,他对自己家乡的讽刺思考;塞缪尔·巴特勒对骑士精神与讽刺共享宗谱的提示有助于将班扬笔下的叙事中若干不同线索联系起来:

> 讽刺是正在历险的游侠骑士让悲苦的美德小姐舒展笑颜,将荣誉从被施魔法的城堡中解救,把真实与理性从巨人与巫师的囚禁之中拯救的方式……如果那些贤德之人生活在我们的时代,他们很难在针对流浪汉的法律面前为自己辩护,所以我们现代讽刺有足够的事情来做,让他自己免受诋毁权贵、诽谤之罪的惩罚。[21]

---

[21] Samuel Bulter,《散文评论》(*Prose Observations*), Hugh de Quehen 编辑, Oxford: Oxford University Press, 1979,第215—216页。关于"诋毁权贵",参阅本书第4章,注释29。

较之于旅途经历过的任何其他地方,在名利镇里,我们的天路客更像是在异国。"一众陪审团绅士们"认为忠信是个社会下人,一个"无赖"与"可怜虫";如镇上的人们一样,他们无视忠信主人的制服,并把这份与众不同错误地认为毫无意义(I,95,97,89—90)。但我们知道(如果他们不知道的话),这两位说着奇怪话的"古怪人"正获得社会地位的提升,这是那些侍奉这位君王之人因真实的荣誉而得到的奖赏。班扬笔下的小说捕抓到了这个历史时刻,君主制与贵族阶层急剧分离,在这部小说的价值观方案中,君主制代表了正直与权威的标准,贵族阶层由此遭受责难。因此,与天路客对立的是,名利镇的贵族与绅士阶层拥有虚假与过时的荣誉,他们的司法与源自荣誉王室之泉的司法竞争。正是在他们戏仿的君王,别西卜王,而不是这座山的主人的庇护下,集市上出售着与其他商品混在一起的"场所、荣誉、升迁、头衔"(I,88)。在进步意识中,贵族与金钱腐化难以区分。尽管名利镇老派贵族阶层没有如"真实"君王的仆人们那样在地位不一致方面得到校正,但这至少充分暴露了自己为何。因此,当忠信被控为诽谤时,班扬用页边注释的方式为本段做记号:"罪在所有大人显要"。忠信已经得到警示,"权势"、"财富"与"显要"极少与"虔诚"相符(I,94,72—73)。诸位显要之中的地位、财富、美德的极端分裂事实上是名利场情节的核心主题,它使情节的主导发展,贤德之人的上升进步与贵族奢华腐败的补充惩罚之间保持平衡。

在我们最后一个疑惑城堡情节分析中,班扬的强调更多在于司法地位,而不是社会地位。绝望巨人发现基督徒与盼望睡在他们迷路乱闯到的田地上时粗鲁地告知,他们已经"踩了"他的"土地"。两位天路客"知道自己犯了错",随后被巨人关在他城堡的地牢里(I,113—114)。这个因禁是从司法试探的方面进行阐述的。每一天,巨人的妻子都会"建议"丈夫劝说这两位因徒陷入绝望,随后自杀;每一天,基督徒与盼望都在讨论是否听从这个建议(I,114—117)。但就在他们商讨之中,盼望突然想到"绝望巨人并不能操纵一切,据我所知,也有别人像我们一样被他逮住过,但还是从他手中逃脱了"(I,115)。这一番话让他的同伴基督徒开了窍,后者最终想起自己有一把打开地牢的钥匙,"叫应许(Promise)"。用它试了下,门很快就开了,两位囚徒成功地逃了出去,"两人跑啊跑,终于又跑回到王的大路上。现在安全了,因为他们已经跑出了绝望巨人的管辖范围"(I,118)。

如亚玻伦一样,绝望也是一位怪物封建领主,发现自己是在与万王之王竞争。此处的抗辩是将贵族的领主"管辖权"与君王的普通法对峙。在中世纪后期,旧有本地法庭的个人、领地或两者兼顾的管辖权逐渐被王室司法集权削弱。在他们置身地牢的4天磨难中,两位侵犯者确信有必要遵从绝望的本地法,但他们也一直对上诉更高司法的可能性念念不忘。两种管辖权之间的冲突,即介于他们确信自己的"过错"及对侵犯的明确负罪感,与他们对更高法律或"应许"的直觉(他们可能借此得以赦免)之间的冲突既从心理劝说,也从体力方面得以构想。因为对这位君王的仆人们要求的就是他们抵制自己对领主管辖权的习俗性、习惯性遵从,相反将王室司法权威内在化。当这最终结束时,基督徒也将自己的权力内在化,犯错的天路客能够逃脱——尽管他们必须先抵达君王的大道,才得以安全,这个事实可能暗示本地"法庭"继续行使自己的领地管辖权。㉒

两位天路客顺着王的大道很快来到基督徒从华美宫顶部看到的喜乐群山。我们得到提醒,这个佳美之地"属于"这座山的主人。由此就可以看见最终目的地本身(I,119)。当两人最终进入就在天国之城周边的"夫爱乡"(the Country of Beulah)时,我们似乎已经实现他们侍奉上帝的乌托邦完满之举,即作为骑士封地的土地保有权,因为"在这里,他们不缺粮不缺酒,天路上寻求的一切都得到丰富的供应"(I,155)。但我们也不得不回忆起在与亚玻伦战斗中引发的可能性,即基

㉒ Holdsworth,《英国法律史》,I,第64—65页中将旧有本地法庭分为4类:1. 市镇(郡县,上百人);2. 特许(个人);3. 封建(领主为佃户主持的法庭);4. 采邑(特别与土地占有者有关的司法)。参阅同前,I,第64—193页;III,第206—208页。据Plucknett,《普通法史》,第99页,大约在1300年,采邑法仍然在国王法庭无法治理的地方有势力与变通。参阅同前,第95—100、105、169、509页。

督徒获得的回报要比骑士封地更"现代"得多。一方面,夫爱乡的"花园"、"王的道路"与"树木"看上去更多具有汉普顿(Hampton)法庭的艺术性质,而不是上帝伊甸园的天然技巧(I,155)。此外,天国之城本身借助班扬笔下的圣经意象("流着奶与蜜之地";"生命树"的"果子";播下苦难的种子,现在可能收获结的苦果)似乎与乡村合为一体(I,157,159)。自然与艺术、乡村与城市、乡土传统与城市现代的融合似乎表述了构成基督徒社会身份特点的历史和解高度概要阐释,它们暗示其上升流动性的最后阶段就是封建土地保有权。㉓

这并不是说班扬未曾想过骑士封地的现代化等同物。在第2部分中,大勇先生(Mr. Great-heart)告诉女基督徒一行人:"很多劳作的人们……已经在降卑谷(Valley of Humiliation)获得了很好的田产",在那儿"我们的主人过去曾在那有乡村宅邸"(II,237,238)。但基督徒与班扬关注的焦点现在在城市。所以国王收到天路客们的证书,如基督徒在旅行刚开始就提出"我该怎么办?"这个问题一样,现在旅行终了时,两人询问,"在这圣地,我们必须做些什么?"所得到的回答便是:"你也将在此侍奉他",尽管现在比之前更有效(I,161,159)。这种侍奉国王的新模式部分在于从都市中心管理王室司法体系,而该体系的稳定性过去曾如此有助于基督徒本人:"当他坐在审判的宝座上时,你们要陪伴左右;当他定罪判刑时……你们甚至也拥有这场审判的发言权"(I,160)。㉔ 但为了对基督徒已获得的新地位有全面的了解,我们必须来看看第2部分的开篇,"他们还确定无疑地说他所居之地的王已经把宫中一所十分华美的住宅赐给他,他每天都与王同吃同喝,同行一处,亲切交谈。这位万事万物的审判者总是对他面含微笑,满怀恩慈"(II,176)。最终,基督徒的历程概述了近代早期英国的新上层阶层的兴起:从普通劳动者或佩剑贵族到穿袍贵族,从中世纪军事骑

㉓ 这种融合更为明显地见于《天路历程》,II,第303—304页。夫爱乡的果园与葡萄园不为人察觉地与天国之城的钟楼与街道融合在一起。

㉔ 比较同上,第176页,人们预期国王会继续进入省郡以直接对基督徒过去的逼迫者伸张正义。

士到复辟时期行政官僚,从侍卫骑士到白厅政府廷臣。㉕

我们从我现在已结束的误读中能得出怎样的结论?如果班扬在其比喻寓言中想根据基督徒灵性的首要模式阐释人类生活,他的文字叙事根据进步意识,用某种坚持与创新对生活进行阐述,这是一个了不起的事实。这部叙事提供的不只是新贵族阶层,而且是"新基督徒"的简要历史。新基督徒就是一位普通、真诚、现代新教徒如何可能在绝对无私与自私对立极端内,在某处追寻自己感召的模范。班扬通过名利场情节非常明确地指出,基督徒从事的事业就是设法以并不只是退化成个人主义自利与资本主义自助的方式对封建效忠及其道德风貌进行重新评价。在这个程度上,这为班扬的读者们提供爱钱先生的实用替代者,即清教圣徒的成功保守世俗化。如果朝廷上的基督徒看上去并不非常像具有高级共和派想象力的虔诚行政官,我们可能至少在他身上辨别出一位认真、诚实、忠诚的未来公务员。当然,他已避免在卡斯蒂利奥内(Castiglione)努力把廷臣塑造成一位得体、文雅的公务承办者的整个过程中萦绕这个形象的危险,这个成为其自身的目的,而不是方式的危险。㉖

可能以与真实问题有关,与之类似的事情为结尾。班扬笔下引人注目的、可谓自主的文字叙事也为新基督徒导师提供一个模型,因为它暗示反唯物论教义可能通过顽固抵制灵性化指令,以使其自身非物质化的叙事而得到有效表述。当然,从某个角度来说,拒绝寓言阐释只是在班扬笔下叙事拜物化方面与之共谋。我们同意使精神客观化,随后忘记客观化过程,将客体视为一个自主与非偶然实体。我们因此

㉕ 1664年,克莱蒙·埃利斯(Clement Ellis)写道,绅士的"最大野心就是成为天庭的宠儿",引自 Lawrence Stone,《贵族阶层的危机》(*The Crisis of the Aristocracy, 1558-1641*), Oxford: Clarendon Press, 1965,第265页。关于公共服务、加尔文教派改革与穿袍贵族的类似动因,参阅第5章,注释29—32。在从更低阶层升为穿袍贵族的其他主角中有沃尔西主教(Cardinal Wolsey)及雷丁的托马斯(Thomas of Reading),参阅本书第6章,注释15、26。

㉖ 参阅本书第5章,注释14。

将工具性能指神秘化为其自身意义的载体。资本主义中的商品拜物教将其从一个社会关系转型为一个神秘的社会事物。我们以类似的方式可能会说,新教寓言拜物化过程的结果就是那个神秘而又熟悉的事物,即小说。就此而言,小说是特有的现代文学模式,因为在声言意义的完全自足过程中,其叙事将正在变形的世俗化,即借助物质的帝国主义精神合并的戏剧上演。

然而,在近代早期,诸如宗教寓言等模式逐渐不再提供和解整体的慰藉,并开始反而提出二元的、看似不可解决的居中和解问题。实际上,早期小说家们可能被视为向某个形式努力奋斗,这个形式通过将精神从理想领域释放的方式消除精神的拜物化,据此,它可能降格容纳人类关系世界,成为物质的平地,未来反对正在失去活力的精神物质化过程的真正战斗将不得不在此处展开。从这个角度来说,在其假定的自足中,班扬的文字叙事使正面的、保守的世俗化成事,这并不是证实精神生活的毁灭,而是证实其更伟大的荣耀,不是世界的附魅,而是祛魅。

班扬与早期小说家们的认识论越发近似,这在《天路历程》第2部分开篇得到暗示。因此,第一人称叙述者以梦的方式展开叙事的虚构框定、驾驭了第1部分,并因他梦到的早期故事行为中更全面、更详细的叙述者参与而复杂化。在躺下再次入梦之前,他告诉我们他"事务繁多",因此未能"进一步打听他身后那些人的情况,以便跟你们做个交代"(II,174)。然而,这种进入睡梦模式的过渡并不抑制这种奇怪的写实主义孤独,因为叙述者只是与自己梦到的第一个人物,睿智先生(Mr. Sagacity)交谈,从他那里打听消息。这位对话者证明是位符合他自己心意之人,因为当叙述者听到女基督徒及其儿子们已经踏上天路之程而表示惊讶时,睿智先生回答道:

睿智:一点不假。我可以跟你讲讲这事。当时我在场,对整件事都很了解。

我:这么说它就是一个真实的故事,可以把它传讲出去了。

睿智：你尽管放心，肯定是真的……我就把这事情的全过程给你说说吧。

(Ⅱ,177)

这是非常令人吃惊的历史真实性主张，如班扬在灭亡城，阿芙拉·贝恩在苏里南所宣称的那样。这在其小说中并不是前所未有的，但可能是第 1 部分与第 2 部分之间相隔的 6 年在构建其对经验主义认识论品味方面发挥了重要作用。㉗

因为此事，出版第 2 部分，及之前至少有一部伪续作的经验似乎以几近塞万提斯所遇的相同方式影响了班扬（如果不是完全相同的话）。第 2 部分的出版等于女基督徒及其儿子们神圣天路之旅的表演（Ⅱ,167），班扬对此有些自觉的自负，并借此写下第 2 部分的序言诗。为避免人们会将这个拟人化、客观化的故事与假定续作混淆的担心，班扬指出它如何可能证明自身的真实性，他用假冒孩子与假扮的吉普赛人的暗示意象质疑其作品的竞争者(Ⅱ,168)。所引证的来自不同地域与社会阶层的颂扬确认了第 1 部分的价值及博得普遍称赞的事实(Ⅱ,169—170)，在整个第 2 部分中，班扬不仅让之前的天路客基督徒的榜样形象留在我们面前，而且保留了第 1 部分的页码，基督徒概述的每一次历险都可以在此找到，并再次得到确认。在很大程度上，《天路历程》的第 2 部分主题只是"《天路历程》记录第 1 部分"（Ⅱ,285）的文献客观性。㉘

从某种意义上说，第 2 部分在经验主义认识论，及其特有的居中和解叙事真实方法层面的纵情似乎是第 1 部分已被明确实现的文字情节的逻辑拓展。然而，尽管在班扬认识论发展中存在这种明显的一

㉗ 关于班扬在《败德先生的一生》（1680）中的历史真实性主张，参阅本书第 3 章，注释 9。参考班扬的《圣战》（*Holy War*）（1682），Roger Sharrock 与 James J. Forrest 编辑，Oxford：Clarendon Press, 1980，"致读者"，1(ll. 23—30)，2(ll. 4—11, 18—21)。

㉘ 关于延续事宜，参阅《天路历程》，Ⅱ,168n(第 338—339 页)。

致性,但我们仍对相关评论者随后那消除疑虑的期待的复杂性而吃惊:"但是有人并不喜欢你第 1 部的写法,把它当作捏造的传奇,弃如尘沙"(Ⅱ,171)。因为用这种奇怪的方式,尽管其炫耀性地从骑士传奇素材中有所受益,《天路历程》设法界定自己,从基督徒与经验主义认识论的角度使自己与传奇有别。㉙ 之于前者,"传奇"是一个自足的叙事,但这明显是个寓言。之于后者,"传奇"是一个想象的虚构,但它在其自身文献客观性中合并了其历史真实性。可能没有比班扬在历史居中和解方面极度自信与超凡功绩标记更好之物了。

㉙ 关于这些事宜,参阅本书第 2 章,注释 42;本书第 3 章,注释 72 中的相关讨论。

第九章　次子的寓言 1：
笛福与欲望的归化

一

《鲁滨逊飘流记》的第 2 部分在其第 1 部分出版后如此迅速地推出，以至于这成功地阻止了所有伪续作，尽管如此，第 1 部分未经授权的"简本"刚设法在此之前开印。在第 2 部分序言中，笛福谴责这个简本，抱怨其将宗教与道德思忖删减排除了灵性提升，而这是原作主要特点。第 2 部分的叙事"虚构"也将因此处为"正确运用"与"提升"提供的这个充分机会而被合法化。第 1 部分的"编辑""相信此事确为真实历史。"第 2 部分的"编辑"采纳类似观点，本着"新奇，因此真实"的箴言精神，断言它如前作一样"包含新奇与令人吃惊的事件"，并进一步说道："嫉妒之人斥责其为传奇之作的所有努力……已经证明是失败的。"①

---

① Daniel Defoe，《鲁滨逊飘流记续集》(*The Farther Adventures of Robinson Crusoe*) (1719)，"序言"，见《小说与传奇》(*Novel and Romance, 1700-1800: A Documentary Record*)，Ioan Williams 编辑，New York: Barnes and Noble, 1970，第 64—65 页（随后引为《续集》）；同作者，《鲁滨逊飘流记》(*The Life and Strange Surprizing Adventures of Robinson Crusoe*) (1719)，J. Donald Crowley 编辑，牛津英国小说，London: Oxford University Press, 1972，"序言"，I。正文中所有括号内引用均源自本版本。　（转下页）

如今，在诸历史真实性主张中，我们可能期待反对简本仅以抱怨其将叙事简化为量化不完整性为基础的这样一个论点。但如我们所知，笛福对这种主张的承诺尽管足够真实，在其创作生涯后期呈现出明确的复杂性。他也在其他语境中通过为自己作品的"虚构"正名的方式强调作品的属灵"运用"与灵性"提升"。对这个主张进行重新评价的动因并不完全源自内部。早在当年末，查尔斯·吉尔顿（Charles Gildon）一直抨击笛福，指责他已虚构这个主角，而自己正准备编辑此人的传记回忆录。吉尔顿是一长串评论家中第一个察觉出鲁滨逊·克鲁索所犯过错与丹尼尔·笛福自己受人瞩目的职场沉浮及双面性之间存在密切联系之人。他让笛福如此告知克鲁索："我将你从我自己思考中绘制而出；终我一生，我一直就是那个四处闲逛、变化无常之人，我就是如此创造了你。"吉尔顿这样提及笛福："古代神话学家笔下传说中的海神普罗透斯（Proteus）只是我们主角一个非常模糊的类型。"尽管笛福会将自己的作品与《天路历程》比较，吉尔顿笔下的克鲁索看上去更近似《华威的盖伊》（Guy of Warwick）、《南汉普顿的贝维斯》（Bevis of Southampton）、与《伦敦学徒》（The London Prentice）这些"民众"传奇。②

（接上页注①）第 2 部分在第 1 部分面世的 117 天前就已出现。事实上，威廉·泰勒（William Taylor），笛福作品的出版商可能已经写下这个抱怨本身。第 1 部分的删节，即 1720—1830 年间已经出版过的 12 次以上删节倾向于对鲁滨逊海难及荒岛早期生活的文字描述予以优先性，这并不令人吃惊。参阅 Pat Rogers，"经典与小本书"（Classics and Chapbooks），见《18 世纪英国的书籍及其读者》（Books and Their Readers in Eighteenth-Century England），Isabel Rivers 编辑，New York：St. Martin's，1982，第 30—31 页。笛福将这种盗印已出版作品的行为比做"大道上的抢劫"（《续集》，"序言"，第 65 页）。关于第一部分的盗版，参阅 Pat Rogers，《鲁滨逊飘流记》（Robinson Crusoe），London：Allen and Unwin，1978，第 7—8 页。

② Charles Gildon，《丹尼尔·笛福先生的生平与奇异历险》（The Life and Strange Surprizing Adventures of Mr. D-De F-）（1719），x，iii。笛福自己所写的《鲁滨逊飘流记中的严肃思考与对天使世界的看法》（Serious Reflections During the Life and Surprising Adventures of Robinson Crusoe: with his Vision of the Angelick World）（1720）（随后分别引为《严肃思考》与《对天使世界的看法》）已经在使《鲁滨逊飘流记》的自传阐释看似可信与有吸引力方面扮演核心角色。关于笛福致力于历史真实性主张的进展，参阅本书第 3 章，注释 63—69。

事实上,量化完整性的困境作为指向唯物论量化动因的功能在《鲁滨逊飘流记》情节自身中产生。唯物论量化具有鲜明的经验主义认识论特点,并通过时代、日期、地点名称、航海术语的扩散由笛福(即其他旅行叙述者)表述。落难荒岛不久,鲁滨逊本着清教训诫及皇家学会对旅行者所作指示的精神,他着手写下一开始就该动笔的日记。既然日记最初几个星期因此必然是回忆性的事件重建,它们有着模糊的权力,既通过回溯确认那些事件的历史真实性,又通过提供"所发生之事"的替代阐释削弱它们的事实性。并不是鲁滨逊本人意识到这种模糊,因为他只是相信"将在此再次讲述所有这些细节"(69)。但笛福意识到这个问题,实际上日记里遗漏了很多细节,而我们在别处第一次了解到其他细节。更多的是,这两个版本似乎在事实方面偶然彼此矛盾,更不用说阐释了。例如,在叙事中,鲁滨逊在荒岛上度过第一个晚上,醒来时,风暴已经减弱,天空放晴,而在日记中这场大雨持续了好几天(47—48,70—71)。此处有时序方面的更进一步问题。海难5周之后,日记中详述了完成椅子的事情,我们最初得知这就在撰写日记开始之前发生,可能因此期待所有随后描述是未被标记的领域(68,72)。然而,我们此后很快被告知鲁滨逊正在挖一个洞穴,在叙事中这显然在造椅子之前就已完成(60,67,73)。换言之,我们很快发现,量化完整性的困境因日记违反本叙事历史真实性的实质与顺序这个明显问题而被矮化。③

另一方面,我们也开始意识到,从周期性的概述与预示插话(例如75,76)来看,这完全不是严格的日记,而是已经过第二次修改,并在鲁滨逊的墨水后来用完时一直重用更广的叙事视角。不同于为更晚与更全面的叙事修订提供粗略注释的典型旅行日记,鲁滨逊的日记甚至就在我们阅读过程中就暗中成为这种修订版。在某些说教段落之后,

---

③ Rogers,《鲁滨逊飘流记》,第122—123页,此间颇为有趣地讨论了某种相关,但更普遍的笛福文体特点,他称之为"近似"与"替代"比喻(例如,"大约1英里","两或三")。"这种效果常常是来暗示强迫测试,甚至是在精确计算都不可能的时候"。关于清教徒与皇家学会对保留自传日记的兴趣,参阅本书第3章,第1、3节。

他紧接着明确宣布现在"我回到自己的日记中"(79,97)。在这些时刻,这个体验并不像塞万提斯叙事眩晕体验那样,其间,我们曾认为的主线突然被揭示为脱离主线的插曲。然而,在笛福的第一人称叙述中,这个效果更多的是让我们对鲁滨逊体验的个人化真实性(因拥有这种主观易变而更加真实)敏感,而不是质疑旅行本身的历史真实性。日记在诸事件时序排列方面的努力逐渐被纳入更大叙事之中,到我们读到鲁滨逊皈依危机的高潮时刻时,这种"日记"与"叙事"的形式混淆已经对诸事照例已开始在荒岛上搁置方式起到某种重要指导。④

《鲁滨逊飘流记》中的历史真实性与主观性的特定共存,日记与叙事之间的早期动态共存,人物与叙述者之间更普通的共存,这些成为笛福作品明显受益于属灵自传形式程序的例证。这个形式当然已为笛福熟知,他已与不信奉英国国教的牧师区分,直到自己在 21 岁时陷入宗教危机。从故事得以讲述的角度看,有罪的年轻浪子与悔罪的皈依者之间的差距在《鲁滨逊飘流记》前半部分中感受非常强烈。"但如果我可以站在远处讲述当时关于我自己的思绪",鲁滨逊一度这样说。通过回忆性叙述介入,我们也常意识到我们关注其命运的这位愚蠢

---

④ 关于鲁滨逊的日记及其客观记录与年表的不确定,参阅 Homer O. Brown,"丹尼尔·笛福小说中被移位的自我"(The Displaced Self in the Novels of Daniel Defoe),见 *ELH*,38,no. 4(Dec. 1971),第 584—585 页。Timothy J. Reiss,《现代主义话语》(*The Discourse of Modernism*),Ithaca:Cornell University Press,1982,第 323—324 页。J. Paul Hunter,《勉强的朝圣者》(*The Reluctant Pilgrim: Defoe's Emblematic Method and Quest for Form in Robinson Crusoe*),Baltimore:Johns Hopkins University Press,1966,第 144—145 页,要注意此日记已经被编辑过。关于《鲁滨逊飘流记》中的时效紊乱,多参阅 Paul Alkon,《笛福与虚构的时间》(*Defoe and Fictional Time*),Athens:University of Georgia Press,1979;Elizabeth D. Ermarth,《英国小说中的现实主义与共识》(*Realism and Consensus in the English Novel*),Princeton:Princeton University Press,1983,第 4 章。日记的含混意义借助如此事实得到很好阐述,即其文献客观性允许鲁滨逊"通过抛弃往昔时代的方式"而在自己生命危机的象征模式中发现"时光的奇异同步",其确定性的媒介已经通过连续的稀释而变成如此惨淡与"苍白,以至于在纸上几乎没有留下任何黑色印记"(第 133 页)。吉尔顿(Gildon)并不是因叙事与日记之间的差异而指责笛福,而更愿批判其创造力的缺乏:"你已经被迫再三给我们相同的观点,随后在日记中重复相同的事实,而你之前在平直的叙述中已经告诉了我们这一切"(《丹尼尔·笛福先生的生平与奇异历险》,第 31 页)。

的、粗心的、固执的、挥霍的、有罪的年轻人与催促我们进入命定未来的(Ⅱ)权威的、预言的但空洞的意识之间存在巨大差异。⑤

一旦到了荒岛,两者之间的差异开始融合。萌芽的种子、地震、他的患病与做梦都是自然事件,我们观察到鲁滨逊费力地、颇为不足地开始学习灵性思考,解读上帝存在的标记(78—79,80—81,87—91)。为了治疗自己的疟疾,他在自己的水手箱子里寻找一卷烟草,在那里找到"心灵与肉体的解药",不仅有烟卷,而且有一本《圣经》。"几番尝试"烟草后,他也无力地借用《圣经》尝试占卜灵性疾病的解药,在我们看来,他现在只是完全对此有所意识(93—94)。"拯救"是一个吸引他注意的圣经文字,他开始学会用这样的方式进行解读,并第一次展开属灵运用:

317
  现在,我对于上面提到的那句话"到我这里来,我将拯救你",开始用一种与以前完全不同的看法去理解它。因为,在过去,我仅仅把"拯救"理解为从当前的困境解救出来,因为我在这个地方虽然无拘无束,可是我认为这个海岛实在是我的一个监牢,而且是世界上最坏的监牢。可是现在,我已经懂得用一种眼光去对待它……把我从这些使我昼夜不安的罪恶重担下解救出来……被上帝从罪恶中救出来,比被上帝从患难中救出来更幸福(96—97)。

如基督徒那样,鲁滨逊的"重担"一度从自己的肩头卸下,因为他如爱德华·考克西尔(Edward Coxere)那样,已经学会将自己的海岛监牢灵性化为随后的世界监牢。在叙述"赎罪"过程的开始,人物与叙述者合为一体,这可得见于鲁滨逊的安定自在之中,他不仅在有目的的过去与忏悔的未来之间,而且在痛苦的过去与满足的现在之间很快进行区

---

⑤ 例如,参阅《鲁滨逊飘流记》,第 3、5—6、7—8、9—10、14—15、16、17、19、35—36、38、40 页。关于笛福的宗教教养,参阅 Michael Shinagel,《笛福与中产阶级文雅》(*Defoe and Middle-Class Gentility*),Cambridge: Harvard University Press, 1968,第 1 章。

别:"之前",他感到自己是"一位被锁在大海永恒铁牢的囚徒",而"现在","我开始让自己有着新的思想"(113)。此后,他难免有所倒退,但这将是炫耀性的过失,即自己建造巨大的独木舟,对脚印的惊恐,对食人蛮族的愤怒。这些快速的说教只是强调人物在多大程度上已将叙述者的灵性化权力内在化。⑥

因此,《鲁滨逊飘流记》可被视为极为近似对一般意义的新教救世神学及特殊意义的属灵自传的倾力关注。借助"拯救"的灵性化过程,鲁滨逊早期"遨游四海"(3)的冲动并没有消失,但如我们将要看到的那样,对他而言,它已经永远地被重新评价。借助属灵术语,物理流动性被重新构想为"上升"与"下降"行为:梦到复仇天使后,他意识到自离家后自己从未"有过一次想到上帝,或者反省一下自己的行为"(88)。然而,鲁滨逊现在揭示的反省真实性动因是属灵自传中历史真实性主张的重要渠道。当然,《鲁滨逊飘流记》的文类地位比这个论点所能暗示的更不确定。人物与叙述者之间的动态关系毕竟也是流浪汉叙事,甚至是其起源特征的形式特点,其间,主角的"灵性"构成显然是自创的"自学"与世俗行为,而不是神意创造性的功能。例如,弗朗西斯·柯克曼为悔罪、忏悔、皈依语言表述了诸多态度,但我们可能无疑认为该叙事中的工具性创造性属于实际作者,而不是文本作者。的确,弗朗西斯笔下的实际"遨游四海"将被转化为该术语社会意义层面,而不是灵性意义层面的"上升流动性"。同样地,我们不得不回忆起我们开始的"日记"与"叙事"之间相互影响对世俗旅行叙事及属灵自传都是至关重要的。⑦

这些通过将《鲁滨逊飘流记》与某种已被确立的次文类相联的方

---

⑥ 参阅《鲁滨逊飘流记》,第 124—128、153—157、168—173 页。关于属灵自传中的皈依后过失的常规性,参阅 George A. Starr,《笛福与属灵自传》(*Defoe and Spiritual Autobiography*), Princeton: Princeton University Press, 1965, 第 160 页。Hunter,《勉强的朝圣者》,第 187 页。关于考克西尔(Coxere),参阅本书第 6 章,注释41—42。关于威廉·奥凯利(William Okeley)旅行与被俘的灵性化,参阅本书第 3 章,注释 56。
⑦ 关于流浪汉叙事,参阅本书第 3 章,第 2 节。关于柯克曼(Kirkman),参阅本书第 6 章,注释35—36。

法对这部小说进行"定位"的极为随意尝试用不同的术语概述涉及其阐释的最重要的新近争议。将笛福的作品视为世俗唯物论重要尝试的现代倾向从伊恩·瓦特的观点中得到公正表现,即鲁滨逊的宗教是机械的清教"编辑方针"产物。在回应这种倾向时,17世纪清教寓言与属灵自传传统已得到他人评论,其中著名的评论家有乔治·斯塔尔(George Starr)、保罗·亨特(Paul Hunter),他们是出于将《鲁滨逊飘流记》同化为某种类似新教叙事宗教性理想类型之物的目的。这两个论点的论证过程都极有技巧,但两者可能看似极端,并且到了它们看似无需被迫暗示彼此排斥的程度。如韦伯的论点揭示的那样,在近代早期新教教义的历史性转变领域中,属灵与世俗动机并不仅为"兼容",而且它们是复杂智识与行为体系中密不可分的(如果最终是矛盾的话)组成部分。⑧

如果鲁滨逊皈依后不久证明了(如在序言中的那样)自己运用其属灵意义层面的"运用"与"提升"术语的能力(128,132),在整个叙事中,他更倾向于把这些词用作物质勤勉的同义词(4,49,68,144,182,195,280)。然而,这两个用法与新教诡辩不稳定的策略一致。无论如何,新教诡辩只是话语的一个领域,其间,世俗化过程与改革的不稳定性在此时期得到记载。笛福笔下的天路客是前往诸乌托邦国度的爱德华·考克西尔、乔治·派恩、弗朗西斯·柯克曼、米松船长、桑丘·潘沙等各类进步旅客的兄弟。如果我们希望完全将《鲁滨逊飘流记》的地位提升为"新教叙事",我们将需要关注其与《罪魁蒙恩记》,以及与《天路历程》文字情节的派生关系。当然,班扬笔下"传奇"历险整

---

⑧ 参阅 Ian Watt,《小说的兴起》(*The Rise of the Novel: Studies in Defoe, Richardson, and Fielding*), Berkeley and Los Angeles: University of California Press, 1957,第81页(但瓦特的观点并不如它有时候被认为的那样极端,参阅第82—83页)。Starr,《笛福与属灵自传》;Hunter,《勉强的朝圣者》。在最近的评论家中,约翰·J·瑞凯提(John J. Richetti)最为彻底地反驳这种相互排斥。参阅其《理查逊之前的通俗小说》(*Popular Fiction before Richardson: Narrative Patterns, 1700-1739*), Oxford: Clarendon Press, 1969,第13—18、92—96页中的深思探讨,亦可参阅《笛福的叙事》(*Defoe's Narratives: Situations and Structures*), Oxford: Clarendon Press, 1975,第23页与第2章。

体情节的存在就是为了被灵性化。在笛福身上,灵性化过程与历史真实性主张之间的平衡已被逆转,仿佛他带着《严肃思考》(Serious Reflections)中的盘旋疑虑已经迈出危险的下一步,并以"正面"世俗化之名明确支持我们对寓言阐释的抵制。其结果就是充满宗教(天意)与传奇(海盗、海难)易变的文字叙事,其自身与其说经历指向社会流动性机械学的转型详述,不如说设计易变性得以出色展示的条件。

二

我刚提及的这场批判争议的一个焦点就是当鲁滨逊说到反对父亲关于应该留在家乡,满足于自己生来就处在"中间阶层"或"卑微生活的上层"(194,4—5)建议的"原罪"时他意指为何。显然,这个术语将宗教意义归结于鲁滨逊的物理流动性,但它将何种社会意义归于此?我们应该把鲁滨逊的"原罪"与资本主义勤勉等同吗?或带着反资本主义动因遨游四海,逃避他的资本主义感召?或带着反清教动机逃避自己清教感召?或带的确没有任何特殊社会意义的普通顽梗任性?⑨ 然而,从某个意义上说,这就是开错了头。因为鲁滨逊的流动性只是通过叙述者追忆视角后知后觉地获得其宗教暗示。在叙事行为的一般现在时中,它主要具有社会意义,而不是宗教意义,甚至最初离开家乡时,鲁滨逊的流动性就具备了充满社会意义的加尔文教义。他的父亲用普通的方式谈到"努力与勤勉"的美德,但这不是真正的劳动训诫与感召的语言(3—6)。他的恳求至少对我一直所称的"贵族意

---

⑨ 参阅 Watt,《小说的兴起》,第65页;Starr,《笛福与属灵自传》,第74—81页;Hunter,《勉强的朝圣者》,第38—39页;Shinagel,《笛福与中产阶级文雅》,第126—127、第268—269页,注释5;Rogers,《鲁滨逊飘流记》,第76—77页;Maximillian E. Novak,《经济学与丹尼尔·笛福的小说》(Economics and the Fiction of Daniel Defoe),加利福尼亚大学英语研究,no. 24, Berkeley and Los Angeles: University of California Press, 1962,第2章;C. N. Manlove,《文学与现实》(Literature and Reality, 1600-1800), New York: St. Martin's, 1978,第7章。参阅 Gildon,《丹尼尔·笛福先生的生平与奇异历险》。

识"貌似合理,即对非常传统主义社会分层与维持某人出身地位的可取性貌似合理。那么,年轻的鲁滨逊如何学会通过加尔文派教规的宗教现象解读自己遨游世界意愿的社会意义呢?既然这位清教徒对恩典的追寻可能需要静思或天路之旅,社会稳定或变化,为何他的流动性会看似如此明确的个人罪愆标记,而不是自己被拣选的象征呢?感召的语言何时进入鲁滨逊的词汇中?

初次航海时,鲁滨逊害怕得要死,痛苦地斥责自己"放弃了对上帝、对父亲的天职"(7—8)。在此之前,其早期生活的叙述相应没有宗教训诫。鲁滨逊的父亲是一位借助此类旅行而发家的商人,他现在禁止自己的儿子这样做。鲁滨逊的两个哥哥一个去世,一个失踪。鲁滨逊现在要按计划学法律,过上"安定的"生活,但他本人认为自己18岁了,年龄太大,不能去做律师的助手或当学徒。他似乎暂时将自己的漫游癖归结于自己家庭地位边缘化:"我在家里排行老三,并没有学过什么行业。从幼小的时候,我的脑子里便充满了遨游四海的念头"(3)。但无论此心理原因为何,鲁滨逊很快在已被放弃的"天职"理念中为自己的不安定找到更满意的阐释,之所以更满意是因为它被赋予了原罪归因。他似乎最初从自己朋友的父亲,即自己几乎第一次就丧命于此的商船船主那里听到了这个理念。得知这位年轻人随船同行,"只是试试看,预备以后到更远的地方去"时,船主告诉鲁滨逊"应该以这次的遭遇作一个显明的证据,证明你不能做一个海员"。鲁滨逊说:"为什么,先生,你不也再出海了吗?""那又是一回事",他回答道,"这是我的行业,也是我的责任"(14—15)。这就是鲁滨逊上的诡辩第一课,至少根据我们的了解,这是重要的一课。行业决定责任,脱离个人从事的行业当然就是陷于罪愆中。但如果你对自己从事的行业没有清楚的直觉,并且并不确信生来为此,那么你如何能表述自己的行业?父母权威是一个指南。另一个就是可以根据经验加以解读的神意象征与标记,在这个特定案例中,这并不需要某个非常敏锐的阐释者解读上帝的裁决。

在这早期阶段,鲁滨逊根本就无视天意迹象。然而,即便如此,叙述声音很快让我们知道回家并不是他此刻可能改变自己生活轨迹,过上更好生活的唯一方式。鲁滨逊如今开始一系列航行,因为他"口袋里有钱,好衣服穿在身上,我总是穿戴如绅士上船",而不是如普通水手那样。如创造自己的作者一样,鲁滨逊喜欢上升流动性伪装,但结果就是他继续虚度,丧失了自己在海上谋业的机会,因为"作为一位水手……至少可以学到一些管理前桅的技术和职责,即使将来不能做一位船主,至少也可以做一位大副"(16)。尽管鲁滨逊做了这个糟糕的选择,但他足够幸运地与一位诚实的几尼亚船主结为朋友,后者教他某些水手与商人的技巧(17)。但就在我们可以开始发问这份雇用是否拥有成为救赎训诫的潜能之前,鲁滨逊被海盗捕获,并从"一位商人变形为一位悲惨的奴隶……现在我已经受到了天谴,永无出头之日了"(19)。

当他从萨利(Sallee)逃出,并在巴西从事种植业而获得丰厚物质回报时,他的灵性前景也没有得到提升。这个问题比他准备把佐立(Xury)卖给葡萄牙船长,他们借此都得到"拯救"的事实更具普遍性(无论如何,笛福似乎都带着某种小心阐述这个案例,以此使之在良心上被人接受)。⑩ 并不是鲁滨逊特别且极为亵渎神灵,而是他总体而言缺乏道德与属灵约束。葡萄牙船长本人是一位如此公平行事堪称楷模的人,以至于他似乎成为商人如何履行自己职责的典范。他如此"尊重"且"慷慨"地对待鲁滨逊,以至于后者"迅速发财"的粗俗欲望难堪对比(33—34,37,89)。并不是尊崇仁慈原则或出于必要满足感而管理自己的生活,鲁滨逊只是在巴西追寻自己的私利。当这位船长的善意建议使其接收某些有价值的货物时,鲁滨逊满意地利用了这个市场,买下所有自己能买到的,然后把货物"卖了很好的价钱,得到了4倍的利润。现在我已经远远超过了我那可怜的邻居"。鲁滨逊以这种方式迅速超过他人的事实明显记录了他的过度延展与过分。并不是

---

⑩ 例如,参阅理查德·巴克斯特(Richard Baxter)对"买卖人口,并使之为奴是合法行为吗?"这个问题的解答,见《家庭问答法》(*The Catechizing of Families*)(1683),第311页。

身为商人的事实,而是他"滥用的兴旺",对交换价值的非理性化利用使其与那些可能据称从事自己职业之人区分(37)。生存与消耗原则受控于无限制的积累欲望,过度与无用之物的胜利,这也在如是讽刺中得到表述,即如今鲁滨逊"我现在所过的生活,固然是我父亲过去向我极力推荐的那种中间阶层,或卑微生活的上层,假使我有意过这种生活,我为什么不留在家里呢?"(35)⑪

同样地,叙述者的声音明示,尽管鲁滨逊过去有罪,并已沦落到这种生活方式,但他可能早就使之成为一个体面的职业。换言之,并不是严格要求某人继续留在自己生来就在的那个阶层。鲁滨逊第二次失败之处就是认定"自然与天意同时向我展示,并让我履行职责的那些生活设想与方式。"我们的职责与感召并不是客观实体,而是我们从中发现自己,并能够直觉地阐释为完满的条件。"正像我过去从父母身边逃走的时候一样,我现在又产生了异想天开的思想。我本来大有希望靠我的新种植园发家致富,可是我偏要把这种幸福的远景丢在脑后,去追求一种鲁莽而过分的、不近情理的冒进妄想"(38)。鲁滨逊无力通过感知自己情境的自然与天意界限方式限制个人欲望,这就是他接二连三成为浪子,一位没有道德感的商人如今也成为一位莽撞商人的原因所在。叙述者说道,"自己的业务和财富一天天地发展,脑子里又开始充满了奇妄的计划和梦想"(37—38)。当他有机会监督非法、高利润的非洲奴隶运送工作时,他无视这样的事实,即对未曾拥有一个需要照看的"产业"之人而言,这可能是一个"很好的提议"。但对他来说,放弃一个稳定职业的清晰可能性,接受这个机会对"处于我这种情况的人来说是最荒谬的事了"。然而,鲁滨逊与自己的种植园朋友们达成协议,并"在不吉利的时刻登船"(39—40)。

因此,海难前奏就是惯常无力通过可被理解的道德职责准许将世俗活动理性化。荒岛上的多年生活通过迫使脱离人类社会的鲁滨逊

---

⑪ 关于仁慈规则与必需品满足的限制性标准,参阅本书第5章,注释39。关于在商业交易中,始终将"荣誉"视为"信用"与"信托"这些世俗化概念,参阅本书第5章,注释51—53。

感受上帝社会的方式战胜了这种无能为力。这个体验有两层重要维度。首先,在孤独状态中,道德行为的最大障碍(即他者)突然消失了。其次,此时留下来的是神性自身的他性,绝对的道德标准现在如此难以逃避,以至于其声音可能被听到,且内化在个人欲望之中。鲁滨逊的长期孤独使其得到训练,在所需要的心理训诫方面将自己的行为转型为个人感召。随后,我将评论此番训练中的核心舞台。

三

我已暗示鲁滨逊的荒岛皈依取决于将个人情境灵性化,探知、阐释上帝在其荒岛生活存在标记的新得能力。如他阐释的那样,这种存在的愉悦的确并不只是弥补了人类社会的缺失,而且也改变了自己对个人欲望,以及自己真正所求为何的理解:

> 我现在生活得非常舒适,心情也很泰然,因为我已经把自己完全交给上帝,听凭他的安排。这样,我的生活比有交往的生活还要好;因为,每当我抱憾没有谈话的机会时,我便质问自己,同自己的思想谈话,并且有时通过祷告同上帝谈话,不是比世界上人类社会中最广泛的交游更好吗?
>
> 我卑顺地、衷心地感谢上帝,因为他使我明白,我在这孤寂的境况中说不定比我在人世的自由和快乐中更幸福。因为他时时在我身边,与我的灵魂沟通……我的愿望已经十分不同,我的性情已经完全发生变化,我的爱好已经找到新的方向……
>
> 我现在已经把世界看成一个很遥远的东西,我对于它已经没有什么关系,没有什么期望,没有什么要求了……我没有肉欲,没有目欲,也没有人生的虚荣。我毫无所求;因为我所有的一切,已经够我享受了(135—136,112—113,128)。

在这洋溢着满足感的时刻,鲁滨逊说出这些话时仿佛卸下的不仅是所有攫取性欲望,而且是所有"世俗"野心,以至于甚至职责、劳动训诫与感召这类语言也已经变得毫不相关。然而,我们知道这并不是真的。不仅是他现在告诉我们"我并没有偷懒。我根据各项日常工作把我的时间有规则地加以分配。例如,第一,恭拜上帝,阅读《圣经》"(114)。正是那些有进取心,极为投入的其他某些劳作实践主导了我们对叙事中这些最勤勉事宜的永恒印象。鲁滨逊并没有放弃职业野心;相反,他缓慢且稳步地使农夫、面包师、陶工、石匠、木匠、裁缝、编篮子人等"世间各行各业"成为自己的职业(122)。如他所言,"对于一切事情都用理性加以最清楚的判断,人人迟早都可以掌握一种工艺技术……我为了应付生活的需要,在各种技术上都有一些进步"(68,144)。

因此,与其说鲁滨逊让曾经困扰往昔生活的无度欲望得以节制,不如说它们的道德性质因其外部环境的改变,即上帝社会替代人类社会而已然改变,受到限制并因此去毒。这个替代首先取得的就是交换价值转型为使用价值的过程。海难之后,皈依之前,鲁滨逊仍然相信诸事物可以通过市场的商品化获得自己的价值,尽管在这荒岛上的劳作是令人沮丧的原始阶段,"反正我的时间和劳力都不值钱,无论花在哪一方面都是一样"(68)。但如我们从他颂扬詹姆斯国王钦定版圣经,蔑视所发现的钱物:"你这废物!你现在还有什么用处呢?你现在对于我连粪土都不如!"中可以得知,鲁滨逊并不迟钝地意识到在这个荒岛上找不到市场(57)。随后,他完全着迷于使用价值与交换价值之间的区别,他抓住诸多机会加以演练。在随后的段落中,他明确地将之运用于自己之前交换价值扮演如此主导角色的职业:

> 我可以生产整船的谷物,可是我用不着它……我有充足的木料,可以拿来建造一个船队。我有足够的葡萄,可以拿来酿酒,做葡萄干,等那船队造好之后,把每艘船都装满。但是我所能利用的,只是那些对我有使用价值的东西……总

之,事理和经验已经使我理解到,平心而论,世界上一切好东西对于我们,除了拿来使用之外,没有别的好处……因为我现在拥有无限财富,但我不知道怎样去支配……前面已经讲过,我有一包钱币……可是现在,我却从它们那里得不到一点利益和好处(128—129)。

对我们而言,鲁滨逊带有警诫性质的清醒语调不该掩饰能够"拥有无限财富",积累无限所有物,无需冒着成为交易商品危险的自由。"如果以食品的数量和人数对比,伦敦利登赫尔菜场(Leaden-hall Market)也搭配不出更好的筵席";对鲁滨逊而言,这种类比揭示的不同如其相似物一样都是重要的(109)。因为他可以堆积大量的谷物,完全放任"多积存些粮食的念头",并没有挑战个人消费的伟大目的。的确,在将资本主义的节制与"我现在要为自己的面包而工作"的得当信念结合过程中,鲁滨逊暗中缓和了将想象价值归结于带有劳动价值理论的资本主义活动的危险,因此所有这种勤勉可能从坚信《圣经》话语"早晚有一天,上帝会高兴地让我吃上面包"(117—118,123—124)中得到自信的认同。⑫

如果人类社会的缺失禁止商品交换及想象价值的危险创造,这也排除了潜在的有罪社会进步与过度的人类记录。不同于寄居巴西,此处"没有对手。我没有任何竞争者来同我争夺王权或领导权"(128)。这并不能再次阻止鲁滨逊继续像资本家那样行事。它抹去了该行为

---

⑫ 关于诸多价值理论,参阅本书第5章,第4节。关于资本主义节制,例如,参阅 Eric Roll,《经济思想史》(*A History of Economic Thought*),第4修订版,London: Faber and Faber, 1973,第344—346页。当鲁滨逊将遭遇海难但得以保存的商品归结于天意时,他也将它们视为上帝恩典的礼物,并取得了相似的神圣化(《鲁滨逊飘流记》,第130—131页)。亦可参阅伊恩·瓦特在"作为神话的《鲁滨逊飘流记》"(*Robinson Crusoe as a Myth*)中讨论的劳动尊严的神秘与《鲁滨逊飘流记》之间的关系,见《18世纪英国文学:现代评论集》(*Eighteenth-Century English Literature: Modern Essays in Criticism*), James L. Clifford 编辑, New York: Oxford University Press, 1959,第163—167页。关于鲁滨逊对使用与交换价值的着迷,参阅《鲁滨逊飘流记》,第50、64、189、193、195、278页。

的道德后果。我们以微妙的方式意识到了这一点。当他告诉我们自己最初如何"使四周都有保护,戒备森严",并"把我所有物品都封起来"时,叙述者的声音加上了这么一句:"我对于自己所担心的敌人实在没有必要如此谨慎"(59,60)。但后来,我们看到事情并不真的如此。因为一旦鲁滨逊再次成为认真的农夫时,他发现自己与其说处于一位巴西种植园主的地位,不如说处于一位英国圈地地主的境地。他担心山羊、野兔、特别是飞鸟这些"各类敌人"带来的谷物损失,他用令人不安地想起17与18世纪农业冲突的如是语言描述自己的紧急状态重要改进:⑬

> 除了做一个篱笆把庄稼围起来,我想不出别的办法。我付出了不少的艰辛,才把这篱笆造成。尤其艰辛的是,我必须把它很快地做起来。好在我所耕种的面积不大,刚刚够种我的庄稼,所以不到三星期我就把它完全圈起来了。白天的时候,我打死了几只野物;在夜间,我又用狗去看守它……我站在庄稼旁边,把我的枪装好,当我走开的时候,我很清楚地看见那些偷谷贼都停在树上,好像专等我走开似的。事实证明果然如此……我气极了……我知道它们现在所吃的每一粒庄稼在几年以后对我而言都是一个斗大的面包。我走到篱笆前面,再开一枪,打死其中三只。这正是我所要求的:于是我把它们拾了起来,用英国惩治臭名昭著的窃贼的办法,把它们用锁链吊起来,以儆效尤(116—117)。

---

⑬ 关于本主题若干方面的有用处理,参阅 Raymond Williams,《乡村与城市》(*The Country and the City*), New York: Oxford University Press, 1973,第10章。Douglas Hay,"坎诺克围猎区的偷猎与野味法律"(Poaching and the Game Laws on Cannock Chase),见《英格兰的致命树》(*Albion's Fatal Tree: Crime and Society in Eighteenth-Century England*), New York: Pantheon, 1975,第189—253页。关于对我此处观点产生影响的讨论,参阅 Richetti,《理查逊之前的通俗小说》,第95—96页。

尽管鲁滨逊在此发泄对圈地地主深层次的、令人不安的情绪,他与之展开殊死竞争的这些"敌人"的确只是田野里的飞鸟与野兽,而不是土地被侵占的农民。使自身高过邻居的含糊欲望得到满足,甚至当这种提升可能借以记录的类别(对鲁滨逊父亲如此有意义的社会"阶层")已被抹去。地位不一致的难解但普遍之感一直都在鲁滨逊持续"遨游四海"的欲望中得到表述,但在自相矛盾地排除所有参照群体条件下被消除。此处只有他自己与上帝,借以感受相对短绌与回报的唯一标准就是那些受神义与怜悯主宰的标准。⑭

但如我们已在野生动物窃贼意象中看到的那样,从字面上来说的确是真的。所有《鲁滨逊飘流记》的读者们都已对主角借用国内诸多比喻拓殖、教化荒岛的倾向感到吃惊。不同于众多想象之旅作者,笛福并不愿意在某个共产主义乌托邦的相对新异环境内颂扬使用价值的通行。关于野生动物窃贼的段落明示他极大地被不动产私产吸引,如雷蒙德·威廉斯(Raymond Williams)所言,拥有这资产的乌托邦人物存在于令人生疑的居民"神奇抽离"之中。鲁滨逊第一次"视察全岛",来到伊甸园般的峡谷,他将在此修建一个起到"乡村宅邸"作用的"茅舍"。他想象到"这一切现在都属于我,我是这地方无可争议的君主,对这地方拥有所有权,如果可以让渡的话,我还可以把它像一位英国领主那样传给子孙"(98,100,101—102)。后来他允许这个比喻统领整个荒岛:"我是这块领地的领主;假如我愿意,我可以在我所占领的这片国土上称王称帝"(128)。⑮

如果这种所有权幻想主要对私有制与资本主义提升动因有吸引

---

⑭ 比较《鲁滨逊飘流记》中的以下段落:"在我看来,我们有对自己所求的不满都源自我们对自己拥有之物缺乏感激之心"(第130页);"因此我们从未看到自己境遇的真实状态,直到用其反例予以阐释,并不知道如何珍惜我们享有之物,直到一切化为虚无"(第139页)。

⑮ 笛福喜欢将地主的绝对占有比作君主的绝对占有,参阅本书第5章,注释4。后来重新回到荒岛后,鲁滨逊"为自己保留所有财产"(《鲁滨逊飘流记》,第305页)。关于威廉斯的论点,参阅《乡村与城市》,第32页;他的主题就是琼森(Jonson)与加露(Carew)的乡村住宅诗歌。

力,那么此处至少也有沉思的田园风格及贺拉斯式隐退的家庭主题元素。另一个说法就是,笛福的荒岛乌托邦不仅能够与资本主义及劳动勤勉,而且与贵族意识及其土地价值所在地联系的诸价值理念合并一处。当然,可以在进步意识自身的社会同化态度中找到这种融合。尽管笛福对血统及贵族荣誉的堕落予以严厉抨击,他对自己出身高贵的幻想痴迷不已。在自己职业生涯的不同阶段,他自豪地骑着马,身着自己商人公司制服,而且过分地抬高自己的祖先,借用印刷使自己成为有佩带徽章资格之人(这比弗朗西斯·柯克曼强),并将自己的名字贵族化,把"Foe"改为"De Foe"。马克思当然正确地认为《鲁滨逊飘流记》中的乌托邦主义并不是怀旧保守的,而是进步的,它并不"只是对过于世故的反抗,对某个被误解的自然生活的回归",而"更确切地说,是对'文明社会'的预期"。⑯

　　马克思对笛福笔下乌托邦功能的看法必须加上重要的、互补的宗教元素。鲁滨逊的劳动训诫如其在确认自己被拣选之感方面那样同样成功,因为其社会易变性的中立化已从他完全孤独中得到确保。当然,当鲁滨逊发现沙滩上有一个人脚印时(我会暂时回头论及这个有意义的事件),这个孤独遭到挑战。但重要的是确认鲁滨逊的想象比喻易变性,事实上,这对如是发现的意义来说也是重要的。如马克西米利安·诺瓦克(Maximillian Novak)所言,"如果鲁滨逊在荒岛上取得的胜利大多是经济征服,那么这也是想象的征服"。像乔治·派恩那样,鲁滨逊"将文明带到"自己所在的环境,他新创了社会统治纯粹隐喻,这是对派恩关于繁衍一个新人群之观点的提升,因为这更彻底地避免社会野心与自我膨胀的危险。但如我们所知,笛福对"想象的力

---

⑯ Karl Marx,《政治经济学批判大纲》(Grundrisse), Martin Nicolaus 译, Harmondsworth: Penguin, 1973,第 83 页。关于笛福的同化,参阅 Shinagel,《笛福与中产阶级文雅》,第 29—30、47—48、73—74、103—104 页。关于退隐主题,参阅 Pat Rogers,"克鲁索的家"(Crusoe's Home),见 Essays in Criticism,24(1974),第 375—390 页。

量"与想象的创造性有极深的矛盾看法⑰其部分风险性可在自觉的玩笑中感受到,鲁滨逊借此将自己荒岛领地的比喻延展:"你要是看到我和我的小家庭坐在一起用饭的情形,即使你是一位斯多葛派的哲学家,你也不禁要微笑。我坐在那里,简直像全岛的君王。我对于我的全部臣民拥有绝对生杀大权;我可以把他们吊死,开膛破腹,给他们自由,或剥夺他们的自由;而且,在我的臣民中间,根本没有叛逆者"(148)。当然,这只是个尖锐的虚构。但不久,鲁滨逊想到岛上还有其他人时感到惊恐,这不仅促使他重申已因自己乌托邦独居而悬置的旧有社会阶层化语言,而且提醒自己绝对主权与创造力的真正之源:"我觉得当前的生活正是大智大仁的上帝替我安排定了的生活方式……我绝对服从他的无上主权,因为我既然是他创造出来的,那么他就有绝对的权力按照他的意思来支配我、安排我……我的责任就是绝对地、毫无保留地服从他的意旨"(157)。

鲁滨逊"小家庭坐在一起用饭"的意象有部分令人困扰的作用,因为它暗示顺从屈服的似是而非,这是通过粗鲁地去除所有竞争侵害机会的方式取得的。笛福意识到自己关于荒岛转变的虚构需要这种脆弱性。他后来仍用鲁滨逊·克鲁索的声音评论:"正是受外物羁绊的心灵阻碍了它对神意的深思,这就是那些独处的理由,将躯体与那些外物隔离看似必要,但在所有这些当中宗教为何?……一个邪恶的意愿虽与物相隔,但本性不变。"鲁滨逊的想象封闭比自己物理隔离更不可靠,因为它们并不对显然与已不同的某个标准负责。他推测,至少自己部分荒岛经验是一个"疯狂幻想,如蒸汽般的忧郁想象"的功能,"它不只是想象,而是达到病态的想象"。笛福已用类似的语言,即"我

---

⑰ 参阅本书第3章,注释63—69;本书第4章,注释37;本书第5章,注释52。关于派恩(Pine),参阅本书第6章,注释40。参阅 Maximillian E. Novak,《笛福小说中的现实主义、神话与历史》(*Realism, Myth, and History in Defoe's Fiction*),Lincoln: University of Nebraska Press, 1983,第45页。关于鲁滨逊想象比喻的效用,参阅 Michael Seidel,"流放中的鲁滨逊"(Crusoe in Exile),见 *PMLA*, 96, no. 3(May, 1981),第363—374页。

那由大脑而生的信仰"来描述自己进入长老会早期危机时的宗教质疑性质。个人意识的清教提升，圣徒对所有经验个人的、警惕的灵性化过程所作的指示，这同时招致对世界入迷的神圣化，及神意与人类灵性之间差异的持续不确定性。如我们所见，鲁滨逊的皈依取决于他向上与向内审视的能力。如他明确告诉我们的那样，种子萌芽的那一幕并不是上帝施展神迹，而是他借助我们所做之工："剩下来的十几颗谷种，居然还没有坏掉，就仿佛从天上掉下来一样，这不能不说是老天的功劳……而且刚好我把它扔在一个特殊的地方"(79)。一旦这位圣徒已学会从自己的行为与直觉中解读上帝的存在，他也就娴熟地在整个世界中发现自己的直觉。就在鲁滨逊发现人的脚印时，这个辩证法得到了极大的强化。⑱

四

鲁滨逊谈到"我的受惊的想象使我看到多少各种各样的幻景"时，他迅速闪过关于脚印的几种阐释：可能是自己的幻觉；是魔鬼所为；来自大陆的野人留下的印记，甚至"这一切也许是我个人的幻觉，那脚印也许是我自己下船登岸时留下来的"(154,157)。这最后的可能性向他暗示，在自己的恐慌中，他已如某部幽灵叙事的轻信作者一样，"我就活像那些傻瓜，自己想法子编造出一套鬼怪故事，而自己倒比别人更大惊小怪"(158)。⑲ 但鲁滨逊的自我安慰"想到那里真的没有什么，只是我自己的想象"是短暂的。他无法抗拒对脚印进行实证测量，两者的不一致"使我头脑中重新充满了胡思乱想，并且使我郁气上冲"(158,159)。他对他者的存在再次感到恐惧，其反应基本上是双重的。一方面，如我们所见，他炫耀式地让自己重新顺从上帝的绝对意旨与主权。另一方面他显然忘记这个顺从策略，他如扫罗(Saul)一样，"不

---

⑱ Defoe,《严肃思考》，第8页；同作者，《对天使世界的看法》(新页码)；同作者，《冥想》(*Meditations*)(1681)，第5页，引自 Shinagel,《笛福与中产阶级文雅》，第16页。
⑲ 关于笛福的幽灵叙事，参阅本书第2章，注释40—41。

仅埋怨非利士人攻击他,并且埋怨上帝离开了他"(159)。人类社会的存在似乎会对上帝社会的缺失构成威胁,当然这个论点是为鲁滨逊独居的乌托邦机制而创。他现在想到的策略显然针对假定的野人,也象征性地指向某位神意听众,事实上只是将自己的其他策略,即谦卑恭顺延展:"我初步的打算就是把我那些围墙拆掉,把所有的驯羊都放到树林子里去,任凭它们变成野羊,免得敌人发现它们……然后索性把那两块谷物田挖掉……把我的茅舍和帐篷毁掉"(159)。物理围墙如隐喻围墙一样预示了一种自负,其痕迹必须被抹掉。鲁滨逊很快重新考虑这种非创造性的总体行为,但他的确在自己的要塞周围种植了厚密的树丛以确保"不管是什么人,都万想不到它后面有什么东西,更不用说有住人的地方了";他让"外面一切东西都尽量安排成荒芜而自然的样子"(161,182)。

这些慌乱的动摇与调整在鲁滨逊身上暗示了一个重要混淆,即自我与他者、自我与"敌人"、上帝与敌人、上帝与自我的混淆,这源自他将神义与自主不完全的内在化。他现在希望毁掉自己所创之物的反常标记,而他已借此改变景物风貌。他重新想起自己父亲所言,借此把自己视为一位执意违逆上帝与"自然"的年轻人(5,38,194)。但年轻的鲁滨逊不仅反常,也过于自然,是一位"像受自然规律支配的野兽行事的"野人,没有任何启示,不得不被上帝诱捕、囚禁在这个荒岛上,并最终被驯服(16,88)。鲁滨逊已学会在某种程度上把神性培养原则内在化,因为他已诱捕、"圈禁"、驯化了岛上的野兽,大多数显然是山羊。[20] 现在,他信心有些动摇,担心自己已开化的创造性只是预示了旧有的蛮荒与叛逆。但正是他担心的原因最终有助于巩固他的坚信。

鲁滨逊反感野蛮人,反感他们食人的"反常习俗",反感它所代表的"人性堕落"。他的"创造"、"想象"和"幻想"一度完全被对他们展开有效屠杀的替代方案吸引(165,168,169,170)。但在具有旅行叙事

---

[20] 例如,参阅《鲁滨逊飘流记》,第 111—112、145—146 页。关于此点,参阅 Richetti,《笛福的叙事》,第 50 页。

特点的讽刺思考中,他很快想到这些野蛮人所犯之罪可能比那些腐化的欧洲人的行径更轻些(他自己早期的放荡便是恰当例子),因为"他们并不是明明知道这是违背天理的罪行而故意去犯罪,像我们大多数文明人犯罪的时候那样"(171)。㉑ 鲁滨逊直觉地感到他们并不源自上帝所造,并因此否定了自己的血腥想象。在思考当前之事时,他自问:"我有什么权力或任务来擅自把他们当作罪犯一样地判决和处死呢?……我怎么知道上帝对于这件公案是怎样地判断呢?……当我订下那些残酷计划时,我完全脱离了我的职责……我跪了下来,向上帝表示最谦卑的感谢,感谢他把我从杀人流血的罪恶中挽救出来,并恳求……阻止我动手加害于他们,除非我从上天得到一种更清楚的号召,叫我为了自卫而这样行事"(170—171,173)。职责与感召等语言暗示,鲁滨逊就在对自己最初冲动审查时已足够好地学会本着自己的良知解读上帝意旨的标记,以了解如何对他们行事,他证明了这一点。如果野人们"任凭按照自己令人憎恶的、腐败堕落的冲动去行事"(170),鲁滨逊现在的确(如他最初徒劳如此之想)"与这些可怕的家伙有所不同",因为他已开始将神意指导内在化,借此节制、限定自己可憎的冲动。所以,"定下了一条规律,每逢自己心里出现一种神秘的暗示或压力……我就坚决服从这种神秘的指示,只知道心里有这么一种压力或暗示,而不知道此外的其他理由"。换言之,这种动因的持续可能用"天意的秘密暗示"(175,176)论证自己的联系。随后,鲁滨逊越发接受外部世界元素,人类社会随着他日益自信地将上帝社会内在化而同步推进。

关于他解读上帝在其思想中所留印记的能力的最初测试并不源自野人,而是来自某日出现在天际线上的西班牙船。鲁滨逊的思想充斥着想象、幻想与猜测,并"借助想象力一起迅疾地呈现在脑海之中":"我多年来过着孤寂的生活,从来没有像今天这样强烈地渴望有人往

㉑ 比较《鲁滨逊飘流记》第251页上的段落,星期五怀疑英国叛变者会吃掉他们的俘虏:"不,不,我说道,星期五,我担心他们的确会杀死俘虏,但你应该确信他们不会把俘虏吃掉。"(讽刺的是,这出于鲁滨逊自身最初与野蛮人有关的谋杀欲望。)

来,也从来没有像今天这样深切地感到没有伴侣的痛苦"(188)。这些"热切的盼望"是天意的神秘暗示吗? 不久,那条在海中失事的船出现了,于是问题变成是否"还会有一两个活着的人,如果有的话,我不仅可以搭救他的性命,而且在搭救他以后,对于我个人也是一种无上的安慰……我认为,既然这种念头这样强有力地压迫着我,叫我没法抵抗,那一定是来自无形的神意指示"(189)。这次营救无功而返,但这为鲁滨逊提供了两类经验。一类是将其欲望认同为上帝差遣之责的经验,另一类是这种天意内在化需要其身份互惠拓展方式的经验,即他不仅被上帝拯救,而且也能拯救他人。然而,这个机制仍然不确定,该实验并不是没有代价。鲁滨逊很快因为关注自己从荒岛上得到实际拯救而深感愧疚,正是在此时他回想起自己离家的"原罪"。当他并不满足天意已使自己蒙福的"有限欲望"时,这个罪愆又在巴西重现。此时,他再次"想着各种计划与设想……周游世界"(194)。然而,如早期的堕落一样,这个情节并不以改过自新的说教为结束,确切地说,是将该系列情节拓展到新领域。

　　随后发生的就是鲁滨逊仍然完全无视自己早期就已感受到的"我在顺应天意时的心绪平宁",他对实际拯救的痴迷如此显而易见,以至于他"没有力量控制我的思想,整天只想着怎样渡海到大陆上去,而且这种念头如此凶猛有力地冲击着我,简直叫我没法抗拒"(198)。我们在此处承认,借助上帝在人类思想中秘密起作用的独特语言,鲁滨逊已为自己设定了自由心证(inner conviction)的逻辑。最初与天意指示明确区分的激情通过其持续的纯粹力量而成功地将自己只是重新界定为天意不可抵挡的指令。这种欲望的重新评价尽管卓尔不凡,但此后即刻得到了更明确的形式。鲁滨逊激动得难以言表,入睡后梦到自己从食人蛮族那里拯救出一个野人,随后这个野人成为自己的仆人(198—199)。如他在某个较早不同场境中所言,"如我所想象的那样,事情就是如此"(51)。一年半后,这个梦在他眼前实现,鲁滨逊表现得像这出戏剧的创作者,尽职地扮演自己被设定的角色,但有时候也运用剧作者的修改特权,如果他觉得有必要如此的话。[22]

　　杀死野人并不是自己职责与任务所在,他的这个较早时期的直觉现在怎样了?鲁滨逊现在的确回想起"我深深质疑此法的合法性",尽管他知道自己可能用自我保护与防卫的论点将破除这些疑虑的过程理想化,真实的批准只是"要求拯救我自己的迫切愿望终于战胜一切"(199—200)。所以,当野人们与那逃脱的囚犯沿海滩开始一路向他跑来时,他用词语的暗示选择告诉我们"我动也不动"。当看到星期五(因为当然就是他)就快要在相隔自己不远之处被野人抓获时,"这时候,我脑子里忽然产生了一个强烈的、不可抗拒的念头……这明明是上天号召我救这个可怜虫的命"(202)。天意,当它提议顺从时遭到拒绝,结果现在一直为激情行为出谋划策。神意与自然法则放弃了施加在人性欲望之上,并予以抵制的起到节制、限定作用的权威态度,如今大胆与之合力共谋。[23]

　　当鲁滨逊从食人蛮族手里"救下"星期五时,他成为后者的拯救者。如上帝与鲁滨逊交通那样,鲁滨逊用"像他打手势"(203—205)的方法和星期五交谈。星期五很快学会足够的蹩脚英文说话:"你可以把野人教导成善良、清醒、温和的人":如上帝驯化鲁滨逊那样,鲁滨逊现在同样如此驯化这位野人,他也有理由希望自己已成为"出于天意而拯救他人的工具",不仅是生命,而且是"某个可怜野人的灵魂"(226,220)。对他而言,星期五"做出各种归顺诚服的姿势,让我知道他将一生一世为我效力"(206)。因此,造物主与被造物之间这种必然隐喻关系很快被直译为社会政治从属关系,带着这种信物,鲁滨逊在荒岛上的统治不再只具有比喻意义。现在,他给野人取名星期五,并告诉后者自己的名字将是"主人",但鲁滨逊的新权力同样由他并不身

---

[22] 参阅以下段落:"至于以后的事情,我完全不能仰仗自己的梦想"(第202页);"我不会让自己的梦想在此处发生"(第205页)。

[23] 关于笛福的自然法律概念,参阅 Maximillian E. Novak,《笛福与人性》(*Defoe and the Nature of Man*), Oxford: Oxford University Press, 1963,第2章。关于此时期人类欲望的归化,参阅本书第5章,注释46—48。

为奴隶的无声人类存在来表述,而且人类社会由差异事实创建(206)。㉔ 同时,星期五如贝恩笔下的奥鲁诺克一样是位黑人,其"欧洲人"之美有助于进一步将已被教化的天性与野蛮人品性区分。他迅速地学会弃绝自己的食人行为。当主人再一次与野人们对峙时,他向自己已被教化的奴隶寻求协助。鲁滨逊再一次对未经许可的行刑犹豫,尽管对他们的野蛮行为"激愤不已",但他仍是一位决心没有得到"号召"就不行动,行事更谨慎的人(231—233)。然而,当他发现其中一个食人蛮族口下的受害者是一位欧洲白人时,他"怒不可遏",他的犹豫被更高的指示取消:"我说,'星期五,你预备好了吗?'他说:'好了。'我说:'凭上帝的名义,开枪!'"(234)

当然,此处笛福的目的是暗示自己主角的宗教虚伪,理解鲁滨逊就像班扬理解爱财先生一样。但他更多的是揭示精巧微妙的调整,包括获得道德诚实确信过程在内。在鲁滨逊关于脱离罪愆的长篇段落某些部分中,我们感受到的必然讽刺氛围显示了诸多想法与体系的不稳定,作者已尝试将其凝固在世俗化危机之中。在这一方面,这并不是为属灵自传的惯例切题阐明笛福笔下依赖与独立、决定与自主矛盾融合的准确性,因为那些惯例本身说明了相同的首要易变,笛福并不是在写一部属灵自传(同样事情的不同说法)。如前面几章足以证明的那样,并不只是我们的后知后觉提出这些问题。笛福本人(更不用说他的评论家们)倾向于责备"让一个错乱的大脑有权"去"将天意敬畏之名任意添加在自己的每一个幻想之上"。他也有斥责错误的历史真实性主张倾向。有时候《鲁滨逊飘流记》让人有讽刺之感,因为如所有意识形态一样,它倾力于诸矛盾复合体的工具性揭示(在笛福的案例中具有空前的透彻与直率),而这个复合体同时倾力于和解任务,并

㉔ 鲁滨逊给自己驯化的鹦鹉命名并与之交谈,随后在异乎寻常的长期消失之后回到荒岛,吃惊地听到鹦鹉波儿(Poll)重复鲁滨逊自己的名字。此场景以多少明确的术语加以预示(《鲁滨逊飘流记》,第 119、142—143 页)。关于殖民者与被殖民者的辩证构成,参阅 Albert Memmi,《殖民者与被殖民者》(*The Colonizer and the Colonized*),Boston: Beacon Press, 1967。

使文本为人理解。如我们所见，该矛盾核心与重复的形式可能在人类将神性内在化的理念中得到阐述，也的确如此，因为笛福"仍然"寻求用基督教文化中令人敬畏的术语理解居中和解问题，而我们很早就停止了这种尝试，有时候会被或深奥或可笑的此番努力困扰。㉕

五

至此，鲁滨逊已在内在化方面足以娴熟到不带任何情绪波动地提及"心里有一种很明确的感觉，知道我脱离大难的日子已经不远了，知道我再也不会在这地方住上一年了"（229）。所以，英国叛变水手们到来之前，有这么条建议："人们有的时候不该轻视那些神秘的危险暗示与警告"，我们已准备好被问及如何将随后之事视为天意的直接干预（250）。如曾经对付野山羊一样，鲁滨逊已经熟练地把这些"畜生"诱捕。他说道："天意让他们以自己的方式被捕"。他把这些水手"囚禁"在自己的荒岛"监狱"之中，如最初上帝把他囚禁在此，并在最后的拯救中将其放了出来（255，275—276，269—270）。如今，鲁滨逊已成为极为坚定的"拯救者"。但他在拯救他们的过程中并不希望有这种狂暴行为，此举有助于确保自己的逃脱以掩饰其本质的消极："因为我亲眼看见我脱险的事情已经十拿九稳，百事顺利"，"这件事的经过简直是一连串的奇迹；这一类的事情证明有一种天意在冥冥中支配着世界"（273）。但如"支配"这个词提醒我们的那样，《鲁滨逊飘流记》不仅是神性内在化的实验，而且也是社会政治权威的实验。正是在这种

㉕ 关于笛福的斥责，参阅《严肃思考》，第 226 页。吉尔顿（Gildon）在《丹尼尔·笛福先生的生平与奇异历险》第 5、8 页中提及鲁滨逊"捏造天意"之举，并指出这些历险本身是以"追求海上生活的神秘冲动"为开始，"你常可以将这种冲动解读为一种盲目顺从，无论其基于理性与否，它会说服我们认定这么多源自天意的神秘启发，要从某种善良神意而来"（亦可参阅第 14、37 页）。关于《鲁滨逊飘流记》意识形态功能的有用阐述，参阅 Richetti，《笛福的叙事》，第 30—32 页中的评论；亦可参阅 Reiss，《现代主义话语》，第 322 页。关于属灵自传惯例，参阅 Starr，《笛福与属灵自传》，第 123、185—197 页。

经验维度中,鲁滨逊最终从荒岛得救取决于诸多关系的进步文字阐释过程,而它们最初只具备比喻性质。㉖

尽管人们从未说过鲁滨逊"成为"上帝,随着海岛的人口逐渐增加,他的确开始行使绝对主权。这不仅适用于他与星期五之间的殖民关系范例,而且也适用于他对其他人的统治。他再次最初倾向于将其阐述为一种具有娱乐性质的隐喻,一种纯粹的想象构建:

> 我这岛上现在已有居民了,我觉得我已经有不少百姓了。我不断带着一种高兴的心情想到我多么像一位国王。第一,全岛都是我的个人财产,因此我具有一种毫无疑义的领土权。第二,我的百姓都完全服从我;我是他们的全权统治者和立法者;他们的性命都是我救出来的;假如有必要,他们都肯为我贡献出他们的生命,还有一件值得注意的事,那就是,我只有3个臣民,而他们却属于3种不同的宗教……可是,在我的领土上,我允许信仰自由(241)。

不过,鲁滨逊并不是心怀内疚地感到有必要暗中撤消这种类比,他很快就有理由坚持其条件。他向被自己拯救的西班牙人提要求,后者及其同伴"郑重宣誓,绝对服从我的领导,把我看作他们的司令员……绝对服从我的命令……他一定要叫他们亲手为此事写一张盟约,把它带回来"(245)。而对于英国船长,他提出"在你们留在这岛上的期间,你们决不能侵犯我在这里的主权……你们将……完全接受我的管制"(256)。在战胜叛变水手的高潮时刻,他"由于身份的关系"(268)自身藏匿起来。在与财产授予、长期持有事宜同等重要的合法性基础上,鲁滨逊的确已开始在自己的领土上行使绝

㉖ 关于作为拯救者的鲁滨逊,例如,参阅《鲁滨逊飘流记》,第235、238、248、254、255、258、272页。

对主权。㉗

最重要的是,鲁滨逊借助自己逐渐扩大的社群公认而在这些权威角色中得到有效社会化。他被视为海岛上的"总司令"和"司令员"。"他们都称我为总督",他说。如在桑丘·潘沙的例子中那样,我们有充足的理由将其在这些角色中已被提升的权威不仅只是归于古怪老隐士的"迁就",而且归于在某种意义上允许总为潜在性中存在之物呈现的经验(267—269)。鲁滨逊对自己环境的完美驾驭同时说服野人与反叛水手,他所在的海岛是一个"被施以魔法的岛屿",但他们是人类的渣滓。如桑丘一样,鲁滨逊的总督职务声言是对世界的祛魅,而不是附魅(243,266)。我们已经看到他取得的进步,如班扬笔下的基督徒一样历经一系列提升,逐渐获得权威角色,系列提升的终点(进步总是指向的回报)就是长期等待的、破除囚禁状态的救赎,并以此获得个人公民,而不是穿袍贵族的地位:现代时期拥有自制力的、思想开化的资本主义企业家。荒岛上被悬置的时间已为缓慢且相对无恙地获得进步个人主义所需的心理设备提供了实验室条件。现在,鲁滨逊已将自己的乌托邦内在化,他准备自由地重回社会。㉘

出于这些原因,如大多数读者感受到的那样,剩下的内容大体虎头蛇尾,但也有一些有趣之处。鲁滨逊最初留下自己公然奚落的金钱时,我们对他付诸一笑。我们知道他还陷在罪中,拥有"追求一种鲁莽而过分的、不近情理的冒进妄想"(57,38)。但当他离开海岛时,带上

㉗ 鲁滨逊现在将早期用在偷食鸟儿身上的方法施加在人犯身上,将反叛头领绞死以示对其同犯的警告。参阅同前,第117、276页。关于作为主权标准的继位与占有,参阅本书第5章,注释10(如我将要论证的那样,鲁滨逊也拥有"整个国家的一致赞同")。

㉘ 伍兹·罗杰斯(Woodes Rogers)报道,拯救亚历山大·塞尔柯克(Alexander Selkirk)之人称其为"总督",他自己将这位被弃者称为荒岛的"专制君主"。参阅 Percy G. Adams,《旅行文学与小说的演变》(*Travel Literature and the Evolution of the Novel*),Lexington: University Press of Kentucky, 1983,第131页。在《对天使世界的看法》第11页中(见《严肃思考》,新页码),笛福承认在有如蒸汽般的国度中,"如果我继续在此逗留时间更长,它便会很容易地占据我,让我明白,这是一个被施过魔法的岛屿,有100万个邪灵寄居于此,魔鬼就是领主大人。"

了自己多年来积攒的一笔数目可观的钱。他暗中在追寻自己的职业,他的欲望与事情的性质已经变得难以区分了(278)。这意味着因交换而产生的想象价值具有合法性,因为它已成真。从外界来看,一切如故,荒岛上的魔法时间立即被令人困惑的、但完全特别的金融与法律资格掩饰取代,笛福通常倾向于借此象征现代经验。但从另一个意义上说,每件事情都已改变。不仅是证明自己"诚实"、"友爱"、"荣誉"与"可信"的老葡萄牙船长,而且我们现在遇到的所有资本家身上都洋溢着这些美德,同时拥有一个充满公平交易的氛围(280—284)。

这也适用于鲁滨逊。他进一步将仁慈用在早年就如此礼待自己的这位老船长身上,而且对老船长的两位妹妹、在伦敦生活的某位老寡妇,并对巴西修道院及穷人慷慨(285—287)。尽管鲁滨逊重回文明世界,附魅之气仍然笼罩巴西,仿佛天意魔法已与资本主义魔法合并如一。尽管鲁滨逊已成为一位富人,他或我们都未曾体验任何预计以辛劳但无形的交换价值创造为代价的时间与剥削。相反,鲁滨逊说,"我看到身边全是财富","我现在突然就成为了老爷"。的确,这件事情完全符合他近来的所有经历,因为是"天意把这些资产……放到了我手中"(284—286)。当然,轻松接受上帝的恩典,这份在商人们之中未被减损的荣誉并没有提供资本主义活动的"现实"情境,笛福也非常清楚情况并非如此。然而,此时的笛福正将鲁滨逊现在安全的、已内在化的乌托邦进行有形外在化,将成为一个有原则的、占有性的个人主义者的心理状态表现,并完全与追求私利的自然性与道德协调,这可能貌似可信。

然而,在跨越比利牛斯山脉时,笛福明确承认,甚至对那些思想受天意指导的人来说,这个世界仍是危险所在。事实上,鲁滨逊避走海路的渴望直接从熟悉的标记中得到确认:"但是,在这种事情上,一个人也不能完全忽视自己内心的冲动"(288;参考250)。除此之外,跨越山脉让自己的旅行团队遭受不可控的自然暴力的危险攻击,即饥饿的山中群狼。他也曾遭遇过。他得出结论:"我觉得我宁可在海上走1000海里,哪怕一个星期碰到一次风暴也比这强"(302)。他们的山中"向导"结果已经成为"一位可怜的胆小鬼"(297):鲁滨逊有没有莫名地在自己阐释上帝神秘暗示时出错呢?笛福并没有回答这个问题,但他从群狼口下侥幸逃脱后不久,我们就遇到了鲁滨逊的"重要指导人……我的那位老寡妇",他在这位居住在伦敦的"善良、有身份的妇人"身上找到了全然的"正直"与"可信",并委托她管理自己的财产。至少这个对比确认了其金融交易的相对道德安全(303)。㉙ 鲁滨逊问心无愧地承认"我已经习惯了一种流浪的生活",他现在已经重回自己最早的放荡一幕。此时,笛福为他安排了一个妻子、两个儿子、一个女儿,仿佛给这位长久失踪的次子第二个由此再次离开的家庭。但尽管我们没怎么听说过他们,鲁滨逊收养了自己的两个侄儿。他将自己在同化与取代、定居与旅行之间的含糊其辞分于两个继子之中:"大侄儿本来有点遗产,我把他培养成一个上流人,并且拨了一笔身后的财产,在我亡故以后并入他的财产;另外一个侄儿,我把他交给一位船长当学徒……这位年轻人竟把我这么大年纪的人拖进了新的冒险事业"(304—305)。

关于鲁滨逊·克鲁索取得的社会成功的重要之处并不是他个人提升程度,而是他把自己达到的每一个状态正名为自然之路及上帝意旨的能力。如我们所见,这是一个学习而得的能力。他的经验产物最初是在上帝社会之中,随后逐渐置身于人类社会之中。它表现了一种来之不易的训诫,即精神的形而上领域可以被调节,并可如思想的心理领域那样变得为人理解。笛福的伟大成就不只是已为精神危机提供了这种心理途径,而且已用清教诡辩与救世神学的和解指导将其指定为物质与社会雄心的具体维度。如弗朗西斯·柯克曼一样,鲁滨逊已能够将创造能力内在化,并将自己的物理流动性,即自己的"遨游四海""灵性化"为社会流动性。但鲁滨逊与弗朗西斯有所不同,因为后

㉙ 亨特(Hunter)在《勉强的朝圣者》第198—199页利用了清教隐喻的惯例,并明白书中群狼情节是鲁滨逊最终战胜兽性的寓言。

者的忏悔语言的确只是出于"编辑方针"考虑。鲁滨逊已通过其他灵性化过程的艰辛之举对这长篇段落进行和解,其间,我们在爱德华·考克西尔身上看到物理流动性到社会流动的转变。出于这些原因,他不仅是韦伯观点,而且是进步意识的伟大榜样。

在《鲁滨逊飘流记》中,认识论如此密不可分地植根于叙事内容,以至于将真实问题与美德问题分开可能让人感到有假,但已有区分。足以明显的是,笛福的历史真实性主张监督叙事的形式步骤。如果它因海岛、日记、上帝社会的临时错位及想象力量而复杂化,这是因为笛福给个人真实历史理念一个如此亲密的、反省的形式,以至于它看上去更像自创。这也适用于叙事的主导进步意识。美德从早期罪愆中得到拯救,并随后从试炼与天意回报中得到全面确认,如是描述屡遭来自未被阐述的洞见,即美德只是用信念唤起天意的能力的威胁。

笛福的叙事因其眼光的纯粹力量及明晰而逡巡在这些辩证反转的边缘。但我们不该把这种不稳定的重要元素误认为其核心叙事力量。自信的企业家比喻反而产生了这个力量,其令人吃惊地降格为客观与经验主义现实的主观之根的过程已如此富有成效地转为该现实的稳定力量,以至于可被视为仿佛未曾发生过。笛福的第一部重要作品《论谋划》(*An Essay upon Projects*)(1697)颂扬了科学与技术改革的精神,对同时代的人来说,这似乎是经验主义革命的拱顶石。但如乔纳森·斯威夫特用无敌的辛辣揭示的那样,唯物论谋划者的固定品性将心理投射的颠覆性与主观异端藏匿于自身。为了看到自觉与全面致力于笛福已使之运行的那些反转执行的叙事结果,我们现在必须将自己的关注转向斯威夫特。

第十章　次子的寓言 2：
斯威夫特与欲望的遏制

一

笛福与斯威夫特都曾短暂地为托利政府效力，两人从未有过密切，或甚友好往来。他们之间的文化鸿沟在两人的教育、宗教差异中足够明显，人们大体认为这与社会地位有关。1706 年，斯威夫特虚伪地这样说起笛福："那位上颈手架的家伙，我已忘了他的名字。"他流露的全然轻蔑引来被激怒的、支持此番论点的辩称：笛福"更多地作为一个蔑视自己及其最可贵的社会理想的社会阶级代表，而不是作为个人猛烈抨击斯威夫特"。然而，斯威夫特几乎不把自己视为贵族显要。他曾对博林布罗克说："尽管我出身在一个当时与您家有别的，且在很大程度上逊色的家庭……我是次子的次子，而您生来富贵。"斯威夫特没有兄弟；他认为自己是次子的观点起到对贵族予以微妙斥责的作用，因为他假定次子物质方面的贫瘠难堪比较。①

---

① Michael Sinagel,《笛福与中产阶级文雅》(*Defoe and Middle-Class Gentility*), Cambridge: Harvard University Press, 1968, 第 81、86 页。1729 年 10 月 31 日乔纳森·斯威夫特致博林布罗克子爵 (Viscount Bolingbroke) 的信，见《乔纳森·斯威夫特通信集》(*The Correspondence of Jonathan Swift*), Harold Williams 编辑, Oxford: Clarendon Press, 1963, III, 第 354 页。

在很多年前致威廉·坦普尔爵士的赞辞中,斯威夫特已采纳这个相同观点,抱怨自然不公正地拒绝向自己这位平凡的诗人如待受自己尊敬的恩主那样慷慨大方:

> 我应该相信如此神性之灵
> 　　与我自己都为同一模具所造?
> 那么为什么自然如此不公地
> 在自己的长子们中共享整个产业?
> 　　她所有的珠宝与餐盘,
> 我们这可怜的天堂次子,不值得她关爱,
> 最多拾起命定的木头和残羹冷炙……

此处流露的自负就是斯威夫特按其出身没有得到自己应得的,但又配得到比自己所得更多。次子的态度为他界定了一个非凡易变的条件。斯威夫特相信自由思考的幻觉大体可能在"那些由侍从、卑微家庭的次子及其他家境贫寒之人组成的最差军人"中盛行。但他也憧憬地想象王室会周期性地不得不将"有时候是次子"的"新人"擢升到国务顶峰。正是不被认可的功绩这令人烦恼现象大体滋养了被剥夺财产继承权的次子的保守心理。斯威夫特常倾向于将自己的职业视为一系列已错失的晋升机会,不是因为这位怀抱大志者缺乏才华而错失,而是因为自己效忠的主人们缺乏感恩与公正所致。在为大人物效劳但未得到足够回报后,斯威夫特学会对他们及其宠臣们冷嘲热讽,这与他更广泛地解读近代英国历史一致。他偶然在无目的的流动性与流放方面表现这种政治与社会贫缺的经验。在致坦普尔的颂歌中,他"被绑在缪斯的帆船上",永远徒劳地挣扎上岸。他后来这样向朋友描述自己,一位在国家与职业方面左右为难的"恼怒、不安定的流浪汉"。"我可能称自己为一个陌生地的

陌生人。"②

斯威夫特笔下最伟大人物的一生共享这些普遍特点中的一部分。勒末尔·格列佛(Lemuel Gulliver)用以下文字展开自己的旅行叙事：

> 我父亲在诺丁汉郡有一份小小的产业；他有5个儿子，我排行第三。我14岁那年，他把我送进了剑桥大学的伊曼纽尔学院。我在那儿住了3年，一直是专心致志地学习。虽然家里只给我很少的学费，但是这项负担对于一个贫困的家庭来说还是太重了。于是我就到伦敦城著名外科医生詹姆斯·贝茨(James Bates)先生那儿去当学徒；我跟他学了4年。③

格列佛是次子之一。这些次子们的"财富与职业"，如威廉·斯普里格所言，"与他们的显赫出身与良好教育并不相配"。④ 格列佛深谋远虑

---

② Jonathan Swift,"尊贵的威廉·坦普尔爵士颂歌"(Ode to the Honble Sir William Temple)(1692),II,第178—184页,见《乔纳森·斯威夫特诗歌集》(The Poems of Jonathan Swift),Harold Williams 编辑,第2版,Oxford: Clarendon Press, 1958,I,第32页；见 Intelligencer, no. 9(1728),见《乔纳森·斯威夫特散文作品集》(The Prose Works of Jonathan Swift),第12卷,Herbert Davis 编辑,Oxford: Blackwell, 1964,第47页；《致后来供奉圣职的年轻绅士的一封信》(A Letter to a Young Gentleman, Lately enter'd into Holy Orders)(1721),见《乔纳森·斯威夫特散文作品集》,第9卷,Louis Landa 编辑,Oxford: Blackwell, 1948,第78页；"尊贵的威廉·坦普尔爵士颂歌",I,第191行,见《乔纳森·斯威夫特诗歌集》,I,第32页；1714年7月3日斯威夫特致约翰·阿巴思诺特(John Arbuthnot)的信；1729年8月11日斯威夫特致亚历山大·蒲伯的信,见《乔纳森·斯威夫特通信集》,II,第46页；III,第341页。关于斯威夫特对自然异化的感受,及其对爱尔兰深切眷恋,参阅 Carole Fabricant,《斯威夫特的风景》(Swift's Landscape), Baltimore: Johns Hopkins University Press, 1983,第6章。关于对近代英国历史及次子心理的保守解读,参阅本书第6章,第3节。

③ Jonathan Swift,《格列佛游记》(Travels into several Remote Nations of the World. In Four Parts. By Lemuel Gulliver)(1726),《乔纳森·斯威夫特散文作品集》,第11卷,Herbert Davis 编辑, Oxford: Basil Blackwell, 1941,I,i,第3页(随后引作《游记》)。正文中所有括号内引用源自此版本,包括卷次、章节与页码在内。

④ 参阅本书第4章,注释62。

地掌握"在长途航行中有用的"技术,"我总是相信迟早有一天或因命运安排用得上"。他学习航海与物理,并在几次航行之后"受到恩师贝茨先生的鼓励,决心留在伦敦"(I,i,3)。因此他结婚,并开始执业行医。但他的恩师不久去世了,自己的生意也开始萧条。格列佛再次出海,并对此"感到厌倦",不成功地重操旧业后,"这样过了3年,期待事情会有所扭转"的他接受聘请,登上载承自己前往利立浦特(Lilliput)的船(I,i,4)。

因此,格列佛最初的旅行是在国内缺乏更稳定的且有上升流动可能的情况下展开的。然而,利立浦特之旅后,物理旅行的理念更多具备其在我已讨论过的其他叙事中的资本与道德模糊性,熟悉的叙事策略引起了语调的变化。第二次旅行是以"我难以满足的游历异国的欲望"为开始,但这也是"希望能让自己发财"。这个期待是合理的,因为格列佛已"通过把我的牛向诸多显贵展示的方式获利颇丰"(I,viii,63—64)。但这些事件很快协力对如此"改善"予以道德层面的质疑。情况在布罗卜丁奈格(Brobdingnag)中有了逆转。贪婪的农夫"明白我可能如何有利可图,决心带我到这个王国里那些最大的城市中去",并"一路在所有城镇、村子中表演,或者去大户人家里招揽生意"(II,ii,83)。此举带来的后果是明显的:"我主人越赚的多,他也就越贪得无厌"(II,iii,85)。无疑,正是物理流动性与放纵无节制欲望之间的危险联系如在《鲁滨逊飘流记》中那样唤起悔罪叙述者追忆的声音。格列佛被逼到布罗卜丁奈格田地里,等着巨大的收割机砸向自己时,他"完全被悲伤与绝望占据","哀叹我那凄凉的寡妇,无父的孩子。我哀悼自己违背所有亲朋好友的劝告,执意尝试第二次旅行的愚蠢与任性"(II,i,70)。但如鲁滨逊那样,格列佛也能够否认责任,将自己对财富的渴望投射到命运之上。第2卷以"我命中注定要牢牢碌碌地过一辈子"为开篇,并以"我妻子坚决主张我再也不能去航海,但我命中注定的不幸,她是没有力量阻止的,到底怎样,读者以后就可知晓"(II,i,67,133)为结束。

笛福叙事中次子取得的成功取决于其将天意内在化,将其欲望归化的能力。我们可能会用比较刻薄的话来说,他学会如何将自己的欲望投射,随后忘记自己的所作所为。格列佛从未获得那种安慰。他开始自己的第三次航行是因为得到了一个极有利的邀请,"虽然我过去有几次不幸的遭遇,但是像往常一样渴望再到世界各处去观光"(III, i,137—138)。他关于进行第四次航行的决定中断了在家短暂的"快活日子,如果那时我懂得怎样才算是好日子就好了"(IV,i,205)。如鲁滨逊一样,格列佛经历了决定性的荒岛转变。然而,与他的转变经验密不可分的是继续留在如仙界的慧骃国,从人类社会放逐的必要性。"但是命运永远是我的敌人,我命中注定不能享受这最大的幸福"(IV,vii,242)。事实上,这是慧骃国全国代表大会所做的决定,"以后在我生活上发生的不幸就以此为始了"(IV,ix,257)。人物与叙述者最终合为一体,但这几乎不是和解或"赎罪"行为。因为格列佛极端地结束了与自己的争吵,粗鲁地弃绝了自己的人性,但又被他已学会如此亲密认同的其他品性摒弃。次子的期待如此绝对、永恒地超越所有回报的可能性,以至于地位不一致成为存在的生理条件。

  我会回到慧骃国。目前,足以看到斯威夫特的叙事既模仿属灵自传的普通表述,又加以颠覆,所用的方法就是给我们提供一个主角,其堕落的确信源自厌世的悖论似的自傲屈辱,而不是忏悔与信念。同样地,格列佛的职业(一些代理人的职业)既概述了进步的、上升流动性次子的职业,也戏仿性地将其否定为两个不同,并具有保守特点的轨道:一个是没有得到充分回报的勤勉美德,一个是得到过度回报的暴发户野心。F.P.洛克(F. P. Lock)准确地把《格列佛游记》不仅比作莫尔的《乌托邦》,而且比作马基雅维利的《君主论》,因为斯威夫特的情节深切关注国务问题。在其整个旅行中,格列佛屡次扮演"新人"角色,作为一位涉水上岸,愿意并渴望效忠当权君王,且接受应得报酬的游荡异乡人,象征性地且毫不含糊地与任何过去因自己地位而得的"继承"一刀两断。⑤

---

⑤ F. P. Lock,《格列佛游记的政治》(*The Politics of Gulliver's Travels*), Oxford: Clarendon Press, 1980,第 22 页。马基雅维利对进步与保守意识均有重要影响力。关于主要涉及进步意识影响力的讨论,参阅本书第 5 章,注释 16—18。

第十章　次子的寓言 2：斯威夫特与欲望的遏制　499

　　格列佛的人物品性在自己大部分旅行中表现出的为人诟病的不一致常被人引来确证《格列佛游记》的地位更像是"讽刺"，而不是"小说"。但我们借以评判何为"小说性"的追溯标准对文类层面并不确定的叙事而言有令人生疑的相关性，而此类叙事为小说逐步定型时期的特有。因此，把格列佛品性的不一致视为一种允许他以两种非常不同的方式讽刺反思这位有进步意识且有所作用的主角策略，这可能更有启发性。一方面他是谄媚的马屁精，似乎总是将自己"匍匐"在"国王脚下"，将自己的"一生为女王效力"，并接受"有用的仆人"、"最谦卑的仆从"、"宠臣"这类角色，恭顺克制地为我们重演自己接受的何等礼遇（I, iii, 28；II, iii, 85—86, 90, iv, 97, viii, 123）。当然，他的自傲确保我们会对此非常了解。一个恰当的例子就是在他因偷来整只不来夫斯古舰队（Blefuscudian fleet）而被赐予利立浦特头衔"那达克"（Nardac），"他们最尊贵的爵位"以资奖励后，他虚荣地一再暗示自己的穿袍贵族身份（I, v, 37, 39, vi, 49—50）。格列佛与利立浦特财政大臣、布罗卜丁奈格侏儒为博得君宠而展开的争斗同样有失身份，如偷窃整只舰队，为巨人国王（温和地为专制暴政提建议）及利立浦特王后（在她宫殿便溺救火）所做的"卓越效劳"那样，他的争宠没有称道其美德与功绩（II, iii, 91—92；I, v, 39—40；II, vi, III, vii, 118）。当我们看到格列佛表现得像位应受谴责的暴发户时，我们也得知这种地位不一致的特定职业模式如何已开始主导现代世界。在利立浦特中，获得宫廷晋升的"技巧"就是那些"绳上跳舞"技巧，作为荣誉的"腰带"基于"跳来爬去"而分别授予（I, iii, 22—23）。对布罗卜丁奈格的国王来说，尽管格列佛深信不疑，在英国"人们会因为自己的贤德而被册封贵族"显然是个极大的例外（II, vi, 116）。后来，格列佛能够确定，在现代欧洲，最可耻的邪恶可能就是赢得"高官贵爵与巨大产业"，他如此进而承认甚至在英国，在追逐政治利益时，我们祖先"原有的纯朴和美德，都被他们的子孙为了几个钱给卖光了"（III, viii, 184, 185—186）。一旦到了慧骃国，格列佛已对英国人借以"可能跃升为首相"，"流氓为非作歹、结果平地青云"的"三种方式"予以极辛辣的抨击（IV, vi, 239, x,261）。

然而,格列佛的样例也讲授了同样保守的"遭受惩罚的功绩",而不是"得到奖励的邪恶"的课程。当他勤勉美德常常更看似谄媚的野心时,我们也找到一条贯穿整个第 1 卷,针对君王们"无限野心"与"激情"及他们对那些忠心效忠之人忘恩负义的清醒且自重的抱怨线索（I,v,37,38,vii,57,viii,61）。格列佛完全"意识到自己的功绩与无辜",他明白自己的宫廷敌人已秘密以叛国之罪名对他弹劾,自己已被判处弄瞎双眼,并慢慢饿死的惩罚。这个惩罚被认为是仁慈的,毕竟"你只依靠大臣们的眼睛去看也就够了,因为最伟大的君王就是这样办的。"格列佛想到:"至于我本人,老实说,就自己的出身和教养而论,都没有做朝臣的资格,我不善于判断事物,因此,我简直想不出他这判决有什么宽大和恩典可言"（I,vii,52,54,56）。

这个情节上演了卡斯蒂利奥内（Castiglione）笔下无所不能的廷臣面临的困境,即仍然在名义上效忠自己的君王,但实际上比后者更伟大（在本例中就形体而言便是如此）。国务现有体系中极不同的缺陷在格列佛前往勒皮他（Laputa）、巴尔尼巴比（Balnibarbi）的旅行中得到体现,因为此处公民人文主义的理想已完全被那些新哲学理想及其已被现代化的改革概念取代。⑥ 根据这个概念,"宫廷里的大人"及其已退位的朋友孟诺第大人（Lord Munodi）,尽管他们"已为国王立过很多功劳",但他们被判为无能或无知之人。然而,这种对国务的不以为然并不排除勒皮他国王身上那么一点点专制权力野心（III,iv,157,159,iii,155）。拉格奈格（Luggnagg）之旅让格列佛重新回到更传统的政治场境,即专制的暴君及其凶恶的宫廷,尽管他已得到邀请"就任高贵的官职",他谨慎地避免入职（III,ix,188—190）。叙事结尾,在回应他应肩负起在自己所发现的若干岛屿上以"国王陛下的名义正式占领"职责的提议时,格列佛承认"对君王们威慑寰宇的方法发生怀疑",在随后描述"现代殖民地"的掠夺兴起时,我们可能明确承认君王野心那令

---

⑥ 参阅本书第 5 章,注释 22。关于卡斯蒂廖内,参阅本书第 5 章,注释 14。

人熟悉的原则(IV, xii, 278—279)。但格列佛的职业并不是我们关于君王未公正论功行赏的唯一起源。在格勒大锥(Glubdubdrib),对故去诸王的评价得出共识,晋升从不是因"美德"或"功绩"而起。当格列佛概述那些真正为"君王与国家立下大功"之人时,他面对的是那些自己从未听说过的人,其中大多数"在贫困与羞辱中离世,其余的在绞刑台与断头台得到安息"(III, viii, 183—184)。

二

因此,地位不一致的保守揭秘是从《格列佛游记》中两个不同但互补的方向展开。因为对现代进步体系不公的钳形抨击合并了针对传统的进步批判,斯威夫特对贵族意识具备特有的矛盾性。如在别处一样,他对贵族出身的虚构嗤之以鼻。因此,格列佛给布罗卜丁奈格国王一本正经地描述英国的贵族:"他们是最知名祖先的好后代,他们先人具有种种德行从而享有盛名,而他们的后人盛德不衰,一直立于不败之地。"当格列佛问起格勒大锥王室与贵族的古代血统时,他吃惊地得知不仅后人已从自己的祖先那里退化堕落,而且贵族家族的开创祖先本人地位就不确定。他处处发现,如笛福在《纯正的英国人》(The True-Born Englishman)中所写的那样,"血统被侍卫、扈从、男仆、车夫、赌徒、骗子、演员、船长与窃贼扰乱。"后来他的慧骃国主人采用在自己国家中所用的一致性理想标准,说格列佛"一定出身于某个贵族家庭,因为我在形体、皮肤与清洁方面远远胜过他国家里的耶胡(Yahoo)"。幻灭的格列佛懊悔地安慰主人"我们那的贵族与他所认为的完全不一样……虚弱有病的身躯、清瘦的面容、蜡黄的脸色是贵族血统的标记"(II, vi, 112; III, viii, 182—183; IV, vi, 240—241)。

不过,在保守思想中,贵族血统的缺失也倾向于继续成为一种功绩缺失的传统标记,这从未得到密切研究。因此,格列佛想到,不同于英国,慧骃国里没有"为非作歹、结果平地青云的流氓",他还加了一句:"也没有因为有德行而被贬为平民的贵族"(IV, x, 261)。我们有孟诺第大人及其朋友这两个例子(尽管不怎么极端),两人都有公认的功勋,为勒皮他君王立下大功,但他们因为在抽象领域的无能而遭到全然蔑视。我们感到,他们两人的美德至少部分在于自己古老显赫的贵族出身(III,iv,157,159)。格列佛描述自己家乡英国所见到的暴发户类型,"也有一个卑鄙小人,出身既不高贵,丰采也不出众,既无才智,更缺乏常识,竟敢自高自大,想跟王国内最伟大的人物相提并论"(II,v,108)。他此处所列的各种缺失至少给血统独特地提供了一份具有象征特点的优先权。我已论证过,这种相信传统贵族分层化公正的幽灵般暗示完全与保守意识一致。这是在社会层面有作用的虚构,一个在进步信念之花留下的土壤中萌芽的谨慎工具信仰,而保守批判一度满意地将这些鲜花连根铲除。这个虚构与保守意识中的乌托邦元素密不可分。在《格列佛游记》中,我们很快在格勒大锥召唤"古代的英国农民"(III,viii,185)一幕中感受到它的存在。我们在关于布罗卜丁奈格军队的描述中听到更全面的阐述:军队"由各城市的商民和乡下农民组成的,指挥官由贵族和乡绅来担任。他们不领薪饷,也不受赏赐……每一个农民都听自己的地主指挥,每一个市民都由本城的领袖统率"(II,vii,122)。⑦ 在孟诺第大人身上,我们看到一位贵族地主与"少数的贵族和绅士"一同"安于在旧方式下过活,住在祖上所建造的房子里,在生活的各方面都按照祖上的规矩行事,没有什么革新"(III,iv,161)。孟诺第的资产比那些其他样例更确定地与地位不一致的保守乌托邦元素结合,而传统及土地资产的稳定现实多少承保了地位不一致。当然,《格列佛游记》中重要的乌托邦飞地就是慧骃国。

最初邂逅这群奇特温和的马时,我们这位有作用的主角自然期待它们来"效劳"作为人类的他(IV,i,211,ii,213)。他很快对这个错误有所醒悟,不是因为像自己早期旅行中所遇的传统主宰迹象,而是因为对慧骃自然尊敬的潜滋暗长。他最初观察到与自己来往的慧骃一

---

⑦ 此处斯威夫特的直接模型更多的是马基雅维利式共和传统,而不是旧有骑士军队(参阅本书第5章,注释19)。

家自身就分为"主人"与"仆从"。在向我们说过一会儿"主人马"后,他立即称之为"我的主人(以此我会这样称呼它)"(IV,ii,213,iii,216,218)。不久,称呼"我的主人","他的荣誉"似乎成为自然的事情。格列佛与自己的主人坐下畅谈欧洲事务,正如自己曾与布罗卜丁奈格国王那样(IV,v,229)。尽管他的确开始把自己视为"效忠"主人的仆人,这个关系的本质与他过去所经历的极为不同:"我用不着害怕朋友陷害我、背叛我,也用不着防备敌人的明攻暗害。我也不必使用贿赂、谄媚、淫荡等手段来讨好大人物及其爪牙"(IV,x,264,265,260)。

在慧骃国,耶胡群中的这种效忠负面模型仍能见到,因为"在大多数'耶胡'群中都有居于统治地位的'耶胡'",后者那位奉承讨好、奴颜婢膝的"宠儿遭到大家的憎恨",等到主人另有所爱后又遭到众人侮辱(IV,vii,246—247)。如今格列佛受到恩宠,"非常幸运能够和几位'慧骃'会见,它们来拜访我的主人或者跟它一起进餐",他为"成为这些交谈中一位谦卑的听众"而感到万分高兴(IV,x,261)。如果我们从这些声明中听到旧有谄媚的回声,我们必须想到(如格列佛本人所知道的那样)凭借这种廷臣技巧什么也得不到。在慧骃国,效忠及其奖赏看似难以区分,它们就像宗教教规,美德的沉思。在被驱逐之前,格列佛已"决心跟这些可敬的'慧骃'在一起过一辈子,对它们的各种美德加以研究并付诸实践"(IV,vii,242)。此后,他唯一的雄心就是"找到一座无人的小岛",在那儿"愉快地思考着'慧骃'们无以伦比的美德","我觉得这比在欧洲最有教养的宫廷里作首相大臣要来得快活。我想到将要回到'耶胡'统治下的社会中去生活就感到非常害怕"(IV,xi,267)。

效忠与奖赏的这些旧有动态术语因慧骃国文化的乌托邦性质而改变,因为促使这个动态,即地位不一致成型的前提已消失。用 C. J. 罗森(C. J. Rawson)恰当的话说,它们的道德不仅弥散着"合宜或得体的绝对标准",而且也充斥着作为自然与社会本质的确切存在。当格列佛以英国贵族血统的纯洁性宽慰布罗卜丁奈格国王时,他正在欺骗。当慧骃主人认为格列佛出身贵族时,他简单真实地依据个人经历道出实情,因为"'慧骃'中的白马、栗色马、铁青马与火红马、灰斑马、黑马的样子并不完全相同,它们的才能天生就不一样,也没有变好的可能,所以白马、栗色马和铁青马永远处在仆人的地位,休想超过自己的同类,如果妄想出人头地,在这个国家就要被认为是一件可怕且反常的事情"(IV,vi,240)。通过国务、通婚或任何其他方式实现上升流动性的欲望从未在此发生,因为地位不一致的确切条件不存在,相对于某个自身群体,而不是任何人的预期确切可能性是因地位不一致而产生。我们得到提示,内在与外在之间对应的贵族理想(通过禁奢立法的无效策略实施)如此绝对,以至于思想与肉体甚至都完全一致。但此处,贵族借以通过面容的纯洁或毛发的浓密而立即被人认出的传奇惯例已成为一个社会现实。⑧

的确,社会秩序的井然有序需要的不只是纯粹自然"本能"的非理性化运行。较之于诸如苏格拉底所说的本土起源神话那种隐秘的"权宜虚构",慧骃们对"文化"的诉求更坦诚地归化为社会秩序,因为它采用的是理性探求,以"保证人种不至退化"的优生学体系形式。正是出于这个目的,而不是因爱情或巩固财产缔结婚姻。年轻的慧骃们乐于参与这个体系,因为"它们天天都看到这样的事情,而它们也认为这是理性动物的一种必要行动"(IV,viii,252—253)。在如此政策中,我们看到社会有益习俗如何微妙地在慧骃国的社会实践中得到融合,并获得立即已社会化且自然的默认行为权威。慧骃国的婚姻体制既不基于个人选择自由的进步虚构,也不基于出于更伟大的家族血统目的的贵族牺牲虚构,而是基于它们辩证的居中和解。⑨

慧骃国的经济似乎类似地充斥着调和或连贯原则。在布罗卜丁

---

⑧ C. J. Rawson,《格列佛与文雅的读者》(*Gulliver and the Gentle Reader: Studies in Swift and Our Time*), London: Routledge and Kegan Paul, 1973,第 19 页。关于禁奢立法,参阅本书第 4 章,注释 2、29。

⑨ 但当地位区分因此得到强化时,如诸多乌托邦社会一样,慧骃国(及利立浦特)便与性别差异的极端社会化相对立了,参阅《游记》,I,vi,第 46 页;IV,viii,第 253 页。关于此方面其他乌托邦实践,参阅本书第 6 章,注释 38。关于苏格拉底,参阅本书第 4 章,注释 8—9。

奈格农夫难以满足的贪婪中,我们已看到格列佛自己离开利立浦特后对利润与上升流动性无限欲望的讽刺倒影。叙事的剩余部分大多这样论证,即这些欲望及允许它们无限增长的经济基础为英国文化专有。如布罗卜丁奈格国王所见,滋养效忠与奖赏无限次的地位不一致本身就因资本腐败而更加失衡(II, vi, 113—116; III, viii, 185—186)。在慧骃国里,格列佛向自己的主人描述不受任何必要或生存原则限制的英国经济如何通过满足奢侈欲望而繁荣,同时又创造反过来需要满足的奇异新欲望。格列佛解释道,答案就是金钱的交换价值,一个欧洲耶胡借此"就可以买到它所需的一切东西……因为只要有钱就能得到这些好东西,所以我们'耶胡'认为:不管是用钱还是攒钱,钱总是越多越好,没有够的时候",其结果就是明显的消费与贪婪的积累(IV, vi, 235—237)。并不奇怪的是,在慧骃国发现的此类行为的唯一样例就在耶胡身上。尽管格列佛的主人早就知道耶胡们喜欢某类闪光的石头,"它始终不明白为什么它们会有这样一种不近情理的欲望,这些石头对'耶胡'究竟有什么好处呢? 但是现在它相信这也许是由于它们的贪婪,因为我曾经提到人类是贪婪无厌的。"对于奢侈及失控的消费原则也能这样说,因为没有什么比耶胡"它们不分好歹,遇见什么就吃什么"(IV, vii, 244—245)更恶心的事了。

不用说,在慧骃们中,事情是非常不同的。如布罗卜丁奈格的人民那样,它们普遍恪守限制性实用原则(II, vii, 120; IV, iv, 226, viii, 252)。如慧骃主人无法理解耶胡积攒的石头的使用价值,所以"我非常困难地向它描述钱的用法"(IV, vi, 235)。金钱的用法自相矛盾地存在于其让渡、交换之中,慧骃们没有交换的需要,因为它们对只通过商品流通(或的确是因为流通过程本身,或对资本主义文化中最发达方式的欣赏)才能获得的产品没有欲望。它们的经济不是"自由的",而是有计划的经济。斯威夫特很好地将这种特权共产主义原则阐述为"它们相信所有的动物,特别是主宰所有其他动物的动物,对于地球上的产物都有享受一份的权利"(IV, vi, 235)。在慧骃国,社会不平等的明显现实被视为与经济平均主义极为一致。慧骃们最接近交换体系的机会就是物品重新分配机制:每4年,"要是哪一个地区缺少什么(这种情形很少),大家会一致同意,踊跃捐助"(IV,viii,254)。尽管格列佛对此没有充足的准备,他学会在此实践自己的"日常生活"(little Oeconomy),如此描述既招来,又抗拒与鲁滨逊·克鲁索炫耀性非资本主义提升的对比,所以他生活的简单需求通过平等简单的生产规律而得到完全满足(IV,x,260)。

三

因此,慧骃国的保守乌托邦如此成功地消除了想象价值观及同时代英国文明的反常需求,以至于它似乎最终创立了自然与文化之间的某种"一致性"。如果这是斯威夫特笔下乌托邦的成就,自然与文化、生物与社会存在的类比当然也是他借以让自己主角始终陷于历险之中的方法。格列佛笔下的游记与想象之旅传统相符,是社会政治与物理转型的经验。显然,斯威夫特会让我们理解并思忖这种关系的类比性质。例如,当格列佛回想起英国"卑鄙小人"的类型时,这是在布罗卜丁奈格的"我自己行为的训诫";当他为自己的荣誉而与死敌宫廷猴子进行夸大辩护时,他表现的像位微型的戏仿英雄(II,v,107—108)。当他之后很快告诉我们"我是伟大的国王与王后的宠臣,全朝廷都喜欢的人,但是我所处的地位却有损于人类的尊严"时,我们不得不看到的是,他正在描述的并不只是跻身巨人之列的矮子的独特地位,而且是作为宫廷宠臣所遭受到的典型侮辱(II,viii,123)。当然,如我们最初了解的一样,格列佛对个人存在意识,而不是社会意识更上心。如鲁滨逊·克鲁索一样,他是一个务实的人,"物理"学生、实用的"设计家",及"好奇到足以打算解剖"布罗卜丁奈格虱子的"机械天才"。他"如此好奇地称量"布罗卜丁奈格的冰雹,并有离开同船水手以"满足自己好奇心"的倾向(I,i,3,v,35;II,i,69,iv,97,v,100,vi,110;III,iv,162)。格列佛完全致力于感知证据,是托马斯·斯普拉特颂扬的"朴实勤勉的观察者"之一。这些观察者们用自己"未受干扰的眼睛"开展工作。格列佛非常重视眼镜、袖珍光学仪器、袖珍指南针这套工具,他希望借此人为地改善"自己的视力缺陷"(I,ii,21)。⑩

在格列佛身上,我们直面一位科学家,一位天真经验主义者,其对"求知欲"(libido sciendi)旧有罪愆的现代化理解存在于将知识简化为感知印象过程中。在第1、2卷困扰他的那些问题中,我们最初遇到成为斯威夫特在第3卷叙事核心的主题,即对作为"新传奇"的科学经验主义的批判。在布罗卜丁奈格中,我们就已得知,无论格列佛相信什么,"现代欧洲哲学"的"造化弄人"(Lusus Naturae)类别比"玄秘主义逃脱现实的老办法,亚里士多德的门徒们徒劳尝试使用这种方法掩饰他们的无知"好了多少(II,iii,88)。等到格列佛遇到孟诺第时,他满意地用"非常好奇,极易相信",而不是深度怀疑论这样的术语描绘某位设计家。他把不朽的拉格多(Lagado)科学院描述成讽刺反转,改造世界的科学设计的客观性借此得以展示,以产生将主观幻想暗中投射于上的需求(III,iv,162;参考 III,v—vi)。⑪

然而,客观性的去神秘化最初在格列佛的量化方法与利立浦特、布罗卜丁奈格各自标准之间冲突中得以实现。在第1卷开篇,格列佛在里格(league)、度数、英尺、海里这些方面的仔细空间估算很快被似乎违背绝对统一度量的现象弄混了("巨门……约四英尺高";脚链几乎与"欧洲女士怀表链那么大";足够高大的国王"比臣子们大约高出

---

⑩ 亦可参阅《游记》,I,v,第35—36页,viii,第62页。关于布罗卜丁奈格国放大镜与镜子的运用,参阅 II,i,第76页;iii,第88、91页;viii,第131页。关于斯普拉特(Sprat),参阅本书第3章,注释31。格列佛喜欢将自己的眼镜放在最私密的口袋中,他给我们讲述当第3卷的海盗与第4卷的反叛者未搜口袋时自己的庆幸之情,《游记》,III,i,第139页;IV,i,第206页。有鉴于在视力方面的经验主义关注,格列佛在利立浦特遭受的惩罚威胁就是失明,这尤其令人不安:同前,I,vii,第54、56页。关于望远镜的潜在"腐化",参阅斯威夫特持怀疑论的前任亨利·斯图贝(Henry Stubbe)与塞缪尔·巴特勒(Samuel Butler)对新哲学批判方面的评论,见本书第2章,注释14—15。

⑪ 大卫·伦内克(David Renaker)已经论证,只有拉格多飞岛的科学代表了皇家学会的新牛顿主义与实验方法,勒皮他的抽象化投机者代表了笛卡尔理性主义:"斯威夫特笔下作为笛卡尔派讽刺画的勒皮他人"(Swift's Laputians as a Caricature of the Cartesians),见 PMLA,94,no. 5(Oct., 1979),第936—944页。

我的一个手指甲盖",这"让人肃然起敬")(I,i,4—5,11—12,ii,14)。在第2卷开篇,我们快速从关于"根据我的计算"而出的船速描述转到关于"树木如此之高以至于我没法算出它们的高度"这样的描述(II,i,68,69)。现在,相对性事实,客观量化向完全主观感知的简化携裹着相对预期本体理论的所有力量给不知所措的格列佛留下这样的印象:"毫无疑问,还是哲学家们说的对,他们说:没有比较,就分不出大小来。命运也许就喜欢这样捉弄人,让利立浦特人也找到一个民族,那儿的人比他们还要小,就像他们跟我比起来一样。谁又能说这些巨人不会同样在一个遥远的地方被比他们还高大得多的人比下去吗?不过这种巨人还没有被我们发现罢了"(II,i,71)。但是,即便在这些本体论眩晕的极端条件下,斯威夫特仔细确保物理相对性继续作为社会相对性的类比而发挥作用。因此,格列佛尽管对布罗卜丁奈格"侍女"身上的气味感到恶心,出于一种自愿,他承认她们可能"在情人的眼里一点也不显得讨厌……就像在英国我们对待这样的人儿一样"(II,v,102)。但看到保姆那"我无法用语言进行比拟的巨大乳房"这可怕一幕时,这令他"想起英国的太太们皮肤又白又嫩";当布罗卜丁奈格的人们认为他拥有"比3岁大的贵族女儿还要白皙的皮肤"时,他自己感到颇为受用(II,i,75—76,ii,80)。

客观性物理标准的相对化是最初三次旅行不可否认的成就,但如果我们认为这对现代经验主义游客的平衡带来不可逆转的伤害,那我们对格列佛不公平。实际上,格列佛好奇心的主要渴望,即"游历海外的奢望"与"把世界历史各个时期都摆在面前的奢望"因不确定的相对性经验而更加强烈,因为毕竟他一直寻求的正是这差异经验。如所有出色旅行者那样,他为这份经验做了充分准备。尽管他口中否认自己的确非常善于比较,这让他在任何独特时刻对差异进行平衡,结果就是他对变化极为适应。如果"入乡随俗"是社会同化的跨文化阐释,⑫格列佛的同化力量如此强烈,以至于对他而言,布罗卜丁奈格同时是

---

⑫ 参阅本书第6章,注释37。

第十章　次子的寓言 2：斯威夫特与欲望的遏制　509

一次上升及下降的流动性经历。的确，当英国船只靠近他在公海上的旅行箱时，他想象着对某位船员来说，将手指头勾住铁环就把它提到船上是件很轻松的事情（II, viii, 127）。但早些时候，格列佛也学会将自己周围所见的标准内在化，并带着轻蔑想起"英国老爷和太太"的矫情："我一心只注意周围的大东西，就像人们对待自己的错误一样，对于自己的渺小却视而不见"（II, iii, 91, viii, 132；参阅 iv, 98, viii, 131, 133）。

格列佛对同化比较的娴熟取决于他将自身从差异事实抽离到近似性平面的能力，及驾驭某种将品性上不同客体适应更普遍与平等化标准的认识论交换价值的能力。出于这个原因，并不令人吃惊的是，如易变、有作用的水手爱德华·考克西尔一样，格列佛是语言大师（如语言一样，"金钱"，用安东尼·阿谢姆的话来说，"只为加速商品交换而创"）。格列佛如此强地娴熟运用语言，他作为翻译家、专业化术语的审阅者及业余语言学家的虚荣得到如此膨胀，以至于他看似想在自己身上期望实现17世纪语言设计师的乌托邦幻想，即通用语言之梦。在拉格多科学院，他对若干设计极为热衷，语言借此将被机械化、物质化或寓言化，以此使之成为一个通用透明交换媒介（III, v, 166—170, vi, 174—176）。[13]

然而，在慧骃国，这个自满的梦被击碎了。此处的格列佛"费了不少唇舌，转弯抹角地说了半天，才勉强使我的主人听明白我的话"（IV, iv, 226）。最初，这看似是慧骃们理解力原始状态的结果，这在它们可怜的词语与表述贫乏方面得以体现。但我们很快明白，它们缺乏的显然更多是使语言晦涩、复杂的邪恶欲望的过剩，并在巴别塔的混乱中得到象征表示（IV, iii, 219, iv, 228）。讽刺的是，在《格列佛游记》中，

---

[13] 关于格列佛在语言与翻译方面的熟练，参阅《游记》，I, i, 第 4 页；ii, 第 15、18—20 页；II, i, 第 73 页；IV, ii, 第 216 页。关于航海术语，参阅同前，第 xxxv 页；II, i, 第 68 页。关于作为语言学家的格列佛，参阅同前，II, ii, 第 79 页；III, ii, 第 145—146 页。关于想象之旅关注的通用语言，参阅本书第 6 章，注释 38。关于阿谢姆（Ascham），参阅本书第 5 章，注释 50；关于考克西尔，参阅本书第 6 章，注释 41—42。

正是慧骃所用的语言才极为近似某种通用语。它只是被用来"让我们彼此理解,接收事实信息"。慧骃们并"没有机会去撒谎,进行虚假的表述",不仅因为它们的意志未受影响,而且因为在它们的语言中,词与物存在完美的对应与一致性(IV,iv,224)。在慧骃国,高度复杂语言的缺失直接类似高度复杂经济的缺失。格列佛在尝试英语及慧骃国语言之间翻译,即让两者在语言交换市场上平等时感到沮丧。他与约翰·班扬都谦卑地承认旧有居中和解问题的持续性与不可控性,并努力"用比喻来表述自己"(IV,iv,227)。⑭

四

如在《鲁滨逊飘流记》中那样,《格列佛游记》中的美德问题从未与真实问题广泛分离。有时候斯威夫特愿意非常直接地将它们并置。当布罗卜丁奈格国王结束自己对英国地位与道德的不一致现象抨击时,尽管格列佛"极其热爱真理",他也坦承已向这位国王就此事宜说了"比严格的真实所允许"的更有利之言(II,vi—vii,116—117)。在格勒大锥,他在告诉我们王室与贵族令人瞩目的"血统中断"之后,立即谈到"自己对现代历史"感到如何"恶心",发现"像娼妓一样的作家怎样哄骗世人"(III,viii,183)。《格列佛游记》以所有历史真实性主张、所有验证方式(一般为"现代历史"、特别为旅行叙事)来装饰。早晚提出如是主张,并予以持续坚持(xxxv—viii;II,i,78;IV,xii,275—276)。叙事夹杂着证明其自身文献客观性的信件、地图这类文件(xxxiii—viii,2,66,136,204),好几次参考符合皇家学会指示,并以其

---

⑭ 比较何西阿书(Hosea)12:10:"我已经使用了……比喻",这为《天路历程》提供了题铭。米歇尔·蒙田在描述巴西印第安人时,他类似地将经济落后与语言简单联系起来:"正是在这个国家里没有交通方式……没有服务、财富或贫穷,没有合同,没有继承与分红……没有农业与冶炼,不食谷物,不饮葡萄酒,诸如撒谎、背叛、假装、贪婪、嫉妒、诽谤与饶恕等有此释义之词从未听说过"。见《米歇尔·蒙田先生散文集》(*Essays of Michael seigneur de Montaigne*),Charles Cotton 译(1685),"论食人者"(Of Cannibals),I,第368—369页。

第十章 次子的寓言2：斯威夫特与欲望的遏制

历史真实性为基础的"日记本"（I,ii,21；IV,iii,218,xii,276）。1735年增添的序言信影射了自其初版以来所出版的那些伪续作及答案，以此印证其创立的真实性；但同时序言信中抱怨了初版印刷中的某些拼写及其他错误，其中最严重的错误就是造成量化完整性困惑的那些编辑增删之误（xxxiii—xxxvi）。我们遇到了一些熟悉的暗示，诸如叙事看似新奇，因此真实；"整体有明显真实之处"；作者已选择"用最简单的方式与文体讲述朴素事实"（II,iv,98—99；xxxvii；IV,xii,275）。最终，我们一直得到提醒，我们正在阅读的的确就是一本旅行书，并可能得到相应评判。⑮

这种评判的结果并不完全直率易懂。当然，《格列佛游记》是旅行叙事及如此密切相连的天真经验主义的讽刺之作。但当斯威夫特笔下对进步意识的批判与该意识一同蔑视贵族荣誉的虚构时，历史真实性主张的颠覆从一个普通的怀疑论动因发展而来，如果是更无情放纵的话。想象与"真实"之旅的惯例是相同的，斯威夫特在形式上的广泛解读说明了一种由吸引及排斥构成的含糊迷恋，这成为其兴趣的特点。⑯ 当格列佛将自己的历史真实性主张与道德"改造"目的匹配时，

---

⑮ 参阅《游记》，II,i,第78页；iv,第98—99页；viii,第131页；III,xi,第198页；IV,ii,第216—217页，viii,第251页，x,第266页，xii,第275—277页。关于文献：第1卷也包括格列佛对一些利立浦特文件进行的逐字翻译；同前，I,ii,第18—20页，iii,第27—28页；vii,第52—53页。格列佛告知读者自己已将一些布罗卜丁奈格黄蜂刺捐给皇家学会，以此明示他与学会的智识联系，同前，II,iii,第94页。关于印刷讹误，印刷工错误地将"Brobdingrag"印为"Brobdingnag"；比较Edward Cooke,《南海与环球之旅》(A Voyage to the South Sea, and Round the World)（1712），II,vi,此间，"塞尔柯克"（Selkirk）被校正为"塞尔克拉克"（Selcrag）。关于量化完整性，参阅《游记》，II,i,第78页，vii,第117页。

⑯ 诸多真实与想象之旅叙述者们使如是论点貌似可信，即关于我们所不知的土地、人物与奇异动物之存在的质疑可能只是反映我们的怀疑论，而不是它们的不真实性。例如，参阅本书第3章，注释48—50。约翰·阿巴思诺特向斯威夫特讲述了那些以为《格列佛游记》是真实的，并以此行事的读者们。参阅1726年11月5日约翰·阿巴思诺特致斯威夫特的信，见《乔纳森·斯威夫特通信集》，III,第180页。关于斯威夫特对旅行叙事态度的复杂性，亦可参阅Percy G. Adams,《旅行文学与小说的演变》(Travel Literature and the Evolution of the Novel)，Lexington：University Press of Kentucky, 1983，第142—144页。

他的确在重复不仅先于笛福某些作品,而且先于半属灵自传与旅行中众多实践(xxxv)的此类声明。但此目的与他感到恶心,并弃绝的"诸如改造这个王国耶胡群族的如此荒谬计划"共存,这也成为斯威夫特自身关于讽刺性改造计划有效性的终生矛盾的完全典型(xxxvi)。同样地,斯威夫特对"真实历史"不可信观点的抨击也不会如其自身那样深入,假如斯威夫特不完全致力于某种历史真实类型的话。⑰

斯威夫特将如何在叙事中讲述真实?他对此的认识论双重反转的意义为何?显然,他并不承保格列佛所说的已讲述"朴素事实"的主张。慧骃们可用语言传达及"接收事实信息",但那是因为它们是慧骃。格列佛对自己事实上漏洞百出的叙事的事实真实性之承诺由此成为其错误的一个明显标记。无论如何有错,他也坚定相信慧骃们的智慧。在他把它们的智慧传递给我们时,他在叙事中运用了另一种真实讲述方式,在随后这番话中他是这样阐述的:"游记作者的主要目的是使人变得更聪明、善良,举出一些异乡的事例,不管是好的还是坏的,来提升人们的思想"(IV,xii,275)。关于历史如何通过事例讲授真

---

⑰ 洛克已对普通且不加批判的假设,即归因于《格列佛游记》的政治寓言大多都出于斯威夫特之意予以重要的反驳。但他也错误地暗示,特定历史案例的参考对斯威夫特在此研究中的目的而言是陌生的,也错误地坚称"将意义如此深藏,以至于寓言要么不被人确认,要么当然得不到阐释,如果所发现的寓意适得其反的话"(《格列佛游记的政治》,第106页)。我已在更早的时候论证,寓言阐释的不确定性为斯威夫特及其同时代的人提供了调查调停问题的重要聚焦,特别是对诸如斯威夫特这类的人来说,这个问题因对直接进入真实之可能性的天真经验主义或热切的信仰而被琐碎化与恶化。在《木桶的故事》(1704)中,这最为明显,其间,斯威夫特同时抨击深层与浅层阅读的对立但互补的讹误。在《格列佛游记》(III,vi,第175页)政治寓言家情节中,斯威夫特通过称自己的读者们为"特比尼亚(Tribnia)王国中""被称为兰格登(Langden)的本地人"方式为读者创设了某种近似两难类型。洛克认为这些是"简略的侵入变位词,使得这个讽刺具有毫无必要的特定性"(《格列佛游记的政治》,第82页)。但这些名字的作用就是让我们必定涉入阐释问题之中,因为通过自动将它们译解为"英格兰"与"英国",我们复制了那些设计家的行为,而斯威夫特在此迫使我们鄙视他们。另一种此类说法就是暗示,此处斯威夫特运用第二等级讽刺,其主要目标并不是完全是真实的"英国人",而是过度详尽阐释,正如那些需要阅读当前流行秘史与影射小说(参阅本书第1章,注释99—100)。斯威夫特此处对我们开了个小玩笑。但阐释不确定性的批判问题尽管可能令人感到适得其反,但是一个渗入他自己思想诸多领域的严肃问题。

第十章　次子的寓言2：斯威夫特与欲望的遏制　513

实与美德的这番阐述实际上比格列佛及斯威夫特的实际行为所担保的更传统，因为详细的、起验证作用的细节结构如此之密，以至于不能用我们多少有些焦灼的坚称它"完全是讽刺的"这番话加以消解。⑱

《格列佛游记》的认识论可能被有效地与前一世纪结束时最敏锐、最自觉的属灵游客的认识论比较，其朴实文体及历史真实性是借以达到贯穿于，但不是存在于事实之中的真相的工具。⑲ 但斯威夫特的寓言显然是非基督徒的，既然我们未被要求承认匿身于文本作者之后的实际作者，我们并不过度关注将斯威夫特所创，但被格列佛否定的欺骗归于某个最终更高起源的过程。因此，斯威夫特通过颠覆经验主义认识论对现实主义现代理念与美学的内在化灵性增长做出贡献，笛福则通过相反的方式完全达到同样的效果。斯威夫特的寓言教育可能暗中为其回到如何在叙事中讲述真实的不合时宜态度正名，一部分原因是，它在某种程度上已通过自觉剔除更现代的替代品而赢得如此行事的权利；一部分原因是现代替代品正在学习如何通过复兴亚里士多德学说而将其自身与美学普遍性理念调和。在这方面，以及在斯威夫特的叙述方法必然致力于，并用以抨击客观性经验主义理念的观察主观性武器方面，他的方法都是站在"现代替代品"的最前沿。假如这个抨击只是基于神性与神意旧有不可寻性质之上，那么它是无效的。然而，针对唯物主义自足的现代化批判取代传统批判过程中，斯威夫特的确如笛福一样参与思想替代灵性的现代过程。⑳

不过，也有其他的方式来理解《格列佛游记》为何是非基督教作品。在《鲁滨逊飘流记》中，笛福愿意半隐喻性地提到鲁滨逊的"原罪"，因为本着进步意识的乐观精神，他愿意这样构想：地位不一致可以得到补偿，并可被克服，作为其最不可更改之样例的原罪象征着地位不一致。斯威夫特并没有提及原罪，因为他的社会视野也彻

---

⑱ 参阅我们将如何理解格列佛历史真实性主张的深度讨论，见Rawson，《格列佛与文雅的读者》，第9—10页。
⑲ 例如，参阅威廉·奥凯利（William Okeley），本书第3章，注释56。
⑳ 关于这些事宜，参阅本书第3章，第6节。

底地被坚信原罪的意识渗透。在慧骃身上,他想设定一种生物类型,即没有地位不一致经验的类人,但必然不是人类的生物。在布罗卜丁奈格,格列佛已展示抵制负面社会化的出色力量。他曾被比作黄鼠狼、蟾蜍、蜘蛛、斯卜来克努克(splacknuck)、金丝雀、青蛙、小狗、微型昆虫与令人讨厌的小害虫,这每一次拟兽化便是他抵制的证明,但他能够完全如自己应对巨型人类主人那样将其予以认同。在慧骃国,耶胡们用某种有效兽形的近似挑战与格列佛对峙,而后者一时挡之在外。

当格列佛初次遇到耶胡时,它们是"野兽"、"丑陋的猴子"、与自己早就发现的"众多人类脚印"没有任何关系的畸形"动物",以及被推测像"牛"那样服务"当地人"的"被咒诅的生物"(IV,i,207—208)。当惊人的近似越发难以回避时,他试图藏起"服饰的秘密,以尽可能地区别"(IV,iii,220)。但最终,格列佛不得不承认"自己与它们耶胡之间完全一样"。当一个年轻的女耶胡看他洗澡时"欲火焚身……无法再否认自己的确是耶胡"(IV,vii,242,viii,250—251)。他仍心有期许,慧骃们"会纡尊降贵地将自己与其他耶胡予以区分",但当全国代表大会敦促他的主人"要么用我如用其他耶胡一样,要么就命我泅水回到我来的地方"(IV,x,262,263)时,他彻底绝望。

因此,格列佛不得不违背自己"入乡随俗"的意愿。这种同化的准确意义为何?将格列佛自己理解成这个族群的纯粹形式,而"腐化的"耶胡们已从中"堕落",这当然符合他为自己谋求的自尊利益(IV,iii,222,viii,249)。这个观点从自己主人阐释关于耶胡起源的传统故事过程中得到某些支持,格列佛意味深长地加上这么一句:"它的确受了我的暗示"(IV,ix,256)。㉑ 但格列佛讲述的欧洲文明,对耶胡的客观评论及慧骃们的智慧,所有这些都指向一个相反的结论:欧洲人拥有的理性特质已变质、腐化、恶化,并且孵出他们自然而然与耶胡们共有的

㉑ 在首版中,格列佛详述此种阐释,以此暗示耶胡人只是"极不要脸"的特定英国人后裔,参阅《游记》,"文本注释",第306页。

邪恶与需求,并使他们毫无疑问地成为这个族群堕落的野兽形式(IV,v,232,vii,243—248,x,262,xii,280)。金钱的"腐化"(其看似创造性的、闻所未闻的欲望与虚荣的能力)是理性"腐化"的次类别。两者都为部分人类特有,其邪恶欲望已因自然与习俗的禁锢而变得如此不受限制,以至于要求终极可怕的存在认同,而它们自身就是何为自然的标准。㉒

涉及《格列佛游记》第4卷的"阐释的软学派"(soft school of interpretation)之基本论点就是斯威夫特通过将慧骃们描写成无激情与冷漠的动物默然且明确表述自己对它们的不信任。这个论点无视在斯威夫特作品中,遏制激情如何一直作为正面的规范而发挥作用。实际上,斯威夫特告诉我们慧骃们所用的语言非常适合激情的表述(IV,i,210)。的确,较之于我们,它们的激情与需求少多了,但它们缺乏的欲望中有"权力与财富的欲望"这一项,而英国首相这一可憎类型显然拥有甚至比慧骃们还要少的激情,"不会运用其他的激情,只知一味追求财富、权力和爵位"(IV,iv,226,228,vi,239;亦可参阅 IV,vi,236,viii,253,至于激情,慧骃们并不知道)。慧骃们几乎没有激情,并对诸如计划婚姻、节欲实践、选择性审查并最终驱逐格列佛等事宜施加自然与慎重限制,正因为如此,它们已避免人类的堕落与腐化(IV,v,231—232,viii,252—253,x,263)。㉓

慧骃们的智慧需要的并不是不受腐化影响,而是加以防范的远见与

㉒ 参阅本书第5章,第4节。关于人类理性起到腐蚀,而不是提升人性的理念在政治与乌托邦文学中颇为人们熟悉。例如,Gabriel de Foigny,《未知的南方大陆新发现》(*A New Discovery of Terra Incognita Australis*)(1693),第75—76页。睿智的老人告诉萨德(Sadeur),他的同胞"拥有某些理智的火花,但他们如此虚弱,以至于并不是对他们进行启蒙,而只是起到引导他们在自己错误方向更加稳步向前的作用。"

㉓ 如其他保守作家们一样,斯威夫特因此暗中讥讽了如是进步主张,即对贪婪激情的放纵可能有助于抵消更具毁灭的力量,参阅本书第6章,注释25、53。关于阐释的软硬学派,参阅 James L. Clifford,"格列佛的第四次旅行:阐释的软硬学派"(Gulliver's Fourth Voyage: Hard and Soft Schools of Interpretation),见《感知的敏捷之源》(*Quick Springs of Sense: Studies in the Eighteenth Century*),Larry S. Champion 编辑,Athens: University of Georgia Press,1974,第33—49页。

意愿。它们在驱逐格列佛时的智慧在如是事实中得以显明,即他同化主义的虚妄决不受限于自己以耶胡的地位而被接受的条件,这反而激励他成为慧骃中的一员。在必定为上升流动性野心的极端样例中,格列佛渴望获得更高等级的地位。当我们想起他如慧骃那样一路小跑,咴声嘶叫的意象时,我们对此番公正而惊叹,现在这位科学家的唯物论自满借此在自己得以模仿道德卓越的无望肢体模式中得到表述(IV, x, 262—263)。㉔ 格列佛对马儿的模仿是自己与鲁滨逊绝对统治与神谕天意形象对等之物。两人都在从事后皈依的"改善"计划,但鲁滨逊从作者那儿得到许可,无恙地将英国社会投射到自己的荒岛之上,并将准许其欲望的神性形成内心形象。格列佛为在海外寻找一位理想英国人所做的种族优越感尝试始终未能如愿,慧骃们绝对抵制这种心力内投(introjection)。

尽管我们可能受到诱惑得出肤浅教训,即这种特定转变已失败,斯威夫特的确一直在反思存在于心力内投心理过程的所有可疑转变。如果这些转变的主体足够自信到确定自己已获成功,那么这些转变才会成功。所以,他给我们提供了一位主角,其所在的乌托邦不能被内在化,他本人不能"塑造"自己,其社会流动性显然不能预示属灵成就,因为尽管他可能做各种努力,他不能成为自己所不是的那人,这个真相尤其在其尝试意愿中得到证明。鲁滨逊·克鲁索那诚实的老葡萄牙船长起到促使他想起自己已得到提升的属灵地位,并提供社会群体的外在认证作用。格列佛那诚实的葡萄牙船长彼得罗·德·孟戴斯先生(Don Pedro de Mendez)的存在就是提供这种相同确信,格列佛难

㉔ 慧骃穿针引线时令人发笑的愚笨在另一方面是斯威夫特对未尽全力的努力而予以的温和自我嘲讽,即借助身体近似而将慧骃向人性调停,这是他关于笔下主角不足的非常微不足道的阐释。但注意到甚至在此处,正是格列佛通过借给母慧骃一根针的方式创设了这种不一致,见《游记》,IV, ix,第 258 页。本着格列佛虚妄的野心,斯威夫特将玛丽·卡尔顿(Mary Carleton)的绝望与自我审查的抱负比做某个不同性别(参阅本书第 6 章,注释 32—34)。对她的雄心予以同情是件容易的事情,而在格列佛的案例中则不尽然,因为她的雄心等同于获得自己配得权力的恰当欲望,而不是超越自己内在才能的虚妄的地位跃升。

以忍受他的事实预示了一个很好的双重性。因为它支持了一个痛苦的真相,即甚至最好的人也只是人类(格列佛已否定这些轻易证实);它也支持了一个痛苦的幻灭,即格列佛不喜欢彼得罗先生是与自己持续坚信自己与众不同密不可分。

因此内心已分裂的格列佛重新回到英国,购买了"一处小小的土地",退隐耕耘"我那小小的花园"。他借此举用自己开始的双重轨迹完成了一个特别的环形保守情节模式:被人蔑视的乡绅心怀怨愤地重回自有地产的飞地(这种类型也欢迎孟诺第及斯威夫特本人的退隐);失败的次子喜剧性地归隐乡间,他内心骄傲膨胀,对自己在城市或宫廷遭遇的失败不可理喻地愤怒(xxxiv,xxxvi;IV,xii,279)。作为地位不一致叙事阐释的《格列佛游记》之力量不能与其阐释意愿的力量分离,后者从比喻层面对我们关于易变性与不一致更普遍的条件进行解读。历史退化与循环腐败的讽刺主题无所不在:既在格勒大锥的亚里士多德证言之中,当时他在阐述"自然的新体系只是新方式"这个保守格言,新真理只是概述已被取代的讹误;也在斯特鲁布鲁格(Struldbruggs)案例之中,这些人对格列佛而言似乎允诺了一个可能"防止人性持续堕落"的"古代美德",但实际上他们只是身体与思想腐败的可怕象征(III,viii,182,x,192,194)。㉕

然而,斯威夫特在《格列佛游记》中所研究问题的普遍性可能被夸大。在对充满野心的廷臣与忘恩负义的君王批判的重要时刻,我们被告知我们关注的是现代时期与现代世界。我们在利立浦特政治中就听到的这些耳闻能详的危机始自当今皇帝的曾祖父,并延续到当下(I,iv,32—34,vi,44)。布罗卜丁奈格当前稳定时期始自当今国王那位结束内战的祖父统治时期(II,vii,122)。古代英国农民的美德已被他们腐化的孙子辈们挥霍,后者现在甚至无所顾忌(III,viii,185—186)。换言之,斯威夫特影射的动荡时期大多数情况下一直是指之前的世纪。在最后分析中,确认《格列佛游记》将勒末尔·格列佛的微型

㉕ 关于保守情节的循环模式,参阅本书第6章,注释21—22。

情节与这些17世纪英国历史宏观情节的影射召唤交织在一起,以此明示、阐释某类讹误与腐化类型,这似乎是重要之举;而从某种非常重要的程度来说,斯威夫特视此为某种现代现象。

第十一章　冲突的体系化 1：
理查逊与服务的家庭化

一

《帕梅拉》(1740)中的历史真实性主张与其书信体形式密不可分。至少在初版中，理查逊只是以构建真实"历史"的一套真实文件的"编辑"身份出现。只有名字与地点被更改。没有其他"掩饰事实，阻扰反思，使事情不自然"之举，所以我们"让《帕梅拉》一书如其本人所写的那样，用她自己的语言，没有任何增删"。① 因为这是一部文献历史，《帕梅拉》不是传奇，并借此极有资格进行说教训诫与道德提升。这个熟悉的基本原理把理查逊与叙事中的天真经验主义现有特点，及具体与合理的方式为道德与灵性目的提供最好的居中和解方式的新教信仰联系起来。理查逊后来向朋友们披露，尽管这些信件自身并不

---

① Samuel Richardson,《帕梅拉》(*Pamela; or, Virtue Rewarded*),T. C. Duncan Eaves 与 Ben D. Kimpel 编辑，Boston：Houghton Mifflin, 1971, 第 7 页，序言信作者归于威廉·韦伯斯特牧师(the Reverend William Webster) 名下；亦可参阅第 5 页，让·巴普蒂斯特·德·弗雷维尔(Jean Baptiste de Freval)的信。正文中所有引用参考均源自此版本。关于作为"历史"的《帕梅拉》，参阅第 5、409 页；关于作为"编辑"的理查逊，参阅第 3、4、6、9、412 页；关于编辑声音的介入，参阅第 89—94、109、142、408—412 页。第 2 版增添的某些导言材料涉及《帕梅拉》的"作者"，亦可参阅第 10、17、22 页。

具备文字历史真实性,但存在"一个奠定帕梅拉故事基本框架的原始事实基础",这是他多年前听到的某篇阐述中的一句话。《帕梅拉》初版是以简单的书信体形式出现在理查逊的《私人信件》(*Familiar Letters*)(1741)中。但就在该书完成之前,他"放手扩充,因此帕梅拉就成为你们见到她的样子"。② 《帕梅拉》很快以两卷本形式出版,但其取得的惊人成功催生了更多的且非作者所愿的伪续作作者,他们无畏到足以声言,是他们,而不是写就原作的作者拥有这批真实文件。这迫使理查逊出版自己匆匆写就的两卷本续作。不同于塞万提斯,他并不是让笔下的人物反思自己在第1部分中的文献客观性,但他的确非常生气地加以坚持,以防别人"将新的续作强加给读者公众……B 先生关于之前4卷暗示的每个主题的评论与作品所有副本……现在汇

---

② 1741年1月塞缪尔·理查逊致亚伦·希尔(Aaron Hill)的信,见《塞缪尔·理查逊书信选集》(*Selected Letters of Samuel Richardson*), John Carroll 编辑,Oxford: Clarendon Press,1964,第39—41页。此处讲述了"真实"的故事(第39—40页),并在1753年6月2日理查逊致约翰尼斯·斯廷斯塔(Johannes Stinstra)的信中再次得到暗示,同前,第232页。参阅 Samuel Richardson,《在最重要场合为特定友人所写之信》(*Letters Written to and for Particular Friends On the most Important Occasions*),经布莱恩·唐斯(Brian Downs)编辑为《重要场合的私人信件》(*Familiar Letters on Important Occasions*), London: Routledge, 1928,第138、139封。关于历史与道德训诫之间的关系,参阅德·弗雷维尔的信,《帕梅拉》第4页:"因为,当它从反常幻想的传奇表述中并没有借鉴如何卓越之处时,它以真实与自然为根基,建构在经验之上,将成为对见识与明智的恒久推荐。"关于新教基本原理,比较理查逊笔下的班扬式解读:"我正在尝试写一个故事,这将吸引年轻人轻浮的思想,当热情高涨时,将揭示这些热情如何可以指向令人称道的意义与目的,以此斥责此类有煽动与腐蚀倾向的小说与传奇……如果我们可以得体地将教诲与娱乐相融合,以此使后者看似一种观点,而前者是真实的目的,我可以想象这会一直发挥巨大作用",1741年8月31日理查逊致乔治·切恩(George Cheyne)的信,见《塞缪尔·理查逊书信选集》,第46—47页。当然,理查逊意识到娱乐方式可能僭越教诲目的的危险;例如,参阅《克拉丽莎》(1747—1748), I, xv。理查逊是在繁殖天真经验主义品种过程中具有重要意义的若干作品的印刷商,例如笛福的《新家庭导师》(*A New Family Instructor*)(1727)与丘吉尔的《旅游合集》(*A Collection of Voyages and Travels*)(1732)的扩充版;参阅 William M. Sale Jr.,《塞缪尔·理查逊:印刷大师》(*Samuel Richardson: Master Printer*), Ithaca: Cornell University Press, 1950,第94、160、162页。

聚一册"。③

　　书信体方法允许理查逊笔下的人物甚至在自己叙事的第 1 部分就参与自我指认话语,这与塞万提斯笔下的人物有所不同。理查逊充分利用这个优势暗示其素材的文献客观性。如果历史真实性主张存在于如是断言,即某人正在说的故事的确已发生,那么理查逊笔下这个惯例典范取决于自己对就在此时,确在发生之感的创造。"写至即刻"(writing to the moment)这个著名的理查逊式技巧,即"正在书写的信件让人们对引发动笔的每个情境有直接印象"(4)与自我指认效果密切联系,叙事借此将其自身生产与消费的过程融为其主题事宜。因帕梅拉在恐惧中"中断"书写而造成的文本空白(26,40,53,78,317),

---

③ 引自 T. C. Duncan Eaves 与 Ben D. Kimpel,《塞缪尔·理查逊:自传》(Samuel Richardson: A Biography),Oxford:Clarendon Press, 1971,第 148 页(某位理查逊匿名通信者注意到这与塞万提斯困境极尽相似之处,参阅同前,第 138 页)。因此,理查逊利用"真实事件"客观权威的尝试因自己在任何情况下主张的驾驭文献本身的个人权威需要而部分得到妥协。如果他不是一位创造者,他至少是位业主。当他自己的续集得到印刷时,他以自己的名字为两卷新书获得版权,并与合作的书商一道"通过获得单独印刷、出版、销售 4 卷本的皇家许可进一步设法努力保护自己的利益免遭删节与盗版之损"(同前,第 145 页)。关于伪续作,《帕梅拉的生活》(The Life of Pamela)(1741)作者现在从"森迪福德修道院(Shendisford Abbey)的帕金斯先生牧师(the Reverend Mr. Perkins)手里获得原始文件",并斥责"把与已发表的《帕梅拉》一书有关,但为他人所写之书拼凑起来的任何人",而这包括了"当编辑并不知真实事时,他在创作中所提供的细节"(2n)。亦可参阅《帕梅拉的贵妇生活》(Pamela in High Life: or, Virtue Rewarded. In a Series of Familiar Letters from Pamela to her Parents. Carefully Extracted from Priginal Manuscripts, communicated to the Editor by her Son)(1741)。为约翰·凯利(John Kelly)所写的《帕梅拉的贵妇生活言行》(Pamela's Conduct in High Life)(1741)第 1 卷刊印的广告轻蔑地自夸,该书"从原始文献编辑出版而成,未曾获得《帕梅拉,或美德的回报》一书假冒作者的同意,甚至不为其所知"(引自 Eaves 与 Kimpel,《塞缪尔·理查逊:自传》,第 138 页)。当然,菲尔丁在《莎梅拉》(1741)中也写下这类声明,尽管出于极端怀疑论的有意戏仿的观点;亦可参阅本书第 12 章,注释 24。关于《帕梅拉》的仿作、续作与戏仿讨论,参阅 Bernard Kriessman,《帕梅拉-莎梅拉》(Pamela-Shamela: A Study of the Criticisms, Burlesques, Parodies, and Adaptations of Richardson's Pamela),内布拉斯加大学研究,no. 22, Lincoln:University of Nebraska Press, 1960。关于理查逊仓促续作的最好阐述,参阅 Alan D. McKillop,《塞缪尔·理查逊,印刷商与小说家》(Samuel Richardson, Printer and Novelist), Chapel Hill:University of North Carolina Press, [1936] 1960,第 51—59 页。当前讨论只涉及《帕梅拉》的第 1 部分。

我们被告知眼泪与颤抖中所写之言污损了原始手稿的平整表面(25,159—160,171),这一切构成极为情绪化的"感知证据",后者极近戏剧的表现与客观力量,同时避开其易被否定的弱点。④

然而,在整个叙事中,特别是在被囚于林肯郡的初始,我们注意到帕梅拉节约使用自己的纸张、笔、墨、封缄、封蜡及写书信与日记所需的物质供应(95—96,105,113,134)。她有时会仔细概述已写与积攒的小袋里的内容,即使我们并不费力地正面确认其回顾的精确性,对如此易受系统对照影响的这种客体集合,我们仍对其留有客观完整、首尾一致的微妙且普遍之感(197—198,204—206,238—239)。在将权威与客观性归于本叙事时,我们不仅从其作者,而且从其他文中读者们那里得到提示。当 B 先生就帕梅拉关于她与威廉斯牧师(Parson Williams)之间事情的描述争执时,她温和地提请他去读读"日记"(200)。一旦他们达成和解,"日记"的地位已变得如此经典,以至于 B 先生能暗指其微小细节,仿佛在暗指他们与我们共有的经文。⑤ 他甚至一度在宅邸附近转悠,将帕梅拉叙事中的事件与它们发生场地的有形真实性联系起来(例如,208)。

所以,《帕梅拉》与帕梅拉本人之间的认识论地位难以分离,难以与帕梅拉对可信度的声言及其证明如此的能力分离。真实问题为解决理查逊叙事中的社会与性别冲突大多问题提供了一个手段。不用说,B 先生并不总是如此满意地把帕梅拉的话视为权威之言,既然她的话促进的是特有进步意识情节(我随后会回到这一点)。早些时候,

---

④ 参阅本书第 3 章,注释 81—86。作为文献真实性标记的打断与中断自身就是书信体话语的惯例,参阅 Robert A. Day,《用书信讲述》(*Told in Letters: Epistolary Fiction before Richardson*), Ann Arbor: University of Michigan Press, 1966,第 50—51、91—93 页,第 225 页,注释 20。

⑤ 参阅《帕梅拉》,第 266 页。此处自觉暗指自身涉及属灵暗示更早段落,即帕梅拉对第 137 首诗篇的修改(第 127—128 页)。帕梅拉对《圣经》的解读是在危难之中所写,并已与其自身阐释合并,如今可以清楚地看到她的改写与原文逐行逐段的并列对比(第 267—271 页)。仿佛出于此举,帕梅拉的文字获得某种自动经典性的权利,因为此后不久,B 先生就对向日葵作了完全"世俗化"的暗指(第 272 页,暗指第 120 页)。

他一直指责她的"传奇讲述",针对她那被谋算的清白与他自己邪恶意图之间的绝对道德鸿沟编造荒谬的、不符合事实的幻想虚构(42,45,48,71,90,144—145,162,181,201,202)。对 B 先生来说,帕梅拉是位女巫、女魔法师、妖女、如堂吉诃德的邪恶智者那样使现实变形的有心计的吉普赛人(40,44,48,55—56,62,146,155,156,162)。如塞万提斯笔下的主角一样,他装作同意贵族格言,即他自己的可信度相反就在本人身上体现:他这样对帕梅拉的父亲说:"请您稍稍想一下我是什么人。如果您不相信我,那么我们的谈话还有什么意义呢?"(93)但事实上,B 先生极力用自己的虚构将帕梅拉的进步谋划咒语颠倒过来,而这个虚构在意识形态方面具有贵族特点,甚至常用书面形式。

尽管强奸帕梅拉可能看似是 B 先生未曾弱化的痴迷欲望,他真实的观点似乎就是,此为实施可敬,但实为个人真正野心之贵族谋划的糟糕粗鲁权宜之计。B 先生的朋友西蒙·丹福德爵士(Sir Simon Darnford)在与自己妻子的对话中对此谋划给出最简洁与最轻松的诠释:"'哎呀,我亲爱的,这算得了什么呀,只不过是我的邻居看上他母亲的侍女罢了!如果他注意照看,那她就什么也不会缺少,我看对她不会有什么了不起的伤害。他做这种事情并不危害其他任何家庭'"(122)。问题就是帕梅拉的"需求"与幸福的平民情妇这传统故事的前提矛盾。B 先生为满足她的"需求"所做的最费力的尝试就是一套书面"条款",其间他提出一种安逸舒适的生活,"就好像你是我的妻子……愚蠢的婚礼仪式已经结束"(166)。帕梅拉通过逐条驳斥他的建议方式表明自己对此虚构的轻蔑。正是在读完这封回信后,B 先生进行了最直接,但也令人奇怪的含糊尝试。因为当 B 先生把帕梅拉按在床上时,他并不是进而强奸,而是大喊:"'我要告诉你,帕梅拉:你现在要明白,你是在我的控制之中!……如果你仍决定拒绝我的建议,那么我不会放弃现在这个机会……那么请对我发誓……你将接受我的建议!'"(176)在这关键时刻,B 先生透露的是主导自己的并不是严格意义上的情欲,而是政治动机,他运用权力使后者存在于使其他人把某人的事情阐释接受为权威的能力之中。B 先生的假结婚谋划只是这些"条款"不怎么坦白的变体。既然帕梅拉拒绝同意这种奢华的非法婚姻的基本剧本,那么她就必须被纳入这场假结婚之中,并使其相信愚蠢的婚礼仪式真的已结束。强奸未遂一幕过后不久,帕梅拉首先从吉普赛人留下的匿名纸条中得知了这个谋划(196)。后来,B先生对她更全面地讲述在如此状态中,他们会怎样"非常恩爱地生活"(230)。就在她自己被说服,暂停质疑之前,戴维斯夫人冷酷地讥讽帕梅拉的"轻信",视假为真(323,325,328,330)。⑥

因此,尽管 B 先生暗示帕梅拉及其父亲因为读太多的传奇而让脑子装满了各种幻想(90,93),他要提出自己的虚构。他有时能够忽略更大的谋划以专注更小的情节,他甚至可能更具创造性,想出父爱与逼婚的贵族主题。为了安抚帕梅拉的父亲,B 先生坚称自己已暂时送帕梅拉去伦敦,以阻止她与一位穷困潦倒的牧师之间欠缺考虑的婚配。他说,这场婚姻的主要障碍便是金钱。但他打算为这对年轻夫妇提供资助。他所编之言足以圆满到欺骗了安德鲁斯先生,事实上也让可怜的威廉斯牧师相信自己与帕梅拉婚姻的唯一障碍就是得到后者的首肯。应该指出的是,B 先生用信件欺骗了这两人(90—93,131—132)。⑦

不过,他最令人印象深刻的一招还是他给农场佃户寄去的那封

---

⑥ 近来评论家们已经确认 B 先生并不主要受性欲的驱动。特别参阅 Mark Kinkead-Weekes,《塞缪尔·理查逊:戏剧小说家》(*Samuel Richardson: Dramatic Novelist*), Ithaca: Cornell University Press, 1973,第 22—23、50—51、108—109 页; Margaret A. Doody,《自然的激情》(*A Natural Passion: A Study of the Novels of Samuel Richardson*), Oxford: Clarendon Press, 1974,第 47—48 页。参阅 B 先生与帕梅拉的"故事感觉"之间的暗示对比,见 Patricia M. Sparks,《想象自我》(*Imagining a Self: Autobiography and Novel in Eighteenth-Century England*), Cambridge: Harvard University Press, 1976, 第 197 页。

⑦ 在威廉斯(Williams)看来,自己就是试探性进步情节的英雄,他通过大胆的求婚提议将帕梅拉从淫邪之人腐化中拯救出来(《帕梅拉》,第 129—130 页);但这个情节安排从 B 先生慷慨包办婚姻的情节那里得到同化。关于 B 先生初次提及此事,参阅第 85—86 页;关于帕梅拉对强迫婚姻的预见观点,参阅第 291—292 页。如我们可能预期的那样,她的父亲给她完全的婚姻选择自由(第 142 页)。比较帕梅拉与玛丽·卡尔顿两人的困境,后者因将自己丈夫传奇化而被称为传奇讲述者(本书第 6 章,注释 22;亦可参阅本书第 6 章,注释 32—33)。

信。在把帕梅拉绑架到林肯郡宅邸期间,他让帕梅拉在他们家留宿。他告诉这对诚实的夫妇,帕梅拉是一位卷入具有毁灭性风流韵事的、固执任性的年轻贵族小姐。B 先生已安排好这出救赎性质的诱拐以"报答她的父亲"。当然,帕梅拉否定了这一切。当帕梅拉准备让自己求得他们怜悯时,她意识到自己已被算计了:"我看到所有的谋略都泡了汤,不能再多说什么了……我看到他待我非常不好,就像那些施用诡计的有钱人一样"(100)。的确,"这位农夫对他所写之信的内容先入为主",以至于"让我成为他女儿从中得益的教材。"所以,帕梅拉发现在短暂的时间内自己成为微型帕梅拉的对立面,在女儿尽孝及遵从自己父亲方面具备所有文献历史真实性与道德训诫(100—101)。本着这普通风格,实际上 B 先生虚构中最怪诞之处可能就是朱克斯太太(Mrs. Jewkes)所言。因为正是她告诉帕梅拉,主人最新的计划就是强迫威廉斯把帕梅拉嫁给可怕的科尔布兰德先生(M. Colbrand),后者又会将她卖给 B 先生! 帕梅拉在怀疑与言之有理的多疑轻信之间左右为难:"这简直是骇人听闻的强迫包办婚姻! 尽管这是不可能的事情,但它可能会被利用于一个正在策划中的什么阴谋!"(157)

然而,尽管 B 先生在这场谋划者之间的争斗中极有技巧,但他当然不是帕梅拉的对手。不是他对她所做的多次阐释,而正是她那"关于我自己的小故事"(173)紧密接近《帕梅拉》更大的轮廓,因为是她,而不是他所写的信压倒性地主宰了这个叙事。是她更多地讲述他的故事,而不是反之。他甚至学会以她对情节的解读为基础予以重述(例如 267)。但在这方面没有相互性,因为当他将"指定"帕梅拉寄给杰维斯太太(Mrs. Jervis)的信件形式时,他坚持要求她"不更改一字一句"。帕梅拉无恙地对其重写,理查逊小心地保证我们最早看到她写的版本(93—94,108—109)。然而,帕梅拉作为作家的力量完全取决于 B 先生成为读者的有效性。这是自相矛盾的,因为他得到她所写之信的事实(从一开始就在她不知情的情况下悉数阅读)数他了解她,并进行控制的主要原因(40,83,89,111)。的确,这就是帕梅拉本人如何看待此事的。一旦被囚在林肯郡,对她而言,与外界隔绝的事实近似听众的缺失,近似即便她能写,但也无法被阅读的事实(102,105,106,120)。唯一令人慰藉的事情就是现在她的文字至少不会被 B 先生截收、阅读。在隔离的危机中,帕梅拉不再写信,而如鲁滨逊·克鲁索那样开始写日记(94)。她现在开始将自己的时间分为秘密写作与"在这邪恶主人到来之前设法找到某种逃跑的方式"(104)。但当 B 先生抵达时,她的逃跑企图失败了,并在强奸未遂后不久,朱克斯太太发现了一袋子她写的文字。此番偶然发现剥夺了帕梅拉的个人私密:"我可以说,他现在可以读到所有我对他的个人看法以及我所有的秘密"(197)。当 B 先生要求阅读她其他日记时,她也害怕真地被人脱衣,因为这些文字都已缝入自己的内衣中。了解到他将只阅读自己未来的文字,她确信这只会让自己失去撰写文字时的自由与坦诚(204,206,208)。

不过,帕梅拉错误理解了这一切。B 先生阅读她的文字,这已挑战他对两人各自极大不同角色的原有期待(例如 76,81)。必然"把我自己尽可能近地置于你的位置中",他已学会同情、认同她,如果仅从策略的角度而言(108)。现在,面对一个得到验证的延续叙事,他的心被帕梅拉经历过的试炼这"极动人的故事"融化,不只是这些事件本身,而且是"你用来照亮事情的光"(207,208)。他已采用她的视角:"因为你在我这里有一位非常有影响的辩护人"(200)。B 先生已不再是帕梅拉的敌人,反而成为她的理想读者。之前,他已坚持要求她以他"指定的"、未经更改的形式重写。现在他要求她不要更改自己所写的一个字(204,237),不是因为他尊重其文献历史真实性,而是因为它已获得这艺术客体稍微有些出入的真实性。这是对某个连贯动人情节的"美学"回应,在 B 先生的如是忏悔中得到阐释:"你这悲伤的故事及对此甜蜜的反思深深地打动了我。""我很想看到你策划的详情细节……当你叙述你的经历时,在你的策划和我的策划中有着传奇故事的生动情趣,十分有意思,我会得到更好的启发,知道怎样把这部精彩小说中曲折离奇的故事写出个结局"(201,208)。理查逊的语言在历史真实性主张与现实主义学说、作为欺骗的情节与作为美学构建的情节、作为对修辞力量的提取顺从与作为不信任的自愿暂停的文学"接纳"之间保持平衡。不久,其他读者们开始暗示文本的自主与自足,通过与文本可能得以指定的文类标签实验方式暗示其从"真实"记录的现实而出的可分性(212—213,255,374)。⑧

因此,帕梅拉的私人日记,其被隔离的象征出于天意安排而被揭示为一种手段,她借此开始应对自己最好的读者,她在被囚状态中的坚持结果成为自己从中得救的最好方式。此外,帕梅拉本人的文字唤起这些鲁滨逊自相矛盾"神意社会"的回声:"请看看上帝奇妙的处理方式吧!我原先最害怕他看到或知道的东西,就是我所写信件的内容;现在他看过之后,我希望它已消除了他原先的一切疑虑,而且还使我得到了幸福……因为假如我已逃脱,这曾是我的主要念头,并且全心如此,那么我就失去了现在摆在我面前的祝福,可能一头扎进我本可以避免的苦难中!"(261)帕梅拉热切地将这种天意力量与 B 先生联系,这与他自己对她日记创造性力量的臣服一致。一直到那时,她也非常坚定地把他更多地与吕西法(Lucifer)、邪恶天使、魔鬼化身联系在一起(45,61,65,86,100,175,181,196)。然而,一旦他准备接受她的条件,并感谢"你那圣洁天使战胜了我的邪恶天使"(231)时,帕梅拉准备让吕西法重回自己在天父身边的合法位置(例如 232,233,262,263)。所以,就帕梅拉而言,这些明显动物般顺从的实例被我们此番了解而设定于这样的视角,即它们严格的前提就是 B 先生认可她在某种意义上已创造他自己。

如鲁滨逊一样,帕梅拉也学会将神性内在化了吗?一位同时代

---

⑧ 因此,帕梅拉从中断的通信向持续撰写日记的转变对叙事的修辞逻辑与情感发展是重要的,评论家们错误地将其视为书信方法的"失败",以及《帕梅拉》形式上逊于《克拉丽莎》的例证。参阅 Ian Watt,《小说的兴起》,第 208—209 页;Donald L. Ball,"《帕梅拉》第 2 部分:身为小说家的理查逊创作发展首要节点"(*Pamela II: A Primary Link in Richardson's Development as a Novelist*),见 *Modern Philology*,65, no. 4(May, 1968),第 341 页;Eaves 与 Kimpel,《塞缪尔·理查逊:自传》,第 149 页。

的读者向理查逊提出这样的建议:"如果她更少重复上帝的神圣之名,那就少一些近似鲁滨逊·克鲁索的文风,这样也就对世界更有益。"但无论她的过度虔诚为何,帕梅拉并没有表明鲁滨逊那用上帝声音验证想象的秘密运行的意愿。相反,她始终提防将只真正属于"我所有幸福的造物主"的"计谋"颂赞冒称为自己的机敏(120—121,378)。在自己最黑暗的绝望时刻,帕梅拉打消自杀的念头也明确、有意地弃绝这样的观点,即对我们而言,人类对谋划的天意力量的推测就是在这个生存意愿中进行寻求(153)。她现在明白,最强大的敌人来自内在:"我指的是我自己思想中的软弱与猜测!"(150)关于自满罪愆的教训在这个充满即刻危险的世界上并不容易留存。但如果帕梅拉表面的毫无防备掩饰了某种非凡有力的自立(我会重回这个主题),这个秘密授权并没有得到借助神意创造力虔诚内在化的表面推动,除非从这个意义上说,B 先生成为帕梅拉自创的神祇。⑨

然而,理查逊会让我们明白,帕梅拉的创造力并不是如神般,而真正是更不确定的表现与判断能力。B 先生是对的,她是位"传奇讲述者",她的实际境遇越绝望,也就被自己过度的想象越发扭曲,用夸张的传奇色彩"绘制"(这是 B 先生最钟爱的术语)情境。评论家们在强调《帕梅拉》受益于通俗传奇的主题与惯例是有理的,但准确的说,我们应该评估这种重要受益更多源自帕梅拉本人,而不是理查逊。当然,正是在她的眼中,并因此也在我们的眼中,林肯郡的诱拐与禁锢开始看上去像从《天路历程》挑出的犯错与试炼情节(97—98,150—154)。正是她多疑的幻想让母牛变成了公牛,公牛变成了吕西法。朱克斯太太及"魔鬼"科尔布兰,后者如《华威的盖伊》中出来的"巨人"那样吓人的身躯把除合适的名字以外的一切归功于帕梅拉,而不是其造物主(136—137,147—148)。这不是说理查逊独立于传奇模型,而

---

⑨ 关于与《鲁滨逊飘流记》的对比,参阅 1740 年 11 月 15 日致理查逊出版商查尔斯·里文顿(Charles Rivington)的信,部分刊印于《帕梅拉》第 2 版第 12—13 页之中(所引段落被理查逊省略,但由其现代编辑们重新印上[12n.8])。

是在描述其主角想象易变性过程中主要发挥作用的理性化及次等依赖。⑩

然而,帕梅拉的想象力标记远非在其关于被谋算的贞洁最不被同化的幻想中失效,在构建这些幻想中,她得到来自他人的极大帮助。因此,年老的朗曼先生(Mr. Longman)想出吉普赛信使的古老传奇手法。一听到此事,甚至 B 先生得出寓意:"一千条恶龙"都不足以夺帕梅拉之志(230)。我们错误地指责理查逊天真地仰赖传奇虚构。但正如他一般与帕梅拉共有对文献历史真实性真实的原初信诺那样,他必然参与不可否定的极端怀疑论转向之中,无论何种默认方式。而极端怀疑论在她恰当意识到自己思想及其"谋略"的投射性、建设性力量中得到暗示。事实上,这种认识论反转一开始就在作者如此强烈与不妥协地致力于天真经验主义的过程中具备潜力,以至于它将历史真实性主张延展到写至即刻的极端前沿;延展到对记录真实之过程如此详细回应的客观性理念,以至于它必须开始揭示所有认知的极端主观基础。出于这种最深刻的辩证理由,《帕梅拉》确切因为其作为反传奇的空前力量而具有浪漫主义伟大先驱的历史地位。在一页纸的范围内,B 先生既谴责、又欣赏帕梅拉的"浪漫"思想(208—209),理查逊予以赞同。

---

⑩ 很多评论家们已经注意到理查逊在描述科尔布兰德时受益于《华威的盖伊》(*Guy of Warwick*),但在这貌似可信的方面又回忆起 B 先生的声明,"这姑娘的脑子被传奇故事迷惑了"(第 90 页)。Kinkead-Weekes,《塞缪尔·理查逊:戏剧小说家》第 431 页中(与 B 先生一同)正确指出帕梅拉的判断"明确具有夸张性,鲜明地非黑即白"。但他轻视了她的"偏执"得以正名的真实程度,以及她的审慎并不是弱点而是优点(第 55—57 页)。关于《帕梅拉》与通俗传奇,参阅 D. C. Muecke,"美人与 B 先生"(Beauty and Mr. B),见 *Studies in English Literature*,7,no. 3(1967),第 467—474 页;Margaret Dalziel,"理查逊与传奇"(Richardson and Romance),见 *Journal of Australasian Universities Language and Literature Association*,33(May, 1970),第 5—24 页;Carol H. Flynn,《塞缪尔·理查逊:作家》(*Samuel Richardson: Man of Letters*),Princeton:Princeton University Press,1982,第 4 章。

二

"你现在要明白,"B先生说,"你在我的控制之中!"(176)《帕梅拉》的核心关注是那些没有权力之人如何可能为自己获得权力正名这个困境。在根据习俗予以现行权力分配一种自动道德认可的文化中,仅被接受的变化模式需要的不是某种赢得权力的阐释,而是某种视其为礼物而接受的诠释。这种交易的自相矛盾维度必须得到全面强调:那些赢得权力之人必须尽可能地从他们无权力方面得到刻画。这种模式的主导宗教阐释,即因信称义及命业训诫微妙地讲述帕梅拉的故事,尽管它并没有如在《鲁滨逊飘流记》中那样声明主题的存在。帕梅拉的主要力量是成为贞淑之人,并抵制他人性欲及社会权力的被动与负面力量。她由此获得回报的事实是她在模范式自我表现中的自律。她写的"属灵自传"如此具有说服力,以至于她获得社会群体的全面道德认同。在叙事的后半部分,帕梅拉的故事使其成为一个榜样,"本国所有年轻女士的楷模",但重要的是,这种力量同时因其互惠坚持(对琼斯太太而言)(Lady Jones)"我已依照像您这样的榜样风范修身提升"(243)而失效。B先生因为阅读她的日记而被改造、改变,但重要的是,他被赋予"如神般的"权威,有些读者已感受到正是改造的需要对前者予以掩饰。相似地,如果帕梅拉的美德回报具有某种意义,其回报被赋予的社会秩序道德权威必须保持完好无缺,尽管就在其回报需要中明显存在社会不公的证据。

帕梅拉的持续社会顺从在为她获得权力正名过程中至关重要,它自相矛盾地意味着她配得上已被排除的地位提升。因此,就帕梅拉而言,一个典型的谦卑举动引出这样的评论:"她将为自己的高贵地位……带来荣耀。啊……她会让任何个人地位增光"(244)。然而,一旦她取得了自己的高贵地位,谦卑也就变得非常羞愧了。婚后的帕梅拉仍然保留自己身为女仆的地位,而她已配得社会地位的提升，即便她体验到这种提升的对立后果："'不，帕梅拉，'B先生说，'不要设想，当你成为我妻子时，我会忍受你去做任何与你品性不符的事情。我知道丈夫的职责，会尽力保护你的温柔，仿佛你生来就是位公主一样'"（277）。因为她一开始就如此彻底地被界定为与自身不符的身份。随着她的地位提升，必然要求帕梅拉成为本人与否的标记，成为具备力量与否的标记。甚至她很久以来渴望运用自己新得力量的方式反映了这种矛盾："做好事具有一种多么像上帝一样的力量啊！我是由于这一点，而不是由于其他原因才羡慕那些富有与高贵的人们的！"（264；亦可参阅31，315，387，408）尽管仁慈与回报的礼物是巩固社会分工的传统方式，因此B先生就是指导她运用家长式赏赐技巧的导师（296）。它们也是帕梅拉自身借以能够渗透影响那些分工的方式。

　　如仁慈的含糊性暗示的那样，提及帕梅拉极为模棱两可地拥有力量就是从某个多少不同的角度承认她地位不一致及其同化论遵从的各种矛盾解读的事实。直到她自己已转变，戴维斯夫人是一位认为帕梅拉的榜样只教会年轻贵族小姐们接受混合婚姻及社会混乱的贵妇。但她的弟弟辩称只有如帕梅拉这样优异女孩才会从她的故事中得到鼓励，他以此否定姐姐的解读。因此，帕梅拉的样板是"真正高贵"中的一例，象征性地缓和了在社会秩序中兴起的偶然与必然不一致（349—350）。理查逊的一位读者通过将样板效果问题的聚焦从男性转为女性读者的方式，阐述了关于叙事对社会稳定性，而不是社会流动性有所贡献的机巧辩护："因此，《帕梅拉》中好运气的道德意义远非引诱年轻绅士迎娶自家女仆，而是通过教育女仆以让她们配成为女主人，并激励女主人们维护自己的地位。"但如果没有统计基础更真实地，即内在地假设女主人们比自己的女仆更配得上社会地位提升，那么女主人们如何因此有效地得到激励呢？世袭社会地位是完全"偶然的"，并与美德与功绩的"自然"礼物并不完全关联，这个观点是《帕梅拉》意识形态的核心，足以借助人物及序言中的吹捧者明确坚持（14，

249,294,350）。⑪

帕梅拉并不是小说中唯一的社会流动性案例。杰维斯太太是"一位贵妇人出身,尽管她遭遇不幸",我们在多个场合得到提醒,帕梅拉的父亲并不总是不得不从事"辛苦劳作"（30,265；亦可参阅27,328,375,387）。换言之,这是一个已为地位不一致涂上底漆的世界。B 先生自己的社会身份就不稳。不是他来自某个"新贵家庭";相反,如戴维斯夫人自夸的那样,这个家族"如这个王国的王室那样古老"（221）。但他是非常"现代化"的贵族:确信很多"有爵位的人没有荣誉感";瞧不起他那"有爵位的猴子"姐夫;对为自己谋求头衔一事无动于衷;用其姐姐的话来说,他在出身与个人价值关系方面持"清教"理念,在做婚姻选择时,宁选爱情而不是权宜;他还是一位有钱人,勤勉地让资产增长,积累资本,投资股票,并享受如"钟表"那样管理家产的过程（278,307—308,350,357,366,381）。简言之,B 先生如帕梅拉一样是转型中的人物,他们平等地、对称地表现了后人开始称之为中产阶级兴起的复杂社会现象。然而,显然在本叙事最广泛的意识形态表现中,帕梅拉与 B 先生相聚,并从勤勉"美德"与腐化的贵族"荣誉"两个对角发生碰撞。从非常明确的意义上说,拥有界定这些类别意义力量,并迫使对方接受相关条件的人赢

---

⑪ 此番辩护的作者不为人所知,它刊印在《帕梅拉》第 2 版,第 21 页上。戴维斯夫人对帕梅拉榜样作用的看法在菲尔丁所写的《莎梅拉》中得到支持（参阅本书第 12 章）,也从《遭到非难的帕梅拉》（*Pamela Censured*）（1741）作者那里得到支持, Charles Batten, Jr.编辑,奥古斯都重印学社,no. 175(1976),第 18—19 页。参考《女士的职业》（*The Ladies Calling*）（1673）,引自 Katherine Hornbeak,"理查逊的《私人信件》与家庭言行指南书"（Richardson's *Familiar Letters* and the Domestic Conduct Books）,见 *Smith College Studies in Modern Languages*,19, no. 2(Jan., 1938),第 25 页。关于叙事、戏剧及历史经验中极为混合婚姻的当时模型之讨论,参阅 McKillop,《塞缪尔·理查逊,印刷商与小说家》,第 29—35 页；Ira Konigsberg,《塞缪尔·理查逊与戏剧小说》（*Samuel Richardson and the Dramatic Novel*）, Lexington: University Press of Kentucky, 1968,第 17—28 页；Doody,《自然的激情》,第 36—40 页。亦可参阅本书第 6 章,第 5 节。

得了这场战斗。⑫

我们是以按传统方式进行分配的条件开始故事的。如杰维斯太太所言,帕梅拉"贤淑、勤勉",而她的主人拥有"美德与荣誉"(39)。或者,按照惯例,缺乏"荣誉"的平民所能拥有的特点便是帕梅拉知道自己可以声明的"诚实"美德,因为她"贫穷、卑微,没权利称其为'荣誉'"(41,187)。B先生的贵族荣誉与"声誉"的骄傲密切联系,而且他对公共"曝光"的危险敏感(41,44,68)。但如帕梅拉很快指出的那样,B先生声誉遭受到的最大危险便是他自己有损身份的对待女仆之举。无论荣誉如何并非与生俱来,它可能会被失去:如帕梅拉后来所言,"他一直满口荣誉之言,而行为却不相称"(181)。她会暂时继续"称他为绅士,尽管他已经没有这个头衔的功德",也没过多久,她便得出结论:他已"丧失了自己的荣誉"(34,68;亦可参阅36,69,72,95)。

至此,帕梅拉的语言与当时的用法一致,这仍然放任在出身与品性荣誉之间存在某种未指定关系的理念,只要作为一个明显的惯例的话。当然,帕梅拉拥有的"荣誉"也有重要的意义,不是如此的高贵出身,而是借助贞节确保高贵出身与财产在男性血统中得以传递的女性能力。⑬ 根据定义,这种为人称道的女性荣誉必须在帕梅拉身上产生对自己名字深度关切的需要,如她的主人表露的那样(例如44)。此外,当时的用法使这种女性"荣誉"与"美德"普通类别之间存在流动关联。"美德"当然包括的更少,但它在负面的案例中与"荣誉"严格等同:被败坏的荣誉意味着被遗失的美德,即便得以保存的荣誉并不保证美德(参阅187,B先生将"美德"限于女性"荣誉"的意义)。因

---

⑫ 关于这种术语之争,参阅 Sparks,《想象自我》,第 210—211、212—213 页。帕梅拉对自己父亲更高贵过去的声明让被激怒的戴维斯夫人不禁想到是否很快就要在"纹章官办公室搜寻一番,把你这可怜的卑微家世瞭出来"(《帕梅拉》,第 328 页)。但当安德鲁斯先生被说服从 B 先生那里借来外套与背心时,"他们非常得体地将他穿戴好"(同前,第 264 页;《帕梅拉》中服装的社会意义随后将在本章得到讨论)。当然,戴维斯夫人本人已嫁入贵族豪门。在第 2 部分,第 xxix 章,B 先生的现代性借助其拒绝谋求从男爵爵位的想法而得到阐述。

⑬ 关于这些事宜更全面的讨论,参阅本书第 4 章,注释 38—41。

此，在其频繁运用在帕梅拉身上的过程中，"美德"既暗指她的贞节，又影射她内在的道德善良。出于该术语的双重意义，她的美德讽刺地在她身上预示某种高贵出身，如其评论所言："我的美德对我来说是珍贵的，仿佛我是出身在最高贵的家庭那样"（185—186；亦可参阅39）。这个声明提醒我们，帕梅拉那得到高度阐释的贞洁意义完全与本其社会等级之责，将高贵出身或甚资产传递的实际机遇不符，但它也默认唤起"外在地位反映内在美德"这个传统贵族格言。然而，出身高贵的印象具有讽刺性，不仅因为帕梅拉是一位平民，而且因为如我们所见，高贵的 B 先生之举止非常不高尚。实际上，帕梅拉受的待遇越遭，她就越忍不住（尽管带着特有的间接性）不仅对 B 先生的高贵出身，而且对该类别本身的实质予以质疑（72，112）。

一旦到了林肯郡，关于"荣誉"意义的辩论公开化了。帕梅拉对 B 先生说，"我非常理解你我的荣誉理念迥然有异。"她自己的"词语的谦卑"与"公正的意思"与他的截然对立，如她向威廉斯牧师所言："恶人的荣誉就是贤德之人的羞愧与耻辱。"对于朱克斯太太的问题："你怎么理解 B 先生所称的荣誉？"帕梅拉回答道："毁灭！耻辱！羞愧！"几天后，她加了这么一句："我现在不与您就'毁灭'或'可敬'等词展开争辩。感谢上帝，我们两人对此有着极为不同的看法"（114，124—126）。将冲突提炼为术语争执，这标志着事情已朝对帕梅拉有利的方面转变，因为语言是她的手段。她不费力地驳斥 B 先生所写"建议"的"条件"（164—168）。随后的强奸企图也的确是另一种使她"接受我的建议"的企图，在戏剧性地宣告她在"我的控制之中"同时却暗中指出事实恰恰相反（176）。如绑架得以实现一样，这个企图是一种盗窃，不仅象征性地承认帕梅拉拥有 B 先生珍视之物，而且也承认他本人就缺乏此物。帕梅拉既指向道德善良，又指向贞洁的美德双重性的确对他的地位构成双重威胁。帕梅拉的美德既是与进步个人相异的"真正高贵"，又是贵族荣誉的残留剩余。他那被让渡的荣誉现在无故寄居在她身上。"打劫了我！"B 先生说道，"为什么你会有这些？野丫头，你已经抢劫了我"（63）。B 先生的情欲表达了他重新拥有所失之物的意愿,他的行为已宣告自己在帕梅拉面前失去了荣誉及荣誉的外在化概念,而后者现在已内化在她的美德之中。⑭

这不是说 B 先生的野心完全就是幻想,但它不可能通过强奸来实现。他希望剥夺帕梅拉荣誉以恢复自身荣誉的唯一方式就是将其用来保证宗谱合法性,让家族血统永存。然而,这要求的是婚姻,而不是强奸或收作姘头。讽刺的是,B 先生抵制婚姻,视其与自己的荣誉不相符。的确,他后来坚称,正是一部分他对这个错误的承认,从而说服他放弃假结婚的企图,既然如果以这种结合生下孩子,"如果我希望孩子继承我的财产话,那么使他们合法化的事情便超出了我自己的能力范围"(230)。帕梅拉早期正义的抗诉"我如何成为他的财产?"(116)有助于我们理解在寻求对她进行如此字面意义上的占有时,B 先生已误解其"合理的"贵族意图,不仅让她成为自己的财产,而且利用她来完成个人资产的父系传递。一旦他们结婚,我们可能预期这后面的意图将借助把帕梅拉转型为一个具有创造力的继承人生育者,而不是书信作者的方式加以实现。尽管我们感到萨利·戈弗雷(Sally Godfrey)及可爱的私生女古德温小姐(Miss Goodwin)的哀婉部分存在于引发帕梅拉通过后代让 B 先生的家庭荣誉永存的贤淑能力,实际上她并没有给他生育子嗣,而且似乎非常满意地期待把萨利的女儿置于自己的庇护之下(408)。⑮

这结果与理查逊着手解决荣誉意义冲突的方式一致。对孩子及延续血统的强调早就是支持关于荣誉及其借助女性传递的贵族理念。在本叙事的结尾,B 先生仍然关注:"我的家族几乎灭失了,假如我死而无后,那么我的一大部分家产就要纳入另一家族。"然而,他关注的

---

⑭ 比较阿芙拉·贝恩对《漂亮的负心女》(*The Fair Jilt*)(1696)中此进步模式的教诲变化,参阅本书第 6 章,第 48—49 页。比较 Terry Eagleton,《克拉丽莎的强奸》(*The Rape of Clarissa: Writing, Sexuality, and Class Struggle in Samuel Richardson*),Oxford: Blackwell, 1982,第 57—60 页,其间,强奸者重新占有的欲望(在此例中为拉夫雷斯的欲望)用精神分析术语来说就是被视为寻求所失去的阳具的过程。

⑮ 在第 2 部分中,帕梅拉为 B 先生生育了 7 个孩子,但理查逊显然并没有把母性视为自己原对完美帕梅拉之构想的必须,而这已在第 1 部分中得到实现。

核心现在并不是如此的家族灭绝,而是这可能对帕梅拉本人自由与安全产生的后果。所以,他的解决方法并不是生育子嗣,而是重写遗嘱,对"我的家产进行这样的处理,这将让你独立、幸福地生活"(404)。这个态度强调了 B 先生这样的认可,即帕梅拉的价值存在于其本人,而不是其将他人的价值传递的能力。对他而言,帕梅拉的价值具有示范性,并取决于近似,而不是邻近的关系。她的美德不可能作为被让渡的荣誉而重新获得,它只能被效仿。林肯郡危机后不久,帕梅拉的确再次发声,仿佛术语之争从未发生过,她接近高贵出身的同化过程也需要如此之举。对她来说,甚至她偶尔习惯性的顺从似乎都不足够;如置身慧骃中间的格列佛一样,她感到语言上的贫瘠,恳求自己的主人"如果有的话,请让我学些其他充满更多感激之词的语言,这样我可能不会因为找不到足够的表述而使我阐述不了意思"(305)。但我们与 B 先生知道正是她的那些话占据上风,她明显的语言同化掩饰了取代贵族荣誉的过程。最终,B 先生只是"决定,既然你不会按照我的条件而成为我的人,那么我只想按照你自己提出的条件来得到你,我向你保证"(254)。如他后来向来访的绅士们评论所言,"我亲爱的妻子,就是坐在那儿的那位,在与她建立起来的新关系中,她给我带来的荣誉要比她从我这儿获得的更多!"(338)⑯

三

据说,封建体系效忠的概念在所经历的易变现代化过程中采用两种形式,并朝两个方向推进:一个是"外向的",作为穿袍贵族与集权政府的职业官僚;一种是"内向的",对家庭,封建家产制最后堡垒的服务。在 18 世纪英国,家庭服务理论继续受个人谨慎与顺从的"中世纪"模式主宰,而这越发与薪资雇佣的实用性冲突。这是 B 先生与帕

---

⑯ 在《帕梅拉》第 2 部分,第 xcviii 封信中,B 先生说道,他"必须寻求一个比'荣誉'这个骄傲之词更好的向导来指导我,并在我们这些活跃的年轻绅士们之中得到普遍的接受。"

梅拉爱情叙事中的重要特点,并被指定为贵族与平民、主人与仆从之间的冲突。实际上,公共与私人服务之间,确切地说它们各自变形之间的类比在《帕梅拉》中很常见。B先生认为,帕梅拉对自己诸般引诱的抵制多半出于拒不顺从,而且这是一个犯罪行为,让帕梅拉得到"谋反"、"背叛"B先生权威的地位(66,116,199,203)。对帕梅拉来说,这个冲突使得"自由个人"抗争"违法暴君"(126,147)。她继续意识到B先生本人身为地方治安官(63,64,156),他将自己递交法律"审判"的权力影响了诸如意图强奸之举等许多情境,并为它们关系中复杂、变化的"试炼"意义有所贡献。在此时期,英国家庭劳工之间的非正式互助组织、"联盟"与初期联合会的数量在增长。B先生观察到,帕梅拉获得同伴仆人的同情与支持,他们之间正在形成"党派"与"同盟",无疑这受益于上述发展,也受益于类似服务的公共领域中的政治对立形式(68,116,144,163,202,231)。⑰

帕梅拉作为仆人的危险顺从甚至与自己得以施展力量的特定文学模式有关。18世纪家庭服务体系仰赖于未来雇员品德推荐信的流通,但遭到伪造推荐信交易的破坏,事态如此失控,足以周期性地引来提议,仆人的品德推荐信应该递给某个机构集中,并经法律登记。如某位建议者所言:"任何写了伪造本应依照信心、忏悔、或在治安官面

---

⑰ 关于家庭服务理论与实践之间的张力,参阅 J. Jean Hecht,《18 世纪英国家庭仆从阶级》(*The Domestic Servant Class in Eighteenth-Century England*),London:Routledge and Kegan Paul,1956,第 3 章;关于仆从的"共谋",参阅同前,第 85—87 页。关于治安法官的权力,参阅 David Ogg,《查理二世执政时期的英国》(*England in the Reign of Charles II*),第 2 版,London:Oxford University Press,[1934]1963,第 487—490 页;Christopher Hill,《从宗教改革到工业革命》(*Reformation to Industrial Revolution, 1530-1780*),鹈鹕英国经济史,第 2 卷,Harmondsworth:Penguin,1971,第 140—142 页。帕梅拉从戴维斯夫人那里逃脱之后,西蒙·达福德爵士(Sir Simon Darnford)将自己与 B 先生共享的政治职务家庭化,所用的方法就是告诉帕梅拉,假如她没有一个很好的迟到借口,"你丈夫与我早就会对你进行判决,并因你最初的冒犯国王罪(Laesae Majestatis)而判处你一个可怕的刑罚。我稍后会自行解释这种违背君王与丈夫的反叛罪类型。"(《帕梅拉》,第 334 页)。关于《帕梅拉》中的"审判"意义,参阅 Albert M. Lyles,"帕梅拉的审判"(Pamela's Trials),见 *College Language Association Journal*,8,no. 3(March, 1965),第 290—292 页。帕梅拉短暂地"希望与农庄佃户一起举办个晚会",她在被绑架到林肯郡宅邸期间与他们一起生活过。

前作证发誓的推荐信的仆从……就该被送去感化院。"但这正是 B 先生针对帕梅拉的抱怨:她不仅是一位"伟大的谋划者"、"叛逆文书的"作者,而且极错误地表现自己,展示"以他人品德为代价的个人传奇般的天真"(162,199)。实际上,帕梅拉的冒犯因如是事实而加剧,即她个人及其用书信串通的"同盟者"的理想化之言总是产生相互诋毁她主人"品德"的需要(69,181,199,201—202)。而这位主人的确打算送她上法庭,并判她进感化院。帕梅拉有气节的抗辩保持着天真经验主义特点:"我写的只是事实;我希望他从我这里配得一份更好的品德推荐信,也正如我能从他那里得到的一样"(206)。⑱

18 世纪家庭服务与封建效忠文化精神特质的残余但强劲纽带使之成为特别易变的社会体系,在地位与阶级导向之间保持不确定的平衡。这可能从仆人衣着习惯经历的变化中得以显见。对更低层的男仆来说,身着制服依旧出于惯例,但一度赐予服务荣誉的标识体系如今也可能暗示低贱的奴隶制。"贴身侍从"得到更微妙的"制服",即自己主人丢弃的衣服。尽管这种习俗可能旨在宣传雇主的地位提升,也可能通过模糊各等级之间的规范差别而同样达到某个相反目的,因此这个仆人看似自足的所指,而不是自己主人的能指。在帕梅拉的例子中,这在极大程度上是真的。早些时候,布鲁克斯夫人(Lady Brooks)被帕梅拉的"脸蛋和身材"留下如此深的印象,以至于她向陶尔斯夫人(Lady Towers)惊叫:"为什么她不是生在比你所告诉我的那个更好的家庭?"(59)理查逊正在玩弄传奇惯例,并准备将其去神秘化,因为帕梅拉明确说过,她个人的优雅极大得益于她过世的女主人 B 夫人的培养。当她的新主人暗示且如她本人期待的那样,假如她回到父母身边,"重新回到艰辛劳作"的话,"这双白皙娇嫩的双手和肌肤"不久就"会红得像血肠一样"(71,78)。的确,撰写序言信的其中

---

⑱ 谋划者就是克里斯多夫·唐奎德(Christopher Tancred),《更好管理仆从,确定他们薪资的国会法令方案》(*A Scheme for an Act of Parliament for the Better Regulating Servants, and Ascertaining Their Wages*)(1724),第 19—20 页,引自 Hecht,《18 世纪英国的家庭仆从阶级》,第 92 页;亦可参阅同前,第 83—85 页。

一位作者提到,帕梅拉服侍 B 夫人的事实是一个实用的反传奇手法,若无此,"在解释她所接受的这番优雅教育时必定会带有传奇般的不可能之感"(20)。[19]

帕梅拉从 B 先生母亲那里学到更精巧的针线活、唱歌、跳舞、画画这些高雅技艺;也是从她那里得到所赠予的衣服,B 先生在母亲去世后如此大方并令人担忧地增添了一些(30—31,52,77)。帕梅拉对自己的出身没有什么传奇幻想。如果她是位弃儿,那么不是吉普赛,而是贵族把她给盗走,如她告诉 B 先生的那样:"我的确是在伪装,因为我那善良的夫人,您的母亲把我从我那贫穷的父母那儿带走……并且……在我身上堆上了华美的衣服和其他赏赐"(62)。这个伪装如此成功,以至于它等于一种变形。帕梅拉的天生优雅,B 夫人的惯纵,独特的贴身服务习俗已协力使帕梅拉看似一位贵妇,而不是一位优雅贵妇的女仆。这个现实隐藏在 B 先生的此番坚持之后,即"我不再视你为我的仆人",也隐藏在帕梅拉的责备之后,即她可能"忘记我是您的仆人,当您忘记主人的责任时"(35,82;亦可参阅 71)。因此,尽管对帕梅拉而言,用预备旅行回家所穿的家织粗衣替代她女主人的丝制华服就是去除伪装之举,但对每位他者而言(不仅包括 B 先生,而且包括她所有仆从同伴),她现在"变形了",成为谁都认不出的"陌生人",因为她已用乡村少女的朴实装扮自己(60—62)。B 先生对帕梅拉此场景中巫术变形瞠目结舌的慌乱指明他日益滋长之爱的易变性,对这半女孩、半贵妇、半仆人、半主妇的地位不一致的完全失态。"你是多么奇怪的矛盾混合体!"他当时就这样称呼她,并且开始不知道如何接近她(76)。

与其说《帕梅拉》是一部反传奇,不如说这是在论证该书是关于18 世纪家庭服务情境的传奇进步详述。当帕梅拉告诉自己父母:"根据我幸免于难的亲身经历,那些因命运之故离家服侍他人的可怜姑娘

---

[19] 关于令人想起奴役状态的仆从制服,参阅 Hecht,《18 世纪英国家庭仆从阶级》,第 35、179 页。关于脱掉制服的危险,参阅同前,第 120—123、209—211 页。

们要经历怎样的艰险啊"(73)。此详述所需要的就是从服务情境中自然"逃离",而这对传奇的奇迹方法来说是极为陌生的。帕梅拉在 B 夫人家中就已适应 J. 让·赫克特(J. Jean Hecht)所称的"效法链"(the chain of emulation)顶端,她已学会内在化,并为自我期待进行谋划,但并不存在这种接纳她的社会类别。如一位接受过多教育的次子一样,她说,"现在看来,我过去是受到了错误的培养"(77)。B 夫人只是出于好意,但如帕梅拉暗示的那样:"她对我的所有培养与教育……对我现在来说毫无作用"(80)。回到自己父母身边是件难以深思的事情,因为她所接受的教育"会让我与那些本性如此的乡村挤奶女工友们合不来"(77)。然而,就家中所有仆人而言,B 先生注意到,"他们更愿意伺候你而不是我"(99)。B 先生的挑逗让帕梅拉陷于隐藏的但极不貌似有理的诸多暗示与在粗鲁女管家看管下的每日被囚禁现实之中,前者便是他可能将她提升到贵族地位(83,85,124,126),而至于后者,帕梅拉不得不坦率地驳斥这位女管家的名义顺从:"请别把我称作夫人……因为我只是位地位比您低的仆人,现在不过是个被解雇了的人"(103)。这出"传奇"服务历险中的极端危机便是帕梅拉如某位卓越才华不仅胜过自己同僚,甚至君王的廷臣那样,如今没有社会位置,无处可去。⑳

当然,这个危机的解决方法就是婚姻。其主要障碍就是 B 先生的个人意识。他必须学会在贵族阶层中把婚姻重新构想成一种体制,而不是严格地与家庭服务体系不一致,在合适的条件下,可能提供效法链中那伟大与顶端的一环。但为了使之成为可能,也就自相矛盾地要求婚姻理论应与作为家庭服务理论而继续存在之事分离,婚姻不再被如此彻底地视为父系家庭中的女性服务形式。不用说,爱情与婚姻的和解,将婚姻重新定为主要被用来证实爱情之优先与私人事实的公共仪式概念,这是近代早期重大且意义深远的发展。对 B 先生而言,这经历了若干个痛苦阶段。如我们所见,他那关于"让我成为廉价情妇"

---

⑳ 关于"效法链",参阅同前,第 204 页。

(用帕梅拉的话来说)的建议对他本人而言是某种公开的"假婚姻"。尽管她对此很沮丧,但这些建议是B先生为创造一个高贵到足以在仆人等级顶端安置帕梅拉得到提升状态的地位而做的真诚努力。如果他不能想象娶她为妻,婚姻至少成为他为这极为动人但不够充分的创造所构想的模式。因此,这些建议清醒地模仿了主要旨在满足资产权宜之形式合同的关注,甚至向帕梅拉许诺一些珠宝,这本是B先生为某位已向其提亲的贵族小姐而买(166)。就在意图强奸那夜,当B先生极力迫使帕梅拉接受这些建议时,他借助仆从女孩朴实装扮的方式将贵族所用珠宝装扮她的提议弄混,仿佛通过提升她的位置自己就能同时降格到她的地位,这样多少能在中间与她会合(175)。

在此事件之后的几天内,对B先生来说,迎娶帕梅拉成为可能。自相矛盾的是,我们达到这个重要转折点的一个迹象便是明确、几乎不理性化的绝对性,B先生现在借此坚持婚姻的不可能性,对帕梅拉或任何其他人而言都是如此(184,188)。很久之后,他会披露,自己对婚姻的激烈反感是某种反对特有贵族教育的方式。根据这个教育,在进行婚姻选择中,"权宜,或出身与财富是首要动机,情感最次(如果所有一切都考虑到的话)"(366)。换言之,长久以来B先生理论上愿意接受该体系的进步观点(一个标记就是他的社会身份也是流动的)。但当爱情优于权宜时,这似乎是一个易控的异端,只要出身与财富的普遍一致继续成为背景现实。对帕梅拉而言,对爱情胜过权宜,美德胜过出身、财富与荣誉这类内在性极端忠诚的要求变得如此武断,以至于反抗是件不可思议的事情。B先生最终成功地想到结婚,他所做的努力仍然与其对帕梅拉之爱的无法抗拒的力量,及她在"荣誉"理念方面胜过自己的事实密不可分。这些情境反过来完全取决于帕梅拉思想的力量,取决于她创造乌托邦可能性谋划的超凡能力,而她表面上被动地被家庭服务,及在林肯郡宅院里的家庭囚禁的设限边界遏制。

帕梅拉被绑架时,她得以免除身为一位勤勉劳动者的职责,被迫进入休假期。她已在自己"涂写乱画"效用方面与B先生有所不同,并坚决反驳说她"闲散"的指控(34,37,55)。然而,帕梅拉知道艰辛的体力劳动是没有机会写作的,并预期一旦回到自己父母身边就没有"写作时间":"我当时没想到它这么快就成为我唯一的工作"(82,95)。在林肯郡,写作成为高度模棱两可的事情。一方面,B先生关于此为闲散之举的早期判断因帕梅拉的"现在这是我所有的消遣"此番认同而得到强化:"我现在有这么多空闲时间,以至于我必须写点东西让自己忙起来"(106,134)。另一方面,帕梅拉的秘密自我雇佣显然是一种颠覆行为,不仅颠覆了其主人的"品德",而且还颠覆了他设定其雇佣条件的权利。她意识到在朱克斯太太在场的情况下写些无关紧要的涂鸦之作符合本人的利益。因此,她会"认为我通常忙着这些无聊的事情",并且"假定我自己忙碌……在其他时候没有更好的目的"(113)。

帕梅拉的写作是有意识地装作闲散,一个掩饰勤勉劳作的表面休闲之举,并成为自利的"自我雇佣",其全心投入只是因为她为自己主人的服务已正式停止。从某方面来看,这种转型是伴随、限定近代早期婚姻重新构想的经济情境乌托邦寓言。较之于婚后,婚前的帕梅拉甚至是更确切的"新"女性类型,摆脱了旧有的、以家庭为基础的家庭产业体系的束缚,获得自由。婚姻体制变得人性化,同时,家庭活动的范围与意义被缩小。婚姻成为女性独有工作,一个被迫休闲的领域,被动的消费与无薪劳动。㉑ 关于帕梅拉经验的乌托邦空想就是"自我雇佣"与具有创造性的写作劳动伴随着她的家庭囚禁一同而来。她越被束缚,她的生产力就越高,她就越勤奋、机敏地传播、散发自己作品:"向日葵通信"是更安全的方式,比拜托已被他人收买的约翰·阿诺德(John Arnold)能装载更大的邮包。

帕梅拉的劳动价值便是其调停她个人价值的能力:她的"身体与

㉑ 关于有用的讨论,参阅 Robert P. Utter 与 Gwendolyn B. Needham,《帕梅拉的女儿们》(*Pamela's Daughters*), New York: Macmillan, 1936,第2章;Watt,《小说的兴起》,第135—151页。不用说,没有一个单独的"比喻"可以同时描述上层与底层女性的经验。

思想"、"才智的功德",与 B 先生一开始就珍视的,且和不同人物称赞她堪为典范的美德时确切所指难以区分的思想特质(54,202)。作为个人价值与美德意义的帕梅拉所写的文字与传统着装准则等同,前者又胜过后者。毕竟,衣服是显著的伪装与欺骗工具。帕梅拉困惑地注意到 B 先生从她的衣柜冲出来时,"身着华丽的丝质银色晨衣"(66)。写作提供了一个较少出错的抵达内心机会。但文字与也作为自我表述模式的衣服之间正面类比在《帕梅拉》中始终得到坚持:序言材料的语言(7,12);帕梅拉关于其书信与衣服如何必须变得随意一些的思考近似性(51—52);她将自己的衣服分别装进 3 个"包裹"的方式,包内所装衣服随后被"详述",这种拆分后来在将日记装进两个"包裹",并周期性详述日记内容中得到对应(78-79,197—198,204—208,238—239,256—257)。但在林肯郡,她已设法把自己所写的文字"穿戴在臀部周边",为了详述所写内容,她的确要脱衣:"我必须把衣服都脱下来,这样才能把它们解下"(198,204)。因此,从书信向日记模式的转变通过如是事实得到进一步正名,即它让 B 先生直面的是得到积累的,并被帕梅拉客观化的"文集"。较之于单篇书信,文集可更有效地运用其创造性及美学化力量。㉒

从这微妙的比喻意义来说,帕梅拉写作时付出的创造劳动就像她怀孕分娩。更早的时候,当她首次发现向日葵通信是能成功地使自己的文字再次被人阅读的方式时,她向自己的父母欢呼:"我的计谋取得了多么大的成功!但是我开始担心我所写的信件会被发觉;因为这些信越来越厚了。我把迄今为止所写的信全都缝在亚麻布裙子下面的衬裙里"(120)。㉓ B 先生后来提及她被囚禁时期,以及她秘密在日记中将之说成"她被关的时间"(267)。当帕梅拉学会把自己所写文字穿在身上时,她发现了一个让自己价值有意义的方法,与那些女性习惯性被限制的方法相比,此法更直接、有效,且具有不可剥夺的"真实

㉒ 参阅本章注释 8。

㉓ 参考理查逊运用"扩充"(enlargement)一词描述自己的《帕梅拉》创作,参阅本章注释 2。

性"。但它也是习俗、身体装饰、生育的想象延展。不同于萨利·戈弗雷,帕梅拉把自己的女性"美德"导入文学劝导的生产行为,而不是生理繁殖的生育行为。她得到的回报就是继续驾驭自己的情节"事宜",后来发现她的"货币"在婚姻市场上有真实的价值。帕梅拉为自己未能给B先生带来一份财产而羞愧,她喊道:"为如此慷慨行为只献上文字颂扬,这是件多么可怜的事情!"然而,B先生现在确信:"你给我带来具有无限价值的财产,一个得到验证的真理,一种经过考验的美德,你的机智与举止超过你将进入的阶层"(283)。[24]

四

因此,理查逊致力于通过行为而使自己的主角得到授权。主角那旧有无力的伪装现在足以有力地避免综合的失效,并因此获得真正的成功。正是这种同化野心鼓励了自B先生以降的读者把帕梅拉视为一个有心计的伪君子。在此处及其他方面,与鲁滨逊·克鲁索的乌托邦的近似尽管时断时续,但也常有暗示。帕梅拉在家庭服务等级的顶端"上岸",她就在自己的囚禁中找到前所未有接近关押者的B先生,及按其出身获得的自成目的的权威机会。她从女仆向女主人的转型涉及该权威的内在化。这改变了她的"品性",与鲁滨逊的品性在荒岛上得到的改变一模一样。但在促使她的地位改变的过程中,她在这世界中的地位得到重新设定,由此一切都被改变了。帕梅拉也经历过某类转变,尽管它并不是明确如此得到构想,它也通过某些熟悉的路标得到标示。例如,就在他们结婚前不久,B先生宽慰安德鲁斯先生,他的女儿如"新生婴儿"那样"贞洁"(248)。婚礼那天不仅迷信地庆祝

---

[24] 关于这些事宜,帕梅拉有诸多重要的先驱:比较梅西·哈维(Mercy Harvey)的书信体力量,玛丽·卡尔顿(Mary Carleton)的创作野心,弗朗西斯·柯克曼(Francis Kirkman)的自行出版(参阅本书第6章,注释45、32—36)。一般参阅 Ruth Perry,《女性、信札与小说》(*Women, Letters, and the Novel*), New York: AMS Press, 1980, 第5章。

了帕梅拉的生日,而且欢庆了她抵达贝德福德郡的日子及她被诱拐离开的日子,两者都已与重生联系起来(46,62,275)。帕梅拉总是意识到保护自己"好名声"的需要(28,41,49,179),她感到有必要向自己父母道歉,因为婚礼之后她自己签下了"帕梅拉·B"之名,并因此"为自己姓名的改变而感到荣耀"(301;亦可参阅302—303)。

《天路历程》中的基督徒重生进而有侍奉的需求,而帕梅拉的重生要求她弃绝服务,但训诫并不是轻易地发挥作用。因此,她坚持称B先生为"主人",自己为"仆人",这已明显到足以引来本地绅士们的评论;她进而"协助"朱克斯太太给他们端送蛋糕(243,257)。私底下,她誓言会对B先生偶尔用上"更温柔的称呼",这可能只是令人难以忍受的傲慢戴维斯夫人主导的强制服务经验,且这位贵妇劝说帕梅拉放弃未来扮演的角色(315,318,321)。然而,这种转变的困难重要性以一种奇怪的方式不仅通过地位术语之间的差异,而且也通过各术语之间的不可区分性进行交流。B先生一度设法让帕梅拉成为"廉价情妇"(164),但该词(mistress)的另一个意思常更多地用来专指参照其施加在仆人身上权威的女主人,并与"主人"等同。我们时不时地听到这样的推测,帕梅拉自身可能扮演了这样的角色(103,183,238,253),但我们可能意识到为什么她的父亲在本地酒馆里"痛苦地"听说B先生在自己的宅邸里有一位"年轻的可人……她是,或将是他的情妇(Mistress)"(247)。"家庭"一词本身就是含糊不清的。该词仍被用于把家庭成员包括在诸如B先生的贵族家庭之中的家长式统治语境,也被用来指涉贵族家庭本身。在这两个"家庭"成员眼中,帕梅拉被指控因其出身卑微而有损B先生的身份(57,75,92,213,214,221,247,380)。当然,这也暗示帕梅拉拥有在此两类家庭都有拯救B先生声誉的力量,这个过程和她通过自己从女仆成功地转变为贵妇以居中和解这些家庭本身的努力共同延展。㉕

㉕ 关于名门望族中的"小"与"大"家庭,参阅 Randolph Trumbach,《平等家庭的兴起》(*The Rise of the Egalitarian Family: Aristocratic Kinship and Domestic Relations in Eighteenth-Century England*), New York: Academic Press, 1978,第129页。

这个转变是整个叙事的作用。如鲁滨逊的转变一样,帕梅拉的婚姻标志着长期社会化的开始,而不是奋斗的结束。婚姻与转变界定了新角色的本质,但其实际现实需要各社会经验层面逐渐增添的过程,不是重要的单一关系,而是多样的群体参考与社群公认。B 先生对帕梅拉未来的看法几乎看似要求这种社会化语言类型:"有些人你必须来往。我的地位不允许我与我那些普通仆人交往。那些上层社会的女士们不会来拜访你,尽管你现在是我的妻子,他们仍会待你如我母亲的侍女"(225)。在耶胡与慧骃之间悬置的帕梅拉开始固化自己与这两个"家庭"各自关系的性质。出于这两个目的,她的写作继续发挥作用。事实上,结婚之前,帕梅拉自觉地想象她的"涂写乱画"力量将以社会调停的角色公开得到运用,这些力量"将被用在描述仆人与我之间,我与您善良本人之间的家庭琐事中"(227)。不仅这种描写记录,而且写信是帕梅拉长久期待的,用仁慈与回报行善的力量核心所在(299—303,387—388)。这些地位卑微之人的适度提升为她自己更具永恒性的上升提供了一个谨慎的确认(382—384,387,400,403)。同时,帕梅拉承认,尽管已经完全从仆人等级脱离上升,她现在身为女主人的职责仍然是继续如赫克特所言,扮演"作为文化中间人的仆人角色"。㉖

对于贵族阶层,社会化任务有更困难之处。帕梅拉思考着自己在"这些人"中的初次亮相,她敏锐地意识到自己衣服,及其作为某个不可靠能指的易变地位的社会意义。如果她着装华贵,"这看似我仿佛在社会等级层面更接近他;反之,这可能会让他丢脸"(223;亦可参阅386—387)。很快便可以显明地看到,对当前的任务而言,帕梅拉的文学劝说力量会是不合宜的。正是帕梅拉本人必须被人解读。B 先生汇报,诸名门太太恳求"看到本来的你",现在轮到帕梅拉在事物本身

㉖ Hecht,《18 世纪英国家庭仆从阶级》,第 223 页。比较《帕梅拉》,第 280 页,其间,帕梅拉清楚阐述自己的希望,即在善良、漠然与邪恶这三类仆人身上分别唤起鼓励、效法与改造。关于仁慈在确定主角提升中扮演的角色,参阅德洛尼(Deloney)笔下的《纽伯里的杰克》(*Jack of Newbery*),参阅本书第 6 章,注释 14—15。

与它们被解读的阐释"角度"之间做出令人怀疑的区分,因为她质疑这些太太们"会高看、抬举我"(233)。随后就是那些早期戏剧"场景"更复杂的阐释,其间,帕梅拉本真地迷住了躲在衣柜里的 B 先生(64—66,78—81)。现在,这个舞台是"花园里最漫长的碎石路",当她缓步接近凉亭时,坐在那儿的本地绅士们仔细打量着她,"他们全部目不转睛地看着我",帕梅拉说道,"我都不敢抬头"(242—243)。不久,场景转换到客厅,B 先生告诉访客"我会让你们都成为他们第一次见面的证人",他设计好让帕梅拉与自己父亲重聚,以此让场面与情感达到最高潮(249—250)。仿佛社会和解行为必须首先建立在仪式层面最有力、社会层面最广泛的自我表述模式之上,当然这也是最脆弱的。

随后,帕梅拉得到许可在更有距离感的语言与叙事媒介中行事。当然,她已成为叙事的主题:他们"都已经听说过您不寻常的故事"(243)。但在随后的日子里,本地绅士们将感受到她的机智与思想才华,听到她亲口讲述的个人故事,并被日记本身折服;而这日记如今已在她从未谋面的乡绅中间流传(334—335,339—341,374,377)。换言之,身为女仆与贵妇的帕梅拉,她的力量源自自己掌控授予、创造价值现有方式的能力。她最初是家庭服务市场的一件商品,但她通过撰写自己品德推荐信的方式擅用了自己雇主的权力,推荐信的流转不仅主导了她自己身为劳工的转变,而且有效地使她转型为自己的雇主。她用同样的方法征服婚姻市场。自我雇佣的帕梅拉成为自己的推荐信,自己的能指:最初是通过自己的物理存在,但最有效的便是通过将自己的品德在语言与故事中客观化,并将之分发供人阅读的方式。

讽刺的是,这个流通过程的顶峰是在戴维斯夫人的庇护下取得的。对戴维斯夫人而言,在帕梅拉转变之前针对这位女仆的欺凌是所有社会化试炼中最危险的。这也为帕梅拉在 B 先生那里得到的最初试炼提供了升级版本。戴维斯夫人对"古老纯净"血统的热爱程度超过自己的弟弟,她通过再次"囚禁"帕梅拉,甚至让后者遭受用杰基(Jackey)半出鞘之刀而实现的已被弱化的性攻击等方式重演弟弟的冒犯(221,320—321,328,329)。不同于 B 先生的强奸企图,此处贵族的傲慢几乎没有被性讽刺替代,杰基看似某位无能的佩剑贵族纨绔子弟,并把他姐姐的易怒、废退的愤怒表演出来。对她本人而言,戴维斯夫人很早就设法通过在亲生父母缺席的情况下为自己弟弟安排与某位伯爵女儿婚配的方式扮演"专横的"家长角色(224,341,367,374)。对她而言,帕梅拉与B先生的婚姻大多数情况下必定看似假婚姻,如果这是合法的话,因为根据定义,"不平等的婚配"让地位不一致"完全不可原谅"、"耻辱的"条件制度化(221)。戴维斯夫人的抨击刺激帕梅拉与B先生两人主要借助基督教来谴责贵族的虚荣(222,350)。B先生面临被姐姐断绝家庭关系的危险,他效仿班扬笔下的忠信,当着她的面,最初冷静,进而激烈地与自己的家庭一刀两断(221,224,347)。帕梅拉被感动到用配得上笛福的方式对所有宗谱的相对性与循环性深思(222)。

  当然,所有三人在故事结尾之前都达到很好的妥协,但是以某种对理查逊叙事的更大不稳定有所启发的方法。显然,就在这种密致结构中,美德问题不能从真实问题中解开。为了探究帕梅拉上升流动性的道德及社会公正,有必要探求她故事的真相。贯穿理查逊天真经验主义的认识论反转线索与其进步意识中的颠覆特点连续一致。一方面,这种颠覆是不言而喻的,因为我们之前就在其他叙事见证过;而且因为它与自身的认识论对应物极为一致。在动态形式与精英制度的进步典范之间存在某种内在张力:在前者中,帕梅拉的个人功绩得以展示(即她思想的塑造力量);而后者预见专横的贵族文化被道德与社会成功的严格一致,而不是令人信服的自创伦理不确定力量取代。并不只是帕梅拉这位社会同化论支持者似乎偶尔有取代传统社会地位体系的倾向,如与戴维斯夫人的争执那样;她品性中具有欺骗性的力量有说服我们接受它自身的正确性,及在某个自主、外在道德秩序中该判断之起源的潜能。

  然而,帕梅拉身上还有另一种颠覆潜在性,即如是事实的功能:她的进步社会品德是一个在她身为平民女仆与女性的双重身份的交叉口构成的复杂复合物。只要她的社会等级继续卑微,这个复合物就会保持稳定。她身为女性的从属颇为悄然地将更表面的(基本上是类似的)条件,即身为女仆的从属深化。但是,一旦帕梅拉通过婚姻而地位得到提升,复合物便不稳定,她的社会等级成为主导,但她继续保持从属,因为她仍然是位女性。如玛丽·卡尔顿一样,她遇到对社会流动性补偿不为所动的某类地位不一致。在 B 先生最后改变心意之前,帕梅拉在回家的途中困惑地写道:"悲哉!男人何等奇怪!"随后她想到自己父亲的善良,"更确切地说,绅士何等奇怪!"(212)与本叙事主旨相符,批判的力量指向贵族的,而不是男性的骄傲。甚至在婚后,这种倾向因帕梅拉在戴维斯夫人那里领受的贵族专制而得到鼓励。虽然如此,帕梅拉一度呼求身为贵妇的戴维斯夫人的团结之谊,因为尽管"地位差距如此巨大,但您和我一样同为女性"(321)。但这种呼求必定徒劳,只要戴维斯夫人一想到帕梅拉声言是她家庭里的"弟媳",并忽视该词的其他意义就足够光火(323,329)。唯一能遏制这种贵族愤怒的力量结果来自她的弟弟。不是因为他的力量更强大,而是因为根据性别权利,它更纯净地存在于世袭特权之中,后者是他们共有傲慢的本质。"立刻滚出我的房子!"他怒吼道。这处家族宅邸是他继承来的。随着此番爆发,冲突的界限被暂时且暗中得到更改,因为他姐姐现在不得不想到自己首先是位女性,之后才是贵妇。㉗

当 B 先生驳斥戴维斯夫人的观点时,他重点说明,自己与帕梅拉的婚姻与这位姐姐嫁给父亲的马夫案例没有什么不同:"不同的是,一个男人跟一个女人结了婚,不论这个女人将成为什么样的人,他都提高了她的身份;他接受她进入了他自己的阶层,不论这个阶层是什么。但一个女人虽然曾经出生于一个高贵的家庭,但通过一个卑贱的婚姻却贬低了自己的身份,从自己原先的阶层下降到她屈身俯就与她结婚的那个男人的阶层"(349)。B 先生的经验法则在当时流行植根于英国财产法的世袭父系性质之中,并有效地论证,最终,以性别为基础的类别甚至优先于以地位为基础的类别。如果 B 先生真的已放弃自己

㉗ 关于玛丽·卡尔顿,参阅本书第 6 章,注释 32—34。

那份贵族偏见(例如对荣誉与头衔的欣赏),留存下来的偏见提炼必定不是贵族的,而是男性的,这的确说得通。B先生对戴维斯夫人发怒使后者有所收敛,并使帕梅拉成为戴维斯夫人的辩护者。B先生被极度激怒后,大叫:"你这女人真是魔鬼!"(360)。第二天,这两位女性达成充分和解,因为戴维斯夫人这样告诉帕梅拉:"你配得上对我们女性的所有赞美",并把迄今她已用在帕梅拉本人身上的那些贬损话语用在自己的弟弟身上:"我相信,如果真相已为人所知的话,你就一点不会爱上这个坏蛋"(372)。

在《帕梅拉》的结尾,冲突的条件以这种方式经历了一种微妙,但吸引人的转变。如我们所见,B先生的早期性欲是模棱两可的,因为它掩饰了在更深层处被感受到的贵族骄傲的残余。既然他现在是帕梅拉的丈夫,这份骄傲已经萎缩,并被更容易辨别的、本着相对自由、进步伪装的父系权威,并已被性别化的激情替代。B先生希望自己"不会是非常专制的丈夫",如今多事地扩展自己对妻子的期望。帕梅拉的回应(针对我们,而不是他)采用了夹杂着当前编辑评论的文中暗讽形式,她之前以此驳斥B先生所提的建议"条款",且戴维斯夫人后来也以此驳斥自己弟弟的信件(326—327)。帕梅拉对"这可怕训话"的阐释及其对此的评论有非凡的色调范围,可以允许她将赞同的若干色调组合起来,并夹杂着针对B先生男性自大的偶尔挪揄(特别参阅370—371)。因此,帕梅拉之成就的出色乌托邦理想最终因可能存在更多能够实现之事的认同而被淡化处理。但问题仍未得到阐述:因为期冀男性社会地位的帕梅拉对进步的理查逊来说可能从人力所能及的范围来看难以实现,这正如格列佛对符合加入慧骃条件的渴求之于保守的斯威夫特那样。实际上,《帕梅拉》结尾此处性别冲突的出现可能更多起到提供一种可敬手段的作用,而不是替代地位冲突自身的条件。我们可时不时地在帕梅拉基本算社会同化进步主义观点中察觉到某种替代主义张力,并借助"性别战争"这个可敬手段彼此适应。然而,理查逊意识的易变性有某种真实的意义,这与其认识论意义有密切类似。就在理查逊的客观历史真实性主张被拓展得如此之深,以至于它有时似乎挖出其辩证对立,即感觉的主观性,所以个人功绩的进步授权最终导致女性的重要案例,一个如此深度扎根的社会不公情境,以至于相关揭露只是标志着进步意识的界限,即它不会贸然突破的临界点。正当《帕梅拉》用某种新方式居中和解旧有问题时,它必定对所揭示的这些新的类似问题(即主体问题及女性问题)继续毫无反应。我认为,这个揭示应该被视为对理查逊的成功,而不是其失败所作的证明,也是对最终承载他抵达比自己本意到达之地更远所在的非凡想象力的证明。

然而,即便就其自身而言,这个成就可能被低估了。评论家们常常以《克拉丽莎》的正面背景为对应物,抨击《帕梅拉》的结尾是某种女性满足的不合理模式:作为谄媚讨好的婚姻顺从的自由。㉓ 但《帕梅拉》与《克拉丽莎》之间的选择是两个令人瞩目、互补的不完美替代品之间的经典选择,即明显的物质与社会授权,它们可能只是在话语层面得到时断时续的承认;明显的推论与想象授权,它们的物质记录只存在于与事后发生的对迫害自己之人的复仇同样实质行为之中。《帕梅拉》并不是一个逊色的、为达到只在《克拉丽莎》中得到完满实现之效果的初次尝试;它成功获得某种真实圆满类型,而《克拉丽莎》雄心勃勃,心怀他忌,甚至都未就此尝试。这个选择受限于同时代意识形态视野,及其对社会可能性的观点,它必定被认为具有内在的不可维持性:一个不是在喜剧抑制与悲剧自由之间,而是在两种不同抑制类型之间所做的选择。那么,在这些限制之内,关于《帕梅拉》的乌托邦成就所作的最出色评论的确就是它所提供的真正授权意象,这是在似乎多少未被改变的条件(甚至戴维斯夫人最终都会认同)通过在此种经验得到暗示的重新构建过程获得的。借助这种方式,社会变革呈现出无缝连续的一面。

㉓ 参阅最新资料,Eagleton,《克拉丽莎的强奸》,第 37、39 页。伊格尔顿承认《帕梅拉》"尽管它可能听起来有些怪异,但的确包含了某种乌托邦的元素",然而,他将其嘲弄为"女性所受苦难转向可慰藉神话的愤世嫉俗转化",并辛辣地将其"男性统治阶级权力的"喜剧庆祝与《克拉丽莎》的"毁灭性去神秘化"及"悲剧现实"对比。

第十二章　冲突的体系化 2：
菲尔丁与信仰的工具性

一

18世纪40年代理查逊与菲尔丁之争容易让人们想起几十年前笛福与斯威夫特之间更为心照不宣的对立。这种近似既体现在性情之中，又体现在文化之中。理查逊身上明显的虚荣掩饰了自己因缺乏"非常重要的学术教育优势"而始终对此敏感的事实，这似乎是菲尔丁这位把登比伯爵（the Earl of Denbigh）认作血亲、伊顿（Eton）公学与莱顿（Leyden）大学毕业生安详的谦虚，不经意的优越感之天然陪衬。但菲尔丁对某种贵族傲慢的驾驭掩饰了其极复杂的社会背景与社会态度。他的父亲是次子的次子，马尔伯特（Marlborough）麾下的军人。他的母亲来自一个拥有知名职业地位的家庭。亨利11岁时母亲去世，此后监护权的诉讼占据了他青年时期的剩余时光，并迫使他在城市与乡村追求之间，在自己该选择哪条入世之路这具有文化分歧的期待之间轮番转换。①

---

① 在亨利·菲尔丁有生之年，其家族被认为源自哈布斯堡家族（the Hapsburgs），1662年登比迎娶白金汉公爵之妹，且其主要家庭已提升为贵族之后即编造这个虚假宗谱。关于菲尔丁的血统及监护权诉讼，参阅 Wilber L. Cross,《亨利·菲尔丁史》（*The History of Henry Fielding*），3卷本，New Haven: Yale University　　（转下页）

第十二章 冲突的体系化2：菲尔丁与信仰的工具性

直到 1737 年《许可经营法》(Licensing Act) 生效时，作为剧作家的菲尔丁取得个人最大成功。我们将关注他在此时期所写的诸多叙事文本，而此段职业生涯经历了重要发展。菲尔丁的大多剧作有着极明确的反身特质，这说明他对某种艺术模式既痴迷，又颇没耐心，对感知证据如此负责，以至于其幻觉公正地喊出一种轻易的不确信。例如，在《1736 年历史记载》(The Historical Register for the Year 1736) 中，菲尔丁以某种预示他后来对天真历史真实性主张与其叙事细节无选择完整性假设之调用的方式，戏弄了彻底写实主义的伪亚里士多德式"时间统一"，及其对被表现的时间与在表现过程中流失的时间之间严格对应的要求。这些闹剧也是菲尔丁最初的实验室，在此将真实与美德问题实验性地并置。不难看到，在该时期的流行戏剧界，戏剧"场面"的大量依赖中显见的诸多感知认识论奉承，与此类戏剧演出需要的无耻商业迎合之间存在某种联系。然而，菲尔丁常抓住这个机会将世界与舞台的传统类比指明为对 18 世纪 30 年代辉格"治理"下政治操纵与腐败的自觉批判。甚至揭秘与反转的老套戏剧策略也呈现了颇具特点的菲尔丁式过度夸张（至少后来看是如此）。因此，在《作者的闹剧》(The Author's Farce) (1730) 中，我们追随一位老套进步英雄的命运，他"被赤条条地扔到这世上……可以通过自己的功绩与勤勉美德出人头地"，但在喧闹的传奇身世揭示中，他却最终成为了明确的王室继承人。②

（接上页注①）Press, 1918, 第 1 卷, 第 1 章。关于白金汉公爵与詹姆斯一世治下的各种荣誉混合，参阅本书第 4 章, 注释 31。关于理查逊的敏感，参阅 1750 年 5 月 3 日理查逊致大卫·格雷姆 (David Graham) 的信, 见《塞缪尔·理查逊书信选集》(Selected Letters of Samuel Richardson), John Carroll 编辑, Oxford: Clarendon Press, 1964, 第 158 页。

② Henry Fielding,《作者的闹剧》(The Author's Farce), Charles B. Woods 编辑, 摄政复辟时期戏剧系列, Lincoln: University of Nebraska Press, 1966, II, x, 第 15—17 页（说话者便是主角所爱之人）。关于时间统一，参阅同作者,《历史记录》(Historical Register), William W. Appleton 编辑, 摄政复辟时期戏剧系列, Lincoln: University of Nebraska Press, 1967, I, 第 58—59、66—69 页。其间，苏里维特 (Sourwit) 好奇问道："你如何可以把一年的活动浓缩在 24 小时的场景中？"曼德利 (Medley) （转下页）

有鉴于他反对戏剧表现惯例而投入的精力,一旦被迫转为叙事写作时,菲尔丁采用"历史学家"的怀疑立场,这就丝毫不令人奇怪。他此类最早作品《大伟人江奈生·魏尔德传》(*The History of the Life of the Late Mr. Jonathan Wild the Great*)(1743)在1740年末,《帕梅拉》面世之前就已完成大部分。其对如何在叙事中讲述真实的问题的讽刺反应因此更多受益于菲尔丁在古今史书方面的广泛涉猎,而不是理查逊的刺激。如此反应的困难复杂性可借用其怀疑论的戏仿模式与其仿英雄的讽刺模式既协调,又不协调的方式来阐释。③

这些模式共享的是我们熟悉的"双重反转"(double reversal)模式。菲尔丁的戏仿"历史"首先是对传统传记的理想化、"传奇化"方式的批判,即那些近似不朽的血统,伟大的预兆,直率的超自然拯救,捏造的言说等等。然而,对传统历史的戏仿也可暗中颠覆与其不完全分离的历史真实性现代合理化标准。在这种形式讽刺第二层,菲尔丁戏仿罪犯传记独特的现代形式,其特殊的验证策略,特别是其历史真实性主张依赖的文献扩展,即普通人的描述、真实信札与期刊、令人信服的

(接上页注②)回答道:"我的脚本就是不让那些粗俗新闻写手们因缺乏新闻而用垃圾来填充,因此如果我说那么一点或不说,你可能感谢那些已经做了一点或什么也没做之人。"参阅菲尔丁的《江奈生·魏尔德传》(*Jonathan Wild*)(1743),I,vii 与《汤姆·琼斯》(*Tom Jones*)(1749),II,i 以查考类似比较与观点。Ronald Paulson,《18世纪英国讽刺与小说》(*Satire and the Novel in Eighteenth-Century England*),New Haven: Yale University Press, 1967,第52—53页。其间,注意到蒲伯(Pope)与菲尔丁关于"斯密兹菲尔德缪斯们"(the Smithfield Muses)的讽刺之间密切关系。关于世界与舞台的类比,参阅 J. Paul Hunter,《偶然的形式》(*Occasional Form: Henry Fielding and the Chains of Circumstance*),Baltimore: Johns Hopkins University Press, 1975,第57—67页。亦可参阅亨特(Hunter)对菲尔丁戏剧中反身性的暗示讨论(第69—74页)。关于戏剧与叙事之间的形式关系,参阅本书第3章,第81—86页。

③ 《江奈生·魏尔德传》于1743年以《杂文集》(*Miscellanies*)第3卷形式出版。关于其写作过程,参阅 F. Homes Dudden,《亨利·菲尔丁:生平、作品与时代》(*Henry Fielding: His Life, Works, and Times*),Oxford: Clarendon Press, 1952, I,第480—483页;Bertrand A. Goldgar,《沃波尔与机敏者》(*Walpole and the Wits: The Relation of Politics to Literature, 1722-1742*),Lincoln: University of Nebraska Press, 1976,第197—198页。关于菲尔丁史学阅读的广度与特点,参阅 Robert M. Wallace,"菲尔丁的历史与传记知识"(Fielding's Knowledge of History and Biography),见 *Studies in Philology*, 44, no. 1(Jan., 1947),第89—107页。

零散速记笔录及费力获得的耳闻证词。因此,对旧传奇讲述历史的批判由对天真经验主义"新传奇"的批判,及其强加在读者轻信之上的现代化方式补充。④ 同样地,菲尔丁的仿英雄体首先是某种借助真正英雄主义及其传统的赞颂形式规范标准的非英雄无赖的讽刺简化,但这也是反英雄标准自身的动荡与自我颠覆行为。江奈生·魏尔德如亚历山大大帝与凯撒一样体现了"在同一人物身上善良与邪恶兼备"的"不完美"。但与古代传记作者不同,菲尔丁理解,并让我们理解这些品质在道德层面是不兼容的:准确地说,我们称为"英雄主义"的是此类比喻中邪恶的本质,它完全遮蔽了这些比喻也可能表现的极小善意(Ⅰ,i,3—5;Ⅳ,xv,175—176)。现代英雄是无赖,但古代英雄也是如此。菲尔丁将自己"刻画得自然但不完美的人物,记录历史真相,而不是传奇夸张"(Ⅳ,iv,135)的诚恳声明建立在如是认识基础之上。因此,对现代无赖行为批判以对古代无赖行为及将其称为英雄主义的传

---

④ 关于传统传记的最初批判,参阅 Henry Fielding,《江奈生·魏尔德传》(*Jonathan Wild*), A. R. Humphreys 与 Douglas Brooks 编辑, London: Everyman's Library, 1973, Ⅰ,ii-iii,第 5—9 页;Ⅱ,xii,第 79—81;Ⅲ,vi,第 100—101 页(此后均引用此版本)。正文括号内包括卷名、章节与页码在内的参考均源自此版本。在这些样例中,弃用海豚、海马这些超自然介入,用作者基本原理的夸张"自然"介入来替代,近代英雄的雄辩也被证实为一种创新。此间,第二层批判得以发生。关于对罪犯传记的验证方式的戏仿,参阅同前,Ⅰ,vii,第 22 页;xiii,第 36 页;Ⅱ,vii,第 67—68 页;Ⅲ,vi,第 100 页,vii,第 103 页;Ⅳ,xii-xiii,第 163—165 页;xiv,第 169 页。关于罪犯传记的形式,参阅本书第 3 章,第 16—24 页。在菲尔丁所能获得,并以资撰写这位特殊人物参考的若干样板中,有丹尼尔·笛福所写的《江奈生·魏尔德》(*True and Genuine Account of the Life and Actions of the late Jonathan Wild; not Made up out of Fiction & Fable, but Taken from his own Mouth, and Collected from Papers of his own Writing*)(1725)。关于魏尔德当时的赫赫声名,参阅 William R. Irwin,《江奈生·魏尔德的成长》(*The Making of Jonathan Wild: A Study in the Literary Method of Henry Fielding*), New York: Columbia University Press, 1941,第 1 章。马克西米利安·诺瓦克(Maximillian Novak)注意到菲尔丁与斯威夫特对导致"某种错误艺术类别"的罪犯传记材料有着类似的不信任感。参阅他写的《笛福小说中的现实主义、神话与历史》(*Realism, Myth, and History in Defoe's Fiction*), Lincoln: University of Nebraska Press, 1983,第 122 页。

奇讲述历史学家们的批判为补充。⑤

　　菲尔丁与自己时代共有的仿英雄体自我颠覆的不稳定与天真经验主义不稳定及相同不可调解过程的表述对应。一旦付诸实施,怀疑论批判可能借用自己的力量,并推翻其原有前提。此处让菲尔丁的讽刺众所周知地难懂是因为相同的因素,传统史学在两个平行反转中占据对立面。在菲尔丁的极端怀疑论策略中,普鲁塔克(Plutarch)与苏埃托尼乌斯(Suetonius)都是负面例子,并遭到经验主义历史规范标准的抨击,甚至天真经验主义自身也顺从戏仿。但在仿英雄体过程中,现代样例是负面的,对其予以批判的负面标准是古代历史,它反过来受某种类似批判的影响。结构上平行,但本质上不对称的这种出色讽刺策略交织将达到怎样的目的？正面与负面、古代与现代、英雄与无赖这些令人混淆的术语融合已在彼此对立中得到假设,这种不对称的重要效果就是强调类别坍塌之感,而这是基于自身运行的每个策略之主导特点。同时,怀疑论与仿英雄体策略之间的结构近似足以坚固到暗示此处受争议的不仅是真实问题。因为后者行动协调我们从前者的认识论关注发展到伦理与社会关注的近似领域,从真实问题到美德问题。

　　菲尔丁对英雄主义批判时所用核心术语,"伟大"的易变理念与马基雅维利的"美德"这个同样易变理念有非常近的关系。马基雅维利是对无道德英雄主义的罗马"理想"延展并改造负有最大责任的近代历史学家,而菲尔丁笔下的江奈生·魏尔德是典型的马基雅维利式"新人",他借助强力与欺骗崛起,甚至学会推广自己马基雅维利式"格

---

⑤ 关于作为标准定型仿英雄体的《江奈生·魏尔德传》,参阅 William J. Farrell,"《江奈生·魏尔德传》的仿英雄体形式"(The Mock-Heroic Form of *Jonathan Wild*),见 *Modern Philology*,63,no. 3(Feb.,1966),第 216—226 页。关于其形式变化,参阅 John M. Steadman,《弥尔顿与文艺复兴英雄》(*Milton and the Renaissance Hero*),Oxford: Clarendon Press,1967,第 173 页;C. J. Rawson,《亨利·菲尔丁与压力之下的奥古斯都理想》(*Henry Fielding and the Augustan Ideal under Stress*),London: Routledge and Kegan Paul,1972,第 158 页。关于《江奈生·魏尔德传》中古代英雄批判与古代历史学家批判之间的关系,参阅同前,第 148—155 页。

言"(IV,xv,173—174)。菲尔丁的意识与其认识论一样是双重批判的问题:首先是进步意识对贵族意识的批判,随后是保守意识对进步意识的批判。"伟大"的易变性对这种辩证批判来说是重要的。对进步思想而言,诸如罗伯特·沃波尔爵士(Sir Robert Walpole)这类新崛起的"伟人"之伟大就是暗示对应道德提升的社会名望事宜。但菲尔丁阐明进步意识是关于内在与外在状态一致的古代贵族设想的无意识及秘密的继承者。诸如沃波尔、亚历山大大帝(可能公正地以上吊结束自己的日子)这类伟人与如魏尔德这类无赖(的确如此)的道德近似论证了保守真实,即地位不一致在进步"社会公正"的现代世界统辖一切,如它在"伟大"与"善良"被视为共同延展的古代贵族文化中那样(IV,xii,168,xiv,170,171)。⑥

然而,如果菲尔丁在《江奈生·魏尔德传》中的主要目的显然是对进步新贵的保守批判,叙事保留这种发挥作用的进步前提之内在的(如果是概括的)印记,以及讽刺贵族荣誉的进步情节之框架。当然,进步基础也在菲尔丁作品别的地方显见。更早的时候,在《杂文集》(*Miscellanies*)中,他坦率地说出自己对如是方式的轻蔑:

> 在头衔、出身、财富、行头、服饰方面炫耀的自负,而总是忽略最重要的禀赋,美德、荣誉、智慧、感知、才智、所有其他可以真正让人高贵,并得到别人喜爱的品性……出身这个偶然事件,财富的获取,衣着方面的外在装饰会激发人们的傲

---

⑥ 关于马基雅维利式联系,一般参阅 Bernard Shea,"马基雅维利与菲尔丁的《江奈生·魏尔德传》"(Machiavelli and Fielding's *Jonathan Wild*),见 *PMLA*, 72, no. 1 (March, 1957),第54—73页。谢伊(Shea)认为菲尔丁从1695年共和政体支持者亨利·内维尔(Henry Neville)翻译的马基雅维利作品中受益,他注意到在菲尔丁关于魏尔德职业生涯的阐释与《卢卡的卡斯特鲁乔·卡斯特拉卡尼一生》(*Life of Castruccio Castracani of Lucca*)之间的特别近似(同前,第66—73页)。关于马基雅维利式"美德",参阅本书第5章,注释16—18。关于出于颂扬与指责目的而将"伟人"这个术语惯用于沃波尔身上,参阅 John E. Wells,"《江奈生·魏尔德传》中的菲尔丁政治目的"(Fielding's Political Purpose in *Jonathan Wild*),见 *PMLA*, 28, no. 1 (1913),第14—19页。

慢，蔑视他人，这是如此可笑之事，以至于日常经历就可以来印证。

至于那些声称自己的内在价值随着头衔而继承，"声名狼藉、无用可鄙的贵族"，菲尔丁予以经验主义反驳，"头衔原本意味着尊贵，如它暗示与尊贵不可分割的那些附加美德存在那样，但没有暗示将公开违逆相反的全面正面证据"。⑦

在《江奈生·魏尔德传》中，主要的保守讽刺从反对贵族价值观的进步讽刺论据中得到支持。如菲尔丁笔下的无用可鄙的贵族一样，江奈生·魏尔德确信"历经如此多代，完全没有中断过的纯粹魏尔德家族血脉"的宗谱力量，他热切地相信荣誉是"一位绅士的重要品质"(IV,x,156;I,xiii,37)。为了将魏尔德的故事当作对贵族意识的进步讽刺来欣赏，我们必须隔离间断但明显的"伟大"特质，这存在于只用琐碎的邪恶与语无伦次的无能加以区分的宗谱贵族身上。我们以在魏尔德血统中得到纪念的"出身偶然事件"为开始(I,ii)。他的父亲用"荣誉与贵族的原则"教育"这位年轻的绅士"，并送他去开始自己所认为的大旅行(I,iii,11,vii,21—22)。魏尔德很快学会与拉·鲁斯伯爵(Count la Ruse)这样的贵族类型交往，其作为"有荣誉之人"的地位通过一看到手套落下即刻投入决斗的这种明显乐意而牢牢确立(参阅 I,iv,11—12,viii,25—26,xi,31,xiii,36—37)。他后来的职业生涯普遍留下一系列欺骗的记号（一般而言，所获比其所予更糟），由此确认该

---

⑦ Henry Fielding, "论交谈"(An Essay on Conversation)，见《亨利·菲尔丁杂文集》(*Miscellanies by Henry Fielding, Esq*)(1743)，第 1 卷，Henry K. Miller 编辑, Oxford: Clarendon Press, 1972,第 138,140 页。Henry Fielding, "论一无所有"(An Essay on Nothing)，同前，第 186 页。在约伯·维内伽(Job Vinegar)的想象之旅中，菲尔丁对普特弗苏姆格斯基(Ptfghsiumgski)的信仰或贵族的美德"永恒延传至后代"的"反复无常"予以讽刺，见 *Champion*, no. 106(July 17, 1740)，见"约伯·维内伽先生的旅行"(The Voyages of Mr. Job Vinegar), S. J. Sackett 编辑，奥古斯都重印学社, no. 67 (1958),第 7 页。

第十二章 冲突的体系化2：菲尔丁与信仰的工具性

"绅士"身上美德与尊严的缺乏。⑧

在某个真实进步情节中，这个负面样例的主导推论将是关于勤勉美德兴起的正面故事。⑨ 在《江奈生·魏尔德传》中，我们在哈特弗利（Heartfree）这个人物（我会再次提及此人）身上找到如此推论的可疑阴影。但更重要且具有保守特点的倾向就是通过使"勤勉美德"自身成为极可疑类别的方式令进步情节得以深入发展的正面与负面之间区别崩塌。那些被公认是其参照评测的合法、成功贤德之人本质上与魏尔德本人没有差别。因此，此番证明总是对"身为贵族的"魏尔德的"进步"批判予以中和。当我们不得不关注无赖与政治家之间的等同类比时，菲尔丁的进步情节在我们眼前消失了。魏尔德与沃波尔之间的始终近似迫使我们将"荣誉"的象征物认作同化主义新贵的虚伪夸张。贵族文化中的地位不一致远远不能通过"美德"新人的崛起而得到解决，但在人们看来却因此而恶化。⑩

菲尔丁应和这些保守前辈们，有时候他使无赖与政治家之间的关

---

⑧ 比较 Henry Fielding,《女修道院花园日记》(*The Covent-Garden Journal*), Gerard E. Jensen 编辑, New Haven: Yale University Press, 1915, no. 4 (Jan. 14, 1752), I, 第156页, 菲尔丁在此将"荣誉"仅界定为"决斗"。关于菲尔丁对高贵与贵族荣誉的讽刺颠覆其他样例，参阅 Glenn W. Hatfield,《亨利·菲尔丁与讽刺语言》(*Henry Fielding and the Language of Irony*), Chicago: University of Chicago Press, 1968, 第19—20、117—118、163—165、168—173页。罗森（Rawson）对菲尔丁主角的喜剧愚笨特别敏感，参阅其《亨利·菲尔丁与压力之下的奥古斯都理想》，特别是第4章。

⑨ 这个推论在菲尔丁对世袭荣誉长篇抨击中明显可见。例如，参阅 Henry Fielding,《拥护者》(*The Champion*), 2卷本 (1741), Nov. 17, 1739, I, 第8、10—11页："推崇世袭荣誉在古罗马人中达到如此高的程度，以至于他们将平民视为几乎不同的人种，我认为这可能是从他们给我们称为新贵之人冠以'新人'的称呼而来……我常质疑诸如'新贵'(Upstart)、'家族开创者'(First of his Family) 这类词如何进入一个以贸易为国力之源，立国依托的国家……对我来说，我困惑地看到为何一位通过有益的贸易将10万英镑带入自己国家的人与那些把这笔钱在海外花光，或在消费法国红酒与沾染法国纨绔习气耗费之后把剩下的钱寄回的那些人都不能被视为该国民中可敬体面之人。"

⑩ Paulson,《18世纪英国讽刺与小说》，第75页。他认为约翰·盖伊（John Gay）的《乞丐的歌剧》(*The Beggar's Opera*) (1728) "是菲尔丁将英雄体层面运用为一种类比，而不是与自己主题构成对比的最重要源泉。"菲尔丁自己的《堂吉诃德在英国》(*Don Quixote in England*) (1734) 利用塞万提斯式主角的睿智疯癫来辨别政客中的无赖，或反之亦然。参阅 Paulson,《18世纪英国讽刺与小说》，第89页。（转下页）

系作为邻近关系,而不只是类似关系为人所知,使在世间足够成功的人被称为政治家,而非无赖的情节为人所知:

> 看到一位卑鄙之人因运气偶然及权力的极端之恶而通达,用最下贱的方法与最邪恶的工具保全自己,只是赢得谄媚之人、奴隶、身强力壮的乞丐与苦命人的敬仰(他内心甚至必定鄙视这些人身上的所有庸俗浮华),但被每一位有荣誉感之人看贬、轻视与回避……他身着的长袍没有威仪可言,他拥有的头衔没有荣誉可言,他攫取的权力没有权威可言,还有什么比此类可憎邪恶的恶德与野心更有启发性的训诫呢?

386　此处有一个经典的保守简化。进步"美德"只是概述贵族"荣誉"的旧有任意性:如果世袭贵族阶层将自己的提升归于"出身的幸运偶然",那么白手起家的新贵也近似"因运气偶然及权力的极端之恶而通达"。但在《江奈生·魏尔德传》中,从无赖到政治家的跃升比两者相似的确凿事实更不重要。"一位伟大人物与一位伟大无赖是近义词,"菲尔丁写道。在这种结合中,他关注对新兴暴发户贵族至关重要的内在"伟大"品性,通过将"上层与下层生活"结合的方式与(进步美德及新教恩典戏仿中的)旧有社会类别相对(IV, xv, 176; I, v, 17)。他用这种方式将罪犯传记中诡计多端的无赖、辉格派的"公务员"、进步意义寓言中的勤勉暴发户、属灵自传的狂热皈依者这几类保守想象的反派角色

(接上页注⑩)关于无赖与政客的同化主义,比较菲尔丁在《杂文集》"序言"中关于《江奈生·魏尔德传》的描述,同前,I,第13页:"这种夸张的伟大便是我意图揭露的人物……不仅把财富与权力,而且常把荣誉,或至少荣誉的影子纳入自己名下。"在其《罗伯特·沃波尔及其家人从最初到现在的简单真实历史》(*Brief and true History of Robert Walpole and his Family From Their Original to the Present Time*)(1738)中,威廉·马斯格雷夫(William Musgrave)用38页纸将沃波尔的血统上溯到诺曼征服时期。在调查沃波尔的家族起源过程中,"正直可敬的罗伯特·沃波尔爵士出于文献调用以及追忆自己先人的考虑而允许我阅读他保管的一些古代特许文献"(第2页)。

融为单独一个腐败且引人共鸣的人物。⑪

新门债主们发现,成就"伟大"就是"使自己的道德腐化"(IV,xii,161),这个人物特点使小伦敦黑社会头目有资格在难以区分的政治与高端金融领域展开合法、出众的职业生涯。如魏尔德一度注意到的那样,不仅抢劫,而且甚至谋杀都是在"法律之中"从容不迫地展开(III,iii,91)。如果诈骗是"廷臣们的"成就,那么"政治家"与"首相"制定的政策将小偷小摸及出卖朋友提升到触及"公众信任"自身的事宜(I,vi,19,v,16,18;II,viii,69)。作为"纨绔子弟"、"政治家"与"专制君主"共有元素的"伟大"(I,xiv,42;II,iv,58)并不取决于某人影响领域的性质或范围,而在于某人在此处行使"专制权力"的意愿(III,xiv,120—122;IV,xv,175)。菲尔丁的论点是对把"专制主义"习惯性地局限在君主"权威"领域之举的抵制,并彻底使之现代化,成为某种誊抄权力的心理与道德能力,而它具有平等主义理念的仆人愿意为任何人效劳,愿意腐蚀所有其他人,"的确是所有人类谋略的起点与终点,我指的是钱"(I,xiv,43)。

菲尔丁指出偷窃与金融投资之间令人熟悉的对比,或魏尔德装作"拥有巨额资金的绅士"(I,vi,21;亦可参阅 I,xiv,43—44),这并不令人吃惊。这个对比的核心将专制政客与专制占有性个人主义者结合,这是欲望的无限纵容,并在此处按特殊保守等级制度安排。当菲尔丁

---

⑪ 菲尔丁并不是唯一看到这种文类融合可能性的作家。《政治家的进步》(*The Statesman's Progress*)(1741),这部将《天路历程》与《败德先生的一生》(*The Life and Death of Mr. Badman*)融合在一起的匿名戏仿叙述了一位无赖人物踏上通往"伟大之山"的寓言之旅;参阅 Irwin,《江奈生·魏尔德的成长》,第46—47页中相关讨论。关于古典保守简化,参阅1740年6月10日《拥护者》(*Champion*),II,第318页。关于出生的偶然事件,参阅本章注释7。比较1739年12月6日《拥护者》,I,第66、67页,其间,菲尔丁对奥利弗·克伦威尔的职业进行了具有保守特点的描述,并作为尤维纳利斯(Juvenal)式格言的例证:"命运常常出于一种玩笑而从最卑微的人群中拣选出一位伟人。"克伦威尔是马基雅维利式的"新君主",他将自己的权力"主要归结于运气,即那些在内战长期持续过程中耗尽生命的伟人之死,那些开启战争之人早就不屑看到这个国家成为某位在等级上就比普通人高那么一点点的臣民的绝对意志的奴隶。"关于英国革命宏观叙事的相关保守描述,参阅本书第6章,注释18。

观察到"伟大真正的标记是贪得无厌",显然,在绝大部分情况下,他指的是物质商品的渴望(II,ii,51)。魏尔德的"最强烈、最主要的感情是野心……色欲于他而言是仅次于名利的野心……他的贪欲是无止境的。他贪上什么就必须拿到手,而不只是对已经拿到手的抓住不放"(IV,xv,172—173)。贪欲与色欲是腐败的互补标记,但不同于进步恶棍的案例,此处对金钱的贪欲占据主导。因此,尽管魏尔德一见哈特弗利太太就色心大发,陷害哈特弗利先生显然要在强奸其妻子之前(II,i,47,viii,71)。只有当两者都已安排妥当,魏尔德心想"这下子美人珠宝稳稳地人财两得了",他预期两种欲望的满足,并用使两者几乎可以互换的语言来表述,"简单一句话,他在冥想着荒淫和贪婪能够给他的种种快乐"(II,viii,74)。同样地,魏尔德所爱的莱蒂希亚(Laetitia)知道"三宗主要的爱好:一为虚荣;二为放荡;三为贪得无厌",她尤其可以暗中仰赖江奈生来满足第三宗爱好(II,iii,55)。我们至少一点也不怀疑他们的结合是"斯密兹菲尔德"(Smithfield)式婚配,即金钱婚姻。婚后不久,莱蒂希亚告诉自己受到侮辱的丈夫,自己嫁给他并不是出于爱情,而是"因为结了方便。而且是我父母强迫我结的"(III,vi,98,viii,105;亦可参阅 vi,99—100,103)。⑫

尽管有这种暗示,如理查逊进步意识中的那样,"荣誉"可能从贵族毒药中净化而来,并与"美德"重组,《江奈生·魏尔德传》中更有力的论点就是该术语已被进步同化主义如此讹用,以至于完全且不可挽回地成为任意词。"一个有荣誉的人,"魏尔德说,"就是个被大家称为有荣誉的人,只要人们一天称他为有荣誉的人,他就是个有荣誉的人"

---

⑫ 保守理论家们能够把权宜婚姻理解为贵族文化体系,并因该文化假设的、拥有进步意识的对手而被赋予新生命。菲尔丁在另一个语境中明确将这种婚姻与新财富文化联系起来,参阅 *Champion*, no. 114(Aug. 5, 1740),见"约伯·维内伽先生的旅行",同前,第15—17页。Paulson,《18世纪英国讽刺与小说》,第80页,此处论述了菲尔丁笔下作为情人的"伟大"恶棍身上特别的不称职,这与他们政治与财富方面的成功构成对比。参阅菲尔丁的《强奸的强奸,或咖啡馆政治家》(*Rape upon Rape; or, The Coffee-House Politician*)(1730)中的斯奎尊姆法官(Justice Squeezum)。关于偷盗与金融投资之间的类比,以及欲望的保守等级,参阅本书第6章,注释31、53—54。

(Ⅰ,xiii,38)。菲尔丁对"语义变化的倾力关注"⑬阐述了其对语言讹用与社会经济腐化之间近似关系的洞见,他与斯威夫特及其他乌托邦旅行叙述者一同共享这个洞见。对现代行话术语的抨击是对现代叙事抨击的微观阐释,它只通过假装讲述一个反传奇真相来设计利用无知者轻信的更有效方式。因为腐化成功地在这些领域中运行,重要的是,无论是无赖,还是傻瓜,这两个主角都在忠实地扮演各自的角色:"因此当人类的诡诈与狡猾只是考虑各自的优势,设法保持对他者的一贯强压,整个世界成为了大型化妆舞会。"对"政治权术"与"发达之术"而言,"一贯强压"是重要的。在对辉格当局的寓言讽刺中,菲尔丁并没有将金钱腐化描述为赤裸的机会主义,而是一种轻信的宗教仪式,一种对名为"曼尼"(MNEY)的神祇及其野心勃勃高层祭司的顶礼膜拜,这些祭司的信条包括"万物源自腐化,曼尼亦如此;因此借助腐化,他最为得当地无往不胜"这样的箴言。如在其他保守作家们中那样,这个模型是人为塑造的,是半宗教性质的社会虚构,其最伟大的力量就是利用众人的轻信。⑭

在菲尔丁整个叙事中,法律为此类社会虚构提供特别持续样例。江奈生·魏尔德反击敌人的主要武器不是野蛮武力,而是法律,他能够使之达到自己的目的仅仅因为法律如此完全取决于从证人、证据、证词那里取证的程序,以至于这禁止了真切的经验主义信心,并极容

---

⑬ Hatfield,《亨利·菲尔丁与讽刺语言》,第40页。
⑭ Henry Fielding,"论人物性格知识"(An Essay on the Knowledge of the Characters of Men),见《杂文集》,同前,Ⅰ,第154—155页;见 Champion, no. 98(June 28, 1740),见"约伯·维内伽先生的旅行",同前,第5页。在对皇家学会的《哲学交流》(Philosophical Transactions)戏仿中,菲尔丁把天真经验主义批判与天真进步对金钱的迷恋批判结合起来。参阅"适于在皇家学会宣读的论文"(Some Papers Proper to be Read before the R-l Society, Concerning the Terrestrial Chrysipus, Golden-Foot or Guinea),见《杂文集》,同前,Ⅰ,第191—204页。(关于菲尔丁其他对皇家学会的讽刺影射,参阅同前,第xl页,注释1;Hatfield,《亨利·菲尔丁与讽刺语言》,第30—31页,注释8。)关于菲尔丁所写的对曼尼的崇拜,对比伊丽莎白·海伍德(Eliza Haywood)所写的《关于某岛的回忆录》(Memoirs of a Certain Island)(1725)中对情欲与金钱的膜拜,第6章,注释53。

易造假。但菲尔丁在《江奈生·魏尔德传》中关于社会政治与认识论运用之间（美德问题与真实问题之间）近似的最明确阐述唤起的是舞台虚构，而不是法律虚构，它令人回想起早期在滑稽戏中他关注的世界与舞台的类比。魏尔德打算彻底出卖自己的朋友哈特弗利。菲尔丁评论道，像魏尔德这样的伟大人物最好比作一个傀儡班主，因为他的操纵有效性完全取决于其对感知观察的不可理解：

> 人们并不是不知道他躲在那里，也知道傀儡是一根根木头做的，一切动作都是由班主操纵的。但是既然大家不能亲眼见到他的操纵（尽管人人都知道是这么回事），谁也不觉得这样甘心被他欺骗是件可耻的事情……
>
> 高雅的读者们，如果说你们从没看过伟大的舞台上时常扮演的傀儡戏，那未免太小看你们了……认为人们可以随便欺骗的人，心目中一定会很藐视人类。实际上，舞台观众的情形正如小说的读者一样，尽管大家知道书里写的完全是假事，但读者却甘心受骗。看戏的人由戏里得到了娱乐，读者也因看书而觉得舒服、畅快。但是这一席是题外而又题外的话，我再回到我的题外话（Ⅲ, xi, 114）。

这段话暗示一个关于欺骗的三层类比：魏尔德之于哈特弗利如沃波尔之于人民，并如传奇作家之于其读者。置身这些关系之中，并在被骗接收端的那些人的意愿就是欣赏傀儡戏观众的意愿。然而，这种对比的要旨并不是艺术层面，而是政治层面的利用。这个类比的效果就是迫使我们看到从政治无信的负面，而不是从"美学反应"的正面看到观众的态度。当然，这个类比也准确到位。如果我们"高雅的读者们"只是在这种叙述中寻求被动的"自在与权宜"（如果我们拒绝菲尔丁自觉参考其自己的题外话操纵，例如宁要自己历史真实性主张的适宜信仰），那么我们的确与哈特弗利没有什么不同。

那么，与哈特弗利没有什么不同又意味着什么呢？评论家们已将哈特弗利的缺陷视为《江奈生·魏尔德传》中的正面规范,但他们对菲尔丁关于这种缺陷的意识,及关于其在这种叙事的道德与社会计划中扮演的角色意见不一致。⑮ 哈特弗利关于良知慰藉的一些独白,基督徒行为的满足,对来世的预期回报与菲尔丁"自己的",偶然用这种说教模式进行阐述的训诫难以区分,但它们也阐述面对世间不公保持的广泛坚忍(III,ii,88—89,v,97—98,x,III)。身为珠宝商的哈特弗利是一位出色的公道商人(这并不让人意外),从未骗过自己的顾客(II,i,46),菲尔丁鼓励我们将哈特弗利夫妇愿意"相信"(credit)魏尔德及伯爵欺骗他们的谎言与他们愿意展延这些恶棍的金融"信用"(credit)结合起来(例如 II,iii,52,viii,70)。这种信任存在局限性。当魏尔德劝说哈特弗利太太为自己丈夫之故逃离这个国家时,哈特弗利先生很快打消自己最初对妻子忠诚的怀疑(III,i,85,v,95—96)。但对于魏尔德所说的事情,他禁不住怀疑"整件事情是否并非虚构,魏尔德……没有拐走、洗劫并谋杀自己的妻子"(III,ix,109)。但直到哈特弗利太太结束旅行回来,并应邀讲述自己故事时,菲尔丁完全阐述了哈特弗利在提出关于欺骗与"权宜"虚构的多层面问题时发挥的作用。

甚至在初版之后就被菲尔丁删除的"奇妙章节"中,哈特弗利太太穿插的故事充满了风暴、海难、海盗、强奸未遂、隐士落难者以及奇特本土文化等事件与技巧,当时的读者们可能早就将这个传奇易变性的相关奇迹与旅行-叙事历史真实性结合起来。菲尔丁在作家生涯中几次阐述了自己对讲述传奇的旅行叙事的天真经验主义的蔑视,其中最明确的一次就是在其去世后出版的旅行日记之中。他将古今旅行"传奇"与自己构建的"真实历史"区分,"前者是后者的迷惑者与腐蚀者"。他认为,虚荣既引导这些旅行传奇作者描述从未发生的事情,另一方面又记录细微的琐事,其唯一区分就是它们发生在作者身上。出色的旅行者一定非常挑剔。其人物价值不是在细节或观察的虚假、量

---

⑮ 例如,参阅 Allan Wendt,"《江奈生·魏尔德传》的道德寓言"(The Moral Allegory of *Jonathan Wild*),见 *ELH*,24(1970),第 302—320 页;Rawson,《亨利·菲尔丁与压力之下的奥古斯都理想》,第 7 章。

化完整性中,而是在"愉悦或喻晓"读者的选择成功中得到反映。⑯

　　按这些标准来评判的话,哈特弗利太太的可信不仅被她叙述中惯例化奇迹,而且被其明显的自利质疑。毕竟,这是一个关于她如何面对一系列包括6人贪婪情欲在内的威胁,不仅设法保护自己的贞洁,而且奇迹般拿回从自己丈夫那里偷走珠宝的故事。如鲁滨逊·克鲁索与帕梅拉一样,哈特弗利太太将自己的所有好运归于天意力量,她用美德最终得到回报的快乐训诫"上天迟早要赐福给那些行善和无辜的人的"(IV, xi, 161;亦可参阅 IV, vii, 145, 146, viii, 147, ix, 153, xi, 160)来结束自己的叙事。然而,她的自力更生正让我们想起了魏尔德本人。她对航海术语的得当运用足以让自己的丈夫吃惊,并得到他的评价。她也将那些追求者的传奇恭维娓娓道来,仿佛他们对自己的故

---

⑯ Henry Fielding,《里斯本之行日记》(*The Journal of a Voyage to Lisbon*)(1755),与《江奈生·魏尔德传》(Everyman 版)一道印制,"作者的序言",I,第187页;一般参阅第183—188页。所删除的章节是1743年版的第IV卷,第 ix 章。其副标题让人想起"新奇,因此真实"这个格言:"的确是非常出色的一章;对那些未曾阅读大量游记的人来说可能看似难以置信,读者可能相信或不信,如他所愿"(《大伟人江奈生·魏尔德传》,[London: Shakespeare Head, n. d.], IV, ix,第196页)。关于旅行叙事中的自我宣传模式的戏仿,参阅 *Champion*, no. 112(July 31, 1740),见"约伯·维内伽先生的旅行",第12—15页。菲尔丁在撰写这篇政治寓言戏仿之作前曾这样抱怨:"有某类人对他们的观点如此质疑,以至于他们并不愿意相信任何自己未曾见过的东西……某些关于非洲与亚洲的出色描述被视为比难以置信的传奇好不到哪去。但如果一位旅行者有幸借助发现任何之前未曾知晓的新国家与岛屿而满足了自己的好奇心,他的读者们就相信他,就像相信卡珊德拉(Cassandra)的历险或著名的伯爵夫人《达努瓦神话故事》(*Danois's Fairy Tales*)一样。除却《鲁滨逊飘流记》,以及其他严肃作家,我相信引人发笑的格利佛船长因为其机敏,而不是真实而更值得欣赏。"(*Champion*, no. 55 [March 20, 1740],见"约伯·维内伽先生的旅行",同前,I)。亦可参阅菲尔丁的想象之旅,它以被发现的手稿传统主题开始,但被皇家学会拒绝。根据其发现者的说法,这是因为"对他们而言,此处没有足够新奇之处。"见《此世界到彼世界之旅》(*A Journey from This World to the Next*)(1743),C. J. Rawson 编辑,London: Everyman's Library, 1973,第2页。如罗森(Rawson)评论所言(viii-xiii),《此世界到彼世界之旅》中的形式自觉似乎既针对卢西恩(Lucian)或斯克里布莱拉斯(Scriblerus)式的"博学"作品的讽刺,又针对现代历史真实性主张的戏仿。菲尔丁更多地欣赏卢西恩的作品,其中有《真实的历史》(*True History*),参阅相关讨论,见 Henry K. Miller,《论菲尔丁的杂文集》(*Essays on Fielding's Miscellanies: A Commentary on Volume One*), Princeton: Princeton University Press, 1961,第366—386页。

事,而不是她的自爱至关重要(IV,vii,143,ix,155,xi,157)。她假装顺从那些可能引诱者的欲望,以此躲开他们(例如 IV,vii,146),她的这种假扮技能在自己取得珠宝的重要交易过程中如此高妙运用,以至于我们多少有点怀疑这是如何做到的。的确,哈特弗利太太亲口所说的故事是天意重得之一(IV,ix,153)。但正是她自身将自己的美德可能受贿赂影响的理念植于迫害她之人的头脑中。就在如神助般被救之前,她还努力试图"使他相信我的唯利是图"(IV,ix,151)。这种推测的欺骗具备似有道理特点,因为将"珠宝"之间实用与貌似商业交易迄今可能比这位认真叙述者讲述的更美好事件更具可能性。然而,当另一位追求者据说给哈特弗利太太"一个非常贵重的珠宝,他说它没有我的贞洁值钱"(IV,xi,160)时,这种词语运用本身在她的叙事结尾非常明显。

最重要的是,我们对这些意外收获发生场境的极度怀疑因我们希望将自己与哈特弗利先生,我们的代理听众的轻信区分而得到极大增强。在故事讲述中,哈特弗利对妻子美德时刻遭受威胁的敏感焦虑只是被他相信"上天已经保护了她的贞洁,并再一次让她完好无缺地回到自己身边"(IV,vii,145;亦可参阅 IV,vii,144,ix,152)这个说法时的淡定取代。这种婚姻互动的普遍变化得到增强,当它立刻被其仿英雄体的简化打断时。哈特弗利太太一直在新门讲述自己的故事,突然魏尔德吵闹起来,因为他看到自己妻子莱蒂希亚与自己的同伙法尔勃洛德(Fireblood)在一起。对魏尔德这位心性不大可能敏感的人来说,他与自己妻子一样苛求的"荣誉"遭到侵害,他用狂躁的偏执重复"荣誉"这个词(IV,x,155—157)。如在另一个荣誉受到威胁的故事之中发生的那样,魏尔德荒谬的盛怒提供了关于哈特弗利夫妇的新视角:妻子虚伪的唯心论反映,丈夫轻易受骗的陪衬。但这个情节也是一个插曲中的巧妙插曲。如菲尔丁更早的"次级题外话"那样,这等于是叙述者操纵性"政治"权力形式提醒,为我们提供一个机会,即借助质疑其妻子故事准确性的方式使我们与这位善良的哈特弗利先生区分。菲尔丁用这种方法把她从一位始终喜爱阅读传奇的女性改造成诡计多端的保守意识无赖,如果只是为其旅行叙事空间之故的话。她所声言的真实是欺骗,其内在美德的声明掩饰了重要的贪婪。因为她的丈夫并不是如魏尔德这样的恶棍,所以他倾向于成为妻子的理想听众,即一位心甘情愿的傻瓜。⑰

因此,《江奈生·魏尔德传》如之前的《格利佛游记》一样反映了极端怀疑论与保守意识相似交织的严厉。如斯威夫特一样,菲尔丁被迫通过谨慎重申旧有价值观的方式反转自己评论不可和解的势头。如其前任那样,这并不等于未得和解的信仰之举,而是信仰工具性与有效性的辩护,其后果并不轻易得到驾驭的策略。因此在其他语境中,菲尔丁这位自由主义者驳斥关于未来回报的现实性的自然神论观点。他热切地坚信,"幻觉"(如果确实如此)提供了"愉悦之源",这让人想起蒂洛森(Tillotson)与索思(South),及他笔下极傻的哈特弗利。当他为"陛下"、"阁下"与"先生"这些旧有社会形式与头衔辩护时,不是因为它们有任何实质"哲学"意义,而是因为"在习惯法律强加之下",它们已成为"政治层面的至关重要",我们已从江奈生·魏尔德与乔纳森·斯威夫特那里得到相同的提示。⑱

如果"信仰的工具性"论点似乎在菲尔丁的手中比在其前辈的手中更具易变性与矛盾性,这部分因为他对某些保守意识的基本体系的忠诚没有其前辈那样深厚。家庭背景将他稳妥地与"新贵"马尔伯特

---

⑰ 为与哈特弗利太太的故事进行比较,参阅巴维娅(Bavia)历险中的首次描述,见 W. P.,《牙买加女士》(*The Jamaica Lady; or, The Life of Bavia*)(1720)。其间,巴维娅拒绝船长的殷勤,理由就是"她的荣誉比自己的生命更宝贵",但向他许诺,换得自己解脱之物就是"她偶然带在身边的一个价格极为昂贵的珠宝。"弗斯丁(Fustian)船长质疑此段描述,"相信这完全是段传奇,并且他后来证实了这一点。"参阅 William H. McBurney 编辑,《理查逊之前的 4 部小说》(*Four before Richardson: Selected English Novels, 1720-1727*)(Lincoln: University of Nebraska Press, 1963),第 100、102 页。关于普通的"珠宝/珠宝"隐喻,参阅 Samuel Richardson,《帕梅拉》(*Pamela*)(1740),T. C. Duncan Eaves 与 Ben D. Kimpel 编辑,Boston: Houghton Mifflin, 1971,第 166 页。

⑱ 参阅 1740 年 1 月 22 日《拥护者》,I,第 208—209 页(参阅哈特弗利对同一主题的阐述,见《江奈生·魏尔德传》,III, ii,第 88—89 页);Fielding,"论交谈",见《杂文集》,同前,I,第 127—128 页。

的战争联系起来,与其得到资助的金融投资体系,及无土地资产的现实联系起来。然而,菲尔丁似乎一直极为适应现代政治管理体系,他接受来自沃波尔的贿赂以换取推迟出版《江奈生·魏尔德传》,根据斯威夫特的观点,这当然是"腐化"行为。因为菲尔丁并不如斯威夫特那样对进步体系完全反感,并不能共享斯威夫特对进步文化之前的乌托邦理念慎重专注。因此,他对诸体制(社会服从、习惯与法律等,其权威可能为虚构)的某种工具性信仰的拥护可能听起来更像一个对此衷心、前瞻性的正名,而不是更好分配的比喻直觉。因此,在《江奈生·魏尔德传》中,"善良的法官"比喻(IV,vi,141,xv,176)仁慈地呼召我们挽救对法律系统的信心,菲尔丁一开始就大费周章地记录其邪恶性(对伟大新贵的腐化而言,这在"政治层面极为重要")。⑲

然而,这位善良的法官在菲尔丁的叙事中是一位固执的要人,越发成为作者自身身为博爱叙述者立场的榜样。这种双重功能的样例(即内化为某种作者能力的外在体系)暗示菲尔丁如何使"信仰的工具性"论点更充分地成为自己的论点。然而,在斯威夫特那里,这个论点在意识形态及社会政治体系领域中最明确,而在菲尔丁那里,这种重要强调演变为叙事形式的认识论"体系"及作为讲述真实模式的特别文学虚构的再利用。支持菲尔丁极端怀疑论的是对经验主义客观性

---

⑲ 关于菲尔丁家庭背景的政治意义,参阅 Brian McCrea,《亨利·菲尔丁与18世纪中期英国政治》(Henry Fielding and the Politics of Mid-Eighteenth Century England),Athens: University of Georgia Press, 1981,第2章。关于菲尔丁对马尔伯特的极大推崇之书证,参阅同前,217n.19。关于斯威夫特与其他保守作者的对比,参阅本书第5章,注释55;本书第6章,注释24—25。然而,麦克雷(McCrea)的有用论点忽略了菲尔丁对金钱文化极为厌恶的某些重要证据。关于对菲尔丁从沃波尔那里收钱这一普遍观点的评论,以及关于《江奈生·魏尔德传》在此关系中扮演的特定角色,参阅 Martin C. Battestin,"菲尔丁变化中的政治与《约瑟夫·安德鲁斯》"(Fielding's Changing Politics and Joseph Andrews),见 Philological Quarterly,39,no.1(Jan., 1960),第39—55页;Goldgar,《沃波尔与机敏者》,第197—198、205—207页。戈德加(Goldgar)(第219页)概括了与菲尔丁同时期的大多数作家们如何"寻求与当局的某种配合"。菲尔丁后来为作者因钱之故改变立场一事进行辩护。参阅《詹姆斯二世党人日记》(The Jacobite's Journal),W. B. Coley 编辑,Oxford: Oxford University Press, Wesleyan University Press, 1975, no.17(March 26, 1748),第215页。

(及验证工具与被证实的客体可分的联合信念)的批判,这会让自然神论者感到自豪。在这种有力批判基础之上,菲尔丁将叙事纳入政治傀儡操纵者的虚构化欺骗之中。于是,问题不是如何回避(传奇)虚构性的必然条件,而是如何避免似乎成为其必然部分的道德陷阱,即傀儡操纵者的欺骗与其观众的无信。所需要的是如此明显,对"感知如此明确"的虚构,以至于其甚至欺骗一位"心甘情愿的"观众的力量已中性化了。[20]

的确,当菲尔丁明确坚持叙事选择必然性与美德及邪恶,重要及琐碎之间质的区分,而不是寻求天真经验主义者的量化完整性时,他看到了这种需求。在《江奈生·魏尔德传》中,我们已在菲尔丁"混合性格"主张及其对古代与现代关于完美的"性格一致"(I, i, 4)理念的批判中看到此类坚持的范例。当他为缺少跨越魏尔德生命中8个年头的章节而致歉时,他含糊地阐述了一个关于情节,而不是性格的近似观点。问题是这个时期"并没有发生值得读者关注的历险"。叙事时间与经验时间有所不同,前者有选择性(I, vii, 21—22)。类似这些的相对计划性段落应被视为关于菲尔丁极具特点的自觉更普通的现象组成部分,一个与自己最著名的叙事完全熟悉,但已在《江奈生·魏尔德传》中生效的认识论策略。无疑,用《约瑟夫·安德鲁斯》(*Joseph Andrews*)书名页中的话来说,更多的是按"塞万提斯的风格",而不是斯威夫特的风格写就,这种叙事的反身性旨在将其客体封存在主观评

---

[20] 关于菲尔丁的极端怀疑论,比较1740年3月1日《拥护者》,I,第322页:"写作似乎被理解成为你自己冒称某种关于理解的优越感(这与所有他者一起将被极为勉强地予以认同)……**理解,如眼睛一样(洛克先生如是说)当它让我们看到并观察到所有其他事情时,并不注意到自身。它需要技巧与辛劳使之安于远处,并使其成为自己的客体。**尽管这种比较实际上是正确的,但并不足以说明问题,因为眼睛可以在镜子中凝视自己,但自恋之人不会因此发现任何理解的镜影,只有借助洛克先生所开列的方法才能获得这类知识,而这需要技巧与辛劳,或换言之,需要一个可以执行的非常好的理解。一般只会在这些情况下发生,即其中的优越感是在每一个未知与假设证据进行尝试的原因,定论通常由出于我们自身之故的自爱而被发现。"关于洛克的认识论及知识与视觉感知所得之间的对比,参阅本书第2章,第31—32、36页。关于行政官与叙述者之间的类比,参阅 Paulson,《18世纪英国讽刺与小说》,第96页中的相关讨论。

论的硬壳中。其理想与未声明的功能同时将虚构("传奇"、"历史")去神秘化,使之成为一个幻觉,并使其解毒,否定其否定,通过炫耀地扮演,甚至宣布其无法讲述直接真实的能力赋予其权力。[21]《江奈生·魏尔德传》中的两个简要样例将有助于阐明这个辩证技巧的"理论"。

在第 2 卷末,江奈生已经投海,但"奇迹般地在两分钟后就被重新安置在自己的船上"。叙述者许诺解释这种逃脱如何以自然方式,而不是借助传统的海豚或海马来实现。他拒绝所有"超自然原因",并使自然拟人化,描述自然的力量,阐述将自然的目的施用在魏尔德身上(他乐意改变自己的想法,并再次跳上甲板),借此证实其"历史"的自然性(II, xii, 79—81)。菲尔丁一开始就骄傲地弃绝("传奇")技巧,并足以明确地阐明自己所称的"自然"("真实历史")只是借用另一个名字的技巧。但对"所有都是技巧"的揭示是通过承认它们的必然性证明其邪恶的正确性。我们完全接受菲尔丁的操纵(至少理论上如此),因为它们是如此坦率与引人注目。菲尔丁笔下的叙述者用类似的方式自夸弃绝故事以幸福婚姻为结束的传奇惯例,相反我们得以欣赏第 3 卷中江奈生与莱蒂希亚之间的婚姻争执(vii-viii, 103—107)。[22] 然而,这个插曲以已形成惯例的历史真实性主张为引导,并在"婚姻对话"中作为床笫滑稽戏剧本中的一页来表现。至该叙事结尾,菲尔丁满意地根据惯例完美收场,戏剧性地奖励善人,惩罚伟人(IV, xv, 176—177)。

我们可能会问这与哈特弗利太太在结束自己故事讲述时呼召的,

---

[21] 关于涉及他称为菲尔丁"讽刺语言"的相关论点,参阅 Hatfield,《亨利·菲尔丁与讽刺语言》,特别是第 6 章。

[22] 这个策略在法国反传奇中很常见,参阅 Charles Sorel,《奢侈的牧羊人》(*The Extravagant Shepherd*)(1654),John Davies 译,第 193 页;Antoine Furetière,《斯卡隆的城市传奇》(*Scarron's City Romance*)(1671),此为该作者《自由民的故事》(*Roman Bourgeois*)的译文,第 19 页。亦可参阅 Samuel Richardson,"克拉丽莎序言中的提示"(Hints of Prefaces for Clarissa),第 2 页,见《克拉丽莎》(*Clarissa: Preface, Hints of Prefaces, and Postscript*),R. F. Brissenden 编辑,奥古斯都重印学社,no. 103(1964)。

令人可疑的天意回报有何不同？大概在此处没有欺骗的事实之中，这是因为没有信仰：与哈特弗利不同，知晓一切的读者并不是同意被菲尔丁的虚构性再利用欺骗，而是用《里斯本之行》(*Voyage to Lisbon*)中的话来说同意接受这种"愉悦"。但我们可能感觉到菲尔丁也希望将这种状态承认为某类信仰，如果他可以将其神秘的、知晓一切的无辜与对公认欺骗的道德诅咒区分的话。我们此处接近美学，及读者承诺与反应的自身独特理性化的领域。但仍待跨越的可观距离在如是事实中得到暗示，即它将带来对贺拉斯的格言（不仅被"愉悦"，而且被"喻晓"）另一半的重新思考，这比任何菲尔丁及其同时期之人乐意从事的事情更重要。

二

因此，在1740年秋《帕梅拉》出版之前，菲尔丁未来从事叙事写作之路已在未出版的《江奈生·魏尔德传》草稿中成型。一年内，菲尔丁写了《莎梅拉》(*Shamela*)与《约瑟夫·安德鲁斯》。在这两部小说中，他显然继续自己已开启的路，他的针对目标并不只是理查逊。但《帕梅拉》已提供进入公众争议的机会，以及将特殊行动与反应辩证关系"体系化"的机会，英国小说的起源极不受人关注地存在于此。在这个重要方面，《莎梅拉》与《约瑟夫·安德鲁斯》被极精确地视为《帕梅拉》的应对之作，是对其成就的否定与完全。㉓ 在本章随后内容中，我将试图揭示这些对《帕梅拉》与《江奈生·魏尔德传》两者最重要的纽带如何也对小说起源有重要意义。

《莎梅拉》借助完全延展其前提的方式否定《帕梅拉》，这个事实

㉓ 然而，这种联合是人为的，如果只限于这种交换的话。《帕梅拉》的第2部分是在1741年4月《莎梅拉》出版两周后开始的，可能至少部分出于对此予以反击的缘故。参阅 Owen Jenkins，"理查逊的《帕梅拉》与菲尔丁的'恶意伪造'"（Richardson's *Pamela* and Fielding's "Vile Forgeries"），见 *Philological Quarterly*, 44 (Oct., 1965)，第200—210页。

在菲尔丁戏仿颠覆理查逊书信体的方式中清楚可见。并不是叙事经验主义具备内在的天真性，相反，《帕梅拉》的历史真实性主张并不足够真实。这些事件本身具备某种现实，但根据菲尔丁的戏仿前提，构成《帕梅拉》内容的文献是由一位受雇写手捏造而成，完全错误地描写了其真实历史。幸运的是，她的母亲已将"真实的""原文"给了奥利弗牧师（Parson Oliver）。他转而把这些副本交给自己纯朴的同事蒂克尔泰克斯牧师（Parson Tickletext），后者之前对《帕梅拉》的真实与美德的热忱在这些真正真实文献印制之前的通讯中有所记载。蒂克尔泰克斯的名字自身就是将他与新教自证的虚妄及轻信联系在一起。但读过奥利弗的"真实副本"后，他对如此轻易地接受《帕梅拉》中的欺骗而羞愧，正是他有责任出版（按书名页的话）"交给编辑的真实文件的精确副本"。㉔

　　蒂克尔泰克斯如某位不再认为自己被骗的哈特弗利一样。很容易看到在这个更真实的历史中，为何因为叙述者的坦诚而使每件事情改变。从帕梅拉的传奇文雅中戏仿重生的莎梅拉，名字的改变是否因主角或《帕梅拉》雇佣作者的机敏（参阅 308，309，337）之故并不完全明确。但真实姓名的恢复巧妙地概述了菲尔丁的核心策略，即恢复了解帕梅拉内在动机的重要途径，而其缺失使《帕梅拉》的历史真实性（我们现在可以欣赏）存在致命不完整。甚至理查逊的帕梅拉不得不

㉔ Henry Fielding，《为莎梅拉·安德鲁斯夫人一生致歉》(*An Apology for the Life of Mrs. Shamela Andrews*)（1741），见《约瑟夫·安德鲁斯与莎梅拉》(*Joseph Andrews and Shamela*)，Martin C. Battestin 编辑，Boston: Houghton Mifflin，1961，第 299、306—308、337、339 页；正文中《莎梅拉》所有括号内引用均源自此版本。菲尔丁笔下这位轻信的牧师可能在阿芙拉·贝恩笔下的《假扮的高级妓女》(*The Feign'd Curtezans; or, A Night's Intrigue*)（1679）（参阅本书第 3 章，注释 55）中的蒂克尔泰克斯（Tickletext）先生身上找到源头。菲尔丁在讨论旅行日记中的历史真实性主张之荒谬时提及贝恩笔下的人物，参阅"作者的序言"，《里斯本之行日记》，第 187—188 页。贝恩笔下作为菲尔丁人物起源的蒂克尔泰克斯已被《莎梅拉》编辑们忽略。例如，参阅 Fielding，《约瑟夫·安德鲁斯与莎梅拉》(*Joseph Andrews and Shamela*)，Sheridan Baker 编辑，New York: Thomas Y. Crowell，1972，第 9—10 页，注释 9。菲尔丁并不是唯一用声称拥有真正真实文件的策略对《帕梅拉》进行批评之人。参阅本书第 11 章，注释 3。

借用偶然的托辞对 B 先生的谋划将计就计。哈特弗利太太将这种已得到缓解的欺骗推向更深一步。但莎梅拉的人物只是存在于将自己缠上布比先生(Mr. Booby)的意愿中,并把自己装作另一人。菲尔丁充分利用了《帕梅拉》中的那些情节,例如假装溺水(321),其间,莎梅拉的欺骗可以在帕梅拉身上看到某种基础。但他也让莎梅拉成为一位老练的"政客"(299),而帕梅拉从未如此。因此,她主人看到她打扮成一位农夫女儿时的兴奋显然如 B 先生控诉的那样成为莎梅拉蓄意"计谋"的结果(315)。然而,即便在此处,勉强似有道理的效果就是并不是别人,而是同一人不加删改,粗心且坦诚地把整个真相报回家给母亲听。整个真相需要的并不是更大量的细节,而是对最重要的、关于她自己共谋思想状态的批判选择。在这个语境中,"写至即刻" (writing to the moment)可能只是看似可疑,据称为"天真"之举会因私下自觉汇报的下意识而在欢闹中被暴露(例如 313),这样的例子不止一处。帕梅拉的"美德"(virtue)成为莎梅拉的"伪德"(vartue),正如马基雅维利的"美德"(virtù)这个被讹用的术语现在体现了自己矛盾的否定之意。从《帕梅拉》读到《莎梅拉》就像听玛丽·卡尔顿(Mary Carleton)的丈夫约翰及后人将这位传奇女性的故事重述为一个无赖的传说,除非此处的转变只是通过让主角本人说话的方式来获得。㉕

莎梅拉是位无赖,因为她是位诡计多端、野心勃勃的暴发户。菲尔丁让我们对他自己的作品及其模型的寓意毫不质疑。《帕梅拉》教导"年轻的绅士们……娶自己母亲的侍女",而"女仆……尽自己所能地警惕提防自己的主人"(338,307)。《莎梅拉》通过揭露真实帕梅拉的言行把这个寓意反转过来。我们看到她从"仆人家庭"的颠覆性忠诚中获益;我们注意到她"出卖各家庭的秘密";我们关注到她从一个家庭到另一个家庭的谋划;我们最终确信奥利弗牧师的预言,即"莎梅拉的品性会让年轻的绅士们警醒他们如何因不成熟、匆忙与不合适的婚配而迈出对自己及家庭最致命的一步"(316,338,337)。《莎梅拉》

㉕ 参阅本书第 6 章,注释 32—34。

出版 6 年后,菲尔丁自己满意地娶了亡妻的女仆。但此刻,对菲尔丁而言,这种社会流动性类型至少在理查逊的相关阐释中与文化层面充斥名不副实之人兴起的厚颜无耻一起产生共鸣。在《莎梅拉》中,菲尔丁的表面目标不仅是《帕梅拉》的匿名作者,而且也是科利·西伯(Colley Cibber)在 1740 年所写的自传《致歉》(Apology)与科尼尔斯·米德尔顿(Conyers Middleton)所写的《西塞罗一生》(Life of Cicero)(1741)。如休·艾默里(Hugh Amory)评论所言,这 3 部作品之所以统一成为抨击的对象是因为它们"阐释新贵们凭借自己卓越的道德成就而获得成功;所有这 3 部作品都是由这些新贵本人证实这个论点,其天真的坦诚似乎无可非议"。㉖

身为保守女恶棍的莎梅拉之地位因自己主导性的贪婪而得到强化。当然,她的猥琐从未被质疑,至少是威廉斯牧师在场的时候。但她的首要欲望就是对金钱的贪欲。与其母亲及杰维斯太太一样,莎梅拉本质就是位妓女(308—309)。她在前者二人那里早就得到利用自己主人这个"有钱的傻瓜"来"卖个好价钱"(311)。她满意地在林肯郡得知朱克斯太太也会在"把我卖给自己主人"过程中予以帮助(317)。但在所有这些无赖行为中,交易的成功取决于将资产野心虚伪地假扮成内在美德的外在标记。莎梅拉告诉布比"我珍视自己的伪德胜过世上所有东西,我宁愿成为天下最穷之人的妻子,而不是成为最有钱之人的娼妇"(324)。从某种意义上说,她非常真诚。当布比先生提议以假结婚的"解决方式"成为其"情妇"时,莎梅拉面对成为娼妇的可能性。她与帕梅拉一样对此予以拒绝(313,321)。但她的理由非常不同。当帕梅拉担心自己美德(这是公认的复杂实体)将要失去时,莎梅拉只是担心失去真实婚姻带来的更合算的解决方案。"不,杰维斯太太",她坚持道,"对于我,我所有的继承人,以及我整个一生来

㉖ Hugh Amory,"作为伊索式讽刺的《莎梅拉》"(Shamela as Aesopic Satire),见 ELH,38,no.2(June,1971),第 241 页。关于菲尔丁的第 2 次婚姻,参阅 Cross,《亨利·菲尔丁史》,II,第 60 页。他结发妻子 3 年前去世。此事和 B 先生与帕梅拉相似,这没有逃脱菲尔丁评论家的注意(同前,II,第 61 页)。

说,在普通的成为外室条件下,有限制的财产处理将不不会被考虑"(313)。成为一位妻子是成为一位娼妇的资产升级,"美德"极有利可图。的确,这就是莎梅拉所说的马基雅维利式著名箴言"我曾想凭我的身子赚点小钱,现在我打算用我的伪德发笔大财"(325)的意义。美德的腐化以婚姻的腐化为顶点。

结婚后,莎梅拉多少让自己的伪装出现纰漏。她时不时地从事些慈善活动。但不同于总是欢欣鼓舞,说出"啊,我渴望做些善事!"之话的帕梅拉,莎梅拉只是抱怨:"我渴望在伦敦,这样我就有机会与别人谋划谋划,且把钱花出去。如果一个人有钱不用,那有什么意义?""的确这会很难",她进一步说,"如果一位女性只是出于钱的考虑而嫁给某人,却不允许她花钱的话"(331,332)。在这种圆满假设情况下,甚至愚蠢的布比有那么点体面,在叙事临近结束时,他为我们提供了保守意识中某种规范类别的匆忙一瞥:托利派绅士,被包围的英国乡村自然统治者。他把对威廉斯牧师的公正恼怒发泄在莎梅拉身上:"哪家不是靠我们的堆肥而抚育家人?谁没有从我这儿得到20次恩待?然而他并不满足,想把所有其他地方的野味都毁掉。我允许他自由行事,但他居然厚着脸皮想追那些我一心想保留、任其在这片矮丛中奔跑的那几只兔子"(333)。那一夜,布比始终痛骂威廉斯及其他人的无知政治理念,持续好几个小时痛斥这些人利用自己的好客,"一群无赖端着自己的酒杯大声喧哗讨论正直之人的原则"(335)。㉗

如我们可能期待的那样,这位机会主义牧师来自"宫廷方面",认为"每位基督徒应该与主教一样"(336)。但威廉斯在菲尔丁的保守意识处理中成为更加复杂的讽刺对象。作为"我们所信"高过"我们所做"理念的支持者(319),威廉斯为菲尔丁表现了旧有清教个人主义与自我放纵的循道宗教派(the Methodism)的觉醒。历史的延续有真实的基础,菲尔丁将被改造的信仰教义不仅与"美德"的进步理念,而且

㉗ 关于菲尔丁笔下的布比与斯威夫特笔下的穆诺蒂勋爵(Lord Munodi)之间的对比,参阅本书第10章,注释7。关于帕梅拉的狂喜,参阅《帕梅拉》,第315页。

与真实的经验主义标准结合。这种结合在轻信的蒂克尔泰克斯牧师为阐述威廉斯训诫的"关于恩典的有用与真实的宗教教义"(304)而表达的深度欣赏中明示。但威廉斯至少也主张某种"作品"种类,辩称"去教堂、祈祷、唱赞美诗、敬重牧师、忏悔,这些就是真正的宗教"(319)。菲尔丁此处新增目标部分就是自满的循道宗教派复兴圣公会支持者们推动的名义仪式。然而,在莎梅拉最爱牧师的身上还有很多其他看点,诸如确信多种罪愆可"通过频繁与真挚的忏悔而洗净"这类教义要点,以及他的普通举止与布道致辞时的高傲自如,这承载了高教会(High Church)劳迪安教派(Laudianism)与秘密詹姆斯二世党人文化(317—318)之间的傲慢联系。㉘

在这方面,对作为讽刺对象的威廉斯过于武断有着斯威夫特式的言简意赅,因为如《木桶的故事》中的杰克一样,他证明圣公会正统的激进颠覆无意且秘密地概述了原有罗马敌人。但菲尔丁与斯威夫特各自对圣公会教义的理解有所不同。菲尔丁通过威廉斯这个可用人物展开钳式攻击,为自己的中间方式留了空间,这并不完全清楚。如他崇拜的劳迪安教派神父一样,菲尔丁对伦理判断中以行胜于言为指导的观点详尽论述。清教徒班扬也是如此,但他严厉斥责能言(Talkative),因为后者忽略了"宗教之魂在于践行"。无论菲尔丁同时代之人希望相信什么,清教教义与劳迪安教义并不只是互为对手,它们是直面居中和解问题的极近似新教策略,必然反映

㉘ 关于菲尔丁分别对自满、高教会及圣公会教义的讽刺,参阅 Hunter,《偶然的形式》,第78—80页,以及 Amory,"作为伊索式讽刺的《莎梅拉》",第245—246页。关于循道宗派讽刺,以及循道宗教义与清教教义之间的关系,参阅 Eric Rothstein,"《莎梅拉》的框架"(The Framework of Shamela),见 *ELH*,35,no. 3(1968),第389—395页。关于17世纪激进清教教义与18世纪循道宗教义之间的延续,一般参阅 Umphrey Lee,《早期循道宗狂热的历史背景》(*The Historical Backgrounds of Early Methodist Enthusiasm*),New York: Columbia University Press, 1931。关于反映诸多17世纪前身特点的18世纪30、40年代虔诚的,特别是循道宗派日记、生平与属灵自传讨论,参阅 Jerry C. Beasley,《18世纪40年代的小说》(*Novels of the 1740s*),Athens: University of Georgia Press, 1982,第128—134页。关于蒂克尔泰克斯轻信的出处,参阅本章注释24。

某种类似的不稳定。菲尔丁热忱且并非毫无道理地宣扬善举与清教纪律相差无几,前者将某种广泛的工具性信仰置于世俗体系与成就的力量之中,以实现某种道德寓意,即一种其意识形态意义可能只是并不确定的投入。《约瑟夫·安德鲁斯》中此类行为的最伟大信诺就是博爱的体系化实践。㉙

三

如马丁·巴特斯廷(Martin Battestin)已最充分论证那样,《约瑟夫·安德鲁斯》致力于宣扬体现在约瑟夫与亚伯拉罕·亚当斯(Abraham Adams)这两位主要人物身上的两种基督教美德,即贞洁与博爱。它们可被分别理解为道德约束的近似个人与公众模式,以及控制自私及毁灭性人类欲望力量的基督教能力。约瑟夫早期对布比夫人(Lady Booby)的抵制正是该叙事中对理查逊式样例最公开的反对,并大体向我们展示了此类贞洁的得胜。如果莎梅拉就是被剥去天真伪装的真实帕梅拉,那么约瑟夫就是被剥去自我放纵后应该成为那个样子的帕梅拉。约瑟夫是理查逊进步主角的申斥,因为与帕梅拉不同,他驾驭了自己性与社会方面的欲望。尽管他谦恭地以姐姐为自己的行为楷模,当他致信给她"我从不喜欢讲述自己主人家庭里的秘密,"但很快就让自己妥协,离开服侍布比夫人的工作

㉙ 关于"自由主义"圣公会教义与资本主义意识之间的关系,参阅本书第 5 章,注释 42—43。比较 1740 年 1 月 24 日的《拥护者》,I,第 213 页:"美德并不具备……抑郁、僵化的性质,有些人错误地认为她是如此……人们知道她把某些人从政界、军界以及法律界擢升到最高地位。因此我们发现美德与利益并不是如……水火不相容。"关于行胜于言的辩护,参阅 1739 年 12 月 11 日的《拥护者》,I,第 79 页。Fielding,"论人物性格知识",见《杂文集》,同前,I,第 162—163 页(参阅《江奈生·魏尔德传》,IV,xv,第 174 页)。关于斯威夫特的《木桶的故事》中的秘密概述及其与极端怀疑论双重反转的关系,参阅本书第 5 章,注释 36。

第十二章　冲突的体系化 2：菲尔丁与信仰的工具性　579

以"保全自己的美德免受各种诱惑"时,㉚我们也能感受到这种无意与讽刺的对比。尽管菲尔丁轻易地暗示仆人约瑟夫与夫人侍女帕梅拉两者社会服务之间的相似,但性别差异是极为重要的。如菲尔丁承认的那样,不只是男性的"贞洁总是在自己的权力掌控之内"(I, xviii, 87)。他通过某人的男性贞洁成为被关注的问题巧妙地避免所有女性贞洁的社会意义。

对于理查逊笔下的帕梅拉来说,保持贞洁的"宗教"指令之上叠加了复杂的"政治"要求,她失去更多,也就获得更多作为与地位高过自己之人私通而带来的潜在后果的社会变革。对菲尔丁笔下的约瑟夫来说,尽管有多种表象,但情境更简单。他已与范妮(Fanny)相爱,因此只需控制自己暂时的性欲即可(I, x, 46—47)。尽管他向布比夫人暗示身为"帕梅拉的弟弟"的他是贞洁的。他给帕梅拉写信,正是从她及亚当斯牧师的宗教教诲那里,他已明白"贞洁对男女来说都是伟大的美德"(I, viii, 41, x, 46;亦可参阅 xii, 53)。对亚当斯来说,贞洁原则没有任何社会复杂性,只是防范"肉欲放纵"(IV, viii, 307)这个简单的道德目的。当然,顺从布比夫人的意愿会带来某种物质回报。亚当斯知道如果给约瑟夫适当的鼓励与教育,他可能如自己的姐姐那样沿着家庭服务的楼梯向上升(I, iii, 26)。但最后从仆人到绅士的大提升并不是在布比夫人谋划能力之内。这就是《帕梅拉》中 B 先生向姐姐戴

㉚　Henry Fielding,《约瑟夫·安德鲁斯》(*The History of the Adventures of Joseph Andrews And of his Friend Mr. Abraham Adams. Written in Imitation of The Manner of Cervantes, Author of Don Quixote*)(1742), Martin C. Battestin 编辑, Oxford: Clarendon Press, 1967, I, v, 第 29—30 页, x, 第 47 页。正文及本章注释中所有括号内,包括卷名、章节与页码在内的引用均源自本版。约瑟夫还在服侍布比夫人时,他希望"太太您不要斥责我出卖这个家庭的秘密,我希望如果您打算辞退我时,我能从您那里得到品德鉴定信"(同前, I, v, 第 29 页)。当他后来得知布比夫人"不会给他品德鉴定信"时,约瑟夫说"无论自己去哪儿",他都会总是说起太太的"好名声"(同前, IV, i, 第 279 页)。关于《帕梅拉》中"品德鉴定信"这些事宜的重要性,参阅本书第 11 章,注释 18。关于作为忠贞与仁慈化身的约瑟夫与亚伯拉罕,参阅 Martin C. Battestin,《菲尔丁艺术的道德基础》(*The Moral Basis of Fielding's Art: A Study of Joseph Andrews*), Middletown, Ct.: Wesleyan University Press, 1959,第 2、3 章。

维斯夫人讲授的教训。在《约瑟夫·安德鲁斯》中,布比夫人就此方面以戴维斯夫人,而不是 B 先生的对应者角色而结束。不仅通过约瑟夫的抵抗,而且通过她自己执着担心她的力量并不是把他提升到她的地位,而只是用来"牺牲我的名誉,我的品德,我的社会地位以放纵低贱、邪恶的欲望"(IV, xiii, 328)以此阻止她如布比先生之于帕梅拉那样。此处布比夫人对亚当斯牧师宗教训诫的回应显然并不意味着她也相信贞洁。相反,这暗示菲尔丁如何有效地设法通过两性的秘密反转消解其社会易变,而不是驳斥"勤勉美德"与"贵族腐化"之间伟大争议中的理查逊进步社会伦理。约瑟夫如英雄般的被动反抗从女性经验的停泊处漂流出去,很快成为傻瓜之举;㉛在特殊保守转变中,"美德"与"腐化"在这次争议中都没有非常好的表现。事实上,《约瑟夫·安德鲁斯》中的这场相遇远非占据其在《帕梅拉》的核心舞台,而是很快萎缩到某个已变弱的框架之内,其间,美德问题从博爱而不是贞洁方面最有效地被提出。

亚伯拉罕·亚当斯这位英国堂吉诃德痴迷于使徒博爱的,而非传奇骑士的规则,㉜这让我们想起脱离现实的次级贵族之疯癫,及乌托邦社会改革者的保守智慧。他一路来到伦敦,并又从那里回来,高举善举旌旗反对人性剖面:人性的自满、虚伪及完全的邪恶一次次宣告了现代世界中的博爱缺失。诸如巴纳巴斯(Barnabas)与特鲁林伯(Trulliber)这类牧师的博爱传统支持者们出于错误的原因而憎恨循道宗派的改革,并谨慎地捍卫与穷人所需构成对比的他们个人物质舒适(I, xvii; II, xiv)。如果可能的话,博爱的封建义务继承者们,即乡绅们甚至更糟。一位乡绅专事用虚假的慷慨允诺诱骗穷人。亚当斯本人就被此人诓骗,随后心怀恐惧地听到这位乡绅如何毁掉了几位本地青年的"真实故事"。这些青年人中有类似帕梅拉这样的人物及一位有

㉛ 很多评论家已经注意到了这一点。然而,值得注意的是可笑的并不是男性贞洁自身,而是它在这特定场境产生的虚假社会反响。关于男性贞洁,参阅本书第 4 章,注释 40。

㉜ 参阅 Paulson,《18 世纪英国讽刺与小说》,第 120 页中的评论。

前途的次子，他所要的手段就是给他们上升流动性的期待，并在他们已完全仰赖于此时中途抽手不予支持(II, xvi-xvii)。另一位乡绅在情感与教育方面如此堕落，以至于他醉心于欺负那些前来寻求他关照之人。亚当斯声明，"我是您的客人，待客法则让我有权得到您的庇护"(III, vii, 247)，但实际玩笑以对其旅行同伴的严重攻击，诱拐范妮以待"为满足某位猎艳者的淫欲而牺牲"为顶点。布比夫人的管家彼得·庞斯(Peter Pounce)挫败了这起强奸企图。这位管家是位"绅士"，滑稽的进步"豪侠"，身为有钱人的骑士保护者，"除了爱自己的钱或其他人的钱外，他爱漂亮的女孩胜过其他任何事情"(III, xii, 268—269)。但不用说，这位有钱人很快表明了自己的腐化类型，历险结束时给庞斯贴上保守意识注解，他重复了那些自私绅士们的罪愆，斥责恤贫法，断言救助悲苦之人的博爱"与其说存在于法案中，不如说存在于秉性中"(III, xiii, 274)。

《约瑟夫·安德鲁斯》中博爱不济的范式样例就是早期驿马车情节，其间，整个社会层面的体面乘客拒绝帮助约瑟夫脱离困境，直到乘客中最卑微的一位，即车夫的助手把自己的大衣给约瑟夫穿(I, xii)。后来又从侍女贝蒂(Betty)及神秘商贩的谦卑善良中得到确认(I, xii, 55; II, xv, 170; IV, viii, 309—310)。这个情节奠定了基本的悖论，即如果博爱只是涉及向一无所有的人提供一些东西，那么只有那些一无所有的人才可能有博爱之心。当然，这位旅行中的律师和别人一样有同情心。在整个《约瑟夫·安德鲁斯》中，法律被视为传统体系的世俗化者，至少拥有将体系的社会功能为现代社会之故文明化的潜力。例如，在进步导向的"利奥诺拉(Leonora)历史"中，声名狼藉的花花公子贝拉明(Bellarmine)、一位出色的"骑士"以及头脑清醒，明白"成为律师……就是用自己的方式寻求报复"(II, iv, 115)的霍雷肖(Horatio)之间的对立已暗示穿袍贵族象征性地取代佩剑贵族。然而，最常见的是，解决现代争执过程中，法律的权威只是起到通过使之在金钱方面有利可图的方式加剧了旧有"报复"的渴望。穿插讲述利奥诺拉故事过程本身被旅馆里的互殴打断，一旁的讼棍看客向亚当斯牧师的对头如此建议:"假如我处于您的地步,我流的每一滴血都会将一盎司的金子送到我口袋里"(Ⅱ,v,121)。也就在此刻,亚当斯明白了这一切。随后,特鲁林伯夫人看到自己的丈夫要揍亚当斯,因为后者称其为没有爱心的非基督徒,她反而建议丈夫"证明自己是一位真正的基督徒,用法律来治他"(Ⅱ,xiv,168)。

在《约瑟夫·安德鲁斯》中,法律的现代体系不是倾向于将愤怒与报复的热血激情文明化,而是腐蚀它们,用金钱暴力替代肢体暴力,这是典型的保守反转。在这方面,法律是在现代世界中迅速移位的,源自诸如基督教的传统维和体系的某个明显退化。当亚当斯将范妮从强盗强奸犯手里解救出来时,他是本着保护一位无辜"少女"的英勇"武士"的骑士精神行事(Ⅱ,ix,139)。但当这个案子提请到法官那里时,它很快因所涉及的每个人企图获得不同程度的回报而变质。无辜的人被贴上"抢劫者"、"强盗"与"无赖"的标签,他们只是因为某位本地乡绅的偶然干涉,及法官完全奉承绅士阶层的缘故而脱难(Ⅱ,x-xi,142—143,145,148—149)。当布比夫人希望阻碍约瑟夫与范妮成婚时,她毫不费力地说服斯高特律师(Lawyer Scout)与弗洛里克法官(Justice Frolick)帮助她规避遗产法。如斯高特所言,"关于这块土地的法律并不是粗俗到允许一位卑贱的家伙与拥有像夫人您这样财富的人一争高低的地步"(Ⅳ,viii,285)。

不过,如果博爱与正义的现代掌控者已腐败透顶,我们也就有理由对亚当斯不合时宜的理念之功效予以怀疑,这不仅因为牧师自己将之实现的方式非常有限。作为综合的道德义务,博爱规则并不随时容许关于相关责任与功过的良好道德区分,日益流行的各种博爱哲学让当时的人们意识到了这个问题。㉝ 客栈女老板陶瓦斯太太(Mrs. Towwouse)的确不相信这一点,她向自己的丈夫大叫道:"普通的博爱?放屁!"(Ⅰ,xii,56)但她此处真实的观点后来得到亚当斯的妻子与女儿暗

㉝ 例如,参阅 Samuel Johnson, *Rambler*, no. 99(Feb. 26, 1751),见《漫步者》(*The Rambler*),W. J. Bate 与 Albrecht B. Strauss 编辑,塞缪尔·约翰逊作品耶鲁版,New Haven: Yale University Press, 1969,Ⅱ,第 164—169 页。

中应和。第4卷开篇就是布比夫人与亚当斯牧师回到各自乡村宅院时所受到的礼遇,这构成了鲜明的对比。我们非常清楚布比夫人完全没有封建体恤,她进入"教区时,教堂的钟声齐鸣,穷人们众声欢呼",菲尔丁讽刺性地描写了这一幕。而紧接着就是一段关于亚当斯的真诚描述。这位牧师的教众"聚集在"他身边,"好似一群围着宠爱自己的父亲的孝顺孩子,彼此争着证明自己的责任与爱"(IV, i, 277)。当亚当斯太太告诉布比夫人,她丈夫的确说过"整个教区里的人都是他的孩子",但这位牧师对约瑟夫与范妮职业前途予以的父爱关心胜过对自己的孩子。"每个人都应该首先考虑自己的家庭",她向自己的丈夫抱怨。然而,亚当斯无视这一点,菲尔丁进一步说,这位牧师坚持"尽自己职责时并不顾及它可能给自己世俗利益带来的后果"(IV, xi, 321, viii, 307)。当然,就这位牧师而言,他是没有任何算计的,但他的美德始终没受个人好恶的影响吗?甚至天真的约瑟夫都知道"得到尊重的雄心"如何可以激发善良之举,菲尔丁已经允许我们注意到亚当斯的虚荣正可以在他对虚荣的否定中得到体现(III, vi, 233, iii, 214—215)。菲尔丁的自由主义信仰非常接近曼德维尔(Mandeville)式论点,即美德的自主纯洁是令人愉悦的虚构。尽管菲尔丁明确不鼓励我们将亚当斯对自己邻居不加区分的爱视为一种秘密自爱,然而,从某种真实程度来说,博爱的使徒及封建规则本身就在《约瑟夫·安德鲁斯》中去神秘化,成为堂吉诃德式社会虚构。

同样地,尽管菲尔丁的确剥夺了诸如法律与绅士阶层这类现代体系的权威,有时候这种抨击有所节制,主导的虚构被允许获得某种工具性运用。我们已经看到这适用于《江奈生·魏尔德传》中的法律,以及《莎梅拉》中的文雅。布比先生发现自己的连襟被监狱当局传唤,如弗洛里克法官的睿智所言,是因为"某种罪大恶极的窃盗行为"。他对法律的琐屑与野蛮大为惊异。但法官反而高兴地把约瑟夫与范妮置于布比仁慈的监护之下,他现在很轻易地看出范妮的美丽配得上比监狱更好的地方,这出于常区分菲尔丁笔下本质为好性情之人的某种温和的色心(IV, v, 289—291)。在故事的结尾,布比想到自己在《莎梅拉》中短暂行为规范的特殊阶段,并成为封建文雅的真正代表,把"前所未有的慷慨"这份礼物分发,"用最壮观的方式对照英格兰遥远地区极少家族仍然保留的古英国人好客传统"款待集聚而来的人们(Ⅳ, xvi, 343, 341)。

在如此确认时刻,传统的位高则任重(noblesse oblige),被神圣化的英国法律体系似乎能够将自己拯救为可用的社会公义最佳方式,如果这也是唯一方式的话。但这并不是说他们也能反对地位不一致的本土条件,可能对菲尔丁而言,更确切的术语会是"地位不确定"(status indeterminacy)。在《约瑟夫·安德鲁斯》的某个核心章节中,菲尔丁颇具特点地确认社会差别只是一种形式,并不由出身或所取得的成就,而是由风俗决定(Ⅱ, xiii, 156—158)。"上层人士"与"下层人士"通过他们的着装,以及构成社会等级的伟大"依赖之梯"(Ladder of Dependance)加以区分。这个依赖之梯是紧密相扣的雇用链,个个关照其身边最高等级邻居,并反过来受身边最低等级邻居的关照。这种关照功能本质上是相同的,所不同的是它予以实现的层次。因此,社会地位是任意的:任何一个沃波尔或魏尔德,布比或斯利普斯洛普(Slipslop)(Ⅰ, vii, 34)的相对位置都是非常偶然的。但如果这个梯子是虚构的,且其横档任意摆放,那么它本身就具系统性与功能性。如果没有确认关于现有安排公正性的基础,也就没有理由去假设任何系统变化会是某种提升。的确,地位不一致规则存在某些例外。菲尔丁"能说出凭借自己卓越才能而获得擢升的某位平民名字,所超越其他人的地位比其君王有能力提升他的地位还要高",但他也"能说出因出身与财富而获得擢升的某位贵族之名"(Ⅲ, i, 190—191;参阅Ⅲ, vi, 235)。所有规则都存在例外,将其一一列举时的极度自在似乎强化了这个系统本身的无情,而它毫不怜惜地继续产生现有命运分配,较之于它可能产生的任何替代,这当然不是更好,但可能也不是更糟。

类似这种安静的绝望之事必定是关于任何直接提炼菲尔丁在《约瑟夫·安德鲁斯》中阐述的、涉及社会公正与改革(美德问题)观点之企图的事宜。这与自觉充斥本叙事如此之多内容的友好、流露自信的声音如此惊人地不合拍。菲尔丁关于真实问题的立场如何有助于缓和他的社会观点？在书名页及整个叙事不同内容中自称准确真实的历史，《约瑟夫·安德鲁斯》运用大量的验证方式，以及我们不仅在菲尔丁前辈作品，而且也在他自己更早期作品中就已熟悉的历史真实性主张。㉞ 他的极端怀疑论从未真正质疑过，但它通过一种特殊的结合传递给我们，即戏仿假装，与借助一系列矛盾否定而着手某种形式假设的自我颠覆定义之间的结合。例如，在第 1 章中，菲尔丁将自己的"历史"阐明为某种传记生平。然而，在短暂影射古罗马传记后，他列举的此类形式主要实例就是几部中世纪末期骑士传奇修订本（I, i, 17—18）。㉟ 不过，两个出色的现代实例就是按"从真实文献与记录而来的普通方法"发挥作用的自传，但这不是别的，正是西伯的《致歉》与《帕梅拉》（I, i, 18）。

在第 3 卷第 1 章（185—191）中，菲尔丁拾起早期讨论中断的话题，即他用"历史"一词所指的阐述。他现在准备在自己认识论反转方面更加明确。无论它们可能被那些带着"英国历史、法国历史、西班牙历史等等"名头的粗俗之书赋予何种"权威"，它们实际上就是"传奇-作者"的作品。持怀疑态度的读者准确地判断它们"只是传奇，作者已在其间投入快乐与丰富的创造"，因为正是在传记中，"真实才能被发现"。当然，没人会否认上述"历史"因为被孤立"事实"的量化与局部记录而可以有所依赖。"但关于人类行为与品行"，完全相同的事实可"从不同角度得到解读"。传记关注的是这种更为定性的真实类别。"我们所阐述的事实可能值得信赖"，因为它们的真实被理解成完全仰赖它们"得以解读"的阐释"角度"。传记以普通性质与普遍类型的真实为目标。一个极佳的例子就是吉尔·布拉斯（Gil Blas）或堂吉诃德

㉞ 例如，参阅《约瑟夫·安德鲁斯》, I, ii, 第 20 页; xvi, 第 71—72 页; II, xv, 第 168 页; III, vi, 第 235 页; vii, 第 246 页; ix, 第 255 页; IV, v, 第 289 页; xvi, 第 339 页。

㉟ 在《詹姆斯二世党人日记》, no. 13（Feb. 27, 1748）, 第 177—178 页中, 菲尔丁抨击托马斯·卡特（Thomas Carte）的《英格兰通史》（General History of England）为"伟大传奇", 将其比作这些相同的通俗传奇, 并建议, 如果它们陆续出版, 它应与"有不可模仿历险的《鲁滨逊飘流记》"同样好的销路。

的"真实历史":塞万提斯笔下人物的"时间与地点"可能遭到质疑,但"这世上还有不相信卡德尼奥(Cardenio)的疯癫、费迪南(Ferdinand)的背叛这样的怀疑论者吗?"

足以明确的是菲尔丁此处正寻求天真经验主义者与更具"想象"的信仰类型之间的区分。但他也费力地强调自己与经验主义观点的关键契合程度,以此将自己也偏好的信仰类型与传奇的纯粹创造性区分。㊱ 因为他很快地加了一句:在这更中意的类别中,"我不会被认为理解写下大量传奇"或丑闻录的作者,这些人"在没有自然或历史的帮助下就能记录自己从未见过,或不会见到之人,以及从未有过,及可能不会发生的事实。他们笔下的英雄都是自己的创造"。换言之,传奇作者与讲述传奇的历史学们过度依赖"快乐与丰富的创造"。作为一位传记作者,菲尔丁"满意地复制自然",并写下"与我自己见过的差不多之事",目的并不完全是弃绝感知证据,而是最妥善地处理其复杂性。在本章结尾处,他把《约瑟夫·安德鲁斯》置于"真实历史"的类别之中,该类别为既非传奇,又非历史的双重否定之复杂互动提供了一个正面术语,其极端怀疑论也因此深层次地存在于此。

当然,另一个如此类别是"喜剧传奇"。菲尔丁所写的《约瑟夫·安德鲁斯》"序言"本身得到赞誉,这部分因为它如此明确地宣布如是事实:这是认识论与文类归类过程中的计划,一种描述"某类写作,我不记得在我们的语言中曾经有过这样的尝试","没有评论家认为给……它一个特别适合自己的名字"的努力(3)。菲尔丁在"序言"中的分类学步骤自觉地模仿了亚里士多德的方法,但只是到某种程度。考虑到菲尔丁对该术语重新界定时"历史"的标准意思,"历史"与"诗歌"之间招人反感的亚里士多德式区分对他而言没有什么吸引力。所

㊱ 此种运用的困难在如此事实中得到暗示,即菲尔丁在另一语境中运用卡德尼奥(Cardenio)、费迪南(Ferdinand)、多萝西(Dorothea)、露辛达(Lucinda)的故事作为塞万提斯如何"在众多样例中极为接近自己讥讽的传奇"的实例,见《女修道院花园日记》,同前,no. 24(March 24, 1752),I,第 281 页。在缺乏定型批判理论情况下,拒绝天真经验主义必然冒着回到其对立面,即传奇唯心论的风险。

以,在他绝大多数其余文类考虑中,在何为整个"历史"术语最著名之处中,尽管"历史"一词如此重要,但它没有以任何形式出现。虽然如此,"喜剧传奇"是"真实历史"的贴切替代。这些术语一道复兴了菲尔丁极端怀疑论已断然不信的两个文类类别,每个案例中的形容词增添预示原有类别的天真性已通过塞万提斯式步骤将其与所假设的对立面更紧密的结合而得到校正。㊲

在《约瑟夫·安德鲁斯》主体部分中,"传奇"如何校正"历史"?最明显的就在于我已注意到的历史真实性主张之戏仿与自我颠覆运用。但在《江奈生·魏尔德传》中,所有自觉叙述模式在此起到将叙事主线的客观历史真实性主观化的作用。在微观叙事层面,这些反身介入无所不在。当菲尔丁的表面目的不是坦率宣扬自己的情节驾控,反而是承诺谦卑的真实性时,它们就最为有趣了。㊳ 在宏观叙事层面,作者的介入等于用明显不相关的情节极明显地打断主线。在这样的场合里,对真实的历史标准构成的挑战涉及用太整洁,以至于看似不"自然"的近似关系的替代连贯,而不是混乱取代临近的线性连贯。在《约瑟夫·安德鲁斯》中,此类最复杂的样例发生在第3卷,当范妮遭遇强奸未遂(ix,255)的"真实历史"被连续两章静态对话打断时,第一段对话是在诗人与演员之间展开,第二段对话是在约瑟夫与亚当斯之间展

㊲ 因此,如菲尔丁将自己的"真实历史"与自己不相信的天真历史真实性主张区分那样,他在此处将"喜剧传奇"与严肃的"传奇"区分。我们似乎正确地把后者与"那些通常被称为传奇的卷帙浩繁作品"(《约瑟夫·安德鲁斯》,"序言",第3—4页)等同,即等同他后来影射为那些"宏大传奇"的法国英雄传奇,他因为它们与自然、历史的唯心脱离而不再相信。正如谢里顿·贝克(Sheridan Baker)已经论述的那样,尽管存在现代批判实践,"序言"中的重要文类术语是"喜剧传奇",而不是迂腐的、罗掘词穷的同义词"散文体喜剧史诗"(Comic Epic-Poem in Prose),参阅 Baker,"亨利·菲尔丁的喜剧传奇"(Henry Fielding's Comic Romances),见《密歇根科学、艺术与写作学院论文》(*Papers of the Michigan Academy of Science, Arts, and Letters*),45(1960),第441页。

㊳ 对比以下《约瑟夫·安德鲁斯》中的段落:"同样地,他有某些其他动机,如果读者不是魔术师的话就无法猜出来,直到我们给他那些提示后,才能得当地打开它"(I,x,第47页);"的确,我常安心地得知,他们俩人之间最愉悦的交谈持续了好几个小时,但我从不劝其中某人把谈话内容讲出来,所以我也就无法让读者知晓"(II,xv,第168页)。

开(x, xi)。第一段对话因"在这历史中没有别的用处,只是让读者愉悦"(x, 259)而遭到摈弃,它涉及演员好歹利用作者提供的相关材料的能力。第二段对话被认为是"此类某种对应"(x, 264),论证人类顺从"天意安排"的合适程度。当我们最终恼怒地回到范妮的困境时,我们发现"主要情节"实际上已经得到延续,而不是因为这些类似的"情节"而悬置,因为她一路注定被彼得·庞斯解救(假如我们只要有足够的耐心让自己顺从菲尔丁的叙事安排的话)。㊴

因为《约瑟夫·安德鲁斯》周期性地被诸如约瑟夫与亚当斯(I, xiv, 64)、亚当斯与范妮(II, x, 143)、约瑟夫与范妮(II, xii, 154—155)、范妮与彼得·庞斯(III, xii, 269)这些巧合的相遇打断,这越发看似太整洁,以至于不自然。其整个情节逐渐呈现"历史"主线之感,而这条线已因"传奇"的神奇介入而变成一个圈。然而,存在一个巧合发现,约瑟夫与威尔逊先生(Mr. Wilson)相见,这与其他有所不同,因为我们介入其间的作者不给我们需要的重要信息来使之与日常历史的随机发生区分,这个信息就是威尔逊先生是约瑟夫的父亲,因此我们对主角直系血统的无知此刻保留了线性偶然的印象。我们不能说我们已得到警示,尽管早期的线索非常模糊。的确,关于约瑟夫的宗谱高贵出身有"传奇"式暗示,我们从他的外表就得以知晓(I, viii, 38—39, xiv, 61)。但读者已经长时间习惯听到关于进步主角的此类事情,这些人拥有的"真实"文雅与世袭文雅并不相同,特别是那些如此处进步层面坚称它们的英雄能够"获得荣誉",即便完全没有祖先荫泽的叙事中(I, ii, 21)。换言之,菲尔丁的"传奇"惯例是同等的戏仿反传奇惯例,

---

㊴ 对比塞万提斯的技巧(本书第7章,第1节)。借助"传奇"近似而完成"历史"接近的侵入特别令人愉悦,当这在某个插进来的故事之内时,因为它自身已经是线性情节的干扰,但却可能声称是其必不可少的一部分。《江奈生·魏尔德传》中的此类得当例子就是被魏尔德婚内暴行而打断的哈特弗利太太旅行叙事。《约瑟夫·安德鲁斯》中最好的样例就是利奥诺拉(Leonora)的进步情节(II, iv-vi),它伴随着历史真实性主张,并被亚当斯在旅馆的斗殴期间而起的保守主题打断。

它们在我们身上引发了某种经验主义及进步结尾的错误期待。⑩

所以当长期失踪的孩子纯洁地重回自己出身地,并坐着聆听时,威尔逊先生用自己长子被吉普赛人偷走的情节结束自己一生历史的讲述,他对此无法满心感谢"伟大作者"。随后不久,3个旅行者重新开始旅程。约瑟夫与亚当斯很快陷入关于天性与教养对立主张的谈话中,直到他们发现自己突然来到"某个天然圆形剧场",人们对自然进行了重新加工,那些树"似乎出于最有经验的种植者的设计而摆放有序……整个地方可能已在没有爱情的资助下就让这位年长者的思想里产生了比约瑟夫与范妮所想还要多的浪漫意识"(III,iii,224,v,232)。旅行者们在此驻留,我们自己的作者此时仿佛鼓励我们在他类似的安排中休憩,并告诉我们威尔逊先生打算在一周之内穿过亚当斯牧师的教区,"我们认为这个情境太不重要,以至于之前未曾提及"。作为自己善意的信物,菲尔丁以让读者了解随后一章内容的方式结束本章,"因为我们不屑在没有给他最初警示的情况下骗他读任何此类内容"(III,v,233)。叙事的欺骗力量因被公开而得到缓和,"传奇"巧合的不可信被轻柔地软化成作者温和与警醒的秉性。当威尔逊先生的后来拜访结果成为与之密切相关的其他事件意想不到的巧合时,菲尔丁会提示我们知道这会发生的(IV,xv,338),仿佛现在鼓励我们对某种明显的虚构有工具性的信仰,我们毕竟已经心知肚明地以如此程度涉及其中。最后一章的标题,"此真实历史何以达到幸福结局"恰当地使历史主张与传奇计谋达到平衡,其最终文字愉快地坚持菲尔丁笔下人物的当下历史真实性,仿佛仰赖我们去了解兑现这种主张的信仰类型(IV,xvi,339,343—344)。

人们很愿意这样说,真实与美德问题在约瑟夫身世揭秘高潮中达到融合。当然,这是计谋一幕,其足够的精心设计可以同时唤起传奇

---

⑩ 在《约瑟夫·安德鲁斯》中,范妮也有"天性文雅"(II,xii,第153页),以至于一走到路上,她不止一次被别人认为要么从父母身边逃跑,要么溜出来的年轻贵族小姐(III,ii,第199—200页,ix,第257页)。

唯心论的幽灵与贵族意识。但这个效果如此全面地取决于我们与作者联系的微妙平衡,以至于这种关系被最精确地视为将美德问题纳入真实问题之中,而不是两者的融合。并不是菲尔丁现在做任何事情来打击我们对绅士阶层与法律的仁慈权威的极度暂时性信仰。迄今,他已引导我们将约瑟夫的社会地位提升,即战胜其地位不一致与布比先生利益攸关的善良联系。布比先生不仅修正了弗洛里克法官制定的法律,而且随后立即让约瑟夫"穿扮得像位绅士"(IV,v,292)。如果有什么的话,那就是布比先生的博爱在本叙事最后情节中得到提升。菲尔丁的叙事步骤始终如此坚持,约瑟夫的上升流动性的真实动因当然不是位高则任重,而是我们仁慈作者的善意。社会公正与博爱规则不是在法律或绅士阶层那里,而是在叙述者的父系关爱之中得到最可靠的体系化,叙述者将想象的"古英国人好客"博爱内在化。

有人在菲尔丁所写的人物中找到足够多的古代封建秩序代表,但他们受限于我们也在天意力量中探触到的某种想象的氛围。这种氛围在某些方面近似菲尔丁身上的古老绅士阶层力量,这主要因为天意与更明确的作者力量永恒相联。菲尔丁并不是让我们暂时质疑神意公义的现实。但菲尔丁最热切地为之辩护的信仰有成为得到妥当合理化的工具性信仰的极强倾向。同时,我们能够体验到叙述者笔下的明显善恶有报,为什么不称其为天意呢?叙述者周期性地介入故事的日常生活,以确保神意与人类公正明显在外部世界无法确保之事。[41]

菲尔丁将美德问题纳入真实问题之中,这将乌托邦投影的主要挑战从本质转移到形式领域。我们可能推测,此举核心原因就是菲尔丁对保守意识构想的乌托邦诸体系与群体之信诺的相对不确定性。另一方

---

[41] 因此,较之于 Aubrey Williams,"天意介入与菲尔丁小说的设计"(Interpositions of Providence and the Design of Fielding's Novels),见 *South Atlantic Quarterly*, 70, no. 1 (Spring, 1971),第 265—286 页内容,菲尔丁叙事地位成为信仰由天意安排之宇宙的相关表述,这似乎在我看来更成问题,或在其最简单层面更不有趣。亦可参阅 Martin C. Batterstin,《机智的天意》(*The Providence of Wit: Aspects of Form in Augustan Literature and the Arts*),Oxford: Clarendon Press, 1974,第 5 章。参阅本书第 3 章,注释 75—80。关于菲尔丁对神意公正的工具性信仰,参阅本章注释 18。

面,菲尔丁被向各类人才开放的职业活力吸引,并对那些带着任何成功或确信从事此项职业之人的虚荣与狂妄感到恐惧。较之于某个认识论事件,在《约瑟夫·安德鲁斯》与《汤姆·琼斯》结尾"发生"之事相应地不怎么具备社会性,不是上升流动性,而是在《俄狄浦斯》中唤起的模型(IV,xv,336),即知识的获得。

在《约瑟夫·安德鲁斯》中,此类归纳是在形式策略的两种延展最广的讨论,即"序言"与第3卷第1章中得到预测。在此两类讨论中,菲尔丁对真实与美德问题之间相似关系的极度敏感导致他用后者作为前者的例证。因此,当我们发现某人"正是他假装的确切对立面"时,我们在"序言"中被告知喜剧传奇通过假装暴露而发挥作用。这些假装的实例也是地位不一致的样例:"一位肮脏的家伙""从自己的6套马车上下来,或从自己的椅子上跳起来,帽子夹在胳膊下面";或一个"悲惨的家庭",我们从中看到"他们外表或家具上体现的财富与服饰的做作"(9)。后来,菲尔丁承认生活允许规律存在例外,并以此让自己获得表现传记中普遍类型技巧的资格。遴选出来以资评论的例外是那些地位得到提升的个人,他们的社会地位足以令人惊奇地与他们"卓越的才能"及"思想"一致(III,i,190)。在这两个段落中,形式论点理解实质社会问题的方式就是视其为某个样例,此过程中表现出来的自在预示了日益的灵巧,而菲尔丁的博爱叙述者将借此暗中通过调动叙事自身更完美的相关阐释,为社会及天意机制的失败进行弥补,以此为我们暂时的信念正名。菲尔丁的反身叙述允许关于"不能被证实之事就是渗入叙事形式自身可信之处"这个信仰的工具性推论论点。一旦适应了新环境,它便成为自动且通用的调和态度,一种关于确定(如叙事形式得以织入其间的事实那样不受条件所限)的无形线索。在从某个非常不同的方向接近这一点时,菲尔丁正是在这个节点遇到了理查逊,即道德与社会教育在它们向完全为美学愉悦的他者转型边缘犹豫之处。

认识论与社会冲突因理查逊与菲尔丁之间的相遇而"被体系化",

此类暗示当然不是说同时代的人们用本研究最有用与最常出现的阐释性术语记录了这次相遇。在结论中,尽管存在术语差别,我将论证自己在阐述理查逊与菲尔丁对《江奈生·魏尔德传》出版后10年间两人关系看法时的基本兼容性。但我也注意到,冲突的整个框架在构建过程中耗时良久,但当新文类出现在历史意识的视野范围内时,它如今似乎很快改变了自己的形态。

结　　论

一

　　本研究论点已阐明,英国小说的起源以18世纪40年代理查逊与菲尔丁之争为高潮标志,存在于构建足以适应对类似认识论与社会问题联合探讨的形式过程中,而这些问题自身有激烈与多样化的公众争议的漫长前历史。对立并不排除认同,冲突的确凿事实只是有助于如是承认,即这两位作家所从事的也是某种共同的事业。独特新形式的出现首先从作者本人那里得到确认。理查逊相信自己已引入某种新写作"类型",而菲尔丁则称之为新"类别"或"领域"。这些确认得到他们各自拥趸者的热切回应。1750年后,论及他们同时是模范奠基人物越发容易。然而,早在《克拉丽莎》出版时,两人能够对对方的作品予以慷慨与明显真诚的欣赏。但将理查逊与菲尔丁在理论与个人层面之间冲突最小化的现代批评动因并不完全令人信服。如果理查逊等到《汤姆·琼斯》的出版后才开始抱怨《莎梅拉》与《约瑟夫·安德鲁斯》的话,那么他当时带着某种刻薄如此行事。《帕梅拉》的作者始终不曾无视菲尔丁对反帕梅拉运动所做的贡献,或对18世纪40年代早期的辛辣抨击无动于衷。即便在《汤姆·琼斯》与《阿米莉亚》(Amelia)获得成功后,两人之间的友好接触仍然是有可能的。但1748年后现存理查逊影射菲尔丁的文献基调是怨愤与苛责。菲尔丁遗腹作中对理查逊教育方式的推崇成功地让读者更多的是想到一个虚伪，而不是权威的形象。①

---

① 关于新形式，见 1741 年与 1747 年 1 月 5 日、26 日塞缪尔·理查逊致亚伦·希尔（Aaron Hill）的信，以及 1754 年 10 月 10 日塞缪尔·理查逊致埃克林夫人（Lady Echlin）的信，见《塞缪尔·理查逊书信选集》(*Selected Letters of Samuel Richardson*)，John Carroll 编辑，Oxford：Clarendon Press，1964，第 41、76、78、316 页；Henry Fielding，《约瑟夫·安德鲁斯》(1742)，"作者的序言"，《汤姆·琼斯》(1748)，II，第 i 页。关于从他人那里得到证实，涉及理查逊的，见 1743 年 5 月与 1748 年 5 月亚伦·希尔致理查逊的信，见《已故亚伦·希尔作品集》(*The Works of the Late Aaron Hill*)(1753)，II，第 228、269 页；关于菲利普·斯凯尔顿（Philip Skelton）与约瑟夫·斯宾塞（Joseph Spence）约在 1750 年的评论，见理查逊的"克拉丽莎序言中的提示"，见《克拉丽莎》(*Clarissa: Preface, Hints of Prefaces, and Postscript*)，R. F. Brissenden 编辑，奥古斯都重印学社，no. 103(1964)，第 7、8 页；Edward Young，《关于原创写作的推测》(*Conjectures on Original Composition. In a Letter to the Author of Sir Charles Grandison*)(1759)，第 77—78 页；关于菲尔丁，参阅以下诸人的相关评论，P. G. Desfontaines(1743)，William Warburton(1751)，以及 John Hill 博士(1751)，见 Ronald Paulson 与 Thomas Lockwood 编辑，《亨利·菲尔丁：批判传统》(*Henry Fielding: The Critical Heritage*)，London：Routledge and Kegan Paul，1969，第 126—127、282、283 页；Francis Coventry，《论菲尔丁先生开创的新写作类型》(*An Essay on the New Species of Writing Founded by Mr Fielding*)(1751)，Alan D. McKillop 编辑，奥古斯都重印学社，no. 95(1962)。关于理查逊与菲尔丁两人的共同之处，例如，参阅《夏洛特·萨莫斯的历史》(*The History of Charlotte Summers*)(1750)，《男仆历险》(*The Adventures of a Valet*)(1752)的"序言"，以及 William Whitehead，《世界》(*The World*)，no. 19(May 10, 1753)，见 Paulson 与 Lockwood，《亨利·菲尔丁：批判传统》，第 221—222、337、362 页。关于相互欣赏，参阅 Fielding，《詹姆斯二世党人日记》，no. 5(Dec. 26, 1747)，以及 1748 年 10 月 15 日致理查逊的信，见 Ioan Williams 编辑，《亨利·菲尔丁批评》(*The Criticism of Henry Fielding*)，New York：Barnes and Noble，1970，第 201—202、188—190 页；1748 年 10 月 3 日理查逊致爱德华·穆尔（Edward Moore）的信，引自 T. C. Duncan Eaves 与 Ben D. Kimpel，《塞缪尔·理查逊的传记》(*Samuel Richardson: A Biography*)，Oxford：Clarendon Press，1971，第 294 页。关于近代动因，威廉·帕克（William Park）已似有道理地论证了普通追求，而不是理查逊与菲尔丁之间的冲突。参阅他的"菲尔丁与理查逊"(Fielding and Richardson)，见 *PMLA*，81, no. 5(Oct., 1966)，第 381—388 页；以及"'新写作类型'新在何处？"(What Was New about the "New Species of Writing"？)见 *Studies in the Novel*, 2, no. 2(Summer, 1970)，见 112—130 页。关于理查逊的憎恨，参阅 1749 年末理查逊致布拉德绍夫人（Lady Bradshaigh）的信，见《塞缪尔·理查逊书信选集》，第 133—134 页；Alan D. McKillop，"菲尔丁与理查逊之间的个人关系"(The Personal Relations between Fielding and Richardson)，见 *Modern Philology*, 28(1931)，第 423—425、433 页；同作者，《塞缪尔·理查逊，印刷者与小说家》(*Samuel Richardson: Printer and Novelist*)，Chapel Hill：University of North Carolina Press，[1936] 1960，第 73 页。　（转下页）

比这两位作家个人恩怨更重要的是两人及其支持者之间在原则方面的明确冲突。借助菲尔丁的几部叙事作品，我已做了大量相关引证，其间，对理查逊式原则的批判扮演了核心角色。在《里斯本之行日记》中，他的最后批判让人想起那些早先之作。理查逊此处是"伟大人物"，要求作者们"以娱乐为工具阐述训诫"，但他自己着手改造"所有人，借助成为工具的故事将这些人中行为比自己更糟的人推进来"。在某种程度上，这是旧有居中和解问题（手段成为目的，能指成为所指，工具成为要旨），但理查逊的虔诚激起评论家们指控故事无端具有诱惑性，其替代某种正在改善的道德之举多少意有所指，的确存在这种倾向。例如这个主题：《遭非难的帕梅拉：致编辑的一封信，说明在男女青年心中培养美德原则的似是而非假装下如何表达最有心机、最有诱惑的爱情理念》（*Pamela Uncensured*：*in a Letter to the Editor*：*Shewing That under the Specious Pretence of Cultivating the Principles of Virtue in the Minds of the Youth of both Sexes*，*the MOST ARTFUL and ALLURING AMOROUS IDEAS are convey'd*）（1741）。"因此你扮演蛇的角色"，理查逊后来遭到如此责难，"不仅向人们抛出淫欲与愉悦的诱人暗示，而且同样地教导意志薄弱者

（接上页注①）然而，身为权威学者的麦基洛普（McKillop）此处倾向于淡化冲突事宜。关于友情往来，理查逊曾告诉几位通信者，菲尔丁是那些建议自己给《克拉丽莎》以幸福结尾之人中的一位；据说理查逊帮助不久后辞世的菲尔丁在里斯本找到了住宿之地。参阅 Eaves 与 Kimpel，《塞缪尔·理查逊的传记》，第 295、305 页。关于持续的刻薄，参阅 1749 年 7 月 12 日与 8 月 18 日理查逊致亚伦·希尔的信；1749 年 8 月 4 日致阿斯特拉（Astraea）与密涅瓦·希尔（Minerva Hill）的信；1750 年 1 月 22 日致弗朗西斯·格兰杰（Frances Grainger）的信；1751 年 1 月 21 日致 J.B.德·弗雷瓦尔（J. B. de Freval）的信；1752 年 2 月 21 日致托马斯·爱德华兹（Thomas Edwards）的信；1752 年 2 月 22 日致安妮·唐纳伦（Anne Donnellan）的信；1752 年 2 月 23 日致布拉德绍夫人的信，见《塞缪尔·理查逊书信选集》，第 126—130、143—144、175、195—197、198—199 页；Henry Fielding，《里斯本之行日记》（*The Journal of a Voyage to Lisbon*）（1755），A. R. Humphreys 与 Douglas Brooks 编辑，London：Everyman's Library，1973，"作者的序言"，第 189 页。

与腐化堕落者如何达到个人满足的方式"。②

教育的误用与理查逊身上的另一个问题,即自己所推测的样板人物的不足有密切联系。他看似"完全不熟悉的""秘密"就是"将相似品性的美德与恶德如此混合起来,这样使它们保持完全均匀的一致性"。自相矛盾的是,一致性是恰当混合的产物。这位匿名评论家将查尔斯·格兰迪森爵士(Sir Charles Grandison)身上不大可能的"不一致性"与奥尔沃西先生(Squire Allworthy)身上的睿智混合,因此更具模仿性的"不一致性"对比。伊丽莎白·卡特(Elizabethe Carter)对此问题予以非常不同的阐述。她认为,《汤姆·琼斯》"是世事,以及因构成绝大多数人品性的善恶融合而起的各种奇事之最自然表述。"卡特被理查逊笔下的美德模范困扰,"在他笔下邪恶人物身上存在某种奇怪的笨拙与夸张",例如拉夫雷斯(Lovelace)。因为"邪恶以何种方式……对人心产生影响,它要遇到怎样的遏制与束缚以防止其在任何人物身上的完美统一与一致,他对此一无所知,并已经……绘出了一个恶魔。"此处的批评并不是针对好人,而是坏人,理查逊的统一性因其极度一致性,而非不一致性遭到斥责。然而,潜在的抱怨几近相同。③

从这些例子中可以看出,理查逊的人物不一致问题显然不仅是"不道德的",而且也是"不自然的"。对于某些评论家来说,这个问题也具有某种熟悉的社会影响。例如,《帕梅拉》众多仿作之一指责原作者让帕梅拉"在某页的谈吐如哲学家,但在紧邻页中说话又像被调换

---

② Fielding,《里斯本之行日记》,第 189 页(参阅《克拉丽莎》,第 4 版,[1751],I,"序言",vi);Charles Batten, Jr 编辑,《遭非难的帕梅拉》(*Pamela Censured*),奥古斯都重印学社,no. 175(1976);Alan D. McKillop 编辑,《关于查尔斯·格兰迪森爵士、克拉丽莎与帕梅拉的评论》(*Critical Remarks on Sir Charles Grandison, Clarissa, and Pamela*),奥古斯都重印学社,no. 21, ser. 4, no. 3(1950),第 43 页。

③ 参阅《关于查尔斯·格兰迪森爵士、克拉丽莎与帕梅拉的评论》,第 18—20 页;1749 年 6 月 20 日伊丽莎白·卡特(Elizabeth Carter)致卡瑟林·塔尔伯特(Catherine Talbot)的信,见 Ioan Williams 编辑,《小说与传奇》(*Novel and Romance, 1700-1800: A Documentary Record*), New York: Barnes and Noble, 1970,第 125 页。

的小孩,如我们希望她的主人更如绅士那样说话"。他进一步说道,对戴维斯勋爵(Lord Davers)的处理"明显像位技工所为。因为作者不知道贵族的言谈举止,只是想象每位贵族都是傻瓜"。玛丽·沃特利·蒙塔古夫人(Lady Mary Wortley Montagu)曾这样告诉自己的女儿:

> 甚至身为完美楷模的克拉丽莎言行有如此谬误之处,以至于不值得同情……我把《克拉丽莎》与《帕梅拉》视为比罗彻斯特勋爵(Lord Rochester)作品取得更坏效果之作……理查逊在道德方面如在解剖方面一样无知……他笔下的安娜·豪(Anna Howe)与夏洛特·格兰迪森(Charlotte Grandison)都被推崇为迷人愉悦的模板……夏洛特忘恩负义地行事,我认为这实在是人性黑暗之处。她所讲的那些粗俗笑话与所说的那些庸俗之话只能在社会最底层之人那里听到……我相信这位作者从未被更高层次的群体接纳,他应该将自己的作品局限于女仆的爱情与管家桌边谈话方面,其间,我猜想他有时候常侵入仆人的大堂。

此处人物不一致被恰当地指定为地位不一致,这反过来作为作者语言方面的无能而得到表述,他滑稽地将主仆语言弄混。这种社会讥讽让人想起菲尔丁对莎梅拉暴发户式上升流动性抨击时戏用她的语言欺骗之举,这种厚颜无耻也让其他人具备《帕梅拉》中的"普遍错误倾向"。④

　　理查逊及其支持者们为自己所面临的、关于帕梅拉地位不一致的指控辩护;不只是借助对现实,而且是对其美德独特性的确认,及该故

---

④ 《帕梅拉的一生》(The Life of Pamela)(1741),185n,249n(关于"怪异的不一致",亦可参阅340n);1752年3月与1755年10月玛丽夫人(Lady Mary)致布特夫人(Lady Bute)的信,见Robert Halsband编辑,《玛丽·沃特利·蒙塔古夫人书信大全》(Complete Letters of Lady Mary Wortley Montagu), Oxford: Clarendon Press, 1965-1967, III,第9、96页;《遭非难的帕梅拉》,第18页。1750年10月,玛丽夫人告诉自己的女儿,《帕梅拉》"曾在巴黎与凡尔赛盛行一时,并仍为所有国家女仆津津乐道",见《玛丽·沃特利·蒙塔古夫人书信大全》,II,第470页。

事支持,而非颠覆社会秩序的能力为该书煽动社会混乱的指控辩护。然而,《克拉丽莎》的社会动态已揭示焦点的微妙转移。这种转移的一个明显标记就是理查逊对"幸福问题"善恶有报的新有蔑视。现在"突然转变"与改造(可能甚至就是 B 先生的改造)因"自然性"与"道德"的理由而暗中令人质疑。善恶有报被抨击为潜在的反基督教行为。"遵从自然,并假装在自己的眼中维护基督教体系的某位作家不能为自己钟爱的人物在这个世间创建一个天堂……我再次声明,克拉丽莎不会在这个世间得到回报。"因此,道德因对恶人的轻易转变,甚至善人的上升流动性的否定而得到保存。⑤

因此,《帕梅拉》极出色的幸福结局让理查逊感到在自然性及道德问题方面的脆弱之处。当然,一般而言,在书信体形式的文献历史真实性的确认中将可以找到对《帕梅拉》中的人物或叙事步骤不自然的指控的现成辩护。但理查逊的历史真实性主张很快面临麻烦。貌似所执行的量化完整性标准很快遭到其模仿者的抨击。其中一位说道:"我们也不会给读者堆上无关紧要的场景,尽管它们可能是真的,用它们来麻烦公众是非常无聊之举。"该批评揭示了将真实与全面彻底真实性等同的菲尔丁式不情愿。《莎梅拉》的真实并不取决于更多的细节,而是不同的选择原则。当然,明显的回答从某种意义上说就是无法回答:历史文献就是它们本来的样子;如果你需要欺骗,就去找传奇作者。理查逊并不让自己利用这种反驳,这可能是因为历史真实性主张展现了其他的,甚至更直接的问题这一事实。⑥

---

⑤ Richardson,《克拉丽莎》,"序言","后记",第 349—351 页;"提示",第 2 页;1748 年 12 月 15 日理查逊致布拉德绍夫人的信,见《塞缪尔·理查逊书信选集》,第 108 页。不仅是比较《帕梅拉》的叙事实践,而且至少在第 2 部分比较其主角的明确观点;参阅《帕梅拉》,第 2 部分(1741),第 xci 封信。关于善恶有报的属灵含意,参阅本书第 3 章,注释 77—79。关于理查逊式辩护,参阅本书第 11 章,注释 11。

⑥ 《帕梅拉的一生》,185—186n。《帕梅拉》的仿作,特别是威廉·申斯通(William Shenstone)之作比菲尔丁作品更彻底地戏仿了原书细节,参阅 Bernard Kriessman,《帕梅拉—莎梅拉》(*Pamela-Shamela: A Study of the Criticisms, Burlesques, Parodies, and Adaptations of Richardson's Pamela*),内布拉斯加大学研究,n. s.,no. 22, Lincoln:University of Nebraska Press, 1960,第 69—71 页。皮埃尔·马里沃　　(转下页)

这其中的一个再次涉及其模仿者。这些模仿者完全不是确定理查逊无懈可击地获得真实，而是热切地利用真实文献的虚构声称他们，而不是他对真实有实体占有。第二个问题同样因理查逊的虚荣而起。否认作者身份似乎给他免受自夸之责，但《帕梅拉》序言材料的惊人自负只是鼓励理查逊的评论家们驳倒编者的虚构，而这本身就是平常到足以在不怎么令人讨厌的情况下避免被评论。在某位评论家看来，"在为自己所做之事鼓掌时，你并不能从这种无法忍受的虚荣中脱罪，这已经诱使你自称为编辑"。1741年末，理查逊天真地承认"那些作品获得如此盛誉，以至于我不能只被当作这位编辑，我希望它们都未曾添加进来，如我曾经希望的那样"。⑦

然而，理查逊带着某种矛盾继续将自然性与历史真实性主张联系起来。他在此类联系中的执拗证明，甚至当其真实意义不得不经历某种微妙转型时，关于该主张的经验主义假设继续对他施加影响。在序言中，促成《克拉丽莎》（1748）的第3、4卷初版的写作的威廉·沃伯顿

（接上页注⑥）（Pierre Marivaux）作了"明确的回复"，见《玛丽安》（*Marianne*）（1731—1741），John Lockman 译（1736），I，第1—2页："真相就是，这段历史是纯粹的虚构，其形式非常可能早就有所不同。《玛丽安》引发的思考并不如此之长，也不会如此频繁……但《玛丽安》……自得地不动声色写下关于个人生活每件事情思考的整个框架。它们根据自身让作者愉悦的主题而或长或短"（引自 McKillop，《关于查尔斯·格兰迪森爵士、克拉丽莎与帕梅拉的评论》，第37页）。

⑦ 《遭非难的帕梅拉》，第9页；1741年10月8日理查逊致拉尔夫·艾伦（Ralph Allen）的信，见《塞缪尔·理查逊书信选集》，第52页。比较 Henry Fielding，《莎梅拉》（1741），其序言中"致编辑的信"中包括一封来自约翰·帕夫先生（John Puff）的信，以及"编辑致自己的信"。在《里斯本之行日记》第189页中，菲尔丁暗示"作者们常常在整张纸上写满自己的赞誉，有时候会注上自己的真实姓名，有时候用的是假名，此为他们的行径。"
《帕梅拉》中理查逊历史真实性主张的激增是《遭非难的帕梅拉》作者的核心目的。他在小册子的别处，而不是此段话中用不怎么详细的方式达到这一点。1739年10月11日《星期杂谈》（*Weekly Miscellany*）刊印了一封敦促"帕梅拉作者"出版的信。构思《帕梅拉》的序言材料及其自夸大概在同一时间；参阅 McKillop，《塞缪尔·理查逊，印刷者与小说家》，第42—43页。但此处麦基洛普的推论并没有根据，这类似于《遭非难的帕梅拉》，因此编辑的虚构也是事后的想法，借用有助自夸的方式"在最后一刻设法推动事业前行"。关于模仿者利用真实文献的虚构，参阅本书第11章，注释3。

(William Warburton)承认,理查逊已"在系列书信中讲述自己的故事,如场境所言,这被认为是各相关方写就的"。尽管理查逊对自己的朋友心怀感激,但他说道:"我可能希望保留真实氛围,尽管我不希望这些信札被认为是真实的;只是一直保存到现在。我的意思是,它们不应该在序言中就被认为不是真实的;出于削弱其影响的担心,它们中的任何一种都旨在具有模范性:这也是避免伤及阅读虚构本身时普遍具备的历史信任类型,尽管我们知道这只是虚构。"在其所写的第1卷(1747)序言中,理查逊自觉地保留了编辑虚构,同时为作品的篇幅辩护,然而,此举理由就是,自然性与其说是明确意味着其历史真实性,不如说是完全感人地"涉及自己主题"之心的表现。1751年之前,他满意地宣布重补那些早期被删掉的段落,其篇幅现在被理查逊及其支持者们折衷正名为密切关注历史真实性、概率与主观性的后果。历史真实性主张的惯例正逐步变得有迹可查。⑧

早在写《帕梅拉》时,理查逊的书信体方式已向他的某些支持者暗示一种不同于历史文献,并完全与其自然性的经验主义模式,即戏剧模型不同的文类模型。《帕梅拉》出版10年后,理查逊通过指涉"克拉丽莎的历史(或确切地说戏剧叙事)"以表述自己的不确定性。戏剧模型的吸引力是巨大的,其间存在古典文学传统与文体合宜现有标准的合法权威。但就理查逊将此类模型接纳为其书信体对话的程度而言,他也必然使自己与文献历史真实性的认识论前提区分。这可能在我们也许准确将之视为理查逊对菲尔丁因不适合"小说或故事作者"之

---

⑧ Wlliams,《小说与传奇》,第124页;1748年4月19日理查逊致威廉·沃伯顿的信,见《塞缪尔·理查逊书信选集》,第85页;Williams,《小说与传奇》,第117—118页。关于王政复辟,参阅《克拉丽莎》第1卷第2版序言,见 Williams,《小说与传奇》,第167页;Richardson,《克拉丽莎》,"暗示",第12页。如约瑟夫·斯宾塞所言,"《克拉丽莎》的作者已经尝试给发生在某个家庭的事情予以平实自然的描述,就以真正发生的方式。他只是旨在遵从自然,并写出所涉人物的情感,正如它们从内心温暖流出一样"(同前,"暗示",第8页;亦可参阅菲利普·斯凯尔顿的讨论,同前,"暗示",第7页)。如理查逊所言,"常有极为详细与细致的必要,以此保持、维持概率氛围,这也是某个旨在表现现实生活的故事中得以维持的必要"(同前,"附笔",第368页)。

故而文雅拒绝"书信体"的反应中得到印证。理查逊说,这一系列书信提供了"唯一自然且优雅再现那些活力与微妙印象的机会……而我们知道现有事情对那些受此影响的思想发挥作用",这导致"较之于适合某种已得到延续与更简化叙事的更冷静、更普遍的反思,我们更进一步探入人类思想之幽深"。因此,书信成为思想主观性,而非感知印象客观性的手段。主角反思的穷尽性不是作为她的确使之成型,而是因为它们就是她自身的事实而得到正名。这并不是说,理查逊叙事的篇幅与详细不再有缺陷,而只是批判的术语必须得到改变。当玛丽夫人抱怨哈里特·拜伦(Harriet Byron)"她遵从克拉丽莎的格言,将自己所想向自己所见的所有人宣告,丝毫没有想到在不完美的道德状态中,无花果树叶是我们思想以及躯体的必要摭蔽物,将我们所想与我们所有一同袒露是很不得体的"时,她已承认这一点。⑨

二

迄今明确的是,当同时代的人们自身关注叙事中的"自然性"与"道德"问题时,他们应对与我一直所称的真实与美德问题有密切关系的事宜。这些标准被认为与菲尔丁、理查逊的作品有关。理查逊被《汤姆·琼斯》的深受欢迎刺痛,他向布拉德绍夫人(Lady Bradshaigh)发问:"接受、称赞揭示故事中我们是谁比我们应该是谁的人物是件更

---

⑨ 参阅1740年12月17日来自亚伦·希尔的信,印于"第2版导言",《帕梅拉》(Pamela),T. C. Duncan Eaves 与 Ben D. Kimpel 编辑,Boston: Houghton Mifflin, 1971,第10页,叙事被比作"戏剧表现类型"。Richardson,《克拉丽莎》,"附笔",第351页。菲尔丁,"序言",《大卫·辛珀等重要人物之间的私人信件》(*Familiar Letters between the Principal Characters in David Simple, And Some Others*)(1747),I,第 ix-xii 页;Richardson,《克拉丽莎》,"暗示",第6页。后来的一段话更清楚地暗示理查逊正在为自己辩护,以驳斥菲尔丁的观点:"我们并不需要坚持这种枯燥叙事方法的明星优越性;小说家迈着自己迟钝的步子走到章节与本书结尾,中间穿插不相关的题外话,担心读者的耐心会因其某个主题,以同样方式的冗长之谈而耗尽",同前,第13页。1755年10月玛丽夫人致布特夫人的信,见《玛丽·沃特利·蒙塔古夫人书信大全》,III,第97页。

令人愉悦的事情,难道这个世界没有向我阐明这一点吗?有人会认为在此没有什么新意。没有人认为克拉丽莎是位反常人物吗?"理查逊是对的。菲尔丁的支持者们称赞他的原因的确就是他给读者揭示了"纯粹自然如那些他们一直喜爱的活泼、非道德形式一样可作为合宜娱乐来补充",以及揭示了"真正存在的人物"。但菲尔丁的诋毁者们同样因如此"自然",以至于必然偏入"不道德"的技术而抨击菲尔丁,这与理查逊的诋毁者不同。⑩

当然,这是理查逊本人予以的抨击。例如,他颇为恼怒地将克拉丽莎·哈罗(Clarissa Hawlowe)的理想善良与索菲娅·魏斯顿(Sophia Western)取悦无辨别力听众的随和与粗俗能力之间对比。但他并不是唯一作此判断之人。理查逊的某位支持者对《约瑟夫·安德鲁斯》与《汤姆·琼斯》中"道德设计"的缺失不满,但发现《阿米莉亚》稍微好些,并热切地期盼查尔斯·格兰迪森爵士这位"好人"的出现。她的朋友赞同道:"我相信可怜的菲尔丁打算在《阿米莉亚》成就善良,但不知道如何去做,在尝试中丧失了自己的天才与低俗幽默。"她期待借助《格兰迪森》中的道德"拯救我们"。在理查逊最后一部小说出版后,他与另一位读者通信。这位读者"较之于某部近期小说中似乎认为人类是善恶混合体之人物,更喜欢自己笔下的纯洁人物"。至少在《帕梅拉》之后,理查逊相信这种不道德类型只是因为恶人突然改过自新,并因自己的邪恶得到回报的幸福结尾而加剧。他告诉自己的通信者,他已抵制菲尔丁提的给《克拉丽莎》一个幸福结局的建议,并用反对如此不道德的确凿实例结束《格兰迪森》:

> 据说,在诸多现代虚构代表作品中,作者已赋予自己笔下恶主角某种成功,或正如所说的那种"幸福"。这些恶主角如果不是荡子,就是已展示自己人性本质的人物。的确,其

---

⑩ 1749年末理查逊致布拉德绍夫人的信,见《塞缪尔·理查逊书信选集》,第133页;Coventry,《论菲尔丁先生开创的新写作类型》,同前,第15、16页。

腐化可能在有缺陷的人物中得到展示,但需要在书中对此加以描述吗?邪恶获得成功,得逞且有所回报,并可能激发别人动用才智与热忱效仿,这难道不是危险的表现吗?为了拼凑所称的幸福结尾,违背所有可能性而引入草率的改过自新,这难道不是甚至更危险的表现吗?

理查逊此处不仅责难菲尔丁的不道德(至少通过讽刺的方法),而且责难相关的不可能性,即反常性。⑪

当然,菲尔丁对自己偏好的"混合人物"有教育基本原理,并以既具自然性,又具道德的理由为它们正名。然而,菲尔丁面临的普遍指控就是在追求自然性的过程中,他引发了不道德。在如此论点中,理查逊能够把塞缪尔·约翰逊那有影响的观点视为自己的同盟。约翰逊就此主题展开的关于当时小说的重要论文值得引用一定篇幅:

模仿自然是被得当地视为最伟大的艺术卓越之处,但有必要把那些最适合模仿的自然部分加以区分。在表现生活时仍然需要更加小心,因为这常常因激情而变色,或因邪恶而变形。如果这个世界被杂乱无章地描述,我看不到阅读此类文字有何用处。或为什么将眼睛直接转向人类可能并不是安全的,正如转向不加任何区分,将所有自我呈现之物展

---

⑪ 1752年1月18日玛丽·格兰维尔·彭达维斯·德莱尼(Mary Granville Pendarves Delaney)致迪尤斯夫人(Mrs. Dewes)的信;1752年2月11日安妮·唐纳伦致理查逊的信,引自《菲尔丁:批判传统》,第313、319页(伊丽莎白·卡特认为理查逊不知道如何描写邪恶,参阅本结论注释3)。伊弗斯(Eaves)与金贝尔(Kimpel)编辑的《塞缪尔·理查逊的传记》第305页意译了这封1754年匿名信;Richardson,《查尔斯·格兰迪森爵士的历史》(*The History of Sir Charles Grandison*)(1753),VII,第303页。可能就是这段话导致菲尔丁在《里斯本之行日记》序言中影射理查逊,参阅本结论注释2。关于克拉丽莎与苏菲娅之间的对比,参阅1749年8月4日理查逊致阿斯特拉与密涅瓦·希尔的信;1750年1月22日致弗朗西斯·格兰杰的信;1751年初致布拉德绍夫人的信,见《塞缪尔·理查逊书信选集》,第127—128、143—144、178页。关于抵制菲尔丁的建议,参阅1748年11月7日理查逊致亚伦·希尔的信,同前,第99页。

示的镜子一样。

　　因此,这并不是对如其呈现那样得到描述的人物进行充分辩护,因为许多人物永不该被描述。叙事也是如此,事情的发展适合观察与体验,因为人们发现被称为俗世知识的观察将更频繁地使人们狡诈,而不是善良……

　　很多作家为了遵从自然在自己重要人物身上将善恶特性如此混合,以至于两者都同样明显。当我们一路陪伴着它们心怀愉悦地经历各种磨难,不同程度受影响,并让我们自身对其有所偏爱时,我们不再憎恨它们的过失,因为它们并不阻碍我们的愉悦,或可能带着某种与如此功德相联的善意看待它们。

18年后,约翰逊带着赞同态度引用理查逊的此番话:"菲尔丁笔下主角的美德就是真正善良之人的恶德。"的确,约翰逊此处暗示理查逊笔下的人物不仅更具美德,而且更自然。菲尔丁刻画了愉悦的"风俗人物"(characters of manners),但理查逊的"自然人物……必须探入人性之幽深"。⑫

---

⑫　Samuel Johnson, *Rambler*, no. 4(March 31, 1750),见《漫步者》(*The Rambler*), W. J. Bate 与 Albrecht B. Strauss 编辑,塞缪尔·约翰逊作品耶鲁版,New Haven: Yale University Press, 1969),III,第22—23页。现在大家广泛认同的是这种暗示,即此篇论文是因《汤姆·琼斯》的流行而起;亚历山大·查默斯(Alexander Chalmers)是《罗德里克·兰登》(*Roderick Random*)的最初作者。见《塞缪尔·约翰逊作品集》(1816),IV,第24页;James Boswell,《约翰逊的一生》(*Life of Johnson*),George Birkbeck Hill 与 L. F. Powell 编辑,第2版,Oxford: Clarendon Press, 1964,II,第49页。亦可参阅1780年汉娜·莫尔(Hannah More)所报道的惹人反感的对比,见 Paulson 与 Lockwood 编辑,《菲尔丁:批判传统》,第443页。但对鲍斯威尔与赫斯特·斯瑞尔(Hester Thrale)来说,约翰逊对阿米莉亚的称赞要超过所有其他"传奇女主角"。参阅 Boswell,《约翰逊的一生》,III, 43n.2,及《菲尔丁:批判传统》,第445页。托马斯·爱德华兹相信较之于菲尔丁,理查逊拥有描写美德的更好能力,这是因为托马斯本人极为熟悉这一点。参阅1749年1月15日爱德华兹致查尔斯·约克(Charles Yorke)的信,引自 McKillop,"菲尔丁与理查逊之间的个人关系",第430页;1752年2月12日爱德华兹致劳瑞(Lawry)牧师的信,见《菲尔丁:批判传统》,第320页。关于菲尔丁的教育基本原理,参阅本书第12章,注释5中关于"同一人物的善恶混合",此为"描写自然的,而非完美的人物,记载历史真相,而不是传奇夸张"目标的阐述。亦可参阅《拥护者》,2卷本(1741),1740年6月10日,II,第316—317页,菲尔丁在此认为"较之于那些教导我们追求什么之人,那些亲身示范我们将要避免之事的人会更好,更容易地教育我们。"

如对理查逊的抨击一样,对菲尔丁带来令人遗憾的道德低俗的自然性展开的批评倾向于把社会低俗的失败也囊括在内:

> 鲍斯威尔(Boswell):先生,难道您不允许菲尔丁如此自然地描绘人类生活吗?
>
> 约翰逊:为什么要允许呢?先生,这是非常低贱的生活。理查逊过去说过,假如他不知道菲尔丁为何人,他早就认定此人是位马夫了。

《约瑟夫·安德鲁斯》出版后不久,乔治·切恩(George Cheyne)告诉理查逊,该书"只会让挑夫或水手愉悦"。6年后,菲尔丁因在《约瑟夫·安德鲁斯》与《江奈生·魏尔德传》中撰写"仆人的历险与抓贼者的生平"而遭到匿名奚落:

> 低俗的幽默,如他本人一样,他曾在
> 仆从、村姑与乡下牧师身上表述过。

玛丽·沃特利·蒙塔古夫人如此有效地推进反理查逊的社会失效延展之举,而在菲尔丁的样例中则由理查逊本人完成。读完《阿米莉亚》第1卷后,理查逊写道:

> 我曾打算把书读完,但发现人物与场境如此可怜地低贱与肮脏,以至于我想象自己不会对其中的任何一个人物感兴趣……他弄出的喧闹与震动,他的目标与债务人拘留所,所有这些都源自自己所见与所闻。如我所言……他有一丁点或甚至就没有创造力……
>
> 可怜的菲尔丁!我禁不住告诉他的妹妹,我对他持续的低俗同样感到吃惊与关切。我说,假如您兄长是在马厩里出生,或只是债务人拘留所里当差的,我们早就会认为他是位

> 天才,并希望他曾具有接受自由教育,被优秀群体接纳而获得的优势。但这超出我的想象,一位有如此家世,有某些学问,并真的是位作家的人会在自己的作品中如此自贬身价。谁来关心他这类的人?

社会低俗此处似乎偶然干涉了理查逊的道德同情,一种机制,他可能早在 10 年之前因自己的帕梅拉展开热切辩争。当菲尔丁的小说不能被指控教唆地位不一致时,控诉其教导低俗道德可能是公正之举。⑬

三

此次争议引入注目的特点之一就是,尽管这反映了理查逊与菲尔丁之间强烈的冲突感,两人似乎常常足够多地因同样的事情得到赞誉与指责。这个印象可能证明关于他们的观点如果处于冲突之中也就在某个同样的事业方面发挥作用,但可能在某种程度上更精确。令人瞩目的是,理查逊与菲尔丁似乎在 1750 年之前就某些方面已颠倒各自立场。现在是理查逊,这位天真经验主义者以揭露"应该为何",而不是"实际为何"而自矜,不是因为缺乏历史真实性,而是因为缺乏"创造性"蔑视自己的对手。现在是菲尔丁成为对叙事中的量化完整性满心狐疑的去神秘化者,是有原则之选择的坚定支持者,且与"泛滥的描述"及在叙事构建中独有"观察与体验"自满信仰相联系之人。⑭ 尽管这绝非某种完全反转,这个现象并不是视觉幻想。小说起源进入公众意识与争议标志着该文类既被认同为某种"新种类",又被重新导入新

---

⑬ Boswell,《约翰逊的一生》,1772 年 4 月,II,第 174 页;1742 年 3 月 9 日乔治·切恩致理查逊的信,见 Paulson 与 Lockwood 编辑,《菲尔丁:批判传统》,第 118 页;1748 年 3 月《老英格兰》(*Old England*),引自 Frederic T. Blanchard,《小说家菲尔丁》(*Fielding the Novelist*), New Haven: Yale University Press, 1927,第 22、23 页;1752 年 2 月 22 日理查逊致安妮·唐纳伦的信;1752 年 2 月 23 日致布拉德绍夫人的信,见《塞缪尔·理查逊书信选集》,第 196—197、198—199 页。

⑭ 参阅本结论注释 10、11、12、13。

领域之中。

　　读者们早就认为18世纪40年代初期两人最初冲突之后,菲尔丁与理查逊花了10年时间更进一步接近对方。菲尔丁将《汤姆·琼斯》中的微观叙事与1745年反叛的宏观叙事融合在一起,在自己的作品中提供了关于小说"创造"与"历史"真相艰辛探求一致之观点最复杂的验证。如果私生子汤姆的情节与四处逡巡寻求自己继承财产的幼僭王(Young Pretender)保守生涯有微妙关系,这更多的是受菲尔丁反詹姆斯二世、对斯图亚特王朝继承主张蔑视推动的戏仿,而不是模仿。不同于约瑟夫·安德鲁斯,汤姆尽管出身高贵,但的确是私生子。天生就是上绞刑架的他勤勉且活跃,而约瑟夫则是被动,基本具备美德,而江奈生·魏尔德则是邪恶的。较之于菲尔丁之前所做的任何尝试,汤姆是一位行善的无赖人物,更接近进步主角模型。另一方面,克拉丽莎·哈罗抵制其前任帕梅拉·安德鲁斯的进步模型同化。她是位保守女主角,在其上升流动家庭的金钱及物质腐化与贵族荡子拉夫雷斯的淫荡腐化之间被撕扯。哈罗家族的进步野心就是通过与邪恶富豪索姆斯先生(Mr. Solmes)联姻安排来"提升整个家族"。如果就其自身而言,拉夫雷斯是位邪恶的贵族,但他至少是真实的。作为自己佃户的父权保佑者,他有理由对新贵哈罗家族蔑视,他的邪恶不是贪婪的淫欲,而是淫欲本身。在为自己女主角保留天堂的回报时,理查逊表明更深层的保守担心,即乌托邦精髓就是在此世间无法觅见。

　　如果我们把自己与理查逊及菲尔丁之间的这种和解细节疏离,我们可能得以窥见小说起源之后的走向。这两位作家在各自写作生涯发展中将天真经验主义与极端怀疑论、进步意识与保守意识和解的能力不仅证实了自己超凡的精湛写作技巧,而且也证实了如是事实,即这些对立正在失去其智识与社会寓意。当然,历史真实性主张继续以不同方式对未来几代小说家发挥作用。但从更普遍的意义来说,历史真实性主张及其颠覆以创造性人类思想获胜为结束。此胜利已在小说出现时刻即已预示:就理查逊而言,获胜的思想就是主角的思想;就菲尔丁而言,这是作者的思想。18世纪40年代取得的形式突破之意义在随后 20 年中得到如此热切的深度探讨,以至于在《特里斯舛·项狄》(Tristram Shandy)出版后,据说这个年轻文类可能安顿下来,成为相同领地更精细与深思的概括,这段时间随后持续了两个世纪。至 18 世纪末,传奇唯心论将从实证再评估的漫长过程中出现,并导致浪漫运动与世俗化的美学人类灵性的上升。⑮ 在散文体小说领域,真实问题将参考如今足以与"文学"分离,并由此得到"现实地"表现的"历史"概念加以应对。从这个意义上讲,目前已构成英国小说起源的真实问题与其说得到解决,不如说得到彻底地重新阐释。

对美德问题也可如是言。至 18 世纪末,社会关系的地位导向已被阶级导向如此主导或构成,以至于地位不一致问题非常难以旧有方式得到构想。个人,以及个人理念已经果断地得到提升。特定晋升是否名副其实的问题既不是学术的,也不是过时的问题,而是现代关注最敏锐协调的地位不一致问题为"自我"与"社会"更抽象的问题。"社会"与个人具体对立,并缓慢地从"自我"中脱离出来,一如"历史"之于"文学"那样。社会,这个笨重且已异化的结构对个人产生的巨大影响自相矛盾地意味着后者的自主性,个人"兴起"的确切事实及自我对更大权力的顺服。自我的自主性存在于其进入与社会有关的主要负面关系能力之中。个人虚妄地认为自己已创建社会,抵制各种社会侵扰,并从这些侵扰中构建自我。1820 年之后的小说作品日益记录此类斗争。

四

我在本研究初始就暗示,文学各文类的功能就是居中和解与阐释难以驾驭的各种问题,本研究本身在此理解基础上得以推进。构想小说以进行居中和解的问题在所有最普通层面与其说是自身而言的真

---

⑮ 关于此实证再评估过程的某类指南,参阅 Hans Eichner 编辑,《"浪漫"及其同源词》("Romantic" and Its Cognates: The European History of a Word), Toronto: University of Toronto Press, 1972。

实与美德问题,不如说是它们的彼此区分。小说在合适的时间发轫,如此事实意味着正是在此时期,人们开始最敏锐地感知思想与经验两个领域的分离。现代时期之前此理解的相对缺失可在血统理念的上升与权威中得以察觉。从赫西奥德(Hesiod)到克雷蒂安(Chrétien),血统曾为解决美德与真实问题而存在,具有心照不宣的同时性,并产生两种主张,即证明出身的显要及其价值的宗谱下滑因果主张,及确认所有现有主张皆为真实的证明先例的逻辑主张。小说起源的居中和解计划不是标志着这些领域之间关系的揭示,而是它们之间太重要,以至于不能忽略的日益分离的揭秘。在此方面,小说,尽管是"新的",但是之前及默认知识,以及其脆弱性与消解性的明确纪念。我们并不需要唤起原型思考的挽歌式怀旧之情,以此确认这种历史时刻的矛盾复杂性。因此,小说的立足之基如其栖身与阐释的世界之基一样是分工的事实,即劳动的分工,知识的分工。作为某种文学形式的小说之技术力量与其现在着力包括的鸿沟之不可跨越性成比例增加。

我以此番话语将自己关于小说起源的长篇阐述画上句号。坚持下来的读者们已习惯不同语境、不同分析层面的辩证论证重要模式的反复,以及"反转"结构,其间发生从近似产生不同,从一致产生对立的变化。可能读者们多次见到此方法如此"过多的"辩证事宜,以至于它从未被评测或"歪曲",因为其任性的灵活性允许所有表面例外与其阐释机制达成妥协,只有聚焦的微小调整。任何似有道理的反对,例如"这比进步意识听起来更像保守意识"总是遭到似有道理的反驳(可能遭到反对),"但进步意识有向保守意识发展的内在倾向"。在这些条件下,"类别变化"可能看似所有可能问题的过于自动与综合的解答。不能被证明为虚假性质的指控是公正的,并不能被反驳,至少不能以其自身的方式。因为唯一可予以的答复就是问题不在于方法,而在于主题事宜,其寻求的相关特点将是足够的。首先这不是方法,而是辩证的,抵制某种严格"科学"方法可能强加在其类别之上的二分法规定性的历史。近代早期文化以某种更加恶化的形式展示了所有历史经验在此栖居的类别变化。但一旦此言既出,它也就必须得到验证,即任何寻求揭示历史经验辩证过程之人必须是某种坚定的(如果是怀疑的话)方式的经验主义者,对手头上的证据负责,以防这看似某人借用"历史"最终意指在此发现所有事情等同于其他所有事情的领域。

在关于18世纪英国小说的最新评论中,存在辩证思想如何可能有助于揭示历史过程复杂运行的某种最终与相关样例。学界近来对《克拉丽莎》强调的、"涉及的"、使意义极为不确定的语言及字母形式主观力量方式产生极大兴趣。⑯ 这个兴趣看似将我们的注意力指向双重创造,理查逊式"书信体性"运用的颠覆性、主观性因后结构主义批评的颠覆性解构而被揭示。但仅承认这种对比就是冻结不同于它们各自历史发展的组成类别。如我们所见,理查逊的"写至即刻"不仅颠覆了历史真实性经验主义主张,而且颠覆了其对"客观"真实的天真信仰。这也是天真经验主义最完整的拓展。理查逊后期认识论的极端怀疑论是某种未被合理化的结果,并是发动文献历史真实性的天真经验主义机器的不可分之表述。同样地,后结构主义怀疑论不仅是新批评,及其有着某种联系的结构主义正统长期上升的"遏制反应",而且是这些批评学说的辩证延展,源自它们最极端运用的否定。后结构主义带着在解构经验主义时投入的愉悦热忱暗中泄露了最具近期转变特点的负面承诺类型。换言之,这个对比不在激进创造诸孤立样例之间,而在理念得以逐步展开的当下步骤之中。《克拉丽莎》的当前批评再发现因此有助于验证导致英国小说起源的伟大历史发展之重要逻辑,这既是作为智识结构,又是作为超越历史的回声。

---

⑯ 参阅 William B. Warner,《解读克拉丽莎》(*Reading Clarissa: The Struggles of Interpretation*), New Haven: Yale University Press, 1979; Terry Castle,《克拉丽莎的密码》(*Clarissa's Ciphers: Meaning and Disruption in Richardson's "Clarissa"*), Ithaca: Cornell University Press, 1982; Terry Eagleton,《克拉丽莎的强奸》(*The Rape of Clarissa: Writing, Sexuality, and the Class Struggle in Samuel Richardson*), Oxford: Blackwell, 1982。

索　引

（索引中页码为原书页码）

Abraham,亚伯拉罕 76

Absolutism,专制主义:and absolute private property,与绝对私人财产 177—178, 326,327,333;in Bunyan,见班扬作品 307;and Calvinism,与加尔文主义 192,193;and capitalist activity,与资本主义活动 204—205,206,226,236; and centralization of state power,与集权 177,234;and civic service,与国务 182—188,224;and doctrines of sovereignty,与主权学说 177—182,184—186;in the family,家庭中的专制主义 227;in Fielding,见菲尔丁作品 387; as mediation of feudalism and capitalism,作为封建主义与资本主义居中和解的专制主义 177,201;and Protestant reform,与新教改革 189—200;in Swift,见斯威夫特作品 343;Tudor,都铎专制主义 178,179,183,189,199, 224,226

Achilles,阿基里斯 134—135

Addison,Joseph,约瑟夫·艾迪生 43

Aelianus,Claudius,克劳狄俄斯·艾利安 68

Aeneas,埃涅阿斯 36,138

Aesthetic,realm of the,美学领域 xxi,xxii,63,119—120,125—126,128,248, 419;in Cervantes,见塞万提斯作品 280,281,282;in Fielding,见菲尔丁作品 389,394,408;in Richardson,见理查逊作品 361,374;in Swift,见斯威夫特作品 353

Agamemnon,阿伽门农 134

Agrarian revolution,农业革命 xxii,168

Albigenses,阿尔比教派 77

Alemán,Mateo,马泰奥·阿莱曼:Guzmán de Alfarache,《古斯曼·德·阿尔法拉切》97,98,238,242,244

Alexander the Great,亚历山大大帝 201,384,385

Allegory, 寓言: Christian, 基督教寓言 34; Hesiodic, 赫西俄德的寓言 137; of love, 爱情寓言 147; and novelistic narrative, 与小说叙事 312; pilgrimage, 朝圣寓言 107, 115, 295—314; political, 政治寓言 54, 59, 60, 232, 261, 494n. 17, 502n. 16; Protestant, 新教寓言 115—116, 254, 296, 297, 312, 319; *Robinson Crusoe* as, 作为寓言的《鲁滨逊飘流记》121; *A Tale of a Tub* as, 作为寓言的《木桶的故事》61; in travel narrative, 旅行叙事中的寓言 105

Allestree, Richard, 理查德·阿莱斯特里 155, 200, 207

Althusser, Louis, 路易·阿尔都塞 19

Amadis of Gaul,《高卢的阿玛迪斯》56, 245, 273

American Indians, 美洲印第安人 40, 111, 113, 116, 117, 250; in Defoe, 见笛福作品 328, 329, 331—332

Amis and Amiloun,《埃米斯与阿米洛》146

Amory, Hugh, 休·艾默里 399

Anabaptists, 再浸礼教徒 77

Ancient constitution, doctrine of the, 古代宪法学说 41—42, 179

Ancients and moderns, quarrel of, 古今之争 40, 68—73, 153

Anglicanism, 英国国教: and biblical exegesis, 与圣经阐释 79, 81—82, 88; Calvinist element in, 英国国教中的加尔文派元素 190, 198—199, 398; and conservative ideology, 与保守意识 218; and Hanoverian succession, 与汉诺威王室继位 181. See also Latitudinarianism 另参"自由主义"

Annals of Love, The,《爱情年鉴》26

Anne (Queen of England), 安妮(英格兰女王) 171, 233

Antiquarianism, 古物研究 42—43, 49, 293

Antiquaries, Society of, 文物学会 42

Apollo, 阿波罗 139

Apparition narratives, 幽灵叙事 83—87, 98, 99, 116, 124, 297, 328

Appetite, 欲望

— critique of, 对欲望的批判: 196—197, 202, 262; in Defoe, 见笛福作品 321—322; in Fielding, 见菲尔丁作品 387—388; in Swift, 见斯威夫特作品 340, 346—347, 354

— naturalization of, 欲望的归化 196—197, 202—203, 204—205, 206, 209, 248, 262; in Defoe, 见笛福作品 324—325, 331, 335

Appleby, Joyce O., 乔伊斯·O·阿普尔比 203, 205

Apprentices and apprentice stories, 学徒及其故事: in conservative narrative, 保守叙事中的学徒及其故事 226, 232, 237, 339; in progressive narrative, 进步叙事中的学徒及其故事 216—217, 219, 220, 223, 240, 244, 245, 252, 320

Apuleius, 阿普列尤斯 *The Golden Ass*,《金驴》32, 139, 261

Archetypalist theory, 原型理论 4—10, 11, 12, 13, 14, 16, 19, 33, 420

Archimedes,阿基米德 69

Arendt,Hannah,汉娜·阿伦特 138

Ariosto,Lodovico,卢多维科·阿里奥斯托:*Orlando Furioso*,《疯狂的奥兰多》 56,57,117,144,273

Aristocracy,贵族阶层:as antithetical simple abstraction,作为对立简单抽象的贵族阶层 169;and capitalist practices,与资本主义行为 167—169;English,英国贵族阶层 159—162,167—169;in Greek antiquity,古希腊贵族阶层 134—135;of love,恋爱中的贵族阶层 143;in Middle Ages,中世纪贵族阶层 140—141,144—145,147;persistence of,贵族阶层的持续存在 4,19,160,167—169,227,268;of Protestant grace,蒙受新教恩典的贵族阶层 191,192;in Roman antiquity,古罗马贵族阶层 138;Spanish,西班牙贵族阶层 284—285,293—294. *See also* Nobility 另参"贵族"

Aristocratic ideology,贵族意识 xvii,xxii,xxiv-xxv,21,131—133,169;critique of,对贵族意识的批判 144,147—148,152—153,169—171,212,385—386 (*See also* progressive ideology,另参"进步意识") and demographic change,与人口变化 132;and Roman Catholicism,与罗马天主教 216,217;and Romance,与传奇 141—144,145—150,212—214

Aristocratic rake,贵族浪子:in conservative narrative,保守叙事中的贵族浪子 256,263,418;in progressive narrative,进步叙事中的贵族浪子 219—220,255,256,257,258,259,260,287,364,377

Aristotle,亚里士多德 xix,7,114,194,274,356;differentiation of drama and narrative in *Poetics*,127;《诗学》中的戏剧与叙事区分 differentiation of poetry and history in *Poetics*,《诗学》中的诗歌与历史区分 124,128,405;and doctrine of *catharsis*,与宣泄学说 125;early modern influence of *Poetics*,《诗学》的近代早期影响 52—53,59,63,119,120,280,353;and idea of nobility,与贵族理念 131;and *Oedipus the King*,与《俄狄浦斯王》32;*Poetics* and the "unities",《诗学》与"统一"126,382;*Poetics* as revolutionary document,作为革命文献的《诗学》30;and scientific revolution,与科学革命 67—68,71

Arms versus letters,question of,"从武对峙从文"问题 183,219

Arthur and Arthurian "matter",亚瑟与亚瑟的"故事"36,42,142

Ascham,Anthony,安东尼·阿谢姆 179,204,350

Ashurst,Henry,亨利·阿什赫斯特 220—221,301

Assimilationism,social,社会同化 162,174,182,249,336,350;advocacy of,宣扬社会同化 219,221,224,241,326,336;ambivalence of,in *Pamela*,《帕梅拉》中的社会同化矛盾 365,368,375,378,380;critique of,对社会同化的批判 259,300,354,386,388;disdain for,对社会同化的轻视 225,226,239,289;in Spain,西班牙的社会同化 293

Astell,Mary,玛丽·阿斯特尔 xxvii,158,193,260

Aubrey, John, 约翰·奥布里 40
Auerbach, Erich 埃里希·奥尔巴赫: *Mimesis*,《模仿论》10, 34
Augustine, Saint, 圣奥古斯丁 33—34, 59, 95, 115
Aulnoy, Marie d', 玛丽·多奥努瓦 55
Authority, ancient Roman conception of, 古罗马的权威概念 138, 210, 211
Autobiography, 自传 35, 96, 99—100, 241—248, 252—255
— fictional, 虚构自传 96—97, 232, 238, 251—252
— spiritual, 属灵自传 95—96, 252—255, 298, 303, 317—318, 319; and criminal biography, 与罪犯传记 98, 99; and picaresque, 与流浪汉叙事 97; secularization of, 自传的世俗化 244, 332, 364; subversion of, 自传的颠覆 341, 352; theory of, 自传理论 118
Avellaneda, Alonso Fernández de, 阿隆索·费尔南德斯·德·阿维亚乃达 275

Bacon, Francis, 弗兰西斯·培根 65—68, 153, 188; and Galileo, 与伽利略 73, 80; and Machiavelli, 与马基雅维利 185; and narrative, 与叙事 104, 106, 124—125; and Protestant reform, 与新教改革 75, 76; and secularization, 与世俗化 87, 199, 200
Bakhtin, Mikhail M., 米哈伊尔·M·巴赫金 11—14, 39, 118
Ball, John, 约翰·鲍尔 147
Ballads, 歌谣 46—47, 50, 52, 148—150
Bank of England, 英格兰银行 166, 167
Baptist Church, 浸信会 297, 299
Barbon, Nicholas, 尼古拉斯·巴尔翁 205
Barclay, John 约翰·巴克莱: *Argenis*,《阿赫尼斯》59
Barnes, Joshua, 约书亚·巴恩斯 105
Basil, Saint, 圣巴索 274
Bastardy, 私生子身份 158—159, 368, 418
Battestin, Martin, 马丁·巴特斯廷 398
Baxter, Richard, 理查德·巴克斯特 77, 84, 94, 196, 220—221, 301
Bayle, Pierre, 皮埃尔·培尔 55, 60, 71, 88
Becket, Thomas à, 托马斯·贝克特 107
Behn, Aphra, 阿芙拉·贝恩 27, 269, 313, 332. Works 作品: *The Fair Jilt*,《漂亮的负心女》112, 258—259; *The Lucky Mistake*,《幸运的错误》258; *Love-Letters*,《一位贵公子与妻妹的情书》xxviii; *Memoirs of the Court of the King of Bantam*,《班滕王朝回忆录》259—260; *Oroonoko*,《奥鲁诺克》111—113, 249—251; *The Unfortunate Happy Lady*,《不幸的幸福女士》258; *The Younger Brother*,《次子》218
Berington, Simon, 西蒙·贝林顿: *Gaudentio di Lucca*,《高登迪奥·迪·卢卡》

110—111

Bevis of Southampton,《南汉普顿的贝维斯》316

Bible,《圣经》216,317;Genesis,创世纪 78,79;Gospels,福音 78,79—80,140,189,190;as "history," 作为"历史"的《圣经》33,36,77—83;Luke,路德 80;New Testament,新约 78,82,83;Old Testament,旧约 76;and Protestant bookishness,与新教的迂腐 44—45;and Protestant exegesis,与新教阐释 74—76,81—82,121;vernacular translations of,《圣经》的通俗化翻译 40

Biography,传记 383—384,404,408;and conservative narrative,与保守叙事 238,239,244,383,387,396;criminal,罪犯传记 98—100;and progressive narrative,与进步叙事 239,241—244;spiritual,属灵传记 94—95

Bloch,R. Howard,霍华德·R·布洛克 35,142

Bolingbroke,Henry St. John,Viscount,亨利·圣约翰·博林布罗克子爵 172,207,208,210,229,230,262,338

Bolton,Edmund,埃德蒙·博尔顿 132,219,220,221

Boswell,James,詹姆斯·鲍斯威尔 416

Boyle,Robert,罗伯特·博伊尔 95,102

Boyle,Roger(first Baron Broghill),罗杰·博伊尔(首任布罗格希尔男爵)59

Bradshaigh,Lady(née Dorothy Bellingham),布拉德绍夫人(出生名多萝西·贝林厄姆)415

Brady,Robert,罗伯特·布雷迪 42

Braithwaite,John,约翰·布雷斯韦特 103

Brathwaite,Richard,理查德·布雷斯韦特 47—48,50,222

Brecht,Bertolt,贝尔托·布莱希特 126

Buckingham,George Villiers,first duke of,乔治·维利尔斯,首任白金汉公爵 152,213

Bunyan,John,约翰·班扬 78,197,332,351;and Cervantes,与塞万提斯 267;and Defoe,与笛福 121,316,319,334;family background of,家庭背景 301;and Fielding,与菲尔丁 398;and Richardson,与理查逊 363,375,378. Works 作品:*Grace Abounding*,《罪魁蒙恩记》299,303,309;*Life and Death of Mr. Badman*,《败德先生的一生》78,94;*The Pilgrim's Progress*,《天路历程》295—314

Burke,Edmund,埃德蒙·伯克 210

Burt,Thomas,托马斯·伯特 297,302

Butler,Samuel,塞缪尔·巴特勒:on honor,论荣誉 152—153,155,158;on knowledge,论知识 28,57,309;on providence,论天意 125;on science,论科学 72—73,88

Cade,Jack,杰克·凯德 180

Caesar, Julius, 尤利乌斯·凯撒 201, 384

Calamy, Edmund, 埃德蒙·卡拉米 191

Calvin, John, 约翰·加尔文 189, 190, 194, 200

Calvinism, 加尔文主义: and Anglicanism, 与英国国教 190, 198—200; and conservative ideology, 与保守意识 218; doctrine of election and predestination in, 加尔文主义中的拣选与预定教义 91, 190—195, 298, 299; and opposition to economic individualism, 与经济个人主义的对立 190; and political theory, 与政治理论 189; and progressive ideology, 与进步意识 2—3, 216—217, 218, 244; and Protestant ethnic, 与新教伦理 190, 191, 195—200; and Puritanism, 与清教主义 190, 198—200; as recapitulation of Roman Catholicism, 作为罗马天主教概述的加尔文主义 231; soteriology of, 加尔文主义的救世神学 190—196; and worldly reform, 与世俗改革 192

— doctrine of the calling in, 加尔文主义的命ām教义 171, 190, 191, 194, 196, 199, 220, 240, 246, 254—255; in Bunya, 见班扬作品 299, 300, 301, 312; in Defoe, 见笛福作品 320—324, 329—330, 331, 335; in Richardson, 见理查逊作品 364

— doctrine of justification by faith in, 加尔文主义中的因信称义教义 48, 104, 190—196, 198, 201—202, 216; in Bunyan, 见班扬作品 297—299; in Fielding, 见菲尔丁作品 398; in Richardson, 见理查逊作品 364

— role of works and discipline in, 加尔文主义中的劳作与训诫所扮演的角色 191—196, 200, 216, 251; in Bunyan, 见班扬作品 298—300, 301; in Defoe, 见笛福作品 320, 321, 323, 327; in Fielding, 见菲尔丁作品 398; in Richardson, 见理查逊作品 364

Capellanus, Andreas, 安德烈亚斯·卡佩莱努斯 143

Capitalism, 资本主义: agrarian, 农业资本主义 xxii, 168; industrial, 工业资本主义 164; preexistence of, within feudalism, 封建主义内的资本主义先在 163; and Protestantism, 与新教主义 190, 191—192, 195—200, 225; "rational" versus "irrational", "理性资本主义"对峙"非理性资本主义" 177, 201; transition from feudalism to, 从封建主义向资本主义转型 176—178. See also Capitalist ideology; Commodity production; Improvement, capitalist 另参"资本主义意识"、"商品生产"及"资本主义提升"

Capitalist ideology, 资本主义意识: and accumulation, 与积累 197, 322, 324, 335, 347; and conservative ideology, 与保守意识 206—207, 236—237, 340, 347; and exchange value, 与交换价值 204, 205, 206, 208, 209; and fetishism of the commodity, 与商品拜物教 123—124, 312; freedom in, 资本主义意识中的自由 198, 200, 201, 226; and human creativity, 与人类创造性 123—124, 204—206; and naturalization of human appetite, 与人类欲望的归化 202—203, 204—205, 206, 209, 248, 262, 347, 354; and naturalization of the market, 与市

场的归化 197,199,200,202,203,204—206; and novelistic narrative,与小说叙事 248,251—252,254—255,261,262; and the profit motive,与利润动机 123—124,196,197,200,203,205,237,322,335,340,346—347; and progressive ideology,与进步意识 204—205,207,208—209,308,312,320—322,324—326,334—336; and Protestant ethic,与新教伦理 190,191—192,195—200,225,319; and rationalization of self-interest,与自利的理性化 225—226,262; and reform movements,与改革运动 174. See also Commodity production 另参"商品生产"

Carleton,Mary,玛丽·卡尔 99—100,241—244,245,378,396

Carter,Elizabeth,伊丽莎白·卡特 411

Casaubon,Meric,梅里克·卡索邦 53,84—85

Castiglione,Baldesar,巴尔德萨·卡斯蒂利奥内: *The Book of the Courtier*,《廷臣》183,186,312,342

Casuistry,诡辩术 83,121,196,300—301,319,321

Categorial instability,类别易变: and absolutism,与专制主义 177—182; and Calvinism,与加尔文主义 194; generic,普通类别易变 20,25—64; and institutionalization of conflict,与冲突的体系化 88,174,183,267,268; problem of describing,描述类别易变的问题 159—160; and reference-group theory,与参照群体理论 172; and revolution,与革命 173; social,社会类别易变 20,131—175; and transition from feudalism to capitalism,与封建主义向资本主义的转型 176—178; and Weber thesis controversy,与韦伯有争议的论点 200

Catharsis,doctrine of,宣泄学说 22,125

Cavendish,George,乔治·卡文迪什 91

Cavendish,Margaret,玛格丽特·卡文迪什 xxvii

Censorship,审查 54,55

Cervantes Saavedra,Miguel de,米格尔·德·塞万提斯·萨维德拉: and Bunyan,与班扬 267,304; and Defoe,与笛福 317,319,334; *Don Quixote*,《堂吉诃德》46,48,62,88,114,155,246,247,248,273—294; and Fielding,与菲尔丁 393,400,402,404,405; and Richardson,与理查逊 358,359

Chanson de geste,《英雄之歌》36,38,142,143,144

Chariton,查理顿 *Chaereas and Callirhoe*,《查瑞斯与卡里尔》32

Charity,仁慈 38,126,197,237; in Defoe,见笛福作品 321,335; in Fielding,见菲尔丁作品 397,398,400—401,402,407,408; in Richardson,见理查逊作品 365

Charles I,查理一世 152,179,180—181,189,193,213

Charles II,查理二世 xiv,xv,27,151,181,213—214

Chastity,贞洁

— female,女性贞洁：overdetermination of,贞洁的过于武断 157；social function of,贞洁的社会功能 148—149,156—158,366—368,391,398—400

— male,男性贞洁 157,399

Chaucer,Geoffrey,杰弗雷·乔叟：*The Canterbury Tales*,《坎特伯雷故事集》34, 147；*Troilus and Criseyde*,《特洛伊罗斯和克瑞西达》37

Cheyne,George,乔治·切恩 417

Chrétien de Troyes,克雷蒂安·德·特罗亚 38,420. Works 作品：*Cligés*,《克里杰》37；*Erec and Enide*,《艾莱克与艾尼德》37,39；*Lancelot*,《兰斯洛特》142,291；*Perceval*,《佩瑟瓦尔》142；*Yvain*,《伊万》142,143,144

Christian epistemology,基督教认识论 xxi,33—34,73—82,107—108,115—116, 119,122—125；and claim to historicity,与历史真实性主张 83—87,91—92, 94—95,123—124

Churchill,Awnsham,奥恩萨姆·丘吉尔 106,107,108,109

Churchill,John,约翰·丘吉尔 106,107,108,109

Churchill,Sarah,扎拉·丘吉尔 233

Cibber,Colley,科利·西伯：*Apology*,《致歉》396,404

Cicero,Marcus Tullius,马库斯·图留斯·西塞罗 138,274

Cid, The,《熙德》141

City,城市 161,162,168,231,310—311,396,404. *See also* Pastoral and pastoralism 另参"田园传奇与田园主义"

Clanchy,M. T.,M. T.克朗奇 35

Clarendon,Edward Hyde, first earl of,爱德华·海德·克莱顿,首任伯爵 187,228

Clarke,Samuel,塞缪尔·克拉克 94

Class,阶级：and capitalist ideology,与资本主义意识 164,174；and class consciousness,与阶级意识 164,174；compared to doctrine of election,被比作拣选教义的阶级 191；as a simple abstraction,作为简单抽象的阶级 163—164；versus status orientation toward social relations,与以社会关系为导向的地位对峙 xxiii,xxviii,162—168,171,223,370,419；terminology of,阶级的术语 164,168；as a thetical simple abstraction,作为独断简单抽象的阶级 169. *See also* Middle class 另参"中产阶级"

Clausewitz,Karl von,卡尔·冯·克劳斯威茨 173

Clavell,Robert,罗伯特·克拉维尔 26

Cleisthenes,克里斯提尼 135

Cleveland,John,约翰·克利夫兰 48,50,88

Clothing,as social signification,作为社会寓意的服饰 132,148,213—214,224, 240,243,252；in Bunyan,见班扬作品 304；in Cervantes,见塞万提斯作品 288；in Defoe,见笛福作品 321；in Fielding,见菲尔丁作品 395—396,403,

407;in Richardson,见理查逊作品 370—371,372,374,376;in Swift,见斯威夫特作品 353. See also Physical appearance, as social signification;Sumptuary legislation and distinctions 另参"作为社会寓言的形体"、"禁奢立法与区别"

Coleridge,Samuel T.,塞缪尔·T·柯勒律治 128,297,302

Collections,合集 43,49,85,94,100,103,105,106

Collier,Jeremy,杰里米·柯里尔 125

Collinges,John,约翰·科林斯 195

Collins,Anthony,安东尼·科林斯 81

Colonialism,殖民主义 208,332,333,343

Columbus,Christopher,克里斯托弗·哥伦布:Life,《克里斯托弗·哥伦布生平》108

Commodity production,商品生产 204—205;and biological reproduction,与生理繁殖 251—252;of books,书籍的商品生产 51;in Bunyan,见班扬作品 308;in Cervantes,见塞万提斯作品 292;and claim to historicity,与历史真实性主张 123—124;in Defoe,见笛福作品 324;erotic,情色商品生产 262;intellectual,智识商品生产 101;and ownership of ideas,与理念的拥有 123—124;in Richardson,见理查逊作品 377;in Swift,见斯威夫特作品 347;and typography,与印刷术 48,248,292

Common people,平民:and alliance with conservative ideology,与保守意识的联盟 171,208;and confederacies,结盟 369;and House of Commons,与下院 187;literacy and,读写能力与平民 52;persecution of,对平民的迫害 308—309;and rule of female chastity,与女性贞洁规则 157,158. See also Popular culture 另参"大众文化"

— upward mobility of,平民的上升流动:in Bunyan,见班扬作品 302—303,311;in conservative narrative,保守叙事中的平民 215—217,228,232,234,236—237;in Fielding,见菲尔丁作品 385—386,396—397,403;in medieval narrative,中世纪叙事中的平民 141,147,148—150;in progressive narrative,进步叙事中的平民 215—217,220—226,241—244,255—258,258—259;in Richardson,理查逊作品 359,364—380,412

Commons,House of.,下院 See House of Commons 参见"下院"

Commonwealth,English,英吉利共和国 180,187

Congreve,William,威廉·康格里夫 126;Incognita,《隐姓埋名》61—63,112,113,127,263—265

Conscience,liberty of.,良知的自由 See Toleration 参见"宽容"

Conservative ideology,保守意识 xvii,xxv,xxvi,21,22;absence of political base in,保守意识中的政治基础缺失 171;and Anglicanism,与英国国教 218;and aristocratic ideology,与贵族意识 206—211;and Calvinism,与加尔文主义

218; and critique of aristocratic ideology, 与针对贵族意识的批判 169—171, 227—228; and critique of capitalist ideology, 与针对资本主义意识的批判 206, 208—209; and critique of progressive ideology, 与针对进步意识的批判 171, 174, 207—209, 212, 231; and critique of Protestant ethic, 与针对新教伦理的批判 198; and extreme skepticism, 与极端怀疑论 171; gender and, 性别与保守意识 256; and Reformation history, 与宗教改革历史 217—218; relation of, to country interest and landed interest, 与乡村利益阶层及拥有土地阶层的关系 188

Consumption, 消费: economic, 经济消费 16, 205, 248; erotic, 情色消费 262; literary, 文学消费 51—52, 104, 123, 127, 248 (see also Reading public, 另参"读者公众") and social status, 与社会等级 162; and sumptuary legislation, 与禁奢立法 132, 151, 207, 346, 370

Convention, 惯例: analogy of literary and social, 文学与社会惯例之间的类比 132—133, 134, 137, 144, 145, 147, 150—151, 167—168, 170—171, 173, 219, 389; theatricalization of, 惯例的戏剧化 169, 225

Conversion, spiritual, 属灵皈依 79, 191, 237, 252, 253; in Bunyan, 见班扬作品 229; in Defoe, 见笛福作品 317, 323, 327, 328; in Richardson, 见理查逊作品 375; in Swift, 见斯威夫特作品 340, 355. See also Reform, as moral conversion 另参"作为道德皈依的改革"

Cook, John, 约翰·库克 197

Cooke, Edward, 爱德华·库克 106—107

Copernicus, Nicolaus, 尼古拉·哥白尼 73

Copyright, 版权 123

Corbet, John, 约翰·科比特 220

Corruption, 腐败 354, 383, 387—388, 392; analogy of financial and linguistic, 资本腐败与语言讹用的类比 350—351, 388; conflation of aristocratic, courtly, and Roman Catholic, 贵族、宫廷及罗马天主教腐败的融合 225—226, 308; European, 欧洲的腐败 249, 250, 305, 329; linguistic, 语言讹用 104, 350, 396; Roman Catholic, 罗马天主教的腐败 41, 217

— aristocratic/ erotic, 贵族/情色的腐化 220, 229, 255—256, 257, 264, 309, 387—388, 400, 418

— progressive/financial, 进步/资本腐败 208, 228, 229—230, 236—237, 250, 256, 259—263, 418; in Fielding, 见菲尔丁作品 387, 392, 396—397, 400; in Swift, 见斯威夫特作品 346, 354

Counter Reformation, 反宗教改革 96, 293

Country house, 乡村宅院 311, 326

Country interest, 乡村利益阶层 186, 188

Court interest, 宫廷利益阶层 186, 188

Coxere, Edward, 爱德华·考克西尔: *Adventures by Sea*,《爱德华·考克西尔的海上历险》108, 252—255, 318, 319, 350

Craig, John, 约翰·克雷格 79—80

Creativity, human, 人类创造力: and capitalist production, 与资本主义生产 124, 206—206, 252; in Defoe, 见笛福作品 327; and doctrine of providence, 与天意学说 124—126, 182; in picaresque, 流浪汉叙事中的人类创造力 97, 244, 318; in Richardson, 见理查逊作品 362, 363, 364, 368, 373, 374, 377, 378; and rise of the aesthetic, 与美学的兴起 120, 123—124, 248, 418—419; and science, 与科学 67; suspicion of, as "invention", 作为"创新"的人类创造力质疑 88—89, 105, 107, 113, 121, 123, 315, 329; traditional critique of, 对人类创造力的传统批判 95; and typography, 与印刷术 246, 247, 248

Credit, 信用: figured as female, 被比作女性的信用 205; financial, 金融信用 166, 198, 205, 207, 229, 390; reputational, 有口碑的信用 198, 390

Cromwell, Oliver, 奥利弗·克伦威尔 151, 185, 186, 187, 191, 213, 214, 217

Cupid, 丘比特 67, 139, 261—262

Dampier, William, 威廉·丹皮尔 103, 106

Dangerfield, Thomas, 托马斯·丹杰菲尔德 99

Dares of Phrygia, 弗里吉亚的达勒斯 36

Davenant, Charles, 查尔斯·戴夫南特 170, 206, 208, 232, 239, 244

Davys, Mary, 玛丽·戴维斯 260

Defoe, Daniel, 丹尼尔·笛福 2—3, 14, 269; on absolutism, 论专制主义 177; on aristocratic ideology, 论贵族意识 154, 156, 169; on capitalist ideology, 论资本主义意识 205—206, 239; and Fielding, 与菲尔丁 390; on narrative epistemology, 论叙事认识论 85—86, 100, 120—122; readership of, 笛福的读者群 52; on religion, 论宗教 74, 78, 82, 85—86, 88—89, 98; and Richardson, 与理查逊 361, 362, 363, 375, 376; on social mobility, 论社会流动性 216, 219, 220, 221, 223, 228; and Swift, 与斯威夫特 212, 267, 338, 340, 348, 351, 352—353, 355, 382. Works 作品: *Apparition of Mrs. Veal*,《维尔夫人的幽灵》85—86; *Essay upon Projects*,《论谋划》337; *Robinson Crusoe*,《鲁滨逊飘流记》xix, 315—337; *Serious Reflections*,《严肃思考》319; *The Storm*,《暴风雨》85; *The True-Born Englishman*,《纯正的英国人》343

Deism, 自然神学 81, 82, 85, 392, 393. See also Freethinking 另参 "自由思考"

Dell, William, 威廉·戴尔 78

Deloney, Thomas, 托马斯·德洛尼 269; *Jack of Newbery*,《纽伯里的杰克》223—226, 236; *Thomas of Reading*,《雷丁的托马斯》234—237

Demography, 人口: changes in, 人口变化 xxii, 132, 134, 141, 144—145, 153; classificatory problems of, 人口的阶级化问题 165

Denbigh, William Fielding, first earl of, 威廉·菲尔丁·登比, 首任伯爵 382

Denham, John, 约翰·德纳姆: *Coopers Hill*,《库珀斯山》202

Deprivation, 短绌 See Relative deprivation 参见"相对短绌"

Descartes, René, 勒内·笛卡尔 2, 105

Dialectics, 辩证法 xiv-xxiv, 1, 420—421; in Bakhtin, 见巴赫金作品 12, 13, 14; and genre theory, 与文类理论 19, 20—22; and institutionalization of conflict, 与冲突的体系化 87—88, 174. 394—395; in Marx, 见马克思作品 15—19, 164; and reference-group theory, 与参照群体理论 173; and relation of literary theory and practice, 与文学理论及实践的关系 101, 118; and spiritual immanence, 与灵性的无所不在 74, 76, 81; in Socrates, 见苏格拉底作品 30—31; and transformation of romance and aristocracy, 与传奇及贵族的转型 267, 268. See also Reversal 另参"反转"

Diary, 日记 See Journal 参见"期刊"

Dictys of Crete, 克里特岛的狄克提斯 36

Diggers, 掘地派 77

Discovered manuscript, topos of, 被发现手稿的传统主题 56—57, 60, 182, 273—274, 275, 278

Discovered parentage, convention of, 身世揭秘惯例: and Calvinist election, 与加尔文拣选教义论 191; conservative exploitation of, 对身世揭秘惯例的保守运用 235, 264, 383, 406, 407; and Gospel story, 与福音故事 140; in *Oedipus the King*,《俄狄浦斯王》中的身世揭秘惯例 135; progressive exploitation of, 对身世揭秘惯例的进步运用 221, 222, 240, 245, 246, 259, 284; in romance, 传奇中的身世揭秘惯例 133, 139, 145, 146, 148, 213—214, 218—219, 256

Displacement, 移位: in archetypalist theory, 原型理论中的移位 7—10, 11, 13—14; in Freudian theory, 弗洛伊德理论中的移位 9; Platonic dialogue as, 作为移位的柏拉图对话 31; in romance, 传奇中的移位 142, 150

Dissent, 异教徒 See Nonconformity 参见"不信奉国教"

Divine right of kings, doctrine of, 君权神授学说 178, 181, 185, 196, 199, 209

Division of knowledge, 知识分工 xx-xxi, xxiv, 67—68, 75, 119, 420

Division of labor, 劳动分工 136, 420

Documentary objectivity, 文献客观性: and antiquarianism, 与古物研究 43, 239; in Bunyan, 见班扬作品 313, 314; in Cervantes, 见塞万提斯作品 275—276; in criminal biography, 罪犯传记中的文献客观性 98—99, 99—100, 242; in Defoe, 见笛福作品 112, 315; in Fielding, 见菲尔丁作品 383, 395, 404; and literacy, 与读写能力 29, 30; as objecthood, 作为客观的文献客观性 123, 127, 275—78, 291—92; and Protestant controversy, 与新教争议 81—82, 84, 85 (*see also* Bible, 另参"圣经"); in Richardson, 见理查逊作品 357—358, 360, 363, 413, 414, 421; in spiritual autobiography, 属灵自传中的文献客观

性 91—93,96; in Swift,见斯威夫特作品 351; in travel narrative,旅行叙事中的文献客观性 103,104,107,108,109,111,114; in twelfth-century culture,12 世纪文化中的文献客观性 35,37; and typography,与印刷术 43—46

Donation of Constantine,君士坦丁赠礼 40

Don Bellianis of Greece,《希腊的堂贝利亚尼斯》26

Drama,戏剧:Compared to narrative epistemology,被比作叙事认识论的戏剧 126—28,358,376—377,382—383,414; Restoration,复辟时期戏剧 126,258; tragedy,悲剧 30,32,90;"unities" of,戏剧的"统一"126—127,382

Dream vision,梦境 38,313

Dryden,John,约翰·德莱顿 27,79; *Of Dramatic Poesy*,《论戏剧诗歌》127; *Religio Laici*,《俗人的信仰》79,82

Dunton,John,约翰·邓顿 84; *Christians Gazette*,《基督教报》86

Earle,John,约翰·厄尔 230

Education,教育:of the nobility,贵族教育 182,188,228; and the reading public,与读者公众 51; of servants,仆人的教育 370,371; of younger sons,次子的教育 228,339

Edwards,Thomas,托马斯·爱德华兹 191

Eisenstein,Elizabeth L.,伊丽莎白·L·艾森斯坦 43—44,45

Eliade,Mircea,米尔恰·伊利亚德 4

Elizabeth I,伊丽莎白一世 151,210

"Elizabethan world picture","伊丽莎白时期世界格局"151

Elyot,Sir Thomas,托马斯·艾略特爵士 132

Empiricism,经验主义 xxii; and the aesthetic,与美学 63,119—120,128; and alliance with Christian epistemology,与基督教认识论的结盟 123—124,314; and biblical exegesis,与圣经阐释 74,75—76,77,81; and historical study,与历史研究 41—43,420—421; and historicism,与历史主义 68; and literary,与读写能力 35; and Protestant thought,与新教思想 45,77—83,193; and scientific method,与科学方法 65—68; and typography,与印刷术 44; and visual instruments,与视觉工具 69—70,71—72,112. See also Documentary objectivity; Extreme skepticism; Naïve empiricism 另参"文献客观性"、"极端怀疑论"、"天真经验主义"

Emplacement and specification,定位与详述 10,14,31,32,139—140,143—144,148—149,214—215,223

Enclosure,封闭:agrarian,农业圈地 168,196,325,329; imaginative,想象的局囿 327,329

Engagement Controversy,契约争议 180

English Revolution,英国革命:causes of,英国革命的起因 151—152,159,160, 227,228,229;development of news during,英国革命时期的新闻发展 47—48;narrative accounts of,关于英国革命的叙事描述 213—214,227—229, 230;political thought during,英国革命时期的政治思想 42,179—181,189; social change during,英国革命时期的社会变革 186—187

Enthusiasm,狂热 80,88,126,195,199,205

Epic,史诗 xx,36,127,141,144

Epistolary form,书信体 118,257,358,360,374,395,414,421

Estoire de Waldef,《沃尔德夫的故事》145—146

Euripides,欧里庇得斯 30

Exchange,交换:analogy of epistemological and commodity,认识论交换与商品的类比 198;analogy of erotic and commodity,情色交换与商品的类比 262; marriage as,作为交换的婚姻 134,156—157;and women,与女性 205

— value in,交换中的价值 204,205,206,208,209,250;in Cervantes,见塞万提斯作品 291;in Defoe,见笛福作品 322,324,335;in Swift,见斯威夫特作品 347,350—351

Exclusion Crisis,废黜危机 42

Extreme skepticism,极端怀疑论 xvi,21,22,63—64,88,118—119;analogy of,to conservative ideology,极端怀疑论与保守意识的类比 171,266;and antiromance,与反传奇 55—58;as historicism,作为历史真实性的极端怀疑论 41;and natural history,与自然史 72—73;in news reports,新闻报道中的极端怀疑论 47—50;and realism,与现实主义 53,119—120;and revelation,与揭示 82—83;and Roman Catholic apologetics,与罗马天主教辩惑学 79;in travel narrative,旅行叙事中的极端怀疑论 112,114—117

Eye- and ear-witness testimony,目击与耳闻证人:in Congreve,见康格里夫作品 62;in drama,戏剧中的目击与耳闻证人 127;in Fielding,见菲尔丁作品 383,389;in historical study,历史研究中的目击与耳闻证人 30,36—37,43; in law,法律中的目击与耳闻证人 35;in news reporting,新闻报道中的目击与耳闻证人 46—47,49,120—121;in pirate narrative,海盗叙事中的目击与耳闻证人 100;in religious controversy,宗教争议中的目击与耳闻证人 82, 85,94;in Richardson,见理查逊作品 376;in romance,传奇中的目击与耳闻证人 36—37;in saints' lives,圣徒生平中的目击与耳闻证人 91,92;in travel narrative,旅行叙事中的目击与耳闻证人 108,112

Fairfax,William,威廉·费尔法克斯 217

Familiar letter,私人信件 118

Family,家庭:absolutism in the,家庭中的专制主义 277;"affective" attitudes toward the,对家庭的"情感"态度 142;decay of,家庭的堕落 221,228,239;

destabilization of,家庭的易变 140,142,145,147,180,181,191,303;and device of the strict settlement,与严格的地产授予措施 154,168;and domestic service,与家庭服务 369,375—376,396;and family romance,与家庭传奇 135;founding a new,创立一个新家庭 220,221,304;as property,作为资产的家庭 265;renovation of decayed,腐朽家庭的革新 219,221,367;renunciation of,对家庭的弃绝 140,191,305,378;and rule of chastity,与贞洁的规则 157,367. See also Discovered parentage, convention of; Kinship relations; Marriage 另参"身世揭秘惯例"、"亲属关系"、"婚姻"

Ferguson,Arthur,亚瑟·弗格森 183

Ferguson,Robert,罗伯特·弗格森 75

Fetishism,religious and capitalist,宗教与资本主义拜物教 123,127,292,312

Feudalism,封建主义:"bastard","私生子"封建主义 177,224—225;and demilitarization of nobility,与贵族的非军事化 183;discovery of,封建主义揭秘 42,45,176,291;and dissipation of capitalist practices,与资本主义行为的挥霍 163;and fealty,与效忠 38,176,186;fiscal,财政封建主义 176;illusion of English,英国封建主义的幻灭 176;and impartibility,与不可分割性 141;and Norman Conquest,与诺曼征服 144—145;and transition to capitalism,封建主义向资本主义的转型 176—178,201,283. See also Tenures,feudal 另参"封建土地保有"

Fielding,Henry,亨利·菲尔丁 xix,xxiv,xxvii,21,22,267,270;contemporary criticism of,同时代人的相关批评 410—418;dramatic career of,菲尔丁的戏剧生涯 126,382—383;personal relationship of,with Richardson,与理查逊的个人关系 382,410—411,418—419;religious attitudes of,菲尔丁的宗教态度 392,397—398;on satire,论讽刺 269;social background of,社会背景 382,392;and Swift,与斯威夫特 393;and theory of the novel,与小说理论 2,3—4,14. Works 作品:Amelia,《阿米莉亚》415,417;The Author's Farce,《作者的闹剧》383;The Historical Register for the Year 1736,《1736年历史记载》382;Jonathan Wild,《江奈生·魏尔德》383—394,405,409,417,418;Joseph Andrews,《约瑟夫·安德鲁斯》xxvii,393,394,398—408,415,417,418;Journal of a Voyage to Lisbon,《里斯本之行日记》394,411;Miscellanies,《杂文集》385;Shamela,《莎梅拉》xix,394—98,403,410,412;Tom Jones,《汤姆·琼斯》408,415,418

Figuralism,比喻 See Typology 参见"象征"

Financial revolution,金融革命 166,229

Finley,Moses I,摩西·I·芬利 135

Fisher,Samuel,塞缪尔·费希尔 78

Flavell,John,约翰·弗拉维尔 76

Formalism,Russian,俄国形式主义 12

Fortuna and fortune,命运与财富：and Cicero,与西塞罗 138；figured as female,被比作女性的财富 205；financial secularization of,命运的金融世俗化 205,233,260,260—261；and Machiavelli,与马基雅维利 185,186；as mutability,作为易变性的命运 91,235,236,244,247,340

Foxe,John,约翰·福克斯：*Acts and Monuments*,《行传与丰碑》92—93,97,100,216—217

France,crisis of aristocracy in,法国贵族危机 183

Freethinking,自由思考 84,88,113,339

Frei,Hans,汉斯·弗赖 83

French narrative,法国叙事 54—55,57—58,61,62,110,111,114—115,249

French Revolution,法国革命 210

Freud,Sigmund,西格蒙德·弗洛伊德 9—10,31,135

Frye,Northrop,诺思洛普·弗莱 6—10,11,13,15,16

Fuller,Thomas,托马斯·富勒 216

Furetière,Antoine,安托万·菲勒蒂埃 58

Galilei,Galileo,伽利略·伽利雷 73—74,76,81,86,200

Gamelyn,《盖米林》146

Gawain stories,高文爵士的故事 147,149；*Gawain and the Green Knight*,《高文爵士与绿衣骑士》147

Gender,性别：in conservative narrative,保守叙事中的性别 256,260—265；in progressive narrative,进步叙事中的性别 255—260；and sex,与性 xxiv-xxix；and sexual equality,与性平等 249；and social status,与社会地位 xxiv-xxix,148—150,156—158,241—244,255—256,366—369,378—380,398—400

Genealogy,宗谱 *See* Lineage 参见"血统"

Genre,文类 xvii-xviii,xix-xx；and dialectical relation of theory and practice,与理论及实践的辩证关系 118；and epistemology,与认识论 27—28,63—64；explanatory and problem-solving capacity of,针对文类的阐释性与解决问题的能力 20—22,133,134,173—174,214—215,220,223,231,266—267,419—420；history of,文类史 1—22,63,265—270,410—421；instability of categories of,文类类别的流变 20,25—64；and novelistic narrative,与小说叙事 238—255；theory of,文类理论 1—22,118,173,265—270,410—421

Gentility,文雅 159,220,308,366—367,376；reconception of,文雅的重新构想 182,188,192,246,311

Gentleman's Journal,The,《绅士日志》26—27

Gentry,绅士阶层：and abolition of feudal tenures,与封建土地保有的废除 177—178；controversy over rise of,关于绅士阶层兴起的争议 159—162,164,167,200；critique of,对绅士阶层的批判 308,400,407（*see also* Aristocratic ideology, critique of, 另参"对贵族意识的批判") definitions of, 绅士阶层的定义 159—160; as middle class, 作为中产阶级的绅士阶层 161, 162, 167; as normative Tory squire, 作为标准托利乡绅的绅士阶层 230, 344, 397, 403; reading habits of, 绅士阶层的阅读习惯 52; social mobility and, 社会流动性与绅士阶层 4, 216, 221—223, 228, 230, 233, 260, 311, 372; and "Tory radicalism", 与"托利的极端主义" 171

Geoffrey of Monmouth, 蒙茅斯的杰弗里 42

George, Saint, 圣乔治 116, 213

Gest Hystoriale, 《历史故事》37

Gildon, Charles, 查尔斯·吉尔顿 315—316

Glanvill, Joseph, 约瑟夫·格兰维尔 27, 68, 71, 84—85, 86—87, 98, 188

Glorious Revolution, 光荣革命 181, 199, 209, 229, 232

Goody, Jack, 杰克·古迪 142

Great Chain of Being, 伟大存在之链 206

Greek Enlightenment, 希腊启蒙 28—32, 134—140

Greene, Robert, 罗伯特·格林 269; *Greene's Carde of Fancie*, 《格林的幻想之牌》256; *Penelopes Web*, 《佩内洛普的网》256—257

Greenville, Denis, 丹尼斯·格林维尔 192

Gunn, J. A. W., J.A.W.冈恩 203

Guy of Warwick, 《华威的盖伊》78, 146, 149, 150, 316, 363, 460n.28

Hakluyt, Richard, 理查德·哈克卢伊特 108

Hall, Joseph, 约瑟夫·哈尔; *Mundus Alter et Idem*, 《新旧世界》105

Haller, William, 威廉·哈勒 193

Hanning, Robert, 罗伯特·汉宁 142

Hanoverian Settlement, 汉诺威嗣位 181—182, 234

Harrington, James, 詹姆斯·哈林顿 168, 210

Harvey, Gabriel, 加布里埃尔·哈维 257

Havelock, Eric, 埃里克·哈夫洛克 28, 31

Havelok, 《哈夫洛克》146, 148

Haywood, Eliza, 伊丽莎白·海伍德; *Memoirs of a Certain Island*, 《关于某个岛屿的回忆录》261—262; *Philidore and Placentia*, 《菲利多尔与普拉琴蒂》260—261

Head, Richard, 理查德·黑德 99

Heath, James, 詹姆斯·希斯 230

Hecataeus, 赫卡塔埃乌斯 30

Hecht, J. Jean, J·让·赫克特 371, 376

Hector, 赫克托 127

Hegel, Georg Wilhelm Friedrich, 格奥尔格·威廉·弗里德里希·黑格尔 xix, xxi
Heliodorus, *Aethiopica*, 赫利奥多罗斯,《埃塞俄比亚传奇》32
Henrietta Maria (queen consort of England), 亨利埃塔·玛丽亚(英格兰王后) 213
Henry I, 亨利一世 234, 236
Henry VIII, 亨利八世 91, 189, 216, 224, 226
Heraclitus, 赫拉克利特 30
Heralds and heraldry, 纹章官与纹章制度 132, 151, 152, 153, 165, 191, 221, 246
Herodotus, 希罗多德 30, 69
Hesiod, 赫西俄德 30, 137, 420
Hexter, J. H., J.H.赫克斯特 161—162, 168, 178
Heylyn, Peter, 彼得·黑林 179
Hieron, Samuel, 塞缪尔·希伦 191
Hill, Christopher, 克里斯多弗·希尔 160, 167, 176, 180, 187, 191, 193, 205
Hirschman, Albert O., 艾伯特·O·赫希曼 203
Historical revolution, 历史革命 41, 179
Historicism, 历史主义 41, 48, 52—53, 56—57, 68, 87
Historicity, claim to, 历史真实性主张 46, 87, 418, 421; alliance of, with Christian epistemology, 与基督教认识论的结盟 94—95, 122—124; in apparition narratives, 幽灵叙事中的历史真实性主张 83—86, 297; versus authority of antiquity, 与古代权威的对峙 56—57, 82; in Bunyan, 见班扬作品 313; in Cervantes, 见塞万提斯作品 274, 278, 293; compared to Calvinist sufficiency, 被比作加尔文自足性的历史真实性主张 195; in criminal biography, 罪犯传记中的历史真实性主张 98, 99, 100, 242; in Defoe 见笛福作品 120—122, 206, 316, 318, 319, 336; versus discovered manuscript topos, 与被发现手稿传统主题的对峙 56—57, 182; and dramatic "unities", 与戏剧的"统一" 126; in Fielding, 见菲尔丁作品 383, 389, 394, 395, 403, 405, 407; in love narrative, 爱情叙事中的历史真实性主张 264; in news reporting, 新闻报道中的历史真实性主张 46—47; and "philosophy teaching by example", 与"借助实例进行哲学讲解" 83; in picaresque, 流浪汉叙事中的历史真实性主张 97; in pirate narrative, 海盗叙事中的历史真实性主张 100; versus realism, 与现实主义对峙 120; in Richardson, 见理查逊作品 357, 358, 360, 361, 363, 380; in romance, 传奇中的历史真实性主张 36, 60; in saints' lives, 圣徒生平中的历史真实性主张 94; in spiritual autobiography, 属灵自传中的历史真实性主张 96; in Swift, 见斯威夫特作品 351—352; in travel narrative, 旅行叙事中的历史真实性主张 104, 105, 108—117; versus verisimilitude, 与逼真性的对峙 53—54, 70
History, 历史: as model for novelistic narrative, 作为小说叙事模型的历史 212—

238; natural, 自然史 32, 67, 68—73, 102, 106; secret, 秘史 54, 55, 60, 233, 261

Hobbes, Thomas, 托马斯·霍布斯 163

Hodgen, Margaret T., 玛格丽特·T·霍金 40

Holinshed, Raphael, 拉斐尔·霍林希德 245

Holland, Roger, 罗杰·霍兰 216, 220

Holles, Gervase, 杰维斯·霍利斯 239—240

Homer, 荷马 29, 30, 36, 134; *Iliad*, 《伊利亚特》117, 138

Hooke, Robert, 罗伯特·胡克 102, 103

Hooker, Richard, 理查德·胡克 77, 193

Hooker, Thomas, 托马斯·胡克 191

Honor, 荣誉: and action for *scandalum magnatum*, 与针对诋毁权贵的起诉 151, 152; alienation of aristocratic, 贵族荣誉的疏离 255—256, 259, 367; civic conception of, 民众对荣誉的构想 182; as commercial credit, 作为商业信用的荣誉 205, 206; commodification of, 荣誉的商品化 292, 309; conservative defense of, 为荣誉所做的保守辩护 208—210; critique of aristocratic, 对贵族荣誉的批判 154—158, 169—170, 256, 366—368, 385—386, 388; as female chastity, 作为女性贞洁的荣誉 157—58, 263, 366—368; figured as female, 被比作女性的荣誉 152, 205; heritability of, 荣誉的可继承性 131—132, 154, 155, 156, 180; and the *hidalgo*, 与次级贵族 238; inflation of, 荣誉的膨胀 151—153, 171; military basis of, 荣誉的军事基础 135, 250; reconceived as virtue, 被重新构想为美德的荣誉 152, 156, 158, 194, 258, 287, 305, 366—368; royal creation of, 王室荣誉的创设 152—153, 183, 246, 248, 292; sale of, 荣誉的售卖 132—133, 177, 222, 239, 294 (in Spain), (见西班牙)309

— aristocratic, 贵族荣誉 113, 131—132, 138, 142—143, 144, 148—149, 150, 152, 179, 300, 366—367; as imaginary value, 作为想象价值的荣誉 156, 205, 206, 212

Horace, 贺拉斯 229, 231, 326, 394

Horn, 《霍恩》146, 148

House of Commons, 下院 151, 179, 180, 187, 226

House of Lords, 上院 159, 179, 180, 181

Huet, Pierre Daniel, Bishop of Avranche, 皮埃尔·丹尼尔·于特, 阿夫朗什主教 54

Huizinga, Johan, 约翰·赫伊津哈 34

Humanism, 人文主义: and attack on medieval romance, 与对中世纪传奇的抨击 59; civic, 公民人文主义 188; French legal, 法国法学人文主义 41, 42, 43; Renaissance, 文艺复兴 41, 182, 293; scientific, 科学人文主义 342

Hume, David, 大卫·休谟 83, 172, 173
Hunter, Michael, 迈克尔·亨特 106

Iconoclasm, 捣毁圣像行为 75—76, 95, 123
Ideology, 意识: formation of, 意识的形成 xxiii, xxiv, xxv, 20, 88, 171, 174, 183, 204, 223; gendering of, 意识的性别化 255—265; of romance, 传奇意识 141—144, 145—150. See also Aristocratic ideology; Capitalist ideology; Conservative ideology; Progressive ideology 另参"贵族意识"、"资本主义意识"、"保守意识"、"进步意识"
Imaginary voyage, 想象之旅 78, 105—106, 110—111, 114, 239, 248—252, 261, 326; and Swift, 与斯威夫特 348, 352
Improvement, 提升: capitalist, 资本主义提升 101, 161—162, 168, 176, 188, 202, 230, 252, 255, 319, 325, 340, 347, 366; spiritual, 属灵提升 76, 96, 99, 115, 121—122, 296, 315, 319, 357; technological, 技术升级 101, 116, 324
Individualism, 个人主义: in classical antiquity, 古典时期的个人主义 135, 136, 137, 138; in early modern England, 近代早期英国的个人主义 xxii, 2, 3, 17—18, 167, 168, 197, 201, 202—203, 211, 226, 419; economic, critique of, 对经济个人主义的批判 190, 197, 202, 236, 237, 249, 312; in Middle Ages, 中世纪的个人主义 35, 37, 142—143, 145
Industrial Revolution, 工业革命 164, 168
Inheritance practices, 继承实例: and device of the strict settlement, 与严格的地产授予措施 153—154, 168; and royal succession, 与王室继承 181—182
— partibility, 可分割性的继承实例 141, 144, 157, 228
— patrilineage, 父系血统继承实例 132, 140, 144—145, 147, 153—154, 156—157, 379
— primogeniture, 长子继承制: and conservative narrative, 与保守叙事 217, 226, 227, 235, 264; daughters and younger sons under, 遵从长子继承制的女儿与次子 154, 157, 186; and feudalism, 与封建主义 141, 145; and progressive narrative, 与进步叙事 218, 219, 305; sixteenth-century controversy over, 关于长子继承制的16世纪争议 151
Inquisition, 宗教裁判所 110—111, 216, 293
Internalization, 内在化: of authority, 权威的内在化 186, 190, 193, 196, 198, 248, 310, 333, 375; of divinity, 神性的内在化 186, 323, 329—336; of form as content, 作为内容的形式内在化 266; of honor, 荣誉的内在化 367; of reform, 改革的内在化 201; of spirit, 灵性的内在化 78, 93, 120, 353
Interregnum (Stuart), (斯图亚特)空位期 42, 49, 186, 187, 255
Israel, Ten Lost Tribes of, 失踪的以色列十支派 40

Jacob, Margaret C., 玛格丽特·C·雅各布 199, 200
Jacobite Rising, 詹姆斯二世党人起义: of 1715, 1715 年起义 171; of 1745, 1745 年起义 418
Jacobitism, 詹姆斯二世党人 188, 209, 398
James I, 詹姆斯一世 131—132, 151, 167, 213
James II, 詹姆斯二世 181, 233
Jameson, Fredric, 弗雷德里克·詹明信 15
Johnson, Richard, 理查德·约翰逊: *Famous History of the Seven Champions of Christendom*, 《基督教七勇士著名历史》70, 302
Johnson, Samuel, 塞缪尔·约翰逊 127, 209—210, 416
Jonson, Ben, 本·琼森 47—48
Journal, 期刊: and criminal biography, 与罪犯传记 99; and letters, 与信札 361, 362, 364, 374, 377; and spiritual autobiography, 与属灵自传 96, 316—17; and travel narrative, 与旅行叙事 101, 103, 106, 316, 319, 351
Journalism, 新闻业 *See* News 参见"新闻"

Kantorowicz, Ernst H., 恩斯特·H·坎托罗维奇 178
King, Gregory, 格雷戈里·金 165
King's Two Bodies, doctrine of the, 关于国王两个身体的学说 179, 181
Kinship relations, 亲属关系: destabilization of, 亲属关系的变化 135, 136, 137—138, 140, 141; stabilization of, 亲属关系的稳定 134, 137—138, 140
Kirkman, Francis, 弗朗西斯·柯克 26, 100, 269; *The Unlucky Citizen*, 《不幸的公民》244—248, 254, 318, 319, 326, 336

Landed interest, 土地拥有阶层 166, 168, 171, 188, 201, 207, 209, 229
Landownership, 土地所有: and abolition of feudal tenures, 与封建土地保有的废除 176, 177, 180; as criterion of parliamentary membership, 作为国会成员标准的土地所有 207; and definition of aristocratic status, 与对贵族地位的界定 161, 166, 207, 209, 225, 326, 344; and device of the strict settlement, 与严格的地产授予措施 153—154, 168
Langland, William, 威廉·兰格伦: *Piers Plowman*, 《农夫皮尔斯》34
Latitudinarianism, 自由主义 79, 185, 199, 200, 204, 392, 398, 402
Law, 法律: common, 普通法 41, 82, 145, 176, 179, 191, 307, 310; licensing and copyright, 许可与版权 51, 382; medieval, 中世纪法律 35, 142, 303, 306—310; natural, 自然规律 202—203, 331; Roman, 罗马法 41, 43, 45, 141. *See also* Inheritance practices 另参"继承实践"
Lazarillo de Tormes, La vida de, 《托尔梅斯河边的小癞子》96—97, 238, 244
Lee, Reverend Joseph, 牧师约瑟夫·李 196

Leicester, Robert Sidney, second earl of, 罗伯特·西德尼·莱斯特, 第二任伯爵 152
Le Moyne, Father Pierre, 皮埃尔·勒穆瓦纳神父 53
Le Sage, Alain René, 阿兰·勒内·勒萨基: Gil Blas,《吉尔·布拉斯》404
Levellers, 平等派 42, 77
Lévi-Strauss, Claude, 克洛德·列维-斯特劳斯 4—6, 7, 8, 9, 10, 13, 134, 140
Licensing Act of 1737, 1737 年许可法 382
Lineage, 血统 xxii, xxiii, xxvi, 419—420; and aristocratic ideology, 与贵族意识 131; critique of, 对血统的批判 154—156, 169—170, 221—223, 252, 304, 305, 343, 351, 378, 385—386; destabilization of, 血统的易变 30, 132—133, 135—136, 137—138, 140, 153—154, 286; and female chastity, 与女性贞洁 148—149, 156—158, 366—368; and heritability of sin, 与罪愆的继承性 140, 191; and Roman Catholicism, 与罗马天主教 216, 217; and royal succession, 与王位继承 42, 179—182, 185, 187, 199, 209; as stabilizing force, 作为稳定力量的血统 29, 36—37, 38, 133, 138, 140, 214. See also Inheritance practices 另参"继承实例"
Literacy, 读写: of common people, 平民的读写 52; in early modern period, 近代早期的读写 50—52, 79, 80, 278—79; in Greek Enlightenment, 希腊启蒙时期的读写 28—32, 134; in Middle Ages, 中世纪的读写 35, 37, 39, 56
Lock, F. P., F.P.洛克 341
Locke, John, 约翰·洛克 2, 200; *Essay Concerning Human Understanding*,《人类理解论》80—81, 82, 109
London, William, 威廉·伦敦 26, 132
London Prentice, The,《伦敦学徒》316
Longus, 朗格斯 *Daphnis and Chloe*,《达夫尼斯与赫洛亚》139
"Lord of Learne", "雷恩老爷" 148
Lords, House of., 上院 *See* House of Lords 参见"上院"
Love, 爱情: courtly, 宫廷爱情 38, 147—148, 184, 255; reconciled with marriage, 与婚姻妥协的爱情 372
— ideology of, 爱情意识: in novelistic narrative, 小说叙事中的爱情 235, 255—265; in romance, 传奇中的爱情意识 139—140, 142—144, 146, 147, 148—150
Loves and Adventures of Clerio and Lozia, The,《克莱兰与洛奇亚的爱情与历险》246
Lucan, 卢坎 *Pharsalia*,《法沙利亚》48
Lucian, 卢西恩 *True History*,《真实历史》32, 105
Luther, Martin, 马丁·路德 226
Lutheranism, 路德主义 189, 192, 194

Mabbe, James, 詹姆斯·马布: *The Rogue*,《无赖》98

Macfarlane, Alan, 艾伦·麦克法兰 145, 176

Machiavelli, Niccòlo, 尼可罗·马基雅维利 168, 183, 233, 263, 300, 384—385, 396, 397; *The Discourses*,《谈话集》186; *The Prince*,《君主论》184—186, 341

Mackenzie, George, 乔治·麦肯齐 59

Mackworth, Sir Humpphrey, 汉弗莱·麦克沃思爵士 199

Macky, John, 约翰·麦基 114

Macpherson, C. B., C.B.麦克弗森 168

Macrobius, 马克罗缪斯 37

Maitand, Frederic W., 弗雷德里克·W·梅特兰 112

Mandeville, Bernard, 伯纳德·曼德维尔 155, 156, 185, 203—204, 222, 402

Mandeville, Sir John, 约翰·曼德维尔爵士 99; *Mandeville's Travels*,《曼德维尔的旅行》34, 105

Manley, (Mary) Delarivié, 玛丽·德拉瑞维尔·曼利 60, 132; *The New Atalantis*,《新亚特兰蒂斯》233; *The Secret History of Queen Zarah*,《扎拉女王秘史》232—233, 263

Market 市场

— capitalist, 资本主义市场 197, 199, 200, 202, 203, 204—206, 207, 209; in Bunyan, 见班扬作品 308; in Cervantes, 见塞万提斯作品 292; in Defoe, 见笛福作品 324; distinguished from mercantile, 与商业市场的区分 168; and love, 与爱情 261; as secularization of divine order, 作为神意秩序世俗化的市场 199—200, 203

— literary, 文学市场 51

— marriage, 婚姻市场 141, 374, 377, 396

Marlborough, John Churchill, first duke of, 约翰·丘吉尔·马尔伯勒, 首任公爵 207, 233, 263, 382, 392

Marriage, 婚姻 xxviii; degrees, prohibition of, 对等级的禁止 140; and device of the strict settlement, 与严格的地产授予措施 153—154, 168; as exchange of women, 作为交换女性的婚姻 134, 156—157; forced, 强迫婚姻 258, 264, 265, 360, 388; interpenetration of land and trade through, 借助婚姻完成的土地与交易互相渗透 166; market, 婚姻市场 141, 374, 377, 396; and procreation, 与繁殖 346; pseudo-, 虚假婚姻 359—360, 368, 372, 377, 397; reconciled with love, 与爱情妥协的婚姻 372; in relation to domestic service, 与家庭服务的关系 372, 373; as transmission of property, 作为资产传递的婚姻 156—157, 265, 366—368

— arranged, 包办婚姻: in conservative narrative, 保守叙事中的包办婚姻 264, 265, 346, 354, 388, 418; in progressive narrative, 进步叙事中的包办婚姻 366, 372, 377

— as means of social mobility,作为社会流动性方式的婚姻 242—243,245,258,259—260;in Bunyan,见班扬作品 300;in Cervantes,见塞万提斯作品 284,286,287,288;in Fielding,见菲尔丁作品 397;in Richardson,见理查逊作品 364—369,371—372,375—380;in romance,传奇中作为社会流动性方式的婚姻 141,148,149,150,255

— unequal,不平等婚姻:in conservative narrative,保守叙事中的不平等婚姻 261,396;and determination of status,与地位的决断 156;in progressive narrative,进步叙事中的不平等婚姻 223—224,365,378;and romance,与传奇 139,143

Marvell,Andrew,安德鲁·马韦尔 44;and Cromwell,与克伦威尔 86,187;*Upon Appleton House*,《关于阿普尔顿修道院》217;*The Character of Holland*,《荷兰特征》197—198

Marx,Karl,卡尔·马克思:on class,论阶级 163—164;and commodity exchange,与商品交换 482n.53;and commodity fetishism,与商品拜物教 455n.72;and dialectical method,与辩证法 xxi,15—19;*Grundrisse*,《政治经济学批判大纲》15—19,20;on *Robinson Crusoe*,论《鲁滨逊飘流记》326;and reference-group theory,与参照群体理论 467n.64;and relation between middle class and *bourgeoisie*,与中产阶级及资产阶级之间的关系 465n.55

Mary I,玛丽一世 91,92

Massie,Joseph,约瑟夫·马西 165

Masterless men,无主之人 187,303

Mather,Samuel,塞缪尔·马瑟 77

"Matter" of Britain,英国"事宜"36,38,42

"Meal Tub Plot","饭桶阴谋"99

Mediation,problem of,居中和解问题:in autobiography,自传中的居中和解问题 95—96,104;in Bunyan,见班扬作品 296,297,312;Calvinism and,加尔文主义与居中和解问题 190,192,194,398;and claim to historicity,与历史真实性主张 83,90,120;in Defoe,见笛福作品 333;in Fielding,见菲尔丁作品 398;modern reformulation of,居中和解问题的现代重述 120,123,126;and relation of religion and science,与宗教及科学的关系 66,74—76;in Restoration debate,复辟时期争议中的居中和解问题 79,81,82,87;in Richardson,见理查逊作品 411;and romance allegory,与传奇寓言 33,59,89,119,121;in saints' lives,圣徒生平中的居中和解问题 92,93;in Swift,见菲尔丁作品 351;in travel narrative,旅行叙事中的居中和解问题 105,109,113

Memoirs,回忆录 54,55,60,99,114,117,230

Mercantilism,and protectionism,重商主义与保护主义 177,198,201,224,225,234

Merton,Robert K.,罗伯特·K·默顿 173

Methodism,循道宗教派 397,398,400

Middle class,中产阶级 xxiii,2,15,19,22,268,366;antithetical tendencies of ideology of,中产阶级意识的对立倾向 174—175;as bourgeoisie,作为资产阶级的中产阶级 161,168;capitalist,资本主义中产阶级 167;as "gentry",作为"绅士阶层"的中产阶级 161,162,167;and industrialization,与工业化 164;and reading public,与读者公众 52;in relation to class orientation,与阶级导向的关系 164;in Spain,西班牙的中产阶级 293

Middleton,Conyers,科尼尔斯·米德尔顿:Life of Cicero,《西塞罗一生》396

Milton,John,约翰·弥尔顿 74,95—96,122

Miracles,奇迹 76,82,86,107,111,115,117

Misson,François,弗朗索瓦·米松 114

Mobility,流动性:relation of physical and social,物理与社会流动性的关系 139—140,241,242,243,248—252

— physical,物理流动性:in Bunyan,见班扬作品 302—303,309;in classical antiquity,古典时期的物理流动性 139;in Defoe,见笛福作品 319—323,330—331,336;in Fielding,见菲尔丁作品 400,406;in Jewish culture,犹太文化中的物理流动性 140;official policy concerning,涉及物理流动性的官方政策 101,201;in romance,传奇中的物理流动性 145,146;and Swift,与斯威夫特 338,340,341,349—350

— physical,social,and spiritual,物理、社会及属灵流动性 247—248,252—255;in Defoe,见笛福作品 318—319,320,330—331,336;in Swift,见斯威夫特作品 340,341,348,349,350

— social,社会流动性 xxii;"absorption" model of,社会流动性的"吸纳"模型 160—161,164,165—166,168;analogy of,to royal succession,与王室继承的类比 182;in Bunyan,见班扬作品 300,302—311;and Calvinism,与加尔文主义 194;in Cervantes,见塞万提斯作品 285—290,291;and civic service,与国务 185,186;in classical antiquity,古典时期的社会流动性 134—139;in conservative narrative,保守叙事中的社会流动性 226—237,418;in criminal biography,罪犯传记中的社会流动性 239—244;Cromwell as example of,作为社会流动性模范的克伦威尔 187;in Defoe,见笛福作品 319—327,331—336;eighteenth-century decline in,18世纪社会流动性式微 167;in Fielding,见菲尔丁作品 384—388,396—400,407—408;and gentry controversy,与绅士阶层争议 159—162;and interpenetration of land and trade,与土地及贸易的阐释 166;in love narrative,爱情叙事中的社会流动性 255—265;in Middle Ages,中世纪的社会流动性 140—141,144—145,147;and New Model Army,与新模范军 187;in picaresque,流浪汉叙事中的社会流动性 238;in progressive narrative,进步叙事中的社会流动性 218—226;"retention" model of,社会流动性的"保存"模型 160—161,166;in Richardson,见理查逊作品 364—380;in romance,传奇中的社会流动性 141—144,145—150;in Swift,见斯威夫特作品 340,341,346,350,355;and Tudor absolutism,与都铎专制主义 215—218;and typography,与印刷术 246,326

Mode,literary,文学模式 8,10,13,15;narrative compared to drama,被比作戏剧的文学叙事模式 126—128,136,358,376—377,382—383,414

Molyneux,Thomas,托马斯・莫利纳 69

Monarchy,君主制:and centralization of state power,与集权 141,177,183,186,307,311;and doctrines of sovereignty,与主权学说 177—182

Money,figured as female,被比作女性的金钱 205

Monied interest,资金拥有阶层 166;and agrarian capitalism,与农业资本主义 168;attacked by conservative ideology,被保守意识抨击的资金拥有阶层 171,201,206,207,209,229,230,262;and court interest,与宫廷利益阶层 188;and the market,与市场 204,205;and the scientific movement,与科学运动 188;and Whig oligarchy,与辉格派寡头制度 167,227,234. See also Capitalist ideology 另参"资本主义意识"

Montagu,Lady Mary Wortley,玛丽・沃特利・蒙塔古夫人 412,414,417

Montaigne,Michel Eyquem de,米歇尔・埃凯姆・德・蒙田 104—105

More,Sir Thomas,托马斯・莫尔爵士 91;*Utopia*,《乌托邦》249,341

Morris,Colin,科林・莫里斯 35

Moses,摩西 219

Motteux,Peter,彼得・莫特 27

Mutability,易变性 139,218—19,220,240,256;

— specification of,易变性的详述 140,214—215,297;in conservative narrative,保守叙事中的易变性 231,235,237,250,261,262,264,265,355—356;in late medieval romance,中世纪末期传奇中的易变性 148,255;in progressive narrative,进步叙事中的易变性 216,223,244,256,258,371

Myth,神话:in archetypalist theory,原型理论中的神话 4,5,7—9,31;and Aristotelian *mythos*,与亚里士多德式神话 30;Baconian reading of,培根对神话的解读 67;of birth of hero,关于英雄出生的神话 219;compared to drama,被比作戏剧的神话 136;in oral culture,口述文化中的神话 29,30,31;Platonic,柏拉图式神话 31,136—137,346;as social stabilizer,起到社会稳定作用的神话 134,139—140,255

Naïve empiricism,天真经验主义 xvii,21,22;and the aesthetic,与美学 126;analogy of,to progressive ideology,与进步意识的类比 153,154—155,171,206,249,266;and antiromance,与反传奇 55—58;and dialectical reversal,与辩证反转 63—64,88;as historicism,作为历史主义的天真经验主义 41;and natural history,与自然史 72—73;in news reporting,新闻报道中的天真经验

主义 47—50；and realism,与现实主义 119—120；and revelation,与启示 82；
in travel narrative,旅行叙事中的天真经验主义 103—113

Nalson,John,约翰·纳尔森 27,49—50

Naming and name changing,命名与改名：in Bunyan,见班扬作品 304；in Cervantes,见塞万提斯作品 291,292；in Defoe,见笛福作品 332；in Fielding,见菲尔丁作品 395；"novel","小说" xx；and patriline repair,与父系修补 132,133,153,156；in Richardson,见理查逊作品 375；in romance,传奇中的命名与改名 38,133,213；and typography,与印刷术 246

Narrative,叙事：aristocratic,贵族叙事 212—14（see also Romance,另参"传奇"）circular,循环叙事 230,231—232,355—356,400,406；concentration in,叙事中的专注 215,216—218,229—230,232—237,302；digression in,叙事中的离题 247,278—279,389,391,405—406；epistemology of,compared to dramatic,被比作戏剧叙事的叙事认识论 126—128,358,376—377,382—383,414；instability of conventions in,叙事中的惯例易变 110；linear,线性叙事 32,220；parataxis in,叙事中的并置 5,31,33,34,38,278；and qualitative completeness,与量化完整性 38,49；reflexivity in,叙事中的反身性 247,248,263,276—277,278,358,361—362,393,405,408；selectivity in,叙事中的拣选性 92,93,103,106—107,277,280,383,390,393,396,416,418；suitability of,for representation of ideologies,作为意识表现的叙事合宜性 212—213,220；theory of travel,旅行理论 101,104,110,112,118

— conservative,保守叙事：accommodation of romance to,传奇适应于保守叙事 235；and critique of progressive/financial corruption,与针对进步/资本腐败的批判 256,260—263；historical models for,叙事的历史模型 226—237；subsumption of social by epistemological activity in,借助保守叙事中的认识论活动将社会行为纳入 231—232

— continuations of,叙事的延续：Bunyan,班扬 313；Cervantes,塞万提斯 275；Defoe,笛福 315；Richardson,理查逊 357；Swift,斯威夫特 351

— and dilemma of quantitative completeness,与量化完整性的困境 39,93—94；in Cervantes,见塞万提斯作品 276,278—279,280；in criminal biography,见罪犯传记 100；in Defoe,见笛福作品 315,316；Defoe on,笛福论叙事与量化完整性的困境 120—121,122；in Fielding,见菲尔丁作品 390,393,417—418；in news reporting,新闻报道中的叙事与量化完整性的困境 49—50；in saints' lives,圣徒生平中的叙事与量化完整性的困境 92；in Swift,见斯威夫特作品 351；in travel narrative,旅行叙事中的叙事与量化完整性的困境 104,106—107

— progressive,进步叙事：and critique of aristocratic/ erotic corruption,与针对贵族/情欲腐化的批判 255—260；historical models for,进步叙事的历史模型 216—217,218—226；and Protestant ethic,与新教伦理 220—221,248,

251—252

Nashe, Thomas, 托马斯·纳什: *The Unfortunate Traveller*,《不幸的游者》97

Navarette, Fernandez, 费尔南德斯·纳瓦雷特 108

Nedham, Marchamont, 马查孟特·内德汉姆 27

Neoclassicism, 新古典主义 126

Neville, Henry, 亨利·内维尔: *The Isle of Pines*,《派恩岛》251—252, 319, 327

Newcastle, Margaret Cavendish, duchess of, 玛格丽特·卡文迪什·纽卡斯尔公爵夫人 54

Newcome, Henry, 亨利·纽科姆 96

New man, figure of the, 新人的形象: in Fielding, 见菲尔丁作品 385, 386; Machiavelli on, 马基雅维利论新人 185, 186; in Middle Ages, 中世纪新人 141, 147; in picaresque, 流浪汉叙事中的新人 238; Roman paradigm for, 罗马的新人范式 138, 210; in Swift, 见斯威夫特作品 341; Swift on, 斯威夫特论新人 169, 228, 339; in travel narrative, 旅行叙事中的新人 250; and younger sons, 与次子 220, 234, 235, 236, 237, 339

New Model Army, 新模范军 187

New philosophy, 新哲学 *See* Scientific revolution 参见"科学革命"

News, 新闻 27; and apparition narratives, 与幽灵叙事 84, 86; and capitalist finance, 与资本主义金融 208; epistemology of, 新闻的认识论 46—50, 55; and manuscript newsletters, 与手稿新闻信札 50; as "new" conceptual category, 作为"新"概念类别的新闻 46; scientific discoveries as, 作为新闻的科学发现 72

Newtonian science, 牛顿式科学 79—80, 199

Nietzsche, Friedrich, 弗里德里希·尼采 136

Nobility, 贵族: and absolutist state, 与专制政权 177; downward mobility of, 贵族的下降流动性 215—216, 220, 222, 223, 226—229, 235—236; education of, 贵族的教育 182; French distinguished from English, 英法两国贵族之间的区别 147; reading habits of, 贵族的阅读习惯 52; Spanish, distinguished from purity of blood, 与纯正血统有所区分的西班牙贵族 294; of the sword, 佩剑贵族 183, 186, 225, 285, 311, 377, 401. *See also* Aristocracy 另参"贵族阶层"

—— of the robe, 穿袍贵族 183, 186, 369; in Bunyan, 见班扬作品 311; and Calvinist discipline, 与加尔文教规 192; in Cervantes, 见塞万提斯作品 285; critique of, 对穿袍贵族的批判 208, 225, 234, 262; in Defoe, 见笛福作品 344; in Fielding, 见菲尔丁作品 401; in Swift, 见斯威夫特作品 341

—— true, doctrine of, 真正高贵学说: and Calvinism, 与加尔文主义 191, 192, 305; and civic service, 与国务 182; and courtly love, 与宫廷爱情 143, 144; in picaresque, 流浪汉叙事中的真正高贵学说 238; in progressive love narrative, 进步爱情叙事中的真正高贵学说 256, 365; in romance, 传奇中的真正高贵

学说 133,148,406;as stabilizer of social stratification 起到社会分层稳定作用的真正高贵学说 133,138,147;transvaluation of,真正高贵学说的重新评估 155,259,406

Nonconformity,不信奉国教 79,198,199

Norman Conquest,诺曼征服 36,40,42,144—145,147,154

Novak,Maximillian E.,马克西米利安·E·诺瓦克 327

"Novelist","小说家":new philosopher as,作为"小说家"的新哲学家 71,88; news reporter as,作为"小说家"的新闻报道者 47,50,88

"Nut browne mayd,The","深棕色的少女" 148

Oath,誓言 39,205,250,253;of Allegiance,效忠誓言 253,307

Objectivity,客观性 See Documentary objectivity 参见"文献客观性"

Odysseus,奥德修斯 138

Oedipus,俄狄浦斯:drama of,关于俄狄浦斯的戏剧 31—32,135—136;myth of,关于俄狄浦斯的神话 5,7,8,32,134,136,408

Oglander,Sir John,约翰·奥格兰德爵士 228

Okeley,William,威廉·奥凯利 115—116,119

Orality,口述 28;coexistence of,with literate and typographical cultures,与读写、印刷文化共存 29—30,35,41,50—51,278—279;and dramatic presentation,与戏剧表现 127;and fame,与名誉 276;and Greek Enlightenment,与希腊启蒙 28—32;and heteroglossia,与杂语共生 13;and memory,与回忆 31,41,275—276,277,278—279;and news,与新闻 46,50;Roman Catholic,and critique of Protestant typographical epistemology,罗马天主教口述与针对新教印刷认识论的批判 79;and social stability,与社会流动性 133,134,137

Original sin,原罪 140,320,330,353

Overton,Richard,理查德·奥弗顿 77

Ovid,奥维德 139

Oxford,Robert Harley,first earl of,罗伯特·哈雷·牛津,首任伯爵 169

Pamela Censured,《遭非难的帕梅拉》411

Pan,潘 67

Panofsky,Erwin,欧文·帕诺夫斯基 39

Parliament,国会 168,207,240;and absolutism,与专制主义 177;during English Revolution,英国革命时期的国会 49,185,187,228;establishment of,国会的创立 234;sovereignty of,国会的主权 42,172—182,189

Parody,戏仿 xxi,12,18,118,268;and anti-Romance,与反传奇 62,63,144;in Cervantes,见塞万提斯作品 273;in criminal biography,罪犯传记中的戏仿 240—241;of discovered parentage convention,对身世揭秘惯例的戏仿 259;

in Fielding,见菲尔丁作品 383—384,387,395,404,405,406,418; in love narrative,爱情叙事中的戏仿 263; in picaresque,流浪汉叙事中的戏仿 238, 239; in Swift,见斯威夫特作品 341; in travel narrative,旅行叙事中的戏仿 106,110,112,114

Partenopeu de Blois,《布卢瓦的帕尔特诺波》37

Pascal, Blaise,布莱斯·帕斯卡 85

Pastoral and pastoralism,田园传奇与田园主义 58,139; in Behn,见贝恩作品 112,249,250; in Cervantes,见塞万提斯作品 287,292; in conservative narrative,保守叙事中的田园传奇与田园主义 229,230,231—32,355; and picaresque,与流浪汉叙事 238; in progressive narrative,进步叙事中的田园传奇与田园主义 251,256,257,305,310—311,326

Patriarchy,父权 xxv; in Christian thought,基督教思想中的父权 140; in conservative narrative,保守叙事中的父权 264,265,402,407; in Jewish thought,犹太教思想中的父权 140; and marriage,与婚姻 372; and patriarchalist theory of political obligation,与关于政治责任的父权理论 178; progressive critique of,针对父权的进步批判 158,255—256; in progressive narrative,进步叙事中的父权 243,252,377,379; Protestant critique of,针对父权的新教批判 157,217,256

Paul, Saint,圣保罗 83,328

Peasants' Revolt of 1381,1381 年农民起义 147

Peerage 贵族: and action for *scandalum magnatum*,与针对诋毁权贵的诉讼 151; establishment of,贵族制度的创建 147,159,168

Penton, Stephen,斯蒂芬·彭顿 227

Periodization,时代划分 28,36,39—42,43—44,45,56—57,176

Perkins, William,威廉·帕金斯 75—76

Peter, Saint,圣彼得 289

Petty, William,威廉·佩蒂 204

Physical appearance, as social signification,作为社会寓意的形体 132,133,213—214,235; in Fielding,见菲尔丁作品 406; in Richardson,见理查逊作品 370; in Swift,见斯威夫特作品 343—344,346,353

Picaresque,流浪汉叙事: and conservative narrative,与保守叙事 238—239; and progressive narrative,与进步叙事 238,242,244,246,318; Spanish,西班牙流浪汉叙事 96—98,238—239,292,293,294

Pilgrimage and pilgrimage narrative,朝圣与朝圣叙事 37,107—108,115,141,295—314

Pirates and pirate narrative,海盗与海盗叙事 100,117,139,239,261,321,390

Pisistratus,庇西特拉图 135

Plato,柏拉图 xvi, xxi, 144; *Phaedrus*,《斐德罗篇》30,31; *Republic*,《理想国》

136—137; Theaetetus, 《泰阿泰德篇》31

Pliny the Elder, 老普林尼 Natural History, 《自然史》32, 68

Plumb, J. H., J.H. 普拉姆 167

Plutarch, 普鲁塔克 384

Pocock, J. G. A., J.G.A. 波科克 41, 167, 168, 471n. 22

Poetic justice, doctrine of, 善恶有报学说 124—125, 126, 248, 407, 412

Political arithmetic, 政治算术 165

Poor Robin, 穷罗宾 27

Pope, Alexander, 亚历山大·蒲伯 209

Popular culture, 大众文化 47, 52, 148—150, 302

Portland, William Bentinck, first earl of, 威廉·彭廷克·波特兰, 首任伯爵 263

Presbyterianism, 长老派主义 193, 328

Press, freedom of the, 出版自由 44, 47, 48, 49

Print, 印刷 See Typography 参见"印刷术"

Probability, 概率

— literary, 文学概率: Aristotelian influence on, 亚里士多德对文学概率的影响 7, 54, 59, 63, 119, 120; in Congreve, 见康格里夫作品 62, 63; in historical narrative, 历史叙事中的文学概率 70; incompatibility of, with claim to historicity, 文学概率与历史真实性主张的不兼容 53, 55, 60, 101, 119, 120; in religious narrative, 宗教叙事中的文学概率 80, 86, 95; Richardson on, 理查逊论文学概率 414, 416; in travel narrative, 旅行叙事中的文学概率 107

— scientific, 科学概率 68, 80

Progressive ideology, 进步意识 xvii, xxv, xxvi, 21, 22; and absolutism, 与专制主义 178; analogy of, to naïve empiricism, 与天真经验主义的类比 153, 154—155, 171, 249; and Calvinism, 与加尔文主义 197, 216—217, 218; and capitalist ideology, 与资产阶级意识 204—205, 207, 208—209; and critique of aristocratic honor, 与对贵族荣誉的批判 154—158, 169, 174, 212; exploitation of Protestant and female virtue by, 借助进步意识的新教与女性美德运用 225—226, 256, 482n.44; gender and, 性别与进步意识 xxv, 158, 255—256, 380; and Hanoverian settlement, 与汉诺威嗣位 181—182; Puritan critique of, 清教对进步意识的批判 197—199; and Reformation history, 与宗教改革历史 216—217; relation of, to court interest and monied interest, 宫廷利益阶层与资金拥有阶层之间的关系 188

Projection, 投射: economic, 经济构想 205, 208, 229, 322; Psychological, 心理投射 328, 335, 337, 340, 348—349, 355; technological, 技术构想 337, 349, 350

Property, private, 私人财产: and abolition of feudal tenures, 与封建土地保有的废除 176, 177, 180; and definition of social status, 与社会地位的定义 161, 166, 207, 209, 225, 326, 344; in land, origins of, 私人土地财产起源 145; and

Property Qualifications Act of 1711,与 1711 年《财产资格法案》207;transmission of,by marriage,借助婚姻完成的私人财产转让 157,265,366—367,368;typography and,印刷术与私人财产 123—124

Protestant ethic,新教伦理:and capitalist ideology,与资本主义意识 190,191—192,195—200;in progressive narrative,进步叙事中的新教伦理 220—221,225,244,254—255,299—300,319. See also Protestantism;Protestant sectarians 另参"新教主义"、"新教宗派"

Protestantism,新教主义:and allegory,与寓言 115—116,254,296,297,312,319;compatibility of Anglicanism and Puritanism,与英国国教及清教主义的兼容 190,198—199,398;and plain style,与朴实文体 76,104;and saints' lives,与圣徒生平 93,94;and soteriology,与救世神学 297—301,312;and typology,与象征 76,217. See also Anglicanism;Calvinism;Latitudinarianism;Protestant sectarians;Puritanism 另参"英国国教"、"加尔文主义"、"自由主义"、"新教宗派"、"清教主义"

—— and community,与社群:and commercial reputation,与商业口碑 198,205,244,246,248;and confirmation of election,与坚信被拣选 192,193,194,299,301;and moral confirmation,与道德坚信 355,364;and radical sectarian thought,与极端宗派思想 198,254

Protestant sectarians,新教宗派 77—78,198;supposed convergence of,with Roman Catholicism,人们认为新教宗派与罗马天主教的融合 195,231,398

Proteus,普罗透斯 67,316

Providence,doctrine of,天意学说 116;in Defoe,见笛福作品 332,333,337;in Fielding,见菲尔丁作品 391,406,407—408;and Hanoverian settlement,与汉诺威嗣位 181,199;In Machiavelli,见马基雅维利作品 185;in Richardson,见理查逊作品 362;significance of ascendancy of,天意学说之主导的意义 124—125,151,182

Psyche,塞姬 31,32,139

Ptolemaic system,托勒密天动说 68—69

Purchas,Samuel,塞缪尔·帕切斯 108

Puritanism,清教主义 xxii;and critique of progressive ideology,与对进步意识的批判 197—199;and critique of Protestant ethic,与对新教伦理的批判 197—199;cultural influence of,清教主义的文化影响 199;Elizabethan,伊丽莎白时期的清教主义 189;in Fielding,见菲尔丁作品 397,398;and iconoclasm,与捣毁圣像行为 75,123;opposition of,to economic individualism,与经济自由主义对立的清教主义 190;proximity of,to latitudinarianism,与自由主义近似的清教主义 398;in Richardson,见理查逊作品 366;and status inconsistency,与地位不一致 194. See also Calvinism;Protestantism 另参"加尔文主义"、"新教主义"

Putney Debates,帕特尼之辩 180,187

Quakers,贵格派 108,253,254—255
Questions of truth and virtue,真实与美德问题 xxi
— analogy of,真实与美德问题的类比 21—22, 265—266; in Calvinist Soteriology,加尔文救世神学中的真实与美德问题的类比 190—191,193, 195;extreme skepticism and conservative ideology,极端怀疑论与保守意识 249,263,265;naïve empiricism and progressive ideology,天真经验主义与进步意识 152,153,154—55,182,206,242—243,249—250;romance idealism and aristocratic ideology,传奇唯心论与贵族意识 152,154—155,265
— conflation of,真实与美德问题的融合 22,266—267
Quevedo y Villegas,Francisco Gómez de,戈维多·伊·比列加斯 26,105,293

Rabelais,François,弗朗索瓦·拉伯雷 26; *Gargamtua and Pantagruel*,《巨人传》210
Rawson,C. J.,C.J.罗森 345
Reading public,读者公众 2,35,44,51—52
Realism,现实主义 xxii,53,93,120,121,128,361,419;in archetypalist theory,原型理论中的现实主义 9,10; "formal", "形式"现实主义 3,14; "philosophical", "哲学"现实主义 2
Rebirth,重生 191,246,253,304,375,395
Reference groups,theory of,参照群体理论 172—173,268,326,376
Reform,变革:capitalist,资本主义变革 188,196,197,201,209;economic,经济变革 200—201;legal,法律变革 42;literary,文学变革 268—269;and mediation of capitalist Ideology,与资本主义意识居中调停 174,175;as moral conversion,作为道德皈依的变革 199,245,246,256,259,263,287,352,364,412, 415—416;of nobility,and development civic service,贵族的变革与国务发展 182—188;regicide as,作为变革的弑君 179;and scientific revolution,与科学革命 188,342;social,社会变革 135,285,286,400,403;worldly,in Calvinism,加尔文主义中的世俗变革 192,194
Reformation,改革
— English,英国改革:narrative concentration of the,英国改革的叙事专注 216—218,231
— Protestant,新教改革:and absolutism,与专制主义 189—200,225—226;and periodization,与新教改革的时代划分 40;and rule of chastity,与贞洁规则 157;and scientific revolution,与科学革命 75;and typography,与印刷术 44—45
Reformation of Manners,Societies for the,行为重整会 199

Relative deprivation,相对短绌 172—173,228,240,326
Renaissance,文艺复兴 39—40,43—44,52—53;of the twelfth century,12 世纪文艺复兴 35—39,140—144
Replacement,取代:of discovered manuscript topos by claim to historicity,历史真实性主张取代被发现手稿传统主题 182;of divine right by human autonomy,人类自主取代神权 196;of drama by narrative,叙事取代戏剧 125—128;of genealogical inheritance by settled possession,转让的资产取代宗谱继承 182;of kinship ties by Christian spiritualization,基督教灵性化取代亲属关系 140;of literary by sociopolitical revolution,社会政治革命取代文学革命 269;of religion by the aesthetic,美学取代宗教 124—126,128;of status by class criteria,阶级标准取代地位 163,223
Republicans,English,拥护共和政体的英国人 27,187
Restoration Settlement,归政和解 198
Revelation,启示 76,79,80—83,84,88
Reversal,反转:epistemological,认识论反转 47,58,63—64,87—88,92,98,117,118,151,175,185,194—195;in Cervantes,见塞万提斯作品 278,279,282;in Defoe,见笛福作品 337;in Fielding,见菲尔丁作品 384,404;general pattern of,反转的普通模式 267—268,420—421;in Richardson,见理查逊作品 363,378,380;social,社会反转 151,175,179,185,194—195,201,203,206,248,260;in Swift,见斯威夫特作品 352
Revival of learning,学识的复兴:and Aristotle's *Poetics*,与亚里士多德的《诗学》52—53;chivalric,骑士学识的复兴 183;Renaissance,文艺复兴的学识复兴 39,43—44,45,183;twelfth-century,12 世纪学识的复兴 35,36
Revolution,theory of,革命理论 173,268—269
Richardson,Samuel,塞缪尔·理查逊 xxiv,2,14,21,22,157,248,267,270;contemporary criticism of,同时代对理查逊的评论 410—418;on epistolary form,论书信体形式 413,414,421;on poetic justice,论善恶有报 125,412—413,415—416;relationship of,with Fielding,与菲尔丁的关系 382,410—411,418—419. Works 作品:*Clarissa*,《克拉丽莎》380,415,418,421;*Familiar letters*,《私人信件》357;*Pamela*,《帕梅拉》xviii,xix,xxvii,xxviii,357—380,383,390—391,394—398,399,400,404,408,409,415,417,418;*Sir Charles Grandison*,《查尔斯·格兰迪森爵士》415
Roberts,Lewes,刘易斯·罗伯茨 202
Rochester,John Wilmot,second earl of,约翰·威尔莫特·罗彻斯特,第二任伯爵 412
Rodríguez de Montalvo,Garci.,罗德里格斯·德·蒙塔尔沃 *See Amadis of Gaul* 参见"《高卢的阿玛迪斯》"
Rogue biography,无赖传记 *See* biography,criminal 参见"罪犯传记"

Roman à clef,影射小说 54,59,60,63

Roman Catholicism,罗马天主教:"absolutism" of,罗马天主教的"专制主义" 195;affinity of,for romance,对传奇而言的罗马天主教之近似 71,89;and aristocratic ideology,与贵族意识 216,217;attitude of,toward "works",罗马天主教对"做工"的态度 190,195,216;and biblical exegesis,与圣经阐释 75,78—79,88;disputed authority of,罗马天主教有争议的权威 194,216,217,226,299;and Hanoverian succession,与汉诺威嗣位 181;and saints' lives,与圣徒生平 91;social implications of teachings of,罗马天主教讲授的社会意义 140,142,157;supposed convergence of,with Protestant sectarians,人们认为的罗马天主教与新教宗派的融合 195,231,398

Romance,传奇 xx,xxii;and advocacy of arms over letters,与倡导从武胜过从文 183;Anglo-Norman "ancestral",盎格鲁-诺曼"先人"传奇 145—146;and antiromance,与反传奇 55—58,62,63,112,144,147,167,221,273,274,363—364,371,406;Bible as,作为传奇的《圣经》78;and conservative narrative,与保守叙事 230,235,240,264,265;criminal biography as,作为传奇的罪犯传记 100;and enthusiasm,与狂热 88;as epistemological category,作为认识论类别的传奇 27,63;false etymology of,错误的传奇词源 89;family,家庭传奇 140,245,291,303,463n.42;French heroic,法国英雄传奇 26,54,55,56,59,246;Greek,希腊传奇 32,139,253;idealism of,传奇唯心论 xvii,21,88,118,119,261;ideological significance of,传奇的意识形态意义 141—144,145—150,212—214;medieval English,中世纪英国传奇 145—150;news reporting as,作为传奇的新闻报道 48,50;persistence of,传奇的延续 3,4,19,268;and progressive narrative,与进步叙事 240,241,242,243,244—245,246,247,259;rebel,反叛传奇 146;redactions of,传奇的修订 26,45,52,56,302,363;and romanticism,与浪漫主义 419;as simple abstraction,作为简单抽象的传奇 19,28,39,45—46,56,64;transition from religious to historicizing critique of,针对传奇的宗教批判向历史化批判的转型 89,94—95,122—124,314;travel narrative as,作为传奇的旅行叙事 105,112—117;twelfth-century,12 世纪传奇 37—39,49,56,142—144,150,168,214;typographical objectification of,传奇的印刷客体化 45—46,280,291;verisimilitude in,传奇中的逼真性 58,59—60

Romanticism,浪漫主义 363—364,419

Rooke,Lawrence,劳伦斯·鲁克 102,103

Rossi,Alice S.,爱丽丝·S·罗西 173

Royal Society,皇家学会 68,113;and apparition narratives,与幽灵叙事 84;and educational reform,与教育改革 188;and natural history,与自然史 68—73,88;*Philosophical Transactions of the Royal Society*,《皇家学会哲学交流》101—103;and theory of travel narrative,与旅行叙事理论 101—103,104,

106,107,114,115,116,316,351
Rubens,Peter Paul,彼得·保罗·鲁宾斯 213
Runciman,Walter G.,沃尔特·G·朗西曼 172
Rural retirement,乡村归隐 230,231,355
Rushworth,John,约翰·拉什沃思 49

Saints' lives,圣徒生平 34,38,90,93,94,95,97,146
Satire,讽刺 268—269,309,341,352,383—384
Scandalum magnatum,action for,针对诋毁权贵的诉讼 151,152,308,309
Scarron,Paul,保罗·斯卡隆 58
Schlatter,Richard B.,理查德·B·施拉特 194—195,199
Scholem,Gershom,格肖姆·舍勒姆 33
Scientific revolution,科学革命,64;alliance of,with progressive ideology,与进步意识的结盟 153,154,337;and apparition narratives,与幽灵叙事 84;and Baconian legacy,与培根的遗产 65—68;and historical studies,与历史研究 42—43;and human creativity,与人类创造力 123;and idea of service and reform,与效忠及改革理念 188,342;and latitudinarianism,与自由主义 199—200;and natural history,与自然史 68—73;and Protestant Reformation,与新教改革 75;and saints' lives,与圣徒生平 95;skeptical critique of,对科学革命的怀疑论批判 71—73,74—75,188,337,348—349;and travel narrative,与旅行叙事 101—105,109,113,114,118;and typography,与印刷术 44
Scott,Thomas,托马斯·斯科特 152,202
Scudéry,Madeleine de,马德琳·德·斯居黛里 114,139
Second coming,第二次降临 79—80
Secularization,世俗化 xxii,65,87;and absolutist doctrine,与专制主义学说 178;and apparition narratives,与幽灵叙事 83—87;and biblical exegesis,与圣经阐释 74—83;Calvinism and,加尔文主义与世俗化 200—201,312;and capitalist ideology,与资本主义意识 202,203,205;compared to reform,被比作改革的世俗化 175;and doctrine of providence,与天意学说 124;of enchantment,附魅的世俗化 280,281,282,286,291;and internalization of the spiritual,与属灵世俗化的内在化 93—94,120,125—126,128;and picaresque,与流浪汉叙事 96—97;and Protestant allegory,与新教寓言 297,312;Protestant ethic and,新教伦理与世俗化 196;radical sectarians and,极端宗派与世俗化 198;and realism,与现实主义 119—120,128;and scientific method,与科学方法 65—68;virtù as term of,作为世俗化术语的美德 185
Self-Denying Ordinance(1645),《忘我条例》187
Selkirk,Alexander,亚历山大·塞尔扣克 106—107
Seneca,塞内加 138

索　引　647

Sensibility, novel of, 情感小说 125
Service, 服务
— civic, 国务: and Calvinist discipline, 与加尔文教规 192, 193; compared to capitalist activity, 被比作资产阶级活动的国务 206; in conservative narrative, 保守叙事中的国务 230, 239, 341—343, 345—346, 387; modernization of models of, 国务模型的现代化 141, 177, 182—188, 208, 222, 338, 369; in progressive narrative, 进步叙事中的国务 224, 226, 311, 312
— domestic, 家庭服务 149, 235, 369—373, 375—376, 377, 399
— feudal, 封建效忠: and abolition of feudal tenures, 与封建土地保有的废除 176; conflict of, with civic service, 封建效忠与国务之间的冲突 141, 183, 186—187; and courtly fictions, 与宫廷小说 38, 142, 144, 149; and novelistic narrative, 与小说叙事 224—225, 234, 283, 285, 302—303, 306, 344, 369, 370
— godly, 侍奉上帝 184, 191—193, 196—197, 298—299
— knight, 骑士服务 141, 150, 177, 183, 304, 305, 306, 307, 310
— love, 爱情效忠 143, 144, 146, 149, 184
— scientific, 科学服务 188, 342
— self-, 自助 184, 204, 206, 233, 237, 299, 312, 373
Settlement, Act of (1701), 《王位继承法》181
Sex, 性 See Gender 参见"性别"
Shadwell, Thomas, 托马斯·沙德韦尔 27
Shaftesbury, Anthony Ashley Cooper, third earl of, 安东尼·阿什利·库伯·沙夫茨伯里, 第三代伯爵 116—117
Shakespeare, William, 威廉·莎士比亚: *As You Like It*,《皆大欢喜》219; *Macbeth*,《麦克白》236; *Troilus and Cressida*,《特洛勒罗斯与克瑞西达》151; *The Winter's Tale*,《冬天的故事》46, 47
Shelton, Thomas, 托马斯·谢尔顿: *Tachygraphy*,《速记法》115
Sherlock, Thomas, 托马斯·夏洛克 81—82
Sherlock, William, Dean of St. Paul's, 威廉·夏洛克, 圣保罗教堂教长 181
Shklovsky, Viktor, 维克托·什克洛夫斯基 12
Sidney, Sir Philip, 菲利普·西德尼爵士: *Arcadia*,《阿卡迪亚》59; *Defence of Poetry*,《诗辩》59
Signification, 寓意: allegorical compared to novelistic, 被比作小说寓意的寓言寓意 297, 312; of calling, 命业的寓意 321, 329—332; and financial credit, 与金融信用 206; love and, 爱情与寓意 139—140, 142—144, 146—150, 184, 235, 255; problem of, in origins of the novel, 小说起源中的寓意问题 20, 266, 267; and rhetorical figures, 与修辞比喻 75—76; of salvation, 救赎寓意 190, 193, 194—196, 197, 299, 301; scientific in relation to religious, 科学与宗

教两者寓意的关系 73,75;and scientific method,与科学方法 66—67,87; and social status,与社会地位 131,132,147,148,155,170,210,213—214, 235 (see also Clothing, as social signification; Naming and name changing; Physical appearance, as social signification)(另参"作为社会寓意的服饰"、"命名与改名"、"作为社会寓意的形体");of transformation,转型的寓意 140,143,144,146,147,148,255;of virtue,美德的寓意 197,198,201,244, 256,355,374

Simon,Father Richard,理查德·西蒙神父:*Critical History of the Old Testament*,《旧约批评史》79

Simple abstraction,简单抽象:"aristocracy" as,作为简单抽象的"贵族阶层" 169;"class" as,作为简单抽象的"阶级" 22,163—164,169;"history" as, 作为简单抽象的"历史"30;in Marx,见马克思作品 17—19,20,28;"novel" as,作为简单抽象的"小说"20;"poetry" as,作为简单抽象的"诗歌"30; "romance" as,作为简单抽象的"传奇" 19,26—28,39,45—46,56,64; "thetical" and "antithetical","独断"与"对立"的简单抽象 45—46,169

Skepticism,怀疑论 *See* Empiricism;Extreme skepticism 参见"经验主义"、"极端怀疑论"

Slavery,奴隶制 135,136,139,250,253,261,321,332

Smith,Adam,亚当·斯密 17,202

Socrates,苏格拉底 xvi,xxi,30—31,32,33,136—137,346

Solinus,Gaius Julius,盖阿斯·尤利乌斯·索利努斯 68

Solon,梭伦 135

Song of Roland,《罗兰之歌》142

Sophocles,*Oedipus the King*,索福克勒斯,《俄狄浦斯王》31—32,135—136,408

Sorel,Charles,查尔斯·索雷尔 57—58,62

South,Robert,罗伯特·索思 392

South Sea Company,南海公司 207

Sovereignty,doctrines of,主权学说 42,177—182,184—186,187,196,199,234;in Bunyan,见班扬作品 303,306—307,309;in Defoe,见笛福作品 327,333

Spain,西班牙:epistemological revolution in,西班牙的认识论革命 292—293; social stratification and mobility in,西班牙的社会分层与流动性 284, 293—294

Spanish narrative,西班牙叙事 96—97,238—239

Spectator,*The*,《旁观者》52

Speed,John,约翰·斯皮德 245

Spelman,Sir Henry,亨利·斯佩尔曼爵士 40,215

Spenser,John,约翰·斯宾塞 69,84

Spenser,Edmund,埃德蒙·斯宾塞 147,256;*The Faerie Queene*,《仙后》59

Spirtualization,灵化:of callings,命业的灵化 194,199;of kinship ties,亲属关系的灵化 140,157,191;of love,爱情的灵化 147;of rhetorical figures,修辞比喻的灵化 295,296,298,312,317—18,319(see also Improvement,spiritual,另参"属灵提升");of social ambition,社会雄心的灵化 142,143,150

Sprat,Thomas,Bishop of Rochester,托马斯·斯普拉特,罗彻斯特主教 69,70—71,74,101,104,109,188,249,348

Sprigge,William,威廉·斯普里格 155—156,172,173,218,219,227—228,339

Squyr of Lowe Degre,The,《卑微的绅士》149—150

Starkey,John,约翰·斯塔基 26

Starr,George A.,乔治·A·斯塔尔 83,319

State,政权:absolutism and the modern,专制主义与现代政权 176—178;authority of,in criminal biography,罪犯传记中的政权权威 98—99;Calvinism and the,加尔文主义与政权 189,192—193,200;centralized power of the,集权 141,177,234;control of economy by the,通过政权控制经济 201,202;mysteries or reasons of,政权的神秘或缘由 178,180,182,334. See also Service,civic 另参"国务"

Status,地位:versus class orientation toward social relations,与以社会关系为导向的阶级对峙 xxii,xxiii,xxviii,162—168,171,223,370,419

—— inconsistency of,地位不一致 xxii,xxiv,xxvi-xxvii,xxviii,171—174,419;in Bunyan,见班扬作品 305,309;in Cervantes,见塞万提斯作品 286,288,290;and conservative narrative,与保守叙事 208,226,228,235,237,260,261,262,265;in Defoe,见笛福作品 326;in Fielding,见菲尔丁作品 385,386,403,407,408,417;and gender difference,与性别差异 243,378;and Gospel story,与福音故事 190—91;in Greek antiquity,古希腊的地位不一致 135,136,137;in medieval romance,中世纪传奇中的地位不一致 143—144,146,148,149—150;in Middle ages,中世纪的地位不一致 141,147;and picaresque,与流浪汉叙事 238;and primogeniture,与长子继承制 218;and progressive narrative,与进步叙事 220,221,223,224,225,246,256,257,258,260;in Richardson,见理查逊作品 365,371,378;in Roman antiquity,古罗马的地位不一致 138,139;in Spain,西班牙的地位不一致 294;and susceptibility to narrative treatment,与易受叙事处理影响 214—215,220;in Swift,见斯威夫特作品 341,342,343,345—346,351,353,355;in travel narrative,旅行叙事中的地位不一致 249,250,251,252

—— social,社会地位:"assimilationist" versus "supersessionist" attitudes toward,关于社会地位的"同化"与"替代"态度的对峙 162,174,182;variable components of,社会地位的可变成分 131,132—133,150,208,215

Steele,Sir Richard,理查德·斯蒂尔爵士 50,60—61,71,88,196,197

Stern,Laurence,劳伦斯·斯特恩:*Tristram Shandy*,《特里斯舛·项狄》419

Stillingfleet, Edward, Bishop of Worcester, 爱德华·斯蒂林弗利特,伍斯特主教 181

Stone, Lawrence, 劳伦斯·斯通 151, 161, 167, 183

Stow, John, 约翰·斯托 245

"Strange, therefore true", topos of, "新奇,因此真实"的主题 47, 54—55, 71, 73, 86, 111, 112, 315, 351

Strict settlement, device of the, 严格的地产授予措施 153—154, 265, 469n.11

Structuralism, 结构主义 4—10

Stuart, House of, 斯图亚特王室 42, 151, 152, 178—182, 213—214, 418

Stubbe, Henry, 亨利·斯图贝 71, 74—75, 88, 114, 188

Style, 文体: in apparition narratives, 幽灵叙事中的文体 85—86; in Cervantes, 见塞万提斯作品 278—279; in news reporting, 新闻报道文体 49—50; Protestant plain, 新教朴实文体 76, 104, 352; reform of prose, 散文文体的改革 101; scientific plain, 科学朴实文体 104—105, 109, 114—115, 116, 249, 350; in travel narrative, 旅行叙事中的文风 101, 103, 104, 107, 109, 114, 116, 249, 351

Suetonius, 苏埃托尼乌斯 26, 384

Sumptuary legislation and distinctions, 禁奢立法与区分 132, 151, 207, 346, 370

Supersessionism, social, 社会替代主义 222—223, 225, 226, 239, 336, 368, 380

Supremacy, Act of (1534),《至尊法案》189

Swift, Jonathan, 乔纳森·斯威夫特 262, 382; on aristocratic values, 论贵族价值观 169, 170, 209, 210; and circularity of conservative plots, 与保守情节的循环性 231; and Defoe, 与笛福 212, 267, 338, 340, 348, 351, 352—353, 355, 382; on English Revolution, 论英国革命 228; and Fielding, 与菲尔丁 393; on Glorious Revolution, 论光荣革命 229; on progressive ideology and monied interest, 论进步意识与资金拥有阶层 206—207, 207—208, 232; on projection, 论投射 337; on Reformation history, 论宗教改革历史 216, 217—218, 231; on revelation, 论启示 82; on satire, 论讽刺 269. Works 作品: *Gulliver's Travels*,《格列佛游记》267, 338—156, 368, 380, 392; *A Tale of a Tub*,《木桶的故事》61, 195, 217—218, 398

Swinnock, George, 乔治·斯温诺克 78

Tasso, Torquato, 托尔夸托·塔索 53

Tawny, R. H., R.H.托内 159—160, 161—162, 163, 192, 200, 203

Taylor, Thomas, 托马斯·泰勒 203

Temple, Sir William, 威廉·坦普尔爵士 338, 339

Tenures, feudal, 封建土地保有 42, 176, 177, 180, 306

Thackeray, William, 威廉·萨克雷 26

Theodora, Saint, 圣德奥多拉 95

Theognis of Megara, 墨伽拉的泰奥格尼斯 135
Theriomorphy, 兽形 139, 140, 144, 353
"Thomas of Potte", "波特的托马斯" 149
Thoresby, Palph, 拉尔夫·托雷斯比 96
Thucydidas, 修昔底德 The Peloponesian War, 《伯罗奔尼撒战争史》30, 31, 69
Tillotson, John, Archbishop of Canterbury, 约翰·蒂洛森, 坎特伯雷主教 392
Tirante the White, 《白人蒂朗特》278
Toleration, 宽容 198, 334
Tom Thumb, The History of, 《大拇指汤姆的历史》71, 78
Tories, 托利 171, 210, 338, 397; and "Tory radicalism", 与"托利极端主义"171, 208, 209
Trade, 贸易: protectionist interdiction of, 保护主义的贸易封锁 201, 224, 225; and social mobility, 与社会流动性 161, 162, 165—167, 168, 196, 220, 221, 223; volatility of, 贸易的易变 205
Travel narrative, 旅行叙事 55, 100—117, 248—255; and Bunyan, 与班扬 305; and Defoe, 与笛福 316, 319, 329; and Fielding, 与菲尔丁 388, 390—391, 392; and Greek romance, 与希腊传奇 139; and pilgrimage, 与朝圣 34; and Swift, 与斯威夫特 339, 351—352
Trevor-Roper, H. R., H.R.特雷弗-罗珀 160
Trojan War, 特洛伊战争 37
Troy, 特洛伊 36—37
Truman, R. W., R.W.杜鲁门 238
Truth, 真实 See Questions of truth and virtue 参见"真实与美德问题"
Tudor, House of, 都铎王朝: and absolutism, 与专制主义 178, 179, 183, 189, 199, 224, 226; and aristocracy, 与贵族阶层 167; dissolution of monasteries and the sale of church and crown lands under, 都铎王朝时期解散修道院, 出售教会与王室土地 161, 168, 215—218, and indentured retaining, 与契约扈从 307
Tyler, Wat, 瓦特·泰勒 180
Typography, 印刷术: and alienation through publication, 与借助出版而实现的让渡 123; and commodity production, 与商品生产 48, 248, 292; and documentary objecthood, 与文献的客观性 123, 127, 275—278, 291—292; and literacy revolution, 与读写革命 51; and news, 与新闻 46—47; and objectification of romance, 与传奇的客观化 45—46, 280, 291; and objectivity, 与客观性 28, 43—45; and perpetuation of orality, 与口述的永存 51; and picaresque, 与流浪汉叙事 447n.15; and Protestantism, 与新教主义 44—45, 76, 77, 79, 80; and the Renaissance, 与文艺复兴 43—44, 45; and Scientific revolution, 与科学革命 43—44; and self-creation, 与自创 246, 247; and serial publication, 与系列出版 46, 52; and social mobility, 与社会流动性 246,

291—92,326

Typology,象征：Christian,基督教象征 34—35；Protestant,新教象征 76,217

Ullmann,Walter,沃尔特·厄尔曼 35

United Provinces of the Netherlands,尼德兰联合省 198

Universal language,通用语言 249,350

Utopia,乌托邦：in Bunyan,见班扬作品 305,310；in Cervantes,见塞万提斯作品 287,288；in conservative narrative,保守叙事中的乌托邦 228,231—232,238,249,250,261—262,418；in Defoe,见笛福作品 326,328,334,335；in Fielding,见菲尔丁作品 388,400,408；in progressive narrative,进步叙事中的乌托邦 239,249,250,251—252,254—255；in Richardson,见理查逊作品 372—373,375,380；in Swift,见斯威夫特作品 344,345,347,348,350；in travel narrative,旅行叙事中的乌托邦 110,112,249

Vairasse d'Allais,Denis,丹尼斯·韦雷斯·达莱 111,112

Vanbrugh,Sir John,约翰·范布勒爵士 227

Venus,维纳斯 139,261

Verisimilitude,逼真性：in antiromance,反传奇中的逼真性 63；in archetypalist theory,原型理论中的逼真性 8；versus claim to historicity,与历史真实性主张对峙 53—54,70,86；and realism,与现实主义 120；in romance,传奇中的逼真性 58,59—60. See also probability 另参"概率"

Virgil,维吉尔 117；*Aeneid*,《埃涅阿斯纪》36,138

Virtue,美德：versus aristocratic honor,与贵族荣誉对峙 xxiv-xxv,133,155,156,157—158,170,366—368；Christian,基督教美德 192；as constancy,作为忠贞的美德 148,255,256；as demonstrated ability,作为得到证明能力的美德 185,212,223；as embodiment of aristocratic honor,作为贵族荣誉化身的美德 131；female chastity,女性贞洁 148,157—158,255,256,257,258,366—368；functional notion of,美德的功能概念 137；and gentility,与文雅 222；as grace,作为恩典的美德 191,216；as "greatness",作为"伟大"的美德 385,387；as military capacity,作为军事能力的美德 138,142；non-heritability of,美德的非继承性 169—170,385；quantification of,美德的量化 207—208；as vanity,作为虚荣的美德 204；as virtù,作为"美德"的美德 185,187,233,384,396. See also Questions of truth and virtue 另参"真实与美德问题"

Virtuoso,scientific,科学大师 69,72,73,84,113,117

Vraisemblance,近似 *See* Verisimilitude 参见"逼真性"

Waldenses,韦尔多教派 77

Walker,D. P.,D.P.沃克 125

Walker, Sir Edward, 爱德华·沃克爵士 151, 171, 215
Walpole, Sir Robert, 罗伯特·沃波尔爵士 208, 210, 385, 392, 403
Walzer, Michael, 迈克尔·沃尔泽 192, 194
Warburton, William, 威廉·沃伯顿 413
Ward, John, 约翰·沃德 192
War of the Spanish Succession, 西班牙王位继承战争 207, 232
Warton, Thomas, 托马斯·沃顿 146
Waterhouse, Edward, 爱德华·沃特豪斯 151, 219
Watt, Ian, 伊恩·瓦特: *The Rise of the Novel*,《小说的兴起》1—4, 14, 319
Weber, Max, 马克斯·韦伯 123, 162, 177, 189, 198, 319, 336; *The Protestant Ethic and the Spirit of Capitalism*,《新教伦理与资本主义精神》190, 191, 192, 195, 200
Whigs, 辉格派 208, 229, 232, 234, 383, 387, 388; oligarchy of, 辉格派寡头制度 167, 188, 227
Whitaker, William, 威廉·惠特克 75
Whittington, Dick, 迪克·惠廷顿 244
William III, 威廉三世 181—182, 185, 204, 214, 232
William of Palerne,《帕娄恩的威廉》148
Williams, Raymond, 雷蒙德·威廉斯 326
Wilson, Thomas, 托马斯·威尔逊 219
Winstanley, Gerrard, 杰拉德·温斯坦利 77, 198, 255
Wolsey, Thomas, Cardinal, 托马斯·沃尔西主教 91, 224, 225, 226
Women, 女性 xxiv, xxv, xxvi-xxvii, xxviii, xxix; literacy of, 女性的读写能力 51—52; and service, 与效忠 193; and social status, 与社会地位 148—150, 156—158, 241—244, 255—256, 366—369, 378—380, 398—400
Wood, William, 威廉·海伍德 208
Woolston, Thomas, 托马斯·伍尔斯顿 81—82
Worcester, Battle of, 伍斯特战役 213, 214

Xenophanes, 色诺芬尼 30
Xenophon, 色诺芬 *An Ephesian Tale*,《以弗所的故事》32

Yelverton, Sergeant, 耶尔弗顿中士 226
Younger sons, 次子 48; and Cavalier army, 与骑士军队 186—187; in conservative narrative, 保守叙事中的次子 226—228, 234—237, 263; debate over status of, 关于次子地位的争论 166, 172; in Defoe, 见笛福作品 320, 336, 340; and device of the strict settlement, 与严格的地产授予措施 153—154; and Fielding, 与菲尔丁 382, 400; and medieval romance, 与中世纪传奇 141, 146; in

progressive narrative,进步叙事中的次子 218—220,239,259,260;status of, compared to that of women,被比作女性的次子地位 255,257,258,371;and Swift,与斯威夫特 217,339,340,341,355

译 后 记

18世纪英国小说研究专著卷帙浩繁,但有两本书绝对是必读书,一本是众所周知的伊恩·瓦特在1957年出版的《小说的兴起》,另一本就是这本1987年出版的《英国小说的起源,1600—1740》。前者已由高原、董红钧两位老师翻译,并于1992年在北京三联书店出版,而后者则由本人译成,即将付梓。

作为这部权威英文巨著的译者,此时的心情自然是非常欣慰的。心悦之余,提笔写下翻译心得也是再自然不过的事情。但有鉴于本书作者迈克尔·麦基恩教授在本书首版写下长篇导言,对18世纪英国小说研究展开力透纸背的框架性介绍;在本译作依托的15周年版出版时又写下新导言。闻知我的翻译计划,他又高兴地应邀专门写了一篇中文版序言,将他最新的理论思考与中国读者共享。而我的授业恩师,北京大学英语系韩加明教授专门撰文对本书内容进行梳理。因此,面对一位是美国,乃至世界18世纪英国小说研究权威的作者,一位是国内18世纪英国小说研究权威的恩师,我所写的介绍性文字必定有不足之嫌,而且我相信本译作的出版会对国内18世纪研究界有所裨益,相关优秀书评会频现各类学术期刊,因此我觉得借此机会从个人的视角审视学术与生活的当下性,或者说18世纪英国小说如何影响我对世界与生活的看法可能会给这本严谨恢弘的学术巨著带来一丝如时下秋日北京的清朗。当然,这一切都从与本书的结缘说起。

2003年,我成为韩加明教授的学生,在美丽的燕园开始了博士一年级的课程。那是碧云天、黄叶地的日子,我每周一路欣赏美景来到西门化学北楼英语系会议室上课,后来这也是我开题、预答辩、正式答辩所在地。那时我和一众硕士师弟妹、博士同学共同围坐一圈,选修韩加明教授讲授的《18世纪英国文学》这门课,指定的阅读书目开篇就是英文原著《英国小说的起源》。窗外生机盎然,绿树、鲜花、青草、鸟鸣,窗内严肃活泼,我们在阅读、思考、论证,其乐融融。韩老师治学严谨,学识渊博,总是让我们对相关问题有醍醐灌顶的认识。他又对18世纪英国文学满心热爱,兴之所至时让我们这群入门者也深受感染。初秋、深秋、隆冬,阳光穿过窗外百年老树,洒在我们这群静神聆听的学生脸上,也落在循循善诱的老师身上。

下课后,我去食堂匆匆吃过午饭,便去图书馆教学参考书架,阅读相关指定书目。虽然北大图书馆以藏书丰富有名,但全馆总共只有本书英文原版一本,作为指定教学书就不得不在这个学期内安放在那里,供众人查阅。教参阅览室开窗就是博雅塔,绿树遮蔽了它的塔身,也遮蔽了未名湖周边的风物,非常静谧,是一个理想的读书地。从书架取下本书后,我开始学习。怎奈当时我的专业知识存在不少需要提升之处,加之作者学识实在过人,文采飞扬,一时让我这入门者因理解问题备感沮丧,懊恼之余来到窗前,俯瞰层绿叠翠的燕园,不禁想着这远隔万里,时距近300年的异国文学与当下生活会有怎样的联系?也许站在窗前俯瞰的时间越久,让我越发觉得这种思考方式不免雾里看花,我应该走下楼,去摸一摸那颗苍虬古树,去闻一闻树下的清香,也许这能带来新的认识与思考。

因此,我想象着自己坐上了时空穿梭机,回到了18世纪英国,原本封闭的世界顿时打开一扇大门,让我畅享里面的新奇。我来到处于起步阶段的未来世界都市伦敦,在散发着当时特有的气息中,眼前展现的是一幅鲜活的历史生活画卷:头戴假发,脸上搽粉,衣着光鲜的贵族绅士忙着安排给自己带来进益的事情;那些先富裕起来的商人与专业人士一脸羡慕地盯着标示贵族地位的勋带纹章,探前向那些趾高气扬已经跻身贵族的前同行打着招呼；城里随处可见的咖啡馆里坐着那些被后人称为中产阶级的商人、律师，他们喝着咖啡，倾听此刻正被大声朗读的期刊，或者彼此交谈、交换商业信息；大街上行色匆匆的人中不少是年轻的学徒或刚上岸的水手，他们在这被外地人视为金砖铺地的伦敦城里开始各种俗世沉浮。当把自己想象成威廉·霍加斯绘制的18世纪英国社会风物图画中的一个人物时，我发现自己是在一个久远的世界里探寻新而熟悉的一切。我能感受到此时期英国社会的活力。咖啡馆的日益增多与早期新闻期刊及小册子一同成为构成社会主体的平民获取信息的主要渠道。民众既可以从中获得各种有价值的商业信息，入世发家；又可以评点以匡正伦常为己任的各类作家所写的故事案例及新锐观点，出世修身。以商业与贸易为先导的英国社会不断寻求各类问题的解决方案，因此我吃惊地了解到人类历史上第一个科学研究机构皇家学会是由业余为科学家、本业为商人或实业家的非科学专业人士组建，创建的目的之一就是应对英国商业与生产中出现的各种实际问题。这种自下而上、自发自长的体系在发明与运用之间构建了很好的转换平台。因而等我看到英国小说的起源也是在应对现实生活中日益尖锐的真实问题、美德问题逐渐成型时，不禁由衷认可社会的内在肌理是融于此间的万般人事与风物。

基于此，我开始意识到作为现代人的我其实应该用仰视的眼光去看待开创人类现代文明的18世纪英国人。他们凭借早期简略的设备与木船敢于披波斩浪，遨游万里，前往一个陌生的新世界开拓；他们本着个人所需殚精竭虑创新发明，以期用最优的比较优势奠定个人的商业成就，实现上升流动；他们基于自己内心的渴求与掩饰自己欲望的需要尝试各种新的叙述方式阐释日益丰富与复杂的观点，这塑就了后来的思想与文学走势；他们在个人主体性日益明确，个人利益越发不容侵犯的同时谋求与社会的有机融合，实现社会各利益阶层的妥协，这就是政治的本质，民主的真谛，英国本土从此不再有王朝更迭的暴力对抗。不难看到，不是我对这300年前发生的一切完全了解到无需赘言，也不是这300年前的尘封旧事完全没有可用价值，大可一笑而过,而是这段历史之于我、之于当下的中国有太多值得深思与挖掘的必要。作为时间与空间的结合体,作为过去、现在、未来与个体、群体、社会融合一体的人与事之存在,了解这段历史,就是理解当下,把握未来;因此了解而改变了个体,自然进而改变群体,直至社会。当我想到这一点时,我开始意识到先人已逝,阅读他们留下的文字,从中与他们所思所想同步是唯一了解他们内心真实想法的途径。

我进而想象自己进入了18世纪英国小说家笔下所写的世界。我与鲁滨逊一同扬帆出海,落难荒岛仍然念念不忘清教徒身上体现的资本主义精神,辛劳耕耘,开创一个新文明;我与格列佛一同本着好奇之心,虽历经各种劫难但仍前往异域他乡,领略英国社会各类奇人奇事的投影;我也与帕梅拉一同为现世的腐化而痛心,坚信个人的美德有报,有强大的信心抵制各种诱惑,最终得偿所愿;我也与汤姆·琼斯一同见证自己从懵懂到成熟,历经各种磨难后学会克制与谨慎,终于成为远近乡邻的楷模……

当我想象自己成为这虚构世界中的一份子,用他们的视角看待文本中的周遭一切时,原本模糊的人与事开始清晰起来,原本存在偏见与不解的地方开始清楚起来。这种视角不仅丰富了我的想象力,而且让我明白在一个以再现现实生活复杂性为要旨的文本世界中,文字其实有欺骗性,有误导性,因此在阅读的过程中唯一能够依赖的是自己的常识,每读到一处,总会自问,如果我处于如此状况,会是怎样?是否可以根据自己个人经历与常识来验证其合理性?如此一来,这也就强化了思维的批判意识,这种反求自身经历的思考无形中又加深了自信与主体性。当然,最重要的是,这让我能真正理解文本中故事人物的喜怒哀乐,知道是什么触动了他们喜悦的心弦,又是什么让他们黯然神伤。我也开始明白因理解而生同情,因同情而有道德这条古希腊以降的伦理道德线索。

至此,可以说,最初为理解《英国小说的起源》这部巨著苦恼不已的我,为解决当时颇为紧迫的学业问题不得不转变自己阅读文本的视角时,一个功利化的目的与解决方案却能带来我的认知世界的转变,也许生活就是这样充满戏剧性。及至现在,当我有机会走在巴黎、柏林、布鲁塞尔、马德里、维也纳这些欧洲城市的古老街巷时,我总爱用手摸一摸那记载岁月流逝的墙壁,好像是借此与隐藏于其中的历史密码建立连接,一幕幕历史画卷如投影般出现在我的眼前,仿佛耳边响起阵阵马蹄声与嘈杂的集市闹声,好像自己置身于其间,既是来自未来的观众,又是当时的见证者。

因而,可以想象每读完一本18世纪英国小说时,我的内心总是怅然若失。相伴一段时日的故事人物要离开我的生活,就好像在站台目送远行的火车,坐上车的他们满脸笑意挥手作别,我也挥手,心中虽有不舍,但自我安慰,既然终有一别,所幸此刻的分离让我记住了他们的音容笑貌,在最美好的时刻中最美丽的模样。有时候又在不经意中会闪现小说中所喜爱的某个场景,让我总是会心一笑,好像突然想起远方好友,有那么一丝思念,也因此心中荡起一丝温暖,这在外人看来微不足道的温暖可能会成为我们直面严寒时的信心。而这,也正是文学的魅力,如一束灯光照亮黑夜中的路,让夜行人有信心且有暖意相随努力前行。

谨以此译作献给18世纪研究的同路人。

胡振明
2014年10月,北京

图书在版编目(CIP)数据

英国小说的起源,1600—1740 / (美)麦基恩著;胡振明译.
--上海:华东师范大学出版社,2015.5
ISBN 978-7-5675-3045-4

I.①英… II.①麦…②胡… III.①小说史-研究-英国-1600~1740 IV.①I561.074

中国版本图书馆 CIP 数据核字(2015)第 024370 号

华东师范大学出版社六点分社
企划人　倪为国

十八世纪研究

英国小说的起源,1600—1740

著　　者　(美)迈克尔·麦基恩(Michael McKeon)
译　　者　胡振明
责任编辑　徐海晴
封面设计　蒋　浩
出版发行　华东师范大学出版社
社　　址　上海市中山北路3663号　邮编　200062
网　　址　www.ecnupress.com.cn
电　　话　021-60821666　　　行政传真　021-62572105
客服电话　021-62865537　　　门市(邮购)电话　021-62869887
地　　址　上海市中山北路3663号华东师范大学校内先锋路口
网　　店　http://hdsdcbs.tmall.com
印刷者　　上海印刷(集团)有限公司
开　　本　635×965　1/16
印　　张　42.5
字　　数　550千字
版　　次　2015年5月第1版
印　　次　2015年5月第1次
书　　号　ISBN 978-7-5675-3045-4/I·1323
定　　价　138.00元

出版人　　王焰

(如发现本版图书有印订质量问题,请寄回本社客服中心调换或电话021-62865537联系)

The Origins of the English Novel, 1600–1740, 15th Anniversary Edition
By Michael McKeon
Copyright© 1987, 2002 The Johns Hopkins University Press
Chinese Simplified Translation Copyright© 2015 by East China Normal University Press Ltd
ALL RIGHTS RESERVED. Published by arrangement with The Johns Hopkins University Press, Baltimore, Maryland, through The Yao Enterprises.
上海市版权局著作权合同登记 图字:09-2014-145 号